彭善良　著

善良文集

❷

WUHAN UNIVERSITY PRESS
武汉大学出版社

《芳草文库》序

刘醒龙

武汉有一批年纪不算太老，但肯定不再年轻的作家，既往作品每出无不风行江汉，后来平淡了些。二〇一五年年初，恰逢一场小聚，其间有老朋友提议给这些在文学创作上颇有成就的作家出版文集，且当场做出关键决策。老朋友提及的作家也是我的朋友，他们的处境很有代表性。

世事流逝到今天，说一点不残酷是不真实的，说太残酷似乎也不科学。值此宁翔雁前羞跟牛后世风，普天之下莫不借口追求日新月异，其实是乡下俗语说的，人人都想一锄头挖出一口井。宁肯臭名远播，哪管丑态百出。忘却不该忘却的，强化不该强化的，是世情中一大不敬。这几年为一位已故作家出版文集，好不容易才成，一来二往之间，见识了足够多的现世生态。似这等才华出众的作家，若非上苍失察，弃之英年，敢不是当今文坛大旗一帜？同理，那些在喧嚣背后悄然尘封的作品，谁能说不是日后人有所诵的典范？天地同根，不是没有高下之分，而是天有天的高度，地有地的厚重。

常住武汉三镇之人，最能体会大江东去、流水落花深意。也是体恤的缘故，又于旷野之间留下高山流水千古知音，以为勉励，兼作念想。朋友提议，饱含诗情，深藏灵性。没有太多商量，三言两语之间，就达成共识，以《芳草》杂志名义，逐年排选，将这批作家的代表性作品编成文集出版。只是由于执业所限，本套书只能以《芳草文库》相称，名头虽小，相信分量不轻。

哲学教会人们认知正确与错误，自然科学是要让人懂得成功与失败。然而，短短人生，包罗万象，其善其美，何止兴衰胜败！文学的存世与流传，其意义正是超然前二者，不以成败对错为目的，也不以卑微尊贵定价值。人非草木，却如同草木，这是文学理由之一，生命不能永恒，却绝对永恒，这是文学理由之二。文学根本理由是，协助芸芸众生在庞杂得无可把握的宇宙间，在神与鬼、灵与欲、虚与实等一切冲突与对立之间，寻找适合每一个体的美妙平衡。

二〇一五年十月十五日

目　录

中篇小说

山里有个村庄叫乐园

一

那雪来得突然，乐园人说雪在天上搅成了疙瘩坨，第二天门就推不开了。接着地区召开县局级领导会议，通报说，据不完全统计，全区有三百多间房屋倒塌，三十多人受伤，十余人死亡，八千多头耕牛冻死饿死，另有一百多个村庄失去联系。地委指示，各个行政事业单位要过革命化春节，组织人力物力奔赴灾区。于是，地区文化局所属的文化工作队就下乡了。

下乡时离春节只有半个月时间，雪已经稀疏了许多。

文化工作队的大营扎在莲花公社的垭镇，下设十来个组，直接挂点到大队。群众艺术馆为第一组，组长是余馆长兼任的，挂在老山里一个叫乐园的地方。从地区到县里是省道，从县里到公社是县道，都没问题；从公社到村里是一条简易道，问题就有了。那路是工作队挂点后修的，是响应上级号召的成果，村村要通车；不能通车也要通拖拉机。到乐园大队的路就只能通拖拉机，时常遇到塌方崩坎子的事，也就时常连拖拉机都不能通了。

这次下乡救灾，要马力大的车，还要在轮子上绑铁链子，只好从交通局借来了一辆卡车。余组长在垭镇瞭望无边的雪原，正犹豫着怎么办的时候，司机拍了胸，说："别说是简易公路，就是人行小道也要把你们送到大队去，为了革命嘛。"余组长拍拍司机的肩，赞扬的意思，心里却说："看你那个色相，为什么革命？不就因为三个美女嘛。"他们便在垭镇住了一夜，第二天早上吃了油条、喝了豆浆，还喝了些酒御寒，然后到公社卫生所买了不少防冻和治头疼发烧的西药，便继续赶路。

大卡车在简易公路上艰难前行，碾出的车辙像蛇一样，在老林里和悬崖间绕来绕去，到了交战垭就被突然斩断了。

传说交战垭是古战场，关云长在这儿曾经和曹军有一场大战。这么荒僻的地

223

方，说是兵家必争的古战场，工作组的人都不信。

交战垭是极险的一段路，上面塌方，下面崩坎子，已经被抹平了。而且一抹到底，放眼望去就是一个无边无际的滑雪场，显然在下雪前就滑坡了。斜坡的坡度大约为八十度，十分陡滑，没一个人敢涉足冒险。那怎么搞？大家你望着我，我望着你，最后把目光集中到余组长这边。余组长说："我有什么法？能把你们背过去吗？"大家又把目光定在司机脸上。司机说："不要紧，老天既然不收，我再把你们退回去。"老黄说："把我们当猪了，人家不要，你就退货。"司机同情地看看三位美女，说："你们不要恨我，局长讲了，再晚也得赶回家，明天还要送人的，比这路还难。"边说边爬上车，又说："车上的衣物暂时寄到公社，以后再想办法。"然后摇摇手，就倒车去了。罗专员的女儿罗娅娅和周秀丽、吴娉婷挤在一起，三双纤纤细手戴了手套，却还要握在一起取暖；她们望着远去的车，有几分迷惘，几分不舍。老黄瑟缩着身子，找个背风的岩石，窝着；原野把手藏到袖子里，鹄立望雪；余组长也把手缩着，对着那打着旋儿的雪片自语："怎么搞呢？"

"是的，这该怎么搞呢？"绝壁间忽然来了一人，把苦思对策的工作同志们吓了一跳。原来是个年轻的绿色信使，公社邮政所的邮差。他推着一辆破旧的脚踏车，车上驮着一个笨重的邮包，有百来斤。他把车停下，想支起站架，车子却一歪，邮包便如死猪一般溜到路上，又懒懒地往外滑去。幸亏他抢得快，将邮包抱住了，累得气喘吁吁。余组长醒了似地上前帮他，好不容易将车停稳当了，说："小伙子，来来来，歇会儿，我们抽根烟。"

邮差说"好"，露出笑来，却把余组长的烟推开，从荷包里摸出一根乌黑的竹制烟管，用两根指头在腰间系的荷包里撮了一撮烟丝，金黄金黄的，塞进烟管，便用粗大的火柴点燃，浓浓的烟从他的鼻孔和嘴巴里悠悠地漫出来，渐渐散开，躲着雪片飘行；老黄感觉到了，连忙耸起鼻子往肺里吸；余组长本来是要点烟的，也停下来，吸着邮差口里漫出来的余烟；连不大抽烟的原野也仰起脖子，一副沉醉的样子。这时，就听到三个美女中不知是谁说了一声："好香啊！"

邮差说："叶子烟抽惯了，口径大，过瘾些。"

烟抽好了，主意也有了，邮差说："工作同志们先在这边帮我看邮包，我空手走一遍，能不能过就明白了。"所有人都朝他围拢来，感激不尽的样子，却又说不出什么感激的话。余组长问："然后呢？"邮差说："然后嘛，如果能过的话，你们就踏着我的足迹前进；就是这几位女同志不好办哪，个个都是斯文姑娘，挨挨不得，闯闯不得。"余组长唏嘘片刻，说："从前坐车过交战垭，她们都头晕心慌，坐在车上不敢朝外望；如果让她们亲自过，只怕难哪！"邮差说："待会儿再看吧。"便往前走了。这时，三个姑娘已经紧张起来。

邮差是个奇人，不，应该是老天专为工作组降下的一个救星。只见他双手如铲，双足如耙：手在飞舞，将厚厚的雪朝坡下乱铲；脚在蹬踏，身后便耙出一条深深的沟槽。余组长和同志们兴奋而又紧张，眼看邮差的身影渐渐消失，弯到那边去了，便由期待转为担忧了。余组长不由得看看表，将近十二点，心情沉重起来，摸出一根烟猛抽，寒风带着雪花倒灌进他的口中，接着就是剧烈的咳嗽。三个美女看看他，禁不住往后退了几步。

好久，那边吼起来，吼的是一支山歌：

黄花菜，菀儿苦，幺妹许在荆州府。
脚冲碓，手做鞋，还说幺妹不勤快。
快把幺妹接回来。

吼毕，邮差已经远远地现身了。原野不知发了什么神经，也吼起来："好！老乡，唱得好！"罗娅娅瞪他一眼，另两个美女就掩起嘴巴偷笑。原野是广西人，北京大学的毕业生，在江北农场改造过，分到群艺馆已有几年了。他是个闷头葫芦，大概是因为普通话不过关，才不愿说话，人们就叫他书呆子，像今天这样发神经是极少见的。这时，老黄已经拿出铅笔，在本子上画了一阵，等邮差走到跟前，赶紧伸手一拉，把邮差拉上了路。大家都急着听邮差报告路况，老黄却揪住他不放，对着本子哼了一阵，哼出的就是刚才邮差在那边吼出的山歌。老黄问："老乡，你听听，我记得对不对？"邮差惊讶地看了他一会儿，崇拜地说："你是神仙啊，听一遍就记得了！"老黄得了表扬，很兴奋，说："这算什么？你就是唱三天三夜，我都给你记得下来。"老黄四十多岁，当过兵，在部队就是搞音乐的。他虽然年纪比余组长小，余组长却叫他老黄，队员们也就跟着叫他老黄。

余组长咳嗽一声说："记个谱，还值得在老乡面前翘尾巴呀！老乡，讲讲路况吧。"邮差看出他是领导，连忙说："唱歌的事以后再说，今儿主要是走路。"接着，他建议，男人帮他把邮包送过去，然后来接女同志；四个男的保护一个女的，过去了，再回来保护另一个女的。余组长拍板说行，帮邮差把邮包分作四份，四个男人一人拿了一份，其他三人便尾随邮差下了那条雪槽。

虽然很顺利，但他们回走时还是头上冒气，身上流汗了；那汗显然是憋出来的，但他们都高兴，不会受困了，还有了在美女面前展示男子雄风的机会。余组长把三个美女挨个儿看看，决定先送周秀丽。周秀丽年长些，可以先到那边看住邮包。开始还算平稳，走到转弯处，也就是塌方的中心，岩石裸露，连雪都停不住。朝下看，看不到底，周秀丽呕了一声，赶紧蹲下来。邮差晓得她犯了恐高症，就站到周秀丽的下沿，双手摊在她面前。余组长大悟，挨着邮差，也把手摊开；老黄和原野不用吩咐，一字排开，全都摊开双手。邮差说："莫怕，我们的手就是你的桥；我们的身子就是你的护栏，手扶护栏，脚踩踏实了就行。"周秀丽犹豫了一会儿，踏了上去。那桥好像怎么也走不完，只要她通过一个男人的手，这个男人就赶紧转移到前面，又把双手摊开，那桥就没有止境了。周秀丽终于爬到那边路上，看看男人们，再看看路，不由得嘤嘤饮泣。

　　结果，三个女人在交战垭都哭了，弄得男人们眼睛也潮湿起来。最难弄的还是罗娅娅，她排在第二位，到了最难行的地方，便死死抓住邮差的衣领，一步也不敢往桥上走，脸由红转白，又由白转青，双眼充血，说什么也不走了，只说要回去。大家互相看看，不知该怎么办。余组长突然一声吼："罗专员怎么养了这么个没用的姑娘？我说叫你别下乡，罗专员偏说要锻炼，还说不能自立的孩子没得用，这下好了，你锻炼不成，倒害了我们！"罗娅娅哪受过这么尖锐的指责，愤怒至极，身子一挺，挣开邮差，泪水飞扬，朝对面跑去。几个男人吓得气都没了，愚蠢地看着她的双脚在飞快地移动，好几次脚下打滑，险些坠入深渊。待他们到了那边路上，余组长对她说声对不起，又狠狠抽了自己一嘴巴。罗娅娅一见，又哭起来了。

　　这么一小段路，他们用了差不多三个小时，走完后大家都虚脱一般，在各自的包包上坐了许久。邮差因为忙，说陪不了了，把一百多斤重的邮包一背，朝最近的村庄走去。原野突然跃起，边追边喊："邮递员大哥，你叫什么名字？"邮差笑了："跑这么远追我，就问个名字？"原野说："古人云，知恩不报非君子嘛。"邮差点点头，说他叫邹振露。原野乐了："走正路？大哥，你要弄我吧？谁还走歪路了？"邮差说："老爹取的名字，我也没得法呀！振是振奋的振，露是甘露的露。"说罢走了，原野又追几步问他住哪儿。邹振露头也不回："查户口呢？没看我背一百多斤，也不让歇着。"邹振露脚下打滑，一屁股塌到地上，和邮包一同歪着。原野真是个书呆子，还不晓得扶人家一把，反而说："您这不是歇着了吗？告诉我吧，您住哪儿？"邹振露火了，脱口而出："老子住垭镇老街，问你妈的×呀！"

　　原野吓一大跳，倒退几步，便如飞地跑了，心想，振露大哥是个怪人。

二

　　天黑定了，他们才赶到乐园大队最前头的第一户人家，离大队部还有十多里。他们再也走不动了，看到山湾子里有亮光，便去借宿。显然这户人家是极少露面的，而工作组从前也基本没有进过他们家门。

家里只有三口人，五十多岁的老两口子和一个三十多岁的粗壮儿子。堂屋的一边有个大火垄，架着粗而长的柴，有干的，也有湿的。有根柴好像才从山上砍下来，没有断筒，两丈多长，根部在火垄里燃烧，尾部却穿墙而出，一直伸到门外的稻场上。余组长想，要把它烧完，恐怕还得十来天。屋里没有灯，而柴火熊熊，老远都看得到。主人很热情，把火垄让给工作同志；他们也不客气，团团围住火垄，一会儿就烤红了脸。女主人连忙烧水，将安了吊环的鼎锅挂到木钩子上，正好压住往上冒的火头。那锅俗称吊锅子，是山里家家户户都用的，只有初次下乡的罗娅娅感到新奇。大家围着火，身后黑黑的，只听到女主人洗杯子倒水的声音，却看不到她在怎么弄，想是摸黑摸惯了。

水一开，女主人就把吊锅子提走，又是水响的声音。开水的声音和冷水的声音明显不同，柔和多了，工作同志们饥寒交迫，听到那声音就有一种温暖的感觉，恨不得把茶从女主人手里抢过来喝个痛快。隔不久，女主人探着身子从他们背后递过茶来，慢悠悠地说："您喝茶。"

所有人都大吃一惊，还有些毛骨悚然，觉得那声音仿佛是从一个古老而腐朽的树洞里发出来的。他们不由得站起来，闪到一旁，细看女主人。天哪，原来她没有鼻子，只有一个幽暗的肉洞。所有人都接过了茶，但是，所有人都没喝那茶。本来还想请主人做餐饭吃的，余组长也不敢开口了。

坐了许久，都没话说，男女主人也好像看出了名堂，觉得羞愧，也无话可说。又坐了许久，有人打起瞌睡来，那老汉突然高声大嗓地叫："卖╳的婆娘，工作同志们扛不住哒，还不牵铺去！"余组长赶紧起身，说："别麻烦，您给我们指个地方，铺我们自己能牵。实在打扰你们了，我们又不是资产阶级大老爷。"男主人听话地找出一根棍子，在红红的火心里操了几下，到火头上一点，立即就照亮了整间屋子，然后引着大家去睡。屋里只有两个铺，一个是老两口的，一个是儿子的，都让出来了。余组长发现不对，便问主人们睡哪儿，男主人说他们有铺。第二天余组长起个早床，悄悄转了一转，才明白主人们挤在杂屋里，那儿只有一堆稻草，他们却睡得很香。余组长有些感动，又有些好笑，他突然意识到自己的情感有辱贫下中农，便忍住笑，只剩下感动了。

转过身，他就去通知队员们起床上路，不能再麻烦人家。

男人们睡得实在，瞌睡是睡够了，可肚子饿得空疼，走路时腿直打漂。女人们虽然也是饥寒交迫，却嫌那铺脏，根本就没睡，随身带的糖果饼子是要到乡下慢慢享用的，舍不得吃。熬到半夜，终于扛不住，周秀丽摸到火垄边，刨开了火，能解决寒冷的问题也好。火生起来了，罗娅娅还没摸进堂屋，却唉哟唉哟地直叫唤，想是摔跤了。周秀丽赶紧划了一根火柴头过去，果然看到罗娅娅横在地上。周秀丽来不及拉她，却小声欢呼起来，原来罗娅娅是在过道里踩上洋芋才摔了的。于是，她们便把洋芋撮了一大瓢，埋到火灰里烧；一会儿便刨出来，还是半生不熟的，也顾不得就大吃一阵；过一会儿又烧，又大吃一阵，整得脸上灰一块黑一块的。快熬到天亮了，怕被主人看见，她们才恋恋不舍地离开火垄。即便美女们肚里有货，却因为一夜无眠，走路也是腿直打漂的。

一行人偷偷上路，又走了半天才到大队部。

在工作组做饭的郑二哥早已接到公社的电话，为他们准备好了开水和饭菜，让他们洗个脸就开饭。可他们都不洗脸，直接冲到厨房里来了。郑二哥问："怎么像从饿牢里放出来的？"余组长一边吃一边告诫大家："别急呀，吃急了会得病的。"谁也没听他的，只有大快朵颐，风卷残云，鼻子和脸上少不了汤水和饭粒。直到这时，他们才缓过来。老黄倒了一杯茶，递给余组长，说："您喝茶。"学得极像，完全就是从腐朽的古树洞里发出来的声音，众人便笑了。二哥呆在那儿，觉得这些人今天怪怪的，又问："黄同志感冒了吧？餾得这么狠。"大家又笑，余组长瞪了一眼，说注意阶级感情，才没人笑了。

余组长决定放半天假，睡半天还是玩半天，随大家的便。然后，自己便到寝室里睡了。可他睡不着，每次睡前他都有一个习惯，要反复检讨自己这一天的问题，也就是关起门来做自我批评。他首先想到了罗娅娅，想到了他对罗娅娅讲的那番话太不像话了。要是让罗专员晓得，只怕他这个馆长也就当到头了。接着想到带领大家走出交战垭，有惊无险，心里平和了许多。当他想到在家主持工作的业务馆长时，又有愧了。城区的工作同他下乡相比，不知要复杂多少倍：吃喝拉撒，迎来送往，吹拉弹唱，政治学习，业务训练……一切都在领导的眼皮底下，这一点儿最难。而下乡说起来艰苦，可多么单纯。当然，业务馆长是个最不愿下乡的人，那么，他俩也算各得其所，谁也怪不得谁了。

胡想着，都想通了，余组长才安稳睡去。将要睡着，突然又跳起来。他想起这次来是救灾的，不是来睡觉的，便大叫"集合集合"！众人糊里糊涂地集合了，组长就开始分派任务，共分三个小组，每组一男带一女；一组到东，二组到西，由近及远，先摸灾情。他本人呢，和罗娅娅一组，立即去和大队长接头。最后他提高声音说："灾情就是命令，立即出发！"大家就出发。刚出门走到稻场坎下的坡里，罗娅娅一滑，便像旱船一样往下溜，还把前面的原野撞个仰八叉，才止住。原野爬起来拍打身上的雪，罗娅娅就尖声喊叫："原野，哪里这么死相？也不拉我一把？"原野不慌不忙地拍掉雪，才去拉她。谁知她一起来，就把原野推了一掌。原野也成了旱船，前面没有阻挡，便一溜到底，整个成了雪人。众人一看，大笑起来。原野非常气愤，想骂又找不到合适的词儿，脸憋得通红。

正在这时，郑二哥来了，一把拉住余组长，要众人回去。他说他昨天从家里下山，就费了九牛二虎之力，还摔进坑里连头都被雪埋住，差点儿见不到同志们了。又说："这么深的雪，你们又不熟悉哪儿有坑哪儿有坎，要是掉下去哪还有救啊！"所有人都停住脚，望着余组长。余组长沉默了片刻，想说什么又没作声，便转头准备往回走。原野却在坡下充起好汉来，高叫："贫下中农正在受苦受难，难道是让我们下乡来享清福的吗？"余组长顺口说："好吧，继续前进！"

郑二哥的脸色突然黑得怕人，再次把余组长揪住，一边解释一边斥责原野："说什么受苦受难哪？胡说八道！我们这儿草屋多，但都是用圆木做的墙，压不垮的，贫下中农都在屋里烤火呢！"余组长晓得二哥的脾气，人称犟人，一旦认定的事，就没法和他辩论。余组长听了这话，心里却一喜，问："真的压不垮吗？"郑二哥拍胸保证，说压垮了他负责。组长看看三个美女，不再犹豫，依旧宣布放半天假。原野在坡下头枯立着，挨够了冻，终于也回来了，跟大家一样，钻进被窝，呼呼大睡。罗娅娅却因为这次摔跤，对原野很是不满。

睡得正浓，郑二哥吹出一阵哨音响，开晚饭了。这个郑二哥什么都好，就是死板；也不管大家累不累，起床吹哨，吃饭吹哨，开会也吹哨。他是退伍军人，这死板的性格大概是在部队养成的。余组长起床一看，天已经黑了，不管有没有人吃，饭菜早已摆上了桌。郑二哥架起一口大锅，里面堆满雪，准备化开后给大家吃喝洗漱用的。他一边忙碌，一边吹口哨，大概是觉得下雪真好，不用背着水桶跑到数里外去背水了。要是干旱，还得到十几二十几里外的大河里才能背到水，最远的一趟要走五个小时，滴水贵如油啊。看到余组长过来了，郑二哥嘻嘻笑，报告说大队保健室的谢医生到日本访问，回来好一阵了，专门来看过工作组，没看到，就叮嘱说，只要同志们一来，就到他那儿去打牙祭。接着又报告，大队长和支书，还有好几个小队长也在雪前来过，说同志们来了先给他们报个信，这风是一定要接的。还报告，大队治保主任、妇联主任、民兵连长、团支部书记也来过，都排了队请工作组呢。余组长点着头，嘴巴很自然就咧开了，好久没合拢。这正是他的得意之处，群众关系好，领导已经表扬好多回了。

郑二哥猜到余组长必然是先到谢医生家，便说，谢医生带回一宗宝，叫自动伞。余组长愣了一下，说没听说过。郑二哥就解释，那是一把能够自己打开自己收拢的伞，打开了和油布伞、红纸伞一样大；收拢了只有巴掌长，往包里一装，哪个都不晓得。余组长越发好笑，说："郑二哥，哪有这样的伞？他出了一次国，你就帮他糊弄我？"郑二哥说："我敢糊弄你？那是不想活了哦！"这样一来，余组长兴趣大增，急于要见谢医生了。可这大雪封山，上山下岭的，急也没用。想了想，他对郑二哥说："干部家我们就不去了，年前想到贫下中农家去，你看哪个离我们近些？"郑二哥脸一红，说："我家最近，本是要请同志们的，可年猪还没杀，再说几次想请你们，而您老在会上说上面有规定，不能到群众家吃喝，我就忍住了。"余组长大笑，说："怎一个'忍'字了得！实话给你讲，关于群众请吃请喝的事我给上级汇报过，上级指示说，这表明你们群众关系好嘛，怎么吃不得？吃！但只有一条，不能吃肉喝酒。"郑二哥哽了一下，便跟着余组长假笑，说："既然是请客，哪有不吃肉喝酒的？"余组长索性说："郑二哥，别人家我们不能吃肉喝酒，可你家不同啊！你和我们天天在一口锅里吃饭，就是一家人了，你只管用大酒大肉招待我们。"郑二哥就顺杆子往上爬，说："只要你去，保准我们一家人乐得脚板皮打得后脑壳响。"

余组长走开了，晓得郑二哥只来虚的，同志们在背后议论过多次，说郑二哥跟着工作组也不知吃过多少家饭了，就他从不真心请一回客；嘴上讲得热闹，不定个准日子，那就等于没请。说到底，谁又想吃他的？就算真请，也没人去呀！哪回到人家家里吃饭，不是被撑得鸡飞狗上屋？只差绳捆索绑的了。余组长不过是要逼他来一次真格的，以表诚心罢了。

就这么点儿要求，从来就没有兑现过。

等大家吃完饭，余组长按惯例，说晚上学习。老黄嘀咕道："屙个尿就变了，不是说放半天假吗？"余组长大声回应："没变呀，你睡了半天不是假吗？"接着又叫郑二哥，说晚九点散会，要把开水烧好，同志们都要洗头发洗大澡的。女人们叫起来："那就好！只要能洗个大澡，学习通宵咱们也没话说。"

原野说："我不用大洗，抹个灰就行了。"罗娅娅盯他一眼，说："那你就隔我们远点儿，汗臭气浓得不得了。"在群艺馆里，罗娅娅曾到过原野的房，乱七八糟，灰尘起码有铜钱厚；还看到他不知哪年弄了一盆仙人掌，干成棉条却顽强地不死。罗娅娅说过他死懒，不讲卫生。原野却说："很好啊，干燥无细菌哪！"罗娅娅最烦人家狡辩，随手操起那盆仙人掌，往窗外一扔，成了碎片。此后，原野就怕她。这时，罗娅娅那锥子般的一瞥让他脊背发凉，他便说："我洗我洗，洗就是了。"老黄说："不洗很好啊，干燥无细菌哪。"众人一笑，都晓得原野这话很有名。

学习会上，余组长先和大家同声背诵名篇《为人民服务》，然后讲社会主义祖国是最好的，越来越好，好到顶共产主义就实现了；接着讲过一个革命化春节的重要意义，还讲这次下乡途中同志们英勇无畏和助人为乐的精神；再讲下乡是很辛苦的，在家的同志们更辛苦，下乡的同志要敢于同在家的同志挑战，看谁能把工作做得更好；最后讲在乡下的工作纪律，实际上就是"三大纪律八项注意"，还加一条，不能随便吃群众的、喝群众的。他在讲话时，三个女人正噼里啪啦地磕着葵花子儿，瓜子壳像雪片一样飞了遍地；老黄埋头烤着炭火，满脸红通通的；原野歪在椅子上，眼神是空洞的，仿佛整个大脑都转不动了；余组长一概不管，自顾自地讲，讲得唾沫横飞。过了两个小时，他说："每个人都表个态吧。"大家就争先恐后地发言，简单明了，挑最少的话说。最后余组长问："都讲完了？"众口一词地答："讲完了。"余组长朝原野踢了一脚："书呆子，你可是终于睡熟了，就没什么指示？"原野吓了一跳，赶紧站起来说："我完全同意。"余组长问他同意什么，他说："完全同意大家的发言。"余组长又问："大家讲的什么内容你同意呢？"原野说："大家讲什么我都同意。"众人就哄然大笑了。

余组长点着原野的鼻子训："每位同志都在努力工作，都和群众打成一片，可是你呢？开会打瞌睡，和贫下中农没有共同语言！去年就有群众告状，说你瞧不起贫下中农。从明儿起，罚你每天走访一户贫下中农，把走访结果写成书面报告给我。听清了吗？"原野说："我晓得，反正就是为人民。"

"反正就是为人民"是原野的另一句口头禅。那是他刚分到群艺馆的初期，领导派他到某地采访一个先进人物。原野晓得那人名声并不好，不大愿意。领导说为了人民的利益，不愿意也得愿意。他只好去采访，弄了一大堆材料，精心写好一篇通讯，地区党报说写得好，领导又否了，说否定它也是为了人民的利益。原野就烦了，说："我晓得，反正就是为人民。"以后，领导每每对他讲什么道理，他都会回一句："我晓得，反正就是为人民。"

三

雪花一直在慢悠悠地飘，山湾子或者山坡上稀疏的人家门口，总会有一缕青烟在闲庭信步地摇曳。余组长不用猜，就晓得人们围着火垄在烤火，老人们或者会无头无脑地说一句"瑞雪兆丰年，天老爷明年会关照我们了"；女人们或者会用揩鼻涕的手帕包了厚厚的新鞋底，一针一线地纳，手一扬一扬的，坐在一旁的猫便盯着女人的手，脑袋跟着一扬一扬；汉子们或者会把落满堂尘的老铳拿出来摆弄，准备约几个伙计去打猎，打个麂子好过年……余组长对着旷远的山野长啸一声，那声音呜嗬呜嗬地朝湾子里和山头上旋转而去。对面就有人出来，也作一声长啸回应了他。余组长拉长声音问："几时打猎啊？莫忘了我。"对面就答："那是自然，把您的皮盒子带着哟！"皮盒子就是余组长的照相机。余组长学摄影出身，去年就加入了中国摄影家协会，算得上是摄影界权威了。那边的男人说完这话，便搂起宽大的裤脚，一直搂到大腿根，掏出家伙拉起尿来；正对着余组长，虽然远，也应该回避一下，可他没有；好像还很认真，捏着鸡头，用尿在雪上写字。

看到人家厕尿，余组长下身也沉重起来，便朝厕所跑。跑了两步猛地止住，扭头朝悬崖边跑去，就解开了裤腰带，撅起了屁股。原来，上级规定工作组的同志都要和贫下中农实行三同：同吃同住同劳动。余组长不干，他带的队员有一半是美女，山里人哪见过这么标致而又干净的女人？看美女都是用粗野的直勾勾的眼神，说不定还动了心思。余组长害怕，请求上级同意他们只搞一同，就是同劳动。这样，他们就集中住在大队部。大队部只有一个厕所，余组长决定归女人们专用，男人一律到野坝坡解手；还决定不能解在林子里或草丛中，以免臭气在大队部周围蔓延，那就只好解到悬崖下面去。所以，男人们解手就会跑到悬崖边，还要把屁股撅到悬崖外边。去的次数多了，余组长发现了一个好地方，大概是风雨侵蚀出来的一个凹槽，从崖头一直通到崖脚，便成了男人们的五谷轮回之所。余组长可能是昨天吃了太多的苕，既胀气，又坠肚子，现在坠到门口了，不解不行。果然，他使劲儿龇牙，感到有既粗且长的东西轰地窜了出去，肚子一下子就空了。他心情舒畅地起身系好裤腰带，将要离开悬崖时，忽然听到崖脚下传来一声低回沉雄而又悠长颤抖的声音："咚——"

他怎么也想不出这是什么声音，像老黄摆弄大提琴时在 G 音弦上拨出的空弦音，但不准确；像男低音练声时发出的一个最低音，也不准确；像土家族跳丧时轻擂的鼓声，还是不准确。那又是什么呢？就在这时，原野从屋里出来交作业，就是他走访农户的一份报告。余组长接过来准备看一遍之后就挑刺儿的，但对那崖下的声音还是放不下，便把刚才那奇特的声音讲了，要原野绕到悬崖脚下看看到底有什么东西，不要半夜三更解手时把同志们吓坏了。原野实在不想干这无聊之事，面露难色。余组长便下令："快去，明天的走访报告就免了！"

原野转忧为喜，屁巅巅地绕圈子朝崖下跑了，少说也得跑五六里。

然后，余组长认真地看原野写些什么。原野不愧为北大出来的学生，文章言简意赅，文笔极佳，看着看着，他就读出了声：

> 某年某月某日时，雪。访乐园大队二小队贫穷农户，至郑二哥家。余不善言，心怯怯也。至，二哥率家人围火坐，其乐也融融；见余，群起散去，不知其所之，唯留二哥焉。陪二哥枯坐半日，未曾有一言。二哥忽惊惧，问，原同志可是拿赃纠错而来？对曰，非也，谈心而已。始安，复无言。余

愧矣，搜索枯肠仍无言，余乃天生一蠢物，奈何！忽抬头四望，房梁墙壁漆黑，煞是气派，于是言至矣！曰，二哥，此屋不错。答曰，原同志耻笑了，穷家小户，有屁好屋？对曰，不错不错，房梁四壁均涂沥青，别致高贵也！言毕，二哥色变，再不与余语，竟自出门，不知其所之。余亦去，久思不知其故也。

看完，余组长的肚子都笑疼了，明白这个书呆子又在闹笑话。果然，郑二哥找到余组长，告了一状。他说："原同志进门就不说话，还以为他拿住了我的什么错呢！哪晓得他一开口就讽刺人，明明是烟熏火燎的黑屋，原同志说是涂了沥青的，哪个不晓得我根子正苗子红，是天下最穷的，还说别致高贵，这不是讽刺人是什么？"为此，余组长又独自笑了半天。

再说原野费了好大劲儿绕到悬崖脚下，对准了组长的出恭之所，眯着眼一线瞧下来，寻找余组长所说的东西。看来看去就发现崖脚下有尺余方圆的一个深坑，里面往外冒气儿，探头一看，装了半坑水。以前从未见过，想是雪化作的水。天寒地冻的，雪在这儿怎么会化为水呢？而且有热气儿呢？心念电闪，他立即想到这是一个温泉。不过因为往日无水，看不出来，现在有雪了，就成温泉了。他趴到雪地上，用手往下探，果然探到了水，便惊喜地叫："是热水！"还握住了一个棒状物，似软又硬，小心地举起一看，原来是组长拉下的那截苔粪。于是恍然大悟，苔粪悠然下落，翻滚旋转，经过漫长的旅程，入洞而击水中，便发出了"咚"的声响。想通了这一点，他才记起把手中的苔粪扔掉。

余组长把这事讲给工作同志们听了，没有一个人不笑得鼻涕眼泪一条龙的。此后这事便成了经典笑料，有事无事就会有人从口中发出"咚"的音响。而余组长对原野终是无可奈何，觉得他既可爱又讨人嫌，便免了他每天走访农户的事，干脆在会上宣布，说原野文字功底好，工作组以后的总结、剖析、规划和整改材料统统归他了。原野就说："怎么安排怎么好，反正是为人民。"

过了春节，天气转晴，冷冷的日头照了一阵，山里的雪没见化，却是收缩了，面上起了一层冰凌，踏上去喳喳地响。雪天里，农民相互间要拜年，来来往往地便在山坡上和深沟里踏出路来，余组长决定到谢医生那儿去过正月十五，主要是想看自动伞。为了不过于麻烦谢医生，也为了不让大队长和支书为难，他做了精细的安排。三个美女不散团，到支书家去，支书党性强，对革命感情深，定会照顾好她们的。老黄到大队长家，大队长有一肚子山民歌，老黄早就想专门缠着他喝顿酒，好好聊一聊的。余组长则带上原野，谢医生最喜欢的人是余组长，第二喜欢的就是原野了。原野也高兴，踊跃得很，一听到要去拜访谢医生，酒瘾就发作了。临出发时，原野走在前面，罗娅娅把他叫回来，说他像个三脚猫，到了人家家里应该有个好作派，不要太显露出饿相。原野愣在那儿，自言自语："她怎么老欺负我呢？这都哪儿跟哪儿呀！"但她是罗专员的娇小姐，原野便默默地站住，一动也不动。都走了，他还站在那儿。罗娅娅回头说："书呆子，快去呀！"

快到谢医生家时，余组长觉得奇怪，谢医生家门前没有雪，好一段路也没有雪，明显是有人打扫了的。越是接近他家，脚迹越是杂沓错乱，还有四处散落的鞭炮纸屑，像是刚刚办过喜事。他心里在打鼓，这个老家伙要真有喜事，倒要上人情了？回头问原野带钱没有。原野摸摸胸口，便掏啊掏，掏出一把解手纸，没有一分钱；又摸摸裤袋，掏啊掏，还是一把解手纸，不过里面夹杂着几张块子钱和角子钱，便回答："还有三块四角五分。"余组长说："够了，借一块钱给我。待会儿如果你看到我给一块钱谢医生的话，你也就给一块钱，明白了吗？"原野说："不明白。"又说："凭什么呀？"余组长呸他一声，说："我是说如果！如果他在办喜事，我们能假装不知道吗？"原野说："本来就是不知道嘛。"余组长又呸他一声，说："听我的，叫你怎么搞你就怎么搞！"然后，他接过原野的钱，反复在手里抚，抚平了，夹到笔记本中，说这钱皱巴巴的，人家还以为是一片黄菜叶子。

上了谢家稻场，果然挤了一场子人。谢医生老远看到余组长，便迎上来热烈地握手。余组长说："好暖和，到底是被田中角荣握过的，日本现在火得很哪！"谢医生嘿嘿笑。余组长凑近谢医生的耳朵问："办什么喜事呀，这么多人？"谢医生小声答："屁喜事，都是些看稀奇的，你不是也来看稀奇的吗？自动伞哪！"余组长这才释然。原来，山野盛传谢医生在日本得了三件宝：一把折叠伞，收放自如；一个环形收音机，可戴于手腕；一个袖珍计算器，能算很大的数字。国家认为计算器是尖端科技产品，已收归国有，只让他带回了收音机和折叠伞。就是这把伞，招引了远近百里的山民，有人还放了爆竹。

谢医生进了里屋，提出小包包，抽出一个棒状物，脱掉伞衣，便站到场中央的木椅上。所有人都盯着他的手，朝前拥挤，余组长和原野都跷起脚来。谢医生问："后面的，能看清吗？前面的，蹲下来！"然后右手举起棒状物，迎风一晃，嘭的一声，那伞伸长了，张开了，罩在谢医生的头上。场子里的人禁不住吼起来："好！好！再来一遍！"谢医生又迎风一晃，那伞就缓缓地收拢了，缩短了。众人又是一阵吼。有人上前想拿过来细看，谢医生说："碰不得。"赶紧套上伞衣，塞进包包，拿到里屋去了。众人等了许久，见谢医生再不出来，才恋恋不舍地走了。余组长朝原野一摆头，觉得还没过瘾，进了屋。原野还愣在那儿，想起了《封神榜》中的统天袋或遮天伞之类的法宝。

人们都走了，原野一边想一边进屋。谢医生说："那些粗人怎能碰我的法宝？等那些山爪子走远了，再让你们亲手试试我的自动伞。"坐了会儿，原野说："没人影了，把宝贝拿出来吧。"谢医生说："急个屁呀，先喝酒！你们都是我的恩人，我会急慢了吗？"然后就叫老婆和女儿出来，该上茶上茶，该上烟上烟，该做饭做饭。余组长和原野都感到谢医生是个直爽人，是个不忘恩情的人。

谢医生老说他们对他有恩，其实也没什么，不过是个机缘罢了。

谢医生承接的是祖传医术。两年前，文化工作组进驻乐园，余组长和原野他们就结识了保健室的谢医生。那时，谢医生已经是个红人，他是农村合作医疗的发起者之一，相当于长阳县的覃相官。覃相官早已当大官了，而他还是大队的一个赤脚医生。公社准备提他当卫生所所长，不知怎么一直没批下来，他的心情便有些郁闷。原野了解到这个情况，为他写了一篇文章，上了省报。后来被《人民日报》发现，派个记者来采访，洋洋洒洒地写了万言，给大队支部和工作队审查。原野一看，觉得还没自己写得好，就拿过去大刀阔斧地砍了一遍，压缩成五千字。记者看了，大加赞赏，说是发现了奇才，便在文稿上加了原野的名字。余组长也审了稿，觉得那幅照片太差，黑乎乎的像海带皮，构图也不美，要亲自拍一张，记者也同意了。余组长让谢医生挂着听诊器，端着松油火把，在黑暗的屋里为老妇看病。结果，文章和照片都上了《人民日报》，这张照片还在当年的全国摄影大赛中得了一等奖，余组长由此加入了全国摄影家协会；当然，原野的文章也出了名。可以这样说，他们是相互沾了对方的光。

一年后，中日建交，官方和民间交往多起来，谢医生才得到了和覃相官一同访日的机会，真还被田中角荣接见了。谢医生讲，日本有个大臣问到他的医术，他便拿出银针要为大臣扎针，保证一针病除，吓得大臣连连摇手。余组长和原野都晓得他的医术不错，就是太土了。他们亲眼看到过谢医生给人开刀排脓，不是用手术刀，而是现场从人家墙上取一颗钉子，用铁锤狠砸，砸出锋刃，估摸出脓包的深度，又在钉子上比出长度，画上记号，再用大拇指掐住记号，含一大口冷水，示意病人朝别处看，然后将冷水朝包上一喷，病人被冷水一浸，他手中的锋刃同时猛地刺进脓包，那脓水便箭一般射出。他将钉子一扔，就说"好了好了"。他给人扎银针时更随便，拿出针，在口中一舔，便为人扎。工作组的人佩服他，却没有谁敢领受他的医术。但他是个和气人，非但没有生气，反而说："你们无福啊！现成的妙手回春，不晓得享受，那只有多疼几天了。"

这次从日本回来，带回的宝贝声名远扬，山里人相邀前来观看，往往挤得水泄不通。远来人不比本地人，来了应该有座位，应该有水喝，有时还要给人提供

235

住宿。为此，谢医生还扎了一百把椅子，打了十张新床。直到折叠伞再也打不开了，才作罢。而那些椅子和床堆了一间屋，也没有什么用处。

四

过了正月十五，谢医生到大队保健室上班，神秘地告诉余组长，公社要调他到卫生所当所长了，可他没同意。问他为什么，他说现任卫生所所长是他家的老幺，他怎么能抢老幺的饭碗呢？接着又说他老幺如何如何了得，只是生不逢时。余组长这才明白，卫生所的谢所长是他最小的弟弟，也有祖传的医术，却比他高明得多，而且到省中医学院进修过，土的洋的都行。

谢医生的事反映到上级，县里很重视，夸他德艺双馨，决定调他到县医院任副院长，专抓农村合作医疗，反倒让他喜出望外。临走前，谢医生和工作组的同志们依依不舍。余组长问："神医走了，哪个到保健室接班呢？"谢医生嘿嘿地笑，说是他朋友的女儿马英子，家住鲁家大湾。然后把马英子夸了一顿，说她当过赤脚医生，不仅会打针拿药，而且会唱歌跳舞。这孩子聪明，心灵着呢，手也灵着呢。说着，他就把马英子叫来，和工作组的人相见。

马英子果然一表人才，工作组的所有男人都有惊艳的神色，所有女人都有些发怔，有的自愧，有的嫉妒，有的不屑，却又显出十分热情的样子。马英子是一个纯朴的山乡女子，不到二十岁，年龄和罗娅娅相上下，没见过世面，自然对这些工作同志仰慕得很。见众人盯着她看，便垂下头，一只脚不停地搓地，搓出一条槽来。余组长见她如此难受，哈哈一笑，说："害羞了不是？大家散了吧！"

原野还在发呆，罗娅娅说："今儿要到一队走访，原野同志还没醒啊？"原野闹个大无趣，赶紧上路。罗娅娅追上来就讽刺他，说："原同志，这回饱了眼福吧？"原野翻了一眼，不作声。罗娅娅说："离开美女，不高兴了吧？"原野急了，说："不是为马英子，而是为余组长的事。"罗娅娅说："我这人很讨厌吧？要不你回去，我一个人下队。"原野更急了，说："我真是为了余组长的事，上次到谢医生家，我借给他一块钱，忘了要他还。今天遇到谢医生，才想起来，只是那么多人在场，不好开口，我就发呆了。你有话就直说，怎么老让我摸不着头脑？"罗娅娅一笑，说："也是的，一个木头，什么都不懂，那我就直说了。"

"马英子你认清了吧？""嗯。""以后遇到她你怎么办？""不晓得。""那我教你。""嗯。""不要看她，你没见她那眼睛能勾人魂哪！""嗯，把眼睛闭着。""不要听她说话，你听了就会照办，照办就会出麻烦。""嗯，把耳朵塞住。""你气我呀！

难道你就不能绕道走吗?"

晚上回来,原野没忘记找余组长要钱。余组长问什么钱,原野说明了,倒把余组长闹了个红脸:"哦,那片黄菜叶子呀,还夹在本子里,早忘了。"要了钱,原野又把罗娅娅的话汇报给余组长,说他再也不愿和罗娅娅一同走访了。余组长吓了一跳,居然有这事?罗娅娅不是对原野看不上眼吗?怎么就缠上了?是什么时候什么原因产生的变化呢?他可不想让罗娅娅缠住原野。像原野这么个闷葫芦,出身也有问题,哪配做罗专员的乘龙快婿?罗娅娅如果真缠上原野,不是他这个组长的失职吗?罗专员问起责来,自己有何话可说?于是,他断然决定把原野同罗娅娅分开,留到自己身边。他怕罗娅娅不满,还编了理由,说原野是材料员,留在身边好共同商量材料怎样写。罗娅娅倒很高兴,说材料关乎到工作组的政治生命,应该支持呀!余组长也不问她为何高兴,便谢天谢地。

春耕时节,犁耙水响,山野的花儿开得旺盛至极。

春耕将近尾声,工作组清闲了许多。恰巧驻扎在垭镇的文化工作队来电话,说龙局长病得不轻,住在公社卫生所。龙局长就是工作队的队长。余组长立即召集同志们开会,每人出两块钱,在贫下中农家里买些干果,给龙局长送去。去公社时,余组长让原野陪同,顺便好汇报工作。

上路了,余组长在前,原野背着一袋核桃板栗之类的干果随后。数十里路,走得热汗满面,余组长也不说帮帮忙,原野便累得惨,内衣都湿透了。到了交战垭,原野已经远远落到后头。余组长翻过垭,看到一个光头小伙子迎面过来,也没注意。过一会儿,就听到原野一吼:"你搞甚子?"那声音既尖锐又怪异,把余组长吓了一跳,连忙跑回来看,那光头小伙子已经撒腿跑了。组长从地上拾起一把匕首,看原野还愣在那儿,便禁不住朝他拱了拱手,说:"你真是个英勇无畏的好小子啊!"原野像是醒了,连退几步。转眼间余组长就雷霆大怒,连声吼叫:"什么好小子?完全是个傻小子!憨小子!蠢小子!"吼一声进一步,吼一声进一步,一直吼到原野面前,嘴巴就要触到原野的脸了,像是要咬他鼻子似的。片刻后,余组长缓和下来,问:"要是那贼行凶你怎么办?要是你受伤了怎么办?要是一刀戳死你那又怎么办?想让我担责任哪?办不到!"

问了一串怎么办,余组长大步地走了。原野背着干果,感到像被抽了筋,心里又窝了火,好不容易才一步一歪地赶到垭镇。当他走进卫生所时,没想到龙局长已经迎出病房,把他当宝贝一样,拉进屋,又是沏茶,又是抓糖果。原野这才笑了,心里想的是:大官好见,小鬼难缠。

回到乐园大队部,余组长开了一个会,讲了路上发生的事,要求大家以智慧战胜敌人,不能像原野这样莽撞。大家听了觉得余组长的话很别扭,原野更是顶嘴了。余组长的面子抹不开，非要原野服软不可。原野冷笑着要出去，被老黄拦住了。吴娉婷插嘴说："让娅娅劝劝原野，原野肯定听她的。"罗娅娅瞪她一眼，愤然起身，出了大门。吴娉婷脸一红，连忙说："我也没讲什么呀，就发小姐脾气了？"周秀丽见不是事，立即去劝罗娅娅。于是，会议不欢而散。

罗娅娅早就对吴娉婷有些烦。还是那回雪天过交战垭时，罗娅娅哭着不肯走，接着又如飞地跑过险地，吴娉婷便多次在别人面前说："怕什么？假装的！"罗娅娅听说了，恨得牙痒，只想找个机会报复一下。可吴娉婷这人怪，人前不出头，工作又积极，不管在哪儿，领导都放心，这就让罗娅娅更恨了。现在周秀丽跟出来，见她正在抹眼泪，便把她拥在怀里，像妈妈一样，摸头拍肩扯衣角。很快她就平和了，一笑，说："姐，没什么大不了的，只当被狗咬了一口。"周秀丽不插言，等她发泄完才说："走，我们到山上逛逛，挖些花儿来。"罗娅娅把她一攀，说："还是姐姐脾气好，也明白我的心思，一见花儿我就会忘了一切。"

山上有许多野兰花，正好拔节含苞。兰花高雅，她们各自挖了一抱。周秀丽问："娅娅要这么多干什么？"罗娅娅反问："姐姐要这么多干什么呢？"周秀丽说："我想给同志们每人一束，养在瓶子里，可以鲜活几个星期。"罗娅娅说："我把它们栽到地里，不是活得更久？"过了一会儿又说："姐，你看怪不怪？原野那么一个木头，怎么会爱花儿呢？前两天我看到门前地里栽了几株野兰花，一问才晓得是原野干的。"周秀丽瞟了她一眼，她就不好意思地把脸扭到一边去。周秀丽说："别提那个灾星，你不就是因他在怄气吗？"罗娅娅边跑边说："好，听姐姐的，不提那个灾星！"跑回住处，她就不见了。周秀丽将兰花分发后，看到罗娅娅把她的花和原野的花栽在一起，便呆了好久。

两天后，所有工作队员都到公社去开会，总结春耕生产。会上，龙局长做总结报告，特别表扬了原野勇斗拦路抢劫犯的事迹，并让随队记者写一篇通讯，登到地区党报上去。在分组讨论报告的小屋里，记者来了。当着众人的面，记者问，原野答。当问到"面对抢劫犯的匕首，你想了些什么"时，原野闷着头，答不上来。记者启发他："比如说想到了最高指示，想到了少年英雄刘文学等。"原野忽地抬头，说："都不对，我想到了这些干果是同志们凑钱买的，要是被抢，病人看不成，同志们的钱就损失了。一共十几块，我拿什么赔呢？我一个月五十几块工资，每月要给老家寄三十多块，剩下的就只能吃饭了。老家有父母兄妹，要不是我这三十多块钱，他们怎么过？"说着，他居然哭了。

罗娅娅把他看了又看，骂他真是个木头，这么有学问的人，怎么这么蠢呢？说完，罗娅娅一甩手出去了。其他人也为原野的话而羞耻，低着头。余组长忙对记者说："情况就是这个情况，你该怎么写还怎么写，千万别听他胡说八道。"

记者连连点头去了，屋内自然是同志们对原野的好一阵讨伐。原野说："你们的意思我明白，可我开不了口呀！从小师长就教育我们要真诚，不能讲假话呀！"余组长脸色一黑，断喝一声："够了！你岂止是木头，完全是反动派！就凭这个，判你一个'右派'还算轻的。"在场的人悚然心惊，原野的脸就白了。

公社的会议结束前夕，龙局长传达了一个新任务：今年国庆节要大搞，地区马上就要发文，由文化局主办业余文艺汇演大会，一百多个公社集中到城区，是件大事。莲花公社的文艺节目就包给乐园大队，由第一工作组全权负责。演员可以在全公社挑选，原野主管文字，老黄主管导排，罗娅娅、周秀丽、吴娉婷都是执行导演，老余呢，管总吧！龙局长最后一句话像是在开玩笑："我呢？搞不到事，就搞后勤嘛。"会场活跃起来，笑声一片。其他组的人们朝一组投来羡慕的眼光，余组长和他的成员们感到脸上格外有光。

会议一散，公社附近的工作组都收拾东西走了，远处的还得住一夜。余组长是个认真办事的人，当晚就在垭镇旅社开会，先做个策划。老黄抢着说："鉴于莲花公社有着悠久的文化传统，多年前就被省里授予山歌之乡的称号，这次汇演自然要以山歌为龙头。"接着提到了山歌对唱、独唱、合唱等。正讲得上劲，公社办公室派人来找余组长接电话，原来是当上县医院副院长不久的谢医生打来的。谢医生说："汇演一定要把马英子算着，保证不误你们的事儿。"余组长回应："只要她唱得好，这事儿就定了。"谢医生千恩万谢地说："你们放心，总有报恩的时候。"

于是，余组长特意安排老黄先暗中考察一下马英子，觉得确实可用，再调用。老黄双眼一亮，说请领导放心。这个晚上，老黄有些心神不宁，感到肩上责任重大，恨不得立即飞回乐园。

五

来自各大队有表演基础的年轻人在乐园组建宣传队，天天笙歌嘹亮，激发了整个乐园人的热情，乐园成了真正的乐园。那些出坡劳动的农民也会绕着弯子跑到大队部窥探，忍不住还吼一嗓子。郑二哥尤其兴奋，大队加派两个炊事员，郑二哥把老婆也叫来了，他本人就只负责挑水，进出都哼着歌儿，仿佛他家在办喜事。马英子也进了宣传队，但她不像别人那么兴奋，心事重重的，人家和她说话她也会走神，好像挑着重担。老黄不时关注一下她，让她放开些。马英子挺挺腰，不敢看别人。她越是这样，人们就越是觉得她是个可爱的人。

第一阶段是考察演员们的表现，好的留下，不好的走人。留下的自然欢天喜地，走了的则哭哭啼啼，弄得周秀丽她们很不好受，却又无法相助，只好把人家送得远一些，再远一些。望着那些被刷掉的演员，马英子很愧疚。余组长提醒老黄："不要包庇马英子，虽然我们要对得起谢院长，但我们更要对得起组织。"老黄说："晓得，不信你去问问周秀丽她们，英子的嗓子是不是特别好？"余组长果然问了，果然都说好。余组长干脆说："汇演的事老黄负责，大队那边的摊子还得有人，我和原野来管。不过丑话说在前头，要是出了问题，小心你的狗头！"

第二阶段，节目要落实到人，正式进入排练程序，可是马英子请假了。周秀丽发现她脸色惨白，眼圈发黑，走路不稳，好像一阵风就能吹倒她一样。马英子说她感冒了，周秀丽和老黄一商量，让她吃几天药。

余组长和原野把心思完全转到夏季田间管理上去，挨家挨户，深入农田。一天晚上，天快黑了他们还没找到歇处，虽然很累，也只得加快脚步。爬上一个高峰，太阳下山，四野顿时阴暗了。朝下看，山湾里朦朦胧胧的像是梯田，还有人家，软弱无力的炊烟朝上爬，爬到高处就被风儿吹散，梯田和林子交界的地方，有堆火。余组长突然朝原野一吼："快跑，争取不摸夜路。"

山里的路，看来很近，走起来很远。等他们蛇形回环地跑到梯田边上时，已经连路也看不清了。先前看到的那堆火就在眼前，有个蓝衣女人头顶白头巾，跪在一座坟前，好像在烧纸钱，隐隐还有哭声。余组长咳了一声，准备上前和那女人搭话，女人惊起，竟然朝林子里走了。她款款地行走，速度却是极快，飘然而去，转眼不见踪影。余组长想和她说一句话都来不及，不觉间出了一身冷汗。他们赶紧跑到人家屋里，衣服都湿透了，进门就讨水喝。主人喊老婆子烧水，余组长说就喝冷水。主人给他们一人一大瓢凉水，还要他们到灯下去喝。他们走到灯下一看，水面上漂浮着不少糠皮子。原野想把瓢里的水倒掉，主人拦住说："倒不得，放上糠皮就是让你们慢慢喝的，一边吹一边喝。"主人见他们不懂，又说："你们累得汗直流，心肺都张开了，凉水喝得急，就会呛了心肺，要是呛出了血，那就完了。"余组长大悟："哦，喝点儿凉水还有这么大学问？"原野连连点头，拗口地说："可见贫下中农的品质多么高尚啊！多么纯朴啊！"

喝了水，解了渴；吃了饭，又解了饿。余组长这才讲了在路边见到的女人。主人沉默好久，摇摇头，说山里没有这么个人。他老婆忽然插言："莫不是董家姑娘吧？"主人立即呵斥她："骚婆娘，人家都死了三四年了，你胡扯个屁！"他老婆不服："你想想，一个穿蓝布衫的，顶个白头巾，走路像飘一样，不是董家姑娘是哪个？你莫不信，有一回我在林子里也见过她。"余组长和原野并不相信这些封建迷信，却蓦地感到背心沟沟里有股刺骨的寒意。余组长把椅子移到火垄边，不想再谈此事，便问到今年的庄稼长势和往年收成上去。

歇了一夜，余组长和原野继续上路检查工作。连日在山里绕去绕来，都累得不行。原野朝树林一指，提议说："我们寻个短路吧？"余组长哧地笑了："你寻短路去吧！"原野估摸着方向，然后钻进树林。树林里有习习凉气，还有泉水的嘀嗒声，原野回头见余组长跟上来了，便说："您不是不愿寻短路吗？"余组长说："我是送你上短路的。"走了会儿，他们找到一眼泉，水流一线，在败叶的遮掩下时隐时现。余组长摘一片阔大的水葫芦叶子，围成水瓢的样子，用细木棒别了个扣，把那缓缓滴落的水接进去，然后仰面朝天，倒入嘴里，像饮甘露似的。过后又装满一瓢，递给原野，说"来一杯吧"。原野感激地接过来，稍一用力，叶片瘪了，水也漏光。余组长哈哈大笑，说他这辈子也见过一些傻瓜，却没见过这么傻的。蠢人自有蠢法子，原野往地上一扑，刨个窝儿，等水沁满了，猛喝一气，说"好痛快"。等原野起身，余组长指着水里的蚂蟥惊叫。原野脸色大变，就觉得喝了蚂蟥。

余组长说："你就当真了？"原野说："是真的，我喝了个肉肉的东西，还觉得像橘子粒儿，也没想，就吞了。"

"狗屁！"余组长一声吼，然后唱"西边的太阳就要落山了"，又说"我们快走吧"。可是，他们在树林中四望无际，迷迷茫茫，该往哪儿走呢？余组长说："老子是组长，工作忙，责任大，心思就多，难道你也没记住路吗？"原野说："我在创作歌词，正想呢，哪还记得路？要是我感觉不错的话，出路应该是那边。"余组长就让他带路，走了一阵，林子越来越深，显然是走反了。原野又朝后面一指："出路应该是这边吧？"他俩走了一阵，显然还是错了。余组长讥笑他："只怕这回你真的寻短路了哦。"原野沉默了片刻，从口袋里摸出一根细细的针，滴了一滴泉水在大拇指上，再将针放到那滴水上，那针便奇怪地转动，转到一个方向，定了。他说这叫指南针，身动针不动，这法子很灵的。原野正炫耀他的学问，远处传来吼声，越来越响亮。原野兴奋地说："是邹振露！"余组长生气了："你这种表现，还想走正路？老子恨不得杀了你。"原野不理他，侧耳听着，就听出了那吼声的一些内容。原野于是大叫："唱得好，我不织布你钻洞，我不种田你喝风！"边叫边朝那吼声跑去。余组长在后面紧追不上，气喘吁吁地骂："发什么疯？小心老子回去不给你出路！"原野说："跟着声音走，就会走出树林哪，聪明人，这个都不明白吗？"

果然，跑一跑，走一走，终于出了林子，老远看到那个名叫邹振露的绿衣邮差正往他们的驻地走去，还背了半袋子邮件。原野喊了几声，邮差笑嘻嘻地停下，等着他们。以前，邮差隔个把月来一次，这一阵邮差几乎每周都来，常常到保健室坐半天。余组长问:"又是去保健室会马英子的?"邹振露并不隐瞒,说:"是的,我这人猴急,恨不得天天见她。"余组长又问:"那你们是恋爱了啰?"邹振露又说:"是的,是自由恋爱。"他说大队部经常见不到人,就把信件放到保健室,于是认识了马英子,就恋爱了。原野说:"马英子正患感冒,你去慰问一下。"一听说恋人病了,邹振露加快脚步,把余组长和原野甩了老远。余组长一笑,哼起一支小调:"提起看冤家,两脚像羊叉。"原野也加快脚步,组长就说:"人家去看冤家,关你屁事呀!"原野头也不回地说:"我要找邹振露,让他把那歌儿再吼一遍。"

等他们回到大队部,已是吃晚饭的时刻,正要进厨房,却听到保健室那边传来争吵声。赶过去一看,马英子挥起一把扫帚,正往邹振露头上打,还骂:"邹振露,早就给你讲了,滚滚滚!我们一刀两断!"余组长和原野都大吃一惊,朴实的马英子怎么成了悍妇?余组长把她的扫帚夺下来,说人家邹振露好心来看她,怎能如此对待呢?马英子双眼一红,哭起来,还往余组长怀里一倒,吓得余组长连连倒退。邹振露手快,赶紧把她抱住,小心问:"哪点儿对不起你?就算死也让我死个明白呀。"马英子把他推个趔趄,说:"我反正不爱你了。"

那天晚上,余组长怎么也没劝下来,眼睁睁地看着邹振露走进夜色,心里禁不住一疼。原野追了两步又停下,自语:"他吼的那支歌儿多妙啊!可惜可惜。"原野折腾了半夜,终于折腾出一首歌词,在第二天下队检查的路上,便把歌词给余组长看。余组长找个树荫歇下来读了好几遍,是一首五句子山歌:

> 千年风云唱英雄,
> 好吃懒做寄生虫。
> 我不织布你钻洞,
> 我不种田你喝风。
> 开创世界我工农。

余组长做出个以手拍额的样子,说:"原野,没想到你的才气门板都挡不住啊!"原野笑得合不拢嘴,忸怩地说:"提提意见嘛。"余组长说:"关键是这两句好,我不织布你钻洞,我不种田你喝风。不晓得你这脑瓜子怎么想得出来的?"原野脸一红,说:"这两句是邹振露的,其他几句是勉强配上的。"余组长说:"那也不错了,讲跟形势嘛,你还是跟得紧的。"原野振作起来,问:"这歌词能不能到地区上汇演?"余组长顺口说:"我看行,让老黄先配个曲,将来得了奖,我请客。"原野说:"作者名字就用组长您吧!"余组长说:"放屁,就算再差,我也不会抢下属的功劳啊！按惯例，就写文化工作队集体创作！"原野说："随便，反正我可以完成罗娅娅的请求了。"余组长一顿，问："不是老黄安排，而是娅娅求你的？"原野说："罗娅娅想唱一首好歌，免得浪费自己的嗓子。"余组长不作声了，瞬间明白罗娅娅为什么会对原野好起来的原因，这个在温室里长大的丫头，竟是个爱才的！他想了想便说："那行，就让娅娅唱。"又说："原野，不要再缠住娅娅了。"原野"哦"了一声，扬长而去。

六

　　乐园大队山恶人稀，田都藏在各处的湾子里。从这个湾寻到那个湾至少也得半天，有时要走一天。在靠近大队部的地方，余组长和原野还能回来休息；离得远的，就只能住农户家了。等这一圈检查完毕，已是盛夏六月，余组长和原野完成了本应是六个人完成的任务，回到大队部，都说累死了。可是再累余组长也不敢马虎汇演工作的进展，便立即召集会议。

　　老黄汇报一切顺利，只有马英子中暑了，咳得非常厉害，还有呕吐，连话都说不出来，排练自然也停了。余组长一听，着急起来，问怎么办。老黄随即又打了包票，说她的歌已经唱熟了，不要紧，就算休息十天半月也不会影响汇演的。余组长不再追问此事，让大家散去，却又把周秀丽留下来，问罗娅娅和吴娉婷的关系是不是好些了。周秀丽说："她们相互间已没有话说，擦肩而过，像不认识一样。"余组长烦躁起来，说："要吴娉婷写检讨，我们是个团结的集体，哪个不搞团结，就拿哪个开刀。"他并不问谁是谁非，也不想问，就这么吼。周秀丽小声说："其实是娅娅先闹起来的，她太爱记仇了，总是想报复一下。"余组长沉默了一会儿，说："那——这样吧，检讨就算了。"他已经在心里下了决心，让龙局长把吴娉婷调走。

　　过了几天，地区文化工作队果然把吴娉婷调到公社去了，和龙局长在一起。她本来是准备好好排练几个节目去汇演的，那个可以算作她的业务成果，所以她很不满。临走时她找到余组长哭诉，说是周秀丽从中捣鬼了，倒没怪罪罗娅娅。她说虽然和罗娅娅闹过意见，但罗娅娅是个有口无心的人，不会搞阴谋，肯定是周秀丽从中捣鬼了。余组长说："你别错斩了崔宁，她倒还在为你说好话，没出过坏主意。我觉得呢，怎么说呢？唉——算了，说什么你都不会相信的，但你要相信组织，以后你会明白的，要记仇就记在我名下吧。"

　　吴娉婷走的时候，大家都要送，被余组长拦下了。余组长说："还是让我和原野去送。"周秀丽说："一同下乡时都好好的，怎么闹成这样子呢？"罗娅娅说："我不过和她吵了几回，也没说就让她走啊？倒让人觉得我小气了。"老黄心不在焉，看看这个，瞧瞧那个。余组长送吴婷婷走后，老黄没给任何人打招呼，也悄悄去了公社，接着连夜赶回大队部，背了一大包药，都是些补养身体的，给了马英子。马英子吃了药，果然越来越好，能够正常排练了。

到了九月，排练进入高潮，马英子又咳嗽起来，嗓子发不出声。余组长问周秀丽："老黄不是打过包票吗？"周秀丽说："我反复观察，这回不同以往，已经一个多月没起色了，如果……"余组长烦了，说："马英子怎么搞的？好几天歹几天，还有完没完！"结果又等了一个星期，还是如此。余组长见老黄导排工作太忙，便和周秀丽商量。周秀丽大惊小怪，像有重大发现，弄得余组长也紧张了。

"不对呀，你看没看到，她的臀部往下垮。""往下垮怎么啦？那不是天生的吗？""只有怀孕的人才会往下垮呀！""真的？那怎么搞呢？"

商量的结果是先让县医院的谢医生回来一趟，看看情况，不说怀孕了，只让他听听马英子的嗓子就行。接着让马英子到卫生所做个妇检，如果她同意做，就说明没怀孕；如果她不同意，就说明她怀孕了。

谢医生对马英子还真关切，让他回来听听嗓子，立马就回了。他听过，也只能摇头。临走时说："如果一直这样，我也不会怪你们的，天意如此，又有什么办法？"余组长把他送了老远，算是尽了人情。然后把马英子叫到一边，说她嗓子不好，可能有妇科病，最好是搞一个妇检。马英子说想想，第二天就爽快地同意了。余组长大出意料，只好假戏真做，把马英子弄到公社卫生所做妇检。

在前往垭镇的路上，余组长依旧让原野一同做伴。马英子好像一点儿也不苦闷，反而一反平日的拘谨，十分活跃，仿佛有满肚子话要对余组长讲。她讲乐园就一个名字取得好听，其实是屙屎不生蛆的地方。而她扎根农村，结果弄了个赤脚医生当，下头只到过垭镇，上头只到过她的住家处鲁家大湾，连县城什么样儿，也只是听说过。她这辈子的愿望就是进一次县城，如果能到地区参加汇演，那就等于是上天了。她说她的嗓子会好起来的，让余组长放心，她一定要到地区走一趟。又说，如果能继续参加排练，要她做牛做马都行。余组长听了，心里酸酸的，只差发誓保送她上地区了。可他嘴里却说："妇检后再看吧。"

到了镇上的卫生所，余组长找到谢所长，说明来意，恭请他全权负责马英子的妇检。余组长见她进了妇检室，透了口长气，便在所长办公室静待结果。他很轻松地想，马英子敢于妇检，肯定是没问题的。谁知半天过去了，还没结果。谢所长进进出出好多趟，脸色越来越阴沉，倒让余组长担忧起来。谢所长最后一次进来，把门一闩，小声说："余组长啊，英子怀孕已经两个多月了，她只是哀求医生别说出去，可医生不敢负责，就给我讲了；她又哀求我别说出去，可我也不敢负责啊！这不都是革命工作嘛，怎么能瞒骗组织呢？"

余组长像是挨了一棒，脑袋发晕，不由得低了头，揿起眉心来。

这是怎么回事呢？余组长稀里糊涂地到旅社登了记，下意识决定，先在这儿把情况弄清了再说。晚上，他把马英子叫进他的房间，充满了同情，同时也充满了厌恶。是哪个害了她呢？多么纯朴的一个小女子呀，可现在成了一枝残花，一定得把那家伙找出来严惩！正想得心潮澎湃，马英子躲躲闪闪地进来了，唰地跪在他面前。余组长一把将她扯起，一点没有怜花惜玉的意思，说："好好说，别下跪，我要把那家伙杀了！"马英子又下跪了，连连摇头："让我跪下，都是我的错，要杀就杀了我吧。"余组长火了："告诉我，那家伙是谁？"马英子又是连连摇头："不怪他、不怪他、不怪他……"余组长一跃而起，怒吼："怪不怪他，你得讲出他的名字来呀！"马英子见他这样，一下子趴在地上，什么也不讲了。余组长在屋里来回踱步，像在走山路，脚抬得很高，步子迈得很急，心想不能这样僵持下去，得有个主意让她讲出来才行。他停下脚步，缓和了口气，说："起来吧。"

但他咽不下这口气，也转不过这弯子。他头痛欲裂，翻来滚去地一直熬到天明。第二天他们和马英子回到大队部，几十里不讲一句话，从后面看她那可怜的样子，便只剩下厌恶。余组长生出一种作恶的念头，有意和原野谈笑打诨，遇到荫凉要歇一歇，遇到水沟要耍一耍，遇到险境也要爬一爬，还拿出相机来拍上几张。马英子倒清闲了，静若处子，反而把余组长和原野闹了一身臭汗。余组长越走越恼火，走到大队部已经天黑了。

余组长让马英子回保健室，明天不用到宣传队报到，原来干什么还干什么，不过也不能忘了好好反省。马英子离开了，余组长便大叫："二哥，弄点儿水来洗个大澡。"郑二哥说："没有水，这一阵天旱，山上的水沟、泉水什么的都干死了客蟆，莫说洗澡了，就算是人喝的水也限了量。现在用水，来回得跑四个多小时，到大河里去挑，这些情况组长是晓得的。"余组长越发怒了，只嚷要洗澡。原野却在奇怪地问郑二哥："什么是客蟆？"郑二哥一边对余组长笑着，一边回答原野说："客蟆就是你们城里人说的青蛙。"又对余组长说："那我这就去挑，您等得住不？"余组长瞪他一眼，没作声。郑二哥背起水桶，就如飞地朝山下跑。余组长愣了片刻，对原野吼起来："你死了啊！这么晚下河，怎么能挑水？"原野转身就去追郑二哥。

这时，在家的同志们过来了，围在余组长身边。余组长随口问这几天排练得怎样，老黄说："不错不错，保证经得起你的验收。"余组长说："不是我验收，是县里验收。"老黄连说"是是是"。等场面静了，罗娅娅问原野哪儿去了，没人理她，罗娅娅说："那首歌词好是好，就是要加些衬词才唱得好听。"余组长说："你加就是了，还用找他？"罗娅娅说："原野是个犟牛，不通过他不行的。"余组长说："你们都忙去吧，我要累死了。"又说加衬词的事他给原野讲。

　　余组长没有洗，和衣躺到床上，刚闭上眼，原野回来了。原野说拦不住，郑二哥飞跑，在部队练过的人，别人也追不上。余组长冷笑着："赌气了？那就让他去吧！"余组长一个翻身下了床，和原野钻进厨房，将剩菜剩饭一锅煮了，大口大口地吃起来。这么一折腾，已是夜里十点多，而郑二哥下河挑水也有三个多小时了。余组长让原野别睡死，要等着郑二哥回来；郑二哥回来后就把他叫醒，瞌睡再厉害，也得洗个澡了。原野也不敢脱衣，歪在床上等。年轻人瞌睡大，等着等着就睡着了。先还睡得浅，冷不丁醒来，一看表，还没睡到五分钟；又醒了，一看表，还不到十分钟。这样时睡时醒地搞了三四次，终于沉沉地睡得深了。

七

　　不知是什么时候，余组长被一声怒吼惊醒，翻个身又睡；过了会儿，隐隐又听到吼了一声，轰通一响，有什么碎裂了。余组长愤然拉起被子蒙住脑袋，反而睡着了。山里秋老虎厉害，经不起用被子盖头，余组长憋出一身汗，将被子一掀，才凉快了。心里突然被什么一撞，他跳下床，大声喊叫原野："睡死了啊？二哥怎么还没回来？"吼了一阵，原野懵懵懂懂地下床问什么事，突然就明白了："二哥呀，我去看看。"余组长在屋里转圈，火气一阵高过一阵。连他自己都不明白，心里为什么那么烦躁，又要吼，原野却先在那边惨叫了。余组长夺门而出，冲进厨房，只见一个黑影吊在房梁上，在灰暗的电灯光下摇摆。

　　原野趴在地上喃喃自语："二哥上吊了。"

　　所有人都被惊动，他们把郑二哥放下来，已经没气儿了。马英子摸摸郑二哥的胸口，也不说话，就做人工呼吸。她伏下身，口对口地吹一口气，然后用两手按住二哥胸部，连按五六下；又吹一口气，连按五六下。余组长没想到马英子会在这种时候赶来救人，不觉对她另眼相看了。可是，郑二哥还是没有动静，马英子头上的汗已经如雨一般洒落，惨白的脸涨红了，手上的动作也越来越迟缓。余组长想帮一把手，老黄却蹲在旁边，小声劝："英子，你尽力了，歇会儿吧？"谁知马英子锐叫起来："他还有救，你们都是死人呀！"

　　一屋人都被镇住了，不知该如何处理。马英子一边做动作一边气喘吁吁地说："黄老师，照我的样子来，吹一口气，按六下，每秒钟两下。"说完，她就滚在一边，累惨了。老黄赶紧伏下身，依她教的法子行动。余组长想了想，说："英子好样的，秀丽你们几个把她扶到床上去休息一下，有什么情况，我们再请教。"马英子一听，像溃了堤坝一样，蓄积已久的泪水一泻而出。她瘫在椅子上，不让人动她，一直盯着郑二哥。又过了半小时，老黄也累得大汗淋漓；原野换下老黄，按了不久，也大汗淋漓；余组长便换下原野，不久，二哥竟然"嗯"了一声，呼出气来，余组长才软软地趴到一边。马英子说"谢谢了"，便又起身忙碌起来。

第二天，余组长和大家一起看了现场。先是发现在稻场边的石坎上泼了一摊水；接着，厨房的门槛内外全是湿的，木桶也破碎成了数块。水既然已经泼尽，郑二哥想是悔恨交加，就把木桶砸碎了。可是不管怎么说也不能上吊啊！这些都是猜测，谁也不敢当郑二哥的面提这一节。倒是郑二哥伤好后，对同志们千恩万谢，又直通通地讲了他出事的过程。原来，他实在太累，上坎时身子一晃，险些摔倒，泼出许多水，心里就很气；又在门槛上一绊，扑地倒了，水也泼光，气得他将木桶摔成八块，转身捡了根绳子就上吊了，想都没想一下。众人想笑，没敢笑。原野说："二哥讲得一气呵成，就像你扑地倒了，就骂，就摔桶，就上吊一样，一气呵成，很有气势。"这时，众人才哈哈地笑起来。

过了两天，一场大雨浩浩荡荡地光临，才算解了乐园山上的水荒。

郑二哥是获救了，马英子却因为施救而病情加重。余组长想到她的好处，又想到谢医生的托付，心虚了，也心疼了，一边让周秀丽和罗娅娅多照顾她，一边抽时间给她做思想工作。他认为马英子主要还是心病。

余组长对她说："我不怪你，把实情讲出来，只要情况允许，你还可以进城的。"马英子一见他就低了头，听过这话，眼睛便一亮，仰头问："余组长大人做大事，说话算话吧？"余组长仿佛看到了一线光亮，便趁热打铁，绕开了弯子。

"那我问你，你是为了进城才走上这条路的？""我还要到地区演出，这是唯一的机会。""那个人能够帮你？""是的，他说过有他在就有我在。""他能帮你什么？""他口才好，文笔好，能教我好好唱歌。""是邹振露吗？""不是，他唱歌像老牛叫的。""难道是谢医生？""更不是了！他是我干爹，待我就像亲女儿一样。""那是谁？""我不敢说。"

余组长头上冒汗了，感到这个人离他越来越近，他甚至已经看清那人的面孔，心里就像被捅了一刀。要是在他领导下的工作组里有人做出这种事，就复杂了。上级会怎么看我？这倒是小事，重要的是组织会怎样惩罚那个人？都是奋斗几十年才有了地位和成就的，难道就为一件下三滥的事毁掉前程？难道由我来做这个小人？余组长有些不敢问下去了，又不得不问。

"你们有多长时间了？""干爹走后没多久，我就有了。他让我参加宣传队，我只有自己动手刮宫。""天哪，自己动手，你都做得出来！""没法子，我特别想进城看看，特别想到地区演出。""你确信是怀孕才哑了嗓子的？""起初不敢确定，只是想不能因为怀孕影响演出。后来确定了，人家一怀孕就害口，想吃酸的，喝辣的；我不同，是哑嗓子。""这是第几回了？""第三回，头两回都刮了。""这回为什么不去医院刮呢？""医生说，一个女人最多只能刮三回。刮了第三回，可能就不能再怀孕了，所以不愿给我刮。""为什么不避孕？""避过。头一回是糊涂，怀了；第二回是时间没算准，怀了；第三回是那套子弄破了。""这么说，那个男人是我们工作组的人？""我不敢说。"

余组长听她说得平常，而每句话都让他心惊胆战，身上像被抽了筋，只觉得仿佛那手术刀在一刀一刀剐着他的皮肉。马英子不作声了，他就跳起来骂："王八蛋！"马英子吓坏了，溜到地上便下跪。余组长不管她，又把桌子拍得砰砰响，怒骂："可耻！罪过！不要脸！下三滥！"把他能想到的脏话骂了个遍，骂一声，马英子的头垂一下，一直垂到地面。余组长骂累了，手也拍疼了，自己都觉得索然无味。

"他还是个人吗？这样折磨你，你还信他？""我是个实诚人，又是个憨人，只想把整个人都托付他。""老子要杀了他！""别怪他，都是我作的怪，我爱他，就勾引他，把他拉下了水。""他是谁？""余组长，你肯定猜出来了，可我不能说。""那好，你们就一同去死吧！"

马英子在地上膝行，一直爬到余组长面前，抱着他的腿哭求："我死可以，别让他死！他就是黄老师。我都招了，你不会让他死了吧？"

余组长的心被击穿了，狼狈地逃回自己的寝室，怎么都想不通。他不知该如何找老黄谈，老黄在排练室里忙得脚不沾地。这个王八蛋哪！

余组长硬撑着到了排练场，自己倒像个贼，到了排练场却缩回身子，回了寝室。又想了好久，才叫原野把老黄叫过来。其实老黄也在硬撑，一进门就往椅子上一瘫，伸不直腰了。在见到老黄的这一刻，余组长心意已转，他改变了主意，有气无力地说："把马英子的节目交给别人，你继续领导排练吧。"老黄刚要开口，余组长拦住他："按我说的办，其中原因你比我更清楚。至于以后的事，等我给龙局长汇报了再说。"老黄脸色如蜡，小声说："这事能到你这儿为止吗？"余组长摇头："都是党培养了几十年的干部了，你看可能吗？"老黄缓缓转身，四十多岁的汉子，仿佛一下子六十岁了，临出门时他说："我恨你！"

余组长心里一热，追到门口补了一句："那这样吧，等汇演后再汇报。"他看到老黄朝排练场走去，身子又硬撑起来，一步一步，雄赳赳的。

晚上，马英子来到余组长屋里，一坐下就流泪。余组长冷冷地干自己的事，快半夜了，不得不说："你还是回保健室吧，干好自己的本职工作，我保证以后不为难你了。"马英子的泪水瞬间如涨潮一般，哗哗流下，天已半夜，只是不动身。余组长也无法，把她扔在这儿，自己却钻到原野的床上去了。

不管马英子是多么凄苦，不管老黄是多么哀伤，也不管余组长是多么郁闷，国庆节都将如期而至。

宣传队终于出发了，先步行到垭镇歇一天，听工作队和公社领导的讲话，余组长和导演们以及演员代表发言，表决心。然后，县里的大卡车接他们直接开往地区招待所。卡车刚刚启动，只见一个人飞跑过来往车厢上爬。众人准备拦阻，一看是马英子，就住手了。车厢太高，她爬了几次都没爬上去，便哀求拉她一把，让她到县城看看就行，再不会想什么地区和省里了。可是，没有任何人伸出手来。余组长瞪一眼老黄，老黄无奈，走到她跟前，轻轻拿开她的手，说："听话，将来我专门带你去看县城，还有省城。"她果然闪到一旁，让大卡车跑了。余组长回头看，只见马英子渐渐远去，好像还在喊叫什么，最后像一粒尘土，不见了。一路上，余组长心里在嘀咕，马英子就这样毁了？

他看看身边的老黄，要严惩他的心坚硬起来。

汇演进行了半个多月，乐园宣传队获得一系列大奖，最让人开心的是原野创作的《开创世界我工农》名列第一，文化部也要派专家到场观看，并直接要把这个节目调到北京汇报演出。还有，罗娅娅技惊全场，让前来观摩的省歌舞团导演心仪不已，已经给地区文化局打了招呼，将把她带走。

地区领导登台为优胜者发奖时，文化局已经派人把老黄叫走了。不过文化局还算仁义，让他参加了乐园宣传队的庆功宴。余组长陪龙局长坐在首席，还沉浸在巨大的喜悦中，突然就发现了老黄。他想下位同老黄亲热地打个招呼，见老黄比以往任何时候都傲慢，便立即打消了打招呼的念头。接下去是为胜利干杯，相互敬酒，你来我往，很快把余组长的不快淹没了。

余组长陪着龙局长一桌一桌地敬酒，也许是喝醉了，每敬一处，他都逼着人家一杯干掉。敬到老黄那儿，老黄将杯中酒朝他脸上一泼，说："你这个小人，干你妈的×!"余组长正在兴头上，被一杯酒泼了个满面，便狂笑，将杯子往地上一摔，酒水四溅，破碎的玻璃也四溅开来。然后他挥起一拳，砸在老黄的鼻子上，血流如注。接着，两个人抱在一起，在地上翻滚。

龙局长一看，二话不说，走了。

八

　　工作组回到乐园，余组长身边有三个熟悉的面孔不见了，一个是老黄，在文化局反省；一个是罗娅娅，直接到省歌舞团报到去了；第三个自然是马英子。余组长在保健室里没看到马英子，有些奇怪。大队长说："那个小娼妇丢尽了乐园人的脸，老子和支书一商量，让她滚蛋了！"余组长很不高兴，问："贫下中农病了怎么办？"大队长说："已经给公社打报告，总有人来接班的。缺了马英子，地球照样转。"余组长又问马英子现在在哪儿，大队长说她住在鲁家大湾。

　　鲁家大湾在乐园大队的最西头，离大队有二十多里。余组长带着原野去找马英子，原野的精神有些不振，便走得很慢。余组长打趣他："这回你和娅娅都得大奖了，怎么还像水烫过的嫩菜薹呀？"原野往路边草丛中一坐，问余组长："我想和你探讨一个问题。"余组长跟着坐下，没作声。原野说："你是不是早就晓得罗娅娅是爱我的？但是，你是不是认为我配不上罗娅娅呀？"余组长感到脑子突然不够用了。

　　"我把你当了知己，才这么问的。""谁又把你当知己了？""那是另一件事，反正我是这么想的。""哦？那你讲讲。"

　　原野就讲。

　　按数十年之后的一种说法，原野是那种闷骚型的男人，表面是个木头，心里却像火一样烫人；表面愚笨，心里却很有智慧。他说罗娅娅起初是极看不起他的，后来对他好，认为他是个能写文章的。但他明白他俩不是一路人，就好比贾府的焦大和林妹妹的情况一样。这都不重要，而余组长呢，是不是生怕他俩搞到了一起，便站在维护罗娅娅——实际上是维护罗专员的立场，一直起着破坏作用呢？原野所说直接击中了要害，余组长的脸就绷紧了。

　　余组长说："罗娅娅已经调到省里了，这事最好别提了吧。"原野说："罗娅娅临走时约会过我。"边说边从衣袋里掏出一本崭新的小红书："这就是罗娅娅送给我的。要说爱我吧，也该投人所好，不该送这个东西……"余组长一跃而起，指头差点戳到原野的眼窝，呵斥："再说一遍！这是红宝书，不是这个东……"余组长赶紧止住话头，自己也不敢说下去了，掉头就走。原野跟在后面，连忙解释。余组长再次呵斥："算了，你什么都没说，我什么都没听！"

　　接下去，两个人默默地走，余组长的脸白得吓人，原野的脸则白得凄惶。一直走到鲁家大湾老屋，马英子不在家，问哪儿去了，别人说不晓得。

不久，余组长传达地区人事局文件，老黄已被"双开"，遣送回乡，劳动改造。这个处理决定有些出人意料，按大家在会上表态时讲的，最低也应该判刑，坐个三五年牢，也没人同情他的。余组长把大家的发言一听，心里在骂："这些混蛋，人情哪里这么薄呀！"想想自己，不是一样吗？

工作回到正轨，该走访就走访，该冬播就冬播，然后就天寒了，下雪了，成天围着炭火。在炭火边，学习文件、开会、交心谈心，也胡扯、打牌。有一天，龙局长那边来电话说，今年照旧要过革命化春节，不过要轮岗，在乡下的回城区，在城区的要下乡。年关越来越近，众人对乐园倒有了难舍的情结。不知谁提了个建议，支书、队长家里去不去无所谓，郑二哥家是一定要去的。众人一致赞同，其实都存了心眼，要出他个洋相。

郑二哥从部队转业快二十年了，一直穿着退伍时的军装。虽然补巴叠补巴，草绿成了灰白，倒也干净。能够同文化人在一起，他就非常自豪。他常说跟文化人学会了讲卫生，学会了礼貌待人，学会了读书学习。郑二哥也晓得工作同志这一走，不知还来不来，但他口中却依旧是模棱两可的话。他说："一起好几年，你们也没机会到我家，只好等来年了。"余组长一笑，随口说："今天就到你家。"众人笑了，郑二哥也只当是笑话。那天郑二哥在家休息，余组长和队员们一起，吃了午饭就往山上爬，把正要出门的郑二哥堵在门口。郑二哥脸色大变，招呼一声就不见了。大家很不高兴，一不做二不休，干脆进屋，屋里便是一阵大乱。

郑二哥的女人呆在那儿，一条破裤子连大腿也遮不住。两个小女儿躲在门后，一个十五岁，一个十三岁，发抖。余组长一看，都没穿裤子，长长的破上衣仅能盖住臀部。他们进也不是，退也不是，好无趣。余组长尤其难堪、内疚，转身同大家商量，应该怎样救助一下郑二哥呢？大家便不约而同地在身上搜，有的拿出两块钱，有的拿出一支笔，合在一起，准备交给郑二哥的女人，然后离开。这时，郑二哥如飞地跑了回来，手里提着一块陈年老腊肉和一小袋苞谷米。原来他是从后门跑了，显然是要到邻居家借肉和米。队员们执意要走，郑二哥说："瞧不起我，你们只管走！"然后独自进了门。余组长看看大家，没一个敢走。

原野细声对余组长说："这就叫前门迎客，后门借米吧。"

吃饭时出了奇事，郑二哥从房梁上取下一瓶酒，竟然是茅台！金属瓶盖已经被锈蚀一尽，轻轻一挨便散落了。瓶口的橡皮塞子怎么也取不下来，老朽融化了，只能用钉子一点点地挑出来。郑二哥连说："太老了、太老了，一直不喝，就是留给恩人们喝的，谁知——唉！"原来那酒是他退伍时，连长送给他的唯一礼物，他就这样让它在房梁上吊了快二十年。大家不喝，自然又逃不脱他那句话："瞧不起就不喝。"最后，他流泪了，说他早看出大家对他的疑惑，所以死着脸，就因为不敢让大家看出他有这么个穷家……

一瓶酒，像玉液琼浆，慢慢地品，喝到半夜也没敢喝完。郑二哥说："不晓得以后会怎样，这次你们回去我是想送个礼物的，可我一人又没有这力量，只好麻烦大家一起去做一件事，那应该是很有趣儿的。"众人问是什么事，他说是去捡雪菇。这就怪了，寒冬腊月，会生长蘑菇吗？郑二哥说正因为金贵它才稀少，才要请大家一起去寻啊。也不知是不是真的，大家反正都兴奋了。

那天阳光很好，工作组全体出动，在郑二哥的带领下进了深山。走了几个小时，郑二哥自己也有些茫然了，说："明明是在这座山上的，怎么会找不到？"大家就四处转去转来。转到午时，蘑菇没看到，太阳也不见了，还迷了归路。原野像那回迷路一样，又拿出一根针来测方向，让大家朝他指出的方向走。不久，遇到一道悬崖，所有人都变了脸色。原野一看，发现悬崖前有一棵古藤，一直垂到不见底的峡谷，认为只能顺藤而下，不要再采什么蘑菇了。可是，面对悬崖，没人敢下。余组长说他先下，没有危险，大家再下。还说他是领导，天生就是干这个的。大家没和他争，可是郑二哥不干。他把余组长强行拉到一边，自己便猴似地抓住藤子，顺藤吊了下去。十多丈高的绝壁，他下去后却也安然。随后大家都下去了，便不再过问蘑菇的事。转了个弯，大家只在寻路，原野却大叫起来，众人跟过去一看，原来是一棵腐朽的老树，倒在那儿，上面结满了蘑菇。

大家高兴至极，竟然装了几大袋。都说原野是个福人，余组长补了一句："憨人有憨福。"原野在一边呆了一会儿，拉住郑二哥问："万物萧索，为什么这儿会生长鲜蘑菇呢？"郑二哥说："我晓得个屁呀，原同志帮我完成了一个心愿，欢喜都来不及，还管它什么为什么呢！"

九

多年之后，莲花公社成了莲花镇，乐园大队成了乐园村，余馆长也成了市文化局工会主席。原野没能走红，还在群众艺术馆搞写作。为了罗娅娅，他问过妈妈，妈妈说做人先得称称自己的分量，他就没有再去搭理罗娅娅；他晓得即使搭理罗娅娅，身在高处的罗娅娅怎么会和他相处呢？最值得一提的是老黄，又回了单位。不是平反，而是当年处理过重，予以纠正。

余馆长亲自到老黄的家接他。当时，老黄正在已经散籽的谷田里拔沟排水，身上糊得像泥牯牛，双手伸出来像乌龟爪子，但那农活儿干得实在漂亮。老黄虽然像个泥人，余馆长还是老远就能认清他那高傲的身架。于是一边跑一边高声大叫："老黄，你看谁来了？"老黄仿佛一直就在等这一声呼唤，当即就从田沟里冲到大路上，一边跑一边大叫，碰到一起，二人紧紧拥抱，再也说不出话来，只有呃呃的哭声。他们一哭，把陪同在一侧的人也弄得眼睛湿湿的。

这两个人就这样重归于好，很有些一哭泯恩仇的味道。

余馆长调到文化局成了余主席后，清闲起来。忽一日想搞一个活动，盛夏炎热，最好到乡下去转转，避避暑气。于是他以工会名义组织大家到当年下乡挂点的地方去，群艺馆去的地方当然是乐园。

县级公路已经直达乐园村了，他们走走停停，逍遥得很。过了交战垭，正是中午，口渴起来，余主席便想到当年雪夜借宿的那户人家。令人吃惊的是那草屋还是草屋，主人已不是原先的主人了，却也热情，烧水、泡茶、装烟，一样也不少。主人搬了椅子，让他们在大树下歇凉，有人大呼过瘾。屋内有个中年女子往茶壶里放茶叶，冲开水，又在火边煨了片刻，便分倒在几只茶杯里。女子送茶出门时，众人正朝前方看风景，背后就有一杯茶递过来，说：

"您喝茶。"

所有人都大吃一惊，这声音怪怪的，魎魎的，像是从腐烂的树洞里发出的声音。赶紧回头，天生一个仙人洞，竟然又是个塌鼻子！他们小心地把杯子接过，却没有一人敢喝。这时，主人在屋里一声怒吼："你这骚婆娘，还不喂伢子！"女子便敞开怀给孩子喂奶，一点也不回避客人。

余主席回头一看，天哪，那女子竟是马英子！原野也认出来了，问她："这不是马英子吗？"女人摇摇头，魎魎地说："英子和我是双胞胎，她是姐，我是妹。"老黄问："那你姐呢？"女子说："晓得她死哪儿去了？那年和工作组搞'皮绊'，把人家搞垮了，自己就跑了。从那个时候起，就再没见过她的魂。"

众人离开那个草屋，有人意兴阑珊，有人方兴未艾。走了老远，还有人在学那女子的声音，魎魎地说："您喝茶！"

众人大笑，笑得抽筋。余主席怒吼一声："谁要是再提马英子两姐妹，就给我滚回去！"吼过了，又觉得没来由，便匆匆赶路。司机上来问："主席，下一站往哪儿开？"余主席说："那就到郑二哥家去吧。"

看了郑二哥，余主席就说要回去。老黄悄声对他说："我还想在乐园玩几天。"余主席晓得他的心事，点点头，就率领其他人回去了。

2012 年 12 月 30 日于远安

短篇小说

天　痴

文化大院里最后的一栋楼就是本系统最高的楼，五层戴一帽。仰视之，只觉那一帽顶住了蓝天，如柱。虽说是帽，却有 120 平方米。不知何年何月其被一分为二，一半做了储藏室，一半作为住房。住房主人是个单身汉，尊姓大名渐被淡忘。偶尔提起，有人以手指半天云里的帽，说："那人还在吗？"

答："好像那人提菜上去了。"

或答："那人不见影。"

于是，皆呼为那人。

那人独占 60 平方米住房，在当年够得上县处级。那人痴，痴于何年何月不详，好像生来就痴；是何痴，众说不一，或花痴，或书痴，或虫痴。

那人一年三百六十五日极少下楼，领工资也由会计送去。只有柴米油盐诸事迫在眉睫，才不得已而为之。高高在上，与世隔绝，怕也修成了仙。

那人看上去五十余岁，清瘦，中山装穿得笔挺，纤尘不染，有洁癖。居室内干干净净，乍一看像个运动场，是少有摆设的缘故。他的工作编制在剧团创作组，无领导管他的起居，只要能每年交两个剧本就行。这些年剧团上演的节目不敌外地优秀剧目，他就连那个剧本也不必交了。创作组原先有三人，一人提为副团长，派人征求他的意见，他一笑："人往高处走嘛。好！"另一人调省作协当专业作家，请他开欢送会，他痛哭一场。问何故，只不说。

只剩那人一人了，组织仍存在。文化局下一纸任命书，那人当组长。那人像是很乐意，将任命书用绫纸装裱了贴墙上。后来说撤销创作组只设创作员，他也乐意。把任命书交回，还说："装裱了的绫纸也送公家。"

不写剧本了，就有人问："那人一天到晚躲在上面干什么？"

"你问我，我问谁？"

时间一长，问也懒得问、答也懒得答了。但总有人偶尔萌动好奇心，就咚咚地从一楼跑到五楼再爬进戴帽的屋里。只见那人飞速地把桌面上的纸片之类的东西一齐塞入屉中，再锁，再热情邀人人。想看究竟的人不堪，又不好退步，则勉为其难地进，以闲话遮掩尴尬。

他的居室左面是用板壁隔开的储藏室，堆着破布乱箱之类的东西，窗户用帘子遮严，漆黑一片，从来无人进去过。当年梅黄闹反革命活动时，就被小老李关在这里。小老李说里面的灰尘厚寸许。又过了近二十年了，里面的灰尘不知有几寸许。那人将一排书架靠板壁，书架上尽是剧本和戏曲研究之类的书，怕有几千册。挨正面墙是一个单铺，被子叠得如豆腐块一般，还用透明薄膜盖着。书桌傍侧墙，每一屉斗皆上锁，傍墙的还有碗柜、火炉和侧门。出侧门豁然是五楼平顶，栽有四季青的花钵密密占一半，细数，竟有九十九盆。隔花盆两米处画一白线，若观花只能站白线外；若进入，身上则会爬无数蚂蚁。也怪，那人不仅养花，而且养蚁；更怪，则是蚂蚁既不往楼下爬，也不往白线外跑。这就生了许多的神秘。难怪人说他花痴、虫痴，还有书痴的。正因为痴，人们也就忽略了神秘，只说那神秘是痴。

　　一日正午时，太阳晒得凶。那人搬一小凳进平顶白线内，看看花，再坐在太阳下，眼向下。眉梢倏地一抖，他发现蚂蚁们蠢蠢欲动，穿梭来往。莫非要下雨了吗？看看天，不会，便探究缘由。找到了一个白点，原来是一粒饭。两个大头蚂蚁正争夺，各自后面有小蚂蚁汹汹地上。他看得出神，就想起儿时。儿时称大头蚂蚁为将军。他想看看这两个将军谁会赢，就以一根小木棍将饭粒拨开，让它们重新争夺。争夺更凶了，煞是热闹，蚂蚁越来越多，像是蚂蚁的海洋。良久，有一个将军被蚂蚁们掀翻，撕扯，残忍地分成两截……

　　他像是醒悟了什么，提起将军往口中丢，叭一声咬烂，吞了。他说："一只。"

　　再捉一只，吞了，不管死活。他说："两只。"

　　再捉，再吞，再说："三只，四只，五只，六只……"

　　他嚼得很快，蚂蚁们涌来得更多，只为那粒白饭。虽然同类被一只只地吃掉，蚂蚁们却不觉。生死搏斗的蚂蚁使他兴奋起来，倏地让他想起二十年前站在这楼顶朝街下看到的情景。那么多红卫兵在街上拥挤，厮打，喊叫。也有流血的，就似这眼前的蚂蚁，为争夺什么……他说："芸芸众生啰……十一只，十二只，十三只……"

　　"梅黄就是那年被关进黑屋，同我做了半年邻居……芸芸众生啰……十八只。"他边数边吃，自言自语，脸现痛苦之色，"十九只，二十只，二十一只……"

　　笃笃笃，忽地有敲门声。他略惊，不管，门是闩得很紧的。继续吃："四十五只，四十六只，四十七只……"笃笃笃，门被固执地敲。这门绝少有人敲的，许是搞错了。他仍吃："六十，六十一……"

"那人！那人！那人……"不仅敲，而且叫了。真是找他的，莫非有什么不祥？他顿一顿，把吃的速度加快："八十一，八十二……"

笃笃笃！"那人！那人！那人……"

"九十一，九十二……"他这才明白，敲门人之所以如此固执，是因为门是闩着的，而不是锁着的。"九十八，九十九！"

他拍拍手，看看地面，无一只蚂蚁，就提了凳子走，进屋，开门。

"原来是你，沙天慧同志。"那人大吃一惊，因为沙天慧是从不接触他的。沙天慧在报刊上发表过一些小作品，自以为高人一等，绝不会把那人放在眼中。"您怎么就光临了呢？"

"老兄，你长期蜗居斗室，作为一个业务人才而不被重用，滋味就好受吗？"

"天慧同志，有话就直说。"那人请他坐下，沏茶，脸上挂微笑。

沙天慧并不笑，像是愤愤不平："据我了解，老兄的奖金补贴之类，自从常存民上台以来就未发过……会计曾提过，可常存民说这种痴子晓得个啥？不发他也不会怎样……你说对吗？"

"不对。"他像在欣赏沙天慧的表演。

"你就当奴才不反抗吗？"

"黄白之物，聚多无益……"

沙天慧愣了片刻，似懂非懂，就犹犹豫豫地说："有件事，求你，可以吗？"

"成人之美，我没有不尽力的。"

"不过要保密。"

"与世隔绝，何密之有？你说就是了。"

"我们想把常存民两口子拉下马！他们是本市文化事业的绊脚石，不清除难以平民愤！"沙天慧愤愤地说，出示了一份材料，"请你过目，签个名……"

"天慧同志是想借政界一展宏图？"

"哪里，我是搞业务的，他们搭几个钱请我也不干……"沙天慧很清高。

"古代有个许由，听说要他当官，他就跑到河边去洗耳朵。他的朋友拉了一头牛到他下游饮水，说他把水洗脏了。既然不想当官，何必让人知道你不想当官呢？"那人讲起了故事。

沙天慧愕然，起身欲走。那人拿出笔："既应了，我也签个名。"

沙天慧疑疑惑惑地走了，心想：这痴子，怎么痴得高深莫测？

他把门插紧，这才打开抽屉上的一把把锁。他将一叠叠卡片、一本本资料摊开，刷刷地写。写一阵，搓搓手站起苦思，忽作大悟状，又写。忽然想起什么，从书架上搬下一摞书，哗哗地翻……不知为何，思维游离开去，想起刚走的沙天慧，仿佛明白了沙天慧不仅告了常存民，而且告了梅黄。他的心一动，思路定格在梅黄的身上。

梅黄未与常存民恋爱时，是与那人相好的。那人那时正当年，一次随团下乡住一小学内，深夜万籁俱寂，只有那人伏灯下读书。忽听门外沙沙响就有人进来，乃一破瓜之年标致少女。那人心神一荡想起了花仙树妖狐狸精之类，心就有些惶然："你是何人？"

"我是这个小学的教员梅黄。"

"为何夤夜到此？"

"刚改完作业路过，见您还不睡，怕是有什么困难，就进来了……"梅黄年轻时苗条兼丰满，一张嘴又甜，很逗人爱的。

那人从来心思不歪，当场只感激地说了些话便与她告了别。但自此梅黄的形象就无法从心里抹去。回城后，寄了一封一封的信，把她像麻糖似地粘了来。来的回数越多禁区打破越多。终于有一回他说："梅黄，想进城吗？"

"我哪有这个命？"梅黄讲的属实，因为那人还一直未说过娶她。

"那——我这斗室可容得金枝玉叶？"

"文绉绉的，你几时说过娶我？"

"对，我娶你，一定！"他把她揽到怀里，在禁区里颤抖地摸，"既然如此，那我们就做了爱吧？就做了爱吧……"

她未懂，他就脱其衣。她半推半就了一阵，便做起爱来。可是，做了半夜，也做不成。梅黄明白了那人有男子之大疾：阳痿，便作羞辱态，挖心挖肝地说："屙不起三尺高的尿，还逞个什么能！骗你的幺姑……哼！枉为男人！"

梅黄即离去。那人闭门大哭，三月不知肉味。仿佛是从那时起，他的性格大变——痴。

不知是何样的契机，梅黄竟与搞美工摄影的常存民挂上钩，火速结婚，不久就调进剧团。要不是她被打成"现行反革命"关进隔壁黑屋里，也难成就后来一段孽缘……那年的某个深夜，闹腾了一天的城市死一般无声，像一座大坟墓，只有那人听见隔壁传来呻吟。

"梅黄！梅黄！"他轻敲板壁呼唤。

梅黄即刻忍住呻吟，愤怒隐含在阴冷中："你莫幸灾乐祸，总有一天……我还要造反的。"

那人不作声了，长久地沉默。

"怎么不说话？你个逍遥派！"

"逍遥不好吗？大鹏扶摇直上九万里，作逍遥游，观普天下芸芸众生忙忙碌碌……"他像在谈玄学，梅黄不明白，直惊讶此人痴。

梅黄耐不住沉默，不像先时的严厉，有些苦巴巴了："痴汉，能搞点儿好东西吃吗？他们——那些王八蛋卡我的油水，好多天没吃过菜了……行吗？"

那人没回答，从碗柜里找到一个冷的肉包子，思索着如何递过去。他轻轻移开书架，板壁显露，要用钳子拔掉铁钉才行，可没有。他找遍了屋，只有一把菜刀，即以菜刀慢慢撬。终于开了，递过包子。他看到了梅黄的脸，一张数日未洗的脸，尽是污垢。他不动声色地合上木板，插上铁钉，一切如故。自此，那人每日上街端一盘肉从板壁缝里递过，送与梅黄。

日子难熬，梅黄得寸进尺："痴汉，能让我过来洗洗吗？"

那人心头一抖，就想到了当年他与她做爱。他到平顶上巡视一周，证明各处灯火已熄，就进屋将窗幔放下，装热水一盆，撬掉板子让梅黄挤了过来。梅黄见水如命，迫不及待地脱衣服。那人木呆呆地看。

"你出去，痴汉！"她终于妩媚一笑。

那人未动，像很平静："视若无睹。"

"流氓！"但她无奈，终于还是脱了，背朝着那人径自洗。速速地洗完，相安无事。她感激地送一眼秋波："谢谢你……"

每周洗一次，神不知鬼不觉的。终于有一日，那人望着她越来越瘦的背脊，自言："我一直在努力恢复功能，不知效果怎样了……"

梅黄未理，只缓慢地洗。那人随即斗胆扑了上去，阳物却依旧不举。

有一回，那人忽地来了兴趣，跟随梅黄挤进黑屋儿，想查看到底堆了何物。用手电筒一照，他惊呆了，屋角里有一大堆手抄书和线装书，全是本剧团老艺人留下的。他大喜，心大动。

早起，天蒙蒙亮。那人穿着短裤背心出门到平顶花丛中，用一根吸管饮露珠。阔大的叶和硕大的花瓣上凝聚着豆粒状的晶莹露珠，一粒粒地顺吸管进了他的嘴。每吸一次都要记一次数。先前没有吸管时，他将口张开，以手指轻轻弹花，露珠准确落入，颇不便。时代进化有了吸管，这才方便。当阳光刚一露面，他也就停止，正好卡在九十九这个数字上。他像这样地饮了二十年，只饮露，不喝自来水。他神秘，至今无人发现。

他上街买菜，碰到韦玉林。韦玉林是团里的乐手，舞也跳得好。那么娇好的人儿也形容憔悴了，他不觉多看了一眼。

"大叔！"韦玉林很有礼貌地笑，"我正想求你哩……你不是有许多花吗？"

那人点头。韦玉林就羞怯地说想看看，就尾随他上了顶楼。那鲜艳的花颇壮观，她看得呆，问："大叔，你的花种得这好，有啥诀窍？"

"种无不佳，培溉在人嘛。"

韦玉林似懂非懂，笑一笑，又指地上忙碌的蚂蚁："大叔，早听说你养蚂蚁，今儿才信。它们也不乱跑？晓得听你的话吗？"

"蚁即是人，人即是蚁。"

韦玉林莫名其妙，只觉他怪，就说来意："这一盆花送一枝我行吗？我想插到花瓶里。"

"能说出花名、花性及其品种吗？"

韦玉林仿佛早有准备，背书般作了回答。那人很觉诧异，便用剪刀剪下一枝花递给她："花乃草中英，当属识别人。庸人赏花，必有隐情。"

韦玉林也不插言，忙从口袋里掏出一块手帕捧起花走了。不料她掏手帕时带出一张小纸片，那人不动声色，捡起一看，原是沙天慧写给韦玉林的信，说是常存民诬告韦玉林腹中受孕乃他沙天慧所为，于是沙天慧约韦玉林到西门河边柳林中见……那人微微一笑，依稀记起韦玉林拿走的那花有导致滑胎之作用。他插紧门，准备开书桌上的锁，忽地听到板壁豁豁地响，像有人推。吓得他一声惊叫，难道黑屋里又关了人？

"痴汉，让我过来。"声音很轻。

"你是何人？"

"我……你不认识了？梅黄呀！"

"哦……你不是高升到文化局办公室主任了吗？岂会被关进黑屋？"

"快点儿，让我过来再说！"

那人轻轻移开书架，抽掉铁钉，拿开木板，梅黄便挤出了板壁。那人木讷不解，咕哝："久违了，梅黄……"

梅黄的笑稍纵即逝。她不像二十年前那么美貌了，身上挑不出二两肉，丰满的乳和臀不复存焉！那人甚至觉得她丑陋起来。

"韦玉林到你这儿有什么事？"

梅黄阴冷地问使那人浑身一颤，便不答。梅黄望着痴子哭笑不得，就把韦玉林如何怀孕，如何供出常存民强奸她，韦玉林如何同沙天慧有来往，全说一遍。"这个事只能推到沙天慧身上……不然，我怎么做人？我不能做人，那么你呢？"

那人无言。梅黄步步紧逼："痴汉，听说你参加联名告了我们？"

"人生几何？逢场做戏罢了。他们要告你们，条条有理，我就签名了……"

梅黄无奈，硬追问韦玉林来的事。那人坦然笑道："我乃一无用之人，只养些花虫。她来要了一枝花去，却落一纸在地上……"

纸片被梅黄拿走了，那人似有不解，摇着头："不知又要演出何种人生的剧目来……芸芸众生，不知人生稍纵即逝。"

他排开诸种杂念，便把锁打开，又拿出一摞摞的卡片和资料，唰唰地写……

许多日子之后，他正在花丛中观赏蚂蚁，忽听场院边排练厅传来呼天抢地的吵骂声，常存民和梅黄手持沙天慧写给韦玉林的信，既打且逼，韦玉林被打成脑震荡住院，休假半年。事情闹大了，人们议论纷纷，常存民恐怕会垮台，剧团领导会更换了……那人居高临下，芸芸众生的表演尽收眼底。不知为何，他感到极好笑。他常常逗弄蚂蚁，天天吃蚂蚁，吃过之后就自言自语："这难道不是人生如蚁吗？"

剧团处于瘫痪状态，连那人也感觉得到。乐器停止了响声，排练厅里没有歌声和道白声。偶尔饭后院中爆出一阵争吵声，是常存民和梅黄夹攻告状的人。

"会整人嘛，总有人来收拾的！"梅黄喊。

"哼！老子上头有人！"常存民拍着大肚子说。

"两个老疯子！"不怕事的人还嘴。

就这么不死不活地拖，终于常存民被调走。剧团有数月处于领导不交接、不上任，也无人管的状态。新领导不知厉害，停发了一月工资，文化局局长反来劝："工资照发，补贴照发，奖金照发，不要把矛盾扩大化。"就一切照发了……

时间流逝着，常存民和梅黄好一阵未在院子里露面了。那人心里一动，估计了两种可能：一是市委对此事表示出大度，由主管部门自己解决。那么，常存民非服从调动不可。二是老书记虽退了，仍十分关注，并安抚常存民，为他伸张正义。看来后者可能性大。院子里有些长舌妇咕咕哝哝，一有空就在巴结常存民。不管是哪种结果，这件事很快就要平息下去。那人突地生出恶念。他第一次坐下，不开抽屉，不要任何资料卡片，就唰唰地写。写好后，急急地上街将一封信投入邮筒，然后乐不可支地一跳。就在这时，他背上被人重重地一拍，吓得他大惊失色。

"你干啥？"

"呃……哦，天慧兄。没啥！没啥哩！"那人扭头就走，想急急地脱身。

"莫走啊，老兄！正有事找你……"

"么事？"那人疑疑惑惑。

"你晓得的，去年文化局安排我搞《戏曲集成》……偌大一个文化系统竟找不出第二人搞这事儿！"沙天慧有些高射炮打蚊子的悲哀。

"那是的，非您莫属！非您莫属了！"那人谦卑地低头。

"剧团的一点儿资料，'文革'中全弄丢了……只好白手起家，四处调查。老兄，你是老文化人，可否贡献些材料？"

"好！好！你也是老文化人，我晓得的你也晓得……"那人好不容易地脱身走了。走了老远才听见背后传来愤愤的声音："呸，呸！好你个痴子！"

他匆匆地上楼，将门抵死，坐下来大口地喘，仿佛经历了一场死里逃生的搏斗。突然，又神经质地跳起，打开锁，一个个抽屉拉开，搬出卡片和资料一件件地数。长吁一口气，这才坐下来不住地写……

真的又热闹起来。常存民两口子在大院里的吵闹声不时破窗而入，那人直暗笑。梅黄在叫："有些人不消搞得，绞尽脑汁告黑状！总有人来收拾的……"

"写什么匿名信？有胆量的就出来！诬告人没好下场！就这样算了？没这好的事！老子还要请你们上法庭的……"常存民在叫。

墙头屋角的几个长舌妇噤若寒蝉。

市委书记的确收到了一封匿名信。信中有意将退居二线的老书记和常存民列在一起，肆意污辱。书记大怒，将信扔到文化局局长面前，责令他调查处理，还说："你们党内外配合，进行非组织活动，目的是想搞破坏活动！"

旷日持久地对峙，剧团就旷日持久地半死不活。那人依旧早起喝九十九粒露珠，午时吃九十九只蚂蚁，却对院子里的活动再也不管不顾了。他大门紧闭，一星期只下一回楼。已到深秋了，蔬菜尽可以多买。他伏案疾书，日夜不辍，像是进入了人生的最后拼搏阶段。房内不再那么整洁空旷，他没有时间收拾。各种书籍排满在地上，卡片依顺序摆开，手稿在飞速地加厚……

人们的注意中心只在人事变迁，连指一指那如柱的帽间那人在不在的也没有了。几个月之后，那人抱了一个鼓囊的大信袋下楼，人们才大吃一惊：那人忽地形销骨立，心力交瘁，背有些驼，发也骤地斑白，走路上气不接下气。同他打招呼，他翻一白眼，不理，径直地去，将那个信袋寄走。邮费提价，花去了他二十元钱。然后，他天天跑邮局，焦急地等什么；终于又从邮局抱回一个信袋，躲在屋内拼命地写。半月后，他再将鼓鼓囊囊的大信袋发走，却再未往邮局跑了。有一天，他忽然光临梅黄的办公室。梅黄惊得张不开口，憋出一脸病态的红晕。

"梅主任，"他寻一屋角沙发坐下，"本人年过半百，身衰体弱……特求你帮办退职手续，这对我的身心健康，对与我有关人的身心健康均有好处……"

梅黄长吁一口气，有些发愣，就问："你还有家吗？退职后哪里安身？"

"有的。本人的家在荆山里头，距此两百余里。家有八十老母，还有……糟糠之妻，不过一黄脸婆而已……你晓得的，结婚之后我就未曾与她……老了，可以同室而居了……"

梅黄的脸倏地煞白，忽然伏案伤心地哭，像是受了半辈子委屈一般……

那人并不等她回答，痴痴地一笑，走了。

过了不久，院内的人都从广播中获得了惊世骇俗的消息。消息是市广播站转播省联播节目时播出的，当时正是晚上七点半钟。消息说："我省编剧家文化涛经过近二十年的潜心研究，编成我省第一本市级《戏曲集成》，并探索了该市戏剧的起源、发展及今后的趋向，取得了重大科研成果……"

许多人都惊呆了："文化涛是谁？"

"就是那人……"回答的人心情沉重。这之中最沉重的要数沙天慧了。他编了近两年的《戏曲集成》，连资料都未收全，岂料却被那人一蹴而就，摘了桃子。这不是要他前功尽弃吗？他连连叫屈，却又无可奈何，只得愤愤地说："他是无组织行动！他完全是剽窃！"

乱哄哄了几天，文化局机关收到一封信，省戏剧家协会要商调文化涛同志……人们轰地涌上那栋房子的顶楼，已是人去楼空。那九十九盆花未动，长久地无人浇水，渐渐枯萎了；花盆间东一堆西一堆的死蚂蚁——无人喂养，又爬不出那条白线，想是饿死的。

室内书架空空，书桌屉内也空空。只见平顶上两个大纸盒内装满了灰烬，他把书籍同资料全部付之一炬……

人们瞠目结舌。

那人退职仅带回一本日记本，贴身带着。翻翻看看，强化往昔的记忆，也聊可自慰。有几则日记是颇叫人玩味的。

日记一：写刺激市委书记信，以撩芸芸众生游戏耳。果然，一笑。

日记二：节衣缩食，呕心沥血，耗二十年之精力完成《戏曲集成》及《戏曲研究》各一部。出版社已拍板开印……创作组中人，有为官者，有为作家者，忙忙碌碌而志得意满，堪为鉴。功成身退，逍逍遥遥，岂不快哉！

我写书，仅让世人所明，我痴也；亦一精英者也！

他哈哈大笑。日记本中悠悠飘出一张纸片，捡到手中一看，其笑倏止。他的脸上即蒙一层晦气，老泪浩然，倒在地上吼吼地哭，滚滚地哭。纸上有陈旧古老的文字：

祖传秘方——还阳汤

四季常青花九十九株，每日日出前饮其露，凡九十九滴；每株花下养蚂蚁一窝，每日日午食之，凡九十九只。主治阳痿。

（发表于《芳草》1989 年 9 月号，获 1989—1990 年"芳草文学奖"）

母亲的世界

"想把妈接过来。"林岩说。林岩说这话时估计椒子可能不乐意。

妈在山里和嫂子合不来。林岩接妈过来就是想让妈晚年幸福。

"接下来撒!"椒子挺乐意。林岩没想到。

一

地板拖得很亮，妈进屋就摔一跤，椒子嗤嗤一笑。妈跺跺地板，也笑。林岩翻椒子一眼，忙去扶妈。

妈说："好光! 好光! 连地也与我们家的不同嘞!"

椒子说："妈，门口有拖鞋，进门就要换。"

林岩说："对，拖鞋是海绵底儿，不滑。"

换了拖鞋，妈两腿夹着走碎步子，小心翼翼的，椒子又笑。

妈问："笑我吗?"

林岩说："椒子笑我呢! 笑我呢! 椒子喜欢笑，有一点儿事都要笑。"

妈说："这嘛，倒有些好笑了。你嫂子差的就是这一点儿，不爱笑。"

到了夜里，椒子换上睡衣，腰间系根带子，身体瘦瘦。妈心里一哽，想要问什么，憋住。妈看椒子的身体像一只猫，又像一把灯草，轻飘飘的，憋在心头的东西又浮了起来："结婚两年了，怎么还是个瘪肚子?"

"妈，您也去睡吧!"林岩说。

妈叹一口气，没有去睡，心中那个念头顽强地往上浮，不吐不快："我还想问你一件事!"

林岩见妈很严肃，心里一顿："您说。"

妈的嘴挨到林岩耳边，用气声问："椒子有了吗? 有喜吗?"

"什么喜?"林岩不明白。

"憨头!"妈说，"喜就是身孕!"

"这……不晓得。"

"真是个憨头！我看就没有，肚子瘪得像麻秆！"

林岩好笑。

"还笑！椒子莫不是有病？"

林岩又笑了。林岩和椒子未婚先孕，还堕了胎，只是对妈保密，不好说得，于是只傻笑！

"莫笑了！有病就要早治！"

"妈，我晓得……"林岩一再催，妈才去睡。

二

妈天天起得很早，习惯。椒子和林岩都起得晚，林岩起床后像一只受惊的兔子，到食堂去拿馒头。

妈说："早起三光，迟起三慌。"

椒子却说："天天这样的，惯了。反正他管早饭，随他。"

妈说："要是你公公，洗脚水送迟了都挨他骂，他哪里做家务……"

"那是什么时代！"椒子说。

白天，妈被关着像坐牢，坐着坐着腰也疼了，背也酸了，无事可做，真不是一个滋味儿。钟在那儿要紧不慢地走，嘀嗒老一会儿才移动那么一小格。妈就那么坐着打了一会儿盹，梦见了什么，噗嗤一笑，笑醒了，人便精神许多，无聊地在屋里转。

梳妆台上有一瓶香水，妈去拿。以为很轻，却很沉。瓶儿便沉重地摔到地上。香水四溅，屋里一股浓香便氤氲开来。妈想：完了，椒子回来又要发脾气的。妈慌张地捡起碎玻璃到阳台上扔向很远的地方，但屋里的香气却弄不走。妈找了一本杂志，使劲朝外扇。扇得满头大汗，香气仍旧在，她便恼火地坐着，像被抓住的小偷准备挨训。

林岩的单位可以提前半小时下班，可以回家吃午饭。林岩中午一回屋，就深吸了一口气，说："好香啊！"

妈尴尬地坐着，不知说什么好。

林岩发现梳妆台下的湿迹，问："这是怎么搞的？"

妈支吾了一阵，说："是猫子吧。"

林岩说："我们这儿没猫。"

妈说:"是老鼠吧。"

林岩说:"也没有老鼠。"

妈说:"反正我不晓得,那瓶儿就滚了。"

林岩有些恼火:"十几块钱一瓶,真是出了鬼!"

妈的脸便又黑了。其实林岩心里已经明白,说不准等下会再和椒子开一场战火。

椒子这时也回了,一进门,便像林岩那样深吸一口气,做出迷醉的腔调:"嗨,好香啊!"

林岩忙对椒子咧嘴笑,主动承认错误:"我不小心,把香水打翻了。"

椒子一怔。

林岩又说:"下午,我再给你买一瓶。"

椒子乐了,说:"正好,这种牌子的香水早过时了,我要买 F 国的,三十几块钱一瓶的!"

妈深深地吐出一口气,释去一身重负,脸上的颜色趋于正常,但对椒子买 F 国香水很不满。由于妈刚过险关,所以不想再说什么。

林岩说:"敢情你是正中下怀呀?"

椒子说:"真是个精灵孩子。"

林岩说:"那就拿钱来。"

椒子飘到了卧室。妈想:女人当权,天下还不大乱?椒子在里面尖叫:"钱!我的钱!"

林岩跑进去:"莫不是放失了窝儿?"

椒子前天领了一百元奖金,因为什么事儿耽误她锁进柜里去,顺手塞在枕头下,就说:"昨天还摸了的,哪会失窝儿?"

两人翻箱倒柜地找,还是没找到。

椒子忽然小声说:"你妈来过这屋?"

林岩不能忍受这种侮辱:"你,放屁!哪个也没到这屋里来!"

椒子说:"那就是你!"

林岩便发誓:"我拿了烂手!"

椒子又有理了:"那是谁?那还有谁?"

林岩一愣,椒子明明在暗示是妈拿了钱。林岩竟找不出任何反驳的话,但明白妈一辈子立得正站得稳,怎么可能?林岩压低声音说:"椒子,小声点儿,妈听了……妈个性强,会出事的。"

椒子说:"我不怕!"

林岩说："我的小祖宗，求你了！你还要给点儿时间我调查调查嘛！"

椒子说："好，依你一回。"

三

妈几次要求做饭，林岩不答应。妈心里没着落，饭也吃不下去。

妈说："城里原来并不好。一点事儿没有，把人闲死！"

林岩无言。

妈说："给我找个工作！"

林岩哑然失笑，真拿这老人家没办法。林岩想到是把妈关苦了，就答应放妈出去玩。乡下老人最喜欢串门，可城里人喜欢各自封闭，加上椒子认为左右邻居小气庸俗不可交，所以连妈也锁在屋里。妈听说可以让她串门，心情好了些，但仍苦巴巴地求林岩，若是玩不拢，还是要给她找件事做。

妈走出封闭的门，感到四处都新鲜。楼下有一块种满各种蔬菜的地，几个老人浇水灌粪，妈想起农村的家，就急切地往地里去。

这块空地是单位买来做体育活动场所的，因为资金问题搁下来，职工们就利用空地种菜，据说很能补贴一部分生活费。林岩和椒子没有参与分地，尽管看见别人种瓜得瓜种豆得豆便眼红，但始终认为这是低级庸俗和消磨意志的勾当。妈认为这就是事，林岩怎么说没事呢？

妈说："我要种块地。"

椒子立即说："庸俗！"

妈以为椒子的意思是容易，就要买锄头粪桶。

林岩说："也是的，庸俗。贴也贴不到什么，到底为了什么？"

妈说："就是想有点儿事，闲死！"

椒子很烦，自从不见了钱就瞧不起妈，听到妈一开口就反感，忍不住要质问妈为什么拿钱。椒子说："玩都不晓得玩。"

妈也看她不顺眼："我只有一个劳碌命！"

林岩的脸吓红了，又劝双方偃旗息鼓。妈怔怔的，见椒子和林岩到里屋去了，便自言自语："城里原来并不好……"

椒子和林岩在里屋小声较量着。椒子问林岩是不是调查出了结果，钱到底是谁偷了。林岩就双脚跳，恨不得跳楼。妈还以为小两口在屋里亲热，越发不高兴。妈想：好什么呢好？连肚子都是瘪的！妈想不通了，喊林岩出来，也小声嘀咕一阵，问椒子到底有没有病，到底治了没有，到底什么时候肚子里才会有动静。林岩疲于两边应付，很累很累，便想到接妈过来是失策。但又想，堂堂男儿，连妈都容不住，岂不羞死！他就经常这样两难着。

晚上，林岩承母命，终于对椒子说："我想要孩子！"

椒子像放机关炮："你看别人玩得几安逸，可我，这小就结婚，这么早就进了爱情的坟墓。都怪你！都怪你！"

椒子不觉悲从中来，泪眼盈盈。林岩觉得心疼，不知该如何劝她哄她，便嘿嘿地用笑来冲淡她的悲愤，说："真的，椒子，问个正经话，两年了你那儿还没动静，有病吗？"

椒子噗嗤一笑，把泪擦到林岩胸前，说："憨头，没见我天天吃药？"

椒子从抽屉里拿出避孕药，塞到林岩手里，说："憨头！"

林岩恍然大悟："怎不告诉我？"

"反正我要玩几年，怎样？"

这事儿妈也不能再催了。她无聊，就每天四处溜达串门，和人聊山里事，聊儿子和媳妇，聊做女人就要会生儿子，聊城里原来并不好……碰到了知己，一聊就恨不得倒肠子。有时聊累了便帮别人种地。

这样，妈回家也有了话题。妈说："今日我帮杨哥除草。"

椒子说："杨老头退休了无事干，原来性子倔，好提意见。"

妈小声咕哝："我反正只晓得杨哥是好人……"

四

"有没有钱？"妈像小孩那样要钱，张不开口又不得不张口。

"要钱干啥呢？"林岩不解。

"楼上王嫂子过生日，她悄悄跟我讲的，叫我不跟别人说。人家当我是人，我就不能学鬼。凑个热闹呢，谁没有三朋四友？谁又没个事？互相帮着，争个脸呢！"

林岩感到这很合理，和周围搞好关系也很有必要。但林岩想到椒子不断追问那不见了的一百元钱，便犹豫，很慢地摸出十元钱给妈，还不断嘱咐："妈，就这么一点点，是这个意思罢咧。千万莫让椒子晓得了哦……"

"我晓得。"妈把十元钱掖到内衣里面。

家庭财权在椒子手里。林岩也有自己的秘密小金库。林岩是单位的业务骨干，时常因论文、小通讯等得一笔小奖金或是稿费；有时下乡吃住在朋友家，也可报一笔差旅费。这些钱只要椒子不晓得，就成了林岩小金库的流动资金。

有了初一就不愁初二，接二连三的事妈都想参与，都要来找林岩提款。张家生儿打喜，李家结婚招亲，王家乔迁之喜，林岩被刮苦了，渐渐恼火起来，林岩已为此向同事们借过好几回钱。

林岩说："有些没关系的就别去了。"

妈说："怎么没关系？山不转路转，石头不转磨子转。你就敢说不要人家帮忙？将来椒子有了儿，总还要有人来热闹。把门一关，屋里荒得长草那就好？再说……再说，谁晓得我活得三天还是五天？我死了总还要几个人来抬丧吧、送葬吧？难道你把我背了摔到南岩去？俗话说：'人情大如天呢！'俗话又说：'顶起锅盖上街卖，也不能误了人情……'"

说着，妈的泪就流下来了。

这一晚，椒子忽然拿出二十元钱，说："拿去吧。人情大如天嘛，是不是？"

妈嘟着嘴："不要！我没说要钱的话！"

椒子说："不是你要，是我给的。"

妈不解，林岩问："干啥？"

椒子说："经理妈过六十大寿。您不是喜欢赶人情吗？您去吧！"

妈说："我才不去。任谁过生日我都去，就是不去那个恶婆子家！"

椒子说："任谁家都可以不去，唯独经理妈的六十大寿我们不得不去！"

妈到底听不得如此相逼的话，就犟着脖子说："要我的命，我也不会去！"

林岩忙说："妈，你不晓得这里面的复杂关系！椒子是经理手下的一个后勤人员，他已答应椒子到办公室去……"

妈横一眼林岩："你们逼我！逼我！在老家，你嫂子也没这样逼过的！林岩，我向你要过几块钱那算什么？就这样逼我！去年你们结婚，我开口要你大哥给你们买个金箍箍儿，你大哥出手就是一千二，眼也没眨……"

林岩怕妈还要说出更难听的，惹出椒子纠缠那丢失的钱，连忙说："椒子，明日我俩去算了。"

死板又死板的日子又过了一段，妈终于说："林岩，给我找间房，我要走！"

林岩一直担心妈要走。妈终于这么说了，就使他震惊、难受，使他承受不住。他不敢答应妈，就和椒子商量。

"椒子，妈要找房子搬出去。"

"怎么不回老家？"椒子不冷不热。

林岩心里一冷，但还得忍住："回老家别人不笑话吗？她是想独自过清静些。

椒子，你有没有办法……"

椒子以为是要找房子，一是想到有愧于妈，二是想到妈走了还是好些，就抢过话头说："有办法，我去找房子！"

林岩的心彻底凉了。

房子是找到了，房租也便宜，但林岩不甘心这么快就告诉妈。每当妈问起，林岩必说正要找，急什么呢？

一天，老家忽然来了一封信，信封上写的"林岩收"。是一封油印的信，林岩拆开看了，说："是杨老师写的。"

妈仍旧高兴："杨书记的信？那好啊！"

杨老师，是林岩的启蒙老师，现在是村里的支部书记。

林岩说："杨书记说村里要修新学校，所以给在外工作的人写这封信。"

妈说："好啊！他没忘了你呀。"

椒子说："有好事就忘，要敲诈就想起来了哟！骗得了谁？"

妈说："林岩，是好人还是坏人你自己心里要明白些。你发蒙就是靠杨书记，杨书记待你像儿子一样，一直把你送到镇上中学。"

林岩说："这我一直记着呢！"

椒子说："记着又怎么样？要钱就找到了你！"

妈很奇怪杨书记写信是要钱。林岩说："凡在外工作的人，都要捐钱修学校，多少不限。捐五十元者，每人发一个纪念卡；捐一百元者，勒石以铭，也就是立一块碑，刻上他的名字。"

"啧啧！原来是这样……"妈说，"杨书记那儿可是个大人情，赶不赶？"

椒子抢先表态："我想别人捐助我呢，哪还有钱往外头送？春上我就说攒钱旅游的，现在还不足五百块！"

妈说："林岩，别人看得起才往你这儿寄信，就看你晓不晓得做人了！"

林岩犹豫着，说："要说呢，杨老师的确是我的蒙师，也是我的恩人。"

妈说："知恩不报非君子。"

椒子说："这是公家的事，不是个人恩怨！"

林岩说："也是的，若是杨老师个人有个什么事儿，这钱出的就不冤……"

妈说："不管公家私人，反正这事儿是杨书记在办。"

椒子冷笑："妈，现时今这个社会你不懂！晓得他是把钱弄去干啥？"

妈说："不是修学校吗？不是让后生子们读书吗？再说你大哥的儿子明年也要上学了。"

椒子又好笑，小声说给林岩听："实在不可理喻，完全是农民的狭隘思想，只想到恩呀情呀，小孙子呀……"

林岩只能再一次地折中，说："妈，我手头实在没有……"

椒子返身进屋上了床。妈沉重地垂下了头。妈忽然明白在这个家里，自己永远是失败者，心里就越发坚定了去意。

妈说："我明日就走。"

林岩说："哪儿去？"

妈说："我在街上看好了一间屋，只是房租贵了点儿……我在你这儿住不好。住久了，还不晓得要生些什么意见……"

林岩见妈很凄然也很决然，就明白不好挽回。心里酸酸地想：与其让妈在家里怄气不痛快，不如让妈独自过。只要她老人家能过得安逸，闲言碎语也就顾不得了。他说："妈，你一定要走，我也无法。有一间屋我说好了的，房租费你别管。要是住不惯，再回来……"

妈说："还回来？还回来干啥呢？"

林岩眼湿了："怪我，怪我不孝！"

妈的脸变色了："说哪儿去了？是我自己要走的，你又没赶我……"

过了两天，妈背了一个包裹，走了。林岩、椒子送妈到新居。椒子很忙乎地收拾，心里也有愧。

妈那房里一个铺一个火炉一个碗柜，占了三分之二，妈却高兴，说："往后，你们休息就来玩，我弄饭你们吃。平时呀，我卖点儿瓜子、鸡蛋、冰棒什么的，也就能养活自己……这一阵啊，我在街上转，看到那些大爷儿们婆婆们卖杂物件儿，也能一月挣百把块。我不比他们缺什么，也能挣……"

林岩更觉悲哀，年过花甲的老人独自生活，卧病不起怎么办？缺衣少食怎么办？当林岩听到妈说她自己能养活自己时，就更悲哀了。

妈说："你们走吧，各自忙去吧！也没什么牵挂的。现今地上掉的就是钱，这大个城，还愁我一个婆婆的口食吗？讨米，我也不会饿死的……"

椒子忽然有了悔意，说："妈，一有困难你就回去，住不惯就别在这儿住。我平时脾气不好，你要多包涵些。有病了，我会服侍你住院的……妈，你对我有意见，住几天消了气就回去吧！"

妈说："椒子说的什么话？是我自己有毛病，怎么敢有意见？"

椒子说："那……我们走了的呀。"

妈说："一星期来玩一回，我弄饭你们吃。"

林岩终于"呜——"的一声哭了……

五

往回走的时候，林岩用自行车拖着椒子。悠悠的风吹来，林岩心情好转。椒子想逗乐沉闷的林岩，就唱"树上的鸟儿成双对，夫妻双双把家还"，唱出别致的韵味。林岩说："你很快乐。"

椒子说："应该快乐。"

林岩说："当然，你甩了个大包袱嘛。"

椒子诧异，问："这是什么意思？"

林岩没好气，刺椒子："你自己明白，何必狗子头上长角！"

椒子变脸变腔："你诬蔑！"

林岩说："做得出来就莫不承认，哼！"

椒子也"哼"一声，一挺屁股溜下车。林岩也不理她，独自蹬车加油跑回家，于是小夫妻间出现冷战，谁也不理谁。家庭成了冰窖。林岩想：妈要是年轻，比你强多了！椒子想：你心中只有妈，还要我干啥呢？各自想到深处，就更冰冷，就更抖擞地耗着。

林岩决定星期天去看妈，就挨到下午。椒子早上就出了门，林岩也不管不问，但心里却想：她弄得那么漂亮，又为谁容呢？她常说女为悦己者容。往妈那里去时，林岩把苦大仇深刻在脸上。

在城南门垃圾堆里，有个人在扒垃圾，林岩本能地刹住自行车去看。

是个老人扒拉着，弄了一头一身的灰尘，把废纸一张张叠着，把废铁装在篓里，老人满头的汗和灰尘把脸弄得很脏。老人把脸朝向林岩，天哪，竟是妈！

妈怎么成了捡破烂的？林岩跑到妈面前，哑着嗓子大叫一声"妈"，鼻子便急速抽搐，泪如泉涌。

妈惶然四顾，惊讶了一下，忙换成笑脸："是林岩，怎么到这儿来了？"

"妈——"林岩哽咽道，"我寻你来了……"

妈又惊讶了："你……怎么哭了？"

"妈——"林岩张不开口，"妈！"

林岩喉里发出呃呃的声音，脸扭曲得很难看。林岩把哭憋住，说不出话。

妈说："跟我回去，在大街上哭几丑！"

妈把纸包扛起，林岩默默提起那一篓铁，都不说话地走到妈的屋里。妈的屋里很井然，废纸和废铁码了半屋子，地上也干净。

林岩说："妈，干这个……也太……"

妈说："我也晓得丢人。我没说过我住在城里，也没说我是你妈。捡渣货的人多，也就闹不清我是哪个……"

林岩说："妈，你不是说去卖瓜子儿卖冰棒的吗？"

妈说："我问了的，卖东西要办执照，要纳税，要办卫生许可证，要交管理费……总共要一百多块呢！我就不卖瓜子冰棒了，我就捡渣货，捡渣货不纳税，也不要卫生许可证……"

林岩说："妈，那就在屋里玩。你老了，也该玩几年。"

妈说："还要吃饭呢！穿衣呢！"

林岩说："我给你！"

妈说："你们那几个钱，自己还顾不过来。椒子跟你受苦，我也看不过眼。这一个星期，我长了许多见识，才晓得我向你们要钱不该。城里都是有钱人，像椒子这样的姑娘要是找个好婆家，婆婆每年还不是要给她千儿八百的……我才晓得，椒子嫁给山里人是亏了她。这么一比，椒子还算是一个好媳妇，不嫌山里人穷。"

林岩开口骂一句："别提那个臭婆娘了！"

妈大惊："你们在闹意见吗？"

林岩说："一见她我就讨厌！"

妈沉默了一会儿，说："我想到星期日你们会来，就弄饭等。原来在闹意见？怪不得她来你不来，你来她不来呢！"

椒子那么早出门就是到妈这儿来的。椒子见妈这儿摆满了渣货，就收拾了将近一个上午，还把地拖了。妈在一边啧啧称赞，反而帮不上忙。妈端出饭菜，等林岩不来，婆媳俩认认真真地吃了一餐饭，椒子给妈二十元钱，作为伙食费。妈说："卖渣货比你的工资还要高，不收。"椒子说："这活儿丢人，不干了。"妈说："我一定会瞒住别人，不让别人晓得我有儿女在公家工作，也不往热闹地方去。"椒子无奈，硬把钱塞去，又说："还到我们家去住，妈不回去的话，林岩会恨我一辈子。"妈说："是我自己要出来的，林岩那儿我会去说明白的。"椒子无奈，说："你要经常去玩玩也好。"妈说她会常来玩的。

林岩感到了一丝暖意，想到椒子可能有悔意，便自省这一阵对椒子太冷淡了。

妈说："把别人一看，椒子真还算好。"

林岩说："也是的。她心不坏，只是有些城里人的坏毛病……"

妈说："你要对她好，不要像你爹待我……"

林岩说：“只要椒子对妈好，我就会好好地待她。”

妈说：“你爹打我骂我，朝死里打，朝死里骂，做得绝。他快要断气了，还在骂妻不贤子不孝，唉……”

林岩说：“妈，我不会打她，也不会骂她……顶多不过冷淡些。”

妈说：“椒子跟我们确实亏……我想，年底我会给她攒五百块钱。千儿八百我是不敢说。”

林岩问：“你哪儿来的钱？”

妈说：“你看，一星期就捡这么多渣货。我已卖了一些，得八十多块。一月四星期，就要得三百多块。其实还不止这些。捡渣货划得来……”

看那如山的渣货，林岩问：“送废品收购站那么远，你怎么搬得动？”

妈笑了：“告诉你，椒子公司里的那个杨老哥子来帮我的忙，用三轮车送了两回也就完了。杨大哥说闲也闲着，愿意帮个忙。他真是个大好人……”

林岩有些不高兴，杨老头平时和他们打照面时也不讲话，是个怪老头，又是个孤老头，怎么和妈在一起？就说：“妈，别和他在一起，人家会说闲话的！”

妈又笑了：“都老了，由人说去。他不过帮帮忙，万一你说不妥，我付他工钱就是。”

“总是不大好。”

“我晓得。”

林岩忽然想到妈用钱没计划，走一方就赶一方人情，那会受不了。说：“赶人情的事就少来，你有几个钱？”

妈说：“那不行，人情大如天。哪个没有个人情？哪个没有个生老病死？多赶人情多积德，世上还会留个好名声。妈死的时候，来还情的人也会多些，丧事也热闹些。我怕就怕我死的时候，鬼都不上门……算命先生说我不能活过六十五岁，我今年六十七岁了，你说为啥呢？”

林岩说：“那是迷信。要不然你怎么过了六十五岁呢？”

妈说：“我也这么问算命的。算命的讲，命能算绝，阴功阴德算不绝。算命的说我做的善事儿多，救过别人的命……我一想呢，的确，有几回叫花子快饿死了，我专门煮饭给他们吃。我救过几个叫花子……”

妈眼里闪烁着奇异的光芒，精神蓦地亢奋了许多。林岩认真地听，也受到了宿命论的感染，心想也许是的……

晚上，林岩小心翼翼地说：“椒子，我到妈那儿去了的……”

椒子说：“我明白。”

林岩说：“你怎么明白的？”

椒子说："换了我，也会这样的。"

林岩说："想不到，你也去了……"

椒子一哽，嘤嘤地哭了："我不孝嘛……你怎么会想得到？"

椒子有气，林岩就默然，不敢再提此事。再以后就和好如初，每星期到妈那儿去吃一回饭。适当的时候，林岩说："只要你和妈好，我妈是没二话说的。"

椒子说："是我不愿和你妈好吗？"

林岩说："妈的确喜欢你呢！还说年底给你五百块钱呢！"

椒子说："自劳自食，别人的钱我不要！"

林岩的心冷了。自从妈到城里来，林岩和椒子对话，心就常常发冷。林岩说："怎么是别人的钱呢？我妈不就是你妈？"

"妈的钱我也不要！"

"那是妈的一片心！"

"又火了！又火了！我是说妈吃了那大的亏挣几个钱，凭良心也不能要！"

"这——我认为还是应该要。不要的话，妈该多伤心？我们可以想办法弥补她嘛……"

椒子无话可说了。

这次对话不久，林岩便出差到省里去学习，一去就是三个月。妈病倒在床上。林岩一回来就去看妈，妈见了儿子，流出泪来。妈说大哥来过，想到林岩家玩，因林岩不在，所以走了。大哥来时，见妈孤苦一人，很愤怒，又埋怨妈在老家有福不享，偏到城里来讨米。林岩站在床前，很伤心。

妈说："岩儿，妈胸闷头晕心慌，只怕熬不过六十八岁。"

林岩问："没吃药？"

妈说："开一次药就二十几块……吃了两回，没有效，我也懒得吃了。"

林岩问："椒子没来吗？"

妈说："她忙……你不在，她不会来……"

林岩骂："这个臭婆娘！"

妈说："别怪她。你一怪，又要闹意见。把我夹在中间不好做人。"

林岩长久地出着粗气，愤恨地说："我怎么会找这么个老婆？"

妈说："你大哥的媳妇儿那样子，椒子又这样子……都是命啊。这就是命。"

林岩回到自家，真想把椒子吊起来剐皮。但有以前的教训在，林岩不能莽撞。林岩在进屋前经过考虑，认为还是要冷漠。女人怕的就是这个。

这一招果然厉害。椒子本来沐浴更衣要投入林岩的怀抱，可林岩浑身寒气袭人。椒子望而却步，想不出是什么原因，呆怔怔地望他。

林岩冷冷地问："我出门三个月，你看过几次妈？看过几次？"

椒子想：糟了，几个月来单位请歌舞团演员在星期天培训交谊舞，自己还交了二十元学费，想学会了再教林岩，业余散散步再下下舞厅，确为人生一大乐事，竟把婆婆忘了。椒子很内疚，说："走时你没交代，我想她身体还好，就……妈她……有事儿吗？"

林岩就更冷地说："妈快死了。"

"天哪！"椒子转身跑出门，也不约林岩同行，骑上自行车直奔县医院去。她有几个同学在医院工作，即刻托他们办好入院手续。椒子又再三交代，医疗费用写她的名字，也就是用公费。这当然要保密，同学们都一一答应。

这事儿办得利落，林岩这才满意。妈也没想到椒子会这样，就一天把椒子的名字挂到嘴上念一百遍。林岩趁机说椒子是刀子嘴豆腐心，其实她也孝敬妈。一次林岩在医院里碰到杨老头儿，心里有点儿讨厌。不想杨老头儿却对林岩慈爱地笑，进了妈的病房，说她儿子孝顺。妈接过去说，椒子还要孝顺些，每月都送粮送肉来，还另外每月给二十块钱，还有水果人参精什么的。林岩明白妈在说谎，却想不透她为何对外人说谎，只觉脸上麻麻的，恨不得钻到地底去……

妈出院结账五百元，全记在椒子名下，是公费。

六

公费治病的事被经理晓得了，椒子感到很丑，像做了小偷一样，感到四面八方都有目光，感到所有的话都在讥笑嘲讽她，她就连连问林岩："怎么办？怎么办？"林岩说："怕屁！还有吃药万元户呢！"

又说："要坐牢我去！"

过了几天，椒子回来，说私用公费治病的事有结果了，要她写一纸检讨。

林岩主动要去洗被子。椒子说，还是林岩写检讨她洗被子。林岩开玩笑说他成了椒子的秘书，但还是愿意写。椒子在整理被子时，竟从床垫下抖出一百元钱，就惊喜不已。悬案终于大白，椒子一直怀疑钱是妈拿了的。她使劲回忆，承认是自己放失了窝儿。她决定把钱的事告诉妈，写检讨的事不告诉妈。

妈还是晓得了一切，说她是老不死的，害了他们。林岩叫妈别说了，妈还是要说，只有说了才能心里舒服些。

妈出院后就更来劲地捡渣货、攒钱。这已是初冬时节，妈捡渣货已有半年余，连她自己也不晓得到底攒了多少钱。卖一回，就把钱塞到一个只有她一人晓得的地方，从来没清点过，想年底一次性清点，自己把自己惊吓一回。捡渣货的人越来越多，她要扩大范围。她攒钱的欲望膨胀着，把原先的戒律也破掉，往热闹处去，也往高雅处去。有些捡渣货的人更大胆，挑一对破筐在大街小巷叫喊："收破烂啰！"一路招摇过市。妈自然不至于到这一步。妈顶多走到饭店的后门口，等服务员来倒掉饮料盒儿和酒瓶。守后门的往往有几个人，见到货就争抢，有时还吵起来。饭店的服务员很讨厌他们，有时骂他们"臭叫花子"，有时呵斥"滚——！"妈起初受不了，后来就渐渐习惯，脸上只有点麻，再后来连麻也不麻了。

一天下午，林岩陪着一伙人走进那个饭店，他们西装革履，谈笑风生，径直地被引往雅座去。林岩不知道远远的有一个老人盯着他们的背影，怯怯地跟着。那就是妈。妈很有经验，像这样成群结队吃饭的人进店，就是捡渣货发财的机会，会有许多饮料盒子被扔到垃圾堆里。妈希望他们快些喝，多些喝，也希望别的捡渣货的人不在跟前。当然妈也不晓得那伙人中有林岩。

林岩忙前忙后，搬来一箱啤酒，又搬来一箱饮料。先生们喝啤酒，女士们喝饮料。林岩满头大汗，但他乐意使力。一片"请"的声音和一片"干"的声音传出，妈守在后门口的垃圾堆边，焦急地望着雅座的窗口，听那里面的人大声讲话和笑。

送走了客人，林岩醉着去结账，听到后门有人在吵架，就去看。一看惊呆了，服务员正往垃圾堆里扔空盒子，妈捡得急了些，只见空盒子被服务员有意摔到她的脸上身上，乒乓响。林岩感到自己的脸像被人一掌接一掌地抽打着。妈可能是把服务员撞了，服务员骂着脏话：

"老叫花子，滚远些！"

妈埋头快速地捡，没有理服务员。林岩从未见过妈这样没有自尊。

"好吃懒做的老东西，在屋里不种田，跑到城里来吃白食！"

妈猛地抬起头，眼好红好红。但她只翻了这么一眼，仍旧埋头捡着。服务员更恼，就去推。妈一趔，弄脏了服务员的衣服。服务员抓住妈，妈不知如何是好。

"臭叫花子！赔！你赔！"

妈正在被人欺负，林岩推开人群几步迈去，气势昂扬地叉腰隔在妈和服务员之间，对着服务员虎视眈眈。服务员照骂，没理他。

"妈！"林岩扶起妈，大声叫，是让服务员明白这是他妈。

一声叫过，服务员和妈都呆住，六目相视。妈的脸一下子像泼了猪血，极红。林岩大声地问服务员："你这件臭衣裳要多少钱？听到了吗？我赔！"

服务员疑惑，问："是您母亲？"

林岩摔出一百元票子，吼道："够了吗？够了吗？"

妈顿悟，篓子也没要，空手扭头，逃一般匆匆离去。

服务员吓住了："是您母亲？"

林岩继续吼："你这臭婆娘！难道还瞧不起我那叫花子娘？"

林岩悲壮地提起一篓子饮料盒，大叫着追妈去了。林岩把妈心中的美好殿堂打碎了，妈感到无脸见人。妈什么屈辱都能忍受，就是不能忍受别人知道她就是林岩的妈，就是不能忍受捡渣货的妈和干工作的儿子在大庭广众下相认。妈在床上躺着，不吃不喝。

林岩和椒子来看妈，妈满面是泪，说："伢们哪，妈不是故意的，不是故意的……妈对不住你们……"

椒子说："妈，别捡了。"

妈说："不捡了。"

椒子说："到我们家去住。"

妈说："我……不去。"

椒子看看林岩，林岩说："去吧！到我们家去住，少许多是非。"

妈还是说："不去。"

椒子的脸微变，认为妈还是信不过她。椒子不快，扯个谎先走了。林岩很急，感到妈不通人情。

林岩说："妈，你现在刚和椒子好了，有情分了，椒子主动要你去住，怎不去呢？这不是拂了她一片心？"

妈说："我晓得。正是和她好了才不能去。"

林岩不解，用目光问着妈。

妈又说："牙齿舌头也会打架，不用说两个人住在一起了。你想，我们现在好些，亲些，到一起了会没有磕碰？"

林岩若有所悟。

妈最后说："林岩，我要回老家去。"

林岩说："怎么要这样呢？"

妈说："城里是个什么味儿，我也尝到了……城里，不好。"

妈的想法没有人能够左右。林岩怏怏地回去，闷闷不乐地坐着发呆。

椒子还在不满："隔根纱，到底差。你妈不是我亲妈，我待她如何好，她还是有意见。接都接不进来。"

林岩说："妈是对的。妈说婆媳在一起总有磕碰，分了反而亲些。"

椒子说："那就怪了。我和你妈在一起，大话都不敢说一句，她还有意见。我和我妈在一起，想吵就吵，想闹就闹，她也没说啥。还说你妈是我妈呢！"

林岩和椒子说不拢，他忿忿地不理她。椒子睡觉前仍说："反正你妈不喜欢我！"

七

妈说走就要走的。反正就是一个包裹，收拾起来很简单。妈走的时候没打照面，说走就走了。林岩还是听杨老头儿说的。妈很喜欢这位杨老头儿，说这个老头儿没城里人的架子，是好人，还关照过她生活上的困难。所以，妈走时给杨老头儿说了一声，要他告诉林岩她走了。妈怕林岩和椒子挽留，才不辞而别的。

椒子冷笑。一切像在她的预料之中："怎么样？不辞而别，把我们当什么人了？我当然不算什么，可你呢？不是她生的养的？我早就说，她不喜欢我们……嘿嘿！她倒不把杨老头儿当外人！"

林岩很平静。林岩奇异地感到，妈走是一件好事，无论怎么说，是去了一个负担。原先还说椒子甩包袱，原来自己也想甩。想到此，林岩感到可耻，所以椒子在絮絮叨叨时，他没想要斥责她。林岩说："过去的事就算了。妈不过认为杨老头儿肯助人，才叫他传信的。"

椒子说："我也想算了，可心里不是个味儿。"

林岩说："走，我们去收收屋吧。"

两口儿骑车往妈的房里去。屋里空空如也，干干净净，只有林岩的一套被子在床上。椒子打开被包，林岩很反感，她大概是检查少了什么，就冷冷地看。

椒子拿出一个纸包，打开一看，失声惊叫："钱！"

纸包里有五百元钱。林岩一把抓过来，心里直发空。里面还有一张字条，妈写的。歪歪扭扭，字很差，妈只在青年时读过夜校。林岩和椒子凑过头来读：

"儿们，我走了。五百元钱，椒子要收下。有病，要治病，要补。儿们，你们不小了，要养孩子……"

椒子的泪唰地就落了下来，林岩激动地搂紧椒子。

林岩说："我没照看好妈。"

椒子说："怪我，我不耐烦，还小心眼儿。"

林岩说："妈苦了一辈子，晚年还在苦。妈劳动惯了，玩不惯。我恨我自己，恨我没能孝顺她……"

椒子说:"妈要是再来,我把心掏给她。"

林岩说:"妈不会来了。"

椒子说:"妈是好妈妈。"

林岩说:"等妈老得爬不动了,我,还有你,要好好孝顺。"

椒子连忙点头:"你妈就是我妈。"

又过了半年,老家寄来一封请柬,上说"恭请林岩先生和椒子女士于某月某日光临敝村参加新学校竣工典礼,切盼"。是杨老师也就是杨书记写的。林岩决定去,椒子也要去,都请假登程。据说村里还请了县电视台。

回到老家,见到了大哥和大嫂,也见到了妈。全家人欢欢乐乐相聚,叙说各自的情况。由于妈离开老家有一年,嫂子现在和妈很好,这使林岩放心。

林岩急着要去看新学校,妈就领他们去。典礼在明日,新学校里只有几个人布置会场。学校的大门旁有丈余高的碑耸立,刻满了字,上面记录了上百名捐款者的姓名。在碑前,林岩感到一阵内疚,没为母校有所贡献,真是汗颜。椒子也为去年没捐款而羞愧了。

林岩负罪般地默思了片刻,硬起头皮看碑文,忽然发现名单的第三排就有林岩和椒子的名字,各人名下一百元。椒子的目光也定在那里。妈在一旁快乐地笑着。

椒子说:"是不是搞错了?"

林岩扭头看妈,看到了妈的笑。林岩顿悟,是妈为他们捐了款。

妈说:"千元以上在第一排,五百元以上在第二排,百元以上在第三排。"

林岩说:"妈,捡渣货的钱你已经留下了,怎么还这样……"

妈说:"还剩了三百元,拿一百元给你嫂子和侄儿买东西,就只剩两百元了。要是有钱,我还想让你们的名字刻在第一排呢!"

林岩张张口,说不出什么来。椒子说:"妈,钱是你的,该刻你的名字呀!"

妈说:"我一个老家伙,难道还活得几年?未必还想求个什么进步?儿们哪,你们的路还长呢!"

(发表于《芳草》1993 年 3 月号,1994 年获宜昌市首届屈原文学奖)

东　西

　　东西之所以名叫东西，是与他九个姐姐相关联的。那时生育还很自由，他妈生了九胎均是女孩，便发急，每每生时就九分慌张一分期待地问："有东西吗？"东西是第十胎，算是个大满贯。东西落了地，他妈也懒得问了，他爹却提起娃儿用指头拨弄胯间的雀雀说："狗×的，总算有东西了！"

　　于是，他便叫东西。东西结婚了，年轻人便叫他老婆东西嫂。东西嫂温厚而本分，东西的堂兄四哥与东西交情深厚，常相约着上山割草下田挖泥鳅。割草时东西嫂便送饭，挖泥鳅时东西嫂便提鱼篓子。混得太久，东西终于发现四哥有非分之想甚至有非分之为。那还了得，东西找来一把剃头刀，锋快的，交给东西嫂，直截了当地勒令她把四哥的那东西割去。东西的神情怪怪的。东西嫂大骇："东西，你发啥子神经？"

　　"还用我教吗？"东西两眼如牛眼。

　　他这招实在阴毒。他自己不动手，逼着老婆去干。东西嫂手中的刀砰然落地。东西捡起刀比画到她的胸前："那我就先杀了你！"

　　生命毕竟可贵，她含泪照办。那日她一刀割了四哥的东西，四哥就晕死。东西忙将四哥背三十多里送镇上的医院救了。事情闹大，公安人员来提人，东西一口咬定是他干的，被提走了；东西嫂吓得面如土色，已经说不了任何话了。东西走时想着老婆，看着老婆，眉目间隐含着得意，心说：我没有负你吧？以后也不会负你。

　　果然，东西成为囚犯后不愿害老婆，就在狱中申请办了离婚手续。

　　五年大狱蹲完回故里，东西打听到东西嫂已和四哥同居，但人们仍叫她东西嫂而不是四嫂。东西嫂割去四哥的东西，内疚得厉害，所以同东西一办完离婚便和四哥同居了。都明白，那只是名分而无实际的；也明白，东西嫂是来弥补她的内疚的；当然更明白，这种同居是不用有结婚证书的。他们仍旧住着东西的房子，东西回来时他们已有一四岁小女。小女名叫林林，东西嫂让她叫四哥为四伯，没有叫爹。一家三口住在天井的左边厢房里。东西走进厅屋时，觉得内里很虚空，干愣着，不晓得该怎样同他们打招呼，还有将来的长期相处。四哥听到响动就出了厢房，他趿两只鞋，破对襟褂未扣，用手抠着干眼屎，刚起床。

东西抢先叫："四哥！"

"你……找哪个？"四哥丈二和尚摸不着头脑。

"我是……东西。"东西的口气有些结巴。

"哦……"四哥伸个懒腰，自言自语，"还以为你是死了呢……"

"四哥！"东西忽然提声说，"四哥，我割了你的东西，坐了五年牢！"

"我晓得，两平了。"四哥无所谓地说。这时，东西嫂已在门口站了许久，拉着林林。她是从田里打早工回家的。东西嫂惶然了一阵，撩衣角擦擦眼角，默默接过东西的东西，放进天井的右厢房。东西看着她的背影，一切恍如昨日。

"我还是到别处找间屋。"东西说。

"这屋本就是你的。"东西嫂接过话。

四哥阴冷地一笑："那倒该我出门了。"

"都不要瞎说！往后我们就是一家人。"东西嫂提高了声音，又擦擦眼角，然后用手抚着林林的头说："这是东西叔。"

"东西叔！"林林好欢喜，乖巧地扑进东西的怀。东西心里一恸，泪就哗然。不知什么时候，四哥进屋去了，东西嫂也进屋去了，大家都进屋去了。

东西嫂置办了几碗菜，接东西的风。四哥拿出酒来，对酌。五年来，四哥一直用酒泡着，也不劳动了，全靠东西嫂养活。四哥精神委顿，骨瘦如柴，像个鸦片架子或是肺病壳子。东西反而比当年更健壮些，衣着也是山里没有的料子，像个下乡的工作同志。两相对比，东西嫂心里酸。东西问起村里的变化，东西嫂就说一个萝卜一个坑，田都有了主儿。东西说没田算了。东西嫂便要与他合伙种地，她和四哥名下有三亩地。东西看看四哥，见四哥的脸黑得能抹出一手屎浆子来，便摇摇头，没作声。

"要吃呢！难道……"东西嫂一愣，忍住半截话，后半截是说："难道我养了一个四哥和林林，还要来养一个东西？"

"再炒个菜，我还要喝！"四哥趁这空儿大声说。东西嫂没动，呆望着东西，仍想土地的事儿。四哥脱下一只鞋扔到她身上，就开骂了："骚婆娘，你痴了！"

"干啥呢？又是哪样惹烦了你？"东西嫂惶然。

四哥原先不是这样的，四哥原先在她面前百依百顺，嘴巴笑得像鸡冠花。东西想，便埋下头不作声。四哥起身捡来鞋又趿上，走出了门。

"东西叔！"正当东西很不是滋味的时候，林林扑到他怀里，用嫩嫩的手摸他的脸。他猛想起包里有水果糖，便摸出一把默默放在林林的手心里。林林吃得嘣嘣响，说："好甜呢！东西叔，这是啥子做成的？怎这么甜？"

东西没有答，一直闷到晚上，四哥没有回。东西支了铺想睡，东西嫂过来坐了坐，焦心的样子。东西说："我自个儿开伙，你莫为难，四哥也不用恼火了。"

"唉，四哥一出医院就变得凶，越来越摸不着他的心思了。都是自作自受。"东西嫂叹息着出去，提来一篓子碗盏瓢盆等炊具，"匀些给你，免得买。"

东西不作声，东西嫂说："缝补浆洗的还是找我。林林，我们也去睡。"

林林不想走，东西嫂又说："走，吃奶奶。"四岁多了，林林还不断奶，城里一年就断了。东西笑笑，目送母女出门，忽然想：她本来是我的。

辗转着失眠。半夜时分忽地喤唥大响，前门洞开，吓得东西以为是强盗。前门是故意留着的，东西嫂晓得四哥会回来，四哥果然回来了。左厢房还亮着灯，四哥冷不丁破门而入，阴阴地笑："嘿……还在等野汉子？"

东西嫂说："四哥，他也坐了五年牢……不是说两平了嘛。"

"嘿……我平你不平啊！炕了五年干锅子，这回你还不是得了宝！"

"四哥，你要摸摸良心……"

东西伸长脖子张着耳朵听，四哥无声了，林林却醒来。林林蒙眬地喊东西叔，不知谁狠狠抽了她一巴掌，林林就更喊起东西叔来。这一夜根本无法睡，东西隐忍着。第二日一大早，东西便出门去。东西嫂清出他的脏衣洗了，往绳子上晾。四哥爬起床，趿着鞋拢来，眼红红的，显是夜里哭过："你真要离开我吗？"

"无聊！"东西嫂好恼火。

"我晓得我是个废人……"四哥好可怜。

"四哥！"东西嫂不知如何说，"我保证过，要服侍你一辈子的！"

"只要你不离就行……我天天到处玩，让他来。"

东西嫂愤愤地走开去。四哥在场子里晒了半日太阳，也走了。这一天，东西和四哥均未回。东西嫂去收东西的衣服，发现那件毛衣用烟头烧了个洞，便明白是四哥干的，因为东西从来不抽烟。她长叹一口气，把毛衣拿到屋里织破洞。她一边织一边望门外的公路，东西是顺公路东去的。过去数日，东西挑了一大担东西回来，兴高采烈的。他办了执照，要开个副食店。从这里东去三十里才是小镇，西去一百里才是另一个小镇，办个副食店，很实在。四哥和东西嫂就想不到这一点，东西坐牢坐聪明了。白天，他把门板一卸，用两个凳子垫着摆到公路边，再将副食品摆开，就成了。守在摊子边，过路人自然会拢来。不久，周围转的人就晓得附近有个小摊子，生意也就做得像个样子了。东西想，没有四哥相逼，他不会这样。

东西嫂把东西的衣服洗得干干净净地送来，东西说难为了。东西嫂指着那织好了的洞扯了个谎，说是林林玩火烧的。东西看到她的温厚，看到她的勤勉，还有一丝丝幽怨，忽然动心了，抓住她的手搓摸起来，说："小伢家，我不怪的。"

东西嫂被他摸得身上发烫，辈了犟犟不脱："别这样，四哥会来的。"

东西放开她，很不甘："你本就是我的。"

"我们离婚了。"东西嫂笑笑，"我现在是四哥的人。"

四哥回来时，东西的摊子已经开张好几天了。四哥斜他一眼，见林林偎在他怀里，脸就变色："林林，过来！"

林林拿着一颗水果糖跑来："四伯，吃糖糖！"

四哥接过水果糖胡乱地朝摊子上扔去，扔在东西的头上，嘣地一响。四哥说："林林，我不稀罕这臭糖！"

"不！"林林不同意，"糖糖甜！"

"只当喂了狗的！"东西将糖果扔到地上，用脚踏去，还狠狠地搓。

林林跑到他怀里，不住地问："东西叔，你怄气吗？怄气了吗？"

"我不怄。"东西搂紧了林林。

四哥冲来抢过孩子，吼："这是我的！"

林林在四哥怀里挣扎，喊叫："我要东西叔！我要东西叔！"

四哥把林林抱进了屋，东西听到打屁股的声音一下比一下重。他蓦地想到，敢说这伢子不是我的吗？东西心里绕着弯子，也懒得招呼过往行人了。

"东西，称一斤盐嘛！"一只手递过两毛钱来。

东西吓一跳，看是东西嫂，就给她一袋盐，又把那两毛钱塞回到她口袋里。东西嫂笑了，拿起盐进屋去炒菜。东西就呆呆地望大门口，仿佛她的背影就留在那儿。这是回家后第一次见她笑，她一笑就有了她以前的妩媚。

"他的东西都是喂狗的！"四哥在嚎叫。随后一袋盐从窗口飞出，砸在东西的摊子上。摊上的东西被冲翻，接连掉到地上，摔碎，酒四溢，糖乱滚。

"四哥！"东西嫂叫了一声，然后寂然。

"你还敢还嘴！"四哥大概是脱了鞋噼里啪啦打东西嫂。东西嫂嘤嘤地哭了。

东西没管狼藉的摊子，因受不了屋里打闹，便冲进伙房，从四哥手里夺下鞋扔到天井里，骂四哥："贱货！"

四哥无助地趴到地上大嚎，嚎得山摇地动。东西嫂揩干泪，慢慢捡起鞋还给四哥，然后伏下身说："四哥，打我吧，打了你心里舒服……"

四哥看看东西，便又举起了鞋。

东西炸吼一声："你再打，老子就掐死你！"

"四哥你苦啊！我晓得。"东西嫂往四哥身边靠，"打吧，打我吧！"

四哥的鞋捆了下来，回回捆在自己脸上，直捆得腮上血红一片。东西嫂哭着抱住四哥的手。东西的心揪作数块:"这是何苦?你们闹不拢就算啦!"

"东西,这儿不关你的事……你没回时我们好好的……"四哥愣愣的,再不闹了,对东西嫂和东西喃喃道,"只要你不离开我,我随你们如何都行……东西,你答应我,你们干啥子都行,就是不要复婚……"

东西连连冷笑,掉头出门去。他心里在喊叫:她本来就是我的人!我们偏要复婚!偏要!我割了你的东西,但我坐了五年牢,连你也承认两平了;你白白占我妻子五年,又怎么算?还要占下去吗?晚间,东西没吃饭,歪在床铺上,渴望东西嫂进去一叙。这么空想着,房门就被推开。进来的却不是她,而是四哥。

四哥左手端一碗花生米,右手提一壶酒,往床铺前一摆,说:"还在怄气呀?来,我们兄弟俩喝一壶。我给你赔个不是。"

"神经病!"东西睥睨他。

"都怪我度量小,你是闯过世外的,也这么小度量?"

"喝就喝!"东西夺过酒壶嘟嘟地一气猛灌。又说:"少放屁!"

"少放就少放,我只讲一句话,行不行?"四哥可怜极了,"名义上她还是我老婆,暗里我就是乌龟,就是戴绿帽子的,还不行吗?"

"你这贱货,滚!"东西把酒壶撩到门外天井里去,翻身把脸朝向里边。

"东西,我今晚不回来了。"四哥说,出门前又说:"等着瞧。"

四哥走了,一连许多日不回屋,东西的小摊子才又摆得顺。安逸了,他的心又开始活动,愤愤地想:四哥那东西都没有了,还会吃醋!她难道也甘愿?林林呢?只怕还不晓得谁是他的亲爹!夜里,东西嫂拿一捆白菜给东西,说园子里的菜很多,要吃就自己去弄。然后准备出门,东西就揪住她的袖子,眼瞪得吓人。东西嫂犟着,怕他闹出不堪的事来。东西将手塞进她怀里,东西嫂用力一扒拉,一叠十元的票子哗然落到地上。原来东西是要给钱她的,她就惊呆了。

"一点零花钱,给林林做套好衣裳。"东西捡起钱,再次塞到她怀里。东西嫂的脸绯红了,东西心里就一荡:"你说,林林是我的吗?"

东西嫂白他一眼:"好你这双眼,到今日还看不出林林像谁?"

东西放开手,蓦地大叫:"林林过来!"

林林就飞跑了来。东西抱住她看,说:"快叫我!"

"东西叔!"

"不!叫爹!叫我亲亲爹!"

东西嫂的脸惨白了:"林林是你的又怎样?"

"这就好,这就好了!"东西大喜,"林林,长大了我供你读书,小学!中学!大学!将来就到城里去工作……林林,我的好林林!"

"东西，你怎么啦？"

"怎么啦？我要给四哥讲，我们复婚！我们肯定能复婚！"

东西嫂默默地抱过林林，立了许久，说："你逼我害了四哥，现今又要逼四哥上绝路吗？东西，坐了五年牢，咋还是那样毒呢？"

"我早不毒了，我不会逼他，我只要复婚！我不能让孩子没有亲爹。"

"那你是妄想了。我发过誓，一辈子服侍四哥的。"东西嫂走了。

"我不管！四哥回来我就对他讲。我还要讲你也是同意复婚的！"东西忘情地叫，"你和四哥没办结婚证，也没有实际上的夫妻之事，我们要复婚容易得很！"

东西闹得起劲，东西嫂却一夜难眠了。第二日晚，她看到东西屋里熄了灯，再也忍不住了，便只穿内衣摸进去，冷不丁钻进东西的被窝，抱紧了他，浑身抖抖的。东西惊醒了，梦魇般喝道："哪个？"

"东西……是我……我……"

东西直竖起来，点亮了灯，穿好衣服下床，把东西嫂抱回了左厢房。看着可怜的人儿，他又心疼又恼火："我不喜欢苟合，我要的是复婚……"

"东西，"东西嫂泪如泉涌，"我真就这么贱吗？东西，你千万莫提复婚，你千万做个好事，莫提复婚哪！要提这事儿，四哥会要人命的……"

"既不复婚，你又何必来撩我……"

"我是想用身子换你那个想法，只要不复婚，啥都依了你……再说，一夜夫妻百日恩，我心里也想你，我总还是个人吧……"

"笑话！你以为我熬不住了？五年都熬过去了，还在乎这几天？告诉你，要就结婚，像这样苟合，老子是不干的。"东西气呼呼地，看了看苦命的东西嫂，心里又难受起来，沉默了好久，猛地一口亲下去："你真是个好人。四哥是我害的，你何必总是搁在心里和自己过不去？为啥把一切都担着……"

"东西，你代我坐五年牢是吃了不少苦，我天天都在屋里骂自己……"东西嫂任东西亲着，"还记得当初吗？你顶替我，我为啥不作声？就因为我走了四哥就没法活了啊……东西，你也要想想，四哥的苦是一辈子啊！"

"也罢了！既不能复婚，那就免了一切吧！"东西的话一出口，东西嫂的泪就如山泉般涌流。东西嫂连忙紧抱住东西的脖子，用力地亲，喃喃道："你是好人。东西，你是个真正的好人。可好人为啥这么难呢……"

就在这个时候，四哥回来了。依旧是破门而入，哐啷声响，醉醺醺的。可惜东西和东西嫂热血汹涌，心潮澎湃，什么也听不到了，这才使四哥的精心安排得以实现。四哥带了人冲进厢房时，东西和东西嫂还未分开，被现捉了。他俩被拴在一处，推推搡搡到村里，村干部说这还了得，一个释放分子还翻了天！便又推推搡搡到镇里。镇里仿佛是各打了五十大板，其实还是四哥吃了亏。因为四哥是非法抓人，而东西只是道德品质有问题。都放回家后，东西被羞辱了，自个儿关门死睡。四哥也关了门，他关门是为了痛打东西嫂。只听见乒乒乓乓，却没人声。东西嫂没流泪，干挨着打，只想死了去。四哥一口咬定他们有奸情，说政府不管奸情了，就由他来管。他管就是朝死里打，要打得他们服。东西决定再不理对面屋里的事，打不死有命在，看她还守那"太监"过一生去。忽然他的门被推开，竟然是林林。她扑过来："东西叔，你要救我妈！"

东西揽住她，摇摇头。

"东西叔，你不喜欢我了？"

东西搂紧她："喜欢。"

"怎不救我妈呢？"

"你妈经常挨打吗？"

林林点头。

"打习惯了，你妈也不疼了。"

"东西叔，不是的，可疼呢！四伯从没这么凶过。东西叔快去救，四伯这回是用火钳打我妈，流血了……快去救呀！东西叔，我再不叫你叔了，叫你爹好吗？叫你亲亲爹好吗？"林林拉起东西的手往外拽，"爹！我亲亲的爹！"

这孩子真是个精怪。东西的喉头一哽，泪哗然，起身向对面屋里冲去，夺了四哥手中的火钳，一拳将他挥倒在地，然后点着他的眼窝说："老四，你以为我真是好欺负的？你以为老子坐了五年牢是白坐了的？你以为老子真不敢杀人？"

四哥窝在墙角里，小声嘀咕："我打她，又没有惹你……"

东西更火了："你打她就应该了？你凭什么打她？钱你弄不到一分，地你没锄一块，凭什么？就凭那一刀就要讹人家一辈子！再说你那也是自讨的呀！"

这么一闹，四哥就又消失了。

这事儿过去一阵，很快到了冬天，东西仿佛对什么都死了心，专心经营着自己的小摊子。只是对林林依旧很好，给点儿这个，给点儿那个，隔几天还要林林带点钱给东西嫂。有一天，东西嫂突然说："东西，我想好了，复婚吧！"

"四哥呢？"东西出乎意料。

"四哥他……别提他了。"

"你不是那么坚决地要服侍他一辈子的吗？"东西将信将疑，"就算复婚，也得等他回来商量好了再说吧，凡事好商量，你急啥呢？"

"我是有些急……我急是因为我太伤心了。我本是要服侍他一辈子的，有了这一回经历，我又回头认真想了，原来那想法行不通。你要是不回来也就罢了，你既然回来了，无论咋样我都守不住自己的身子了，也没必要守身子了。你说得对，我本来就是你的……可我们不能回回让四哥捉了我们往村里送吧？我还想，就算你不复婚，我也不和四哥在一起了……"东西嫂从来没这么透彻地说过心里话，这一说，好受多了。东西嫂停了片刻，抹着泪又说："东西不晓得，四哥有钱了，有很多很多的钱，我怕……"

"啥？他有钱？哪来的钱？"东西大吃一惊。东西嫂摇摇头，不往下说。东西抓住她的手，非要问个清楚："他是不是干了见不得人的事？在违法？"

东西嫂还是摇摇头。东西嫂不愿说出详情是有原因的，因为四哥弄来的钱除了自己打酒外，全都给了东西嫂。四哥说他也是会弄钱的，还说他要弄许多钱给东西嫂，这样东西嫂和林林就不会接收东西的任何东西了。说得东西嫂一愣一愣的，不知是好事还是灾祸。问他钱从哪儿来，他说不用管，反正以后只要看到屋里有东西的东西，他就会像那次东西嫂找东西要的盐被扔出门外一样，往野外扔。这就使东西嫂心里感到特窝囊，但她迁就着，过一天是一天。可是，四哥回家的日子越来越少，还和许多东西嫂不认得的人在一起鬼鬼祟祟的。定是在干什么见不得人的勾当，东西嫂便下决心要离开四哥了。

四哥的钱从何而来，东西嫂没有想透，也不愿想透。自入冬以来，下了几场大雪，山里上了凌，四哥就去弄钱了。四哥弄钱的办法很简单，也很绝。不知他从哪里偷来两根铁链子，守在公路边等汽车。他所守的那段公路是个倒马鞍地形，坡度很陡，汽车大多没带防滑链，在上了凌的路上开不动，司机就很有些叫天天不应的悲哀。四哥抖着铁链，说是三百元钱一回。在这孤山野洼里，就算四哥喊价一千元，司机也是无可奈何的。司机就给四哥三百元钱，套上防滑链，再请四哥坐到副驾驶的位置，从山上开到山下，又从山下开到山上，才算通过这段马鞍形的路。四哥得了钱，下了车，便又在公路边守。虽是深山老林，每天总也有三五辆车经过，四哥就有钱了。四哥的钱来得容易，并且比东西的钱来得快，四哥就很得意。四哥弄钱，起先是做给东西看的，说明他不比东西差劲；后来有了钱就想更有钱，甚至陷进非法的泥坑里不能自拔，就不是他的本意了。到了大年三十，四哥忽然想通了一个问题：老子现在既然会弄钱了，还和那个臭婆娘、野汉子斗啥子？不晓得自己吃喝吗？他就踏雪归来，想和东西嫂一拍两散。

东西和东西嫂等着他，又怕他回来没安宁。四哥回来后竟是异乎寻常的开明。他说他也不想做有名无实的夫妻，害了别人也害了自个儿。他说得极诚恳。他说他赶回来就是吃一顿团年饭，酒足饭饱后他再走得远远的，再也不回这湾子里来了。东西嫂忐忑地问："你要到哪儿去呢？"

"你把包袱丢了也就好了，还管那么多？"四哥怪异地笑着。

"四哥，只要你对她好，复婚的事我也就罢了。"东西插嘴说。

"你莫说了，反正我过了年就走的。"四哥坚定不移。

"四哥，有了钱就好好过日子，不要瞎搞……"东西嫂小声说。

村里噼里啪啦炸响过年的鞭，山湾子里盛满喜气，东西他们屋内却凝滞着悲壮。东西嫂在忙碌，东西也在忙碌，四哥跷着二郎腿摇，林林从厨房跑到厅屋，是唯一快乐的人。东西在厨房打下手，阴沉地说："四哥吃最后一顿饭，你要把本事显出来。"

东西嫂说："四哥明日就走，你要陪他喝多喝好……"

东西说："我真要在牢里死了，你们多好。"

东西嫂说："就我不好做人，左也难右也难……"

说着话，酒菜摆上桌。东西有些言不由衷："四哥，你讲义气，干一杯！"

四哥说："你们能复婚了，干一杯！"

都各自干了，东西嫂站起来，端着杯子流着泪："四哥，只有我贱……害得你们兄弟不和……你为我远走他乡，我敬你远行酒……"

都是敞开怀饮，酒劲儿先后就上来了。四哥睁着血红的眼，笑对东西嫂说："你要复婚，不就仗着东西胯里有个东西嘛。告诉你，我原先也是有的呀！"

东西嫂埋下头不作声，晓得四哥的满腹怨愤。

东西大醉着说："四哥，我们还分啥彼此？还是一家好，莫走了。"

东西嫂哽咽着说："四哥答应我，再不出去了好吗？"

"妈的✕！老子再不出门就要玩命了！"四哥猛灌一气，哈哈大笑，忽地从椅子上滑倒。东西嫂扶他起来，他身上却落下一物，铿然有声。四哥捡到手里握着，明晃晃的，是当年那把剃头刀！

东西嫂慌了，扑通一跪，连连摇头叫喊："不——！"

东西整个身子一抖，呆在原地。

四哥愣了片刻，挥着刀跑到荒野中乱窜乱吼："不就仗你有个东西吗？"

这时，林林在厢房里睡得正香。

从此，四哥再也没回过这个家，东奔西跑，兜里藏着剃头刀。开春了，没凌了，汽车不要防滑链了，四哥便没钱了。四哥没钱了，就在公路上闲逛，恨不得天上掉下金子来。心里想着钱，他就想到了弄钱的新门道。有一次，他盯着一辆大卡车哼哧哼哧地在半岩里爬，车上的矿石装得尖溜溜的，像一座山，显然是超重太厉害了。四哥想：狗✕的们，不晓得这一车又要赚好多，老子们山上的矿，都让狗✕们的肥了！想想就有气，要是这一车矿翻下岩去就好了。正想得入迷，奇事发生了。只见岩头的树林里伸出几把铁爪来，快速而有力地刨着车上的矿石，转眼间车上那堆得像山一样的矿就少了一个"山尖"。卡车并没有停，反而加大马力向山那边冲过去了。然后，树林里的人出来了，将撒落在地的矿石装进路边的一台手扶拖拉机里去。

这一切都在四哥的眼皮底下干着，并没有谁想瞒住他。四哥就更好奇了，试探着问了许多问题。没想到的是人家非常爽快，尽其所知地讲述了这一生财门路。这段路上，像这样以偷矿为生的人多得不得了，像什么煤矿、磷矿、金矿，只要是矿就偷。有些只想获大利的人还有选择，只偷金矿，不偷别的。

四哥听得热血沸腾，最后问："就不怕司机找你们的麻烦？"

"他敢！你没听说过，鹰岩砦的龙伢子往路上一站，司机就给他送钱呢！"讲述者说得涎水飞起老高，激动得很。也就是这一句话，要了四哥的命。

四哥也曾请铁匠打了一把铁爪子刨矿石，可他这些年养成了懒的习惯，刨了几回，既要自己收捡，还得转卖给有拖拉机的人；既麻烦，又累人，却并没赚到大钱，于是他就不想刨了。这时，他想起了鹰岩砦里的龙伢子。他想：龙伢子是出了名的蠢货，难道老子还不及龙伢子吗？于是，他在一个晚霞满天飞的黄昏，拦住了一辆矿车，如愿以偿地讹来了三百元钱。

就像没吃过鱼的猫儿，尝到了鱼腥味后就再也不想吃别的了；就像当年尝了东西嫂的味道，就再也丢不开她了一样，他没法控制自己。一而再，再而三，他讹钱的价码越来越高。那天他又去守车，远远看到半山腰过来了一辆，就往公路中间一站，大喊大叫要司机交一千元钱给他。卡车绕来绕去总也绕不过鬼影般的四哥，司机便发火了。司机也许是威胁，也许是醉酒了，厉声吼叫："狗✕的！还要不要命的？"

四哥同司机一样也许是威胁，也许是醉酒了，举着剃头刀摇晃，也吼叫："你敢轧老子吗？敢轧就从老子的胸口压过去！老子本来就不要命了！"

"你要死也怪不得我了，不就是坐几年牢嘛！"司机将油门一踩，汽车就隆隆地开了过去。四哥像一根枯草一样倒了，汽车像石碾压麻秆一样发出沉闷的响声，四哥就成了肉饼。司机只判了三年，还是监外执行，理由是自卫和失误。

东西和东西嫂按山里的规矩隆重地安埋了四哥。东西郑重地将那把剃头刀安放在四哥身旁，算是殉葬。然后，东西嫂就得病倒床了；东西仍旧摆摊，显得更加勤勉，除自己吃喝外他还要养活东西嫂和林林……

人们说："东西算得上是一条汉子。"

（发表于《雪莲》2007年第6期）

懒洋洋的天

快到晌午，太阳很精神。

马二从黑房里出来，双眼眯成一线，韭叶儿似的。

马二仰脸，露出黑而深的两鼻孔，对准着太阳，双管火箭筒似的。过很久的时间才打一个喷嚏，惊天动地；又打一个哈欠和伸一下懒腰；在那孔里挖了些时，轻巧地带出一骂："妈的个×，门朝西！"

他提起衣领抖落一阵，灰尘纷纷扬扬如小雪般；又在各个痒处抓，胸腹就生出纵横的白道子。往伙房瞟一眼，仅冷灰冷锅及一缺腿木椅而已。朝伙房迈一步又止，扭颈望屋后的黑山，眼中即刻晃动一个白白的女人的身影，精神就抖擞起来。他想起后湾的郭老幺请人插秧，就往后山爬，说："赶个人情，喝一杯去！"

山道盖满绿荫，马二的激情涌动，就咧开阔嘴喊，喊的是《样样儿愁》。喊得山摇地动，惊跑了一群群的雀子。

> 天也愁来地也愁，山也愁来水也愁……

勉强喊两句，中气再提不起，竟出一身虚汗，顿觉饥肠辘辘，就不喊了。

到了郭老幺家，帮工们正喝酒，都露着鲜红脸子。太阳快当顶，马二望望太阳，替老板骂："妈的个×，只晓得混饭吃！"没谁理他，他默默地挤一座位坐下。大家都在拼嘴劲，一人讲一个故事，极津津有味地，各自把老板的事不当事。

马二听到的第一个故事是：《矮丈夫》。

从前，有个矮丈夫赌博回来，半夜喊老婆开门。老婆开了门，很倦，就又倒头睡。矮丈夫骂骂咧咧，挺着胸端起架子往里闯，径直到床底下也倒头睡。他的鼾声弄醒了老婆，老婆就在床上翻来覆去。床上的响声又弄醒了矮丈夫。矮丈夫就骂："狗×的，爬楼上搞某×！"

故事令大家都笑，喷饭。

接着是：《教书先生》。也讲得酸溜溜儿地叫人泛酸水，有人笑滚了倒地。

马二不笑。趁笑的工夫他取别人杯中的酒喝，摸别人的筷子拣大膘肉吃。太阳向西斜去，他也酒足饭饱了。故事仍在讲下去，无人提插秧。马二明白，老板不催不会有人动。马二有些可怜郭老幺。

郭老幺当过几十年支书，风里雨里得了一身子的病，患了哮喘得四季卧床上。四十岁过了得个独生女叫郭草麂。草麂即母鹿。中年才得女，女儿周岁时又克死了她娘，怕养不得，才取一极贱的名字。帮工的欺老板不带头，也欺草麂儿是一个女儿家。

马二去屙尿，已找不到东南西北，揪出东西就扫射一般，撒在柴火堆间。后边有人扑哧一笑，是草麂儿正抱柴火。她又板起脸骂："不要脸!"

马二仍坦然，通畅地撒完尿，才用醉眼看她。草麂儿把脸扭一边，做出烦他的样子。马二感觉很酥麻，仿佛眼中的不是草麂儿，而是一团白膘子肉在晃动。

"妹、妹子……"马二的舌头僵直了。

"哪个请你来的?"

"赶、赶个人情嘛……"

"吃哒屙，屙哒吃，赶个什么情!"草麂儿愤愤然，眼里泪打圈，"只会欺负人!"

"那……人到人情到咧!"马二把脸涎着，很低声地说，"我吃你，我有钱!"

"火钳!"草麂儿抱柴火进屋去。

马二回席间，故事依旧流淌。他想到草麂儿的可怜，就挑一个装秧架往外走去，还喊："太阳偏西哒呀! 还讲? 讲他妈的×!"

大家一个个不舍地离席，喝草麂儿的献茶，鱼贯而入茅厕去屙尿。往田里去，都没少给马二白眼。马二见草麂儿望他，像有点儿意思，就一边走，一边高腔喊：

> 天也愁来地也愁，山也愁来水也愁，
> 人也愁来狗也愁。
> 天愁无柱天要倾，地愁长脚地要走;
> 山愁岩上无石头，水愁天干水断流;
> 人愁夜里睡不着，狗愁嘴里无屎臭……

他的歌撩得众人起了劲，嬉闹着到了田边。都拥着不下水，有人就提议马二领个头。众人都说是的，马二是插秧冠军。马二就跳下水，很傲地说："领头就领头! 妈的个×，不过是使起憨头撞木桩嘞!"

马二唰唰地就栽，手下激起一道水帘子。这是他的拿手好戏，他把那些醉酒佬甩得老远。打知事起他就助人为乐，十几岁当生产队长，不顾家，在秧田里显身手；分田到户了，哪里有秧插哪里就有他。父母惹不起，和他分了家，自此他名下的田就一直荒着。他也想种好田，可一到自家的田里就提不起神，就寻思着去赶人情，去助人为乐。因而一想到包田到户就骂妈的个×！

这边栽好后，他提着秧把子笑。忽地想再栽一片撵别人，给他们穿个长布衫子。所谓长布衫就是超过前面的人并且把别人包在里面。他常常这样羞辱人。

"马二哥，喝水!"草麂儿送茶来。她是真心感激马二。

马二一听，就跑去喝。接茶杯时捏一下草麂儿的手，她也没作声，马二很感动。

"马二哥，你赶情，我付不起钱呢!"

"妹、妹子，我有好多的钱!"

草麂儿一笑，仿佛听到叫花子宣称自己腰缠万贯，就逗他："几角几分?"

"屁! 只几角? 哈……"马二笑岔了气，使劲拍屁股，那里鼓囊囊的。

"只怕是一包解手纸哟!"

"看看!"马二掏出一捆摔在地上，"妈的×!"

草麂儿惊呆了，橡皮筋死扎着的全是"大团结"。

"种田有么搞头!"马二的眼睛充血，睥睨插秧的人，"妹、妹子，你缺花的就找二哥我!"

"二哥的钱，我要得吗?"草麂儿更妩媚了。

"要得! 你欢喜就拿，芝麻大点子事! 我还能挣撒!"马二抽一张递给她，"先用着!"

"我咋地感谢呢?"草麂儿有些不安。

"好说，你一笑就值一张哩!"马二歪头笑着。

草麂儿的脸一红，说他"无脸"就远去。马二的目光像网一样网着她，回不过神，渐渐感到迷糊，就往草丛里滚去。很快有鼾声震得草梢摇摆，接连不断……

太阳很傲慢，摇摇晃晃下山。两只狗又吵又打，把马二弄醒过来。原是他在梦中吐了酒，狗们争他的口中食。他爬起来远望，田里秧未插一半，人迹全无。

"狗×的拣便宜的东西!"不晓得是骂狗还是骂人，然后马二往草麂儿家赶晚饭。忽见一人迎面来，挂着拐，吼吼地喘，驼背就一耸一耸。是郭老幺，马二忙扭身走岔路。

"过来!"郭老幺威风没了，煞气仍在。马二乖乖地走过去。

马二说："没做完事，我就不去吃饭哒。"

郭老幺不吱声，马二只能跟他走。马二当队长时只晓得助人为乐，抓生产却抓不好。于是郭老幺现场免他的职。说免就免了，如拍死个蚂蚁。马二恨他也更怕他，此刻在他的后面就恨不得给那病壳子来一下子。

"你也会挣钱哒!"郭老幺喘喘的。

马二不敢回话，暗骂草麂儿是烂舌妇。

"偷和抢搞不得!"

"没有! 我敢赌咒的……"

"那就好。"郭老幺拉风箱般地喘气，温柔了起来，"我晓得……你喜欢草麂儿……只要不出丑……我缺的是你这种劳力……"

马二大悟，想要他去做女婿肩挑一副大担子，他决不干。他趁郭老幺喘得天地混沌的时候溜之大吉了。他忍着饥肠回家，懒得煮饭，懒得插门就倒头睡。这是抗饿的老法。蒙眬中他说："妈的个×，明儿到哪儿去赶情?"

突然床前有人嗪嗪地笑。他一跃而起，竟是草麂儿。他即刻就忘记饿，浑身直鼓劲，但他不敢妄动，只呆呆的，目不转睛。

"二哥，咋不吃我的饭?"草麂儿靠近床，把一张大烙饼塞他怀里。

马二不由自主，捉住她的手，掀她的衣："麂儿，我见过你的身子……嘻!"

"屁!"草麂儿用手压住衣角，"贱!"

"去年你在月亮底下洗澡，就这白……"

"不要脸!"草麂儿机灵地抽回身子，跑了。

太阳越来越烈了。

马二起床后仍是三件事：打喷嚏、打哈欠、伸懒腰。夏日的农闲使他无所事事，就漫无目的地走。走不完的山道献给他一片孤寂，一片冷漠。他有些伤感。有一个女子过来，他不认得。他一高兴，蓦地大喊："妹子啊，你的裤腰带掉哒!"

如旱地拔葱一般，他跳进荆草丛中隐没，从缝隙里观察。那女子受了惊吓，双手忙摸裤腰，腰带还在。她就跑得飞快，一惊一乍地消失。马二笑个半死，又上了山道，发一会儿愣。他感到了无趣，一屁股坐在石头上。他很快见到一个奇观：黄蚂蚁和黑蚂蚁打架，就深入到拼搏的场面中去。

它们在大石板上兜圈子，追逐，制造剑拔弩张的气氛；忽然都举起前肢，就像挺着长枪相互猛力一扑，旋即分开；接着又是一扑，再来一扑。黄蚂蚁渐显力弱，几次被扑翻开去。

"妈的个×！"马二助人为乐地用指头一拨，黑蚂蚁连滚几个翻身。两只蚂蚁又才势均力敌。蚁的争斗进入白热化，它们牯牛抵架般粘住，都不退让。它们的后肢撑着地，身体也紧绷得发颤，上身都抵得竖了起来。突然它们放弃了对抵，相互紧紧抱着肉搏。翻滚几回合，黄蚂蚁的弱势又显出来，黑蚂蚁张开铁钳样的口，又向黄蚂蚁的脖子。

"妈的×！"马二又助人为乐地用指头一弹，黑蚂蚁翻倒在一边。

这是致命的一击。黑蚂蚁肢体痉挛，大脑袋抽风般往一旁摆。黄蚂蚁乘势扑去，劈腰将对手裂为两截。黑蚂蚁死了，黄蚂蚁昂起头绕石板一圈，然后用前肢扒拉一下黑蚂蚁的头。奇迹竟出现了，黑蚂蚁忽然张开口咬住黄蚂蚁的一只腿，再也不放。黄蚂蚁蹬踢拖拉，摆脱不得，就高高举起那只腿，连同黑蚂蚁的头一同在石上摔打，仍旧奈何不了它。黄蚂蚁试图逃走，却寸步难行。于是残酷的一幕拉开，黄蚂蚁张开大口像拉锯一样撕咬腿根。它浑身发着抖，痛楚万状的样子。它终于咬断了腿，将腿连同黑蚂蚁弃于荒野，然后一翘一翘地爬向远方……

过了很久，马二仿佛还在听那清晰的撕咬声。这一场惨烈悲壮的蚁斗对马二的打击不小，他一步一挨地继续走，口中下意识地发出凄厉的叫喊：

猪也愁来羊也愁，鸡也愁来鸭也愁。
猪愁屠夫刀生锈，羊愁不长大膘肉；
鸡愁生蛋圆溜溜……

他不知不觉地叫喊到一户人家前，情绪也渐有好转。听到屋里打牌正热闹，他就冲进门挥起膀子喊："我来哒！"

屋里人一静，一个人站起来，是村里的会计。他说："老二赶情呢？"

"赶情就赶情！"马二一歪屁股挤走一个人，"打升级！"

马二是牌精，别人都愿和他坐对家。今日会计和他对。一手牌拿起来，大不妙。红桃的主，只有五个，管不起十；七张副牌，一张A，三张十，三张五。马二骂："妈的个×！"会计做庄家，得意洋洋的。

"会计，听乡里说要照顾贫困村？"看牌的人问，"怎样照顾？"

"黑桃五！"会计狠狠地出牌，"几包化肥。"

"勾子管哒！"侧家说。

"黑桃A！"马二直吼，会计报以感激。"正打报告呢！方块！"

"报告个屁！早晚市价不同。"会计很反感那些愤愤的人。

"哎，老二！怎就不杀？垫个黑五有什么用？"

马二严肃着，眼里却透露出狡黠。侧家高兴地捡五分去。愤愤的人们就幸灾乐祸。

　　"化肥有希望吗？"

　　"有！有！杀哒！"会计不想一心二用，就又训问的人："有希望他妈的你们也种不出粮来！"

　　摊牌时都是副，只有马二有一张主十，一次就杀了三十分。会计这才明白妙处。侧家捡了三十五分，刚好不能上台。马二说："三十五，气鼓鼓！"

　　"我们升级打四。"会计把牌洗好推给马二。马二有一种受了尊重的得意。

　　马二不断地出妙手。用五分冲，拆散了侧家的一套AK。别人气得颈项如桶粗，只见马二和会计一级级地升了去。太阳像个大气球往西方晃。牌打得人倦。看牌的人累了，四散去到椅子上睡。粗细的鼾声交相呼应。

　　"饿哒。老板弄饭啰！"会计走到哪儿吃到哪儿，吩咐惯了的，"哎，伙计们，贫困村的事莫让乡里晓得哒！"

　　"吃个什么饭！"马二有牌打就不饿，不热，不冷。他常说牌上有饭，有风，有火。"再来！"真就接着打。

　　"听说没有？"会计一副漫不经心的样子，"垭上的黄女伢子跟人贩子跑哒！"

　　"跑哒？"马二一震，"我可没听说……"

　　"半个月哒。到处找，哪找得到。"

　　"放屁！人家自由恋爱，到好地方去哒！"

　　"你晓得？"大家都停了出牌，直盯马二。

　　马二有些慌，矢口否认："妈的个×，哪个说我晓得？老子根本不晓得！"

　　"算哒，出牌。"

　　"K！"

　　"A！"

　　"马二，你睡过草麂儿？"会计诡秘地一笑。众人的精神倏地抖起来。马二板起脸。会计又说："马二，你要做上门女婿了……"

　　马二将牌一摔，转身出门朝后山爬，去找草麂儿。"妈的个×！"做女婿就如做长工，马二自己的两亩地还荒着呢！马二感到问题很严重。草麂儿的名声被他弄坏了，他决计不能再住这里；草麂儿跟着郭老么会苦一辈子，那也害了她；自己真做了上门女婿也不能和草麂儿一起，自己玩惯了，不能对不起她；同时也不能给自己套绳子。于是他决定帮助草麂儿到好地方去。他从草麂儿身上看到了做人的难。如果难的话，在山里就更难。他要把这意思告诉她。

　　太阳炙热起来。马二趴在屋檐下看天，路口有人来他也懒得扭脖子。

"马二，剐树皮去哦！"

一听到为别人做事，马二就来劲儿。他一跃而起，才看清是会计和村主任，就跟着走。"儿们又要上学哒？"马二问。

村主任说："两个伢子光学费就三十几块。剐点儿树皮，换几个油盐钱撒！"

"那就到我的烟火山剐！"马二说，显出助人的高尚，"反正我又不要。"

三个人就往马二的山上跑。栎树皮粗糙，剐的时候靠力气，每一百斤八块钱；青丹树皮细嫩，靠技巧慢慢地剐，每一百斤十二块钱。马二很快就剐了一筐栎树皮，望着他们剐青丹树皮还不到半筐，就笑他们憨，就喊：

> 老也愁来少也愁，有也愁来无也愁。
> 老愁棺木不光溜，少愁父在不远游；
> 有的就愁米仓小，无的又愁鼠偷油……

"马二，你也剐点儿树皮卖点儿钱撒！"

马二往地上一躺，扫一眼阴阳怪气的会计，一只腿压住另一只腿："这几个钱？哼……会计，你喜欢剐树皮，不要成树皮万元户哒？"

"鸡✕！"会计被剥了面子，很火，"想用钱就剐一回，谁想当什么万元户！"

的确，树皮在山上又不会飞，谁愿下这个苦力？有时间就打牌去！

"马二，我的钱少，但我的钱是干净的！"会计不解恨，还在说。

"我怎就不干净了？"马二的眼忽如牛眼。

村主任忙打岔："秋收在即，上头又在催数字估产量，要评先进……"

"麻烦事，都吃饱哒撑的！"会计也往地上躺去，望树梢。

"有么法？报就报嘛！"村主任说。有两个捡野鸡蛋的老头在林里转，见村主任就围拢来。人老了就爱热闹："村主任，听说乡里要修公路来？"

"是啊，开发森林嘛。"村主任说。

"开发个屁！公路一通，怕就不宁啰！"

"森林也不会有哒。"

"鸡瘟也要来，猪瘟也要来，人瘟也要来……就都有哒啰！"老头儿忧心忡忡，嘀咕着往林子的深处走去。会计冷笑，耻笑他们的顽固和保守。马二没动，像是睡了。村主任问："今年报多少？"

"比去年多个万把斤吧。"

"那能行？去年就是多报哒的呀！今年春上又是报哒贫困村的……"

"有啥法？不贫有化肥吗？不多报有先进吗？"会计振振有词，"上半年贫困，下半年先进，说明成绩更了不得撒！"

"乡里说今年要下队检查的……"

"鸡✕！哪个不晓得检查是什么意思咧！"

"你是会计，你算吧！"

"好啊，两个王八蛋又在坑害老百姓呢！"马二忽地跳起，吓他们半死。

"马二莫说，我供你明儿的早饭。"会计说。

"我供你的晚饭。"村主任说。村主任与会计相视一笑。

"妈的个✕！老子不稀罕！"马二脸紫。

"晓得，你有钱嘛。"会计阴阴的。

马二便不作声，以为会计掌握了他的秘密。

"有钱也不能瞎搞！瞎搞也不能搞草麂儿撒！老支书的女儿，搞得的๑"

马二老实了，默默背起树皮说走就走了。走到山下河边，马二忽地见到会计的妻子洗菜，就扔了树皮，慌张地拢去狂喊："嫂子，还不回去请几个人把会计抬回来，他掉崖里哒！"

会计的妻子一歪，倒在河里。马二扭头往回跑，跑到林子边又狂喊："会计，还剐他妈的个✕！你婆婆子淹死哒，还不回去！"

会计吓傻了。村主任喝问马二讲清楚，马二边跑边说："我还要传信去！"

马二跑过山峡，忽然想到应该到草麂儿家去，就优哉游哉往对面山上爬。那事儿给她说过多次，她好像心动了。帮她到好地方去也算助人为乐。马二爬到山垭间，寻一大石坐下，吹风。眼胡乱地看景致，目光渐渐聚到山底下，他不明白那里怎么那样热闹。许多人聚在一起，叽喳着，号哭着，一片糟。

"妈的个✕，搞啥嘞？"

忽然一声浑厚的骂腾空而起："马二你个狗娘养的，老子✕你妈！"

是会计！马二这才想起刚刚骗会计两口子的事。于是放声大笑，笑出胜利的自豪。接着大步往山那边去，到草麂儿家时，汗流浃背，如牛喘。草麂儿坐在屋檐下，拿着没纳完的鞋底，歪扭着熟睡。郭老幺在里屋睡，马二觉得正好。马二倏地伸手去摸草麂儿。草麂儿一醒，慵懒地挥一下手："死鬼……"

她嘻嘻笑起来，这才清醒："又没做么事，只觉得困。"

"妹子好会享福。"

"享他妈的懒豆腐，真想死哒去……"

"也是的，死不死活不活一个穷山沟！"

"二哥，你几时出门？"草麂儿来神，"垭上的黄女伢子不是你帮的忙吗？"

"莫作声，这事儿说不得的！"马二捂她的嘴，"我反复想，你爹一个人……"

"我好哒,再接他去不一样?"

马二明白草麂儿已经深思熟虑过了,就说:"你不比别人,一定要你满意才行。"

"几时走?"草麂儿迫不及待。

这使马二有些伤心:"就不想我了?"

"你不也巴不得我走?"

"那……收割以后吧!"

果然,收割以后他们去了,去了又回来。草麂儿说她很满意。他们的去来都神不知鬼不觉,骗她父亲说是走姨妈家。过了年,一切就绪,草麂儿正式要走,仍说是到姨妈家去。走的那天大山格外静,只有懒洋洋的阳光照着他们。走时草麂儿洒了几串泪。马二在前面走,有普度众生的感觉。

对方在镇上接,那是公路上班车的终点站。那小伙子气宇轩昂的,草麂儿再次地满意。小伙子引马二到暗处,避开了草麂儿,塞一把钱给马二,不知有多少,都是十元一张的:"劳驾您了。"

马二接过钱,感到沉甸甸的。他装了几次没装进口袋,忽地将钱往烂泥中一摔:"妈的个×,老子不稀罕!"

"你……"小伙子捡起钱往他怀里塞。

"说不要就不要!"马二很烦,却又把钱接了。略等等,班车开进站。站里没票房,人们蚁群般围住车,围得如铁桶似的。小伙子也挤进去。

"二哥,这……给你吧。"草麂儿递一双新鞋给马二,"莫嫌。"

"嗯。"马二收了,"快挤车去吧!"

草麂儿没动,眼泪涌出:"二哥……我就走了呀……"

"等会儿。"马二把那捆钱尽数塞到她兜里,"莫让男人晓得。他们要是折磨你,你还可以跑回来。作路费吧……"

马二心里涌起难言的隐情:"妹、妹子……到好地方去哒要写信……"

"晓得是油锅还是……火坑……"草麂儿泪珠直洒,"二哥,没说头哒……油锅我滚了……火坑也跳哒……"

小伙子买好票,来拉她。她慢慢走,头始终扭向马二:"二哥,照顾好我爹。"

"哎,我照顾爹……你一定要接他来呀!"

"二哥,你要种好自家的田。"

"哎,我种……"

"要接个嫂子……"

"哎，我接……"

"村里有坏人，你要防着点儿，要自己保重……保重。"草麂儿挤上了车。

"哎，我保重。"

"二哥，再，再见……"汽车轰鸣起来，车轮飞转起来。

马二木木地举起手，喃喃道："再见……再见他妈的╳！还能见吗?"

镜头外的故事

不用说你一定读过映泉的力作《桃花湾的娘儿们》，也看过同名电视剧，可你不知道中央电视台在拍摄该剧时的许多逸闻。我愿意向读者披露一二。

——题记

《桃花湾的娘儿们》发表后不久，县委就显出异乎寻常的热情，号召各乡镇干部必读。管辖桃花湾的那个乡政府的干部们在必读之余，甚至还专程送了一套书到桃花湾。这一来，那个与文学艺术绝缘的山峡可热闹了。小伙子们晃着膀子示威："狗臭屁！桃花湾的男人猥琐不堪？叫那个耍笔杆子的家伙来和我们比试比试！只怕他像个浆粑粑，我一砣子打去，他还要粘到我的膀子上！"

五大三粗的丈夫们则拧着媳妇的耳朵打转转："不要脸的！我叫你们皮肤白！我叫你们水灵灵！我叫你们苗条！呸……"

少女们聚在一处叽叽喳喳，她们为被作家笔下开掘出来的美，而兴奋，而欣慰，而自豪。连心脏也有力地搏动起来。

古话说："男在荆门州，女在罗汉峪。"

桃花湾原名罗汉峪，后来改名为桃花湾。峪，土音"幽"。原来桃花湾的女子自古出名。

民兵连长向光国怒气冲冲地拉走一个少女，逼在旮旯里喝问："春桃，你和那个梁书记在搞什么鬼？你还跟人贩子跑过？"

"哪有的事？哪有的事？"她的脸骤然红了，艳若桃李。

"小说中都写了，你瞒得过我！"

该她倒霉！谁叫她和小说中的人物同名？梁书记蹲点的事更属子虚乌有。向连长怎么这样"昏"，连未婚妻也怀疑起来？人家那是小说呀！感情上的波澜还未平息，《桃花湾的娘儿们》剧摄制组就进山了。男子汉们反感、愤慨。

无奈那是政治任务，区里乡里都有人打招呼。男子汉们只得把愤慨藏在心里，还得貌似积极地为摄制组卖力。

一

摄制组在山上拍摄掀木料的镜头，队里的少男少女们像尾巴似地跟着看稀奇，兴奋的情绪在体内膨胀。

导演挥着手："梁书记，再自然些！好，重来一遍！"

梁书记："说了，不用谢！只要你们日子好过了，我也就高兴了。"

一媳妇："依我说，我们桃花湾没什么好东西，就姑娘还可以。我们送个姑娘给你做媳妇，给你焐脚，心烦还可以打几下消消气。"

梁书记："那好！到时候我来做女婿！"

哄笑。

"你看谁好？"

梁书记："都好！"

"就春桃配得上！"

嘻嘻哈哈，大笑……

"停！"导演一挥手，笑声戛然而止。

看热闹的人都笑起来。春桃也跟着笑，不知为什么心跳得厉害。

"春桃，在说你呢！"

"瞧，那个春桃还没我们这个春桃体面！"

"啧啧！春桃，瞧那梁书记好标致一个相公，他们要你配他呢！同意不？"

"真是，向连长像恶霸，有什么好？"

春桃的脸通红，急急地往人堆里缩，拍打着乱嚼舌根子的人，心里却像鸡毛掸子在刷，目光迷离恍惚。蓦地心一沉，向连长那剪子样的双眼盯着她；她用手一挥，挥不去。等她清醒过来，手已被钳子般卡着，拉走了。

"回去！掉了魂吧？"是向连长。

甩了一甩，甩不脱。春桃迷迷糊糊地走，想：是的，梁书记标致，体面，他真的愿意和春桃在一起吗？可惜他那个春桃不是我这个春桃。

她有点儿自卑。

可人们说，那个春桃还没有自己体面。

她有点儿快慰。

身不由己地跟向光国走，心却留在山岗上，镜头前。

她有点儿愤怒。

二

她仍旧偷偷地出去看，跟踪那部摄像机，跟踪镜头前的梁书记。她产生了一种不可遏止的欲望：一定得和他说说话。他肯吗？

天凑良缘。剧组拍摄放排的镜头，缺少群众演员，导演居然选中了她！

向光国反对，态度强硬。春桃一反往常的温顺，倒叫向光国傻眼了。

"光国，你让我去，我把钱给你。"

"什么钱？"向光国眼中硬生生地闪出一线光亮。

"摄制组每天发两块钱的工资，这可对得起你吧！"春桃幽幽地一笑，狡黠。

功利主义万岁！看在钱的份上，她去了。

真好玩。他们把长长的杉条扎成排，放入缓缓的流水中。导演一声"开机"，演员们喊着号子蹲在排上随波逐流，春桃也就高兴地置身其中了。她盯着梁书记伟岸的身材，只觉得自己在缩小……

"重来！"导演手持半导体喇叭，站在岸边吼，"喂，群众演员要目视前方，不要盯梁书记。要向往，要无畏！"

数十人背起缆绳，把木排往上游拖，重来一遍。可春桃的眼不受管束，慢慢地移到了梁书记身边。

"喂！那是谁？怎么得了斜眼病！"导演又举起了喇叭。

"退到后边去，这儿是春桃的位置！重来！"

所有的目光都像绳索一样捆住她，哄然大笑，是嘲笑。春桃骤然明白：导演说的春桃是剧中的春桃。她的脸上像被虾子夹了，红一块，白一块，汗水哗哗地淌，她忙向后排缩去……

晚上，摄制组收兵回营。他们住在乡里，离桃花湾二十多里。木排被起运上岸，由民兵们守着。

春季里的河水很冷，刺骨。演员们都是北方人，旱鸭子，还得老水手们一个个背着送过河。春桃也犟着去背。她背着一个小姑娘，觉得像是梁书记。回头看了看，梁书记独自坐在河岸，拒绝别人背，难道……

春桃加快了脚步，想赶回去背他。

"春桃！"梁书记站起身，使劲地摇手。

"哎！"她放下那个小演员，连忙答应。

"春桃！"梁书记仍然在叫。

"哎——!"春桃大声答应。

"他叫的是那个春桃!"小演员提醒她,跟上大队伍走了。那个春桃?她茫然四顾,只见那个春桃傍着导演有说有笑,远远地走在前面。

春桃怅然,望着孤零零的梁书记,自己也是孤零零的。水手们都回去了。她快快地过河,走到梁书记身边,心儿不由自主地冲撞起来。

"梁书记,不走吗?"

"走……"

"我背你……"她觉得自己的话生涩。

"你背?"梁书记看着她,神色由惊异变为新奇和喜悦,"背得动?"

"背得动。"她羞怯地笑笑。

"还是我自己试试。"梁书记绾起裤腿下了水,"你也叫春桃?"

"呃,梁书记……水怪冷的,又急,我不放心……我送你。"她好冷,话也抖抖的。

"好。"梁书记一笑,伸过手握住她,暗暗地捏了捏,"好玩儿!"

春桃感到一股内力从他手心里源源地涌来,和她自身的内力冲突,碰撞,火烧火燎,热烘烘,脸腮血红……

"梁书记……"

"什么事?"

"上午拍电视……我影响了你……"她歉疚,想起了演员们的嘲笑和埋怨,希望梁书记能够谅解她。

"没什么!没什么!"

心上的石头骤然落地。水中的石头很滑,她小心翼翼地帮他绕过光滑的石头,不料自己倒滑倒了。扑通一阵水响,他俩双双倒进河里。梁书记站起身,猛地抱起了她,哗哗啦啦地往前走。原来他颇通水性。

横卧着眼望蓝天,头晕目眩,她不知道自己是躺在渔舟上,还是摇篮里。梁书记的手像书生的手,若有若无地搭在她的胸脯上,她猛地按住他的手……

"春桃——"河对岸传来生冷的吼声和哒哒的脚步声。剪子样的目光戳着她的眼……

三

深夜,春桃被全家人围着上伦理课。有父母兄嫂,还请来了舅舅。舅舅在家

306

族中拥有无上权力。桀骜不驯的儿子，放浪不贞的女子，见了舅舅的大竹片先要自软三分。还好，舅舅对她满面笑容。

"桃儿，你上电视了?"

"嗯。"

"喜欢吗?"

"喜欢。"

"喜欢什么?"

"电视。"

"是喜欢梁书记吧!"舅舅干瘪的脸上一阵痉挛，扭曲了，"你和他搞了些什么鬼?"

"没有……只拉他过河……"

"放屁!"舅舅的竹片在地上抖了抖，"他那好的水性还用你拉？不要脸的小婆娘!"

春桃浑身一抖，怯怯地说："我不晓得……"

"嘿嘿!"舅舅阴冷冷地一笑，"那就好! 那就好! 桃儿你休息去吧!"

春桃像从牢笼里爬出来一般，身上出了一身冷汗。她听话地走进自己的寝房，不觉一惊。桌上燃着一对红烛，向光国端正地坐在桌前，两眼露出的凶光像剪刀。

"你! 向光国……"春桃一步步后退，一直退到门口。背后被一只干枯的手狠狠一戳，她一个踉跄朝前一扑，被向光国紧紧箍住。

房门咣的一声关上，被谁反锁了。

"舅舅!"

"嘿嘿!"一阵阴笑声。

"桃儿，听话，啊?"是母亲颤巍巍的声音。

春桃奋力地推着向光国。两只有力的手扳住她的双肩一扭，她旋了一百八十度的圈，嗤啦啦一声，衣服被撕开。扣子一颗颗脱落，上衣倏地被剐了下来……须臾间，她一丝不挂，浑身一凉。她不由得双手紧紧护住乳房，惨叫一声，没命地撞向木门。

"向连长，她是你的人，要杀要剁都交给你了!"舅舅的声音。

向光国叉开腿，两眼色眯眯地盯着春桃，缓慢地脱掉衣服，脱掉裤子，露出石头疙瘩般的肌肉和丑陋的大腿，倏地有如一头疯猪，吼吼地窜扑过来，犹如在春桃身上打了一道铁箍腰。

桌上的红烛双双淌着热泪，火苗摇曳着自言自语。

少女心底的防卫之心渐渐苏醒，仇恨像烈火般燃烧。她死命地一口咬住他的肩头，一股腥臭的血液涌入喉管……

向光国一声狼嚎，把她摔倒在地，又抓小鸡般地提起她，啪啪！他左右开弓，她的脸腮涌起血潮，荡荡的像要冒出来；啪啪！又是左右开弓……

她懵了。欲叫无声，欲哭无泪。

鹰一样的爪子卡住她的细腰，把她摔在床上。她的身子抛了一抛，一阵晕乎乎，像躺在渔舟上，摇篮里……

门外传来嘿嘿的阴笑声，人走了。

红烛血泪纵横，在桌上织成了血池；火苗固执地蹿了两下，灭了。漆黑一团。

她仍旧护着胸部，却无法护住大腿；那男人淫笑着，遮天盖地般扑过来。她觉得这里就像一副冷冰冰的棺木。

"畜生！流氓！"

骂声未绝，又是一阵冰雹般的狠揍。狠毒的男人每次都准确地打向她的下身。她的灵魂在这罕有的蹂躏之下脱窍而出，融入夜空……

少女的贞操被锋利的剪刀剪破了……

四

暴风雨之前的太阳抖开时薄时浓的云彩，羞羞答答地遮着灿烂的容颜；雨过天晴，它一扫尘埃，万里无云，坦坦荡荡地在空中行着。

春桃经过一场蹂躏，反而不想藏藏掩掩的了。向光国得到了贞操，好像有了什么保证，也不怕春桃会飞到天边去。

她依旧去拍电视剧，当群众演员，痴痴地看梁书记表演；每当梁书记的目光扫向她，她便沉重地低头，有一种负罪感，仿佛对不起梁书记。电视剧已拍到决战关头，木排要冲过七弯八拐的险滩；剧中人梁书记要进行一番生死搏斗，桂花要被木排戳成重伤，春桃要带病撑排……

在当地挑选出来的几个群众演员一边演戏，一边还得暗中保护那些北方的旱鸭子。春桃早早地赶到现场，激动得骨节叭叭叫。

可是，用铁链连起来的木排却少了两节，整整二十根杉条！春桃心里一震，想到了自家楼上凭空增加的一堆圆木。今日早上到楼上去拿米做早饭时，她心想向光国正唠叨着做家具的事，以为家里弄了木料，便没在意……

演员们无事一般，三五成群，谈天说地；只有导演气冲冲地责问向光国：
"怎么搞的？连几根木料都守不住！"

"哪个晓得？"向光国耷拉着眼皮，"也许伙计们嫌工资低了，开了个玩笑
吧……"

"向连长，怎么办？"

"再到林业站买二十根杉条来就行了。"向光国伸了个懒腰，像没睡醒。

"那……白丢了？"

"我查查。"

春桃一阵脸热心跳，悄悄地回去了。一进门就听见楼上有杂乱的脚步声，她
心里更明白了些。她爬上楼，看见母亲端着墨水，舅舅拿着笔正往圆木上打
叉叉。

"这是干什么？"

两个忙忙碌碌的老人猝不及防，舅舅手一抖，往木料上落了个墨坨坨；母亲
往旁边一闪，墨水瓶砰然落地。

"桃儿。"舅舅甜甜地笑，春桃看着那张风霜雕刻成的皱巴巴的脸，从心底里
感到厌恶。

"舅舅，木排不见了两节。"

母亲脸煞白，嗫嚅着。

"桃儿，我们把它打上码子，就归我们了！"舅舅惊人的坦白反叫春桃张不
开口。

"桃儿，没事儿，你走吧！"母亲是乞求的口气，"这是给你打嫁妆的……"

"只有这么点儿？"

"还有在舅舅家。"

"不行，赶快送回去！不怕丢人吗？"她说着就要往楼下掀。母亲死死地拉
住她。

"你敢！"舅舅一巴掌挥过来，清脆的一响，"你敢说这是他们的？有什么凭
证？你红口白牙能在木头上啃出血来我就服了！你小婆娘喊得木头应声儿我就服
了！王八蛋的……"

春桃的脸火辣辣的，母亲颤巍巍的手在她脸上摸着。

"我要去告你们！"她气极了，看着这个满口伦理道德的舅舅，恨不得咬他
几口。

这时，屋外传来时大时小的说话声。舅舅不顾一切，飞快地在木料上打叉
叉；母亲腿一软跪在女儿面前，流出两行浊泪："桃儿，桃儿，千万别！千万别！

妈成了强盗贼……再也不能做人了……求求你……桃儿……"

春桃的心好像被毒蜂蜇了一下,浑身一麻,身不由己地跪下地抱妈妈,摇晃着妈妈:"妈妈,快……起来……"

"除非你答应我……"妈妈睁开红红的眼,"妈求你!"

"我答应……我答应……"

舅舅仍旧飞快地在木料上打叉叉。

五

向光国查木料,不了了之。电视剧还得拍下去,只得再买二十根杉条。

太阳刚和人们打了个照面便躲进了云层,天下起了蒙蒙细雨。这正是剧中规定的情景。摄像机固定在"三龙潭"旁高耸的岩头上。所谓三龙潭,是在湍急的河流中依次排列的河潭:大龙潭、二龙潭、三龙潭。每个龙潭都处在急拐弯的河道上,呼啸而来的激流撞在光滑的岩壁上,像一匹被勒急了的野马,水头汹涌,口吐白沫,漩涡和水浪交相激荡,有如相互践踏撕咬的狂兽。

摄制组做了充分准备,要拍下这一壮观场面。民兵连长向光国挂帅,随时准备入水救人,还买了一箱大曲酒。

木排下水后恰如腾云驾雾,旱鸭子们不约而同地发出惊呼,双手牢牢地扣住缝隙。春桃亢奋不已,因为失了贞操,也因为家里盗窃剧组的木料,她在此刻得到了情感上的释放。她有着一死的决心,将不顾一切为保护好演员们的安全拼搏,这是唯一能洗刷自己的机会。

木排滑得越来越快,排与排的交接部位发出湿闷难听的呻吟。几个老水手紧张地喊叫,高举竹篙,直刺蓝天,偶遇挡道的岩石,竹篙便如蛇一般窜去,坚硬的包铁和突兀的石头发出刺耳的撞击声,闪出几丝蓝色的火花,木排惊险地一掠而过。春桃不像别人那样恐慌,眼中的余光飞快地扫过两岸既熟悉又陌生的景色,一死的决心使她心中蓦地静若秋水……

木排在进入大龙潭前像野马那样扬起了头,似乎要飞起来。所有的人都失去了心理平衡,张大了口却没有叫出声。三四根竹篙弯如满弓,木排依旧不可遏止地往前窜,竹篙倔强地弹起来,绷直了,水手们像弹丸一样落入龙潭,被漩涡和雪白的泡沫淹埋住……

木排轰然撞上石壁,人们终于把那没有叫出来的声音吼了出来。梁书记一个踉跄,春桃暴起,拥着他跳到后一节冲来的排上。连接木排的铁链发出几声痛苦的啸叫，无可奈何地断了。梁书记跌入深潭，春桃被木排的惯性带走，掉入犬牙交错的木头之中……

摄影师在镜头上看到了飞溅的血和春桃瞬间扭曲恐怖的面容……

"停机——救人——!"导演神经质似地尖叫。

定格。摄影师把那瞬间的画面变为永恒。

向光国咕噜噜灌下一瓶曲酒，只身潜入潭底，摸向木排。片刻，他冒出水面，狂呼一声："春桃!"

向光国倏忽又沉下去。梁书记刚从浪花里游出来，便又潜了下去。众多的水手和民兵纷纷跳入水中……

六

半月之后，血肉模糊的春桃已能起床活动了。幸亏没有伤筋动骨，幸亏没有毁了她的面容。她更显苗条，更美了。

摄制组拍完最后一组镜头就要走了，春桃执意要去看他们。再不去看看就没有机会了，向光国居然是她有力的支持者。"光国，你也去吗?"

"去!"他的情绪有些不振，"去看看梁书记。不是他，可能我们已经成鬼。"

是的，向光国告诉过她，他把她从木排里拉出来时，早已精疲力竭，像秤砣一样直往龙潭里沉。梁书记从他手里夺过春桃，涌波逐浪，抱上了岸……

"梁书记是我的恩人……"春桃蓦地涌起万般柔情，青春的气息在体内膨胀，"啊! 我是梁书记救的……"向光国望着她，眼中是奇异的光，又迅速暗淡下去。春桃不得不把心底的情感压抑住。

赶到现场，已经开机了。拍的是剧中人梁书记同春桃离别的镜头。

春桃："你什么时候走?"

梁书记："等你举办婚礼之后……"

"婚礼!"春桃惨笑，"这是最后一天……"

两人漫步，身体不时地碰撞。剧中的春桃终于抓住了梁书记的手："你没有一句话跟我说吗?"

默然。

"你……"她不动，"这是最后一天了……"

"春桃，"他的神情有些严峻，"说实话，我爱你……不过，人生在世总得对社会负点责任，免不了会有牺牲……万事才开头。"

她的手松了，颤声叹息："我心里只有你……可是，我渴望我爱的人的爱抚，却高不可攀；我厌恶的人，却玷污了我的身子，只怕是命啊……你说得对，万事才开头……"

春桃目瞪口呆地看着他俩在镜头前情意绵绵，魂儿早已出窍，自己仿佛是剧中的春桃。她的心里充斥着满足、兴奋和感伤。

"你哭了，春桃？"伙伴们惊异地问。

"是不是怕你的梁书记跑了？"

"嘻……"

春桃一声惨笑，从梦中醒来，这才发觉两腮挂满湿漉漉的泪。她狠狠地揩了一把，心中空落落的……

摄制组收拾器具，要离去了。她的心不断地下坠、下坠。我是不是也要去找梁书记……话别？像剧中的春桃那样？她这样想。

"春桃！春桃！"向光国跑来猛烈地摇晃她，"快看，我的奖状！"

那是摄制组请求乡政府颁发的，奖励向光国奋不顾身舍己救人的事迹。

春桃下意识地接过奖状，两眼却失神地盯着即将离去的演员们，在演员堆中茫然地寻找梁书记……

七

春桃无法控制住心头翻滚的欲望，她要像剧中的春桃那样去找梁书记，到小道上手拉手地走。

一下午，她瞒过全家人，悄悄地向乡政府走去。她心潮奔涌而又顾虑重重，一遍又一遍地思考谋划与梁书记相见后的情景。

也问："你什么时候走？"

也问："你没有一句话跟我说吗？"

也说："我心里只有你……"

剧中那个春桃说得多好："我渴望我爱的人的爱抚，却高不可攀；我厌恶的人，却玷污了我的身子……"

她觉得剧中那个春桃还不够味儿，若是她，她会要梁书记亲一口的……想到这里，她浑身一麻，脸热烘烘的，不禁生出一丝懊悔：我早该找他的，那次过河他抱我时我就该亲他的，我本该在向光国玷污我之前就把身子给梁书记的……然而，这么多事她竟连一件也未做。或者是因为来不及？或者是因为根本就未想到？

她越想越悔，心中升起一股豪气：今晚一定全部实现了它们！还要告诉他偷木料的事……

她坚定地往前走。

然而晚了。乡政府的人告诉她，专车刚把摄制组的人拉走。

她感到老天突然阴了下来，一下瘫在石头上不想动……

活泼漂亮的春桃突然变沉默了。姑娘们讥诮她，说梁书记把她的心挖走了。

渐渐地，春桃的话又多起来，总是不厌其烦地给伙伴们讲：

她拉着梁书记过河，一齐摔在水里，梁书记抱起她……

她被木排压伤，是梁书记救起了她……

是的，她永远不会忘记，躺在梁书记怀里就像是躺在渔舟上，摇篮里……

过春节了，乡政府通知各村都把电视机打开，说中央电视台要放《桃花湾的娘儿们》。早早地，春桃就占了个好位置，她想看梁书记，看梁书记如何把她从水中救起来……

电视剧放完了，她痴痴的。别人叫她，她说："怎么没有梁书记救我的镜头？"

伙伴们哄笑起来，捡最刻薄的话说她："还想'韵'那个味儿呀，梁书记抱着你就那么好？就把向连长当梁书记还不是一样！"

别想掉了魂难得找，等下辈子吧！

……

（发表于《芳草》1987 年 5 月号）

桃李之死

　　我老家是我们县最边远的地方，同两个省交界。农村居家讲究柴水方便，这儿却是水无好水，柴无好柴。干旱十日，就要下山背水，一山好茅草就得防火。虽是枯山一座，村名却很高雅——桃李。

　　如果以这样的枯山来猜想这里的女子，那就错了。这里的女子不但不是枯茅枯草，反而都生得非常水灵，非常迷人。

　　罗艳芳就是她们中的一个代表。说她是其中的代表，不仅是因为她水灵，更主要是因为她有文化，有气质，在精神的层面能够代表桃李。

　　那时候，群众运动很多，因而出了一些以运动特色命名的山乡，比如"锣鼓之乡""舞蹈之乡""绘画之乡"等。我们山区大多有唱山歌的传统，唱三皇五帝，唱英雄好汉，更唱风花雪月。不过，"山歌之乡"的美誉却归桃李村独享，因为桃李村有其特殊的地方，就是人人会自编自唱。

　　罗艳芳初中毕业回乡，文化程度比别人高，就编得好唱得好，就受重视。据说，有个语言学教授为此还到过桃李村。村里事先得到通知，好好准备了一番。让罗艳芳在门口唱着山歌迎接客人，由小学教员何欲望在门后压阵指挥。如果罗艳芳呆了或是傻了，何欲望就捅她的背，作为提醒，以免出错。虽然排练了很多次，罗艳芳依旧很紧张。客人一上稻场坎，何欲望就用手指捅了一下罗艳芳的背。

　　罗艳芳便开口唱："幺妹子也——请筛茶，外头客来哒！"

　　教授一边说"很好很好"，一边拉起罗艳芳的手久久不放。罗艳芳不习惯，甩了几次甩不脱。上烟上茶的一哄而上，把客们安置到四处，罗艳芳也被拉到树荫下的椅子上坐了。何欲望很急，便跟在罗艳芳后面，寸步不离，捅了她一下又捅她一下。罗艳芳被捅得很不舒服，回头瞪了他几眼，他还是跟着。教授觉得奇怪，不解地看着何欲望。罗艳芳便对何欲望小声说："滚！"

　　何欲望不滚，却说："还有一句没有唱。"

　　罗艳芳恼火地问："茶都喝了，还唱什么？"

　　何欲望老实地说："稀客远处来，没得好招待。"

罗艳芳又要叫何欲望滚，教授却说"很好很好"，并且拿出笔和本子记了，一共是四句："幺妹子也——请筛茶，外头客来哒；稀客远处来，没得好招待。"罗艳芳没有想到教授会这样称赞，倒闹了个脸红，算是对何欲望表示抱歉了。教授喝了茶，抽了烟，忽然问："小同志，能看看你作的山歌吗？"

罗艳芳一愣，平时瞎编的那些，怎么敢上台面呢？何欲望这时却活泛起来，说了一声"有"，屁颠屁颠地跑到"赛歌栏"里揭下一首歌词。歌词是何欲望写的，他却悄悄把自己的名字贴了，改作罗艳芳，送到教授手里。教授一看，题目叫《蚕桑十姑娘》，先是默念"十栋新瓦屋，十个养蚕姑"；看到"多少次明月探窗问，姑娘苦不苦"时，就读出了声；读到"祖国要新丝，用它织画图，养蚕为人民，不是辛苦是幸福"时，便朗诵起来。完了，教授望着罗艳芳发呆，眼中射出奇异的光芒，早已经把那首歌词装到衣袋里去了。教授离开桃李村后不到一个月，省报副刊就在显要位置登出《蚕桑十姑娘》这件作品，还附了教授的大段评论。评论中用了"高山流水、浑然天成"等美好的词语。罗艳芳就出名了。

罗艳芳成名不忘何欲望。她虽然只是初中水平，写不出来，却也看得出这件作品的确是好。就为这，她对何欲望生出爱慕之情。何欲望求之不得，便常常同罗艳芳约会，献殷勤。有一回，罗艳芳偎在何欲望怀里，谈起了这首歌词。

她问："何老师，我们这儿枯岗一个，哪儿来的桑蚕？怎么写得出来的？"

他答："那是在镇里读高中时，下乡学农，到桑蚕之乡写的。"

她说："写得真好。"

他说："我的老师帮助修改过。"

"那也了不起。"罗艳芳便偎得更紧了。

他们这样偎着，夜风习习，明月皓皓，情意融融，却被村里半夜巡逻的刘秃子抓了个活的。刘秃子是村里的基干民兵，因为有一头癞子，年过三十了还没找到对象，光棍一条；家里只有个瞎子老母亲，没有什么拖累，因而他特别爱参加巡逻，也对男女之事特别有兴趣。活该何欲望他们出事，他们偎着偎着就出了格。第二天团支部召开批判会，要他们作检讨。罗艳芳哭哭啼啼，拿出准备好的自我批判稿，便期期艾艾地念："……其实……我们也没有干什么……就是你看我的，我看你的；你摸我的，我摸你的……"在方言中，"的"念作"di"，普通话中的"的"念作"de"。罗艳芳刚离开学校不久，自然没脱学生气，是把"di"念作"de"的。这样，罗艳芳更出名了，都晓得她作过一个"四de"的检讨。

通过这次批判，何欲望对罗艳芳更爱了。可是，罗艳芳却悄悄跑到小学对何欲望说，两人的爱情不行了，爹妈和亲戚都反对。因为他们算来算去，何家同罗家还是个弯弯拐拐的亲戚，论起辈分来，罗艳芳要叫何欲望叔。何欲望把罗艳芳一抱,坚决地说:"就算是亲戚又怕什么?算去算来,这湾子里谁和谁不是亲戚呢?你爹和你妈就是亲姨老表开亲,我爹和我妈还是亲舅老表呢!"

罗艳芳涨得满面通红,大声反驳:"何老师,照你认为,好像是我反对这门婚事?他们说你是我叔呀!和叔结婚,不是乱伦了吗?"

这一下何欲望沉默了,片刻之后便松开手,呃呃地哭,仿佛五雷轰顶似的,痛不欲生地问:"这么说,真不行了?"

"真不行了。"罗艳芳伤心地推开他,从容地脱了上衣,赫然露出两只少女的肉包包,说:"何老师,你再摸摸,看看,我们就分手了。"

虽然分手了,何欲望还是不死心。他在高中时有个好朋友,叫叶斌,吹得一手好笛子,被县剧团招为临时工,一直同他有书信来往。何欲望反复思考后,给叶斌写了一封长信,细细讲了罗艳芳的情况,希望叶斌来看看。叶斌是在隆冬腊月来到桃李村的。大雪纷飞,村里正搞农田基本建设。何欲望把叶斌带到工地上,远远将罗艳芳指了一指,叶斌就看呆了。罗艳芳的样子,使叶斌想到了"亭亭玉立"这个词儿;罗艳芳团团的脸冻得发红,略有些皲裂,更使叶斌觉得她楚楚可怜。何欲望把叶斌那副呆相一看,就明白了。当天晚上,何欲望把罗艳芳和叶斌约到自己的寝室见面,自己便躲开了。夜里,叶斌把罗艳芳送了老远老远,依依不舍的。何欲望悄悄跟踪他们,看到这一番情景,有些懊悔把罗艳芳介绍给叶斌,泪水就滚了下来。

结果,罗艳芳对她父母讲了叶斌同她相好的事,她父母便一口应承了。

叶斌离开桃李村的前夕,同何欲望抵足而眠,谈了一夜的罗艳芳。不觉间,何欲望就把自己对罗艳芳的爱恋之情泄露出来。叶斌很奇怪,既然何欲望这么爱她,为何要把她让给自己呢?何欲望说明了原因,正因为爱她,才这么做。实际上,何欲望已经把叶斌假想成自己了。何欲望还说:"我不能让别人糟蹋她。"

叶斌很感激,有些不负朋友重托的意味,便经常上山看罗艳芳,还给罗艳芳送了一支竹笛。罗艳芳把那支竹笛系上红绸,天天带着,虽然不会吹,也禁不住吹一吹。她也送了一双布鞋给叶斌,希望叶斌能天天穿。后来,叶斌平静了,想到一个女人被两个男人所爱,心里就像吃了苍蝇,上山的次数便越来越少。何欲望对罗艳芳那种铭心刻骨的爱经常表露出来,更是叶斌所不能容忍的。加上叶斌因为工作出色,已经从临时工转为正式工,有了在城里找对象的资格,便断了上山的路。再后来,叶斌写了一封信,把他们的爱情给吹了。这对罗艳芳的打击非常大,她很没有精神,像掉了魂一般。她对何欲望气愤地说:"何老师,我恨你!"

何欲望莫名其妙,呆着。罗艳芳把叶斌的信给他看了,他的脸就如泼了猪血一样，他分辩说："这……怎么怪我呢？"

"不怪你怪谁呀？"罗艳芳数落起来，"那回我生叶斌的气，哭了，你为什么要把你的手巾递给我揩泪？你以为我真生他的气呀！那回我讲笑话，叶斌没笑，你为什么要大笑？你以为我是要你笑吗？那回我肚子疼，你为什么背起我就朝医院里跑？你以为我是想要你背的吗……你说，我还不该恨你吗？"

何欲望羞愧难言，兀立在那儿。

"我该怎么办哪？"罗艳芳哭了，竟朝何欲望扑去。何欲望仓促间将她抱住，正要挖心挖肝地批判自己，忽然有人咳嗽一声，吓得他们立即分开了。

"又是你们哪！"原来是四处巡逻的刘秃子。

罗艳芳转身就跑了，她恶心这个无处不在的扫帚星。罗艳芳漫无目的地在山野乱转，转到老岩口一栋草屋前，看到一个双眼失明的老大妈在山边摸柴火，便想起这是刘秃子的母亲。她晓得刘秃子不顾家，更不顾苦命的老妈，便暗骂刘秃子不是人。她想上去帮一把瞎子大妈，却看到有个人影一闪，刘秃子回来了。罗艳芳吓得转身又跑，一气跑到山垭上歇下来。她喘息甫定，正要暗自神伤一番，猛地有人从她后面围一个铁箍腰，将她扛进山林。当时她竟然没敢叫一声……

几月后，罗艳芳嫁到刘秃子家了。罗家和刘家结亲，在桃李村是个谜，都说一朵鲜花插在牛屎上，把刘秃子贬得一文不值。这婚事，罗艳芳的父母和刘秃子的瞎眼老妈也不清楚，连罗艳芳自己也是鬼使神差，迷迷糊糊。自从罗艳芳和刘秃子结婚后，何欲望再也不理她了，面对面相遇，像不认识一样。罗艳芳的父母肯定也不喜欢这门亲事，从不和刘家走动。其实罗艳芳很苦，自进刘家门，就和刘秃子无话可说，要说话便是吵架。刘秃子晚婚，有些干柴烈火的架势，一有空闲，便缠住罗艳芳施展床上功夫。刘秃子的欲望得到满足后，还要在精神上折磨罗艳芳。刘秃子总是问："你和何欲望搞了几回？"

罗艳芳很恶心，却不得不答："何老师是我叔呢。"

刘秃子冷笑一声："叔？老鼠哦！你们不搞，会抱在一起？"

罗艳芳气极了，恶毒地问："你和你妈搞过几回？"

瞎子妈听了，只哼哼。罗艳芳说完这话，便夺门而出，回娘家了。刘秃子虽然有蛮力，却也无用得很，追到丈人家就给罗艳芳下跪，打自己的嘴巴，骂自己不是人。好不容易把罗艳芳弄回了家，没过几天，老毛病又犯了，还要问罗艳芳和何欲望搞过几回，是什么滋味，是不是和他不同……

这就使罗艳芳更苦了，人也变得越来越孤独，越来越憔悴。

后来，也许是习惯了，也许是认命了，罗艳芳不仅有一副顺其自然的样子，而且没有了以前的天真和斯文，什么事都敢上，都干得蛮。比如她挑粪，男人挑一百五十斤，她也挑一百五十斤。那么单薄的身子，不知是如何承受得起的。比如她养了一大一小两头猪，小猪经常跑到野外，刘秃子抓不回来，她却悄悄走到小猪身后，冷不防抓住它的后腿，一提，飞快跑回家，往栏里一扔，堵住漏洞，就完事了。许多男子汉都咋舌：小小巧巧一个女子，提起一头猪就像提着一把灯草。猪虽小，也有几十斤呀！结婚只有半年，罗艳芳就生了小孩，人们这才隐隐感觉到她和刘秃子结婚的原因。生孩子后还没满月，罗艳芳就下地劳动去了。孩子渐渐长大，能自个儿玩了，没人管他，就成天脏得像个腌鸭蛋。孩子还没到上学的年龄，罗艳芳忽然扔下这个家，在某个清晨不见了。那些时，罗艳芳失踪的事成了村里议论的焦点。有人说，现在开放了，罗艳芳被浙江人拐跑了。又有人说，罗艳芳本就是个喜欢风花雪月的人，哪陪得住刘秃子？这话对刘秃子充满同情。还有人说，罗艳芳早就对这个家不满，不仅刘秃子回家吃不到饭，她还往瞎眼老妈碗里撒灰。也有一种说法很流行，说刘秃子三十多岁才结婚，像头饿狼，夜夜缠着罗艳芳干那事；有时午间休息，他也跑回家，把罗艳芳压到床上。

就是神仙，也受不了啊！

不管人们如何议论，罗艳芳听不到，也不管。一年后她从外面回来了，性情大变，竟不把刘秃子放在眼里，第一件事就是到镇上租一间屋做起买卖来。做买卖没有做农田活儿苦，虽然累，却是风吹不到，雨淋不到，罗艳芳很快恢复了她的迷人，只是比以前更成熟些。采购货物时，她经常到武汉，到沙市。夜里，几十人挤在一个筒子车里，你挨我压你，有些不正经的男人少不了乘机在她身上摸一把，亲一口，她也无法计较。天明，各人背了一大堆杂货送上车，躺货物上一睡，又颠颠簸簸回小镇。一去一来，每人只需二十元车票，是很划得来的。做了一年又一年，罗艳芳发了，成为小镇上的一个"富婆"，也成了小镇名人。

罗艳芳在小镇的名声不像在桃李村时那么美好，是因为她的"浪"。她的浪如果让何欲望晓得了，他是怎么也不会相信的。尽管罗艳芳同刘秃子结婚，使何欲望看贱了她，但他对罗艳芳的爱是不会忘的。有一回，何欲望到镇里买课本，路过罗艳芳的铺子，看到迷人的罗艳芳正在忙碌，心里一动，就想进去。这时一辆小车开过来，停在铺子门口，那司机直接弯进柜台，一把搂住罗艳芳，就吧唧吧唧地亲。罗艳芳一边"死鬼死鬼"地骂，一边嘻嘻哈哈，乱作一团。何欲望闭上双眼，呸了一声，匆匆走了。他很痛苦，也很厌恶，不断自问：罗艳芳怎么变成这么个德性了？发了财，灵魂也被污染了吗？浪！浪他妈的去吧！罗艳芳不晓得何欲望骂她，依旧浪下去，恐怕她自己也不晓得她是在浪。她有时也很想家，可她恶心刘秃子，对孩子也是不咸不淡地管。

不用说，刘秃子更想这个家。不过，他对家的概念便是老婆。也不管罗艳芳是多么恶心他，他都要上街来，死死纠缠罗艳芳。罗艳芳烦死了，用钱收买了两个小伙子，要他们治一治刘秃子。他们就在街口上守株待兔，寻衅把刘秃子狠揍一顿。刘秃子鼻青脸肿的，心里却明白，长久不敢上街了。罗艳芳以为会从此清静一些，没料到刘秃子并不惄，竟然请来了村主任。村里很穷，因而村主任讨厌罗艳芳富；村里人本分，因而村主任讨厌罗艳芳的浪，便要整治她。村主任来了，罗艳芳也不想把事情弄大，便和村主任协商了一个办法，同意刘秃子到镇上帮她做生意，但他得一切行动听指挥。能来就成，刘秃子乐得要给罗艳芳下跪了。

刘秃子很快尝到了罗艳芳的厉害，早起要打扫院内院外，把洗脸水端到罗艳芳床前，还得把牙膏挤到牙刷上。然后又从小吃摊买来早点，让她吃。铺门打开后，刘秃子守在柜台边，罗艳芳则约来隔壁的生意人，摆开场子，打麻将。有时，她当着刘秃子的面同小伙子们打打骂骂，摸摸捏捏。刘秃子也不敢火，也不觉难堪，只笑笑。人们以为刘秃子骨子里是无用的，其实不然，他害怕的是罗艳芳再唆使街上的小伙们揍他。更多的时候，刘秃子还要奔波数百里，到武汉或是沙市去进货。进货的钱，罗艳芳都算得很死，一分也不多给。刘秃子要求给几个喝酒的钱，罗艳芳便狠狠挖苦他："你不到镇上来，只怕连西北风也没喝的！"刘秃子曾有几次背着罗艳芳找钱，翻箱倒柜，连床铺草也掀了，墙缝里也看了，就是找不到钱和存折，倒也可怜。但是，刘秃子心里还是有主意的，只是火候没到。

有一天，罗艳芳在街上溜达，双眼忽然一亮，看到了何欲望。她只是踌躇了一会儿，就跑到前面拦住他，调侃说："何老师不结婚，还在等我呀！"

何欲望能看到罗艳芳，本是一件高兴的事，听了她这话，立即想到了她的浪，便很不愉快，话也就说得很冲："你在怎么讲话？"

罗艳芳的脸蓦地红了，但她的嘴还硬："我就这样讲话。"

"多难听啊，就不怕人家指背影吗？"何欲望是真生气了。

"都这样了，我还怕什么？"罗艳芳的话虽硬，却已经有了幽怨。

何欲望愣在那儿，罗艳芳拔腿就走。走了很远，回头看到何欲望还愣着不动，罗艳芳心有所动，很不甘地跑回来，对着何欲望的耳朵小声说了一阵，才急急赶回了家。她回家就是安排刘秃子到武汉去进货，把这个让她恶心的丈夫打发得越远越好。其实刘秃子刚进货回来不久，并不需急着进货的；又看到罗艳芳眼中有什么东西在闪烁，藏了不可告人的目的，因而他就多了个心眼。

罗艳芳独自一人在家，把屋里屋外好好打扫了一遍，把种种物件儿也收拾妥当了，便已是下午时分。然后，她到菜场里买了不少鱼肉蛋之类，提回家，就一遍又一遍地在门外看太阳。太阳终于落山了，她开始精心制作那顿晚餐。晚餐做好后，她把每个门都关死了，便守着后面的一个窗户。天一黑定，何欲望越窗而入，罗艳芳就把他紧紧抱在怀里。何欲望是经过思想斗争之后才来的，实在是抗不住这巨大的诱惑和骨子深处的欲望。

正当他们双双坐到桌上的时候，有人敲起了大门，声音越来越重，接着敲门声就变成了撞门声。罗艳芳骂了一句"刘秃子回来了"，就把何欲望往窗口那边推。刘秃子撞开大门之际，正是何欲望越窗而出之时，刘秃子只看到了他的背影。刘秃子转身就追，黑咕隆咚的，何欲望早不知哪里去了。刘秃子不服，扭头就到派出所报案，说老婆被人强奸了。派出所的人连忙赶到罗艳芳家，询问情况。罗艳芳一听，气死了，指着刘秃子的眼窝骂："你是吃屎长大的，警察也是吃屎长大的吗？就算老娘被强奸了，也得我报案，你吃个什么醋？"

她连警察一块儿给骂了。警察们这时讨了没趣，只有赶紧撤退。从此，罗艳芳不仅恶心刘秃子，也恨死了刘秃子。当然，刘秃子也恨死了罗艳芳，只是表面上比以前更老实了，也更听话了。

春节期间，罗艳芳到老家拜年，坚决不让刘秃子同去。路过桃李村小学时，她特意绕到校门口，犹犹豫豫地要进又没进，就被留校的何欲望看见了。有了上一次的经历，何欲望对罗艳芳的看法变了许多，也小心了许多，四顾无人，便轻轻叫了一声"艳芳"，又招招手，罗艳芳才跑进校门，又钻进了他的寝室。一进寝室，罗艳芳就像解放了一样，大大咧咧地说："我想死你了。"

其实，何欲望也是如此，但这话一出口，就变了味。何欲望摆出一副老师教训学生的架势来："艳芳，你怎么就不是原来那个天真可爱的艳芳了呢？"

罗艳芳一听，脸涨得通红，愤恨地说："你也和他们一样看我？认为我浪？我浪怎么啦？不浪开得了铺子？不浪能在男人堆里去武汉去沙市？我浪，可我的心是清白的！我浪，才让那些不要脸的男人只能看，吃不到荤……"

她浪，却还有一大套原因，何欲望一直守在大山里，对这话便似懂非懂，愣在那儿，尴尬得很。罗艳芳叹了一声，又说："何老师，还记得那年，你傻乎乎捅我的背心，说还有一句没唱吗？'稀客远处来，没得好招待'……"说着，她擦起泪来："唉，那时候好憨……什么花尾巴亲戚，就把我唬住了……"

何欲望心里一动，不由自主地跟着说："是的，把我们都唬了……"

"何老师，那时候你如果真心爱我，就该和他们斗啊！"

"可你不是说摸摸看看就分手嘛……"

"只要你不松手，我能把你怎么样？"

"我是不想松手啊，怎么才能做到不松手呢？"

"你是男人哪，不晓得把生米做成熟饭吗？"

"唉，还提它有什么用？"那种深刻的懊悔涌上何欲望的脸颊，他垂下头来。

"何老师，你不是我叔，对吗？"罗艳芳扑到何欲望怀里，忽然大哭起来。何欲望顿时失了主张，只好用手轻拍她的背。她越哭越凶，用手砸着何欲望的胸脯，尖声叫："说呀！你不是我叔，对不对？你说呀……"

罗艳芳这样一闹，何欲望就昏了。他把罗艳芳蛮横地抱起来，往床上一扔，就扑上去说："就算我是你叔叔又怎么样？那也隔了千里万里！"

何欲望这样一闹，罗艳芳也昏了，就发疯地脱了自己的衣服，又给何欲望脱了衣服。一对痴男怨女，就干下了他们一直想干，又一直没敢干的事。待他们冷静之后，已是半夜，早已无法分开，也不必要分开了。他们一夜无眠，讲了无数情意绵绵的话，又共同回忆了当年那首让罗艳芳出名的歌词：《蚕桑十姑娘》。之后，她便讲了她的苦衷，和刘秃子结婚，不仅害了刘秃子，而且害了她儿子，真的悔不该当初。何欲望不服地问："你结婚后，就没想过我吗？"

罗艳芳白他一眼："天天梦到你，就是不敢见你，怕坏你的名声。"

"当初怎么就和刘秃子结婚了呢？"

"不问这个好不好？要问就问你自己！"

"这事为什么要问我？都说你结婚半年就生孩子有问题，怎么怪我？"

"唉，这就是书上说的一失足成千古恨吧。谁叫你当初不先下手的？"

"可你后来就没想过离婚吗？如果我现在向你求婚呢？"

"反正我不会答应你。"罗艳芳摇着头，"但这并不是说我就不离婚了。我早已想好了，就是拼命存钱。首先给我爹妈每人存一万元，然后给秃子爷儿俩和他瞎子老妈各人存一万元，再给我自己存一万元，最后嘛——给你存一万元……该了的都了了，就可以离婚。离婚了，我就远走高飞，再也不回头……"

何欲望不解："你不是恨刘秃子吗？还为他存钱？"

罗艳芳摇头说："我说不明白，总想到应该为他存钱才对。"

"我又不是你家里人，为什么还给我存钱呢？"

"不晓得……想给你存就给你存了。"

何欲望眼睛湿了："这么多钱，什么时候存得满？"

罗艳芳又摇头说："我也不晓得……"

何欲望又问："存满了，到哪儿去？"

罗艳芳连连摇头，泪水被她摇得飞起来："我……不晓得……"

他们就抱在一起，号啕大哭。

天刚蒙蒙亮，罗艳芳受惊似地穿衣起床，匆匆出门，到老家拜年去了。何欲望远远相跟，一直看到罗艳芳消失在老林里，便发呆。这时，老林中掠过一个人影，朝罗艳芳消失的方向追下去了。何欲望因为失魂落魄，便没在意，然后就回到学校蒙头大睡。刚睡得迷糊，他的房门就被撞得山摇地动。他连忙起床，外面的人已经破门而入，竟然是刘秃子。何欲望以为他要打劫，吓得浑身颤抖。

刘秃子说："你别怕，我问件事就走……"

何欲望更是吓坏了："你、你、你找我干什么？"

刘秃子说："我和罗艳芳回娘家，我在前，她在后，等了一夜，她也没到。今天出门一问，有人说她在你这儿，我就找来了，你把她弄哪儿去了？"

"我、我、我……我没有啊！"何欲望已经感到不祥，"……她早上不是回、回、回……娘家了吗？我、我、我……亲眼看到她走的……"

"那好，你给我带路，我们找她去……"刘秃子拉起何欲望的手就跑。

何欲望不由自主地跟他跑。跑上岗，跑进老林，远远就看到罗艳芳仰着叉开四肢躺在大树下，咽气了。她身上没有一丝血，脖子上也没有勒痕，死得不明不白。刘秃子号叫一声，朝罗艳芳扑去。何欲望则软软地趴到地上，天在旋，地在转。

何欲望被五花大绑押到县城去的时候，罗艳芳正好化了妆，还没装进棺材。凡来送葬的人，都惊讶地发现，罗艳芳竟然还是年轻无比，美艳无比……

送葬的人非常多，从小镇的街头一直排到街尾。

何欲望在被判刑前平静地想：我死不足惜，可罗艳芳不该死。桃李村仅仅出了个罗艳芳，可她却死了。桃李村恐怕再不会出罗艳芳这样的人了……

此后，刘秃子真正当上了老板，竟也富了起来。他一直对罗艳芳藏着的钱耿耿于怀，便在某一年推了旧屋，建了新屋。他在旧屋场里清理了每块砖瓦，又挖地三尺，还用罗筛将地基上的垃圾细细过了一道，还是不知钱在何处。

他就骂："这个臭女人，到了阴间还要做富婆啊！"

（发表于《芳草》2001 年 7 月号）

七月醉酒天

俗谚：月半胜年关。

古历七月的上半月，把巴地的先人们接回来享受，也接回嫁出去的女儿和姐妹们祭祖宗。月半是鬼节，巴地土家族最重视鬼节。

为这个节气，土家族发狠准备半年。头年的腊月就煮了大缸的酒藏在地窖里，晒干了的糯米也留到七月打糍粑，爆玉米花也用头年的老苞谷，还有阴干的大米、木耳、香菇、腊肉什么的。因而俗谚又说：月半大如天。

七月一到，酒气便阵阵地氤氲在林间岗上和山凹里面，苍莽的山野就全醉了似的，树叶发黄发红，茅草倒伏萎软；汉子们摇摇晃晃，娘儿们桃腮泛赤……都醉得和谐。

初一。

犟三爷说："姑娘女婿也要来的，修个厨房吧，还是讲究些。"

犟三婆很支持："修一个啊！"

犟三爷 39 岁，犟三婆 36 岁，就已有出嫁的姑娘了。身边还有个儿子，13岁。好多天过去，厨房没修起，三爷却蓦然对三婆说："我要杀人！"

三婆差一点儿就被吓昏。三爷并没说要杀哪一个就匆匆地出去了。

三爷要杀谁，他自己也不清楚，只是漫无目的地转，挨家挨户地转。他要杀人！这就像瘟疫一样传染了整个村子；而他又未确定目标，所有的人就感到了威胁，感到脖子飕飕地凉透了，像架着一把利剑。

山里的气氛变得残酷了，善良的山民们一下子变得神经质起来，井然的秩序彻底紊乱。醉醺醺的七月里，犟三爷要摧毁这恒久的和谐吗？人们眼中晃动着三爷的一身铁骨，那铁骨上紧绷了一坨坨腱子肉。他是山里颇有见识、颇有功夫的极少人之一。但他犟，犟性发作就六亲不认，世事不顾，一犟到底。

山里人自古以来，就丝毫不误地遵守老天爷的法则，从未见凶杀。而这时人人自危，把恐怖掖在平静的下面。

三爷想杀人是为儿子胸前的痣。

为修厨房，三爷请了犁弯子和三杵儿来打墙，都是三爷信得过的人。

三婆在灶前烧火，汗流浃背的，就敞开怀把大奶子甩在外面，图个凉快。三爷一看，出神地骂："死婆娘，还这么骚！"

骚是风骚，不是骚货的骚，三爷发出的是由衷的赞词。三杵儿和犁弯子来了，三爷就出外迎接。三婆忙扣了两颗扣子，把奶塞进去。

三杵儿看见了，说："好肉的奶啊！"

三婆的脸微微泛红，便显几分媚态。三杵儿往灶边一坐，很快被灶火烤出一头大汗。三婆指向堂房里："那边凉快些！"

"不热不热！"

"三杵儿过来，商量会儿！"犁弯子冷冷地叫他，他才不甘愿地去。犁弯子原是队长，现在是组长，有威信在。商量了一阵，酒茶便摆齐。三爷搬出一坛子酒，是要大喝一餐的样子。犁弯子说："少喝点儿，还要打墙！"

三杵儿狠狠地瞪他一眼。

三爷也不依："屁大点子事，急啥咧！"

三杵儿来了劲："三哥说得好！嫂子，今儿和你干一碗！"

三婆也好酒。土家女子人人好这一口，不怯场："干就干，还怕你这鞭杆！"

鞭杆是骂人的话。

三杵儿劲就更大，两碗一碰便干。犁弯子皱皱眉，不悦："还打墙呢！"

喝酒的兴趣来了，神经都是木的。犁弯子的话没有大作用。很快，三杵儿脱了上衣，三爷光着赤膊，犁弯子也情不自禁地解了扣子。

"犁哥，难为你，我也敬你一碗！"三婆的脸火红，眼神迷离，益发让人动心。三爷很高兴，并未觉察出局势已经开始改变。都是弟兄伙的，他信得过。一坛酒喝完了，三爷再到窖里去搬。三婆的背汗湿了，就扯起左边的衣领往右边扇，解凉。扇一下，左边的奶就迅速地出来一回。三杵儿的眼直了，像线一样拴在那跑进跑出的奶上。犁弯子喝叫，压抑着愤怒："三杵儿！"

三杵儿没反应，眼仍旧直直的。犁弯子朝他腮上重重地一揖，打出了那一脸的羞赧。三婆愣愣的。三爷刚好搬酒进来："搞么事？"

"三杵儿醉了，脸撞了桌子。"犁弯子淡淡地说。

又大碗大碗地喝。太阳这时候已经当顶，再没谁提打墙的事了。

三杵儿阴阴地瞪一眼犁弯子，仗着酒性横插一杠，不着边际："三哥，他妈的我又没搞别人的老婆，别人咋要欺负老子的？"

犁弯子的脸就难看了。

"三杵儿有屁用！干了他！"三爷豪迈地举起大碗，"哪个敢欺负老子，试试！"

"要是欺负了三嫂呢？"三杵儿有些阴冷。

三爷哈哈笑："只要她愿意，只管搞！"

"不要脸！"三婆又炒菜去了。

"弟兄伙的还胡闹！"犁弯子又摆起架子来。

"喝哟！"三爷声若焦雷，"说实话，哪个敢动她一个指头，老子就剁了他的手！"

他的话震慑住了席上人，都闷闷地随着他喝，一天就过去了。送他们走时，三爷走着跌绊的步子，望着星斗嘿嘿乐，忽地被绊倒了爬不起来，却还在叫："哎，狗×的们，明儿再来喝两坛！不来不是他妈的人！"

初二，他们没来，想是醉狠了。三爷就去找。三杵儿腮上有个黑黑的手印，是犁弯子打的。当时只发红，后来被酒逼出内伤，是黑的。一见三爷，三杵儿就用手盖住。三爷没注意，只说："走啊，帮我盖屋！"

"妹妹回来哒。"三杵儿的妹妹、妹夫到娘家过月半节，屋内正摆酒席。三杵儿一留三爷，三爷只好喝，便就了座。一端杯子血就热，三杵儿脸上的手印更黑了。不能老用手盖，三爷才发现。

喝，拼上老命喝，全醉歪歪的了。

"你的脸……有病吗？"三爷问。

三杵儿忽地哭了，睁开血红的眼："三哥，认不认我这个弟兄？"

"认！"三爷用不容置疑的口气说。

"认不认我也是条汉子？"

"认！"也是不容置疑的口气。

"那好，做了对不起弟兄们的事该不该罚？"

"该！"三爷拍案而起。

"三哥，我的亲哥！我不是人……"三杵儿就讲起他对三婆的不恭，"我……差一点儿对不起你三哥！"

三爷为之动容："你……胡说什么？"

"三哥，你说罚几杯？"

三爷不语。三杵儿便自罚三杯，这才舒服。三爷的脸如猪肝，哼一声，手猛地伸出，抓住三杵儿的手腕："本要下你的脑壳，我们又弟兄伙一场！"

"三哥，我倒不值个屁，三嫂可是清白的！"

三爷放下手，长叹一声："也是的！"

三爷一直敬佩三婆的忠贞，两个孩子地地道道地有铁证在，胸前均有黑痣。为此，三爷常常夸耀，的的确确连一点儿假也没有。三杵儿的娘很会见机行事，即刻如飞地又炒菜来，又端酒来。两个汉子便又对饮。于是在一场风波之后，便又相敬如宾。两碗酒都只斟了八成满。

"斟满呢!"三爷说。

"哪里敢!"三杵儿赔笑，"仇人面前满杯酒，你是三哥咧!"

"讲究那么多?"三爷极诚恳，还有些歉疚。

"得罪!"

"得罪!"

互相道歉，就都仰起脖子灌了。酒很快调弄得两个人像一个人。

"三哥，实话说，三嫂子要的不是我这种人!"三杵儿话中还有话。

三爷不以为意："和你三嫂在一起也有二十年出头了，性儿都清楚。我怎会怀疑她呢?"

"喝哟!"

"喝!"

"人心隔肚皮，她未必就对得起你!"三杵儿喷着酒气说。

三爷一震，洒出几滴酒。

"该罚该罚!"三杵儿去捉三爷的手。

"你……说啥?"三爷扒开三杵儿。

三杵儿嘻嘻地说："好玩儿! 好玩儿!"

三爷激动了，一摔碗，瓷片四射，酒也四射："两个伢，你敢说哪个有假?"

"我怎的晓得，身上又不能做记号……"

"怎的没做? 奶子上都有痣! 是假的吗?"

"嘻! 你晓得牛耳朵在前还是牛角在前? 伢们的痣在左还是在右?"

三爷憷了! 确实未注意过。

"山里就你有痣?"三杵儿咄咄逼人。

"还有哪个?"三爷捏住三杵儿的下巴。三杵儿闭了眼也闭了口。三爷真怕他还要往下说，挥手掴在他的腮帮上："你这张臭嘴!"

三爷夺门而去。三杵儿木木地吐一口血，血中弹起一颗白牙。这一掌比犁弯子那一掌更重……

三爷回家并未莽撞，而是很巧妙地验证，幺伢子的痣果如三杵儿的话，长在相反的方向。三爷蓦地苍老了许多，主要是心苍老了。不该让那种假清白骗了半世。幺伢子无忧无虑地玩，三爷却可怜他。没有爹的伢的确可怜。三婆忙进忙出，用酒肉待三爷，仍旧是一副清白的样子。三爷可怜她，三爷要为她复仇!

三爷睡了三天三夜，这才平静地说："我要杀人!"

他的心坚如磐石。他挨家挨户地访，访哪个男人奶上有痣。

家家户户都敞开四门，都欢迎他，接待他。大家热情得有些过头，也坦然得有些异常。都与三爷同仇敌忾，都袒露出胸给三爷看。三爷醉醺醺的，山民们也就与他同醉。三爷一走开，四门就紧闭，把一个精灵或魔鬼拒之千里。这才捂住蹦跳的心，但愿永世不见这个遭瘟的！

三爷在山道上，渐渐地就病恹恹的了；酒精入了髓，软得骨头往下趴。他靠着松树入睡，很苦地入睡……

"爹！你怎么啦？"

"唉，没接你过月半，怎么就回了？"

三爷看见姑娘背着什么，想爬起来却不行，忽地想起奶头痣，就问："丫头，快脱衣裳！"

姑娘把衣裳脱了问："干啥？干啥？"

"让我看看！看看——"

天哪，姑娘的痣也相反。三爷绝望地呼号一声，滚在松树下……

他爬起来，四面望，什么也没有，才晓得是个梦，心里面仍旧跳得厉害。他蓦地暴躁起来。村子差不多转完了，什么也访不出来。他一步一颠地回家去。月半节快完了，他一走就未回家。

回了家仍旧要酒泡。三婆格外的小心，显出异于往时的阿谀。她叫幺伢子去小镇上买鲜的猪肝，给三爷下酒。从早晨出去到中午了，幺伢子还未回。三爷说看看去，就看看去了。从前他未这样过，现在他特别有怜悯之心，幺伢子可怜极了。走到小桥边，三爷看到幺伢子提个篓子站在桥的中间，和另外一个人面对着面，不知干何勾当。"幺伢子，肝呢？"

幺伢子便哭诉，说他先上桥，对面就来了这个人，硬要幺伢子让。幺伢子坚决地不让，就一直僵持着。

"要得，是犟三爷的种！"三爷豪气大增，狂妄地喊，"你歇会儿，让老子来！"

幺伢子把空篓子递给三爷，三爷就上桥，很鄙视地拦那人。酒气扑扑地，直冲那人的脸面。就这样地犟下去，三爷很痛快："妈的×！老子自小就没输过！"

三爷忽地爱带幺伢子玩儿。七月十五，月半节的末天。

"幺伢，接你姐姐去吧！"

"好嘞！"

三爷太急，被石绊得扑倒在地，一直发作不出来的窝火就发作了。石头有一百多斤，他猛劲地举起来，狠命地摔一边。石头的响声很沉闷，懒懒地躺在路边便不动了。"没用的王八蛋!"三爷骂自己。

"爹!"幺伢子叫了一声。

三爷蓦地趴到地上,很无力的样子,说:"幺伢……把衣服脱下来。"

幺伢子脱了,痣耀眼夺目。三爷缓缓地闭上眼,滚出两滴浊泪。一切无可改变。

"爹,都说你寻奶头痣……"幺伢子终于犯了三婆的忌讳。三婆曾千叮万嘱过,莫提奶头痣。可他提了。

"穿上吧,别凉了……"

"我就晓得一个奶头痣……"

三爷一震,眼好亮好亮。

"妈不准说的。"幺伢子忽地灰心。

"没啥了不得,说吧!"

幺伢子怕他险恶的目光,就说:"犁弯子大爹就有。他同我比试过一回,一模一样的,都在这边……比你的好看。"

三爷精神大振,却不外露给幺伢子,只说:"幺伢,你回吧!"

"干啥呢?不接姐姐了?"

"我一个人去。"

幺伢子便回家了,三爷朝犁弯子家走。他查访了整个村子,可他恰恰遗漏了自己最要好的朋友,因为他信得过他们。犁弯子不在家,说是到城里去了。这使三爷心灰意冷,因为城里有犁弯子的大哥,一个戴锅盖帽肩扛板板的人,腰里还别个鸡胯子(手枪)。三爷只得去见三杵儿。"我要杀犁弯子!"

三杵儿脸变色,便劝阻说:"搞不得!搞不得的!他们是什么人?"

"大不了一个死!"三爷瘫到椅上。

三杵儿忙喊妈炒菜:"我要陪三哥!"

三杵儿是想分散三爷的注意。三爷却紧盯他问:"不都是你告诉的吗?"

三杵儿始料不及,不敢回话,忙搬一坛酒来。七月里的菜是现成的,很快也端了上来。三杵儿热望着三爷,三爷说:"也好,干一坛!还是醉了好。"

"这酒怎样?"

"好……"

"陈年老酒呢!"

三杵儿直扯酒,不让三爷提那事儿。

三爷踏着朗月归去。回家时姑娘女婿已是不请自来,正喝酒呢。三爷便也被拥上席。三爷并不觉得醉,就猛喝。心中的话在三杵儿家未说完,他仍想说,就说:"我要杀犁弯子呢!"

本还热闹的席就滴水成冰般凝结了，都惊诧地看他。

三爷有许多话要说。他面对自家人，瞬息间便感到陌生了。姑娘不是他的，儿子不是他的，老婆也不是！他原来一直孤独着。他要向这些陌生的人诉说心曲。他说他18岁娶三婆，三婆那时才15岁。三婆15岁时就因为家里欠账，要嫁给人家。三婆死也不愿嫁给那个人。三爷虽怜悯她，也无奈。后经犁弯子的撮合，三爷终于娶了她。三爷向信用社借了五百元钱还了账，直到搞活经济了，卖了山上的杉木才还清信用社的钱。洞房夜，三婆双膝跪在三爷面前，以泪洗面：

"做牛做马，我服侍你！"

三爷又说，祖宗没文化，说死也要让两个孩子读书。山里穷，一天工分值一角钱，他便去矿山挖煤。一挖一个冬天，攒百来元钱，人糊得像黑炭一样。这又算啥！几百斤的拖篓，缆绳夹裆里，四肢趴地上，爬。爬进去又爬出来，绳索勒得肩上好深，直勒出血来。这又算啥！后因嫌钱赚得少，他就转到国营的矿上去。国营矿掘煤讲进尺，按尺算钱。他被钱迷了心窍，命都不要地干。那日，一辆矿车失控，像一匹蛮牛朝他轰轰地冲来，任什么地方也没法躲，只在半腰处有个横洞。他就对着矿车拼命跑。矿车越冲越猛，他越跑越急。在人与车相交的一刹那，他横摔进了侧洞，矿车咬着他的裤腿掠过去，他被撞昏死过去。这又算啥呢！只要有钱，只要孩子能读书。他送姑娘上中学，背了一口袋粮，过48道河，翻三个坡，登千步梯。他贴肉掏出一叠票子递给伢，泪就泉涌而出。

"伢，好好认字，听老师的话……"

"爹，我记住啦！不好好读对不起你呀！"

这又算啥！只要伢们有出息，毕竟是他身上的骨肉。

三爷常说，犁弯子给他找了个好老婆。凭这，他也要感激犁弯子一世。他们如亲骨肉，他们不分你我，他的一切可以托付给犁弯子，犁弯子的一切也可以托付给他。那时节他常出外搞建设，就把家托给了犁弯子。犁弯子是队长，要在队里抓生产。三爷不避讳，说他搞过的女人不下十个，但从来没打过犁弯子的老婆的主意。那回，犁弯子的老婆掉进烂泥潭，吓昏了，就是他救了她，背她到河里洗净。洗的时候，是全脱光了的，他都没动一动心。特别要强调的是，周围没有一个人，十步开外就是一片密匝匝的山竹。她很快醒来，安然无恙。

三爷就这样地絮叨，没有休止。

"爹，吃菜呀！"姑娘夹去一块肉膘子。

三爷不吃，直喝，直絮叨。

"爹，明儿到我们那儿玩去……"女婿说。

"伢们哪，我要杀了犁弯子！"

又是一震，沉寂片刻，姑娘带着哭腔说："我没想到爹……会杀人的。"

"怎的，我错了吗?"

"爹怎的就敢说……"

"幺伢子亲眼见过的!"三爷激动着。

"爹，幺弟还小……难道……"

"那也是。"三爷又快了，"不能冤了他……"

三婆不知啥时候离席的，突然从床上传来她凄切的哭声。

"我不晓得，你们的妈被欺负了几十年，我没护住她，我要给她报仇。不报对不起……你们说不能杀，我就不杀。剁他一只手也罢。不过，我不会冤枉他的……"三爷摇摇晃晃地出去。姑娘女婿真以为他疯了。

七月快完的时候，犁弯子已回家。三爷提一壶酒，把犁弯子逼在屋里，腰间别一把弯刀，很锋利。他倒两碗酒，递一碗给犁弯子，自己留一碗。

"喝了它!"

犁弯子从容不迫地喝了。他们各自喝了三碗，像在进行庄重的仪式。

"有话就说，有屁就放!"犁弯子很硬气。

三爷嗖地拔出弯刀："脱衣裳!"

"为啥?"

"脱!"

"为啥?"

"脱!"

"把我当什么人了?"

"村里人都脱了的。"

"晓得，可我不脱!"

"不脱就有鬼，真怕我杀了你? 不过剁手罢了!"

"要是没鬼呢?"

"那就把我的手剁了!"

"要得!"犁弯子就脱了。三爷的目光像探照灯，把犁弯子的胸全照遍。什么也没有! 这就是说，他在城里把证据消灭了。"犁弯子，你真行!"

犁弯子硬硬地说："希望明天看不到你的手!"

三爷癫狂着回家。三爷宁折不弯，终于在犁弯子面前弯了，但这不是弯，这弯的里面藏了更硬的刚直。他回到屋里，门却插着。里面有人说话，这使他猛惊，就静下心来听。是三婆! 是三杆儿!

"三嫂，你再不答应，我就下跪!"

没有三婆的回音。三爷的毛发直竖起来。

三杵儿忽地急说："那年飘着鹅毛大雪，溪里结冰一尺多厚。三哥到处搞建设，你在家坐月子，没人照顾，那真是凄惨。你好多天没吃了，忽然要吃鱼，想得要命。队里只有一个男子汉，他下了河，砸一个冰窟窿，灌一壶酒就进去。三嫂，你亏得这几斤鲜鱼滋补，身子才渐渐地好了。可他却冻出高烧……"

"你说的是犁弯子，我晓得。"三婆说。

"他难道不是为了心上人吗？"

三爷的心一跳，踉跄了一下。

三杵儿接着又说:"你婆婆那年腿瘫，三哥在水库工地不晓得，她一痛通宵，一喊通宵，也是犁弯子背她老人家到镇上的。几十里山路，背得汗流浃背，腰弓背驼。在镇上没法治，又找便车送城里。一拍片，是骨结核！开刀，补营养，护理，老人家硬是站直了。那时的医药费便宜，也花了九百多块呀！三哥可曾掏过一分钱？后来老人临死时说：'变牛变马也要报犁弯子的恩。'"

"他救的可是三哥的亲妈呀！"

三婆抽泣起来："三杵儿，你咋地要告诉他那件事的呢？"

"三嫂，为救犁弯子一命，我也该实说了！怪我邪心眼……"三杵儿说，三嫂迷了他，这些年他常常地跟踪她，直恨拢不得身，不料却发现了三嫂同犁弯子的事。也是他妒火攻心，就生了恶念。"……三嫂，我没想到他会杀人哪！"

三婆抽咽得更厉害了。

"三嫂子，只有你劝得动三哥呀！"

"三杵儿……难为你好心。我现在在三哥眼里还值什么吗？"

"值也罢，不值也罢，总不能见死不救呀！那年头，你本要嫁到外面的，可你和犁弯子分不得，犁弯子又有老婆，他该是下了多大功夫才留住你……"

三婆呜地大哭起来。

三爷心头一炸，紧握手中的弯刀霍地划出一道弧线，寒光闪出，血浆四溅。削断了的那只手横飞出去，叭的一声抓在房门把手上……

三爷訇然倒于门口。三婆和三杵儿破门出来，紧紧地抱住了三爷。三爷还清醒着，却觉得很醉，断臂木木的，浑身木木的。

三爷不接受这个现实。

三爷的性子是宁折不弯。

三爷望着远山，远山朦胧着也像很醉，便哈哈大笑……

（发表于《飞天》1991 年 10 月号）

山　爪

　　我的故乡荒而野，单门独户多。山爪就是单门独户，光棍。

　　分田到户时，家家户户都得到一坪一坳或者一坡。山爪福命非浅，得了门口的坳。那是山里当家田。可他有好命却不行好运，穿无好穿，吃无好吃。学大寨时尚可依赖集体，现在便全凭自己盘了。偏他盘不活自己，春耕了，他不耕，只在地中间东挖一窝西挖一窝，点上玉米。薅草了，他不薅，地里的苗子细瘦，矮、还黄；茅草疯长，一人多高。秋收了，别人家的苞谷像水牛角，搬回去撕开，拧成把子挂在房梁上或屋檐下；他的苞谷则如鸡脑壳，也懒得收。

　　山湾子里炊烟缭绕，山爪的房里却清冷。每每一碗冷饭倒进肚里，再到山头晒肚皮，待浑身有了热气，山爪才会懈怠地披衣，趿鞋，再捞来丈二旱烟杆，极贪婪地抽一阵。头脸也总是不洗的。一日一餐将就活过命来。

　　这一日，连冷饭也无，他便手搭凉篷四顾，猛然想到庄稼，就抖擞出精神来，下到坳里的茅草间寻找鸡脑壳般的苞谷。难寻。寻了两个揣怀里趴草上面歇。肚里轰轰响了，饿得两眼翻明火，干脆撕开苞谷，一颗一颗地数着，生吃。满口白浆和玉米的腥味。草间忽地嗦嗦大响，想是野兔或鹿什么的。他悄悄朝响处爬，响声越来越急，扒开草叶细瞧，原来不是野兽，是两个赤裸的人交叠着，做很大的动作，牛喘。

　　"呸！背时！"山爪倏地立起，愤然。骇得两个做事的人死叫。眼一花，两个人就向他跪，头点地如碓舂米。山爪指着男的："传龙，我告你屋里！"

　　又指着女的："青凤，我告……都给老子滚！"

　　野坝坡里碰到人成双是山里大忌。山爪不停地骂背时，一边骂着，一边呆呆地坐下，想了许久许久，直想得血脉鼓胀才懒懒地回去，一觉睡到天黑。之后，每日到坳里寻两个鸡脑壳苞谷生吃，再呆想一阵。剩余的时间便是睡。不到一月，鸡脑壳苞谷也无了，他猛想到偷，脸上便一阵热，饿死也不能为盗。但双脚禁不住往远处走。四野的庄稼都已收尽，他感到侥幸，不然真就偷了。

　　不觉间走到传龙家，山爪心里就动了一动。传龙两口子均在，正好。山爪一屁股塌下，椅子咯咯响。先不说话，只把两眼睃睃地看。梁上的苞谷，檐下的红金椒，叫人羡慕死。他一直坐到中午，也不提走。传龙是人精，假装很繁忙，回避山爪的意思，也不提起老婆弄饭。山爪忽然说："传龙，你个狗×的脏德！"

传龙的头脑一炸，忙说："什么脏德？就在这儿吃饭，还饿坏了你？"

山爪嘿嘿笑："那就难为你哒！"

传龙的老婆繁忙地弄，山爪和传龙就繁忙地吃。吃的是水饺，晓得吃了这回无那回，山爪就朝死里胀。完了，还不走。传龙的老婆烦，传龙也烦。山爪就又说："龙嫂子，狗×的我才背时呢！那日到坳里扳苞谷……"

传龙的老婆一扭屁股，忙去了。山爪打住，传龙吓个半死，忙进里屋提出一小袋米塞到山爪衣服里面："我管你叫爹，你快走，快走，莫让那个母老虎见着。"

山爪嘿嘿笑："传龙，你狗×的机灵！"

锅里有了煮的，这就很好，就照老样子来。中午后起床，吃碗冷饭再去晒肚子，晒热乎后便去睡。一日一餐，惯了的。一袋米经不起吃，终于完了。接着又是干熬，熬得火星子冒，山爪开始骂传龙小气。传龙是万元户，小有名气，可越富越抠。山爪便想干脆把他的丑事捅穿了，看他还小气不。于是山爪把布袋子挂腰间，一摇一摆地走到传龙家。老办法，一塌下就不动，直坐到中午过了。

"龙嫂子，狗×的我背时！"山爪就又说。

传龙抢过话去："快弄饭吃，山爪不是外人！"

传龙的老婆大恼，扭开屁股出门："与我屁相干！不是外人？那是你的爹！"

传龙一挤眉，自己动手。山爪就认为，传龙还是可以的，原本他老婆不是东西。传龙既不可恶，他山爪也便不会把人逼上南崖。吃完饭，山爪稳如泰山。传龙暗骂他这个短阳寿的，真想撕破脸罢了。山爪坐得久，有些不耐烦。

"传龙，你狗×的脏德！"

"把口袋拿来！"传龙口气很壮，终于撕不破脸。人精栽到憨人手里，也算命。又装一袋米给他："山爪，要细些吃。"

得来容易，吃便不心疼了，反正传龙得给。于是山爪吃得更猛，要得更勤，气得传龙心里叫苦不迭：白养了一个猪桶！传龙抵不住了，抵不住了还得硬撑，不然老婆会晓得的。传龙左思右想便有了个主意。

"山爪，你那地荒也是荒着……"

山爪不解地转目，倾着耳听。

"何不给我？"

山爪连连摆头："给……给吗？"

"用米换！"

"一口袋？两口袋？"

"五百斤么样？"

山爪一振，直喊："好极哒的啰！好极哒的啰！"

一拍就成交。传龙狡黠地笑着，告诉他别讲出去，田仍是他的田，不过由传龙种着。传龙的老婆也高兴，那地搞多种经济是极有赚头的。传龙打了几个晚工，才把五百斤粮盘到山爪屋里。两下里这才相安无事。

有了吃，再不用操心，山爪便很无聊，两眼茫然地巡视着已是属于传龙的那块地。茅草仍旧很厚，在寒风中枯萎下去，只有芭芒草昂昂的。忽见一女人寻猪草，挽船大一个篾篓进到坳里，不时地俯仰。那人仿佛是青凤。青凤未婚，尚是一枚青果子。虽说被传龙弄了，毕竟还是青。山爪急撂了旱烟杆，三下两下进了坳。

坳里没人影，可他认定青凤没走。拨开茅草寻，一趟过去，一趟过来，始终是无。停下来侧耳听，草叶嗦嗦响，怪美的，便想起那回的奇遇。循声找去，又无人，还是四面八方的草叶响，很美。他锲而不舍地寻到了那个窝儿。那窝儿仍在，传龙会享福，草窝儿铺弄得很好。山爪闭眼重温他们的动作，便猛扑向那窝儿，软软地仰躺。片刻过去，他已除掉上衣和裤子，赤条条的很舒服，竟不冷。他在坳里翻转，草齐齐地倒。他哈哈大笑，好痛快。传龙来割草，见草叶巨响和起伏，举刀扑去。看到是山爪，险险地收住刀，愕然。

山爪感到恐惧，没命地奔跑回屋，衣服也没要，钻进被窝里牛喘，好像惊骇地等着什么灾难。天大黑了出门，衣裳已挂在门上。他像做了噩梦般地呆。呆了几天便落雪，漫处都很白。很委顿的山爪心里又蠢蠢欲动起来。他想到青凤家去，就去了。一片银白世界中印下一串歪歪斜斜的脚印。

青凤的老爹在老里面的黑屋儿里，成年拥着几床被子咳，打发风烛残年。青凤家的火房里烧着熊熊的火，有说话声。山爪贴耳到房门上听，又是青凤和传龙，便想冲进去抓个什么。但青凤的话使他骇然："传龙哥，这回我肯定是要下山的。"

传龙没有回音。山爪便阵阵地气短。

"我是没得法。他说他能治好我爹，要许多许多钱……"

一个像死了没埋的老爹，治好了干甚？山爪想，只恨传龙是头闷猪。

"只有爹才是我的亲人了……"

"还有我，"传龙终于开口，"你爹的病……也有我……"

"可是……我已经用了他一千多块……"

"我还！"

"……你只是个万元户，还有嫂子管着……而他，他办了一个厂……"

山爪紧张极了，为传龙焦心，也为传龙使力。这好的姑娘放不得，放了山上还有啥味儿？传龙好稳当："我有法……山爪的那块地，我要种烤烟，还要种比烟还贵重的东西……有个厂算啥？"

青凤无话可说了，仿佛朝门口走来，间有叹息声。山爪身子一动，惊慌地退后，往自家里跑。他一边在心里喊传龙亲爷，留住了青凤；又一边骂传龙脏德，有个老婆还霸占一个姑娘。进到自家，冷床冷灶便呼唤他醒来，他就更明白地认为，这里需要青凤，山爪需要青凤。

雪之后，便是春。背阴地里还残存着雪，万物却开始勃勃的了。山爪却快，快着看别人搞事。他门口的地翻转过来，黑黑的地散着土腥味。传龙果然栽遍了烤烟。传龙和厂里订了合同的，传龙负责种植，厂里负责收购。烤烟齐整地往高处蹿去，脆嫩得冒油，煞是有看头。传龙豁命扑在了烟田里，捻芽子，捉虫，拔草，灌粪……尤为别出心裁的是传龙在田地里另辟一角，用大树隔开，只留一小门出入，不知栽种的是何物。山爪可望而不可即地看，高高的苗子，开出红得滴血和白得如雪的花朵来。山爪心念闪动，蓦地想起传龙说过的话，将培植比烤烟更贵重的东西。想必那便是。能挽住青凤的东西，一定很贵重。

青凤既然被留住了，山爪对传龙的感激便消失，只剩了咒骂。一男霸二女太不义气了！他山爪还是个光棍呢，难道传龙这个人精不晓得？

烟和贵重东西一天天地长，山爪想青凤的欲望就一天天地增。无他法，只有请传龙暗中撮合。山爪说："传龙，打个商量吧！"

"又没吃的了？"传龙问。

"屁！你把青凤让给我！"山爪直白地说，自信得很。

传龙呆呆地望他半天，忽地按肚子大笑，直笑得趴到地上又滚出老远。

"嘿……笑啥呢？像个疯子！"

传龙按着肚子想爬起来却爬不起，仍大笑："你，你才是……疯子呢！"

"怎地呢？你不让？"

笑饱了，传龙才说："让！我让！怎地不让呢？王八蛋的才不让！"

"这就好，你自个儿有一个，怎能多吃多占？"山爪喜滋滋地，且安排，"你明日给青凤讲，就说我不定哪日晚上就去的……听到没？我等信！"

然后就是等消息，山爪一反常态地失眠，烦躁。催过传龙几次，传龙均要他莫性急。终于有一日说行了，喜得他乱喊。传龙很讲义气，还把新衣借一件他，让他光鲜地去。山爪雄雄地进了青凤家的门，又昂昂地坐下。青凤在里屋服侍爹，听到屋里来人了，忙出来招呼。山爪一见，就发呆，雄雄的和昂昂的气势顿时冰消瓦解。他料不到自己见不得真家伙。青凤泡了茶给他喝，又掐了一匹旱烟给他吸。接着都默然。只有里屋老爹的咳嗽声。山爪把烟杆上的铜头伸进火里烧，有力地咬住铜尾子，拔出滚滚的烟，吐一口涎到红灰里，嗞嗞地响。

这样地无言，很难过。青凤只有问："山爪，有事吗？"

"有的。"山爪很肯定。

"么事呢？"

"怎么？传龙没给你讲？"

"讲啥呢？"

好歹，他张不开口了，便又把烟杆铜头伸进火里，咬住铜尾子拔烟。青凤奇异地望他。顿时生出同情："山爪，该安个家了。"

"我本就有家的，青凤。"

"我是说你要找对象了。"

"呃……我是在找对象撒！"

青凤咻咻地浅笑："那就好。有了对象就要讲究了的，不然人家不依你。"

"么样讲究？"

"比如说，不能睡早床啰。"

"那是的。"

"要洗干净点儿啰。邋里邋遢的，还不要睡床脚下？"

"那是的。"

又无话可说了。山爪一直拔着烟，直到鸡叫，老爹病痛发作乱喊乱叫，他才出去。一出门才又感到很有希望。不就是要洗干净点儿吗？

他没直接回屋，径直绕到沟里扒光衣，滚在山泉里洗了半天，虽是春末，却仍冷得他呃呃叫，但他还是坚持了下来。希望明日见到青凤时，她会说他干净。第二日晚他又想去，走在路上忽地一笑，心里说：青凤那货色还嫌人脏哩。他就不再往前走，下决心再洗几天才去见她。

天渐渐暖和，他洗得很勤，直到自己满意了，才选择了一个很好的夜晚，再去青凤家。还未上稻场坎，就见一人影闪过，进了屋。是传龙！山爪的火一下就蹿出，但又忍着，溜上去如上回那样隔门贴耳听。

"这一阵，你躲哪里去了？"

"嘻！我让给山爪哩。山爪来了吗？"

"传龙哥，你脏德！"青凤说。山爪暗暗点头，传龙的确脏德。青凤又说："传龙哥，我……个把月没见到红。"

"什么？"传龙失声一叫。

"你还不想个办法吗?"

传龙久久地沉默,青凤幽幽地哭了。山爪感到莫名其妙,不晓得"红"是啥,更不晓得"红"对青凤有多么重要,为什么传龙一听到"红"就像晒蔫了的茄子。

"没有红怎么行……实在无法,你还是下山吧,我不拦你了。"

"人家有钱,早听说完婚哒!"青凤有些怨愤。

"那我再想办法。"

"水脏了,就泼出去?"青凤大哭。

山爪破门而入,手指着传龙:"你……狗✕的——脏德!"

此后传龙便下山。他爱青凤,但更爱面子和名声,草草地为青凤谋了人家。病急乱投医,青凤带着她老爹草草地嫁下山,以掩盖她肚里的私货。山爪气傻了,在青凤屋外林子里守了个通宵,没半点儿法子想。天不亮,有人在送亲的路上拦了二九一十八道葛藤,类似绊马索的玩意儿。要绊他个人仰马翻,鼻青脸肿。接着,送亲迎亲的人在嘟嘟哇哇的喇叭声中出发。青凤哭得眼肿,脚有千斤重。传龙也夹着送亲,人模狗样的。一道道绊马索都轻易地被踏在脚下,山爪的气焰就一阵阵地高涨。十八道葛藤全踏得稀烂,他才挺身而出,大喝一声:"站住!"

果然都站住了,迎亲的人不认识他,疑惑地问:"是谁?"

"不理他,一个疯子!"传龙说。

"太不吉利,打那狗✕的!"新郎大怒。

山爪于是被打了个鼻青脸肿,狼狈逃窜。迎亲的人还要撵,被青凤拦住,说那是个好人。山爪逃回家,惊魂不定,就决定去找传龙的老婆,告传龙一状,揭了他的丑恶,让他有家不得归。跑到传龙家,却见四门都锁了。传龙的老婆也送亲去了,她夹在大红大绿中,山爪当时未发现。山爪望一眼青的山,又望火一样的日头,懒懒地回到家门口,不想进去,只痴呆着望那一坳的烤烟和大树圈出来的硕果。那是传龙的心血所在,也是挽留青凤的贵重东西呵!

当山爪日复一日地呆望坳的时候,传龙却已落入法网。他被人告了,告他种植毒品。他被传讯了去,可他死活不承认。无奈证人一口咬定了,愿意带公安人员实地对证,传龙只有老实地跟随。那日上山时已是午后,一直走到山爪门口的地里,所有人都呆了。满地的烟草虽还竖着,却一色地耷拉着;太阳毒,烟草还在蔫下去,已是无救了。一直跟随的传龙的老婆长嚎一声:

"妈呀,呜啊哈——我的烟!"她哭时,传龙的目光倏地转向田角,大树连同那一块贵重东西都无踪迹,唯有一片灰烬。他蓦地明白:是山爪!

山爪恨传龙,恨到极处就扯了贵重东西码一堆,将干枯欲燃的大树砍了,也码到贵重东西上，一把火点了。风助火势，火仗风威，熊熊地烧了半夜，一干二净。山爪流了泪，他的泪眼在火光中看见传龙的一切美好的东西都已幻灭。火光中，他又把田里的每一棵烤烟都往上拔起两寸，这才歪歪倒倒地进家门。

公安人员来时，山爪还在呼呼地打鼾。

传龙忽然放声大笑，疯了一般地叫："山爪子，我的好弟兄！"

结案时，法庭宣布传龙无罪。

自此，传龙每年送山爪五百斤玉米，当亲老子供养。山爪则更痴蠢，只是增加了一门事儿，他每日夜里滚到山沟里泡洗，无论酷暑严冬，可谓风雪无阻，还边洗边叫喊："不脏哒！我不脏哒呀！"

（发表于《天涯》1992 年 6 月号）

河边有座七彩桥

阳河小小的，小得一撩腿就能蹚过去，不用挽裤脚；阳河却长，长得不知有几百几十里，据说汇入了长江，那么长江也有阳河的一份。阳河人从不为此而自豪。

晁鼎就很为自己自豪过一阵。像他这样的人还不少，不过都渐渐过了黄金的年代。当年的自豪都像梦一般迷茫了；如今他快着，闲散着，或大多时间在火垄边歪着。无休止的火燎得他眼睛红，燎得他那腿干得赛过树皮，他两只栎柴样的手就在皮上不停地摸。

"吃饭！"

李惠颇不耐烦地叫。她漂亮而又精干，总不见老。她是他的妻。他略含畏怯地瞟一眼，勾着腰从桌上摸来一瓷壶酒煨在火边，呷一口酒，戳一筷小菜，口眼鼻全体动员着，有滋有味。这一切都干得不声不响的。吃了饭就空虚一阵子，再到堂屋里去。那里面有两口棺材，黑黝黝的，吓人。一口是他的，另一口还是他的，已让给李惠了。山里的习俗，人过三十六，棺材停房头。

他用抹布擦一遍自己的棺材，就掀开盖爬进里面躺一会儿，挺舒服的。然后爬出来，笑着，搂着头大身子小骨头软的憨儿子玩一阵。一天差不多就完了。

儿子已经大了，只有他才和儿子玩得来。

最近，他突然不擦棺材了，看都不看，只是挺在床上，两眼死盯着若隐若现的三张奖状。奖状有时候发光，将黑暗的寝房照亮，楼板阁木上的灰尘吊儿也亮得像水晶；有时候黯淡，两眼看去是几个黑洞。

天阴沉沉的，闷。他突然尖声叫了："李惠，我要看桥去！"

这真是怪事，好多年他没说看桥的话。雨过天晴，山边的雾气被阳光折射出一条彩虹，山里人都爱看，称它为"晒杠"，唯有晁鼎称为"桥"，反倒更形象些。现在没有阳光也无雾气哪儿来的桥呢？李惠一人也无法弄他到野外，于是就难了。

"你放心，钟杰要来的。"他盯了她一眼，她突然振奋。

"他会来?"

"肯定！"

晁鼎的地位在他结婚第一天时就确定了。那时候结婚兴简朴，简朴得像没有那么回事。但李惠结婚却人人皆知。她太体面了，小伙子们只敢在梦中见她。

那年严冬，天无三日晴。小伙子们正学着"大寨"，搞得热火朝天的。有一天，他们觉得太阳再不会升起来，都阴着脸，在坡改梯的工地上挨命。

"他们来了！"

这是农宝在说。小伙子们的心即时悠悠地颤，就抬头望了。

李惠是她妈的心尖尖肉，跟着妈从别处嫁来跟着晚爹，结婚时是招赘。晁鼎光棍一条，没有爹妈牵挂，正是一拍即合。晚爹也有一个儿子，叫钟杰，中学毕业了没出路，也在这里学"大寨"。两兄妹小时就好得很，长大了又爱恋，可老两口不和，两个年轻人也就注定好不长。李惠性子犟，曾跟妈说过"非哥哥不嫁"。

后来哥哥被迫结了婚，她也不好"从一"了，但仍耿耿于怀。

工地在河边的坡上，垒成丈余高的高坎，造就了一片梯田。从山顶往下看，像一条巨大的台阶。台阶的最底一级是阳河，弯来拐去潺潺流，像飘带飘向远方，真有回肠荡气的痛快。晁鼎笑着，心里觉得美，他后面是李惠，却不见得觉得美。

"钟杰，快看你妹妹！"

话像是偷着说的，笑也是窃声的，可钟杰听见了。他正同伙伴撬石头，只当没听见，目光迟钝着。晁鼎腰圆膀粗，见他们没把石头撬动，就走拢来，把他们一扒，他们就趔趄了。他搓搓手："试试！"

钟杰把嘴瘪着，斜着眼瞧着大个子出丑，冷笑。晁鼎把唾沫吐到手上，又搓；两腿是骑马蹲裆式，双手抠到凸处。一挣，脸涨了红潮，腿疯颤，青筋突露。

"嗨嗬！"

数百斤重的石头就翻身，工地上一片喝彩声。晁鼎走了，双肩耸得活泛。李惠头一低，藏了一脸秀色紧跟。农宝的眼珠子如轴承般飞转，脸一拉就出馊主意。

"今儿晚上找他干一架！"响应的人不下两位数，工地上哄笑着，唯独钟杰干愣着。"钟杰，怕他？"

他的头仰着，摇摇。

"干不干？"

他的头仍仰，又摇。

圆月上来了，照着阳河哗哗的水。钟杰晚饭不吃，怕见那个力大无穷的妹夫。他有预感：妹妹找这么个粗汉子，糟蹋了。不多时，就见几个影子朝自个儿家里去，他也就跟着，也想看点儿笑话。

晃鼎来到李惠家，没有请一个客。晚上，敬祝了毛主席万寿无疆就开晚饭，就洞房花烛夜。一对红蜡烛哔哔地烧，流露出甜蜜。晃鼎看了一眼火红的被子和淡蓝的卧单就痴了，把嘴歪拧着笑。李惠一抖把被子抖开，抖出一屋香气，抖着女人的温馨。晃鼎就慌慌地脱褂子，脱裤子，一扇一阵风，一扇一股汗气。李惠突然扑到床上哭了，肩头一耸一耸地哭。泪濡湿了胳膊，又濡湿了被子。晃鼎愣了片刻，忙又把裤子穿了，褂子穿了，更加慌张。

"姓晃的，出来！"

窗纸湿了一块，露出一个洞，有只眼睛骇然地闪烁。那叫声是压低了的，却严厉："出来！"

晃鼎就出来了。月光下几个影子晃过来晃过去，隐在大草堆后面。这使他想起电影中的特务，浑身就鼓鼓地胀。

"过来！"

他狠狠地追过去。影子没了，又在更远的草堆后面出现。一连追了五个草堆，他没犹豫过一次。影子们终于止步了，成了一纵队排列着，都叉腰，都虎视眈眈，都有说不出的气。

"咋搞？想放血？"

"玩玩儿！伙计，点到为止。"

农宝雄壮地跨一步上前，一出手就把晃鼎箍住了。晃鼎手长，一弓腰捞住农宝两条腿提起。农宝眼冒金星，手就松了，被沉重地一扔，幸亏地上垫了草。首领败阵，唉哟着，影子们却坚定。都是有种的，就像岳家将中的勇兵。趁晃鼎得意，一个影子突地黑狗钻裆，想把他拱倒。晃鼎很自然地收了腿，那影子就不能进也不能退地喊妈。影子们虽然神威，却不堪一击。

"我试试看！"

既然来了，总得搭着出丑。钟杰怏怏地上阵。晃鼎见他那样精瘦矮小，突然笑了，说他像药老鼠，算不得人之数的。钟杰也不见恼，就交手了。他特机灵，晃鼎捞不到手，往前一冲扑倒在地，影子们就笑得疯。晃鼎气极，连滚带爬地追，抓住了钟杰，将他高高地举过头顶。

"晃鼎，这是我哥！"

他连忙放了，晓得他是摔不得的。影子们作鸟兽散，再也没寻他麻烦的念头，对李惠也不敢轻易侧目。钟杰的头埋在掌中，沉得抬不起，暗暗地眼就湿了。

晁鼎没有烟瘾酒瘾茶瘾，却有一瘾：炫耀武力。李惠虽说不满，却也习惯了。

阳河的水流得婉转，身子扭得娇弱。岸边半山腰有雾罩，坡改梯的工程依旧进行。晁鼎就还在那里做活。别人只是做样子，锄把都挂着，海谈。说是从前有个憨女婿，什么什么；从前有个公公烧火，什么什么；从前有个女人会搞那事儿，什么什么……

"狗✕的！"

女人们的声音骂得娇，表示害羞，男人们就更起劲地讲。讲到恶心处，女人们不得不真心抗议了。

"嚼舌根！你们看晁鼎！"男人们就朝晁鼎看，晁鼎专给几个老家伙做下手。老家伙在砌坎子。钉了桩，拉线牵得直，每块方正的石头都要上线。不能上线的，有晁鼎在，一百多斤的石头两手一掂一挪，也就上线了。老家伙们赞他力气大，这还在其次，更赞他舍得用力气。这样的人在生产队里面怕只有他一个了。晁鼎谦虚着，力就使得更猛。望一眼那些挂着锄把的男人们，他就冷笑，就瞧不起他们，就干得更专注了。不知不觉间，李惠的肚子就胀了，鼓了，揣了个肉疙瘩。她在坡里看到丈夫尽是能耐，心中也欢喜。碰到了一个大石头，少说有五百斤。老家伙就拿了撬杠撬，拨了两下石头不动。

"我来！"

晁鼎抠住石缝，两腿作骑马蹲裆状，眼就圆了，脸涨了红潮，青筋就突露，石缝蓦地张开了口，石头被移动了。男人们齐齐地喝一声彩，闹得他激动，手一软，叭的一声被重新合上的石缝咬得紧。他努力地拔出手，一片血肉模糊，一行行血珠子打得石板叭叭响。但他脸上仍笑，仍要去搬石头。

"嘿嘿！不要紧的，不要紧的……"

钟杰实在看不过，把他带到了医院。李惠慌慌地紧跟，仰着脸，露一团傲气和愤懑。过阳河时，晁鼎把一双血手泡在水里面洗，阳河的水就有一片被染红了。就在这一年的"学大寨"初评中，晁鼎得了第一张奖状。他双手捧着，就流泪，泪中有辛酸也有甜。让他代表模范发言，他就臊了，脸红得像泼了猪血。他只讲了一句话，一句话笑得人们肚子疼，也感动得人们想哭。

"我不会背语录，但有的是力气，只要对得起十二工分，毛主席也会原谅我。"

下午，他晕晕乎乎地往家走，蹒跚地走，走着醉八仙步。他来到石头砸手的地方，是想重温一遍过去了的悲壮，却看到空中的彩虹。彩虹鲜艳地挂着，一头伸到阳河里面，据说它要喝水；一头伸向蓝天里面，消失了，却像仍在无尽地延伸着。他的脸绽开了，眼亮得奇异，嘴也笑得奇异。

"桥！"

他重浊地叫了，就把怀中的奖状展开着，也是彩色的。一刹那，他只觉得重得笨拙的身子不断地轻了，轻了。忽然，钟杰在他背后说了一句话，这使他很反感："太阳晒杠，哪是什么桥！"

"屁话！是桥，带彩的天桥！"

啊！这真像一座七彩的天桥啊！

春暖花开，草长莺飞。阳河的水渐渐地多了些，遍地的野兰花儿熏得醉人。晃鼎到底是女婿，只能分开着过，就在湾子里做了几间房，也在阳河边。第一件事，就是在新居里贴那张奖状，带了彩的。那年月，生产队连年减产，大队就酝酿着改选这个队里的领头人。几乎没经过讨论，群众就选了钟杰，钟杰就当了。他点子多，能生出许多花样整百姓。人们起先都还兴奋着，称他是诸葛亮。他买了一个大三用机子，在每家房前都把小喇叭安了，可以和群众对话排工，放《智取威虎山》的戏，播中央和省里面讲的国家大事。

"提起栾平气难按……"

群众就守在小喇叭下面听得用心，早上是排工，钟杰躺在被窝里面对着话筒喊；晚上是表扬好人好事，最受表扬的自然是晃鼎。晃鼎听着，就抓耳挠腮和手舞足蹈了，就于股掌之间把孩子玩弄着，疯吼着。

"喊爸爸！喊爸爸！"

"嘎嘎！嘎嘎！"

儿子三岁了，只能憨憨地笑；只能把爸爸喊成嘎嘎，把妈妈喊成粑粑；其他一切不会，连哭都很少有。李惠舒展了的心用不着说又戚戚了。她没有料到像晃鼎这样的伟丈夫会给她体内种下这么颗种子。儿子到现在仍是软软的像没有骨头，一颗脑袋大大的四角方正，脚勉强在地上站着，一步也迈不开。队里的人一见孩子就笑，透着尖刻和阴鸷。还说，这个孩子脑袋大，聪明。晃鼎也笑，从心里承认儿子聪明，要不脑壳咋这大？但有时也担忧，也不甘心地发一声疑问：

"怎么不站起？"

"晃鼎，你哪晓得，古人三十而立才聪明。他刚三岁呀！"

晃鼎有些茫然。李惠就把头低了，既有羞色，也有悔恨；既有怨尤，也有愤懑。自分家后，钟杰与妹妹少有来往；偶尔来一两回，酸酸地看一眼孩子，没有话说，就走了。后来见这孩子三岁了还不会叫爸妈，心里不觉淌过一股蜜样的潜流，无话找话说，就不酸了。

"李惠，再生一个儿子，也许好些。"

李惠摇头，眼中闪烁着焦虑。钟杰无意义地笑笑，再劝她；仍摇头，目光就幻化出诧异。钟杰觉察出了什么，心情就不同了，就固执地劝得真诚。李惠飞快地捂住脸，呜呜地哭，泪来得凶，从指缝间漫流。

"哥，还嫌我家的憨头不够吗？"

钟杰长叹一声，心里面满是酸甜苦辣，便怅惘着，徘徊着，自责着。李惠把泪忍了，木木地看他。两个人通过目光对视谈话，变幻出许许多多不能表达的色彩，把各自的心都袒露给对方。李惠的眼终于蹿出两朵火苗，钟杰只得把眼闭了。

"哥，当年只要你一句话，我就能够跳油锅！可……"

钟杰想到大队争红旗，又生出新花招整群众，整得最苦的是包工。小伙子们叫苦连天，再不能挂着锄把讲公公烧火了，再不能有工夫同姑娘们搔痒痒地疯了。失去的太多……可是晁鼎喜欢。他喜欢看别人被他的武力所征服的痛苦，喜欢听众人的喝彩和小喇叭中的表扬。

春播季节，队里挨家挨户地扫荡，把粪挑到梯田里去。每一百斤九厘工分。钟杰估计强劳力得二十分要使大力，弱劳力也不会少于十二分。十二分也是一等劳力的工分。晁鼎的粪筐特大，小伙子们见了只能咂嘴。晁鼎先就乐了，第一个跳进栏里面。大钉耙一啄，一百来斤一大坨粪被扔到筐里面，又一啄，仍扔到同一只筐里面；另一只筐里面，也是这样的两坨。一过秤，把扶秤杆子的钟杰骇得头炸。

"三百斤！天！"

小伙子们情不自禁地就发出惊叹声，直把头摇，晁鼎嘀咕了一句什么，提了钉耙漫不经心地又啄来两坨加在筐里面，三百六十斤！他挑起这副担子就走了，腰扭得像水蛇。小伙子们只好拼了，无原则地把担子加重，一个春季，断了三十二条扁担。只有农宝不稀罕，一点儿也没有追赶晁鼎的念头。晚上，社员们喝着绿豆稀饭，就被房檐上的小喇叭吸引了。

> 劳动模范叫晁鼎，三十几岁有干劲。
> 肩挑三百六十斤，大步飞跑赛流星。

反复地喊了三遍，余音仍缭绕着房檐，仍在晁鼎心尖尖上系着。第二天，他装了一担，足足的四百斤，一使力，扁担断了。他把两条扁担绑在一起挑，就不断了。下坎时，他的腰一晃只听见叭叭的两响，腰椎就错了位。社员们无论是亲

344

眼见了的，或是听说了的，竟然都不表示同情，反而说出的话太难听：

"该，压死这个狗杂种！"

年轻人恢复得快，不出一个月晁鼎就出工了。队里正修仓库，要赶在夏季双抢之前竣工。他上工的时候，半截子新仓库耸着，门前挤了不少的人，看上梁。现在上梁不唱戏了，不杀公鸡滴血了，不请人看日期胡说八道了，但是要向领袖致敬，要背语录。

"哎呀！"

社员们突然齐齐地发出一声惊叫。晁鼎跑过来看，梁已经升了，可长了半寸，合不上榫头。力士们要放下来，老家伙们说搞不得。升了的房梁再落地旷古未闻，大大的不吉。上不得，下也不得，就呆了一场子的人，又都望着钟杰。钟杰是诸葛亮，诸葛亮也无法。晁鼎木了一会儿，突然朝手里面唾了两口，又搓，就顺着大柱嗖嗖地爬。没有一个人能够明白他将干啥。他用背顶着大梁，黄豆大的汗珠子就热闹地往下洒了。所有的人都换了口气，神情又活泛了。木匠飞快地搭了梯子，把榫头重新锯过，合上了，人们蹦着欢呼。晁鼎快快地落了地，喉咙里面一阵吼，吼出一口血，黑的。

这回得了两张奖状，一张是腰错位换的，另一张是这口黑血换的。得了它们，他就振奋了。回家时刚走到梯田，他的脸就惊喜得古怪，眼中的光灿烂着。

"桥！"阳河水扬着波，把那座七彩的桥头抱在怀里，温情脉脉的。衬在蓝天中的桥妖艳地诱惑得他神魂颠倒。那年也是这一天，他看到了彩色的桥。桥慢慢地淡入了天里面，他精疲力竭地回到家。堂屋门敞开着，他推开寝房的门，就呆了。钟杰和他的老婆在床沿上并着肩，坐着。

三个人都没说话，一个脸黑，一个脸红，一个脸白。

阳河苗条的时候多，一到夏季就像少妇发了身子，性子也野些。阳河时而苗条着，时而发福着，人们摸透了她的习性，唯独摸不透世人的习性。突然不"学大寨"了，要把土地分给私人，各自顾各自的。于是就不评大寨工分了，就不"坡改梯"了，就不掀石头了，就不喝彩了，就不领奖后去看七彩桥了。人们喜悦着，晁鼎却失落得太多，像被抽去了脊梁骨。队长换成了组长，仍旧是钟杰。"学大寨"时有许多积怨没有机会发，人们暗中议论，说钟杰是土霸王，闹得鸡飞狗上屋；是贪污犯还私分集体财产，社员家里的陈粮可以作证明；是二流子霸占民女，李惠生的第二个儿子就像他，等等。晁鼎不仅偷偷地战战兢兢地签了名，而且恍然大悟，随即关着门把李惠狠揍了一顿，打得她鼻青脸肿屁股开花。八岁大的儿子看着笑话，跺跺脚拍拍手，笑得在地上打滚，口里说着他专属的语言："嘎嘎！粑粑！"

晁鼎大怒："野杂种！"

到了春耕时，阳河边仍喧闹，不过喧闹都在各自的地里。晁鼎瞧不起别人，提不起兴趣，就去溜达了。半路上碰到了一个双目失明的老人提了把二胡，边走边拉着。是算命的，晁鼎就算了。瞎子老人的指头抖得欢快，嘟哝了一阵，就失了声。说他今年三十六岁难得过，不死也要瘫。他就傻了。

"有救不？"

"破财免灾。"

"财者，钱也！"瞎子老人说。"破费几个钱，请几桌客。财者，材也！棺材之谓。"老人又说。做副棺材冲冲杀气。晁鼎精神恍惚地递给瞎子老人几张毛票，老人去了。晁鼎慌慌地回家，求爹告奶借了几百元钱，把队里的人都请了，庆贺他三十六岁大寿；又请木匠把棺材做了，还请漆匠把棺材漆了，他一门心思地在屋里躲灾，也懒得显耀武力，倒欠了一屁股账。终于，晁鼎不失本色，扛了把挖锄去挖田，可一到地里他就浑身瘫软无力。原来他离不得人群和人声。一整天他就木木地站着，拄着锄把，两眼望蓝天。他午饭不吃，晚上也不回去。李惠到田里来找他，他直挺挺地躺在土地上，胸间还有口气在悠⋯⋯

"天哪！"

李惠一向的偷哭终于换成了号啕，尖利的声音极强地穿透着空气，阳河的水也为之激荡了⋯⋯

钟杰没有被免掉组长，却饱尝了人情冷暖，于是心就灰了。他专心地经营个人土地，然后偷闲搞点山货去卖，自然也有千儿八百的进账。聪明人搞什么事都不会吃亏，什么环境也没困住他。他跑了一趟大城市归来，听说晁鼎被抬在医院门口住不进，心就一阵阵地疼，实则疼李惠。于是，他并不和老婆打招呼就装了一百元钱去医院。在医院门口，晁鼎靠墙歪着，神志已经清醒，只是不能动。

"晁鼎，怎么样？"

"呸！"

晁鼎吐了口浓痰，死死地凝在地上。钟杰一震，觉得脸上也有那痰。踌躇了两步，他还是进了医院的门，李惠正在里面求情。钟杰也不打招呼就把钱交了，于是医院就把病人收了。李惠痴痴地望着钟杰离去的背影，心里激动着，酸了。半个月后晁鼎出院，地里的活儿李惠已请农宝拾掇干净，两个儿子也放在他的家里。农宝收工时见晁鼎一瘸一拐，腰佝偻着回了，人不人、鬼不鬼的，就拉着牛慌慌地离去。晁鼎反倒奇怪着。李惠安置他在床上躺，他问的第一句话就叫李惠气得晕厥。

"治病的钱是钟杰那狗杂种的？"

李惠踌躇了片刻，猛地像疯子般扑过去，抡圆了掌就朝晃鼎脸上劈。左一下，右一下，把手打得麻木才歇。晃鼎挨了一顿打像木头般愣了。等李惠指天画地地大骂一阵之后他才明白，那孩子根本就与钟杰无关，至于到底是谁的，李惠没说。晃鼎木着脸扫了一眼奖状，奖状方方正正地贴着，一共三张，有两张是钟杰手里的事。这回要不是钟杰，怕自己的骨头也要断了……他像明白了什么，也把掌抡圆了狠狠地劈，劈在自己的左脸和右脸上。

"黑良心！黑良心！难怪老天爷揪我不放的！还不如死了！"

从此，他百事不问，一味地内疚和愧悔。从早到晚，他除了在床铺上就是在火垄旁。大热天，火烤干了他身上的汗水，他仍歪着烤。他会抽烟了，一日三餐用酒泡。菜碗里戳一下，酒碗里啜一口，再抽一口烟。最使他感兴趣的是棺材。嫌原先的不气派，就又做了一个。原先的让给李惠。李惠一见那两具黑黝黝的恶物就气短。晃鼎一日三遍地擦棺材，擦得棺材发亮，照得见人影。又托人弄来桐油，一道道地涂；弄来铁砂子和水泥往棺底上糊，棺材便更沉重了。他还躺进里面长时间地试睡，若有不舒适的地方，就用刀子精心地切削，修出一个理想的卧槽。这就满足了，他嘿嘿地笑："这是我的好归宿啰！"

阳河上游拦了石坝，水都归了渠道去冲撞下面的那个小电站。河里顿时失去了生机，石洞里面和小潭里面的鱼儿气息奄奄。一道布告发到村里，死人一律要火化。听说有死人被埋进土里面又被刨出来，送进火葬场。晃鼎也获得了消息，思前想后，不觉大哭了一场，就再也不看不擦不睡棺材了。他躺在油乎乎的被子里面，形销骨立，只有一对黑眼球转得迟钝，不时地瞅着墙上的奖状自娱自乐。有时候，他也注意聆听窗外的动静。叭叭叭的皮鞋声通过，他猜得出这是农宝。他怀疑农宝居心不良，便冷静地思考让农宝吃点亏。沙沙沙的皮鞋声通过，他反倒有些生疏。但听得出这人中气不足，精力不济。这样想着，他就猛地醒悟：是钟杰。当了十多年干部，也累垮了。他便又冷静地思考让钟杰讨点儿好，也是报恩。疲倦了，他便睡，便做梦。突然压低了的呵斥声传过来，他醒了。耳朵真灵！他一挣，居然就起了床，自己也不明白为什么要偷偷地摸过去。

"……哥，你糊涂了？我是个不干净的身子……还有，晃鼎也难受啊……"

晃鼎的心动了动，身子摇了摇，就平定了。他轻轻地推开门，钟杰和李惠的肩并着，两人执着手。钟杰尴尬着，李惠的脸鲜红着，还像二十年前一样年轻、漂亮。钟杰一见晃鼎就慌慌地走。晃鼎也不拦，便在钟杰坐过的地方坐下，李惠就心虚了。

"一定要让他们到一起！"

晃鼎茫然地不知所云，话却赛钢。李惠以为他疯了，就扶他又去睡。这一睡就是几天几夜没有吃喝，也不睁眼。李惠以为他就要死了，心里很沉重，暗暗地备办后事。万万没想到，他突然要看桥——阳河边上的七彩桥，还胡说着钟杰要来。

"钟杰进来，我要看桥！"

李惠就恐惧了，慌慌地往门外看。钟杰果然就来了，他没说什么就把晃鼎驮着往外走，一直走到梯田，把晃鼎安置好。李惠脑发胀，一直惶惑，不知是梦中还是幻境。晃鼎笑了，手指指向远处。

"桥！"确实有座桥，淡淡地从蓝天中出来，排列着七种颜色，越来越艳，弯弯地伸进阳河里面，把阳河里仅存的一线流水也映成七色，成了彩色的河……桥在不觉间幻化了，山里原来是什么样子就还原成什么样子。钟杰和李惠一左一右扶着晃鼎。

"你们俩生个孩子吧！生吧！"

两个人相视着，都相信他是疯了，也不想听他的疯话，任他独自胡说八道。李惠把头一低，就洒了几滴泪。钟杰的脸阴沉着，在心里反复盘算，并有了决策。

"我今天就走，看兄弟的病有没有治。"

"哪儿去？"

"城里。"

"那就好！那就好！我求求你。"

"什么？"

"死了，莫火化我……"

钟杰果真当即下了城关，挑了一担山货，摆了个地摊。还未处理完杂七杂八的事，村里就有人追了屁股来，说是钟杰家里遭了难。钟杰一晕魂魄就出窍了。他半死半活回到家，只见了一堆灰烬。老婆被烧成了火炭，两个孩子却奇异地活着，哭得遭孽。安葬了老婆，钟杰百无聊赖地四处转。

李惠在大哭，她的丈夫跟了她二十年，突然用一根绳子挂在阁木上上吊自尽。晃鼎留了封遗书，只有十个字：没有阻拦了，你们结婚吧！

安葬晃鼎时，按他的遗嘱没有火化。他的遗体安卧在舒适的木棺里。钟杰和农宝打头杠，缓缓地将木棺抬进墓地。奇怪的是晃鼎的傻儿子第一次哭了，好浊重的嗓子，拼命地叫着。人们清晰地听出他不是叫的嘎嘎：

"爸爸！爸爸呀！啊呜——"

也许是天高皇帝远，也许是火葬条令执行得没有起初的雷厉风行，总之，没有谁把晁鼎刨出来去火化。

他带着窥探人类奥秘的满足，去了；安卧在一线流水的阳河边上。这一代人将记住，他曾经得过三张奖状。

（发表于《芳草》1988 年 6 月号）

荷花店的传说

　　早先，西龙峡口北通陕西，西到四川，是有名的要道。峡口一条清凌凌的水，四季都不干，叫沮河。大路就贴在沮河边。古时大路称官道，运往川陕的布匹和从川陕运来的盐都要通过这条官道。因此，紧挨官道就有个店子，招待来往的客。店子建在荷花池上，池的四边满是荷花，把店子烘托得很有情趣，人们就叫它荷花店。荷花店不晓得存在了多少年，也不知换了多少主儿，生意总是好的。就一样不好，不管哪一代荷花店店主，都是赚饱了钱，落得个膝下无子的结局。没得法，店主便卖了店，再找好地方设法生儿育女去。接手的新店主明晓得这块地妨子，但挣下万贯家财更实惠，也就不管妨子不妨子了。就算妨子，挣钱后一转手，再到别处寻好地生孩子去，也是行的，不过费些周折罢了。

　　所以，荷花店从来不作为遗产往下传。

　　后来，荷花店充了公，由公家开店。公家开店不存在妨子的问题，便肥了许多私人，公家却赚不到钱，反而觉得是包袱。这样一直过下来，就到了改革开放时期，封建迷信早被打倒，人们也就把妨子的问题淡忘了。公家决定把荷花店这个包袱抛掉，龙二叔就承包了。起初，龙二叔也许想到过妨子的问题，但他承包时，老婆是怀了身孕的，且求教过许多有经验的人，都说怀的是个学生。学生就是男孩，他也就不怕了。店子一到龙二叔手里，就搞得红红火火，大把大把地赚钱。大半年过后，钱赚了一堆，老婆却生了个女儿，取名龙大梅。女儿就女儿，招个女婿也将就，这是没法的事。

　　龙大梅长得傻乎乎、胖嘟嘟的，倒也可爱。可是，龙二叔没料到女儿的傻是真傻，随着大梅的年龄增长，傻气也在增长。此后，龙二叔的老婆的肚子再没动静；又有计划生育管着，她也不敢有动静。

　　又过了许多年，龙二叔已经鼎鼎大名了。只要有人问起龙二叔，人们就会说："连龙二叔都不晓得？就是那个没有儿子，只有一个疯丫头的老板嘛！"龙家发财不"发人"，使那些"发人"不发财的人少了许多忌恨，因为他们也有一份优势在心里平衡着。荷花店一带便有了平安幽雅的景象。

　　龙二叔出资买下荷花店时，女儿龙大梅已经十六岁，傻依旧傻，却勤快，爱做事。她不会扫地,却总是拖着扫帚不停地扫,再干净的地也被扫起阵阵灰来;她不会生火,却总在灶门口捣弄,搞得浓烟滚滚的,熏跑一屋的人,像在赶毛狗子。龙二叔由着她,扫地便扫地,生火便生火。店里的伙计们当然就更由着她。

一过四十岁,龙二叔就有了许多想法,首先是为龙家找继承人,想招个好女婿;其次是寻一块好地,有利于后代"发人"。现在的农村已不是打倒封建迷信的时代,算命的,看风水的,都忙得很。于是,就有个四川人来到荷花店,龙二叔让店里的人叫他杨先生,大家就叫他杨先生。杨先生一住一个多月,龙二叔就陪他一个多月。龙二叔和杨先生从这座山上爬到那座山上,从这条峡谷钻进那条峡谷。凡是人能到的地方,都到了。杨先生直摇头,把龙二叔急得毛焦火辣。渐渐地,龙二叔失望了,把杨先生交给打杂的郭老幺,要郭老幺带着杨先生继续转。郭老幺就多生了个心,心里的意思是,顺带让杨先生给他也找一块好地。

郭老幺学着杨先生的斯文,问:"杨先生,今儿走哪个方位?"

杨先生在池边看水,扑哧一笑:"现在我们在兑位,就到坎位去吧。"

郭老幺莫名其妙:"碓位?坎位?"

"兑为泽。我们在水池边,叫泽,就是兑位嘛。不是石碓的碓。"杨先生转身就走,进了歇房躺上床。郭老幺跟着,杨先生摸着床铺说:"这不是一道坎吗?坎为水,店子在水上,正好是坎位。我往坎位上一躺,名为泽水困嘛。好困哪,哪里也不去了,我就在这里困一觉……老郭,你是不是也困他一觉呢?"

郭老幺不敢困,一直守在门外,中午为杨先生送中饭,晚上为杨先生送晚饭,入夜了为杨先生送洗澡水。杨先生洗过澡,又大睡了。郭老幺暗骂杨先生是怪物,也去睡。半夜时分,郭老幺出门拉尿,空中的月亮好亮。中秋节快到了,月亮也快圆了。他在暗处掏出东西来,却被一声咳嗽吓得半死,硬把一泡尿吓回去了,就忙把东西塞进裤裆。原来是杨先生,杨先生在池子边看风景,并没发现他。这个杨先生,白天睡,夜里出来作怪!郭老幺暗骂着,再次掏出东西来,将尿撒在木头柱子上,一点声音也没有。然后打个呵欠,准备进屋。刚转身,突然听到水池中间咕咚响了一声,冒起一个水泡,海大海大,像簸箕。他惊讶了,池子里怎会冒泡的?见鬼了?一会儿,水池中又轻响着冒起一个泡。一连冒了三个泡,再也不冒了,郭老幺才回屋。郭老幺被弄清醒了,后半夜再也睡不着。睡不着,便胡思乱想,他不是笨人,便把杨先生和水泡扯到一起。这样一扯,杨先生的鬼头鬼脑就在郭老幺心里了不得了。这么说,荷花池就是一块好地?

中秋节晚上赏月,龙二叔把店子里的人们拢到晒台上,临水设了不少筵席。龙二叔对大家很不错,大家也领情。杨先生却不沾酒,也不沾荤腥,干他这一行的,禁忌多。郭老幺嗜酒,早巴望这一顿筵席。可他看到杨先生不喝酒不吃肉,便也不喝酒不吃肉。龙二叔很奇怪，郭老幺谎称他肚子疼，混过去了。吆五喝六，时间过得快，一晃就是半夜。大家闹得欢，没有谁管杨先生，更没谁管郭老幺。这时，郭老幺和杨先生就又看到了昨天夜里的一幕。郭老幺回头看了一眼杨先生，恰好杨先生也回头在看他。两人都愣了一会儿。

果然是一块好地！郭老幺想。

郭老幺斯文地问："杨先生，水里是啥子响？"

杨先生脱口说道："水里是鱼儿闹哄哄。"

"沮河里的鱼儿多，老板从来不在荷花池里养鱼的。"

"哦……也许是乌龟在赏月。"

"杨先生，你是在骂龙老板？"

"岂敢！乌龟有灵性，说不定它们真的在赏月……"

龙二叔走过来问："你们在说什么？"

杨先生和郭老幺都闭口了。龙二叔有醉意，又摇摇晃晃到别处去了。公鸡叫头遍时，大家准备散去，被龙二叔拦住。他乘着酒兴说："我要公开挑选上门女婿，不管东南西北的人，也不管有脸面没脸面的人，都行！"

郭老幺听说过，杨先生有个好儿子，便笑嘻嘻地说："杨先生，好事来了。"

杨先生扑哧一笑，对郭老幺很不屑："对你来说，也许是好事，本山人可不在乎。我已经在这儿耽搁久了，天一亮，我就回老家。多谢老郭照护我……"

郭老幺惊得无法合拢嘴巴……

天一亮，杨先生果真背了行囊，上大路，消失在西龙峡口里。

十五的月亮十六圆，郭老幺又在半夜时分来到池边拉尿。他总是在半夜拉尿，肾虚。还没走下楼，龙大梅忽然慌乱地撞上来，一跌，就跌在他怀里。郭老幺看看外面，皓月当空，照得荷花池放银光，直晃人的眼；四处无声，只有峡口那边的沮河哗哗响；一只不知名的夜鸟"呀"的一声从池中水面掠过，让人身上起鸡皮疙瘩。郭老幺打个寒噤，问："大梅，都半夜过了，还满处跑？"

"神！神！"龙大梅倒像比平时清醒些。

郭老幺一惊："大梅，你看到了啥子？"

"看到了！看到了！神！"龙大梅边说边比画，"咕咚——翻起一个泡，咕咚——翻起一个泡；哗——花就上来了，哗——花就开了。神！"

郭老幺终于弄明白了，龙大梅是在讲她亲眼所见的，讲荷花池中央起水泡，接着有一枝荷花从水泡中间升起来，然后开放了。郭老幺差点儿闭了气，赶紧往池边跑，池子还是那个池子，风平浪静，什么也没有。这真是个神话，却千真万确，龙大梅傻子一个，是不会撒谎的。郭老幺木木地呆着，想，一个傻子的话也信？过了一会儿，有响动，郭老幺看到一个人提着包裹，从屋角的阴影处现身，上了大路。看去看来，郭老幺觉得那人像杨先生。杨先生不是走了吗？他瞒了所有人回到荷花店，说明这里不仅是好地，而且是风水宝地。郭老幺想：杨先生对这块风水宝地没有死心，杨先生将会干些啥？我郭老幺又将干些啥呢？

郭老幺这一夜，像石碾一样碾了一夜，没睡着。

郭老幺请了几天假，回家看看，再到荷花店时，身后就多了一个人——他的儿子，一个拖着鼻涕瘦瘦小小的孩子。尽管这孩子不中看，龙二叔却喜欢得很。龙二叔没有儿子，看到不中看的儿子也喜欢。

"老郭，这是你儿子？瘦瘦小小的，多大了？"

"老板，我儿子开年后就吃十五岁的饭了，还小吗？"

"这儿子瘦瘦小小，怪可怜的。"

"他开年后就吃十五岁的饭了，不小了啊，老板。"郭老幺固执地说，回头训儿子："小狗×的，放大气些！这是龙老板，还不叫一声龙大爹！"

孩子叫了龙大爹，龙二叔不好意思起来："免了免了，你叫啥学名？"

孩子茫然。郭老幺说："穷户小家，啥学名不学名的？您叫他狗子吧。"

"哦，狗子，好可怜的狗子。老郭，你让狗子在这儿好好玩玩。"

"他开年后就吃十五岁的饭了，早不是玩的年纪了啊，老板。我带他来，一是要他见见世面，二是让他跟我学学功夫，将来好服侍老板。"

"老郭，难为你有一副好良心。就依你，让他在店子里学学。只是瘦瘦小小，怪可怜的。"龙二叔一边说一边呵呵地笑，慈祥地走了。

龙二叔走远了，郭老幺炸吼一声："小狗×的，你发啥子呆！"

狗子吓了一跳，他正在看半疯半傻的龙大梅。龙大梅挥着一把扫帚，扫着场子边一块绿茵茵的草皮。她扫了一头大汗，也无法扫走。可她一点儿也不火，也不灰心，依旧耐着性子扫，扫得尘土飞扬。狗子朝龙大梅指去，郭老幺一看，便按着肚子笑，笑得蹲到地上。狗子不笑，说："笑啥呀爹，我去帮帮她。"

狗子飞跑过去，把那块草皮连根扯了。龙大梅再扫，便扫得干干净净的了。龙大梅很高兴，跑进厨房装了一兜馒头，直往狗子怀里塞；又找出一把扫帚，要和狗子一同扫地。狗子也高兴，便和龙大梅搅在一起。郭老幺在一旁看傻了，心里却活泛起来：很好，儿子和龙大梅投缘就好。

郭老幺像龙二叔一样，呵呵笑着走了。

郭老幺为龙家做事，往常很卖力，如今更卖力了。忙到深更半夜，忽然想起狗子应该睡觉了，竟没见到他人。四处找，还是没见人影。狗子和龙大梅在一起，只有找龙大梅。郭老幺拍拍头，往龙大梅房前走。龙大梅房里亮着灯，她坐在床沿，挥着葵扇，给床上的孩子赶蚊子。那孩子正是狗子，睡得好香。郭老幺大喜，喜了一会儿，便把脸一黑，一头撞进门，将狗子拖下床，叭叭叭就开打，打得狗子哇哇叫。郭老幺仍不歇家伙，还山摇地动地骂，很快吸引了许多人。有人捉住郭老幺的手，郭老幺还在乱跳乱叫。狗子生性胆小，吓得抖抖的。"小狗×的！你以为你是谁，竟敢上大梅的床！小狗×的，这不是要遭天打五雷轰吗？小狗×的，你开年后就要吃十五岁的饭了，还小吗？"

人们一愣一愣的，不知该如何劝，龙二叔忽然走过来，叉腰教训说："老郭，闭上你的臭嘴好不好！狗子还是个孩子嘛，你就朝死里打？"

"老板，他开年后就吃十五岁的饭了，还是孩子呀？"

"不管他是不是孩子，你再也不能打了！大梅喜欢他，你就管不着！"

"这个……就算大梅喜欢他，可他算个啥东西？"

"算个啥东西也不用你管！"

"可……狗子也应该洗干净了，才能上大梅的床啊！"

"洗不洗更不用你管，只要大梅喜欢——"龙二叔的话戛然而止，他明白这话不能往下讲了，只好用这样的话结束："惹了大梅，我要你的命！"

龙二叔悻悻地走了。郭老幺望着他的背影，故意大声说："老板，我记住了。往后只要大梅喜欢，狗子便在大梅床上过夜。我再不敢管了。"

"郭老幺，你胡说些什么呀！"人们把郭老幺拉走了。

狗子挨了打，再也不敢到龙大梅房里去了。第二天夜里，他老老实实走进郭老幺的歇房。郭老幺把眼一瞪："小狗×的，到大梅房里去睡。"

狗子摇摇头："爹，我听你的话，再不去了。"

"瞎说！我要你去，现在就去。"

"昨日去了，你不是还打我吗？"

"苕包！叫你去你就去，老板不是说大梅喜欢你嘛。"

"那你昨日为啥打我呢？敢说以后你就不打我了？"

"孩子，啥也别问了，我不会打你的。"郭老幺平静下来，耐心地说，"你看我的床铺多小啊，哪里睡得下我们爷儿俩？你看大梅的铺多宽哪……"

狗子转忧为喜："爹，大梅的铺不光是宽，你不晓得，多软和哟！"

"那就去吧！我这铺又臭又硬，不是人睡的。"

狗子跳跃着朝外跑，进了龙大梅的房。此后，狗子便经常往龙大梅屋里跑。白天，龙大梅对狗子像对自己的孩子一样，伴着他，护着他。店里的人们这才晓得，龙大梅是真喜爱狗子。谁也没深想，因为龙大梅疯傻，因为狗子还很小。

隆冬季节，天上飞着鹅毛大雪，一片路断人稀的景象。荷花店里没多少活儿可干，龙二叔放了大家的假。因为龙大梅喜爱狗子的缘故，龙二叔只留下郭老幺父子守店。龙二叔什么都依女儿，同时，也没把女儿和瘦瘦小小的狗子想得不一般。很快到了年关前夕，大雪依旧在无声地落。

龙二叔在二楼晒台上看大路，想心事。他眼中忽然出现两个背行李的人，一前一后，一老一少，走得很艰难。龙二叔双眼蓦地一亮，跑步下楼，迎了上去："原来是杨先生来了。那么这位小伙子是——?"

"龙老板好！这是我儿子杨小龙。我们紧赶慢赶，赶了两千多里路，终于在年前赶到了。真是天幸！小龙，这位就是龙老板！"杨先生疲惫地笑着。

龙二叔喜得嘴角咧到后颈窝，便大叫："老郭老郭！快来看，谁来了！把厢房子好好打扫一遍，熏上香……"

郭老幺边答应边出门，看到杨先生父子伟然立着，就呆了。直到龙二叔带着客人进门，他才惊惊慌慌地收拾房子去。杨先生进了客厅，只见龙大梅和狗子头抵头脚抵脚趴在地上，玩得正上劲，竟不知有客人来。龙二叔将他们叫起，他们立即往外跑，杨先生才看清他们的面目。杨先生一愣，觉得狗子的相貌好熟；又一愣，觉得龙大梅的形象变了。杨小龙立在那儿，对一切都像没看到一样。

杨先生说："这小孩是老郭的吗?"

龙二叔反问："你怎么晓得的?"

"我看他们长得相像，就晓得了。"

"这孩子瘦瘦小小，怪可怜的。大梅喜欢同他玩，就把他留下了。"

"哦，玩过很久了吧?"

"大概有三个月吧。"龙二叔漫应着，让杨家父子坐下，又说："杨先生，这次来了就多住些时，好歹帮我找一块地。你看这家，再富又有什么用?"

"唉——"杨先生叹了一声，许多话都忍在肚子里没说出来。杨先生终于没有在荷花店长住，便带着儿子走了。临走时，他把郭老幺叫到一边讲了许多话。郭老幺垂着头，没插一句言，倒是牢记在心里。

杨先生说："老郭，我没看出来，你还真是个有心人哪！"

郭老幺装成一副傻样，安静得很。

杨先生说："你以为这是一块宝地，先下手为强了。可是你只知其然，不知其所以然哪！你以为你先下了手，就真的为强了吗?"

郭老幺想：当然是块宝地，要不你杨先生会带着儿子来?不就是想做个上门女婿，霸占这里的风水吗?我才不管啥子然不然的……

杨先生说："这是一块阴宅地，不是一块阳宅地呀！"

杨先生看他发愣，冷笑着走开了。郭老幺暗叫一声好险，也走了。杨先生又对龙二叔讲了许多话。龙二叔听了，就病倒了。杨先生的话始终在他耳边。

"龙老板，你得小心你的长工郭老幺，此人心术不正。"

"我倒看不出。你讲讲，他哪儿不正了？"

"你没想到他已经是你亲家了？"

"扯哪里话！我倒想求小龙为婿，不知杨先生……"

"可我们马上就得走了。"

"我晓得了，我们龙家配不上你们杨家。"

"你还蒙在鼓里呀！我给你明说吧，你女儿已经身怀六甲了。"

"天哪，你不同意我女儿的婚事，也不该糟践她的名声呀！"

"那——我该打嘴，就算我没说。"杨先生抬腿就走。

龙二叔一把揪住他："真有这事？快讲那是谁？"

"我不是已经讲了吗？"

"郭老幺的儿子？那个瘦瘦小小的狗子？"

龙二叔一病不起，公开招婿的事不用提了。可是，龙大梅依旧半疯半傻，和狗子玩得痛快。眼看龙二叔一天不如一天，郭老幺暗暗高兴。一天，郭老幺忽然被叫到龙二叔床前。郭老幺心里打鼓，晓得好坏会有个结果了。他走近龙二叔，吓了一跳，多日不见，龙二叔像从地下刨出来的，已经成了一具棺材瓢子。龙二叔一把攥住郭老幺的手，光张口却说不出话来。郭老幺浑身发抖，面色如土灰。老板娘擦着泪，很久才说："老郭呀老郭，你做的好事，杨先生都给我们讲了。事到如今，还有啥子好说的。大梅爹这病是气出来的，就要伸腿去了……你可明白，生米成了熟饭，那就将就着吃了它。哪怕是一堆屎也得吃了。"

郭老幺面红耳赤，不知该如何回答。

龙家即刻办了喜事，一是害怕龙大梅的肚子挺起来出丑，二是用喜事冲一冲龙二叔的灾星。店里的人们心照不宣，暗骂郭老幺不是人，本来人人有份的一个女婿，被郭老幺独占了，却也把他无可奈何。郭老幺一夜之间成了气候，指望此后就能吃香的喝辣的，过幸福日子。可是，龙家的老板娘却没这个打算，反把郭老幺狠狠挖苦一通："好亲家，喜事也办了，你的功德也圆满了。父以子贵，你就回家去吧！总不能老让你当长工。再说，你家还有个儿子，要好好养哦！"

郭老幺说："我就这么两手空空地回去吗？"

"你两手空空地来，又两手空空地回去，多爽利呀！"

"可是……我还有工钱呢?"

"老郭,别说胡话了。你欠我们龙家的债,世世代代还得清吗?"

"我就不能享我儿子的福了?"

"老郭,你糊涂了。我是招上门女婿,你是嫁儿子。嫁儿子就是嫁姑娘,嫁出去的姑娘犹如泼出去的水。嫁了姑娘还要依靠姑娘,天下有这样的爹吗?"

"你是说我真不能享儿子的福了?"

"老郭,还是享你妈的懒豆腐去吧!"

郭老幺低头离开,走之前悄悄见了狗子一面。他让狗子明白,没有他,狗子不会有今天,可他要回老家,衣食却无依了;他要狗子不忘娘家人,把龙家的东西多往娘家弄,用啥子手段都行。狗子连连摇头,他一看到丈母娘就发抖,更莫说偷龙家的东西了。郭老幺再无话可说,迎着寒风猛咳,咳出一口血,吐得老远老远……郭老幺回家就病了,天天吐血不止,明晓得活着的日子不多了,便托人找回狗子,交代后事。狗子做了龙家女婿,吃了龙家的饭,见风长。瘦瘦小小的个子竟蹿高了,也发横身子了,连事理也明白了许多。就一点儿没变,胆小。

"狗子,大梅好吗?大梅肚里的孩子好吗?"

"大梅的肚子不知吃了啥,见风长。"

"那就好……狗子,我就要死了。我是被你的丈母娘气死的。"

"我丈人也快死了,是你气了的,丈母娘说你这是报应。"

"你丈人还没死?他倒命长。"

"丈母娘给丈人请了最好的医生,还有一条命在。"

"你得给老子报仇。狗子,你得给老子报仇!"

"我不敢。看到丈母娘,我还是发抖。"

"我要你报仇,不是要你看到丈母娘发抖。你可以不看你丈母娘的,你只要把我葬到荷花池中央就算报仇了。杨先生说,那是最好的阴宅地,哪个占了它,就要发财'发人',肯定当官做老爷……你不抢先,你丈人就会抢先。"

"我丈人也许不晓得那块地,到如今他也没想死嘛。"

"就算你丈人不占,杨先生也不会死心的。"

"杨先生早不知到哪儿去了,你就放心吧。"

"不……狗子,你得抢先。"郭老幺有气无力,狗子只得点头。郭老幺又说:"狗子,我没享儿子的福,你得在这儿守着我。我一死,你就去抢地。"

过了一段时间,丈母娘派人来,让狗子赶紧回去,说丈人快不行了。狗子急忙去对郭老幺讲,郭老幺叫起来:"快背上我,到荷花店去!"

狗子真的背着老爹回家，到了荷花店，便看到池边一群龙家人和一群四川人，吵吵嚷嚷，好像要开打了。这时，太阳已经当顶，照耀着激动的人们。

"快，有人抢先了！"狗子背着爹往里面挤。挤到人群中央，他的脸色陡然就变了。有个人他认识："你不是杨小龙吗？你不是杨先生的儿子吗？"

杨小龙嘻嘻地说："狗子兄弟，算你记性好。"

"这是怎么回事？这块地是我的，它得归我爹。"狗子期期艾艾的。

龙家老板娘锐声叫："不行！这地是我龙家的。"

杨小龙也叫："这地是我爹发现的，再说……"

"都给老子住嘴！这地是我的，你们争也是白争！"郭老幺突然精神大振。场面一下子静了，大家一齐看他。他吼："看我干啥？我是小老板的爹！"

老板娘哈哈大笑："癞蛤蟆想吃天鹅肉！你儿子做了我女婿是实，可谁说要你儿子当家了？老娘还没死呢！就算老娘死了，大梅肚子里还有孩子呢！"

郭老幺也笑了："你是要让大梅肚子里的孩子当家吗？"

老板娘气昂昂地说："对呀！狗子算老几？"

郭老幺也气昂昂地说："我没说狗子算老几，我也是说大梅的孩子当家。"

"这不就完了！刚才你为啥胡说你是小老板的爹呢？"

"小老板是大梅肚子里的孩子，我就是那孩子的爹！还不明白？"

"放你娘的臭狗屁！狗子才是小老板的爹！"

"狗子那时才十四岁，又瘦瘦小小的……"

静场，长久地静场。太阳在不觉间已经西下，好像累了，搁在山梁上歇住。争抢坟地的人们也像累了，趴在地上仰望太阳。太阳忽然一跳，滑到山那边去了。荷花店蓦然阴暗得很，老板娘突然哑着嗓子叫喊："郭老幺，你好毒辣好阴哪！"

"我早就说过，我没享到儿子的福，你以为我是说狗子？不……快，我不行了……狗子快把我扔下去……"郭老幺的声音小了，原来他刚才是回光返照，现在话没说完就滚在地上，两眼翻白。狗子倒听话，将爹高举过头，扔进荷花池。

杨小龙一声冷笑："狗子，你怎样把你爹扔下去的，还得怎样把你爹捞起来。因为县里将要征收这里的土地，搞旅游开发。而我呢，已经办好了手续，租赁旅游区中的这块地搞经营……"

（发表于《青海湖》2001 年 4 月号）

过失杀人

前年，省里搞戏剧创作大奖赛，要反映农村的家庭联产承包责任制，我就回了一次故乡。冷不丁撞到了儿时的伙伴，就扭住他讲了大半天。他叫李望灯，身材高大。我和他站在一起，他要高出我一个脑袋——光溜溜灿灿发光的脑袋！这使我很惊讶。问他为什么剃头，他一答，就更使我吃惊了。他说，坐了牢，刚从监狱里出来。问是什么罪，他说，杀人。接着他就详细地讲，像在法庭上一样，供认不讳。

他讲，我听。

望灯讲，他坐牢的那一年正好实行家庭联产承包责任制，不"学大寨"了。社员们觉得还不习惯，总想往一堆里凑，又没机会。住在湾子里的陈明杏要请人往田里挑粪，就喊了十来个人，有望灯。

我想起来了。陈明杏是我们中学时的同学。那时尽搞勤工俭学，望灯和她很要好。怎么好，也说不清。只觉得他们有点儿特别，一见面就脸红。有陈明杏在，望灯就来劲儿，就干得汗水四处洒。后来回乡了，他们又没结成婚。

吃了早饭，望灯找来一个特大的粪筐，把绳子拴得很牢，准备走。老婆趿着鞋，话说得酸酸的："寡妇门前是非多，莫把身子累垮啰！"

他的脸黑得难看，双肩耸耸地走，恨不得把这娼妇的嘴撕了。然而，老婆的话又飘到他的耳边："哼！只要听到一句闲言，老娘就把你那桩子连根刨了！"

望灯身上的疙瘩子肉倏地缩紧，凸出很高，血奔腾着，他吼叫道："老子就搞给你看！"

我记得陈明杏个子并不高，却丰满。一对嫩奶像豆腐脑一样晃荡。男人们看她时，多是把目光盯那奶。她不管，款款地过去目不斜视。男人们只得把欲火忍了。她的丈夫死于水库工地上的大塌方。那时，我已经出来了。

望灯一路气势汹汹地走，撞到了同是去挑粪的人，就兴奋了。不"学大寨"以来，这还是第一次这么多人一起赶工。在山里，人户稀得一天难见三个人。人们都爱热闹。每年县花鼓剧团下乡一次到区里，五十多里山路也难不倒任何人。

大家都打了火把去看区里那个土台子上的帝王将相、才子佳人。大寨不学了，那种被隔离了的孤独和爱热闹的欲望蓄积着，就像被塞了的河道。水满了会决堤，堤垮了会泛滥。

"望灯，今儿该管得住自己吧？"

望灯心里的无名火燃了，反唇相讥："你们倒是像猫子见了鱼的样。哼！我？小时候就和她玩过！不稀罕！"

"干玩有什么用？搞到了手才算得……"人们大笑，"望灯，今儿你摸一下她那俩包子，我们也服了你！"

他们说得疯，笑得邪。望灯的雄心就无端地勃发了。

望灯说，陈明杏自死了丈夫后就变得活泼。有人想占她便宜，村里传了一件怪事后，就不敢占了。一个还没搞对象的小伙子曾偷偷钻到她的床下，半夜里突地爬到她身上。她不慌张，唬得小伙子心静了，安稳了，去点灯，才认清是谁。她猛地抓住小伙子的头撞，叫着难听的话，非要小伙子喊她"妈"。不喊就不放，就要出小伙子的丑。

山里的男人见到女人，不免要调笑。可见了她，没人敢。搞了责任制后，她不得不求助于人，就笑脸常开。这样一枝喷香的野花，使得望灯的欲望更强烈。

陈明杏在牛栏里除粪，把一只只粪筐都装得满满的。挑粪的人都裸着胸脯，显耀各自的强悍。他们排着队站在牛栏外面，一色的严肃。陈明杏喊一声，就进去一个，像医院排队看病似的。进去一个，她就要打一声招呼：

"难为你了，大哥！"

"不难为。"挑粪的作势一歪，想在她胸前捞一把。她灵巧地一跳，还关切地问对方闪了腰没有。挑粪的颇不堪，故意扯："哎哟嫂子，莫不是要压死我！"

"狗东西！压坏了我养活你。"

"嘻嘻，那我有艳福享了！"

陈明杏空前的宽容使男子汉们精神大振。你来我往，都不愿把力蓄着。思想越发活跃，嘴巴也没了栏杆，都竞赛着把可心可口的话往外扔：

"嘿，好大姐那只膀。"

"好看！白净嫩生顶呱呱。"

"嘿，好大姐那朵花。"

"红艳艳地开在树丫丫。"

话越来越丑了，陈明杏终是招架不住，就要反击。但她也只说了一句："看看望灯，咋就不像你们？"

望灯果然埋着头跑得飞快，脚下起一溜烟。众人就笑了："他卖力，今儿晚上有想头吧?"

望灯说,他当时确实有想头,想博得她的欢心,再和她接近时让她不会反感。

挑了好一阵子,要休息了,陈明杏进屋里去泡茶。众人把扁担当凳子,横在筐上坐。坐了两排,面都对着。无聊起来,一时没有话说。对于这种集体的休息方式,众人感到生疏。我在村里时,无数次地参加过这种休息,至今倒还记得些。一般来说,结了婚的男人对面,是结了婚的女人。闺男闺女则在一边听他们的笑话,看他们的动作。男人们的话不但说得丑,而且还故意地神秘着。女人们如果骂一句"不要脸"或"狗✕的",或什么什么,男人们就要拍着大腿笑,把丑话加倍地扩大。这还不过瘾,个别男人便捡起小石子,悄悄往个别女人裤裆里扔;女人投桃报李,也捡起石子往男人裤裆里扔。扔得久了,再一激动,就在众目的关照之下拥在一起摔着玩。男人们野,在女人身上发威……

我对这些事情的觉悟,也是在出来参加工作之后。

望灯继续讲着,搞责任制后难得聚一回,聚一回又全是男人,蓄势太久就熬不住,终于,陈明杏提着茶壶出来了,一人敬一杯喝。丢石子就开始了,一开始是男人丢男人,后来几乎全体动员着,都丢起来。你丢我的裤裆,我丢你的裤裆,一丢一个准。丢了,又把眼斜过去瞟陈明杏,她的脸就红了,妩媚地扭到一边不去看。望灯看了看她,停下手痴想,心蹦得慌。她死丈夫几年了,一定也熬得慌……想到神秘处,他的手和腿都抖了。

"望灯,"有人瞅着他说,"又想到豌豆坛儿里去了吧?"

"望灯,可别忘了自己有老婆哟。小心晚上回去跪踏板。"

"屁!"望灯猛烈地反击,"怕老婆就不来!那还是人吗?"

"上啊,有狠气就上!"

陈明杏蓦地把头低了,如少女般的羞涩。在她低头之前,望灯见她热辣辣地瞟了自己一眼。这一眼太重要了!仿佛是个信号,像是在召唤他:来呀!来呀!他腾地站起,很坚决地朝陈明杏走去。在场的人都惊呆了,呆呆地看,好像还不相信。其实,他们心里早盼望望灯做一个领头羊。那样,他们疯狂起来才舒畅,才无后顾之忧。

我的乡亲们少见过世面,粗野而又怕事。只要有人出头,他们会跟在后面把胸脯捶得嘭嘭响,像骄傲的公鸡;如果要承担责任,则又成了缩头乌龟。我常常深以为憾,以为这也是民族之一劣根。然而,望灯要算个例外,他既敢作敢为,又不怕负责任。我们一块读初中时很少上课,天天搞劳动,学校图书室里的书都长了霉,也无法看到。图书室的门紧锁,只能透过门缝朝里看。不知谁提议,偷！主意有了，谁也不敢。望灯为我们两肋插刀，选择了一个月黑风高的夜晚，用木棍撬开了木门，再潜进去，将一本本的书朝窗外扔。我们心里紧张得要命，只远远地为他站哨。我们这种处心积虑的破坏，自然没瞒过管理学校的老奸巨猾的贫宣队员。他们召开全校的大会，要学生们交出盗贼。折腾了半日，大家的肚子饿得咕咕叫，谁也不张口。不知为什么望灯突然大叫一声："是我！"

他耸着肩，无所畏惧，从容不迫和视死如归般地往前走，使我们油然想起那时爱放的电影《小兵张嘎》。他被记了大过，差点儿被开除。至今我还羞愧，望灯的悲哀壮烈烛照出我缩头乌龟般的丑恶。祖先的血液也在我的血管里面流，这是没法子的事情。

望灯说，别人只是临渊羡鱼，不愿退而结网，只有让他悲壮地朝陈明杏走。陈明杏被他血红的直勾勾的眼骇坏了，先前的笑凝固在脸上："望灯哥疯了？"

"嘻嘻，疯了！"众人一起鼓掌，手心拍得充血，"哪个看见嫂子不疯！"

"想么样？"陈明杏努力地坦然。

"亲嘴！亲嘴！"众人都凑趣儿，"望灯，你能当面亲到她的嘴，亲十分钟！我们今儿就算白干了，不要她还工！"

望灯的眼红得像要滴血，一步擦一步地逼近，像条醉了的狗。陈明杏就正色道："望灯，你搞啥子？"

"亲嘴！"众人大声呐喊。

"对，亲嘴！"望灯的嘴疯颤，骂，"你他妈的臭✕子，那日欺骗了老子，今天不可饶了你！亲也得亲，不亲也得亲！"

陈明杏把头一偏，又扭过来，眼有些湿，把牙咬着说："好吧，亲就亲。亲了也好让你们这些骚鸡公满足……"

在场的人反倒一时呆住了，张大嘴看他们，各人的心也随之大动。陈明杏看出望灯远不止想亲嘴，那样子就像中了邪。望灯奋勇地扑来，陈明杏一闪身就跑。望灯的雄心越发勃勃的，像野猪一样直直地撞过去。望灯说，他当时激动得要命，周围的一切全不存在于他眼中。陈明杏跑得机灵，也没法躲开一头疯了的公猪。旁观的人就大笑，笑得在地上打滚，打滚还不忘了喊加油。陈明杏口里吁吁的，脸红紫，一对奶上下疯蹿，眼中射出乞求的光。人们像观赏猫戏老鼠的游戏，泄着兽的欲火。陈明杏跌跌撞撞地跑过来，并且把挖粪的钉耙横在门口。

山里人对丑恶是这样欣赏，早已是情感麻木了。我的心不禁为之一动。这是我在望灯讲了这一过程之后想的，如果我当时在场，可能也是一个欣赏者。

望灯追到牛栏门口，一脚绊在钉耙上，实实在在地摔了一个扑趴。他恼极了，奋不顾身地爬起来，提起钉耙一扔，钉耙带着响飞进牛栏。陈明杏大惊失色地一闪，才险险地避过。

我刹那间想起儿时，望灯曾经悄悄跟我说："娶了明杏，我就唱三天三夜的大戏给你看。"当时我读高中，他和陈明杏因家庭困难回家务农。许这种重愿，在我家乡是了不得的。打我记事起，山里就没来过唱大戏的。顶多在大节气时跑到镇上看一场电影，一跑就是几十里。镇上第一回放电影，社员们在场子里高举着火把，照得银幕耀眼。放映员劝大家把火熄了，却无人听，且说熄了火把让大家看鬼打架吗？望灯居然当我的面许这种大愿，可见他爱之深，情之切，就令我的血沸腾了。我握住他的手使劲摇，但愿他成功！

然而，陈明杏却和一个目不识丁的痴子结了婚。原因很简单，陈明杏的哥哥娶了痴子的妹妹，她是作为订婚礼被草草嫁过去的。自此，望灯同她像结了仇。他时常想摸到她屋里搞她一餐，也是一种报复，也算不留遗憾在世上。然而，他却总是没有行动，一直忍到现在。丈夫死后，她仿佛恢复了原有的活力，她竟高兴。这样一来，望灯想占有她的欲望更强烈。要不是自己的老婆凶悍无比，他早就下手了。有一次，他迎面拦住了她：

"明杏，跟我结婚吧！"望灯被自己的话吓了一跳，自己也是有老婆的人。

"望灯哥，你……"陈明杏莫名其妙地哭了一场，伤心欲绝，就像被人刨了祖坟。望灯知难而退，明白他们之间有不可逾越的沟，但心中的欲望更强化了一倍。

在同伴们的鼓励下，怂恿下，欢呼下，唆使下，还有许许多多的什么下，望灯的欲望膨胀到了极点，他一个饿虎扑食的动作，把陈明杏搂在怀里搓揉。

"我求你，望灯哥……"

望灯凶得骇人，积攒了多年的欲望一触即发，任什么东西也无法阻拦。陈明杏就流下了绝望的泪。

牛栏门被堵得水泄不通，人们一个叠一个看稀奇，嗓子都喊得嘶哑："哈哈哈，她求你了！求了！搞吧……守寡都是假的，哪守得住哟！哈哈哈！看她的脸啰，湿漉漉的……吔嘿！看望灯的裤裆哦，也湿漉漉的……"

陈明杏顽强地反抗着，望灯怒不可遏地拔腿一扫。她一软，横横地倒了。望灯扑上去，两人滚了几转，隐隐听到有湿闷的声音。

"妈呀！进去了！"陈明杏惊恐地尖叫着，众人齐声呐喊："呜——进去了！进去了！就是要进去嘛！"

牛栏里面，望灯撒野，陈明杏尖叫。尖叫声一点点弱下去，她的眼睛却在往上翻，只见白不见黑，红艳艳的脸陡地变成土一样的颜色……望灯忽然觉得身下的陈明杏身子软了，于是大骇，赶紧把身子溜到一边去，张开口痴呆起来。许久，陈明杏缓过一口气，憋足劲儿说出一段话。

她说，她怎么也料不到他会这样。她说，她没让痴子沾过她的身，怕生一痴子。她心目中只有望灯，她期待有一天能为望灯生儿育女……她万万没料到望灯会这样。尔后，她万分绝望地闭上了双眼。

"我的人，我要救你!"望灯恍如从梦中走出。

"救活了，我的心也死了……"她呼出了人生的最后一口气。望灯禁不住放声恸哭，他的哭声震得地动山摇。

"望灯，怎么啦?"围观的人预感到不妙，炸了蜂窝般地惊问。

"她死了……"望灯倏地煞住哭，用没有感情色彩的语气说。众人一轰地冲了进去，把望灯掀开，把陈明杏翻过来，就呆了。

数寸长的五齿钉耙如狼牙般深深地咬入她的后背，血浆把钉耙染得红红的……后来的事情非常简单，望灯去自首，法庭以过失杀人论罪，判了他许多年。他老婆当即和这个过失杀人犯离了婚。我的故乡的人对触犯法律的人常常表现出高度的自觉性：划清界限，一刀两断，并深恶痛绝之。

两年后，我又回到了故乡。路过陈明杏的坟前，遇到了望灯。望灯正立在那儿发呆。我怀疑他发疯了，就拼命拽他回去。等他清醒后，我问："当时，是爱不能实现，就发泄，就报复的吗?"

"记不得了，直晓得我一直是真心。"

"太惨了，你也不晓得她背后有钉耙。"

"唉，这都是命……在任何地方，只要她反抗，我也许真会杀了她。我是真心爱她的呀……人不晓得，天晓得……"

"可她也是真心爱你的呀!"

"当时我哪管她是真心还是假心? 只以为这辈子不搞她就算白活了……"

我骇然。他突然双膝下跪，匍匐在我面前，双手蒙住脸，呃呃地哭。哭诉他和陈明杏小时候过家家，从来就扮着小两口儿。就是初中毕业那年，河里涨水，望灯背她过河，她还附耳低言："长大后我嫁给你!"

他平息了哭，爬起来坐着："我太蠢……说不定，要是我不强迫，今儿也许我们就成了一家人。命中该我们到不了一起，我送了她的命，也就断送了我自己的爱情……明明都是相爱的，可是……这不是命吗?"

我心慈，听不得也看不得这些，就踱出门。大路上有人在嘈嘈杂杂地撒野，是我的小老乡们。看着他们的天真和童稚，我就想起了望灯和陈明杏……

（发表于《短篇小说》1989 年 7 月号）

黑　森　林

云雾中的森林亘古地黑着。刘黑子受了异人点拨，突地看到了它的富裕和美。他到城里闯荡了大半年，想发财没发到，却搞清了家乡的黑森林遍地是宝。一个冬春他一往无前地干，在烟火山上放了一坡树。五百元钱一立方，可以弄一万多元！他疯狂地笑了：老子偏要富出个样子，让那嘎固爷看看！

一年前，他和嘎固爷的孙女儿罗曼蒂克着，亲热得很，只是忍住没干那种事。他们起心要高尚纯洁地爱。

"妹子，你咋会缠住我的？"

"不晓得，想缠就缠了呗！"

他气冲霄汉地一抱，箍得她一阵尖叫。可是她的爷爷嘎固爷却宣布："她已经许给了山下的万元户，谁再敢上门就打断谁的腿！嫁鸡随鸡，嫁狗随狗，吃屎也轮不到姓刘的狗崽！"

刘黑子的仇焰倏地一蹿，深刻在记忆里面的恨涌出来。三十多年前，这片山全姓刘，嘎固爷不过是个小长工。那年镇压他爷爷，就是嘎固爷亲手用一支老套筒杀的……刘黑子突然想到要报仇，就把那妹子骗到林子里，野狼般地奸污了她。望着她那悲啼的背影，他也大哭了一场，发誓也要成万元户！甚至十万元户！百万元户！之后才进到城里……

最妙的报仇就是富裕起来，要让这座山重新姓刘！他脑子里面忽地一闪，望着一坡树，仿佛叫花子蓦地腰缠万贯，仿佛这山全姓刘了。

嘎固爷咻咻地爬上山，不停地哼哧着，死鱼眼不断地向刘黑子翻来寒光。他们的烟火山紧挨着，刘黑子晓得他像防贼一样防自己，于是唱一支尖刻的歌气他。嘎固爷听了，也跟着吭起来。再过片刻，他歪在鸡肠小道里爬不动了。刘黑子想了想，就去拉他："修条公路就好哒！"

"臭狗屁！"嘎固爷冷不丁地一拐棍扫来，打得刘黑子的腿杆咚的一声响。"好他妈的×！车子吵得人不安神。短阳寿！你没听说过，有公路的地方都把山剃成了光头，人死哒用席子埋。那好吗？姓刘的，你取了地主帽子就想翻天了？也不看看，老子还在哩！"

就这样地对峙了一个冬季。

春来，刘黑子到城里去找木材贩子。贩子们要他把木材运到山外再交易。几十里山路，他运得出吗？他气得哼哼，却遇到了那个外嫁的妹子。她病恹恹的，说是丈夫半年不落屋，她是守活寡……活该！

伐木没出路，妹子跟了人家，刘黑子前所未有地蔫了。在初夏的阳光下，他枕着慵懒，也枕着虚无和缥缈。他不得不承认，他失败了。

"修条公路就好了！"嘎固爷笑吟吟地说，狗一样的舌头把漫出来的涎搅回去，咕咕地一吞。刘黑子见了，潜然泪下，苦大仇深的样子。

终于，柳暗花明又一村。那些冤砍了的树被锯成几万筒，点上菌种，生养香菇。他弄了一本书，依样画葫芦。秋后，树筒子上就如期长出了香菇和木耳。据特产局那些有学问的眼镜们测算，每筒有二十元左右的入账。那不是有五六万元的票子了！冬季里，他背着木耳到镇上，居然又遇到了那个妹子。妹子居然不同于上次，而是容光焕发，还抹口红胭脂了。

刘黑子当没看见她，只冷笑在心里：嘿嘿！老子有了钱就把这背叛了的妹子买回来！先打她半死，再让她当丫鬟，服侍我老婆！

香菇和木耳的收入到第二年才算真正开始。刘黑子在山上志得意满地逡巡，香菇亭亭地立着，木耳黑黑地茂盛。那边嘎固爷撑起拐棍往上爬，一如既往地哼哧着。他手里多了个小木桶。风往这边吹，就有惊心动魄的恶臭。他天天提，一天好几趟，从不朝刘黑子看，仿佛在做人生的最后一搏。

刘黑子心情愉悦地耻笑着。

有天午后，刘黑子一进烟火山就被那恶臭包围了。吐天呕地，他昏倒在山坡上。一万多筒香菇和木耳有如汤浇蚁穴，惨兮兮地化去了。他一直昏迷着，直到一阵清新的夜风抚摸，才困难地醒来。昏黑中有个枯树桩样的人，远远提一小桶，将桶里的东西往树筒上倾洒。嘎固爷！

刘黑子不露声色地起来了，猫着腰，提起板斧鬼魂般贴近了老头。那倾洒的是稀释了的大粪，他要以污秽之物毁掉刘黑子的财路。

"你咋这黑心！"刘黑子挥起了板斧。

嘎固爷没有心慌，从容地继续倾洒。板斧终于闪烁着寒光，划出一道弧线，终止在嘎固爷的后脑勺上，同时也终止了嘎固爷不断的哼哧。嘎固爷顷刻间倒在草丛中，永远地安息了……

刘黑子面向南面的天跪下，仿佛是告慰那个被嘎固爷杀了而又未曾谋面的先辈。然而，他嘴里反复咕叨的却是这样一句话："嘎固爷，我会给你上坟的。"

然后，他站起身环顾四周，忽见远处像有一个通红的灯笼，他就义无反顾地追随那灯笼走向了黑森林的深处，就像一只肉食动物一样。

　　静极了。刘黑子和嘎固爷仿佛根本就没存在过。只有亘古不变的黑森林，在风中起舞，呼啸……

（发表于《当代作家》1990 年第 3 期）

鬼　才

　　沙天慧从医院出来，蹒跚着步，眼窝里深陷了两颗弹子般滚动的黑眼珠儿，很无神。他歪奓着头东一撞西一撞，癫癫狂狂的，吸引着许多惊异的目光，还有怜悯的和鄙弃的目光。

　　他癫狂得有理。

　　都晓得他对音乐的狂热与生俱来，故坚守二十余年不懈怠。然而好运不光顾他，头十年谱样板戏的曲，配样板戏的器，只算是尽义务。第二个十年世情彻底地变，通俗的流行的现代的等，他总也跟不上。音乐是嵌在皇冠上的珠子，只可见，不可及。他就越来越神经质了。领导护着他，也指望他出成果，就让他专门跳出来修戏曲志。修了两年，资料还未收全，突然冒出个被称为"天痴"的文化人抛出了一部本市的戏剧志，还被省电台宣传。沙天慧真想猖狂一跳，真想吃"天痴"肉，寝"天痴"皮，结果只骂一句：

　　"完全是剽窃！"

　　随后他放一把火焚烧了搜集来的资料，闭门不出，一直在想个人的前程。时逢全国的大奖赛繁多，什么天马杯、市长杯、黄河杯、长城杯，到处是杯。某大型刊物的音乐比赛让他孤注一掷。他把一支骨筷折断，切齿说："若不中奖，有如此筷！"

　　于是夜夜均熬到东方发白。决心下得太陡了反而什么也写不出，熬也是干熬。那日凌晨一公鸡长鸣报晓，斩断他脑中的一团乱麻，却有一奇妙的五声音阶旋转而来：哆来……咪——公鸡的叫声。

　　乃大喜，若疯若狂，夺门而出去感谢那鸡。笼里的鸡们就大哗。邻里以为来了偷鸡贼，便内外三层地围剿。原来是沙天慧——迂夫子！

　　其实，谁都明白他的痴诚。他奋力捕捉灵感，火速作成一曲寄刊物。编辑居然火速回信他：此曲乃难觅之佳作。他流了泪。他的妻小木也像熬出了头，治席对酌。他说："天生我材必有用！"

　　妻说："只要是为你的事业，我熬终生也不悔。"

　　等年余，编辑却连原稿退回，也有信：刊物因连载名家专辑，故佳作割爱，鉴谅。沙天慧本欲大叫一声却未叫出，就仰面倒在地上，双眼直往上翻白，晕厥数日不能醒，住院两月又三日。他醒来的第一句话就已经显出了他的癫狂。他说：“音乐与我绝矣！”

他就信了那句格言：人不能在一棵树上吊死。于是决心转行，于是就写转行报告。转行报告洋洋万余言，全在医院的病床上写就。他读过一遍，没有释掉重负，反像死之将到，号啕大哭一场。绝望、孤独、寂寞轮番地向他扑来。此刻他就揣了这份报告回，想在贤惠妻子那儿得到温暖、鼓励和爱抚。

妻子小木一目十行地看那报告：

> 我自幼聪慧好学，六岁夺市音乐比赛二胡状元；八岁赴省参加调演，独奏于舞台而掌声雷动；十岁改学小提琴以至成为少先队乐团之首席提琴……

小木艰涩地一冷笑，像自言：“当然是个神童天才啰！”

“是的……不，你怎地这样说？”沙天慧笑，笑得很猥琐。

“哼！和你比——”小木的话忽地冷了，艰涩的笑仍在，“我真该羞死！”

沙天慧愕然，感到艳阳一现忽又隐去。

小木一扔那报告，穿上了工作服：“没有更改了？那我上班去……”

沙天慧在颤抖，仿佛在抖一身的冰凌。一脑袋都像装着糨糊，他呆望妻子的背影匆匆离去，想象中的一丝温暖也就无了。

人活着太累。再累，还是要活下去。

他喟叹，这是人的悲哀。要活就要活出个样儿来！于是现买笔墨写一横幅激励自个儿：刑天舞干戚，猛志固常在。

字太丑，一点功也无。功力全用于音乐，二十余年未干过书法，改行干什么去呢？他得思考，就想到了陶渊明。他跟领导请示，想到乡下去体验生活。领导就批准，主要是担心他的癫狂。

沙天慧来到剧团的点——白水村。

并没有陶渊明的欣喜和欢悦，他仍旧歪耷着脑袋，在柳林里转着，在河边立着，在青石板上躺着。大自然没有唤醒他的什么灵感，他倒时常切齿妻的不理解。一日，太阳很毒。他歪在树荫里望河水一天天地瘦，就像他一天天地瘦一样。他无意地望到了一头牯牛。这无意的一望使他永世不忘，使他想到这是上苍的暗示。正是这一望就使他彻底地变了。

那牯牛在石板上撒尿，且撒出一个图案，似画似字，若断若续；点线虚实，相得益彰。绝妙！他就惊呆了，神思在云空间飞扬，仰望苍穹像读着天书。云彩就变成了书页，仿佛读懂了，孩子们的水枪喷射，以尿画字的童趣，勺子淋抹出的糖人儿，喷水壶的挥洒，老墙上的漏痕……统统地扑到他面上来。

他一跃跳起来，手舞足蹈地跑，癫癫狂狂地喊："悬墨！"

村民们窃笑："总是发了疯，鬼里鬼气！"

自此，团里不仅叫他迂夫子，而且前面冠以鬼字——鬼迂夫子。

他回到团里面，妻子告诉他，非常诡秘的样子，说是团里要换领导了。他懂得换领导关系剧团的命运和前途。他从前也热衷过这事，但现在他则茫然，置若罔闻。不久，团里忙忙碌碌，都在为参加省里的调演而拼搏，这是业务人才大展身手的时机。可他却不明白了，迷糊了。他日夜不安神，天天关了自己在屋内，口含冷水往地上喷，将瓶装液体往桌上淋。一面悬想牯牛的撒尿，一面模仿出各种动作，眼前便显现出各种图案和字迹。

数月的光阴飞逝，他形销骨立，走火入魔，脸上却渐有喜色。

妻子又告诉他，团里在庆功，他们在省里获了大奖，还有新秀奖。他不置一词，像没有听见。妻子就深深地一叹。贪夜，妻子叭地拉熄他的灯。他恼怒地复又拉亮，血红的眼横扫，继续他的喷洒。妻子便蒙住头婴儿般哭，他忘记他已废了房事。一日，妻找钱去买煤，钱柜里一片空白。妻问钱呢，他说："用了。"轻飘飘地，那是几百元呀！妻又问："用什么了？"他说："买宣纸了。"妻问："我要钱买煤呀！你不吃了？"他漫不经心地反诘："你不会去借？"

"借你妈的×！"小木掂起铁锅奋力摔到地上，锅碎成八块。

沙天慧第一次受到这样的攻击，冲出去就卡住小木的脖子。小木像是大堤溃决而洪水泛滥地吼叫。儿子英勇地扑来，一个白鹤亮翅，一个黑虎掏心，一个螳螂捕蝉，一个举火燎天……还有许多的招式未使出，沙天慧就绵而服之地趴躺下了。沙天慧就乱骂，他居然也会乱骂，他是不得不骂。

"给老子住嘴！"儿子的拳头悬在他头上。

他住嘴了，也是不得不住嘴。

他的妻一走就没回。几天后小木托人带来一张纸，他的眼直了、昏了和糊了。那是一份实在的离婚起诉书！理由有三条，都硬：一是感情不和，吵闹不断，不堪忍受；二是志趣相左，没有语言交流，难以共处；三是男方情在别处，不能同居……这不是陷他于不道德中吗？他的自尊被屈辱，被凌迟了。真他妈太雪上加霜了！他真想从三楼跳下去一了百了。

数日后，法院通知沙天慧答辩，他才确实明白已无可挽回，就写了三天三夜，万二千言，从社会学、心理学、文化学、伦理学等方面论证了离婚的必然性。交了去，法院即刻大哗。有位副院长说可以考虑调沙天慧去搞法学研究。

沙天慧同小木三进法院，据理力争。法院进行调解，他振振有词："你们应该明白，我是人才，她不过是个工人！她要离，我巴不得，还省去了人家骂我陈世美！"

于是判决离婚。

"婚离了，还是和和气气地分个家。"小木说。

"我不要。"沙天慧黯然。

"洗衣机你留着，衣服要勤些换；电扇也给你，暑天里好熬夜用；电视机也不搬走，你喜欢看新闻……"小木忽地泪流如小河。

沙天慧打起精神说："哭么事？分就分嘛，洗衣机给你，我不会用……"

"缸里装了水，一按那个键就行了……都是我惯了你。往后你一个人，奈不何的事还是来找我，我不会推辞的……"

"可是……那不行的……男女交往是非多……"沙天慧终于感动了，眼也有些湿，关心地问："你住哪儿去？"

"单位。"

"不嫌弃的话，我借一间房给你……"

接着沉默了很久。

小木又说："我走了，你就找个好人结婚。我晓得你有相好的……"

沙天慧脸热，雄辩说："皇天后土，除了悬墨，我再不娶第二人！"

小木对他的话似懂非懂，揩去泪，倒坦然了："你有，反正我也有。"

沙天慧一紧，一恼："那是谁？"

"你会晓得的。反正个子比你高一点，工资高一点，职位也高一点……"

他呆若木鸡，喃喃道："你们原来早就……"

"屁话！我没让他沾过身子……反正你不结婚，我肯定不结婚的。反正你今日结，我明日就结……"

他们平平和和地分手了，他的心里却像告别音乐那样，对爱死了心。

婚变更让他感到了生活的累。

他必须学会做饭。可是，任他如何地转动大脑的智慧也回忆不起小木做饭时的过程。他毕竟聪明，想起可以到隔壁向那个老保姆学的。老保姆说一句，他记一句。煮饭先生火，生火要用细柴火，煤燃到五分就能放锅了。锅里的水要超过米一巴掌，直到煮熟不用滤水，叫神仙饭……记了一大本，煮饭时仍出了事。水开了，热气蒸腾，米汤直溅，他慌忙双手按锅盖，锅盖按不住，米汤激射到他的脚上，他一歪一歪地跛了几天。于是他怪罪老保姆太保守，竟不把煮饭的诀窍一并传授。于是他干脆不煮饭了，到街上买饼子，也腾出精力重新回到悬墨中去。

他窃喜，悬墨越发地显出优越的本性。它不必要什么书法功力，不必要毛笔作工具，它展现出来的意境既美观又叫人无法评说。终有一日他不能抑制欣喜，拽了老保姆来观摩。他执一墨瓶在空中运行，纸上就现出怪而特别的字。老保姆感到奇之又奇，称他为圣人。他则嘱咐她保密。

适逢世界书画家协会同中国书画社联办大奖赛，他就送悬墨一幅，论文一篇《论悬墨》。文中说："屋有漏痕，可成图案；水有印迹，可为纹路；牯牛撒尿，亦生出点线虚实……于是悬墨乃生。墨瓶悬于空中，随意挤捏挥洒，字画即成，是谓悬墨也！悬墨创始人沙天慧集毕生之经验，填补中国书法一大空白，实乃书坛之大幸，实为文坛之大幸……"

就为这，中国书画社社长郝治和世界书画家协会会长郭农分别从北京和渥太华寄信来，都称专为沙天慧设了悬墨书法部；都称他把握时代潮流，具有开拓精神；都委任他为悬墨书法部常务理事和研究员。不久，某大报介绍了他，还预言悬墨的广阔前景，不仅会掀起一场书法革命，而且还会给书法工具带来一场革命。某作家相约，准备写他的长篇报告文学。

市报主编于是懊悔不迭，没抢到新闻。

呜呼！他大哭。二十年搞音乐耗尽脑汁却不如二十天搞悬墨，就自言自语："二十年熬秃了狗顶不值一文，一时间扬名于悬墨身价百倍。"

这是一副绝妙对联，他要用悬墨表现出来告诉世人。这是谜，也要告知世人求到答案。于是，他把信和委任状还有报刊文章贴身藏着，并复印多份广为传阅，名声便大涨。

他恍恍惚惚地，想到生活得太累往往有另一重意义，不然不会有悬墨。他便咕咕哝哝："天将降大任于是人也，必先苦其心智，劳其筋骨，饿其体肤……"

团里的人再见到他，均仰视，在心里已取了他迂夫子的帽子，暗暗地称他是鬼才。有一天，小木忽然到沙天慧屋里，小心地叫了他一声就坐到椅上不动，两眼忧郁地望四周。沙天慧蓦地反感，敏感地意识到这女人的目的。莫非要复婚？莫非看他出名了回心转意？于是就挂出很冷的一副脸："做啥？"

小木的脸泛起光彩，没答言。她看见椅上有一只臭袜，跟部有一洞，就撩起针线来补。补好了就用嘴咬断线，居然不惧袜子的臭味。沙天慧分明看到有垢片沾到她的嘴唇边，心里竟一热，放缓了口气："小木。"

"天慧，晚上过去吃饭。"小木说。

"有事吗？"沙天慧又冷着。

"晚上……我订婚……"小木期期艾艾，忽而又理直气壮，"就等你一句话，去不去随你！"

他差一点晕过去，但意志力战胜了晕，便更冷地问："不是说不结婚吗？"

"想穿了，就那么回事儿。"

"还是那个人？"

"是的……"

"太气愤太气愤太令人气愤了！"沙天慧终于控制不住，就吼，"终身大事岂能莽撞？太草率太草率太草率了，随你去吧，我不管！"

沙天慧还是去了。酒足饭饱，相敬如宾。那人竟不错，这对他打击沉重，比离婚更打击他。回到自己屋里，他的心仍在翱翔。眼望白花花的电视，手里竟握了一把菜刀。他惊乍地扔掉刀，走到阳台上望大街。街上排列的灯令人眩目，他又惊乍地退进屋。他怕自己一时糊涂便跳下去，那将是肝脑涂地。

悬墨得奖出名又么样！

别人都活得人模狗样的，唯他太窝囊。妻子的再婚断了他的退路，跟大奖赛得奖一样，他必须得有个配偶，必须要寻得一个超过小木的。但这仅是朦胧的目标，到哪儿去寻？搞了二十年的音乐，一年的悬墨，他从来就无暇。团里的女子们都只当他是迂夫子，社会上的女人他一个不识。怎么办？他没底，无聊极了。他偶尔走进图书馆，随意地翻杂志，竟翻出一栏征婚启事。他眼一亮，心也一亮。但他很快地推翻了这个想法，自谓：我是名人了，还登征婚启事，岂不贻笑大方！

他脑子转得快，心想，不征婚便应婚，谁晓得！

他很迷信，先习了《麻衣相书》和《星命学》研究，相术于是飞速长进，绝不亚于街头的瞎子铁嘴。然后制一张表，分为姓名、年龄、属相、星座、个性、长相等栏，把书报上的征婚者一个个抄录在册。研究的结果是他意欲觅一属鸡者，因为他属蛇。这是他研究古文字时得出的结论，于是对象就确定了。他给那个属鸡者这样写道："婚者，男女配也，从酉从巳，意即从鸡从蛇。鸡蛇交媾为配，此为天作之合者也……"下笔万言，北京郝治和渥太华郭农的信及其委任状成为这封信里的骨干材料。很快，女方回信也洋洋洒洒，说些倾慕崇拜的话。如此地，一信去一信来渐入佳境，沙天慧就耐不得寂寞要亲自一游，以解思念之饥渴。

那女在天涯海角。他去了，去了又回了。穿着新毛衣，说是那女织的，织出的图案巧夺天工，仅去了一周就织出新衣。何其神速！

团里人赶热闹地问如何，沙天慧捧照片给人看。很美，像电影明星或公关小姐。"好年轻！"

"属鸡，也只小十六岁！"沙天慧说。

"你们定了？"

"这算个么事！看我这毛衣撒！"他轻飘飘地说。

"特区人开放，她和你有没有那个？"这就有些下流了。

"胡说！"他板了面孔，"我不提，她敢吗？"

"嘻——有分看伊，无分共伊宿！哈……"

沙天慧不笑，只说那女买了一套房子等他。他本可就去成婚，但绝不能空手两巴掌地去，要弄一笔钱。去了一趟特区，他的价值观念也变了。

"你么样赚钱？"

他神秘地一笑，再不言语。

虽神秘，端倪很快就露了。先是大街小巷的墙、电线杆、廊柱上贴了招生榜，写着每人交五十元便可在一月内学会书法新品种——悬墨，且男女老少只要识得三个字的均可一试，包学包会包出名，实行三包。且是致富门路，就像他这样。还写着名额有限，欲报者从速。机不可失，时不再来。又很快，市报上登出广告招生，也写着实行三包，报名者从速。

人们恍然大悟，他在办函授学校。

他前所未有地出了一口恶气，感到前四十多年算白活。现在虽然累，却累得有价值。以前的都不算事业，现今的才算是事业。

他着手他的函授业。算一笔账，竟吓一跳。写讲义，复印资料，制作悬墨工具，邮费……再一算，又坦然。每人五十元，十人五百元，百人五千元，千人五万元……但不管怎样，先要筹一笔资金，他就筹了。

他明白自己没有人缘，不可能随意借到钱。便又在大街小巷贴告示，写着向社会集资，投资者可按比例分红云云。但社会上的集资太多，人们都怕，很久了没人投。沙天慧坐等不来，权且先写讲义，正写到妙处，有人轻轻地敲门。他颇不情愿地打开，原来是小木。

"你……"

"我来投资的……五百元，少了点。"小木热情地说，"不要红利……"

"你？"沙天慧眨巴着眼，不能要又不能不要，五百元很沉，"小木……"

"你成了你就能结婚，还是早些结好。"小木没多说话就走了。

他呆了许久，身上像有了活力，就又写讲义。小木给他带来了好运，外地零星地就寄来了报名信和报名费。多少积得千元，他仍嫌少。一日见隔壁老保姆在门外生火，他心中就忽地一动："大妈，你忙？"

"忙呢，也没忙个啥。"

"你一人独处就不寂寞？"

"寂什么寞？"

沙天慧便耐心解释："弄完了饭，你一个人不闷得慌吗？"

"是慌呢！是慌呢！"

"那我教你个法子，学悬墨吧。这是怡情养性、修炼身心的好法子！"

"悬墨？啥玩意儿嘛？"

"我就是悬墨书法创始人，你没看过报纸？我包你学会，只要五十元……"

"看啥报？我又不识一个字！"

沙天慧悲哀地看一眼老保姆，只得离去。

他的函授很快被领导重视。当前时兴以文养文，领导就想把沙天慧纳入范畴，由公家办一个函授学校，沙天慧居然满口答应。领导要他写一个可行性报告，报告一夜就写好，那是一个绝妙的设想。

投资一百万元，在市中心置一地皮，造一高楼。一楼办商场，二楼办舞厅，三楼办悬墨书法部，四楼办招待所，五楼……再投资一百万元，向海外招生一万人，每人学费一百美元，每期面授一次，一次十天，由本校提供食宿。另投资一百万元，建一游乐场，供外国人消遣……上述投资虽巨，本校则只需两年便可盈利。

领导瞠目结舌，便不再提起。沙天慧愤恨他们的办事效率，就不辞而别，到外地游说，寻求投资去了。一去月余未归，团里寻他不见影，就在广播里电视里寻，只差公安局发通缉令了。无奈，团里只能守株待兔。

沙天慧果然如兔子般归来，提个鼓鼓的大包。

"嘿……皮包公司老板回来了！"有人很讽刺地说。

"老沙，总不能拿公家的钱办私事吧？"领导很严肃。

"晓得！我要停薪留职。"沙天慧倒爽快。

于是他办了停薪留职的手续，心里却怨愤；带了合同又远行游说，游说的内容却变了。说是当今的竞争是人才的竞争，而他的剧团却排斥人才，并当场表演悬墨，当场出示郭农和郝治的信。人家对他深表同情，说是可以考虑调动他。

当他再一次回团里时，领导说："上面有精神，不准搞停薪留职了！"

他不假思索地回答："行！我就辞职！"

于是办了辞职手续。他浑身发冷地回家，坐着想。心中升起强烈的报复欲望，他要远走高飞！他深信他的离去必将给本市带来艺术上的巨大损失，他深信他到了新的城市一定会给那里争得荣誉。本来他是可以为本市争光的……

正想得发抖，门敲得他醒来。原是隔壁老保姆，沙天慧莫名其妙。

"沙、沙同志……"保姆像不忍似地说，"木同志……上上月借了五十元钱，没……没还我。你看……"

"哪个木同志?"

"她是……是你之前的爱人哪!"

"哦,她呀!你找她就是了。"

"可她,说没有……"

小木嫁的是一个八口之家,两人的工资合起来只有两百元,连生活费都不够。老保姆说明了情况,沙天慧心里一沉,忽地想到小木那五百元的投资。这是怎的一回事?难道与老保姆的钱有联系?小木为何要这样?几趟出门已把他的积蓄用得无几了,他心里不觉寒冷,默默地拿出五十元交给保姆。

"沙同志,你真是个好人哪!离了的人,你还帮忙她……"老保姆草草地说又草草地走了。沙天慧感到一刻也不能待,仍旧挎了包去找归宿。又找到那个城市的那个单位,又说了人才的竞争和他的市里对人才的排斥。人家仍旧深表同情,并立即给领导汇报,商量,探讨……

他很久没有回来。

没回来的这段日子里有一张报纸很抢手。那是某日的《书法报》,头条通栏标题为:《不癫不狂,其名不彰》,是某个书法理论家的手笔。文中称沙天慧浅薄无知,竟用牯牛撒尿、屋檐流水的下流玩意儿玷污书坛,用旁门左道之术欺世盗名,就像在说月亮是宇宙的中心,冰雪不怕火炼,阳光有如糨糊,悬崖翩翩起舞……那样令人咋舌,引人喷饭。这类癫狂之徒欲求名利而不能,只得颠倒黑白以骇俗,正是当今流行的一种综合癫狂症、沙氏综合征……

沙天慧的声名再次鹊起,市报又懊悔没有抢到这号新闻。

这报纸传到小木手中,读后,她片刻竟不语。良久,她蓦地一扔报,泪水滚滚地,叫了一声:"放他妈的臭狗屁!"

很顺理成章地,那些报名求学者纷纷投书市里的公安机关,要沙天慧退款,没想到他原来是骗子。审计和税务部门也出动,寻不着他,就发函到沙天慧去的那个地方。不用说,沙天慧这回是真的彻底垮了。

团里的领导感到沙天慧的事非同小可,从他身上人们会看出团里的政治水平、政策水平和许多方面的水平,甚至关联到团里的声誉,于是领导亲自出马驱车直扑沙天慧的去处。去了整一周,他们风尘仆仆地回,仍没有沙天慧的影。而团领导也闭口不言,对打探者一律地无可奉告。事情神秘起来,越神秘越刺激人。一个个聪敏脑袋便预测纷纭着,并且渐趋一致地认为:沙天慧畏罪潜逃了!但是,法网恢恢,无论他有怎样的钻天本事也绝逃不掉的!

忽然,市里的日报不仅发了消息,而且还发了记者采访录。这张报更抢手,仅沙天慧的前妻小木就买了一百份。

现将消息与采访录摘抄附后，以飨读者。

悬墨书法登上大雅之堂

本报讯：历经磨难的悬墨书法及其创始人沙天慧在京受到中国书画院的欢迎，中国书画院确认悬墨书法填补了书法空白，确认沙天慧为其创始人，并颁发了专利证书。书画院为此专设悬墨书法部，且聘任沙天慧为悬墨书法授课教员，副教授级别职务。沙天慧不日将到任授课……

与著名书法家沙天慧一席谈

记者日前在京见到著名书法家沙天慧，祝贺他所取得的优异成绩，双方进行了热烈坦诚的对话。

问：天慧同志，您对您的成果被确认有何感想？您将如何进行新的工作？

答：这是理所当然的。只要是金子，它总会发光的。至于新的工作嘛，我会把悬墨绝技教给我的学生，我会把我的艺术献给深爱着我的人民。

问：您对新的工作有把握吗？

答：完全能胜任！

问：据说您的二十年音乐生涯一无所获，而涉足书法界就一举成名，是必然的吗？

答：我说过金子总会发光的，只是时机问题……

问：您往后有何打算？

答：让全世界都认识悬墨！

问：预祝您成功。请问您对《书法报》上的文章有何看法？

答：无知妄言。

问：准备反驳吗？

答：不屑一顾。

问：据说您曾搞过悬墨函授，并且是不合法的，对吗？还说您想以此赚钱？

答：无稽之谈！作为一个书法家岂能唯利是图呢？

问：在事业的关键时刻，什么对您的打击最大？

答：妻子和我离异。

问：谁对您的帮助最大？

答：离异了的妻子。

问：您最喜欢的是什么？

答：悬墨。

问：您最喜欢的颜色是什么？

答：黑色。

问：(一笑)您最喜欢的一句话是什么？

答：壮志未酬誓不休！

（发表于《芳草》1990 年 7 月号）

天　曲

　　小老李叫李炎华，在大学声乐系进修过，原本唱得很好，后来嗓子哑了，据一个诨名叫"黄鼠狼"的长舌妇讲，他的哑嗓子是因为两性关系问题造成的。据她透露：小老李会拉二胡，1964年下乡宣传毛泽东思想时，到龙泉村驻点，组织了一个宣传队。队里全是捏得出水的丫头们，看花了他的眼；他那剜心的二胡一拉，也拉走了姑娘的心，简直搞得不像样子。那时节正是秋收刚完，夜里露水凉凉的，小老李送女团支书回家，在草坝里破了人家的身，浑身水淋淋的。从那回起，他的嗓子就哑了……

　　"搞那种事就哑嗓子吗？"常有人这样问。

　　"黄鼠狼"很内行："一点命根子水放哒，再被露气一浸，还有不哑的？活该！没要他的小命算对得起他！"

　　如此的议论进了李炎华的耳，他未敢发作，只在心里恨得痒。后来，他当了单位的头头，仍旧常把二胡背起下乡，闲话反倒没有了。人怕当官的，"黄鼠狼"也热辣辣地捧他，捧得他忘了她曾经诽谤过他。这样的捧没过多久，后来，李炎华成了"走资派"。"黄鼠狼"成了一派头头，很有些大义凛然，横扫牛鬼蛇神不松手，先找李炎华开刀。李炎华扎着阴阳头，挂一块大牌子，提着锣边走边敲，招摇过市，受尽了凌辱。尤其不能容忍的是"黄鼠狼"叫来李炎华的独生儿子："李卫东，快去看你爸。"

　　李卫东刚刚五岁，有脑膜炎后遗症，一见爸爸那样就乐得跳高，使劲地喊："快来看啰，我爸爸在唱大戏！"

　　一条街的人都跟着看，都跟着笑。李炎华扎着头，热泪哗哗地落。

　　几个月以后，"黄鼠狼"糊里糊涂地犯了事，差点儿进了大牢。李炎华被放出来了不说，还当了小组长。"黄鼠狼"的妈胆子小，听说姑娘犯了事，就吓成重病，悠着一口气等女儿回去告个永别。有人带信给"黄鼠狼"，"黄鼠狼"低着头向李炎华告假。李炎华笑笑，不经意地说："你又不是医生，回去有啥意义？"

　　"黄鼠狼"无言，也只冷笑了一声。不多久，家里带信来说她的老娘死了。她再去告假，李炎华一瞪眼："人已经死了，回去还有啥用？"

黄鼠狼仍无答言，眼干涩涩的，硬是把泪全咽到肚里去了。

"黄鼠狼"的大名叫梅黄，原先在一个村里当会计，还入了党。因为丈夫常存民在文化单位搞美术摄影工作，这才调到这个单位来。1978年，李炎华仍旧是堂堂正正的领导。梅黄深刻地认识到，要想出人头地，就要把自己的那个黑脸丈夫推上去；先入党，后提干……

李炎华是支部书记，要入党当然得过他这一关。只要功夫深，铁杵磨成针，不怕他有成见。"黄鼠狼"把这局棋分三步走。第一步：亲自上门向李炎华做痛彻心扉的检查，眼泪顺着干枯的脸唰唰地落。第二步：每个周末常存民都向李炎华汇报一次思想，捎带提几斤西红柿和韭菜蒜苗什么的。第三步：单位办食堂缺炊事员，梅黄把自己最小的妹妹弄来。人还算标致，投了他李炎华所好。天长日久，李炎华认为常存民两口子是真心好，也就积极地当了常存民的入党介绍人。

梅黄的妹妹叫梅枝，只有十六岁，天真活泼，爱哼爱唱。有天晚上，她将锅碗瓢盆洗涮完毕，正哼着电影插曲"妹妹找哥泪花流……"，忽地听到办公楼的平顶上幽雅地飘来一组旋律，凄婉动听，正好也是"妹妹找哥泪花流……"。她双脚就鬼使神差地顺那曲子寻了去，一径寻到楼的平顶一望，吓了一跳，原来是李书记。晚霞给平顶洒上一层金黄，李炎华在霞光里面成为剪影，好潇洒，简直不能令人相信他是快四十岁的人了。他沉醉在旋律里，仿佛根本就不晓得旁边有个二八佳人。拉完一曲，他却像脑后有眼地说："梅枝，刚才是你在唱吗?"

"李书记……"梅枝怯怯地，农村姑娘怕干部。

"你拢来!"李炎华严肃地招手，她就碎步走上去，站到李炎华面前，风拂乱了她的一头秀发，反倒显出几分妩媚。李炎华站起来很自然地把她的头发抚了一抚："看，都吹乱了……梅枝呀，你的歌喉条件还是挺不错的，音色也好。不过……你的姿势有些问题，比如说头吧，要自然抬起；又比如说胸吧，要高高挺起……这才不会影响用气。"

他一边讲，一边摆弄梅枝。说到头时，摸摸她的下巴，让她往上抬一点；说到胸要挺一些时碰到了她坚实的小乳房。他的呼吸短促起来，像有什么抑制不住的样子；她呢，却全然不知，只晓得这个李书记待人真好。自此，每日晚上楼的平顶上总是歌声嘹亮，一个拉，一个唱。

一日晚正唱着，梅黄也上了平顶，一下闹得李炎华脸上像泼了猪血，连梅枝也觉得不自在。梅黄笑笑："梅枝，你要好好地拜李书记为师。人家李书记还是声乐系的大学生呢! 只是嗓子坏了才没唱的……"

她又想到了李炎华哑嗓子的原因，只是嘴上没说。梅枝臣服地点头，越发倾慕李炎华了，李炎华则从内心里面感激梅黄了。

梅枝在本单位进出，单位职工都喜欢，说她的漂亮使整个单位都亮堂了起来。她的姐夫是看着她长大的，现在她出落得如出水芙蓉，他竟也呆呆地看。但他又妒忌别人看他的姨妹，仿佛他的精神或者财产受损失了一样。时间一长他就有些积怨，这积怨不敢对老婆却敢对姨妹发作："梅枝，我的事你说过没有？"

"人家是书记，会听我的吗？"

"说说看嘛！多一个人多一分力量嘛！"

"我不敢……"

"不敢就给我走！"常存民是个粗鲁家伙，人称小霸王，连对自己的妈都敢骂老狗X的。虽然他怕梅黄，却敢训姨妹。"晓得吧？你来烧火还是靠我们呢！"梅枝没法子，只好称了一斤水果糖、两包瓜子，等单位的人都睡了才去找李炎华。李炎华的办公室还亮着灯，他是领导，当然忙。她不敢进办公室，只等。终于里面灯熄了，李炎华走出来。

"李书记！"梅枝的声音发抖，"能到我那儿去吗？我想……"

李炎华一惊，心里一大动，浑身每个细胞都从疲倦中鼓起劲来。他强压住某种冲动，走进梅枝的屋。梅枝颤抖地递一颗糖给他，他猛地握住那很嫩的手，用口把她掌中的糖叼走。梅枝挣脱了手，久久地不吭声，胸部剧烈地起伏。李炎华心急等不得稀饭冷，就问："梅枝，你有什么事？"

"我……不敢说。"

"你说嘛！"李炎华倏地又伸手从她背后围过去，按住她起伏的乳房，往怀中一抱，"只要是你的事，我没有不准的。"

梅枝害怕，无意识地犟了犟，终于说了："李书记……我姐夫让我找你……问他入党的事……么样了？"

李炎华听说梅枝为这找他，心头一冷，手就松了，答了句："这个嘛——开会研究研究。"他走了。梅枝心里好感激，两眼望着那伟岸的背影和方正的步伐，不觉掠过一丝爱慕。不久，常存民得到了一张入党志愿书。梅黄摆了一桌席，专请李炎华，还由梅枝在下首相陪。

岁月箭一般地过去，又是秋收之后。李炎华又该抓群众文化活动了，于是就背起二胡下乡。下乡的地方是他的老驻点——龙泉村。搞了一阵，他才回单位。回来的时候正好是中午，大家都午休了，他有些牵挂梅枝，包都未放就进到炊事房。门虚掩着，就听梅枝小声叫喊："姐夫，你不能！"

李炎华一炸，轰地撞开门，只见常存民一只手兜在梅枝裆下，另一只手扳住梅枝的肩，横端了起来。李炎华气得眼都红了："放下！畜生！"

常存民一扔梅枝，蹭蹭蹭地鼠窜。梅枝猛地扑到李炎华的怀里呜呜地哭开了。李炎华搂着她，双手从头至腰地来回抚摸。

　　常存民可苦了。深夜，让孩子们睡熟后，梅黄乜斜着眼坐着，说："常存民，老实说你在外头搞了多少母牛，老娘今儿要跟你算总账！"

　　"我没有！"常存民吼，却内里空虚。

　　"怎么侮辱我妹妹的？"

　　"我……只是摸了一下……"

　　"那好，猪头拱烂了牙还硬！"她的话音很低，牙是咬着的，"离婚！"

　　常存民嗵地滚到地上就下跪，饮泣不已："梅黄……梅黄，随你怎么处罚，只求你……莫上法庭……莫离婚……"

　　因为这，常存民的入党告吹。李炎华在向上级党委汇报时讲了这事。领导很重视，就要那受侮辱的女孩子写个证明。于是，李炎华找到梅枝。梅枝哭成泪人儿一般倒在床上："李书记……我不能够……姐夫他已经……给我下跪了，说是一时糊涂……姐姐也说了，姊妹一场……要对得起爹娘……"

　　梅枝像一朵霜打了的花，柔弱无力。这使李炎华被一种怜悯感所冲击，就坐到床上轻轻地握她的手，用手帕在她脸上轻擦。这无声的安慰使她产生了巨大的感激，她用双手抱住他的腰大恸："李书记……"

　　李炎华轻轻掰开她的手，又轻轻地走去把房门插了，这才返回去顺势躺到床上，然后关了灯，屋内顿时漆黑……

　　常存民不能入党的事很快就传了出去，梅黄气得发晕，当晚就去找梅枝，想在她身上做文章。恰巧梅枝在洗床单，床单上有块殷红的血迹显眼，怎么也擦不净。梅黄一进屋，梅枝就吓得脸白，忙把床单翻过来，梅黄眼尖，不动声色地又翻了还原，指着那血问："你停经五六天哒，还不干净？又来哒？"

　　咄咄的逼问，吓得梅枝支支吾吾。梅黄不由分说就一掌扇了下去："下贱货！说清白，又是你的姐夫吗？"

　　梅枝捂住脸上的红手印，吓呆了："不……"

　　"是哪个？你今儿不说我就把这张床单晾到大街上去，说这儿出了个小婊子！"梅黄骂着就动手扯那床单。梅枝扑过去压住床单，慌不择言："是……李书记……他叫我千万莫说的……姐姐，你不能说，他答应过宽大处理姐夫的呀！还答应过给我转正的呀！还答应过……"

　　"哼！"梅黄冷飕飕地一笑，"妹妹，你放心，我不会坏你的名声。"

　　过了两天，县直机关在礼堂召开职工大会，搞普法教育。先是法院院长讲了关于普法教育的重要性，然后是副院长上台。他虎着脸冷不防地一吼："把强奸犯、诬告犯李炎华押上来！"

两个警察架着李炎华往台中一站，抖开绳子麻利地捆着。五花大绑的李炎华被绳子勒得头直往后抑，露在外面的皮肤刹那间就变得乌黑了。李炎华的罪行，据说证据确凿，有苦主的控告，属强奸未遂。受害人是一少女，年仅十六岁，名字是什么，不知道，只说叫梅✕。当梅枝听到此事时，当即晕倒在伙房里。

常存民这一回又有事干了，四处探听和四处宣传："他在牢里一次就交代搞了三十八个女人！其中有两个是幼女！这回不得了……"

人们吓一跳："他这么会搞？三十八个，乖乖……"

"……该不会吃枪子儿吧？"

"不会吧？"

"不会？你看这是什么时候？两个幼女呀！"

"活该！"常存民作了总结，大家复又沉思默想，连各人的喘息声都听得见。场面很难堪，突然一个肥肥胖胖的小伙子歪歪扭扭地跑来，怪声怪气地叫："快看啰，我妈在吵架啰……哈……我爸爸是流氓！是流氓！"

这是李炎华已经十七岁的傻儿子在喊。人们从各个办公室里涌出来，果然是李炎华的妻子同梅黄正在开火，一个楼上一个楼下。

"老公坐牢啦，你个母牛还赖着不走？还在这儿斗狠！"这是楼上的。

"一人犯法一人当，还想搞株连？只怕你还没这个狗胆子！难道你个黄鼠狼还是什么好东西？"这是楼下的。

梅黄想到连这么个女人都不服，更气不过："老娘就不是好东西，也比你家那个老流氓强！"

"老流氓怎么样？没偷你的妈吧？没偷你的姑娘吧？"李炎华的妻子想，反正是落到这步田地，就破釜沉舟了，"他是流氓他服罪，你屋里的呢？还不是养了个老流氓！夜里搞老婆，日里搞姨妹子！那不是流氓？叫这满世界的人说说看，是不是流氓！"

梅黄的脸怄得黑惨，骂一句就缩进了屋："你等着，总有一天会收拾你的！"

围观的人"噢噢"地叫着散了。

梅枝仍旧烧火，仍旧烧得很好，只是不哼不唱了。李炎华被捕后她度日如年，时常哭着自言自语："姐姐害了我……她做成的鼗子，我怎么就钻了呢？"

那回，梅黄和常存民将她灌醉了，然后将写好的控告信拿出来让她签了字……李炎华被捕后，公安机关来调查，她吓得连话也不敢说。回想起这，她有无尽的痛悔。

李炎华终于判了，一共三年。

李炎华刑满释放的时候，常存民已经是党的人了，并且是单位首长了；梅黄业已堂堂正正当了主管会计，是名副其实的机关内当家。真有"山中方七日，世上已千年"之慨。李炎华悄悄地摸进自己的屋，不敢像当年那样潇洒了。他此刻的心境是真想在牢里待一辈子。他的妻子硬撑着过了三年，自觉苦不堪言，毕竟李炎华是自家男子汉，回来她也算有了依靠。她特意摆一桌酒，和李炎华关起门来吃喝。

房门咆的一声被推开，常存民虎视眈眈地叉着腰进来，拿腔拿调："李炎华，我给你讲清楚，你早不是我们单位的人了，限你三天之内搬出！"

"报告政府，"李炎华一脸哭丧，一口犯人的话，一身犯人的样子，习惯了，"报告政府，我一定老老实实地接受教育改造……"

"废话！你去了三年，只当服了三年兵役。这三年，你的老婆孩子都在这儿住，我们的革命人道主义也算尽完了！你立即搬走！"

"报告政府……"李炎华刚又开口，他的妻子一掌掴在他的脸上，眼中蹿出两团火，痛骂："你这个软皮脓！老娘等你三年，哪晓得等了这么个软皮脓！"

她一闹，不仅李炎华不堪，常存民也发愣。她就一发不可收拾地闹下去："常存民！你这个奸臣流氓，害得我们还不够吗？还要朝死里整……"

常存民虽然霸道也怕悍妇。梅黄适逢其时地冲了进去，两个女人的骂又搅浑了一河水。等到第三天，李炎华一家夜里正看电视和商量他到妻子那个厂里找临时工的事，突然就停电了。他的妻子出门一巡视，所有的房子里都灯火辉煌，唯独她家的电闸被拉了，她的心里蓦地一黑，怏怏地走进屋，二话没说就歪到床上，还把门插得死紧，一任热泪在脸上纵横。李炎华怕妻子想不开："你……莫要这样，我、我去报告政府……"

"李炎华，你给我滚！我见不得你这个软皮脓……你给我滚！"

自此，他们家里天天点着蜡烛，一烛如豆。

一家大小要吃饭，李炎华找不到临时的工作，只好到基建工地上当小工抬砖。一次抬三四百斤，和牛高马大的小伙子搭班。人家并不同情他，一人一半平分着抬。有一回上跳板，他突然感到肩上轻了，回头一看，竟是梅枝！

"你……"

"李……"梅枝一时不知称什么好，苦苦一笑，"往前走吧……"

原来梅黄也不管她了，她也在工地上当小工。

这晚刚回家，李炎华看到妻子正摔碗打碟子。他家的水也断了。

"李炎华。你自己看吧！"

"我，我报告过政府……报告过的……"

"报告过报告过！你那张死的嚼得活的烂嘴皮呢？犯人就不是人？你看你还是个人吗？"

"别……别吵，我去提水，我去提……"他拖着劳累不堪的身子挑起桶，去离得很远很远的民房里挑水，一担又一担。天上的月牙儿在水面上不停地跳荡，不断地破碎……第二天，妻子还在蒙眬中，他就又上了工地。一身的酸痛，一肚子的悲哀，他就像一根拉到了极限的橡皮筋。和他搭档的小伙子睡眼惺忪，却极机敏地把杠子往自己一方移动几寸。二人蹲下，一使力，起！叭的一声，李炎华的腰椎错位了，他仰翻叉倒在地上，脸蜡黄，豆粒大的汗珠滚滚地出……

他艰难地想爬起来，小工们目瞪口呆，束手无策。只有一个女人在嘤嘤地哭，她是梅枝。李炎华进了医院。当人们去找他的妻子时，厂里的车子正在他的家里拖家具，单位里的人围着像在看把戏。常存民叉着腰像个监工，梅黄则远远地盯着喊："房租费按议价收，清了账才能走！听到没有？"

"老娘不会欠你黄鼠狼！多给几个钱你抓药吃也行！"李炎华的妻子正要顺着骂，不想有人拉住了她的手："嫂子，快，李大哥住院了！"

她一怔，"哦"了一声，进屋拿出一封信交给那人："麻烦你交给他……"

李炎华躺在病床上，打开了妻子的信。妻子在信中提出了离婚。

两个月后，李炎华出院带着傻儿子办妥离婚手续，进了山。那里是梅枝的家乡，他是被梅枝苦求去的。又过了几个月，梅枝同李炎华办了结婚登记手续。梅枝一家人都不同意，却也不能以死相逼。他们在山巅上搭了三间草房，计划几年后盖上瓦房；开了几亩荒地，种上粮食蔬菜，还准备开辟经济林木区。

"炎华，拉个曲子吗？"干活累了，梅枝拿出二胡。

"唉，手生了。"李炎华泪滚得凶，"梅枝，我心乱如麻呀！苦挣了一世，我这辈子是不行了。我的卫东有脑膜炎后遗症，只怕是没出息了。梅枝，我只想你给我生个聪明儿子。山不转路转，石头不转磨子转，总有一天还会转到我的名下……指望你了，梅枝！"

"老李，别再想这些了，过几年安稳日子不好吗？争啥斗啥呀？整人的人，老天爷终究放不过的……你拉个曲子嘛！"梅枝发急。

李炎华稍安，于是调弦运腕，琴声悠扬。自此，山下的人每晚都能听见山巅有琴声、歌声飘来，就像是从天庭里飘来的一般。

（发表于《人民文学》（增刊）1989 年 8 月号）

凶　手

一

市公安局刑警队的侦察员陈泉，硬被哥哥陈星拖到市西郊他家里吃麂腿。一进门，陈星就连连地叫："惠莲，来客了!"跟在后面的陈泉忽然闻到一股令人作呕的臭气，冲得人头晕，就问："哥哥，你家里怎么这么臭啊?"

陈星端来一盆水，说："也许是水臭吧。"

陈泉皱着眉头说："像是臭皮蛋味儿。"

陈星又进进出出地叫："惠莲，来客了!"接着端来一个破脸盆，指着里面几个皮蛋问陈泉："你看是不是这个?"

"不，不对……"陈泉认真地辨别着。陈星仍旧叫喊着惠莲的名字。来到床前，他猛地撩开床单，突然惊叫起来："惠莲，你——怎么啦?"

陈泉不知何故，凑过去一看：天啊! 怀孕数月的嫂子高高地挺着肚子，僵卧于床下……陈星拉住弟弟，带着哭腔说："好弟弟，你嫂子怎么要自杀呢? 怎么在我进山后就抛弃我了呢? 快……帮我出个主意!"

陈泉以他侦察员特有的敏感看了一眼哥哥，迅速镇定下来，对这三室一厅的住房进行了认真的勘测。他很快判断说："嫂子不是自杀。"

陈星一听，当即就像是瘫了，跪在地上颤抖地说："陈泉，我的好弟弟! 你嫂子死得蹊跷，万一公安局抓我，你可要看在兄弟的情分上，帮帮我……"

陈泉的内心被震住了，表面上却平静地说："你去报案吧。"

就在这时，门外进来一个美丽的少女，一副睡眼惺忪的样子，一见陈泉就挽住他的膀子："陈泉，我约过你，你怎么不来? 走吧!"

她是他的女朋友李丹。陈泉本想推辞，又怕她看到现场受到惊吓，忙把她推到门外。

二

一轮皓月悄悄爬上树梢。

陈泉心头塞满哥哥家的惨景，不觉想起刚下班时的一幕：陈泉刚下班，带着一天的紧张和疲惫往家走。身后突然有人喊："泉伢子，上我家去!"陈泉一掉头，看到哥哥提着一只麂腿，跑拢来说："泉伢子，我进山到你嫂子娘家弄了一只麂腿。上我家烘了吃，保证味道鲜美。走!"说着，上前拉住弟弟的手："我这回进山玩了一星期，玩够了才回来。走吧，回去迟了，你嫂子又要怪我。"

嫂子身怀六甲，哥哥还有心情进山去玩……想到这里，陈泉感到疑点突出。于是他问身边的女朋友李丹："晓得我嫂子的事吗?"

"嫂子怎么啦?"

"死啦……"陈泉的声音有些悲哀。李丹停住不动，好像痴呆了。陈泉又问："你和我哥住一个单元，晓得我哥进山了吗?"

李丹答非所问："是自杀，还是他杀?"

"他杀。"

"你怎么晓得的?"

"我粗略地勘察过一遍。厨房里的水槽外壁有两滴凝结的污红斑点，这儿紧靠外面的楼梯；屋角有个盛过水的面盆和一截断口参差的麻绳；在卧室的大立柜旁，放着一排扑满灰尘的男鞋，一双凉鞋却洗得干干净净；还有一个拖把被可疑地塞在灶膛里面……"

李丹瞪着奇异的双眼："这里难道有什么名堂?"

陈泉说："可能在几天前的夜晚，罪犯将惠莲嫂子骗入厨房，操起预先准备好的凶器，猛砍或者猛击我嫂子。罪犯唯恐不够，又用麻绳勒其脖子……行凶后，罪犯把死者移至床下，随即用沾满血迹的手端起装满水的脸盆，在移尸经过的地方反复浇洒，再用拖把拖抹地上的血迹。后来，罪犯发现自己的凉鞋上也有血迹，便脱下刷洗后放到立柜旁边……"

"哎……你送我回去吧!我怕。"李丹听他说得有鼻子有眼，恐惧地说。于是他们往回走。"陈泉，你倒像个福尔摩斯……那么，你说这凶手是谁……"

两个人依得很紧，陈泉能够感到李丹的身子在颤抖。他正要回答她的问题时，不觉已走近李丹的住处。突然，陈星从楼道里疯了一般地跑出来，号啕大哭："弟弟，我……该不会遭枪毙吧?弟弟，我们可是亲兄弟呀!小时候……"

三

小时候，父母在那轰轰烈烈的"大革命"中双双含冤死去，仅仅给两个儿子留下一万多元的存款。父亲是作家，母亲是工程师，那钱是父母的心血。在那动乱的年月，陈星和陈泉相依为命。父母的遗产被别人霸占了，他们只能靠捡破烂度日。为了让弟弟多读书，将来出人头地，哥哥只读到小学就到处打工挣钱。每日清晨，哥哥饿着肚皮上工，给一角钱弟弟吃早饭；每天晚上，哥哥煮一顿没有菜的饭等着用功的弟弟回来。弟弟要上晚自习，回来已是深夜；饿得昏头昏脑的哥哥坐在那儿，锅里的饭一粒也不曾动过……后来，弟弟终于有了出头之日，从公安学校毕业，回来当上了侦察员。那时候，父母的一万元存款也归还给他们；再后来，哥哥结了婚，嫂子是山里到城里来干临时工的惠莲；接着，哥哥关心弟弟，又给弟弟介绍了本单位的女工李丹……

陈泉回想过去，再看现实，心如刀绞。罪犯是自己的亲哥哥吗？可他是进山一个多星期才回来的呀！难道他说的只是遮掩之词？如果他没有进山呢？或是进山后又中途返回过吧？陈泉睡不着，通宵达旦地思考着。

房门突然被急骤地敲起来。陈泉打开门，李丹累得脸煞白，她说："公安人员已经到你哥哥家了，你还不去看看！"

陈泉正准备拔腿就跑，又想起法律上的回避制度，便硬生生地止住了步。木然呆了片刻，他问："他们抓人了吗？"

"没有。"李丹怯怯地回答。

陈泉长吐了一口气，又问："李丹，你知道我哥进山有一个星期吗？"

李丹点点头，却又急急地说："可他第二天晚上回来过，后来又进山了。"

"什么？"陈泉大惊，吼了一声，歪倒在床上，"完了！罪犯就是他！"

李丹连忙抱住他说："莫瞎说！怎么会是他？不会的……千万莫说出去，他是你亲哥哥呀！陈泉……这可是要命的事……"

"我……哥哥呀！为何这么糊涂……"

四

公安局接到陈星的报案，赶到他的家里，抬开床铺，取出一具顺靠墙脚的尸体，解开紧裹着的雨衣，辨明死者确系陈星的妻子惠莲。其颈部被利刃切割，腹中还有一个即将出生的胎儿。刑侦人员反复检验受害者的伤痕，从橱柜里取出一把与伤口高度吻合的菜刀，验证罪犯行凶的手段及出入的路径，推断发案时间。通过现场对获取物证的检验，对实地测试数据的研究，对几处血迹标本的鉴定，以及对罪犯作案过程的模拟实验，清晰地描述了惨案发生前后的图景。

接着，公安人员进山调查惠莲的娘家，了解到陈星根本就未进山。显然陈星报案前请弟弟吃麂腿，完全是一种遮掩行为。进一步分析，这套只有夫妻二人居住的房间，罪犯能够在深更半夜将已就寝的受害者引到厨房，暴露了其亲密的关系；凶手杀人后，竟用几个小时从容不迫地藏尸灭迹，则揭示了凶手与这套房间的内在联系。这种人与人、人与物关系的两条直线不断延伸，最终在其交叉点上明确地记录着死者丈夫的可疑活动。

这一切，都与陈泉的勘测和推理相似。他十分担心的事也就必将发生。

终于，陈星被捕了！

陈泉起初是咬牙切齿地痛骂，接着是不能遏止地痛哭。陈星毕竟是他亲哥呀！陈泉毕竟是亲哥养大的呀！他在痛哭之中，脑海里突然闪出一个最大的疑点：哥哥为什么要杀嫂子呢？

作为死者和凶手的家属，陈泉被通知去清理遗物。他心情沉重地走进那套房子，呆立了很久很久，才开始动手清理。在立柜的衣物中，他发现一堆破尿布里扎着五十元钱，还有一个纸团。打开一看，原来是一封绝情书：

陈星，我本来想忍气吞声，等你改掉恶习，换来家庭欢乐。可是，事与愿违，你竟越陷越深……如今，摆在我们面前的只有决裂……可你知道吗？我们的孩子快要出生了……难道悲欢离合，真是命中注定？

这封饱含泪水、充满悲愤的信，似乎触及了这一悲剧的祸根。可是，这里所说的恶习指的是什么？陈泉决心要弄清楚。正想着，有个少女的身影从门口一闪而过，是李丹！他脑海里转了起来，转出一个疑点。近几天，自陈星被捕后，她总是躲着陈泉。是不是与这个案子有关？陈泉已经暗暗介入了这个案子的调查，他找熟人摸到了法庭的一些审讯情况。

陈星被捕后，精神的堤坝似已崩溃，一直呆若木鸡，常常喃喃自语。每次提审前都是那么几句木木的话："……那日夜里我回家，见床上无人，就在屋里寻找，哪知道她却死于厨房里，身旁有把菜刀……我吓慌了，就把她用雨衣包起来，移到床底下，又用拖把擦干了地上的血迹……我是害怕才这样做的……不是我杀的，真不是我杀的……我真的是很害怕……"

法庭认为，这是个既凶残又狡猾的罪犯。在证据确凿的情况下，自然要降低陈星的口供的价值。陈泉了解到这个情况后，感到其中仍有隐情。陈星的杀人动机是什么？他找到了担任审判长的法院副院长，交出了死者留下的遗书和那五十元钱，并谈了自己的疑问。副院长认为，这封遗书揭开了陈星为何杀人的秘密，或许陈星正在干着某一罪恶勾当，惠莲成为他的障碍，于是他杀妻，以扫清拦路虎……

不久，陈星已将其犯罪事实供认不讳。紧接着召开公判大会，判处陈星死刑。

亲哥的生命只有三天了。陈泉要求见一面，被获准入狱。两兄弟见面，均是热泪如潮，泣不成声。那种生离死别的情感绞杀着他们的心灵。

"哥，真的是你吗？"

陈星点点头，嘴里却说："我认了……我没杀人，但根子在我身上……"

"有冤情就要上诉……"陈泉急切地说。陈星呆呆地摇头，魂魄似乎早已进入了冥冥的地府。陈泉只觉一股热血冲向后脑，挥起右手就猛烈地扇了过去，陈星脸上立即出现了一个手印。陈泉爆发了："你不相信法律吗？你不相信你弟弟吗？你一死了之，对得起惨死的嫂子吗……"

武警闻声，立即拉开了陈泉。陈星也像被打醒了，咬着牙嘶叫："我要上诉！"

五

又是个"月上柳梢头"的夜晚，陈泉兴奋地来到西郊。省高级人民法院接到他哥哥的上诉后，驳回原判，发回重新审理，他想把这个消息早点儿告诉李丹。他正穿行于岸柳之间，李丹猝不及防地出现在他面前。

李丹有些忧郁地问："陈星，完了吗？"

"没完！"陈泉高兴地挽住李丹的手，"为什么不到我那儿去了？"

"你说一星期只见一次面，我怕违反规定呀！"李丹娇嗔地甩了甩陈泉的手，"上我家去吧。父母今天走人家去了，你不用拘束了。走吧！"

两人进了二楼的一个套间，陈泉那犀利的目光习惯地扫视一周，目光忽然惊愕地停留在里屋紧靠门框上的一个不易察觉的血手印上。颜色虽然很淡，但那的确是个血手印！陈泉一遍又一遍地确认着，内心止不住狂跳起来。他做出无所事事的样子靠近那道门，看出那是一只很纤细的手留下的。再进里屋，就是李丹的寝室。陈泉装出津津有味的样子，欣赏李丹的布置。李丹的脸微红，猛地扑过来拥抱住陈泉，整个脸都埋在他的胸前，温情地说："那一幕终于过去了……"

陈泉蓦地一冷："不，高级人民法院的批复是重新审理……我可以高兴地告诉你，我哥哥有冤情……"

李丹诧异极了："还要折腾吗？怪怕人的……"

陈泉一边支应着李丹，双眼却不断地在扫视。床底下露出一双皮鞋，陈泉神经质地推开她，扑过去把那双皮鞋拉了出来："这不是我哥哥的吗？"

陈泉扫视一眼李丹，李丹的脸就被扫得惨白了，张口结舌。陈泉冷笑一声："既然是我哥哥的东西，那我就收走了……"

李丹呆若木鸡，像木桩一样钉在屋里的中央。陈泉提了皮鞋，出门时在那墙壁上抠下了一点儿血迹，就匆匆下楼了。直到走出楼道，才听到李丹在屋里发出的惊呼声："陈泉——等等我……"

陈泉没有理她，脑海里却幻现出这样的情景：某天深夜，一个有预谋的女人获得了陈星家的房门钥匙；她悄悄潜入陈星的房间，将熟睡的惠莲叫醒，骗入厨房，操起灶台上的菜刀，迎面对其颈部狠狠砍去；受害人当即倒地，抽搐挣扎；接着，罪犯丢下菜刀，转身拿出麻绳猛勒受害者的脖子……作案后，凶手抑制不住内心的恐慌，仓皇逃走。她回到家里，一手撑住门框略微镇定了一下，这才清除身上的血迹，于是在门框上留下了不可抹去的证据……待陈星回家看到这副惨景，某种急于解脱的心理惯住了他的思维，便演出了移尸灭迹的一幕，并在几天后约来陈泉，想骗他当证人。但他这个愚蠢的骗局很快被公安机关揭穿而银铛入狱，从而掩护了真正的凶手……

六

陈泉把他掌握的情况立即报告给复查案件的负责人，经过严格的血迹标本鉴定，证实李丹家里的血迹与陈星家里的相同。公安刑侦人员亲临现场，并核实门框上血手印留下的指纹，与李丹的完全吻合，于是李丹被捕。经过几次提审，李丹固执而又倔强，缄口不言。为了打开缺口，又重新提审陈星。陈星提供的情况使案子进一步如坠云里雾里。他说，那日晚上从厂里回家，月已偏西；刚进楼道，就见一个少女倒在楼梯上，原来是李丹。他正要问她，李丹却强撑起身子，一步一歪地上楼去了……

陈泉糊涂了：如果凶手是李丹，那么她为什么要杀人呢？是谋财害命，还是因为奸情而合谋呢？他被这一想法惊呆了，猛烈地捶着桌子，失声叫道："不可能！这是万万不可能的！哥……李丹……"

他匆匆出了门，径直朝西郊飞奔，登上那幢宿舍的二楼，咚咚地敲响了李丹家的门。门突然被打开了，李丹的父母俱在。正要打招呼，李丹的父亲猛地抓住他的衣领："王八蛋！你还我女儿！还我女儿呀！你们姓陈的都不是啥好东西呀！王八蛋……"李丹的母亲在号啕中扑上来，张开尖利的指甲，像刨冬瓜似地凶狠地刨着陈泉的脸。他脸上现出一道道棱，渗出殷红的血珠……

陈泉看二位老人打累了，瘫到地上不动了，才长出一口气，冷冷地说："如果李丹死了，她也会变成厉鬼来找你们二老……难道不是你们送她进监狱的吗？难道你们敢说对她的犯罪就没有责任吗……"

二位老人被他的话镇住了，也骇住了。

七

陈泉终于找到了突破口，从李丹的父母口中获得了至关重要的情节。

原来陈星与惠莲自愿结合，相亲相爱，小日子过得很和谐。然而不久后，他们的生活便笼罩了一层阴影。一日，李丹的父母这一对早就染有赌博恶习的老两口，接待了一个高贵的赌客，那就是市人民法院副院长的儿子。他们三差一，就让李丹来请陈星。陈星本知道赌博违法，但看到有法院副院长的儿子参加，也就放心地赌了起来，而且越陷越深。可他怎么也不明白，自己为什么会成为桌上的主要输家。半年来，他不知道赔了多少，赔得心里滴血。于是，他心里燃烧起报复的火焰，妄想把输掉的血本捞回来，以至夜复一夜地搏杀在牌桌上。输急了的人的智慧等于零，独自一人怎么斗得过他们三人做下的套子呢……

那天晚上，陈星又输了。身上不名一文，他只得回家提来一双皮鞋抵债。可他的妻子突然闯了进来，怒气冲天地指责他不务正业。陈星恼恨至极，男子汉的尊严使他挥起拳脚，打得妻子伤痕累累。羞愤不能自已的惠莲哭着说："我告公安局去！"在场的人都大惊。李丹的妈妈说："男人家赌点儿钱算啥，只要不在外面乱搞就行了嘛……你告了他，你又能讨什么好？"

就这样，惠莲流着泪回去了。一旁看书的李丹见了，不由得指责父母几句，还被父母骂了个狗血淋头。约一小时后，李丹也下楼去了。去后不久，楼下就传来一声惨叫。赌博的人一门心思都在牌上，对一切都充耳不闻，视而不见，自然也不会管谁在惊叫。临近半夜，陈星回去，才见到李丹倒在楼梯上。李丹回屋，脸色惨白，像大病了一场，一手扶墙歇了一会儿，这才去洗澡就寝……

亲哥哥染上赌瘾，作为公安侦察员的弟弟一无所知，陈泉感到十分痛心。他豁然明白了许多：副院长为何草草结案？陈星何以隐瞒情节？李丹为什么不愿说出实情呢？很显然，在法律和亲情友情之间，他们都选择了后者……

经过长久的反复攻心，李丹终于说话了。那日她见惠莲含愤回家，就产生出深刻的同情。惠莲失魂落魄的样子，使她越想越害怕。她跑下楼推开惠莲家的门，门一下子就开了。灯亮着，却不见人；叫了几声，也无回音。谁知她一进厨房，就见到倒在血泊中的惠莲。她受到了强烈刺激，头一昏，差一点儿倒地。她疯一般冲出屋，一带门，门哐地就锁上了。直到此刻，她才大叫一声，昏倒在楼道里——照此说来，在李丹和陈星进屋之前，还有个第三者？那又是谁呢？

陈泉再次迷惑了。

八

省高级人民法院派来久负盛名的法医，重新检验了尸体和现场，结论大出人们的意外：惠莲不是他杀，是自杀！

又是一阵反复提审、精细调查、会审和辩论，终于真相大白：

陈星常常日夜不归，面对妻子的泪眼、规劝和吵闹，他都无动于衷。每月工资刚一到手，他就输得精光，且四处拉债。惠莲在经济拮据的情况下积攒的二百多元钱也不翼而飞。眼看孩子就要降生，家中却无丝毫准备。这位本来急需营养的孕妇不得不节衣缩食，一日三餐粗茶淡饭；暗中攒下的五十元钱，也怕丈夫摸去，藏在立柜的破尿片中。在忍无可忍的情形下，她含泪写下了绝情书，准备与陈星一刀两断。可是，腹中的胎动使她犹豫不决，未能把绝情书交给陈星。直到那日晚上劝丈夫被打，羞愤使她不能入眠。她思来想去，认定只有死路一条。于是衣未穿、门未闩就冲到厨房上吊，可是麻绳断了。一般来说，自杀者往往会在此刻终止自己的行为。而惠莲没有终止行动，反而愤怒地挥起菜刀，抹了脖子……

由此可见，她的羞辱和愤恨是多么的深刻！

案子了结了，陈星和李丹被释放。

又是一个皓月挂上柳梢的夜晚。陈泉和李丹漫步在西郊河岸，都感激法律的公正。走着走着，陈泉突然说："咱嫂子不是自杀——是他杀！"

李丹大吃一惊："你疯了？怎么还说是他杀？"

"是的，一个杀人不见血的无形凶手，扼杀了人的本性和灵魂！"

李丹恍然大悟，双脚忽然迈不动了，嘤嘤地哭着："我们结婚吧！我想尽快离开那个家！"陈泉未作答，只是把她紧紧搂在怀里。

月照下，树影中，他俩把滚烫的嘴唇紧贴在一起……

（发表于《神州故事》1989 年第 2 期）

金达莱和苦苦菜

一

一九五〇年冬，中国人民志愿军战士徐怀章跨过鸭绿江，冒着敌机的轰炸，在崇山峻岭中，在呵气成霜的严寒里，昼伏夜行了四十三个日夜，才开到前沿阵地。一九五二年春，徐怀章依旧昼伏夜行，冒着漫天飞雪，回到了祖国。他扳着指头一算，又是四十三个日夜。不过，他去时是雄赳赳的小伙子，回来时已经成了一级残疾人士。在前线受伤之后，他就一直迷迷糊糊，被送进吉林军医院，经过一阵紧急抢救，才清醒过来。徐怀章清醒后就掀开被单，对呈现在眼前的现实自然难以接受——他的左腿从膝盖以下已经不翼而飞。愣了一瞬，他就不干了，他大声吼叫："是谁把我弄回来的，谁就把我弄到前线去！"

他又吼："我要立功！我要立功！"

他还是吼："老妈讲过，立了功才能见到大恩人！"

没有任何人搭理他，倒是听到一阵嘤嘤的抽泣。循声一看，一个天使般美丽的白衣少女立在他的床边。他有些难堪了，小心地问："我把你吓着了吗？"

白衣少女听了，止住哭，"嗤"地就笑了。徐怀章跟着笑："护士同志，一时哭一时笑，为啥呢？我们在前线打敌人的时候，炮火连天，讲话都是大声吼的。要不，哪里听得到。"

白衣少女终于开口了："徐怀章同志，打敌人还要讲话吗？"

"当然，我们要开展政治攻势。"

"都讲些什么呢？"

"这个——我给你学学。"徐怀章好像回到了战场，精神抖擞起来，一边说蹩脚的英语一边翻译："哈啰——就是喂！威阿卡也里斯皮泼斯所赳儿斯——我们是中国人民志愿军，美帝国主义缴枪不杀！还有……"

白衣少女笑得蹲到地上去了："都是些什么呀？"

"哦，这是美国话，你肯定不懂的。不过，我们也不懂。是文化教员教了，我们死记硬背的。美帝国主义听了，也和你一样，笑得打滚，我估计就因为我们说得不准。虽然不准，政治攻势可大了。有一回美帝国主义听了我们喊话，笑得乱七八糟的，我们一个冲锋，拿下了他们的阵地……"

白衣少女露出羡慕的神情，又黑又亮的大眼睛盯着徐怀章一动也不动。徐怀章兴奋了，两手撑着床便要坐起来。白衣少女慌忙扶住，摸他的内衣，发现湿了，赶紧要给他换；端来温温的水，准备为他擦洗更衣。徐怀章一下子羞得满面通红，就像泼了猪血似的。徐怀章感到那双细嫩的手仿佛充满了电，一接触他那粗糙的皮肤他就发抖，就呼吸急促，就连连说："不行不行不行的。"徐怀章长大后从来就没让人洗过穿过，何况她还是个女的呢！他突然钻进被子，没头没脑地蒙了起来。白衣少女不断地解释，说护士就是为伤员服务的，说徐怀章有封建思想。任她如何说，徐怀章就是把头藏在被子里不出来。过了很久，没有声音了，徐怀章露出一只眼，看到白衣少女黑了脸，噘了嘴。他为难了好半天，才答应让她擦洗。但是，不让她看到他的身子。她的手只能伸到被子里，摸索着擦。少女的手在他背上轻揉地搓擦着，他就又紧张起来。一面是难以克服的自卑和羞涩，一面是无法抵御的渴求与向往。为此，徐怀章很长时间都不敢问她姓什么叫什么，家住何方。甚至不敢正眼看她，还是从别人嘴里打听到一些情况。

她叫崔梅玉，十七岁，朝鲜族，刚从护士学校毕业，分到军医院不到一月。徐怀章是她护理的第一位伤员。第一位——徐怀章对这个非常在意，也非常乐意。崔梅玉很爱花，尤其是金达莱。在金达莱盛开的季节里，崔梅玉每天都要送一束给徐怀章，插在他的床头。金达莱艳丽却不妖媚，散发出柔和的清香，使不懂得赏花的徐怀章也深深爱上了。有了崔梅玉的金达莱和金达莱般的崔梅玉，徐怀章的火爆脾气突然消失了。只要看着或者想着崔梅玉，他心里就有了温暖，就觉得掉胳膊断腿的现实是可以抵御和承受得了。所以，他的伤势好转得很快。

伤势一天天好起来，同崔梅玉分别的日子一天天近了，徐怀章的心情就一天天坏下去。医生对徐怀章进行了出院前的检查，崔梅玉满面忧郁地告诉他，说伤口虽然长好了，但里面的骨头却被细菌感染了，需要再锯掉一截。徐怀章一听，兴奋得往后便倒，高声问："也就是说不用出院了？"

崔梅玉做了错事般怯怯地回答："那可是一年半载后的事了。"

"那就好！"徐怀章此话一出口，看到崔梅玉那样诧异，连忙改口："这有什么了不起？革命嘛，掉一条腿算什么？小崔不要为我伤心……"

崔梅玉非常感动，对这个伤员的好感一下子升华了。过了几天，崔梅玉要为他做手术前的准备工作，第一件事是将他腹部以下的须毛全部剃掉。让一个少女剃他下身的须毛，等于是要他去死。崔梅玉把他的裤头往下一拉，他就赶紧拉还原;再往下一拉,再拉还原。这样拉下拉上地拉了好久,崔梅玉没有办法,又急得嘤嘤哭了。她一哭,徐怀章心里就发毛。崔梅玉哭着说:"你不剃就说明你对我不满意,不信任;你不满意不信任,就说明我工作失职;工作失职了,首长就会批评我,就会把我调走。我,我,我……我该怎么办哪?"

听到说对她不满意不信任,徐怀章就委屈得要命;听说她要被调走,他就像上刑场似地把眼睛一闭,让她动手。崔梅玉这才笑了,徐怀章却哭了。他边哭边说:"你还是个十几岁的姑娘,怎能干这种事呢?我这不是脏德吗?"

崔梅玉的手无比的轻柔,她手中的刀片无比的快捷:"怀章同志,你为革命献出一条腿,我干这点儿事算什么?能为你干事,是我的荣幸呀!"

她无意间省去了他的姓,徐怀章便越发泪流如潮。那次手术是在大腿根到膝盖之间进行的,锯掉了五寸来长,做得非常成功。接着,进入了漫长的休养期。有一天,他坐在院子里晒太阳,望着悠远的天空发呆。崔梅玉问他想什么,他说想见毛主席,可他再也不能打仗,不能立功了,怎么能见毛主席呢?崔梅玉想了想说,若是在新的岗位干出更大的事业,也能见到毛主席的。可是,徐怀章一字不识,能干什么呢?于是,崔梅玉到图书馆借来一册识字课本,准备一字一句地教他。徐怀章忘形地抓住崔梅玉的手:"小崔,你是世界上最好的人……"

崔梅玉的脸红了,小声说:"我们开始吧?"

徐怀章孩子般地点点头:"小崔……你看我能行吗?"

崔梅玉郑重地说:"不要急,一定能行的。"

课本里九百多个生字,徐怀章用了三个多月时间,就认得烂熟了。

二

徐怀章再次临近出院,可他的腿再次发炎了。医院不得不再动手术,将他的腿连根锯掉。望着他那完全消失的左腿,连安假肢的条件都没有了,崔梅玉的泪不断线地流。徐怀章当然也意识到了,漫漫人生将如何度过?

崔梅玉想分散他的注意,买来了新的识字课本。

徐怀章突然烦了:"有了文化又能怎样?"

崔梅玉一惊,愣了好久,跟着把课本一扔,话就不好听了:"文化不怎么样,那你现在就去完蛋吧!"说完,她就被自己的话惊呆了。

徐怀章没见过她发火,这火发得让人灰心,便瘫倒在床,什么也不说。崔梅玉沉默了好久,端来热水为他擦脚,为他按摩。慢慢地,徐怀章的情绪平静下来,希望崔梅玉能够说点儿什么。崔梅玉的情绪也平静下来,极为轻柔地劝他。

她说："我们都伤心透了，但我们还得活下去，不能这样窝窝囊囊地等死。未来世界需要文化，你就得真正拥有文化。"尤其是她说的"文化是你的另一条腿，是能让你飞起来的翅膀"那句话，真的让他激动了。

徐怀章总共在医院住了两年零三个月，学完了整个小学的语文课本，认了三千多个常用字。当他能够顺利地读完第一篇来自前线的通讯之后，他流泪了，一遍又一遍傻乎乎地对崔梅玉说："你是我的大恩人……"

一九五四年春，徐怀章真要出院了，他一边收拾东西一边惶然着。就要远行了，崔梅玉为什么不来帮他收拾？几年来的感情原来什么都不是？这样一想，他感到这个世界没意思透了。有一天，他忽然发现枕头下有封信，是崔梅玉放在那儿的。信很短，只一句话："亲爱的怀章，答应我，留在吉林。"

徐怀章坐到床上呆了。

他爱崔梅玉，但他从来没敢想过，崔梅玉也爱上他了。崔梅玉躲在门外，见他发呆，便像鸟儿一样轻盈地飞来，扑到他怀里问："可以吗？"

沉默了好久，徐怀章却木然地摇头。崔梅玉越看越急，就用头猛撞他的胸口，不断地质问："为什么？这是为什么呀？我配不上你吗？怀章！"

"梅玉，这叫我怎么说呢？"徐怀章欲言又止。

崔梅玉怕他说出什么不祥的话，便抢过话头："反正你哪儿也不能去。你已经这样了，在任何地方都难以生存的，怀章……你不能离开我，我也不会离开你的！你离开我还能独立生存吗？反正离开你，我是不行的……"

"可是，可是，我已经有老婆了……"徐怀章的手轻抚在崔梅玉的头上。崔梅玉一听，如五雷轰顶，抬起泪眼看他一眼，然后跑得无影无踪了。直到徐怀章被医生、首长们送上南下的火车，也没看到她的影子。他很后悔伤害她的感情，可是不伤害又怎么办呢？进也不是，退也不是，只有把泪往肚子里吞。此生还能再看到她，还能再听到她的声音吗？送他的人都走了，他把脑袋沉重地伏到双臂间，自语："你服侍我两年，我会记住你一辈子的。"

突然有人轻摇他的身子，将一本崭新的书和一束金达莱放到他怀里："怀章，代问嫂子好。你们要好好过日子。认真读读这本书，它会帮助你的……"

那本书的封面上，有个威武的苏联红军，举着马刀在高声呐喊。下面一排字：钢铁是怎样炼成的。徐怀章强忍住泪，故作轻松地问："他在喊什么？是在招呼大家炼钢炼铁吗？是要炼出削铁如泥的马刀吗？"

"不是炼钢铁，是要我们学会如何锤炼人生。"崔梅玉说着便笑了，徐怀章也笑了。这一笑，便都笑得热泪滚滚的。崔梅玉又说："怀章，你为祖国献出了一条腿，往后就得自己珍重自己了。但愿嫂子她……"

徐怀章揩了泪，大大咧咧地说："一条腿献给国家，一条腿献给故乡吧！"

"以后要给我写信，我会想你的……记住延边的金达莱。"崔梅玉是边跑边说这句话的。徐怀章看着她头也不回地消失了，心里就如刀绞般疼痛起来。火车启动了，他下意识地拿起花。一张放大了的彩色照片夹在花里：直入云鬓的长眉，目光闪闪的大眼，苹果似的脸庞，流瀑般的长发……

三

　　徐怀章抱着心上人的书、照片和金达莱，回到了故乡。村里的团员们将他从山下抬到他山上的家。在家门前，他架着双拐呆看着老母。家里只有老母了，父亲在他很小的时候就已经去世。老母倚着门框，泪眼婆娑，过了很久才说话："一双腿去，一条腿回来，又是谁叫你回来的呢？还有谁要你呢？你这不孝的儿啊，不是讲好了，你要好好地回来见老娘吗？"

　　听了老母的责备，他便会想到老母一生的指望没有了，还将被他拖累一辈子，他就号啕大哭起来。他痛痛快快地哭着，哭得山摇地动。不在老母面前痛哭，他会在谁面前痛哭呢？是的，他还没有结婚，往后将永远地一人过日子了。他对崔梅玉说的是个谎话。他不能让前途远大而又美丽的姑娘受一辈子罪，甚至毁于他手。徐怀章就那样哭，有个少女劝他说："怀章哥，那年你参军，我还献了花的。你打敌人立了功，村里人都夸你是大英雄，怎么还哭呢？"

　　眼前这个朴实的少女是村团支部书记，名叫凤淑兰。他参军时她还在读书。他哽哽地说："谢谢你们了，都回家吧！往后再也别来了。"

　　"你不高兴吗？"山里的女子说话不善修饰，凤淑兰直截了当地说，"怀章哥，你是看到别人活蹦乱跳的，心里难受吗？"

　　徐怀章语塞了，直到凤淑兰的身影消失到山垭那边，他的目光还久久不能收回，像被绳儿牵着似的。这一夜，他和老母通宵未眠。老母听他讲部队的一切，他听老母讲村里的一切。老母积劳成疾，已很少参加劳动。往后这日子怎么过？徐怀章不敢想以后。那天，他漫无目的地出门，遇到了陡坡，他架着双拐无法行走，只好把双拐握在手中，往地上一坐，一边用拐杖撑地，一边朝下滑行，就像滑旱船似的，走走停停。他的裤子被地上嶙峋的石头划破了，屁股也流起血来。他靠在山岩上，心里也在滴血。望着深不见底的水库，他就想往水里一滚；望着云雾缥缈的峡谷，他就想纵身一跳。这样长久地想着，天就渐渐暗了，直到完全黑下来。他哪儿也没想去，连家也不想回了。过了好久，老母晃着火把，一路叫喊着来了："怀章在哪儿啊？我的儿，你是要吓死老娘吗？我的儿……"

　　老母的叫声越来越近。徐怀章不忍心，终于答应了。老母一瘸一拐地跑来，紧紧拥着他哭起来。那树根般的手抚着他的头，会让人想起将儿女护在翅下的老母鸡，想起为儿女觅食的老鸟。老母得不到回报倒也罢了，可她也不能让我拖死呀！他终于说出那句绝望的话："妈，让我去死吧！"

"你折磨老娘还不够啊？不把老娘折磨死你不放过手吗？"老母哽咽着，在他面前伏下身子，"你要死也要让老娘先死了才行，要不，谁在我棺木前磕头……儿啊，养老送终，你还没尽孝呢！来，我背你回去……"

徐怀章晓得老母背不动他，却又不得不让她背。老母果然没能把他背起来，他们双双倒在地上。徐怀章一急，便用拳头狠狠擂自己唯一的一条大腿。擂着擂着，他的手忽然被人抓住了，一抬头，那人竟是风淑兰。风淑兰什么也没说，蹲下身子就要背他。徐怀章吼叫起来："让我去死吧！"

"真没想到，一个英雄还会说这种话！"风淑兰的声音很小，却让徐怀章只有喘粗气的份儿。风淑兰又说："怀章哥，对于你来说，做到生活自理是很难，却又是必须要做的。你只有自己站起来，才能朝前走啊……"

"可是我……怎样才能站起来呢？"

"有什么大不了的，不是还有我嘛！"

像一股暖流淌进冰窖，风淑兰的温情在他心里氤氲开来。他听话地趴到风淑兰的背上，心里蓦地涌起一种依恋之情……

四

静下来时，徐怀章想到了崔梅玉，便给她去了一封信，说到自己的苦闷和想死的心情。崔梅玉回信要他读读那本书——《钢铁是怎样炼成的》，还就那本书讲了一件奇事：有个苏联红军因伤而瘫，他的朋友送来一本《钢铁是怎样炼成的》，请他每年抄一遍。结果，抄到第九遍时奇迹发生了，红军战士站了起来。崔梅玉说："怀章，你能每年抄写一遍吗？如果能，请把手抄本寄给我。"

竟然把那本书给抛在脑后，徐怀章有些内疚，也有些激动。只要崔梅玉说了，抄写十遍之后再去死也不迟！于是他把那本书找出来认认真真地读，没想到一读就迷了进去，一迷就是几个月。他沉迷在保尔的人生中，保尔和他的命运不同，但情感相通。读了保尔，他突然为自己轻生的念头而汗颜、而可笑了。他隐隐意识到，崔梅玉为什么要他抄写那本书了——便是那段关于生命的独白。

保尔说："人的一生应当这样度过，当回忆往事的时候，他不至于因为虚度年华而痛悔，也不至于因为过去的碌碌无为而羞愧……"

山里人一天到晚在地里忙，徐怀章一天到晚在桌上忙——抄写。抄累了，他会架着双拐在屋外走走。那天，他遇到了风淑兰。

"哥，我发现你变了。"

"什么变了？"

"精神状态呗！"风淑兰总是直截了当，"变了就好，那你是不是应该学会干点儿什么了？"徐怀章愣在那儿，不知怎么回答她。风淑兰便自作主张："我看你还是先学学单拐走路吧，这样能腾出一只手来干别的事。"

徐怀章乐了，答应她开始学走路。

二十多岁的人学走路很难，帮他学走路的风淑兰更难。徐怀章夹着双拐不敢动，风淑兰不由分说便拿掉了一根拐杖。他用单腿一跳，便重重地摔倒了，额头上撞出老大的疙瘩。风淑兰将他扶起来，拍拍摸摸，哄孩子似的，就像一个妈妈："不要紧的，来呀来呀！往前迈一步就到我这儿了，别怕呀！"

他朝前一跳，又重重地摔倒了。不过这一次是摔倒在她怀里，他们便一起大笑起来。摔倒了爬起来，爬起来又摔倒，两个人都折腾得遍体鳞伤。徐怀章的老母在一旁看得心惊肉跳，他们却很舒畅，不觉得疼。那天练到很晚的时候，老母硬把风淑兰留住在家里。夜里，徐怀章睡得很熟，半夜里却被堂屋的响声惊醒了，起床一看，屋里亮堂堂的。风淑兰正架着一根拐杖用一条腿走路。

他很不解。风淑兰说她在揣摩单腿独拐走路的技巧。徐怀章无话可说了，泪水轰地就漫了出来。一天过去了又是一天，风淑兰一时说应该这样，一时说应该那样，徐怀章都照她说的办。不到一星期，他居然真的扔掉了一根拐杖。看着前面的风淑兰，他大叫："淑兰，我来了！"

风淑兰咯咯笑着，张开双臂，等着徐怀章朝他走来。他们一起欢笑，一起激动，这份成就感为他们共同所有。那些日子，徐怀章沉浸在欢乐中。然而，青黄不接的季节很快就来了。他和老母都饿得双眼发绿，站起来都困难，莫说单拐走路了。老母无奈，只有出去借粮。看到伛腰驼背的老母下了山岗，徐怀章生着闷气，骂自己无用，不能养活老母，反而要老母养活他。

太阳沉沉西下的时候，门外有了响动。徐怀章迎出去，来人却是风淑兰。风淑兰背了一大背苦苦菜，倒在场子里。苦苦菜已经绽出了金子般的花蕾，十分好看。苦苦菜长在山脚边的田边地头，村里人每年都用它度过青黄不接的季节。风淑兰晓得山上风大气温低，不适宜生长苦苦菜，便给他们送来了。徐怀章觉得风淑兰跟这金子般的花儿一样，吃着苦苦菜的时候，便咽下一串串的泪。

有一天，风淑兰对他说："麦子就要黄了，你不想割麦吗？"徐怀章就跟她到了屋后，把茅草当作麦子来割。徐怀章架着拐杖，望着茅草发愣。风淑兰往地上一躺，已经使开镰刀割起来。割完周围的茅草，身子一滚，便割掉了另一块茅草。徐怀章看得惊心动魄，也看得心花怒放。这实在是个好办法，不仅割得快，而且割得干净。原来，风淑兰已经把独腿割麦的方法摸索出来了。

徐怀章照葫芦画瓢，几天下来，屋后的茅草就被他割光了。

徐怀章腰里别着镰刀，真下田割麦了。他扔掉拐杖，一会儿坐着，一会儿躺着，割得呼呼生风，把人们都看呆了。风淑兰只看了一眼，泪水就哗地淌了出来。那一天，她的泪就没有干过。晚上人们都回家了，滚得皮破血流的徐怀章依旧兴奋，不愿离去。风淑兰朝他走来，他迎了上去。田埂上，两人在相遇的瞬间不约而同地张开双臂，紧紧拥抱在一起了。山野空旷，没有任何人干扰，只有他俩的急促呼吸和无尽的泪水在悄然滚落，只有山雀在啾啾叫唤。

徐怀章小声问："淑兰，你看我行吗？"

"哥……"风淑兰一边给他揩泪一边附耳低言："哥，党支部已经批了我的报告，同意我和你结婚。你答应吗？"徐怀章却突然推开她。风淑兰大惊失色："难道你……不满意我？"徐怀章冷冷地说："你在同情我吗？"

"不，我在爱你！"风淑兰的话使徐怀章想到了崔梅玉，可她们是真爱他吗？风淑兰又说："的确是有许多能干体面的小伙子追我，可我不爱他们。我也不晓得我为什么偏偏要爱你。你回来的第一天我就动了心，当我晓得你还没有爱人的时候我就铁了心。虽然我的爹妈打我骂我，说我跟了你就要做一辈子，苦一辈子，后悔一辈子，可我不管这些。你为了祖国可以不顾一切，很多人都会爱你的。所以，我不能让别人抢了先。你得答应我，除非你认为我是个坏女人。"

"你爱我什么？爱我这条独腿吗？"

"是的，不是这条独腿，也许我根本就不会到你身边来……"

"可你还是讲晚了，妹子……你看看这个就明白了。"徐怀章拿出贴身藏着的崔梅玉的照片，递到风淑兰手里，然后，架起拐杖默默地走了。

五

徐怀章抱着《钢铁是怎样炼成的》，由冬妮娅和丽达想到了崔梅玉和风淑兰。他的心在问："梅玉，淑兰，告诉我，什么叫爱情？"

爱情就是要让对方得到最大的幸福和快乐，这是徐怀章开始回避风淑兰的原因。他没让风淑兰晓得，便在屋后悄悄练习挖地。挖几下身子一栽，挖几下又一栽，身上到处是泥土，一片荒地被他弄得像鸡窝。突然他被锄头挖了脚，脚背迅速肿起，疼得他在地上打滚。忽然就有一个女人出现在他面前，是风淑兰。风淑兰把他背回家，掉着眼泪问："你说，我到底该怎样做才好呢？"

徐怀章没来由地一吼："不要再来缠我了！"

风淑兰一愣："你……别发火，我还了照片就走。"

看到风淑兰那么无辜，徐怀章软了："对不起，我脾气太坏。"

"怀章哥……就算我们不能成家，做朋友也不行吗？"

"淑兰，你还小，还太天真。很多事不是你想的那样。真到了那一天，就不是那么回事了。你说得对，我们就做个朋友吧。"

"照片上的女子好体面！和她一比，就晓得我只能做你的朋友了。"

"淑兰，我们以后就以兄妹相称。"

"好啊，哥，那就让我帮你学挖田吧！"

当徐怀章出工挖地时，风淑兰会一直护在他的身边。只要他稍一落后，风淑兰的锄头就会伸过来，帮他赶上大家。就这样，风淑兰一个人干了几乎两个人的活。徐怀章不想用语言拒绝她，便离她远远地去别处挖田。

风淑兰幽怨地说："你真从心里厌弃我了？"

徐怀章木在那儿，什么也不敢说，只有深深的抱愧。

到了三九隆冬，漫山遍野的乌桕树举着成熟的果实，一片雪白。徐怀章看到男子汉在树上挥舞削刀收获果实的矫健身影，心里就羡慕得发痒。风淑兰总是晓得他的心思，便找来麻绳，搭了梯子；再将麻绳从树枝上绕过，握在自己手中；另一头拴在徐怀章腰间，让他往上爬。徐怀章为报答她的一片心，奋力往上爬着，手上的皮磨破了，他不放弃；胸口和腹部的皮磨破了，也不放弃。风淑兰看到他的血顺着树干往下滴，便催他下来。他不下，她就哭。她说："爹妈常骂我是犟牛，依我看，你才是一条犟牛嘞！"

徐怀章也想哭，但他不能哭。他已经是翻过三十岁的人了，山里的活除了驾牛耕地和拉耙整田外，风淑兰几乎都教会了他。风淑兰实际上已经把心交给了他，可他不能接受。这些年里，他把《钢铁是怎样炼成的》抄了三遍，寄给崔梅玉，这也是对个人意志的一个磨砺。面对两个女子，他无法掂出谁轻谁重，只有同样沉重的内疚。现在，他似乎明白了，便决定要干两件事。一是给崔梅玉写一封信，二是同风淑兰做一次交谈。他在那封信中这样写道：

> ……梅玉，我终于明白了。你对我所做的一切，就是为了让我好好活着。其实，在我第一遍读完《钢铁是怎样炼成的》之后，就放弃了轻生的念头。我无比地感激你。你让我活得坚定，活得有意义。因此，我的妻子风淑兰十分感激你。她把你在信中所要求的一切，在生活中都帮我做到了。在这个意义上说，你——梅玉，和我的妻子——淑兰，都是我生命中不可缺少的支柱……
>
> 梅玉，我现在已经是儿女绕膝，过得非常幸福。我有很多事要做，很充

实，因而也很累。所以我请求，往后我们不要通信了。因为，你的每次来信，都会使我长时间的不安。梅玉，相信我，我会按照你的要求做的……

过了很久，崔梅玉才回信，那信突然变得冷冰冰的了，只是礼节性地祝福他和他妻子永远幸福。唉，这样也好！仿佛解脱了一条绳索，他感到轻松了不少。接着，他在一片树林里约见风淑兰，谈了很多很多。他相信，既然能用风淑兰的名义摆脱崔梅玉，自然也能用崔梅玉的名义摆脱风淑兰。风淑兰默默地等他说完，然后疑惑地问："哥，那个梅玉远在天边，真能到这穷山里来？"

徐怀章木木地回答："你说过我是一头犟牛，我就犟到底了。淑兰，赶紧找个好人吧！你拦在我面前，总是我的一块心病……你一结婚，我就把梅玉接来。梅玉是个知疼知爱的女子，不会抛弃我的。我当然不能放弃她！"

风淑兰无话可说了。那天，徐怀章望着她消失的方向，腿一软，滚到深沟里不能动弹，心里像被锯齿拉着一样生痛。他躺了很久很久，等他想爬起时却爬不起来了。夜，已经来临，他却不能回家。也许是天意要结束他吗？那也好，免得再连累他人了。夜越来越深，山口突然出现了光亮，有人一边走一边呼唤。原来是风淑兰打着火把找来了，将他往背上一拉，背起就走。

徐怀章说："死了就死了，你又何必呢？"

风淑兰说："不行，你死了，梅玉怎么办？"

六

徐怀章向村委会申请，当起了护林员。每天天不亮就走进树林，直到天黑才回家。这样，就可以远离他并不想面对的现实了。深冬，一场大雪把徐怀章拦在家里，他没法到树林里去了。冬天的雪难得融化，整个山野都被积雪捂得严实，抹平了沟坎和道路的界线。他有些焦躁，风淑兰却来了。

风淑兰说她快要结婚了，要嫁到城里去。徐怀章冷冷地祝福了一句，架起拐杖，一跛一跛地出去了。风淑兰追上来，拿出怀里的结婚证，声音嘶哑："哥，爹妈逼我赶紧出嫁。我一想，也是的，还留在这山里干啥……"

"是啊！我晓得你会找个好人家的……"徐怀章走进树林。风淑兰一把拉住他："你急着到哪儿去，我们说说话不好吗？"

"好久没看林子了，放开我吧。"

"不！你不是要看林子！你是不愿我出嫁对吗？你只要说个不字，我马上就把结婚证撕了！说话呀！这么大的风雪，你怎么会去看林子呢？"

徐怀章把她推开，硬挺挺地朝山林深处走了。他拄着一根拐杖，磕磕碰碰，跌跌滚滚，翻过山梁。过了山梁就是一个洼地，洼地边沿是深不见底的峡谷。下坡路滑得很，他没法稳住重心；心神不定，他也没看清路径，轰地一下倒在雪地上，便像雪橇一样朝洼地滑去。速度越来越快，滑过了洼地就是峡谷。他晓得，曾经有人从这儿摔下去没找到尸骨。他没能力止住下滑的身体，离悬崖越来越近，便把双眼一闭，心想完了！再也不能和淑兰相处，再也看不到梅玉的书信，再也不能为老母分担艰难了。就在这时，突然听到一声穿裂云天的尖叫，他的那条腿被一双手死死抱住了。他晓得有人在救他，下滑的速度虽然有所减弱，却依旧没能停止。他破口大叫："你要死啊？快撒手！"

那双手没有松开，反而抓得更紧了。过了片刻，他的身子骤然停止下滑，他才敢睁开眼睛。抬头一看，正好挂在悬崖边，眼前的峡谷深不可测，他明白救他的人是风淑兰。风淑兰牢牢抓住他的脚，自己的双腿紧紧绞在一棵花栎树上，鲜血已经淋淋漓漓地淌了一大片。徐怀章好不容易坐起来，可他的双腿卡在风淑兰的手间，怎么都没法解脱。他重又躺到雪地上，两眼望着灰蒙蒙的天空，让乱蹦乱跳的心慢慢平静下来。许久，他叫了一声淑兰，却没有回音。

"淑兰，不是你，我就粉身碎骨了。"他说。风淑兰依旧没有回音，双腿依旧绞在树上。他感到不妙，便惶恐地吼叫起来："怎么啦？说话呀！"

风淑兰慢慢睁开眼睛，声音微弱："犟牛，要我说什么……"

"说什么都行，只要你说话就好了！"徐怀章声嘶力竭。

"你不会听的……娶我吧，犟牛……"风淑兰张着口突然没声儿了。

"淑兰，怎么会这样？"徐怀章发现她脑后正往外冒血，忙用手一把捂住。可是，无论他如何努力，风淑兰再也没睁开眼睛。风淑兰就这样慢慢地走了。他不能接受这个现实，他连连大叫："为什么不打声招呼就走啊？淑兰，你不能走！淑兰等等我，往后一切都听你的好吗？你别走啊……"

七

徐怀章自嘲，这一下算是彻底解脱了。可是，他把自己封闭得更紧，死守森林，哪里也不用去，什么都不用想了。不管谁向他介绍对象，他都让人家免开尊口。连崔梅玉的来信，他也懒得回了。不久，心力交瘁的老母去世了，他干脆在老林深处搭了几间窝棚，与草木同生同息。由于他的精心守护，那儿成了全县仅有的一片森林。五十岁那年，国家改革开放，他承包了那片树林。六十岁的时候，他因植树护林有功，被评为全国劳模，出席了在北京召开的大会。

赴北京之前，他到凤淑兰的坟头三拜九叩，寄托他永久的哀思。然后，把崔梅玉的书信装了一袋，上了路。他打算开完会，到吉林去看看崔梅玉。都老了，看看也无妨。半月后，他来到吉林省的军医院，可他没能找到崔梅玉，找到的只是她的妹妹。她妹妹虽然不到五十岁，却有了闪闪的白发。她妹妹告诉徐怀章，崔梅玉刚过完二十岁生日就死了。她死于一次医疗事故，血液被病毒感染，抢救无效，溘然长逝。那时，她正好收到徐怀章给她的最后一封信。

徐怀章粗暴地问："胡说八道！后来她不是还在给我写信吗？"

"是的，应该说她还在给你写信……"崔梅玉的妹妹很平静，"可是，那信不是她亲手写的。你如果识字的话，应该能够看出来，笔迹稍有不同，语气也冷得多。她临死前把你们的故事告诉了我，并且说：'好妹妹，你要像我活着的时候一样，每年给他写信。他是我最敬重的人，也是我唯一爱过的人。他说他已经有了妻子，儿女绕膝。可我怀疑他说的全是假话……唉……他只有一条腿，非常艰难。他的心很脆弱，需要鼓励，需要爱……'"

崔梅玉的妹妹把他带到一座山岗上，那里有许多坟，其中一座就是崔梅玉的。此时正是金达莱盛开的季节，崔梅玉的坟上铺满了金达莱的花朵。徐怀章身不由己地扑到坟上，失声痛哭起来："梅玉，我的梅玉呀……怎么会是这样？告诉我，为什么不等着我呢……你们为什么要同时离开我呢？"

他又哭又叫，声音很快嘶哑，便哭不出也叫不出了。他在心里自问：我有何德何能，让两个女人至死都爱着我呢？这时，崔梅玉的妹妹有些激愤了："要是你能在她身边，她也许就不会死去。那时她正为你心烦意乱哪！"

徐怀章终于有些醒悟了，意识到几十年来的信件竟然都是眼前这位素不相识的女子代笔的，并且是在他拒绝回信之后。面对这样的三个女性，徐怀章感到自己非常可耻，也非常卑微。他在向崔梅玉的妹妹深深地鞠下一躬后，又觉得自己的心灵是无比的安宁，也就无比的亮堂了……

（发表于《雪莲》2002 年第 2 期）

彭善良　著

善良文集

WUHAN UNIVERSITY PRESS
武汉大学出版社

图书在版编目(CIP)数据

善良文集:全三册/彭善良著.—武汉:武汉大学出版社,2020.12
芳草文库
ISBN 978-7-307-21638-9

Ⅰ.善… Ⅱ.彭… Ⅲ.中国文学—当代文学—作品综合集
Ⅳ.I217.2

中国版本图书馆 CIP 数据核字(2020)第 119806 号

责任编辑:杨 欢

出版发行:**武汉大学出版社** (430072 武昌 珞珈山)
(电子邮箱:cbs22@ whu.edu.cn 网址:www.wdp.com.cn)
印刷:广东虎彩云印刷有限公司
开本:720×1000 1/16 印张:37.25 字数:684 千字 插页:9
版次:2020 年 12 月第 1 版 2020 年 12 月第 1 次印刷
ISBN 978-7-307-21638-9 定价:138.00 元(全 3 册)

《芳草文库》序

刘醒龙

武汉有一批年纪不算太老，但肯定不再年轻的作家，既往作品每出无不风行江汉，后来平淡了些。二〇一五年年初，恰逢一场小聚，其间有老朋友提议给这些在文学创作上颇有成就的作家出版文集，且当场做出关键决策。老朋友提及的作家也是我的朋友，他们的处境很有代表性。

世事流逝到今天，说一点不残酷是不真实的，说太残酷似乎也不科学。值此宁翔雁前羞跟牛后世风，普天之下莫不借口追求日新月异，其实是乡下俗语说的，人人都想一锄头挖出一口井。宁肯臭名远播，哪管丑态百出。忘却不该忘却的，强化不该强化的，是世情中一大不敬。这几年为一位已故作家出版文集，好不容易才成，一来二往之间，见识了足够多的现世生态。似这等才华出众的作家，若非上苍失察，弃之英年，敢不是当今文坛大旗一帜？同理，那些在喧嚣背后悄然尘封的作品，谁能说不是日后人有所诵的典范？天地同根，不是没有高下之分，而是天有天的高度，地有地的厚重。

常住武汉三镇之人，最能体会大江东去、流水落花深意。也是体恤的缘故，又于旷野之间留下高山流水千古知音，以为勉励，兼作念想。朋友提议，饱含诗情，深藏灵性。没有太多商量，三言两语之间，就达成共识，以《芳草》杂志名义，逐年排选，将这批作家的代表性作品编成文集出版。只是由于执业所限，本套书只能以《芳草文库》相称，名头虽小，相信分量不轻。

哲学教会人们认知正确与错误，自然科学是要让人懂得成功与失败。然而，短短人生，包罗万象，其善其美，何止兴衰胜败！文学的存世与流传，其意义正是超然前二者，不以成败对错为目的，也不以卑微尊贵定价值。人非草木，却如同草木，这是文学理由之一，生命不能永恒，却绝对永恒，这是文学理由之二。文学根本理由是，协助芸芸众生在庞杂得无可把握的宇宙间，在神与鬼、灵与欲、虚与实等一切冲突与对立之间，寻找适合每一个体的美妙平衡。

二〇一五年十月十五日

1

目　录

长篇小说

叔叔，让我长大后嫁给你

第一章

一

二十世纪八十年代晚期的那个梅雨季节，出奇的短暂，时有时无地下了三天麻麻点点的雨，干燥燠热的夏天就来了。月亮镇的人很不习惯，没有雨就不能像往年那样休息，那样扯淡，那样打牌下棋，那样串门子聊女人了。太阳爬了老高，人们慵懒地起床、吃饭、扛起锄头下地，经过水库边的时候，发现依依杨柳也像他们一样耷拉着脑袋。人们预料，今年的夏季肯定是漫长而难受的。果然，刚到六月初，人们基本上躲在屋里不敢出门了，愤怒地将"热死啦——热死啦"的蝉鸣抛在荒郊野外。人们没有料到，那个短暂的梅雨季节只是大旱的先兆。此后，懒散的月亮镇人根本不用再下地了。禾苗枯焦，颗粒无收，吃国家返销粮，深刻在人们心头的创痛至今还没有平复，就像丁亥年的洪水，一直流传在人们的口头中。

然而，在这干燥燠热的季节里，月亮镇中学高三的毕业生们是个例外。他们比炎热的气候更加火热，每天都只争朝夕地在书本里摸爬滚打；到了七月高考前一天，便往县城赶。考场设在县一中，考生提前一天去看看场子熟悉一下环境是必需的。月亮镇离县城有一百多里，每天仅两趟公汽，非得前一天赶到不可。心急的人坐头一趟车走了，现在是末班车，停在车站大门前。

张水生在喊："李蓉！快开车了，还不上来？"

李蓉惶然四顾，又不断朝远处张望，好像一点儿也不急，心里却如火焚一般。她在等一个人——周远翔！周远翔是李蓉的同班同学，又是学习委员，他母亲住院，说是去看看就来赶车，李蓉为等他，才决定乘这趟末班车的。然而，周远翔竟一去不来。李蓉对司机说："等半小时，有急事！如果还不来就算了！"

李蓉说了就跑，张水生心里一痛。张水生是班长，虽然毕业了，班长的责任还是促使他留下来乘末班车，他希望高考的同学一个也不要落下；更深一层的原因是他喜欢李蓉，才等到现在的。车要开了，李蓉却找周远翔去了，他心里像被猫爪子抓了一下，狠狠地想：让他们掉了车才好！李蓉并不晓得有人在咒她，如飞地向镇卫生院跑，跑过老街，跑过新街，跑进卫生院大门，一直跑到住院部才停下。她找不到周远翔的母亲在哪间病房里，胡跑了一阵，满眼看到的都是墙上那些"禁止抽烟、拒绝喧哗"的红字标语。没法子，她不得不敞开喉咙尖叫："周远翔，你在哪儿？周远翔，你给我出来！"

周远翔不知从哪儿钻了出来，发现是李蓉，就生气地吼她："李蓉，你搞什么把戏？班车就要走了，跑到这儿来干什么？你昏了头吗？"

李蓉一愣，回击他："好心没好报，就因为没看到你上车，才找来的！"

周远翔心里一阵感动，口气更加坚决："快去赶车！要不你就完了！"

"我完了，那么你呢？"

"我……你别管我……我母亲不行了……"

周远翔陡然垂下头，泪珠儿哗哗地落。李蓉像钉子一样钉在地上不动了，她也不叫；不管周远翔如何催她，她也不动。她说："你不去，我还去干什么？你是最有希望的……我晓得我考不取，只想陪你。这样倒好了……"

"怎么说话呢？各人有各人的前程，不能为我耽误你。"

"就算你帮我节约了几块钱的车费吧……走，去看看大妈。"

就这样，在月亮镇中学的众多考生中，只有周远翔和李蓉没参加高考。当同学们在考场上挖空心思搜肠刮肚的时候，周远翔看着苦难的母亲在病床上煎熬，心已经沉入谷底。母亲是村小学的教员，月薪四十七元。其中一半管母子俩的吃穿，另一半全给周远翔存着，做学费，还要在未来讨媳妇。父亲也是一辈子献身于山村教育的小学教员，和母亲一道指望把儿子盘大，却没能扛住病魔的打击，多年前就扔下老伴和独子走了。教养儿子的责任落到母亲一人身上，谁知母亲也在这世上不能久留。母亲拉着周远翔的手说了许多话，脸上那两行清冷的泪源源不断。周远翔陪着母亲流泪，那种深不可测的悲情牢牢地统摄住他，让他心慌意乱，因而母亲的话他一句也没能听清，也没能记住。

面对病得像一根枯朽树枝的母亲，周远翔眼前一片黑暗。母亲拼数十年之力为他留下的近千元钱全部砸到医院，母亲如果死了怎么办？这是一个十分现实的问题，村里对丧葬的要求是非常苛刻的，不管老者生前得到的待遇如何，死后的安葬一点儿也不能马虎——百善孝为先哪！东讨西借，求爷爷告奶奶，周远翔并不在乎。问题在于他是个学生，到什么地方去借，向谁去求呢？好像是老天在照应他，母亲奇迹般地挺过来了。出院时，是他把母亲背回家的。

母亲躺在床上说："远儿，我唯一的财产就是课本和教鞭。因为我，你读不上大学了……到小学去顶职吧……我反正不能上班了，你赶紧去办手续！"

周远翔无奈，只有去为母亲办了退休和自己顶职的手续，到村小去当教员。

他们村叫前进村，小学叫前进小学。到镇教委报到后就是漫长的暑假，每天安置母亲的吃穿后，周远翔时常爱跑到山林里去散心，坐在父亲的坟前，望着对面不长庄稼只长墨绿色蒿子的山坡出神。蒿子到了金秋，会开出洁白如雪的野菊花；村小和散落的农户，还有稀稀拉拉的林木，在菊花的簇拥下显得很古朴，也很穷酸，像一幅画，一幅凄美的画，一幅令人心颤的画。

在这里还能看到村小门前的公路，公路下边是一条古道，传说两汉时期，武圣人关羽兵败殒命，就是在这条古道上；白崖之下还有一个古老的亭子，叫关公回马亭，里面有关老爷手握青龙偃月刀的站像。所以，这儿有个很古典的名字，叫回马坡。古道上面的公路，向下可通往县城，向上可通往月亮镇。政府觉得回马坡是关公丧命之地，很不吉利，便将回马坡改名前进村。可是，人们还是叫这里回马坡，而不是前进村；将村小称作回马坡小学，而不是前进小学。所谓前进小学，不过是文件上的花样。城里人评论说，山里人很固执，也很落后。周远翔却不这样看，要说固执也是文化的固执。他隐隐感到千百年形成的文化是一种最为稳固的结构，不喜欢人们在它身上随意涂抹。周远翔把他的想法告诉李蓉，李蓉高兴地赞他是个智人。周远翔摇摇头："不对！"

"怎么不对了？我说你是个智慧的人哪！"

"人类数万年前就由猿人进化到晚期智人了。"

"那叫你什么？"

"叫智者吧！"

"瞧你能的！"

秋季开学在即，李蓉告诉周远翔，月亮镇中学的考生成绩极差，只有一个考上了大学，还是个专科，就是张水生，录取在省医学院。周远翔笑了一下，本来是个坏消息，他的情绪却得到了平衡，不用为人家都考上了大学而自卑了；也可以安心对那些还不知事的孩子们讲"$1+1=2$"和"司马光砸缸"的故事了。不过，得知张水生进专科还是让他心里疼了一下。李蓉又告诉周远翔，说她将到镇中心小学上班。周远翔一喜，又一惊："我们是同行了。你顶了谁的职吗？"

"没有。我父亲接镇长吃了饭，镇长让我先干民办，明年指标一下来就转正。

镇长还说转正后送我去读师范，弄个大专文凭，可以去教中学。"

"李蓉，你的父亲真能干。"

"不是父亲能干，是父亲有钱。你不晓得，我父亲是最早的万元户吗?"

"能成为万元户就是能干。李蓉，我们是同行了，热烈欢迎!"

"远翔，往后你得多教教我。"

"那怎么敢?您是中心学校，又是镇长钦点。我算什么呀!"

"你翘什么尾巴!"李蓉举起拳头砸了他几下，"远翔，没吃到葡萄心里酸酸的吧!其实我也不想仰仗父母，可是，不都这样吗?"

"酸什么?我是真为你高兴，你好了不就是我好了嘛。"两人正在回马坡小学讲得热闹，忽然有个孩子冲进来，把他俩弄得很不好意思。

那孩子气喘吁吁地说:"周、周老师，你的妈哭了!"

"刘根儿，你怎么晓得的?"周远翔拉起那个孩子就往家里跑，回头对李蓉说:"给我把教室锁好，你回家我就不送了!"

刘根儿是回马坡小学三年级的学生，因为周远翔偶尔到村小顶替母亲讲过课，刘根儿便打心眼里崇拜他。刘根儿听说周远翔在村小正式当了老师，便高兴地往他家跑，结果没找到周远翔，却发现周远翔的母亲发病了。周远翔拉着刘根儿飞奔，虽然急，却并没有往坏处想。他认为母亲一辈子教书育人，做了一辈子好事，老天是会照顾她的。周远翔还没跑到家，老远就听到母亲痛苦喊叫的声音:"远儿，你在哪儿啊?娘快死了，快回来看娘一眼哪!"

周远翔吓坏了，二话没说背起母亲就往镇上跑。一口气跑了十来里，冲进卫生院急诊室，便呆呆地看医生忙碌。拿脉的拿脉，听诊的听诊，氧气、吊针一齐上，只说母亲的病与上次不同，到底什么病，谁也没搞清楚。母亲感到浑身像刀割似的，一直疼到骨髓里去了。从来都注意自己形象的母亲不管不顾地喊叫着，可见她的疼痛是多么厉害。周远翔不敢抬眼看她，只想把她的疼痛移到自己身上来。医生说:"赶紧转院!准备五百块钱，快通知县医院的救护车。"

母亲得了什么病，需要转院?周远翔一下子蹲到地上，感到天旋地转，有些不知东南西北了。医生们忙进忙出，周远翔呆头呆脑，两个小时过去，救护车呼隆隆进了院子。医生护士把病人往车上送，有人举着吊瓶也往车上送，周远翔却依旧呆着。医生火了:"病人家属呢?怎么搞的?钱带好了吗?"

周远翔慢慢磨到医生面前，张了张口却说不出话来。医生火了:"怎么搞的?救人如救火，搞了半天你根本没准备?就这点儿孝心?"

二

李蓉看到周远翔跑了，急忙帮他关上教室，又为他锁了寝室门，然后朝周远翔家赶。等她赶到时，周远翔家已经没人了。想也没想，她跑到卫生院，听说要把病人往城里送，就晓得这病不轻了。医生说要准备五百元钱，周远翔仿佛没听到，李蓉明白他手中没钱，牙一咬，扭头去找她爸。她爸是搞建筑的包工头，名叫李怀德，眼下正承包了镇中心小学的扩建工程。李蓉燕子似地跑到扩建工地，她爸正好叉着腰对民工大喊大叫。

"爸!"李蓉累得岔了气，冲到李怀德面前按着肚子蹲下来，脸色煞白，"爸，快! 快给我六百块钱! 要现金……存折也行，我要去医院……"

李怀德吓了一跳："蓉儿怎么啦? 得了什么病?"

"别问了，救人要紧!"李蓉慢慢缓过来，口气还是那么急。

李怀德蹲下身子："快趴到我背上，我送你去卫生院!"

李蓉站了起来，把她爸一推："不是我病了，啰嗦什么呀，钱呢?"

"你妈病了吗?"李怀德虽然疼爱这个女儿也娇纵这个女儿，却要问个清楚，"急啥? 你总要告诉我病人是谁吧? 这孩子，怎么越来越不懂事了?"

"爸，我的同学生病了，你救不救? 你是包工头，只有你具备这个能力! 不要以为这钱是你的，就守得死紧! 这钱是国家的，是老天爷的。你给呢，兴许还能发更大的财; 不给呢，会没有好报应的! 懂吗?"

女儿的几句话像榔头，砸得李怀德分不清方向了，他却觉得女儿的话是对的，连忙掏出一把钱，清出六十张十元的票子，好大一摞，把工地上的人都惊呆了。李蓉拿过钱就跑，边跑边说："爸别心疼，将来会还你的!"

李蓉跑进卫生院大院，正好看到医生在训斥周远翔。周远翔不知如何是好，恨不得钻进地缝。这时母亲在车内说，她不到城里去看病，她没有钱。周远翔听了，感到像有一只带刺的巴掌在猛掴他的脸。李蓉也感到脸上阵阵灼痛，就尖起嗓子叫喊："医生，我们走吧，钱在这儿呢!"

周远翔抬头一看，是李蓉，他像在濒临死亡的荒漠里突然见到了绿洲，双眼一涩，泪就淌下来了。周远翔还愣着，李蓉把他拉上车，守到母亲身边。离开小镇老远，周远翔慢慢平静了，小声问："李蓉，你不上班哪?"

李蓉说："救人要紧。"

周远翔的泪又淌了下来，一句话也说不出。这时，母亲的疼痛仿佛好了些，看看两个孩子，插进话来："蓉儿，好姑娘……我这身子不争气，拖累谁也不该拖累你呀……蓉儿，我的远翔和你一比，有什么用哦……"

母亲的几句话，说得李蓉红了脸："大妈，没什么拖累的，我和远翔是同学。"

母亲一声叹息："远翔啊，我都不晓得你该怎么还人家的情了……"

李蓉不知如何回答，看了一眼周远翔，脸更红了。周远翔悄悄握住她的手，小声说："李蓉，你说怎么还我就怎么还。"

李蓉的声音更小："用一辈子！"

周远翔伏在她的耳边说："还有下辈子！"

此后，直到县医院，他们的手没有分开过。

赶到县医院已是晚上将要下班的时间，一会儿透视，一会儿抽血，一会儿做心电图，一会儿尿检，一会儿楼上，一会儿楼下，全是周远翔背去背来的。一直忙到深夜，总算把母亲安顿下来了。周远翔轻轻掩上病房门，和李蓉一同走到院子里，几乎是同时，两人都长长地舒了一口气。院子里没有一个人，除了偶尔从远处传来的呻吟声，一切都太静了。院子里没有灯，路灯投射过来的光被稀疏的古树切割成斑驳的碎片，让人感到阴森。周远翔朝四周扫了一眼，李蓉也朝四周扫了一眼，然后他们往前一扑，紧紧地抱到一起。

"要不是你，我就喊天无路了。"

"什么你呀我的，以后不准这么说话。"

有了这么一次经历，周远翔和李蓉的关系突然升级了。回到母亲的病房，他们一面守着母亲，一面精神亢奋着，这一夜他们恨不得连眼睛皮儿都没闭一下。天快亮时，李蓉离开医院赶车回学校。新的人生，新的地方，对于李蓉来说，的确是太忙了，需要适应的东西也太多了，她必须立即赶回去。周远翔只送到医院大门口，看着李蓉的身影越去越远，在昏黄的路灯下摇晃，心里顿时生出一种依恋，也有一种愧疚。他在心里说：李蓉，今生今世，我会无条件报答你的！

一天过去了，两天过去了，一个星期过去了，母亲的病检结果才出来。病检结果拖这么久，是因为县里无法确定，还得把切片送到市里去。天天盼结果，周远翔度日如年，有着不祥的感觉。结果终于出来了，又让他痛不欲生：母亲的病被确诊为骨癌！周远翔没有告诉母亲，而是无助地跑到院子里哭了一场。那是星期六的晚上，他埋着头，本是要惊天动地地哭一场，却压制得呃呃的，鸡叫一般。有人轻轻摇晃他，他猛地抬起头，面前立着的竟然是李蓉。在最苦难的时刻终于见到了"亲人"，周远翔这才敞开喉咙号啕起来。

"远翔，咱妈的病就没治了吗？"李蓉想也没想，脱口说出"咱妈"来。

周远翔一边痛哭一边说："李蓉，妈得的是骨癌！"

李蓉一听，跟周远翔一样心碎了，泪水唰唰地往下淌："远翔，一定要快乐！你这么一哭，咱妈的精神更不济了。走，把眼泪擦擦，我们进去。"

李蓉的这几句话，暖融融的，把周远翔的泪水止住了。走进病房，母亲在睡，似乎好多了。周远翔却说："母亲疼得很，天天用进口的止痛针。刚刚打过一针，她才睡的。母亲疼起来让我难受，她怕影响人家，总是把牙咬得紧紧的；结果还是忍受不了，牙齿相互搓磨，嘣嘣响，让人更难受……"

周远翔的话惊醒了母亲，母亲没有力气睁眼，不晓得李蓉来了，只在断断续续地交代："远翔，不要为我花钱了，我这病是没救的……回去赶紧割棺木，上油漆，迟了油漆不得干，会把抬丧人的衣服糊脏的……我死了，不要停，天气热，停久了会臭的，少停一天就少花钱……远翔，没有丧葬费，把老屋卖了；剩下的钱你留下办婚事吧……老屋值不到许多钱，千儿八百就行了……"

周远翔实在不忍听了，生气地说："妈，您养您的病，不要瞎操心！"

母亲的声音越发微弱："不要吼我，我还有话说……李蓉是个好姑娘，她为我的病出了那么多钱，使了那么多力，你怎么还……远翔，实话告诉我，你们是不是在恋爱？你也二十岁了，虽说还小，可我是等不得了……"

周远翔呜呜地哭起来。李蓉当即扑到床上，泪水哗哗地说："妈，您别想七想八的，您的病没事的，有我和远翔，您只管放心养病……"

李蓉脱口而出叫她"妈"，母亲吃了一惊，睁开眼，立即激动起来："哦，是蓉儿！蓉儿来了就好！蓉儿，你能告诉我吗？你和远翔……"

李蓉连连点头："妈，我会做您的好媳妇，孝敬您一辈子的。"

母亲艰难地笑了："那就好。远翔，我走后，你要好好待蓉儿。这么好的蓉儿是老天给你的，你得对我起誓，这一辈子不能做对不起她的事……"

"妈——"周远翔想都没想，朝母亲跪下，"我听您的……"

就在那天夜里，母亲走了。面对一生病病歪歪而又非常劳苦的母亲，周远翔在心里起誓：妈，我此生决不辜负李蓉，您就放心去吧！

周远翔在亲朋好友的帮助下，将父母合葬在一起，在那高高的山岗上。送葬的人们走了，只剩下周远翔和李蓉。他们采来无数的山菊花，将父母的坟整个地覆盖起来，一片雪白，格外凄凉，每朵花都寄托着他们的哀思。周远翔一会儿望着坟，一会儿望着树林和悬崖，发呆。李蓉看了就心疼，心里希望周远翔能尽快从痛苦中走出来。树林里一只黑色的鸟呼啦一声从坟头掠过，周远翔悚然一惊，仿佛从梦中醒来："蓉儿，从现在起，我就是孤儿了。"

李蓉把他的肩膀一扳，大声说："不对，从现在起，你就是大人了！"

"可是，父亲没了，母亲也没了，我感到的是透心凉。"

"你怎么说话呢？还有我！不是还有我吗？"

从李蓉咄咄逼人的口气中，周远翔似乎明白了什么。李蓉狠狠地将他一拉，要他回家。回家路上，李蓉说："远翔，你不能这样暮气沉沉的。"

周远翔深深地透了一口气："蓉儿不用担心，我立即按妈说的把老屋卖了，从现在起搬到学校去，一门心思用到工作上，慢慢会好的……"

"那好，你要说话算话!"李蓉伸出白嫩的手和周远翔击了一掌，"如果因为你情绪不好而影响了我，我是会找你算账的！远翔，等我在中心小学站稳了脚，再想办法把你调去，多好！你别发愣，我爸会有办法的……"

三

周远翔正式上班了，心里依旧很沉痛。回马坡小学只有两个教员，一个姓赵，另一个就是周远翔。赵老师教了三十来年书，家属在村里种田，俗称半边户。全校五十多个学生，只有四个年级，五、六年级的学生要到镇中心小学去读书。赵老师教一、二年级，周远翔教三、四年级，两个复式班。上课的第一天，周远翔站在讲台上，忽然有了一种新的感觉，心里对母亲说：从今天起，不肖之子就算正式接过了您的教鞭，望您在天之灵保佑我……

周远翔读书时心高气傲，好像天下没有他不能对付的事情，可他上班没几天就感到力不从心了。一个人教两个年级，语文、算术、体育、音乐、美术，还有课外活动，放下这本书就要拿起那本书，思想要求转换得非常快，似乎连喘气的工夫都没有。每节课都要分成两部分，上半节教三年级，四年级自习；下半节教四年级，三年级自习。放学了，还要忙到半夜，批改作业，写教案……周远翔深刻地体会到，当一个山村小学的教员是多么多么的难哦！从此，他也深刻地感到父母是多么了不起的人！父母在这个岗位上都干了几十年，说他们是累病的，是累死的，一点儿也不过分。为了这些学生，他已没有时间悲哀，也没有时间痛苦了。有一天半夜改完作业，他长长地伸个懒腰，发现了墙上有一支布满灰尘的竹笛。那是父亲生前吹过的，父亲年轻时就因为这支竹笛发出的美妙音乐吸引了母亲，他们从而走到一起，结为夫妻。这支竹笛寄予了父母太多的情感和理想，也给周远翔刻下了不能忘怀的记忆。他取下竹笛，认真地拂去上面的灰尘，轻轻吹出一组音阶：哆来咪发梭啦西哆……

竹笛是那种古铜的颜色，每个发音孔之间都缠着红丝线，下端则长长地吊着一个小巧的中国结，非常好看。这些都是母亲的手艺，那已是遥远的过去了。周远翔走出寝室，望着黑暗的夜空，悠悠地吹了一曲。他感到，美妙的音乐就像彩带一样在九天飞舞，把整个黑暗的夜空都映照得亮堂堂的。他的技艺不算高超，却也不赖。李蓉是班上的文艺积极分子，每当她跳舞或者歌唱表演时，都是周远翔伴奏的，周远翔吹的就是这支竹笛。此刻，周远翔沉浸在氤氲的音乐中，要不是因为第二天上课，他愿意吹一个通宵。

第二天，伴着学生琅琅的读书声，周远翔情绪极佳，在黑板上写出"静夜思——李白"等粉笔字。然后说："请三年级同学打开课本，跟我读——'床前明月光，疑是地上霜。举头望明月，低头思故乡。'"

一边读，一边扫视那些瘦苦伶仃的小同学，他发现靠在窗口的刘根儿有些不安分，正焦急地向窗外挤眉弄眼。周远翔悄悄走到跟前，顺着刘根儿的视线朝窗外望去，发现一个五六岁的小女孩正在和刘根儿比画着什么。周远翔耐着性子，用手指轻轻敲击桌面，提示刘根儿应该好好听讲。刘根儿专注着窗外，听到了老师发出的敲击声，却不晓得老师到了身旁，心一急，赶紧压低身体，一边用手指指讲台，一边示意那个小女孩赶紧离开。刘根儿的手差点儿戳到老师，周远翔顺手把他比画着的手抓住了，刘根儿吓得"啊"了一声。周远翔看他可怜，没有说什么，放开他的手，走到门外要看个究竟。然而，那个小女孩转眼不见了。趁周远翔出门的工夫，好奇的同学们呼啦一下涌到窗口，一堆小脸蛋拥挤着，一双双黑而亮的大眼睛扑闪着，注视着他们的老师。周远翔没找到小女孩，只好转身进门，同学们又呼啦一下窜回各自的座位。周远翔禁不住笑了。

周远翔回到讲台，发现刘根儿用书掩着脸，在躲避他的目光，心里便起了疑惑。他咳嗽一声，不紧不慢地问："刘根儿，怎么回事？"

刘根儿紧张得一句话也说不出来，扭头一看，同学们的目光像箭一样射向他，窃窃地议论着。刘根儿窘到极点，脸色一下子红过了耳根……

周远翔提高声音："刘根儿，老师问你话怎么不回答？起立！"

刘根儿站了起来，一个馒头从他身上滚到地上，他连忙伸手去抢，没有抢到，准备蹲下身子去捡，馒头却滚到讲台附近去了。他偷窥一眼讲台，老师正瞪着他，他连忙把身子挺直了。同学们看看地上并不白净的馒头，又看看滑稽的刘根儿，哄笑起来。周远翔准备把馒头捡起来，刘根儿却以极快的速度将馒头抢到手里，并且藏到了背后。同学们的笑声更大了，越笑越放肆。周远翔虎起脸，向刘根儿伸出手："不好好听讲，还在课堂上吃东西！快交给老师！"

刘根儿低着头，很不情愿地把馒头递过来。周远翔把馒头放到讲台上，发现有粉笔灰，又拿起来吹了吹："刘根儿，中午老师会还给你的。"

刘根儿胆怯地点点头，回到座位。下课时，周远翔刚走出教室，同学们就炸窝似地戏闹着扑向刘根儿。刘根儿赶紧伏下身子，机灵地从桌子底下钻过去，然后冲出教室，转眼间下了公路，边跑边喊："阳阳！阳阳！"

刘根儿的目光朝公路两头搜寻着，没看到人，连车子都没有一辆，只有那条灰扑扑的公路像一条懒蛇似地趴在山腰间。刘根儿只好怏怏地往回走，公路边的草丛中忽然钻出那个小女孩，尖叫一声："根子哥！"

随着叫声，一条黑狗箭一般窜出来，刘根儿吓了一跳，跳过去一把揪住小女孩肮脏的小辫子，大声训斥："阳阳，还淘不淘？你害我呀！"

小女孩连连求饶："根子哥，不淘了，我听你的！"

刘根儿把阳阳手中的破篮子夺过来，从里面拿出半块馒头，生气地叫喊着："天哪阳阳，讨了半天才要了半块馒头呀！饿死你！"

阳阳笑嘻嘻地说："我才不怕呢，根子哥不是给我带了馒头吗？"

刘根儿一听，气馁地说："周老师把馒头缴了。"

"老师和学生争馒头，那叫什么老师呢？"

"老师说，中午就还给我。"

忽然响起上课铃声，刘根儿撒腿就跑。阳阳在后面追了几步，停下来。刘根儿回头说："阳阳别来了，就在公路边等我，中午和你分馒头吃！"

中午放学，近处的学生回家了，远处的学生自带熟食，需要老师蒸热了再吃。两位老师轮流值日给学生蒸饭，今天是周远翔值日。同学们有的带米饭，有的带馒头，有的带红薯，早上到校时放到蒸笼里就行了。上午最后一节课一完，周远翔赶紧来生火，半个小时后，蒸笼里的汽就上来了。同学们一个接一个地领走了自己的食品，只有刘根儿躲在厨房门外探头探脑。周远翔派个学生去叫他，刘根儿连忙进来了。"刘根儿，偷偷摸摸的干什么？"

"周老师，我……我做贼心虚……"刘根儿有些口不择言。

周远翔哈哈大笑起来："做贼心虚，做贼心虚……笑死人了！刘根儿，你也会用成语了，当真了不起。不过，这词儿用得好像有些不妥呀！"

"老师，我、我、我再也不敢乱用了……"

"什么敢不敢的，快拿去吃吧，冷了就没味道了。"

"哎，谢谢老师！"刘根儿接过馒头，如飞地朝校门前的公路跑去。周远翔很奇怪，让他趁热吃，怎么跑了呢？这孩子！他看到刘根儿跑到公路边，草丛中便钻出一个女孩和一条小狗，刘根儿把馒头一分两半，一半叼在自己嘴里，一半塞到女孩怀里，然后坐到草丛里大嚼起来。没想到刘根儿这孩子还挺会照顾妹妹的，可是周远翔明白，刘根儿没有妹妹呀！那么这个女孩是谁呢？

周远翔没有时间去弄明白刘根儿和那个女孩的事，赶紧吃了饭，一头扎进寝室，开始批改学生作业。算术作业改得快，打钩打叉再判分，二十几个本子一会儿就改完了。他对刘根儿的算术作业摇了摇头，心想，这么聪明的孩子怎么老不及格呢？然后将本子码在一起，放到书桌的另一头去。接着又要上课了，语文作业只能留着晚上批改。周远翔对语文有着天然的兴趣，三、四年级学生已经开始写作文了，他批得特别认真，花费的精力不亚于写一篇文章。这天晚上批改刘根儿的作文时，他笑了。刘根儿出现了笔误，把"十五只吊桶打水——七上八下"，写成了"七上七下"。他想起了刘根儿的口误"做贼心虚"，又笑了。他在那篇作文后面批道："可爱的刘根儿，还有一只水桶呢?"写到这儿，他忽然大笑起来，想起同校的赵老师讲过的一个民间笑话：

从前，有个先生写了个"被"字考问学生，学生想不起来这是个什么字，先生诱导说："床上的东西。"学生恍然大悟，回答说："那是铺板。"先生摇头说："铺板上面的。"学生回答："那是稻草。"先生摇头："稻草上面的。"学生说："那是篾席子。"先生说："席子上面的。"学生说："是我的妈。"先生说："你妈上面的。"学生说："是我的爹。"先生说："你爹上面的。"学生说："爹上面没有了。"先生说："你爹上面不是还有被子吗?"学生摇头："被子早让他们蹬到地上去了……"

周远翔越想越好笑，笑得一手按住肚子，一手扶住桌子，埋下头，浑身耸动。突然有人把他的肩膀一拍，说："你看你还像个老师吗?"

周远翔的笑戛然止住，抬头一看，竟然是李蓉。

四

在镇中心小学，学生多，班级多，老师也多，所以李蓉比周远翔轻松多了。往往周远翔还埋头在学生的作业中，李蓉就会出其不意地来到他面前。回马坡小学偏僻而又安静，放学后赵老师回家帮老婆侍弄责任田，学校便只有周远翔一人，李蓉正好同他单独相处，这也是李蓉老往这儿跑的原因。没有打扰，没有顾虑，两个年轻人可以放心大胆地玩了。周远翔看到李蓉突然出现，高兴地将李蓉抱起来。李蓉夸张地叫喊，故意吓唬他："远翔快放下，来人了!"

周远翔慌忙将她放下，四处张望，没发现什么；又冲到门外张望，也没发现什么，李蓉早已咻咻地笑开了。周远翔郑重地说："不要笑了，蓉儿，笑就是不严肃！好，你跟我并排站好，玩一个教堂婚礼的游戏！"

周远翔走到窗前，将窗帘拉拢了，说窗台就是圣坛。最近他们常玩游戏，李蓉很喜欢他的游戏，忍住笑听他指挥。周远翔模仿电影中教堂牧师的声音，嗓音嘶哑而又低沉地问："李蓉小姐，愿意嫁给周远翔先生为妻吗？"

"愿意。"李蓉回答，接着也问："周远翔先生，愿意娶李蓉小姐为妻吗？"

"愿意！"周远翔回答，然后握住李蓉的手举起来，做出戴结婚戒指的样子。李蓉闭上眼睛，将自己的无名指高高翘起。等她睁开眼睛时，看到自己的无名指上并没有什么戒指，而是缠上了一条雪白的药用胶布，当然是周远翔给她缠上去的。最后，两个人乐不可支地拥抱着，又跳又叫……

"远翔，你总是让人在陶醉中幸福无边。"李蓉有些晕晕乎乎地说，"可是，母亲对我讲了，我还小，不能谈情说爱。我想也是，我还要转正，还要上大学，还想干出一番成绩，争取调到中学去。远翔，你等得住吗？"

"这个不成问题，我愿意一直等你，等到地老天荒，等到连时间也感到不安和惭愧，以至退却的地步……蓉儿，你看可以吗？"

"远翔，你的话让人震撼……我只想落泪……"

李蓉真的落泪了，周远翔感到惊讶。他不过是随口把心里话讲了出来，李蓉竟感动成这样，这是他没料到的。周远翔问："我等你固然不成问题，可是，将来你读大学了，成中学老师了，还记得回马坡有个名叫周远翔的人吗？"

李蓉仿佛受了一击，脸色蓦地变了："怎么，你不相信我？"

周远翔连忙道歉："我错了！不该问这种蠢话。你对我母亲，特别是对我，把心都交了，我怎么能问出这种话来呢？蓉儿，原谅我吧！"

"为了惩罚你对我的不信任，我决定延长你等待的时间。"

"啊！还要延长啊？你要延长多久呢？"

"一秒钟！"

两个人又抱到一起哈哈大笑了。傍晚，李蓉说："送送我吧。"

周远翔略显疲惫地搓搓脸："还早呢，我不想让你这么早就走。"

"最近，我妈都急着要我回家。"

"这么大了，天天和妈在一起，多没出息呀！"

"我妈不放心，说这么大姑娘了，得管紧点儿。"

"啧啧，好我这个丈母娘，还让人活不活呀？"

"少贫！现在就敢说丈母娘的坏话？那将来……"

"哪能啊，将来你妈不也是我妈嘛，是不是？"

"这还差不多！为惩罚你对丈母娘的不敬，我还要延长你等待的时间！"

"我晓得，再延长一秒钟！"

"你猜错了，这回是两秒钟！"

周远翔送李蓉回月亮镇的路上，一直嘻嘻哈哈地打着嘴仗。在街口分手时，李蓉小声告诫："为了保护我们的爱情，请你保密。"

周远翔郑重地点头："尤其是对你妈，绝不能漏半点儿口风。我长这么大还不认得你妈，所以，这个任务该你承担了。蓉儿，任重而道远哪！"

"又在贫！"李蓉轻轻拍一下周远翔的脸，故作生气地走了。周远翔的确不认识李蓉的妈，李蓉家里富裕，作为乡下孩子的周远翔自然没有机会走进这样的家庭。李蓉回到家，还在为周远翔的游戏和贫嘴而发笑。冷不防她妈张大梅从屋里出来看到了，有些不满地问："蓉儿，有什么好事呢偷着乐？没听说过，男子一笑是一呆，女子一笑是一痴吗？我看你快发神经了吧！"

女儿见了母亲是要撒娇的，李蓉立即像牛皮糖似地粘了上去："妈，你就温柔一点儿嘛，也不学学别人，女儿还没进门就一顿训，哪有这样的妈！"

要在往日，张大梅一定会笑眯眯地用手抚摸女儿的头，可今天变了，张大梅身子一旋，差点儿将李蓉掀倒了："那好，老娘不温柔，你就别进屋！"

张大梅虎着脸，坐到堂屋的一把老式太师椅上，像个发威的女王。李蓉曾经见过她妈这种样子，那是她妈审问她爸在外面招蜂引蝶时拿出的威风，不知妈妈今天为什么把这种做派派到她身上来了。

"蓉儿，老实交代，你和周远翔是怎么回事儿？"

"没事呀！妈，别把我当爸爸了，听到风就是雨。"

"谁和你贫哪？老娘铁证如山，就看你交代不交代！"

"张大梅同志，有什么证据你就拿出来吧！"李蓉突然火了，对她妈直呼其名，"哪有你这种妈，防自己女儿就像防贼一样，还让人活不活呀！"

"那好，你听着！周远翔的妈死了，你送花圈，算是同学情谊，我就不讲了，可是他妈住院用去的五百块钱竟然全是你拿出来的，怎么解释呢？他妈死了，活人不同死人算账，我也不说了，可你星期天往回马坡小学跑，又怎么解释呢？这不只是风吧？这应该是哗啦啦的雨吧！"

李蓉一下子惊呆了，她妈竟然说的句句是实。她倒不是怕她妈，她惊的是谁会晓得她和周远翔的事呢？谁又会当这种奸臣呢？她木在那儿一动不动，也不说话。张大梅心里藏不住机关，等了一会儿就噼里啪啦往外倒："蓉儿，你晓得的，张水生不是上医学院吗？他妈昨天来坐了半天，说她的水生至今还想念同学们呢！每次给家里写信都要提到你，说你没考大学太可惜了。人家可是在大城市见大世面吧！他说那次你为了周远翔放弃考试是错误的，他还说，这种情况周远翔有不可推卸的责任。我这才晓得是周远翔害了你……"

"什么话呀！妈，我不听不听就不听！"李蓉气冲冲地跑到自己寝室里，往床上一倒，蒙头大睡。睡了好久，突然明白了。那个告密人除了张水生的弟弟还有谁？张水生的弟弟名叫张土生，没考上高中，却不知通过什么路子读了两年卫生学校，回镇卫生院当了外科医生。他从医不到一年，只给老医生当当助手。周远翔的母亲住院，张土生经常看到李蓉往病房跑，自然会多个心眼。令李蓉不解的是，到底是张水生要张土生把这事告诉她妈的，还是张土生自己要这样干的呢？正想着，张大梅在外面叫："蓉儿，来客了！"

李蓉赶紧揉揉眼，绕到洗手间洗了一把脸，这才慢悠悠走到堂屋里来。来人一看到李蓉出来了，屁股上像长了弹簧，弹了起来，正是张土生。张土生毕恭毕敬地说："李老师在家呀！我还以为……"

"哦——张医生！说曹操曹操就到了。"李蓉皮笑肉不笑的样子，"你还以为如何？以为我到回马坡小学去了吗？"

张土生的脸骤然红了，期期艾艾地说："李老师，什么意思？"

"没意思。"李蓉笑呵呵地，"没意思极了！"

"那你——为什么提到回马坡小学呢？"

"我想到哪儿说哪儿。你问问我妈就晓得了。"

这时张大梅已经端来了茶，放到张土生一侧的桌子上，把李蓉横了一眼："蓉儿，怎么对客人说话啦？张医生是第一次来，你不晓得客气点儿？"

"哦，也是的！张医生，我常到你们医院，平时开玩笑惯了，不会对不起你吧？你告诉我妈，我们是不是开玩笑惯了的？"李蓉一边笑一边闪身进了里屋，然后端出了一盘葵花子儿，一盘炒花生，一盘苹果，还有一盘梨子，全都放到张土生面前："张医生，第一次来，没什么好招待，你得原谅哦！"

张土生惊得什么似的，手脚也没处放了……

五

回马坡小学的对面山上，是一方巨大的白崖。崖壁光滑，如出窑的釉彩一样；崖脚依傍着一排树皮盖顶的木屋，均只有三面墙，后面的墙就是崖壁。炊烟在石壁间涂抹了一道道墨迹和怪异的图案，让人感到只有上天才能画出如此大气的图画。星期天，周远翔和李蓉时常到这儿来，对着白崖大喊大叫。

李蓉喊："白崖白崖我爱你！"

白崖回应："——我爱你！"

周远翔喊："时时刻刻想着你！"

白崖回应："——想着你！"

喊叫过了，他俩就哈哈大笑，白崖也随之哈哈大笑。这一天，李蓉来得有些晚，骑着自行车赶来，在村小学没找到周远翔，猜定他在白崖脚下，就继续往前赶。刚到山脚的树林边，她听到有人在唱歌，于是停下脚步，把车子支在公路边，竖着耳朵认真聆听，认真品味：

> 讲了不丢就不丢，
> 捡个石头丢下沟；
> 石头浮起把你丢，
> 石头浮起也不丢。

"好个周远翔，在这儿唱情歌呢！"李蓉静听了一会儿，白崖把周远翔的歌声隆重地传播开来。李蓉激动起来，等周远翔的歌声一停，立即接着唱道：

> 讲了不离就不离，
> 等到青山脱树皮；
> 冷饭发芽才分离，
> 冷饭发芽也不离。

她朝白崖前奔跑起来，边跑边叫。跑到跟前，周远翔似乎还沉浸在歌的意境中，神思恍惚地杵在那儿。李蓉把他一拍，他动也不动；她赶紧绕到他面前，用双手轻拍他的脸庞，他还是一动不动。李蓉说："这家伙走火入魔了！"见他始终木呆着，李蓉将指头伸到他的腋下咯吱几下，他终于忍不住大笑起来。李蓉嘟着嘴说："你就装呗，装他个天昏地暗、地老天荒吧！怎么又活了？"

周远翔笑着问："听到了吗？怎么样？"

李蓉摇头："听到什么了？"

"歌声啊！石头浮起把你丢，石头浮起也不丢！绝不绝？"

"哦，就这破歌呀！哪个不晓得？连三岁娃娃都能唱，又不是你的原创。"

"行，我原创一首歌你听听。"

"好啊，我等你原创……"李蓉学着老僧入定的样儿，盘腿坐到石板上，等了一会儿又说："远翔，你别原创什么情歌了。来，帮我想想另一个问题。学校要我负责在寒假前弄一台文艺节目，你看怎么办？"

"你不是文艺骨干嘛，这有什么难的。我说你记，一台节目立马就成。"

"好，你说说看！"

"独舞：《北京的金山上》，独唱：《想念毛泽东》……"

"哎哎哎，什么时代了，还弄那些老掉牙的东西呀？"

"是有点儿老，可艺术是永存的，怎么能说老呢？"

"别开玩笑了！远翔我求你，说点儿实在的行吗？"

"那——《大阪城的姑娘》，这不老吧？《草原英雄小姐妹》不老吧？"

"虽然也是老的，但现在时兴，那就算两个……哎，远翔，你给我伴奏去，没你的伴奏我跳不好。不要推辞哟，你是我特邀的……"两个人说一说，记一记，闹一闹，天色渐渐晚了。暮色中的山村零星亮起昏黄的灯，袅袅升起的炊烟飘荡在发暗的空中，偶尔传来几声鸡鸣狗吠，山村显得祥和而又宁静。他们收拾起纸笔，走上蜿蜒的公路。周远翔推着车走完那段上坡路，然后跨上去，让李蓉搭坐在货架上。李蓉紧贴在周远翔的背上，心中的激情荡漾着……

周远翔拿腔拿调地问："李蓉小姐，愿意嫁给周远翔先生为妻吗？"

李蓉一只手搂着周远翔的腰，另一只手就打他："讨厌！"

周远翔一手扶车把一手在兜里掏着："哎！我的戒指呢，戒指哪去了？"

李蓉连连拍打着周远翔："讨厌！拿来呀！"说着，用手抓挠周远翔。周远翔故意将自行车骑得东倒西歪，乐得李蓉发出咯咯的笑声……

周远翔说："将来给我生个儿子……"

"流氓！"李蓉脱口而出，"美的你！放牛伢子吹牛角，还在哪儿呀！"

正闹着，突然，路边窜出一条半大的黑狗，吓得周远翔赶紧叉开双腿支到地上，让李蓉下了车。李蓉看到那狗越来越近，惊叫起来，连忙绕到周远翔身后。接着，草丛中又窜出一个女孩，把那条狗牢牢逮住了。周远翔心里一亮，这不是和刘根儿分馒头吃的那个孩子吗？这么晚了，还不回家？他想问个清楚，女孩拉着那狗朝镇上走了。女孩和狗越走越远，最后只有两个影子晃来晃去。周远翔骑上车子，驮起李蓉往前冲，眼看要追上女孩了，一辆卡车从公路的拐弯处急驰而来，周远翔连忙将自行车拐到路边。再抬头看时，吃惊地发现那个小人影在公路中间惊慌失措，小人影身边的那条狗竟在用力拖曳她。卡车紧急制动却没能刹住，轰轰烈烈地带着尖锐的刹车声压过来，小人影便在同卡车相碰的瞬间飞了起来，像一片树叶一样。李蓉尖叫一声："天啊！这车怎么开的？"

"李蓉快，快看看车牌号码，不能让他逃逸了！"周远翔一边吩咐李蓉，一边飞奔到事故现场仔细查看。小女孩倒在血泊中，那狗伏在女孩身边，不断用爪子刨地；又不时将嘴巴戳向天空，发出惊心的哀鸣。

"哪里看得清！"李蓉大声说，滚滚车轮掀起的阵阵烟尘迷了她的眼。盯了一会儿，车子消失了，她绝望地问："远翔，怎么办？"

周远翔抱起那个小女孩，这才发现她脖子上挂着一个银制的小狗，身边有个破竹篮，篮中的野草和两个馒头落在地上，女孩脸上粘满了血和沙土。

李蓉又问："怎么办？远翔！"

周远翔没有回答，双手平托着女孩朝前奔跑，他又急又累，头上很快冒出了汗。李蓉推着车，不时地回头张望。终于，一辆拖拉机过来了，李蓉打个招呼，司机停下来，连忙帮着周远翔把孩子弄上车，然后朝卫生院疾驶而去。周远翔心里急，顾不上李蓉。李蓉并不怪他，心想孩子住院了就好了。她透了一口气，看到那条黑狗在拖拉机扬起的灰尘后一直紧跟着，感到有些心酸：那是女孩的狗，狗也有人性，它此刻为小主人的伤操心着呢！狗对人的忠诚刺激了李蓉，她骑上车，也猛蹬起来。跑到急救室，正好碰到医生在要住院费。周远翔看了李蓉一眼，苦苦一笑。李蓉浑身摸个遍，也是一声苦笑："医生，没想到会出这种事，您能先收下孩子吗？待会儿，我就回家去取，好不好？"

医生把李蓉看了看，将要说什么，张土生过来了，对着收费的医生嘀咕了几句，那医生忽然笑了："你就是为同学的母亲交过住院费的李蓉，对吧？你父亲是万元户，名叫李怀德对吧？听说他一年缴税就是一万多块呢，要不怎么会成为镇长、书记的红人？预交住院费是上面的规定，至于你嘛，那有什么问题呢？"医生对周远翔一挥手，又对李蓉点点头："你们跟我来吧，抢救室。"

他们来到抢救室，看到心电图的显示屏上，蓝色的脉波一跳一跳的，迸发出使人紧张的嘀嘀声，几名医生已经开始救治不省人事的女孩……手术后，女孩被安置在特护病房，还没醒来。周远翔在走廊内踱步，显得心事重重，不时地透过窗子向屋内张望，她看到李蓉坐在病床边打盹儿，连忙进屋脱下外衣，轻轻披在李蓉身上。李蓉醒了，说："远翔，你也睡会儿吧！"

"我不困。"周远翔使劲摇头，却是很困的样子，"男人嘛。"

"只会逞能！"李蓉嘀咕了一句，干脆伏到病床边沿闭上了眼睛。

第二天，女孩躺在病床上，脸上已经干干净净，长长的睫毛覆盖着双眼，显得美丽而又可怜。女孩慢慢睁开眼睛，周远翔和李蓉在她眼里渐渐变得清晰起来，她的嘴角动了动。周远翔惊喜地轻叫："蓉儿，醒了，她醒了。"

李蓉也惊喜着："我去叫大夫。"说着走出病房。周远翔坐到床前，一边轻轻拍打女孩一边安慰："小朋友，别害怕，这里是医院，还疼吗？"

女孩茫然而又疲倦地望着周远翔，慢慢扭转头，发现了床头柜上那个讨饭的篮子，睫毛微微动了一下。这时，床底下爬出那条半大的黑狗，抬头望着女孩"唔唔"地轻叫，女孩的眼睛亮了。周远翔拍拍篮子，表示她的东西还在。这时，外科医生张土生与李蓉快步走进来，张土生上前轻声说："小朋友，别害怕，我是你的医生。"说着，掀开女孩身上的被子仔细检查。女孩用惊恐的眼神审视着众人，不知自己为什么会睡在这儿，也不知医生在干什么。

"呃！没大事，躺两天就好了。"张土生说着，给李蓉使个眼色，两人出了病房，边走边谈。张土生说："李老师，这孩子生命是没危险了，可保不准会有什么大麻烦哪！先观察几天，等病情稳定了，就出院吧！"

李蓉顿了一下，客气地说："张医生，多谢了啊……"

张土生笑了一下："李老师，你和我哥是老同学，还说这个？教书育人是你的工作，救死扶伤是我的职责，这不都是应该的嘛。"

李蓉笑了笑，想问问会出什么大麻烦，却没问出口。

"对了，据我了解，李老师没有妹妹吧？这女孩是谁？"

"我也不晓得她是谁，看她遇了车祸，就送来了。"

"哦，是这样啊！李老师总是爱急人难，救人命，赶得上及时雨宋江了。不过，我得告诉你，这种情况最好是通知交通警察，尽快找到逃逸的司机，要不，这笔医疗费就栽到你身上了；同时也需要警察找到孩子的家里人，下一步的治疗还得和孩子的家里人商量。万一找不到孩子的家里人呢？李老师，我劝你早点儿脱身为好……"张土生说得很贴心，另一边有人叫他，他赶紧走了。

李蓉眼看张土生走远了，便呆在那儿，不知在想什么……又过了一会儿，本想进病房去和周远翔说说，却又立即转身，朝街上跑去了。

六

在住院部走廊里，周远翔和李蓉站在昏黄的路灯下。他们对面立着一个交警，一边倾听他们的述说，一边在本子上记录着。调查很简单，最后交警感谢他们救死扶伤的行为，要求他们继续发扬助人为乐的精神，耐心等待，只要找到了孩子的父母，就会通知他们。周远翔诚恳地请交警放心，交警没有表示，快步走了。周远翔疑惑地问："蓉儿，我们没有报警，他们怎么来了？"

"张土生告诉我，这种事最好由交警出面，我就把他们请来了。"

"我看他们好像并不在意呀！"

"是啊，别让我们陷进去拔不出来了。"李蓉心里发紧，用询问的目光望着周远翔。周远翔茫然地摇摇头，默默走进病房，用手轻抚着女孩的头。李蓉跟了进来，看着孩子那张可爱的脸，小声问："孩子，还疼吗？"

孩子睁开眼，看了看身上的绷带，望了望病房四周，忽然挣扎着要起来寻找她的黑狗。李蓉按住孩子："你有伤，快别乱动了。"

周远翔长叹一声，心想这孩子伤成这样，怎么不找爸爸妈妈，不找爷爷奶奶，反倒找一条没用的狗呢？随着孩子的声音，黑狗又从床底下钻出，猛劲儿地摇着尾巴，扬起脖子，伸出长长的舌头舔女孩的手。周远翔准备把黑狗赶走，小女孩却突然咯的一声笑了。在孩子眼里，这条黑狗比周远翔和李蓉亲密多了，也重要多了。尽管如此，李蓉还是忍不住朝狗踢了一脚，黑狗胆怯而又老实地回了原处。女孩不满地咧了咧嘴，闭上眼睛。周远翔不得不认真地看着那条黑狗，那是一条本地狗，虽然不到两岁，却生出了很长的毛发，山里人一般称这种狗叫狮毛狗，难怪女孩叫它黑毛狮子的。成年的狮毛狗是本地狗中的精英，不仅雄壮威武，而且有着强悍和忠诚的特性，绝不是那种有奶便是娘的孬种。然而眼前这条狗，除了跟它的主人一样肮脏和畏怯外，有的只是忠诚。

女孩伸出舌头，不断地舔着嘴唇。李蓉正为孩子看重狗、轻视人而不快，发现孩子很渴，连忙端来水杯，轻声问："告诉阿姨，叫什么名字？"

女孩闷了一会儿，虚弱地回答："我叫宋阳。"

"宋阳，谁给你起的这么好听的名字？你家住在哪儿啊？"李蓉笑着问。宋阳没有喝李蓉送到嘴边的水，眼里已含满了泪。李蓉疑惑起来："阳阳，那你告诉阿姨，爸爸妈妈叫什么呀？你为什么那么晚还不回家呢？"

宋阳听了李蓉的问话，终于哭了。李蓉吃了一惊，赶紧放下水杯，拿过床头挂着的毛巾，轻轻地给宋阳擦去泪水，还连声安慰着她。周远翔见不得孩子这种无助的哭，深刻的悲悯触动着他的泪腺，他连忙走出了病房。李蓉也跟着走出来，苦恼地说："我刚问了两句她就哭，你说怎么办呢，远翔？"

周远翔皱起了眉头："怎么办？先给孩子看好病再说吧！蓉儿，你在这儿照看孩子，我去借点钱，顺便跟教委汇报一下情况，请几天假。"

李蓉叹了口气："好吧，你先到教委去。钱的事还是我来想办法。"

周远翔感激地看她一眼，快步走了。李蓉在病房里待不住，无聊地四处转着。忽然，张土生在背后叫她，一副想说又难以开口的样子。

"张医生，你就别让我着急了，直说吧。"

"孩子的腿部神经受到强烈撞击，短时间内恐怕是站不起来了。日后如果能坚持治疗，也许还能恢复，但需要很长时间……"

"你是说阳阳的腿……有可能瘫痪?"

"这事麻烦得很……李老师,还是赶紧脱身吧……"张土生一边说一边离开了。李蓉很累,顺势坐到椅子上,默默注视远方,无奈地叹了口气,这事怎么就让咱赶上了? 走廊里三三两两的患者过去过来,李蓉视若无睹,头往椅背上一靠,疲倦地闭上了双眼……李蓉似乎睡去了,躺在病床上的宋阳却瞪大双眼想着心事。突然,病房的门被轻轻推开,憨态可掬的刘根儿伸进脑袋,小心地窥探着房间。在确定只有宋阳一人后,刘根儿闪进来,又快速关上门。宋阳俊秀的小脸先是一惊,随即高兴地叫喊:"根子哥——快来!"

刘根儿忙在嘴边竖起手指,紧张地"嘘"了一声,又神秘地指了指走廊。宋阳会意地点点头,小声问:"根子哥,你是怎么找到我的?"

"听周老师说有个小孩让车撞了,他说是和我分馒头的女孩,我就偷着来了。"刘根儿憨笑着,掏出两个鸡蛋,"我怕你饿着,吃吧,新煮的。"宋阳一看,心酸的眼泪流了下来。刘根儿关心地问:"阳阳,怎么哭了?"

宋阳越发难过:"根子哥,我的腿没有了。"

刘根儿吓了一跳,忙用手掀起被子看,随即嘿嘿笑着:"还想骗我? 你的腿不是好好的嘛。阳阳,这就是你的腿呀,怎么要骗人呢?"

宋阳疑惑了:"那我怎么没感觉啊?"

"怕是还没治好吧,治好了你就有感觉了。"刘根儿边想边说,似乎很内行。过一会儿又说:"对了,你晓得救你的那两个人是谁吗?"

宋阳眨着眼,期待地望着刘根儿:"我不晓得是怎么受伤的,不晓得是怎么到这儿来的,也不晓得是哪个救了我。根子哥,你晓得吗?"

"我当然晓得! 一个是我们的周老师,一个是周老师的媳妇儿。周老师的媳妇儿你晓得吗? 是镇上的人,也教书,可体面哪!"

"真的?"

"要不我咋晓得你在这儿?"

"根子哥,你晓得他们在哪儿? 带我去看看他们。"

"你刚刚还说没腿呢,哪能走路?"

两个小家伙正说着,病房门开了,一位护士端着药盘走进来,疑惑地看着刘根儿,咦? 怎么又来了一个小孩? 护士还没问,刘根儿愣了一下,突然跑出病房,宋阳急得大叫:"根子哥! 根子哥,你帮我把他们找来好吗……"

迷迷糊糊的李蓉被宋阳的喊声惊醒了,望着远去的刘根儿发愣。过了好久,她甩了甩胳膊,没想到自己在走廊里一觉睡到了天黑。走出院子大门,她朝山村的远处张望。山村的夜,东一盏西一盏的灯忽闪着,像是一只只有灵性的眼睛;

不时传来的虫鸣和犬吠，营造出令人迷醉的意境……可她马上想到受伤的孩子，心情顿时坏了。远翔怎么还不来呢？心里正有些腻烦，路上来了一高一矮两个人影，原来是周远翔和刘根儿，他们边走边说话……

"刘根儿，你和阳阳认识多久了？"

"十几天吧，她是到我家要饭我才认识她的。"

"要饭？怎么回事？"

"她说她爸死了，她妈也不要她了，再问……她就哭了，不说了。"

"那你知道阳阳家住在哪儿吗？"

"月亮河村的，就在山那边！"

"好孩子！你回去吧。怕不怕？我送送你？"

"不怕！老师再见！"刘根儿规矩地敬个礼，一溜小跑不见了。周远翔出神地看着刘根儿消失的方向，李蓉突然走到他面前，使他吃了一惊。

周远翔拍拍胸，像是吓着了："阳阳现在怎样了？"

李蓉疲惫地说："我想，她不会怎样的。"

"你不是在她身边吗？什么叫你想她不会怎样的？"

"你走后，张土生给我详细谈了阳阳的情况，不容乐观哪！"

"越是这样孩子身边越不能离人，你居然快有半天没看看阳阳了？"

"哎哎哎，怎么说话呢？没见我快累垮了吗？是不是那孩子比我重要？"

"蓉儿，她不是孩子嘛，不是一个受伤的孩子嘛！"

周远翔和李蓉心情都不好，这一夜他们别扭着，默默守在宋阳的病床前，不说话。宋阳见他俩沉闷得很，心里在想，他们是不是根子哥说的那两个救我的人呢？却没敢发问。终于又熬到天亮，李蓉振作了一下，洗了脸，精神好起来，看着宋阳脖子上的挂件，忽然问："阳阳，你六岁了吧？"

"阿姨，你怎么晓得的？"宋阳很奇怪。

"哦——是你脖子上的小狗告诉我的。你属狗，对吧？难怪你这么喜欢小狗的。"李蓉又问："你是月亮河的人吗？怎么要外出的？爸爸妈妈呢？"

"叔叔，阿姨——我没爸爸妈妈了！"孩子摇着头反问："叔叔，阿姨，是你们救了我吗？是你们把我送到这儿来的吗？"

"谁告诉你的？"

"是根子哥……根子哥说，救我的人一个是他们的周老师，另一个是周老师的媳妇儿，镇上人，也是教书的，好体面啰……"

阳阳的话把周远翔和李蓉逗笑了。周远翔问："上学了吗？"

"没有！我没钱读书！叔叔阿姨你们真是救我的人吗？"宋阳的几声叔叔阿

姨，叫得周远翔心颤。李蓉拍拍孩子，让她安静，然后便套问孩子的情况，可孩子始终不说出究竟。李蓉焦躁起来，把周远翔叫到门外："这该怎么办？一个小叫花子，身边唯一的'亲人'就是那条狮毛狗，难道要我们把她养起来吗？小小年纪，伤势又重，饮食起居怎么办？难道我们不上课了，就守着她？"

"千万别这么说，孩子要是听到了，会伤心的。如果是你，难道不伤心吗？"周远翔把手轻轻贴到李蓉的嘴唇上，制止她再说下去。

李蓉戳了一下周远翔的头："是的，我在瞎操心，哪像你稳似南天门！"

周远翔笑了："我看这孩子聪明得很，不会缠住我们的。再说，哪有孩子不想亲娘的？又哪有亲娘不要孩子的？我看再等几天，她妈也该寻来了吧。蓉儿，我晓得你不是那种心狠的人，让我们共同努力，闯过难关……"

李蓉也笑了："远翔，你真是个好人。只要你心疼孩子，我还说什么？"

周远翔的眼睛忽然湿了："李蓉，我代这孩子谢谢你了。"

"远翔，再也别讲这种话了！"李蓉被周远翔的话感动了，眼睛涩涩的，"你到教委请了几天假？回马坡只有两个老师，教委会同意吗？"

"是的，他们不同意……"

"算了，我同张土生商量一下，白天我们教书，由护士多看着孩子一些。"

"这是自然。李蓉，我看夜晚你不用来了，由我照看就行。"

"又分出你我来了？怎么能由你一人照看呢？"

"不是这个意思，我是说男子汉的身体比女人强啊！"

"这倒差不多。可是，你的学生作业怎么办呢？"

"我也想好了，搬到病房里批改也行。"

两个相爱的青年男女为着一个受伤的孩子，共同生出一种高尚的情怀，便只有激动，没有了悲哀和埋怨。在他们的精心照料下，宋阳的伤一天天好起来。可是宋阳一直不能站立，李蓉和周远翔心情沉重，常常相对无言地发着呆；看到他们发呆，宋阳也跟着发呆。李蓉看看宋阳，则在悲哀之外多了一层忧虑。自从宋阳明白是周远翔和李蓉救了她，她似乎很乐意跟他们在一起，连自己的父母也不想；更奇怪的是孩子的父母仿佛也把孩子忘了，至今没有寻找孩子的任何行动……宋阳的父母到底为何不寻找自己的孩子呢？周远翔也想着同一个问题，对孩子的怜悯越来越重。他想起了自己的童年，也想到苦难的家。这孩子的家也是一个苦难的家吗？她是无法生存才四处流浪的吗？如此流浪，何处是尽头？应该让她尽快回到父母身边去才行！他突然问："交警那边有什么说法吗？"

李蓉摇头："我也奇怪着，交警怎么不给我们回话呢？"

周远翔似乎等不得了，起身说："我去找找交警。"

"不，你在这儿吧，我去找。我和他们还有些熟。"李蓉急着走了，不到两个小时就气冲冲地跑回来。她没有进病房，而是打开门朝周远翔招招手，二人走到院子里嘀咕起来。李蓉带回的情况是令人沮丧的，交警说他们找到了月亮河，可是宋阳的家人一个也不在，据说在半年前迁移到河南去了。交警说，阳阳的父亲几年前因病去世，她妈和一个河南人结了婚，是河南人带她妈搬家去了河南。李蓉说："我气极了，可交警说别急，等他们继续找。据我看他们那要紧不慢的态度，只怕我们要等到猴年马月哟！远翔，怎么办？"

　　"是啊，怎么办？"李蓉不断地问怎么办，让周远翔倒吸一口气，有些惶惑无主了，"难道阳阳就一直跟在我们身边？我就不懂了，阳阳的妈迁到另一个省，凭什么扔下孩子不管……世上真有这样的母亲吗？"

第二章

七

　　宋阳的伤快要好了，到底是孩子，不痛不痒了情绪就好起来，但她依旧不能下地行走。外科医生张土生的判断是对的，她可能瘫痪了，永远也站不起来了。李蓉和周远翔为孩子的未来感到伤悲，也为害怕背负起这额外的包袱感到沉重。他们商定，出院前，让周远翔亲自跑一趟月亮河。

　　星期天，周远翔一大早就朝月亮河赶。从镇上到月亮河有二十多里，走完五六里公路后就是山路。虽然是上坡下岭，但路边树林里有鸟的叫声，白云深处传来鸡的鸣叫和狗的轻吠，萧疏的山林里火红的霜叶点染着隆冬，这一切都让周远翔神清气爽，心情蓦地好转了。他忽然想起了父亲留下的那支竹笛，如果在这种地方吹上一曲，人们听了，一定以为吹奏的人是神仙般快活了。笛声似乎在耳边环绕，他心里涌起对大自然的爱意，对生活的信心，一股快意蹿了起来，他长啸一声，山山湾湾把他的啸声无限地播扬开去。他的脚步轻快地在山路上奔跑着，一个多小时后他就赶到了月亮河。月亮河在谷底，是一条如诗如画的河流。它从峡谷深处流来，弯弯拐拐，清澈如泉；时而平缓荡漾，时而奔腾激越。周远翔看着一河冰清玉洁的流水，怀着一种爱怜的柔情将双手插了进去，刺骨的水立即冻得他唏嘘不已。嘿，好冷！他的手甩了又甩，然后插到胳肢窝里温暖了好久。然后，他在河边坐下来，出神地看着流水一波又一波地往下游的峡谷涌流，觉得自己也仿佛跟着流水去了。这时，上游传来一声穿山号子，悠长而又锋利地透过峡谷，在周远翔耳边经久不息。他回过神来，朝上游看去，过了很长时间才发现一个老汉从峡谷的拐弯处走了出来。周远翔情不自禁地迎过去，羡慕地看到老汉扛着八磅锤，脚穿草鞋，裤腿挽得老高，在水里蹚去蹚来，竟不晓得冷。

　　"大爹，砸鱼呢！"周远翔晓得冬天的鱼藏在石洞里，捕鱼的人用大锤猛砸石头，洞里的鱼被震昏了，人将石头一掀，鱼就会漂起来，翻着雪白的肚儿。

　　"砸鱼呢！老母病倒，喝了一个多月的草药，口里寡淡得很，家里又没油荤，只好砸鱼了。"老汉说的"寡得很"，是指日常生活中的饭菜太寡淡的意思。寒冬季节不惧冰水，下河捕鱼改善老母的伙食，可见老汉是个孝子。

"大爹，歇会儿！"周远翔立即对他生出敬意。老汉上岸了，和周远翔在河滩上各自找了一块石头坐下。周远翔说："大爹，我想和你谈谈行吗？"

"怪了，我们又不认得，谈啥？"

"我想问问这条河的来历，为什么叫月亮河？"

"问得巧，还没人问过这个呢！那我跟你说说。这是个古话儿，古时候，我们这个湾里有个打鱼的哥哥，为养活父母，天天到河里打鱼。打呀打呀，感动了月亮仙女，仙女下凡来找他。两个人相好了，有仙女帮忙，哥哥能打到更多的鱼，一家人就不愁吃不愁穿了。可是天上的规矩多，仙女不可能天天下凡，就约定每到八月十五相会一次。相会之后，仙女都要在打鱼哥哥的陪同下到河里洗澡，然后才回去。她洗澡的原因，是怕天上的人从她身上闻到了凡间的气味。原先这条河没有这么清，也没有这么冷，月亮仙女洗澡后，河就变成了现在的河，所以人们把这条河叫作月亮河了……古话儿，哪有这样的事！"

"好！地名美，故事也美！"

"美个甚？实际上穷得很。"

"说到穷，我想问一个人，是你们村的。"

"绕了个圈子，原来是问这的？问吧！"

"是个女孩儿，姓宋，叫宋阳，六七岁的样子……"

"哦，你说这孩子呀！她的妈叫王秀梅，一个滥死无用的人！"

"她现在在哪儿？"

"早跟人跑了，只苦了阳阳那孩子呀！"

在同老汉的交谈中，周远翔明白他是村里的老支书，姓黄，黄老支书。黄老支书说到王秀梅没有志气、不负责任、又不能干的时候，反复地用了"滥死无用"这句方言。几年前，王秀梅的丈夫大病无救，扔下两个闺女，一命归了西，王秀梅没法子养活这家人，就破罐子破摔了。王秀梅住在河边，每到夏季，大河里有放送圆木的民工，圆木流到哪儿，这些民工就在哪儿歇，或睡岩洞，或宿草棚，甚至钻草窝过夜也是有的。王秀梅学着村里其他人的做法，开门接客，三角钱一夜、五角钱一夜不等；如果做一顿饭给民工吃，就一元钱一夜。整个夏季，并不是天天有过夜的民工，所以，一季过去能收个十来元就不错了。王秀梅有几分姿色，偏偏比别人下作，不仅出卖歇房，而且出卖身子，一季下来竟比别人多挣几十元。黄老支书恶狠狠地说："你看她不是滥死无用是什么？"

去年夏季过去，流送圆木的民工离开了月亮河。王秀梅天天守在河边，似乎还在等待奇迹出现，当然什么也没等到。恰巧有个名叫李大壮的河南人，挑着担子到月亮河来卖小百货，是个货郎子。王秀梅和他搭了腔，说自己住在月亮河最居中的地方，可以在她家摆个小卖部，省得他在山路上爬，钱也赚了，人也休息了。李大壮正打听到王秀梅死了丈夫，自己又是光棍儿，就怀着鬼胎在她家借了一间屋住下来。李大壮正打算着用什么办法把王秀梅勾引到手的时候，王秀梅已经主动送上了门，两个人就搞到一张床上去了。一来二往，两人配合得倒好，李大壮卖货，王秀梅做饭，夜里还能睡到一起，像两口子。王秀梅没想别的，只想从李大壮手里挖几个钱。王大壮则想得更深一层，有时候到镇上进货，或到更深的山里送货，就放手让王秀梅在家里卖货。王秀梅也乐意，还能从中赚点儿差价。可是，村里人对他们的反映很不好，骂得一塌糊涂。他俩倒好，干脆拿了结婚证。一个需要男人撑起这个家，一个需要女人传宗接代，说得上是天作之合。可他们不该"狗合成亲"，这又是王秀梅的"滥死无用"了。周远翔不懂"狗合"，黄老支书简单地说："就是像发情的狗一样乱搞！"

更为可恶的是，李大壮不是个东西，浑得很！他虽然对王秀梅看得金贵，对两个闺女却十分恶毒。大闺女十几岁了，会劳动，王大壮对她还好一点，小闺女宋阳就过得不好了。她时常在家吃点儿冷饭剩菜，如果家里有肉吃了，李大壮还把她关到门外，她连汤都喝不到一口。王秀梅呢，对李大壮怕得很，什么都依着他，这就把宋阳逼到了绝路。黄老支书实在看不下去，把宋阳接到自己屋里来，目的是引起王秀梅的重视。宋阳毕竟是她的亲女儿啊！指望她能把孩子接回去。可哪里想到，一连半个月，连王秀梅的影子都没见到。村里人气愤不已，堵上门为小阳阳撑腰；村委会也上门教育过李大壮。李大壮和王秀梅都作保证，要接宋阳回家，还要好好待宋阳。然而，黄老支书把宋阳送回家时，李大壮不见了，王秀梅不见了，宋阳的姐姐也不见了，甚至连那栋歪歪扭扭的房子都不见了。后来大家才晓得，李大壮带着王秀梅和大闺女跑到河南老家去，把月亮河的老屋拆了，阁木椽条换了钱，只剩下几堵墙。李大壮好狠心，嫌小闺女是个吃闲饭的，扔了……

好好一个人家，只剩下一条半大的黑狗。黑狗也是吃闲饭的，李大壮也把它扔了。黑狗趴在老屋门前，回头望一眼半截子墙，再望一眼奔流的月亮河，嘴巴戳向天空，悲哀地吠几声，然后就躺在那儿，静静地等小阳阳。宋阳回来了，黑狗饿得摇摇晃晃地迎上去，在她腿上蹭着，当她的面呜呜哭着……

周远翔的气往上撞，拳头捏得死紧："于是阳阳就到处流浪了？"

"是的，她在这一家吃几天，又到那一家吃几天。像上级派来的工作同志，吃的是百家饭。"黄老支书叹息着，"可我们这儿除了深山就是一条月亮河，穷啊！自家人都吃不饱，哪能养活别人家的孩子哦！"

"阳阳就没有亲戚了？"

"亲戚是有，都是远房的。你不晓得，她的爹是三代单传；她的妈呢，你还不明白吗？王秀梅自己就是这样子，她娘家人又好得到哪儿去？"

宋阳年纪小，却十分聪明，将村里人家吃了个遍，晓得月亮河没她的立身之地，突然就在村里消失了。黄老支书和村里人吓坏了，四处寻找，村口有个孩子告诉他们，说她在某一天的清晨，带着黑狗离开了月亮河。

下面的话是不用说了，周远翔连宋阳遭受车祸的事都懒得说了。说了又怎样？闭塞的月亮河，穷困的月亮河，竟没法子养育一个小女孩！老支书不知是老糊涂了，还是太为难，竟然不问问周远翔从哪里来，为何要找宋阳的家里人，他拍拍手，说是怕老母等急了，便下了河，溯流而上，转回去了。周远翔看着老支书的身影渐渐远去，以至消失；看着亘古的月亮河和切割天空的山梁，又坐了很久很久。离开月亮河时，太阳已经偏西了。回家的路上，他的心境坏透了，脚步越来越沉重，像拉纤似的。他不知该如何对李蓉讲，也不知对宋阳的今后如何处理。回到医院时，李蓉正伸着脖子等他。不用等李蓉开口提问，周远翔就沮丧地把见着了黄老支书的情景说了一遍。李蓉这才搞明白，宋阳有妈，有后爸，还有个姐姐，却被这个家遗弃了……

李蓉分析说："坏在李大壮的身上，可阳阳的妈呢？她也不管？"

周远翔气愤起来："阳阳的妈典型的没文化、愚昧！就知道嫁鸡随鸡、嫁狗随狗，而那个李大壮又是出了名的浑人，在月亮河待不住，就甩掉阳阳，回河南老家了……这不！阳阳就成了没人管的孤儿了……"

"世上哪有这样的父母？简直没有人性！"

"不是没人性是啥？"

"他们没人性，我们怎么办？"

"蓉儿，还能怎么办？把孩子接回家吧？"

李蓉浑身一震，脱口问他："回哪个家？"

周远翔惊讶地看了她一会儿，咽了口唾沫："那就回我那个家吧。"

李蓉愣了好久，朝病房看看，又朝周远翔看看，好像有满腹的话说不出来。她在走廊里转了几个圈儿，忽然停下来说："远翔，我要回家了。"

周远翔越发惊讶："回哪个家？你不帮忙接孩子了？"

李蓉有些着急，似乎想说明什么，可她无从说起："远翔……你先把孩子接走吧，我回家了……今天下午我妈来过，要我回家……"

"哦！这一阵……谢谢你了……"周远翔心里一酸，慢慢朝病房走去，走了几步，突然冲进了病房。李蓉呆在走廊里，脸一阵红一阵白……

八

宋阳趴在周远翔的背上，感觉得到叔叔的郁闷。从镇上到回马坡小学，一路上叔叔没有一句话，宋阳也不敢说什么。从车祸那天起，宋阳的腿就没有了感觉，至今腿还是没有感觉。周远翔背着她经常走神，她的身子往下坠，叔叔也没察觉到，眼看要掉下来了，他才兜住阳阳的身子猛地往上耸一下。只有那条黑狗显得很快活，一时窜到前头，一时窜到后头；碰到了路人，它还讨人嫌地吠几声，吓唬人家。周远翔把宋阳直接背进村小，宋阳以为叔叔的家就是那所村小。进了寝室，宋阳被放到床上。她胆怯地看叔叔一眼，小声说："叔叔头上有汗。"

"哦，不要紧的。"周远翔随意揩了一下，朝外面走，"阳阳饿了吧？"

宋阳真饿了，但她摇摇头。周远翔并不想听她的回答，已经出门了。过了一会儿，宋阳听到了炒菜的声音，闻到了饭菜的香味。再过一会儿，周远翔端着炒好的菜来到桌前，对她说："阳阳，准备吃饭了。"

宋阳"哎"了一声，看到叔叔的情绪好多了，也高兴起来："叔叔好快哟。"

周远翔将她抱到椅子上："来，尝尝叔叔炒菜的手艺。"

宋阳咧嘴笑了，乖巧地说："香，我早就闻到了。"

周远翔难得地笑起来："那就多吃点啊。"

宋阳连连点头："叔叔，你也要多吃点儿。"

"哎！阳阳真聪明。"周远翔见孩子这么小就会察言观色，随他的喜而喜，随他的忧而忧，心里便一酸，眼睛蓦地湿了。他的头一低，把眼泪忍了回去，埋头吃起来。吃完饭，天就黑了，周远翔干坐了许久，开始收碗。

宋阳看了一圈，发现坐在门口的狗："叔叔，还有黑毛狮子。"

"黑毛狮子怎么啦？"

"它还没吃呢！"

"哦，倒忘了它！"

周远翔找了个破脸盆，装些剩饭残菜，放到屋旮旯里。黑狗晓得那是它的伙食，灵动地窜过去，大口地吃起来。阳阳怜爱地看着她的狗，小声说："黑毛狮子，是叔叔救了我，也是叔叔救了你，你要听叔叔的话呀！"

阳阳说这话时发现叔叔扭头看了她一眼，又看了一眼狗，泪唰地一下出来了。阳阳很吃惊，再也不敢说话了，一直眼睁睁看叔叔忙。叔叔收了碗扫了地，最后坐到办公桌旁，拿过一本书，读一读，写一写；又拿过一摞本子，翻一翻，画一画。叔叔一直忙到半夜，宋阳一直看到半夜。叔叔终于睡了，睡在宋阳的脚头，宋阳感到非常暖和，睡得非常踏实。清早醒来时，叔叔又忙开了。宋阳的眼睛又跟着叔叔转，心里也转开了。她忽然问："叔叔，我的腿没用了吧？"

"是的，现在是没用。可你的腿将来还会有用的。"

"叔叔，我的腿什么时候才有用呀？"

"春暖花开的时候，就像树会发芽一样。"

"叔叔，开春了，我的腿就和原先一样了吗？"

"是啊！阳阳你急什么呢？"

"叔叔，怎么不急呢？要是我的腿好了，就不要你做饭了，我就给你做饭。你看你多忙呀！又要读书，又要写字，又要教书，又要给我做饭。等我哪天好了，能做饭了，你就只用读书、写字、教书了。叔叔，那该多好呢！"

"阳阳你多大，能做饭吗？好大口气啊！"

"叔叔，我真会做饭。我五岁的时候就给我妈我姐做过饭呢！"

"阳阳别说了……来，我给你洗脸，准备吃早饭了。吃过早饭，同学们来了，你在屋里别动，我就上课去了。"周远翔一边说一边从热水瓶里倒水，小心地为宋阳洗着，宋阳感到叔叔就像妈妈一样，当然不是那个扔了她的妈妈。洗好了，宋阳拍打着自己的腿。周远翔说："别捶了，好不好？"

吃过早饭，周远翔抱着书和本子匆匆出门，宋阳突然感到一阵恐惧：要是叔叔不回来怎么办？那我只有继续讨饭去，可我没有腿啊！宋阳忽然呃呃地哭了。黑毛狮子嗖地窜了进来，好像从天上掉下来似的，吓了宋阳一跳。黑毛狮子扬起头舔着宋阳垂在床边的手，把宋阳舔笑了。宋阳是含着泪水笑的，她的手下意识地抚摸着黑毛狮子，摸着摸着，她睡着了。她做了一个梦，梦见一个白胡子老头儿，笑呵呵地对她说："你的腿还有什么用？不如砍了。"说着他就这样做了，真把她的腿给砍了。她看到自己的腿只有两个"半截桩"，心疼地哭了。哭着哭着，"半截桩"里竟然慢慢长出两条新腿，越长越长，长得和原来的腿一模一样，她就哈哈大笑起来。笑着笑着，忽然有人把她摇醒了……

"你笑啥呢，阳阳？快醒醒，笑啥呢？"原来是刘根儿。

"根子哥！你怎么来啦？"宋阳还在笑，笑着撑起上半个身子。

"你笑啥呢？"

"我长了一对新腿，就笑了。"

"做梦呢！"

"是做梦啊！要是真的就好了。"

"你晓得现在是什么时候了，还做梦？"

"不晓得。什么时候了？"

"中午放学了！这不，周老师让我给你送馒头来了。"刘根儿拿出一个雪白的馒头，在宋阳眼前一晃。忽然发现宋阳神色不对，连忙问："怎么啦？"

"叔叔真不回来了？叔叔不要我了？"宋阳惊恐地问。

"哪里呀！周老师到镇上去了，他说去去就回。"刘根儿把馒头塞到宋阳手里，可是宋阳不相信，坚决不接受他的馒头。刘根儿没有法，只好把宋阳的馒头放到碗里，又拿出自己的馒头吃起来。吃了两口，刘根儿忽然有了主意，将两个馒头放到一起给宋阳看："这是你的馒头，雪白的，是纯小麦面；再看我的，乌漆麻黑的，里面是加了荞麦的。还不相信吗？快吃吧！你要是不吃，周老师回来了会批评我的，说我没完成任务……阳阳，求求你了……"

刘根儿快要哭了，宋阳才接过馒头。但她还是没有吃，她要等到叔叔回来了一起吃。刘根儿无奈，也不劝了，几口吃完自己的黑馒头，准备出门找同学去玩，却被黑毛狮子拦住了。刘根儿有些怕狗，吓得缩起身子，不敢动了。宋阳咯咯地笑了："根子哥别怕，黑毛狮子要你陪我呢！"

刘根儿渴望地看了一眼门外，往椅子上一坐，说："陪你就陪你！可是阳阳，陪你可以，那你把这个馒头吃了我就陪，你不吃我就不陪。"

"好吧，我吃就是。"宋阳的注意力转移了，心情就好了。她一边吃一边说："根子哥，你再也不用给我带馒头了。"

"为啥呢？"

"我有叔叔了啊！"

"你真好，有叔叔真好。可是我有爹妈呀！"

"爹妈再好也没有叔叔好啊！要是你的腿断了，你的爹妈会管吗？"

"肯定要管，我是他们的儿子啊！"

"我不相信！要不我的妈怎么不管我呢？"

刘根儿回答不了，呆呆地看着宋阳。宋阳又咯咯地笑了。就在这时，周远翔风一般回来了："阳阳，快看，叔叔给你买回了什么？"

周远翔从方便袋里拿出一套童装，摊开来，立即照亮了两个孩子的眼睛。宋阳高兴得叫起来，想跳想蹦，可是双腿没有感觉，只有上半个身子摇晃着，说："叔叔，这是我的吗？我要有新衣裳了吗？"

"当然是你的，坐好，我们试试！"周远翔为宋阳穿着新衣，宋阳立即变了一个模样。周远翔对刘根儿说："看看，还行吗？"

刘根儿呆了一会儿，愣愣地说："阳阳，你好体面啰！"

宋阳红着脸笑，泪却出来了："我这辈子还没穿过新衣裳。"

"多大一点儿，就说这辈子了?"周远翔用指头刮一下宋阳的脸，还要说什么，上课铃声响了，他和刘根儿像赛跑似地先后冲出寝室。屋里又只有宋阳一人了，她心里空了一下，却没有上午那种恐惧感。她坐在床上，用双手撑着，一点一点地移到另一头，又一点一点地撑回来，小心翼翼地，生怕弄坏了衣裳。撑累了，歇一会儿; 坐困了，却不敢睡，是怕压坏了衣裳。好不容易等到学校晚上放学，叔叔回来了，又是做饭，又是洗衣，收拾停当天就黑了。就这样过了很多天，周远翔觉得宋阳不能老闷在屋里，于是对她说："月亮真好，我们出去玩一会儿。"

"叔叔，我也想出去，可我不能出去呀!"

周远翔从墙上取下那支竹笛，把宋阳背起来，朝学校后面的空场子走去。空场子上有一大块石板，早已被学生打扫得干干净净。宋阳坐在石板上，身后就是一棵大树，巨大的月亮就像挂在树桠里一样。黑毛狮子趴着，宋阳正好把头靠到它背上，一边用手梳着狗身上的长毛，一边看月亮。

"阳阳真乖，比叔叔乖。叔叔吹支歌儿给你听吧。"周远翔把笛子横在嘴边，嘴唇轻轻一吐，优雅的声音响起来。宋阳渐渐被优美的曲儿迷住了，偏着头，盯着那支笛子眼也不眨。可她看到的却是悠长的月亮河在山谷里环绕，木排在水面上漂摇，鱼儿在水底下穿梭……叔叔吹完了一支曲子，停下来，不作声。宋阳看着魔幻般的笛子，怎么也不能明白它会发出那么好听的声音。

"叔叔，怎么不吹了?"

"还要听吗?"

"还听! 叔叔吹个月亮的歌儿嘛。"

"好吧!"叔叔吹了一曲，问："晓得这是什么歌儿?"

"我晓得，《月亮走我也走》……月亮里有仙女姐姐呢!"

"你怎么晓得的?"

"黄爷爷讲的。他说月亮姐姐在月亮河洗澡，把水都洗清了。叔叔，你见过月亮姐姐吗? 黄爷爷说月亮姐姐体面得很，她体面吗?"

月光下，周远翔对宋阳的话没法回答，却明白孩子也是从黄老支书嘴里才晓得月亮姐姐的。宋阳仰头望着天上的月亮出神，似乎在想月亮姐姐此刻在干什么呢? 突然，宋阳亮开稚嫩的嗓子，唱起月亮河里的儿歌来:

月亮走，我也走，我给月亮提笆篓。
一提提到两河口，三个大姐在梳头。

大姐别的金簪子，二姐别的银簪子；

三姐没得甚子别，别个篾签子……

周远翔非常惊讶，没想到宋阳能唱出如此美妙的儿歌，正要问什么，学校的屋角边闪出一个女人来，在向他们招手："远翔，你过来一下！"

宋阳认出来了，她是李蓉阿姨。阿姨来了没叫宋阳，只是把叔叔叫走了。不知为什么，宋阳突然感到心里发慌：阿姨为啥不理阳阳呢？为啥把叔叔叫走了呢？宋阳见他们的身影消失到屋那边去了，只好望着月亮发呆……

九

李蓉上次从卫生院回家后，再次受到母亲的盘诘，她明白又是张土生在告密。当然这也算不上告密，根本就不是什么"密"，这是光明正大的事，助人为乐的事，母亲应该为她高兴才对。所以她不等母亲问第二个为什么，就噼里啪啦倒豆子般全倒了出来。她以为母亲会哑口无言，可是母亲依旧严厉得很：

"不是问你做什么事，是问你和谁在做这件事！"

"和周远翔，那又怎么样？"

"那就不行！"

"我不懂！一件好事，和这个人一起做和那个人一起做，有什么区别？"

"和别人一起做可以，和他一起做就不行！"

"张大梅同志，你这不是强词夺理吗？"

"老妈就强词了！就夺理了！"

"你和他是仇人？他是偷了你的，还是抢了你的？"

"没偷也没抢！我就不许你和他在一起！"

"可是我们碰巧到了一起，又碰巧一起遇到了一件需要救人的事，我就和他一起救了！你这样蛮横，我们是不是要找个人讲讲理？"

"那行，你说找谁？"

"你不是喜欢张土生吗？那就找张土生！"

"哟哟哟！我晓得你又怪土生了。其实土生什么都没说，是交警说的！"

这倒让李蓉奇怪了："那就让交警来嘛。"

张大梅见她还要犟，用手点着她的额头，有些恨铁不成钢："苕丫头，你怎么就点不透呢？你现在是黄泥巴掉到裤裆里——不是屎也是屎了！明白吗？交警

34

说了，那孩子是个没人要的野孩子，你们既然救了她，就要负责到底。他们是管交通事故的，不会管孩子。你赶紧退出来，让那个愣头青一个人折腾去!"

"我不怕，不是还有民政部门吗？民政部门是专管这些事的。"

"说的比唱的还好听！民政部门我也打听过了，现在我们全县没有一个孤儿院，谁来收养她？以前出过这样的事，民政部门都把孩子送给缺儿少女的家庭了。你以为想送就送了？不信你就试试看!"

李蓉听了，明白妈妈还是关注这件事的，心里忽然一动，攀住妈的肩，撒娇说："妈，你不是只有我一个独生女吗？给我收个妹妹如何？"

"放屁!"张大梅把她一推，"你以为她是个奶浆子儿？都六七岁了，还养得住吗？不出几年，等她翅膀硬了，一翅飞走了，你喊天去？再说，我缺的不是女儿，要养也应该养一个男孩呀！你就痴心妄想吧!"

"不养算了，何必说这么多!"

"不说你不明白呀！就算刚才说的是废话，就算要养孩子，那你也得搞清楚，不能养个瘫子啊！土生说那孩子已经是瘫子了，你想一辈子背着个瘫子呀？"张大梅越说，李蓉越气，张大梅便缓下来劝："蓉儿听话，赶紧抽腿吧！我可以到交警那儿去说说，让他们把你的名字划了去。那样，救孩子的人就只有周远翔，孩子也就该他负责到底了。蓉儿，你何必跟着人家往刺窟窿里钻呢？"

"你把女儿看成什么人了？人家掉到井里，还要我往井下掀石头啊？人家上了屋，还要我把梯子抽掉啊？我怎么会干这种缺德事呢？"

"好好好！你们高尚，我缺德行不行？李蓉啊李蓉，你和周远翔搞对象，我们本来就不同意，现在又带上个孩子，那算怎么回事呢？"

"妈！那——我们把孩子送回去，你就同意我们的婚事了？"李蓉立即乘虚而入，惊得张大梅张大了嘴巴。李蓉不容她反驳，接着往下说："这个好办，我和远翔商量一下，让他把孩子送到河南她妈那儿去!"

"哎哎哎！你等等——"张大梅咋呼着，李蓉已经转身出门了。张大梅愤怒地站了起来，看着远去的女儿，拍着大腿："怎么越说越拧呢？"

李蓉匆匆来到中心小学的扩建工地，她父亲李怀德收了工正准备回家。李蓉把父亲一拉，就朝自己的寝室里走。李怀德看到女儿的气色很不好，以为出了什么大事，只好顺从地跟着她。李蓉喜爱父亲胜过母亲，所以她要和父亲先谈谈。她郑重地请父亲坐下，恭敬地上茶，把气氛造得很浓，倒把李怀德闹得紧张起来。李怀德担心地问："孩子，往日都风风火火的，今日怎么啦？"

"爸，你一边喝茶一边听我讲，不许插嘴。"李蓉看父亲点了头，于是按自己理好的思路从头讲来。先说她高中毕业后没有参加高考的原因，再说周远翔母亲病危住院以及丧葬的情况，然后说救治宋阳的经过，最后说的是她妈对宋阳和周远翔的态度。李蓉巧妙地偷换了概念："妈的意思是，如果我们把阳阳养起来，那么就不允许我们的婚事；如果能把阳阳送走，婚事就可以考虑。"

李怀德像听故事一样，并没理清头绪："孩子能找到她妈妈吗？"

李蓉肯定地点头："她妈在河南，远翔也想把孩子尽早还给人家。"

"可她妈妈迁移时为什么扔了孩子呢？"

"那有特殊原因，也是她妈一时糊涂。爸，你也是有孩子的，你说说看，做父母的能不心疼自己的孩子吗？能看着孩子有家不能回吗？"

"那倒也是，没有那样的父母。"

"爸！你同意了？"

"同意什么了？"

"同意我和远翔的婚事了啊！妈也是这个意思。"

"别瞎说，我什么都没同意！"李怀德直到此刻才明白自己钻进了女儿设置的套子，"孩子和婚事明明是两码事嘛，怎能混为一谈？"

"爸，男子汉大丈夫，不准反悔！"

"那你说说看，周远翔到底有什么好？"李怀德从一个套子钻进另一个套子，这正是李蓉早就想告诉爸爸的。李蓉从周远翔读书时的学习成绩讲到他的为人，从他的孝顺父母讲到他的志向，从他对工作的刻苦努力讲到他的勤奋好学。李蓉明白，她爸也是高中毕业生，也有过远大理想，一定会有共鸣的。果然，李怀德又问："可他无父无母，家境贫寒，什么时候是个头哦！"

"爸，你不是常说寒门出贵子吗？"

"那可不是说出就出的，我是过来人，明白其中的艰辛……"

"谁说不是呢？我看中的正是他这种志气。他无父无母，却背负巨大压力救治阳阳，事实证明他是个了不起的人。这样的人只可遇，不可求，如果放弃他，我会后悔一辈子的。爸，你不也是从贫寒之家奋斗到今天这样的吗？"

"远翔的确是个好孩子，可我还是觉得这婚事不妥。"

"李怀德同志！你怎么转不过这个弯来呢？"

这天，李蓉和父亲谈得很晚很晚，回家时已是半夜了。母亲有气，不想和他们说话；父亲不知母亲的底细，什么也没说。李蓉心里却很有把握扭转乾坤，前提是把宋阳送到河南去。过了几天，她趁着月色，来到回马坡村小，要和远翔好好商量商量。她看到周远翔和宋阳坐在月光里，吹着竹笛，唱着儿歌，虽然是很欢快的曲子，在她听来，却显得有些凄凉。她一心想着自己的事，竟忘了和宋阳打招呼，直接把周远翔叫走。周远翔无从开口，李蓉已经朝公路走去。周远翔拦住她："不行，阳阳独自一人坐在外面，我们怎能离开？"

李蓉有些不高兴了："那你把阳阳背到屋里去吧！"

周远翔想了想，还是把阳阳背了过来。李蓉没有动，看到宋阳到了跟前，想问问她没来得及开口，宋阳已抢先叫了她："李阿姨好。"

李蓉愣了一下，挤出一丝笑容："阳阳好……"

周远翔背着宋阳边走边说："我和阿姨出去一下，一会儿就回来，啊？"

宋阳疑惑地点了点头。李蓉在门外等周远翔安置好宋阳，然后二人相继走向公路。李蓉问："一个小伙子，带个大孩子，你也不嫌烦？"

"她能去哪儿？总不能扔到大路上吧，还是个孩子。"

"那……那你打算怎么办？"

"我带她也是权宜之计……办法总会有的嘛。"

李蓉许久没有搭话，跟在周远翔的后面，望着幽暗的公路，脚步声嚓嚓。周远翔也不说话，决心听听李蓉的意思。李蓉终于说："远翔，其实我们的想法是一样的，都认为这是权宜之计。我想，最终还是要把阳阳送到河南去。"

周远翔还是不作声，公路上静得出奇，四野静得出奇，只有两个人的脚步声仿佛不能休止，嚓嚓嚓嚓——嚓嚓嚓嚓……

十

半个月的农忙假开始了，二十世纪八十年代的乡村学校，还有着放农忙假的传统。与从前不同的是，农田已经分到各家各户，回乡支农的学生自然要参与自家的劳动，再也不能偷懒了。周远翔没有农田，依旧带着宋阳住在学校。他想利用这个时间为学校打些柴火，能为村里节约不少钱。

清早，初升的太阳映红了山湾，天边的彩云斑斓得壮阔。山路上，牵畜扛锄的村民三三两两地走过，树林里的鸟雀叽叽喳喳……周远翔提着斧头，背起宋阳，来到离学校不远的白崖下。这里是村里给学校划出的一块烟火山，专供师生做饭或取暖用的。他把孩子放到一块宽大的石板上，叮嘱她不要乱动，然后走进树林。他打算用五天时间砍下那些不能成材的歪脖子树，再用五天时间砍成一截截的，码到一起，估摸着也有五六千斤，等开学后带上同学们来背，可以烧半个学期了。还有五天假，他想读读书，做做笔记，充实一下自己。这样计划了一番，他回头看看孩子，见她和黑毛狮子依偎在一起，嘴里唱着月亮河的儿歌，心里便十分感动。他挥起斧头有力地砍下去，随后嘴里发出一声应景的呼喝。不一会儿，一棵桶粗的树就在他的喊叫声中倒下来，发出噼噼啪啪和呼呼隆隆的响声。宋阳兴奋地拍着巴掌摇起头，乱叫乱笑；黑毛狮子狂吠着，像箭一样冲到周远翔面前，撞着他的腿。周远翔更是高兴，冲着白崖吼叫："白崖白崖我爱你!"

白崖也吼叫："——我爱你!"

周远翔又是一声吼叫："时时刻刻想着你!"

白崖依旧重复他的吼叫："——想着你!"

黑毛狮子跳跃着，狂奔着，时而上，时而下，也张开嘴巴冲着白崖吼叫。宋阳乐极了，清脆的笑声不断，也学着叫喊："叔叔，白崖白崖我爱你! 白崖白崖我想你!"她自然不懂得叔叔喊叫"我爱你，想着你"的意思。

欢闹了一阵，周远翔静下了心，认真砍柴。砍着砍着，他想起很长时间没有看到李蓉，心里突然空落落的了。自从那天晚上分别，她就没来过。当时周远翔并没有反驳李蓉的话，虽然没作声，但他心里和李蓉的想法没有区别，可她为何许久才来看他，又仅仅只提到要送走宋阳的事呢? 他曾经想去找她，却抽不出空到月亮镇中心小学去。难道是自己没有热烈响应她的建议，从而得罪了她? 他一边想一边干，时间过得快，不爽的心情反而提高了他的工作效率。

砍到中午，回头一看，各种杂树已经倒了一大片，他歇了下来。黑毛狮子跑前跑后的，似乎一点儿也不累。这狗很通人性，对救了宋阳的周远翔非常忠实，周远翔让它进它就进，让它退它就退。周远翔浑身是汗，回到宋阳身边坐下，黑毛狮子趴到他的一侧，用舌头舔着他的腿。周远翔没有理会，看一眼瘫着的宋阳，心里疼痛起来。他把目光转移到远处，马尾松、檀树、铁匠树、岩花子树、夜行树等从他眼前一棵棵掠过；空中的云彩像是很重，一团团坠在头顶一动也不动；田野里有人背着栏粪，仿佛贴在地上爬行，那是备耕的农民……农民才是这世上最苦的人。他把怀里的竹笛抽出来，颤悠悠地一吹，那满腹的心事便在颤悠悠的曲子中发散开来。黑狗听到忧伤的曲儿，窜了出去，在林子里烦躁地乱跑乱钻。过了很久，周远翔把宋阳抱到怀里，又想到了李蓉的话，把孩子送回去。他问："阳阳是不是想妈妈了?"

"黑毛狮子!"宋阳叫了一声，又对叔叔摇摇头，显得不高兴。

"阳阳，妈妈会回来的。李阿姨说过，哪有亲娘不要孩子的? 你跟着叔叔吃苦了，可你放心，我和李阿姨一定会把你妈妈找到的。"周远翔抚摸着孩子的头，被自己的话弄得鼻子发酸。

宋阳拍拍没有感觉的腿："叔叔，你看我妈还会认我吗?"

"会的……"周远翔听不得这样的话。他自己如今也没父母，便和这孩子有一种难以言说的情感通道。想到总有一天会把这孩子送回去，他心里便涌起不舍的浪潮，忽然冲动地说："以后再也不提你妈妈了。就算你妈妈找来，我也不会把你交给她的。阳阳，就跟叔叔过这苦日子，好吗？"

宋阳紧紧地抱着叔叔乐了："叔叔，我是没有爸妈的人……"

周远翔立即意识到自己说错了，有些懊悔。这时，山道上响起李蓉悠长的叫声："远翔——你在哪儿？"黑毛狮子呼地跳上岩头大吠起来。周远翔眼前一亮，也跑到岩头，高高地举起手挥着；远远看到了李蓉，他心里又蓦地一沉，她是为了送走宋阳才来的吗？周远翔回头走到宋阳身边。宋阳咯咯笑着，张开了双臂，要叔叔将她抱起来。周远翔赶紧将她抱起，宋阳便学着叔叔的样子挥起右臂大声叫喊："李阿姨——快来哟，我们在这儿呢！"

李蓉飞奔而来，从周远翔怀里接过宋阳，亲了她一下。周远翔看到李蓉的情绪不像上次那样古怪，心情随即舒展开来。李蓉抱着宋阳，满面春风的样子，笑着问："远翔，你猜我给你带来了什么？"

"不用猜我也晓得，你给我带来了世上最宝贵的东西。"

"世上最宝贵的东西？那是什么？"

"不就是你的爱心吗？"

李蓉脸红了，倚到周远翔身边："远翔，真有好消息，你得亲我一下。"

"别卖关子了，真是好消息我再亲不迟。"周远翔看了一眼宋阳。

"远翔，我为什么许久没来？给你办大事去了！我让我爹到镇里活动，教委已经同意调你到月亮镇中心小学。从下学期开始，我们就在一起了。不知为什么，想到你要来到我身边，我就要笑，要唱，要跳……"

周远翔猛地将她和宋阳一同抱在怀里，用力亲了一口李蓉，又用力亲了一口宋阳。李蓉被抱得换不过气，一边挣扎一边娇嗔："像个野兽！"

宋阳推着叔叔："叔叔干嘛这样用力呀，你看阿姨都被你亲红了脸！"

周远翔松开手："对了，李蓉，我还得代表阳阳谢谢你。"

李蓉一愣："这和她有什么关系？"

"关系大大的有啊！中心小学条件好，饿了有饭吃，渴了有开水喝，学校还要给分房子，再不用为阳阳的吃喝发愁了……"周远翔也是一脸春风。

宋阳连忙说："这下好了，就是妈妈找来了，我也跟着叔叔过。"

李蓉的脸色突然阴郁下来。周远翔和宋阳一看，都像犯了错误一般，埋头无言。李蓉毕竟是喜大于忧，很快换作笑脸说："远翔，今天不砍了，我们回去吧。为了庆贺你的荣升，我带来了一些酒菜，好好喝一顿！"

只要李蓉高兴，周远翔没有不同意的，三个人立即回了村小。天气有些热，他们都出了一身臭汗，李蓉烧了一大锅水，让大家先洗一洗，再做饭。周远翔端起水到教室里去了，把寝室让给李蓉和宋阳。李蓉其实是喜爱宋阳的，想到不久就会把宋阳送走，心里便有着很深的内疚。她把宋阳放到洗衣盆里，亲自为她清洗。宋阳乖巧地配合着，不一会儿又闷闷不乐了，继而抽泣起来……

"阳阳，怎么了？是不是烫着了？"

"阿姨，我还能站起来吗？"

"别急，阳阳，慢慢就会好的。"

"等我好了，也能和根子哥一块儿上学吗？"

"当然可以，等你上学了，阿姨给你买书包和彩笔。"

"阿姨，你有爸爸妈妈吗？"

"有……"

"他们在哪儿呢？"

"他们住在离这儿不远的镇上。"

"叔叔的爸爸妈妈呢？"

李蓉停下手来，忧伤地说："叔叔的爸妈去了很远的地方……"

宋阳似乎从阿姨的话中领悟到了什么，不作声了。大家都洗好了澡，李蓉帮着周远翔做饭，那情景仿佛是个温馨的小家庭。宋阳看着他俩，有些入迷，要是他们能做她的爸妈就好了；做了爸妈，他们就真正是一家人了。吃饭的时候，李蓉不时地给宋阳的碗里夹着菜，宋阳懂事地感谢着阿姨。周远翔用筷子指着宋阳脖子上挂着的小狗儿问："阳阳，这狗儿是谁给你的？"

宋阳豁然一笑："是爸爸给的。他说我属狗，就给我挂了个狗儿。"

周远翔与李蓉对视一眼："阳阳，你……还记得爸爸是什么样吗？"

宋阳伤感地点点头："爸爸是挖煤的，脸上可黑了……"

"来！快吃饭吧。"李蓉见宋阳有些难过，忙给她夹菜，把话岔了过去。饭后，周远翔让宋阳午睡，然后与李蓉对坐着，陷入了不和谐的沉默。许久，李蓉小声说："我们都要上班，哪有精力照顾一个瘫痪的孩子？"

宋阳其实没有睡着，用被角掩着脸在偷听。周远翔轻轻走到床前，看了看装睡的孩子，披了披被子又轻轻地走回来。周远翔挥挥手，和李蓉一同把椅子搬到门外，相对坐下。李蓉探头看看屋里的孩子，又说："反正我妈和我爸都说了，只要你留这孩子，就别指望我嫁给你；反之……"

"等放暑假了，我就带她去找她妈，你别为这事犯愁。"

"我看先别找她妈，还是先找找民政部门吧！"

周远翔还未答话，宋阳已经嘤嘤地哭了，她哀哀地说："叔叔，阿姨，我不去找妈妈，那个拐走我妈的人凶得很，他会打我的！我怕他……我跟你们一块儿过，等我的腿好了就给你们做饭，我还会给你们洗衣服……叔叔，阿姨，我听你们的话，别让我走行吗？我哪儿也不去，求求你们了……"

周远翔和李蓉连忙进屋，擦去了宋阳脸上的泪水。周远翔脸上露出进退两难的神情。宋阳含泪祈盼着，李蓉叹了口气，屋内死一般沉静……

<h1 style="text-align:center">十一</h1>

又砍了几天柴，周远翔越来越沉不住气，一天到晚想着的都是如何处理宋阳的问题；宋阳也是这样，每天都担心叔叔把她送走了。这天，邮递员忽然送来一封信，是李蓉写来的。打开信一看，周远翔的心被深深地刺激了：

远翔：

　　听我的话，把孩子还给人家吧！远翔，不是我没有爱心，也不是我没有责任心。是因为这样不妥当啊！对这孩子，我们已经尽力了！甚至可以说，没有我们就没有孩子的今天，我也是爱孩子的呀……这还不够吗？所以，我要郑重劝告你，把孩子还给人家吧！远翔，你就像雨季的雾，我看你时，你很近；我想抓住你时，你却很远很远……远翔，还记得高中时的激情澎湃和崇高理想吗？你带着孩子怎么实现你的理想呢？好，不说了！到底如何行动，你看着办。

　　　　　　　　　　　　　　　　　　　你的李蓉于月亮镇中心小学

周远翔仰望着屋顶，大脑中只有一个意念。阁木上有一个锯木虫，在那儿不停地锯，发出嗞嗞的响声，已经锯了一个洞。洞里溜出了锯末，迷了他的双眼，他连忙低下头不断揉啊揉，心思却没转移。他不忍将孤苦的孩子随意抛去，也舍不得失去自己的心上人。他知道，李蓉也不想失去他。他在两难中，所以他的大脑渐渐是一片空白了。他本是想，同宋阳相处一段时间，让李蓉和她加深感情，拖到一定时间，李蓉也就不得不承认眼前的现实，他们就可以共同为抚养宋阳奋斗了。然而，李蓉的信仿佛是最后通牒，周远翔不得不违心地行动。他哪里知道，李蓉是因为同父母达成了协议，才发出这封信的。

在李蓉心里，最重要的是周远翔。她实在对他爱得深切，害怕父母从中作梗，所以她以前一直不敢提到与周远翔的恋情。现在插进一个孩子的事情，使她有了新的策略，她想"利用"一下宋阳。她把父母约到一起，进行了一次长谈。

第一层意思是说周远翔如何如何优秀,可遇而不可求;第二层意思是说她既然遇到了,就决不放弃;第三层意思是说她所爱的人周远翔陷入困境,她将帮助恋人一同肩负起抚养宋阳的责任,因为周远翔具有与生俱来的悲悯之心,而悲悯之心正是伟人专有的品质。李蓉就是要这样把父母引入两难的选择。

她的母亲张大梅气昏了,有些口不择言地尖叫着:"要是你们未婚就有了孩子,我决不答应!李怀德,你哑巴了?能让你的女儿胡作非为吗?"

李怀德连连回应:"是的,决不答应!把孩子还给人家!"

李蓉摇了摇头:"如果不能归还呢?"

张大梅声音依旧尖锐:"我已经讲了,不归还孩子就免谈婚事!"

李蓉追了一句:"如果归还了孩子呢?"

李怀德和张大梅张了张口,一同变哑巴了。李蓉立即又说:"爸,妈,我们不能让一个孩子流落街头啊!爸,你是个企业家,做好事会得好报的!"

李怀德的脸气红了:"我做的好事还少了?镇里的公益事业哪一项少过我?你为周远翔的母亲出钱治病,我没给吗?你说帮忙把周远翔调到中心小学来,我不是已经说好了吗?蓉儿,我总不能把天下的好事都包了吧?"

张大梅忽然跳起来:"李怀德搞什么把戏?你已经认周远翔为女婿了?"

李怀德笑了:"不是做好事吗?哪晓得他是我女婿?"

张大梅冷笑着:"休想!"

李蓉决然说:"你们这样顽固,莫怪我把话说绝了。你们同意我的婚事,我们马上把孩子还给人家;你们不同意,我就和你们断绝关系!"

李怀德"哼"了一声,张大梅也"哼"了一声,默认了。娇女只有一个,他们真怕把李蓉逼上了绝路。李蓉再不管他们,关上寝室门,在里面给周远翔写了一封信。几天后,周远翔开始了无奈的行动。那天,周远翔给宋阳准备了一天的干粮,放在枕头边,然后直奔月亮镇民政办公室。接待他的是位老同志,等他听完周远翔的陈述后,慢悠悠地说:"这事我早有所闻,可我们不能收啊!"

周远翔一惊,激动地问:"为什么不收?"

老同志和蔼地做个手势,示意他坐下:"小周老师,不是我们不愿意收,是政策不允许呀!其实我是非常佩服你的,你的精神是很可贵的。"

"那你们为什么不收呢?"

"因为阳阳算不上真正的孤儿,她不是还有母亲吗?政策规定——只要孩子的父母有一方在,孩子就不算是孤儿!你叫我有什么法子?"

"她妈妈是在,可找不到啊,合着我做好事就该摊上啦?"

"那也没办法呀,这是规定,您就好人做到底吧!"

老同志乐呵呵的，周远翔非常无奈，晓得再和他多说也是白说，只好悻悻地转身朝月亮镇派出所奔去。说不上繁荣的月亮镇，街道上冷冷清清，周远翔急匆匆地走着，无意欣赏月亮镇是热闹还是冷清。他来到一个大院门口，看到木牌上写有"月亮镇派出所"的字样，大步走了进去。办公室里，一位年长的男警察仿佛是专门等着周远翔似的，点了点头："你是周老师吧，我们见过。"

周远翔惊讶地看一眼警察，想起来了："是的，在医院您调查过我们。"

"你遇到了什么困难？要不也不会这么急匆匆的。"

"同志，我的确有困难，那孩子我已经带她好几个月了。您想想，我一个单身汉，连婚都没结，怎么好带一个孩子呢？再说，我也带不好啊！"

"周老师，你的困难我理解。这不是没法子吗？这事要是在咱们辖区内还好办，问题是孩子的父母在外省。你也知道，警察的权限也是有范围的，即便是刑事案件，跨省协作也是要上边打招呼的。这样吧，周老师，如果需要的话，我可以开个证明，你亲自出去跑一趟。有证明会方便很多的。"

周远翔失望地说："连你们警察都干不好的事，我怎么可能办好？"

警察笑着解释："那你错了。只要我们出面，一切都得照章办事，往往会不了了之；如果由民间出面，反而灵活得多，事情也好办得多。"

"那就麻烦您了。"周远翔等了一会儿，警察很快开出一张证明交给他。他走出派出所大院时，看到一个人影闪身不见了，好像是李蓉。他追了一段，没见李蓉的影子，只得拐出街道，闷闷地上了公路。回村小的路上，田间有连成一片的油菜已经开花，金晃晃地铺满了山坡。周远翔深深地吸了一口油菜的香气，干脆离开公路，走到田间的小路上，一边享受大自然的景色，一边思考下一步行动。正走着，他忽然被一个人拦住去路，此人正是李蓉。李蓉扑哧一笑，周远翔半天没有反应。李蓉笑着问："远翔，情况怎么样？"

"我……李蓉，我已经找了民政办公室和派出所，可是……"

"可是都没好结果对吗？那就这么完了？"

"我真想不出什么法子来了，李蓉，你看……"

"等一下，我先问问你，你是真爱我吗？"

"是的。这一点你是最清楚的，何况我发过誓。"

"那么，我同阳阳相比，你最怕失去哪一个呢？"

"对于阳阳，我不是害怕失去，因为她本就不是我的。我是怕……"

"她不是有家吗？看起来你悲天悯人，像在做好事，可是你敢肯定她妈妈不着急吗？你这样把她护着，也许正好做了一件大坏事呢……"

周远翔语塞了，不能说李蓉的话不对。也许自己进入了某种情感误区，把问题想拧了，而恰好宋阳的妈妈真的在寻找她呢？他并没亲自见过宋阳的妈，人家把她妈说得一钱不值、无情无义，难道就是真的吗？李蓉的目光像箭一样刺着他，他不得不说："这样吧，我亲自带阳阳跑一趟河南。"

李蓉笑了，扑到他的怀里："远翔，我是为了咱俩好。"

周远翔任她抱着："李蓉，你得等等，这事得等放暑假了才行。"

李蓉轻轻掐一下他的腮："你把我当恶婆了？谁让你马上就去送？"

周远翔苦苦一笑，心里却想着宋阳，怎样才能说服宋阳回到她妈妈身边去呢？如果强行将她送走，他无论如何都是办不到的，当然得说服……

十二

要想送走宋阳，其实是很简单的，费几天工夫，往河南她妈那儿一放，然后走人！可是，那对不愿离开叔叔的宋阳而言，是多大的心理刺激呢？这样做显然不符合周远翔的性格，他反复思考着如何才能把宋阳送走的办法。办法是想出来了，行不行得通，只有天晓得。一是编织一些理由，慢慢劝说；二是在情感上离间宋阳对他的依赖，疏远她，冷落她。离暑假的时间还长，双管齐下，也许能达到目的。如此对待一个孩子，周远翔吓了一跳，自己竟是这么卑鄙！他在四面八方搜寻着这样做的理由，他在心里呼唤着宋阳：你能原谅叔叔吗？阳阳，对不起了，但愿你能渡过难关！让老天惩罚我吧！

周远翔第一次的尝试就很失败，他没给宋阳打招呼就出了校门，去做家访。回到村小时已近半夜，没想到宋阳带着黑毛狮子等在校门前的大树下。明月当顶，树的阴影把宋阳和黑毛狮子完全笼罩住了，要不是黑毛狮子轻吠了几声，谁也不会想到这里有个孩子和一条狗。此刻的情景令周远翔心里发酸，他想把孩子抱起来。可他没有动手，而是严厉地问："是谁背你出来的？"

宋阳高兴地回答："叔叔，我是自己走出来的！"

显然是在说谎！周远翔的口气依旧严厉："胡说！怎么学会骗人了？"

"没有呀！叔叔，我用手走路了！不信你看！"宋阳趴在地上，将两手张开撑着地。月光下，周远翔果然看到宋阳在用手走路。宋阳的手用力一撑，整个上身悬起来朝前移动一下，两条废腿跟着身子往前拖；她的双手又用力一撑，整个身子又往前移动几寸。宋阳一边移动，一边数着："一步，两步，三步……"就那样移动了四五下，宋阳已经歪在地上气喘吁吁的了……

"阳阳，谁叫你这样干的？"周远翔一把将宋阳抢到怀里，泪流如雨，可他却在怒吼着，"你不知这有多么危险？磨破的腿会感染的，双手这样用力会变形的，要是摔到沟里坎里，不是要出人命吗？你这个苕！"

一阵电闪雷鸣，把宋阳吓呆了。许久她才缓过气来，嗫嗫地说："叔叔，这么做不对吗？我看叔叔那么忙，我急呀！我想我要是学会用手走路了，叔叔就不用老背我了……叔叔，我错了，再也不惹你生气了……"

"唉——阳阳别说了，都是叔叔的错……"周远翔把宋阳抱回寝室，放到床上，扭头发现桌上的书本弄乱了，他问："是你动了的？"

"是李蓉阿姨……"宋阳怯怯地回答，"她没说什么就走了。"

周远翔一顿："什么时候？"

"好久好久了。我问她话，她不高兴，就走了。我以为她寻叔叔去了。"宋阳小心观察着叔叔的脸色，"叔叔，你们闹意见了？阿姨为啥走了呢？"

"我们没闹意见，阿姨大概是有事就走了吧！"周远翔抚摸孩子的头，斟酌着如何把话说明白些，"阳阳，叔叔太忙，没法子带你玩，对吗？"

宋阳好像意识到了什么："叔叔，你忙你的，不要管我。"

"孩子总是需要大人带着的，所以说，孩子最好和妈妈在一起……"

"叔叔，不要妈妈还好些。"

"怎么说话呢？你毕竟要找到妈妈呀，妈妈多想你呀！"

"不，我不要妈妈，妈妈也不想我……"

"孩子为什么不要娘呢？阳阳，为什么呢？"

"我已经对你说过，妈妈只喜欢那个人，不喜欢我们。妈妈不喜欢我们，我才跑出来……妈妈不要我，我就不要妈妈了……"

"阳阳……妈妈不会不喜欢孩子的，她也是没办法呀！她要是晓得阳阳受伤了，就会来接你的。不要摇头，阳阳要相信叔叔的话。阳阳，作为孩子也不应该不喜爱妈妈呀，没有妈妈，哪来的阳阳呢？"

宋阳依旧摇着头，周远翔郁闷起来。怎样才能让宋阳明白他的心思呢？他一边为宋阳洗澡一边想。一直忙到宋阳睡下了，睡熟了，他还是不知如何对宋阳开口。过了几天，他终于直截了当地说："阳阳，我问你一个问题，你要真心地回答我。你是想要叔叔快乐，还是想让叔叔痛苦呢？"

宋阳脱口而出："想要叔叔快乐！哪样才是快乐，哪样才是痛苦呢？"

"比如说，比如说……阿姨在这儿，叔叔就会快乐……"

"阿姨不在这儿，叔叔就痛苦吗？"

"阳阳真聪明。"

"那么……叔叔为啥不让阿姨到身边来呢？"

"阿姨让我给你找妈妈，可我没给你找。我没听她的话，她就走了。"

"阿姨不喜欢阳阳吗？"

"不，她是为阳阳好啊！阳阳有妈妈了，才幸福呀！"

"阿姨是看我不回家，才不见叔叔的吗？"

"阳阳，这样给你说吧。你回到妈妈身边了，就幸福了；你幸福了，阿姨就快乐了；阿姨快乐了，叔叔不就快乐了吗……懂了吧？"周远翔极力在说服阳阳，说着说着，把自己的泪说出来了，"阳阳，其实你什么都明白。"

宋阳见了叔叔的泪，连忙用她的小手给他揩；越揩泪越多，她害怕了，大声说："叔叔别哭，别哭了！我回家就是，回家就是了……"

宋阳说完这话，突然止住了，好像被自己的话吓呆了，惊恐地看着叔叔。周远翔不敢直面孩子的心灵，良心的长鞭有力地抽打着他的"无耻"，他再也无法接着宋阳的话说什么了。一连几夜，周远翔失眠了。宋阳也没法睡好，常常在梦中惊醒，无端地拥着被子一坐就是很久。白天她不敢看叔叔的脸，叔叔上课去了，她移到床头，守着窗儿，目光一直跟在叔叔的身后，看叔叔进教室，出教室，独自立在墙角发呆……很久之后，叔叔再不提她回家的事了，宋阳才渐渐平静下来。教室里孩子们正在上课，她向往地朝着教室张望着，聆听着。

"白日依山尽，黄河入海流……"周远翔在教室里领诵唐诗，周远翔读一句，宋阳跟着读一句，宋阳跟着读了无数遍；然后是孩子们读一句，宋阳跟着读一句，宋阳又读了无数遍。周远翔和孩子们不读了，宋阳独自一人还在读，读得滚瓜烂熟。中午，周远翔回到寝室，宋阳迎着叔叔朗诵起来："白日依山尽，黄河入海流。欲穷千里目，更上一层楼。"

周远翔看着宋阳愣了很久，问："阳阳，想上学了？"

"想……叔叔，你看我这样子能上学吗？"

"可是阳阳，就算能上学，也需要人家照顾你呀。叔叔有工作，还有那么多孩子需要我照顾，没法只照顾你一人哪！"

"不，叔叔，我会用手走路，就不要你照顾了！"

"那样叔叔会心疼死的。阳阳，只有回到妈妈身边，才能得到照顾。妈妈会背你上学，会做饭你吃，你就不必这样痛苦了……"

宋阳的一声叹息，像锥子一样扎在周远翔心里。这么小的孩子本不该叹息的，可她不仅叹息了，而且无助地说："叔叔，你还是要送我走吗？"

周远翔不作声了，和宋阳一同吃过午饭，很快又出了门。宋阳坐在临窗的椅子上，四处捕捉叔叔的身影，却是什么也没看到；到了晚上，也没看到叔叔回家。刘根儿拿着两个馒头和一盘菜，忽然闯了进来。他说是周老师让他送来的，宋阳看了他一眼，不想再看他。刘根儿默默地将馒头和菜放到桌上，轻手轻脚地离开了，一句话也不敢问，宋阳那样子太吓人了。

宋阳呆呆地目送刘根儿远去，然后望着窗外的孩子们在操场上嬉闹；再回头看看空洞洞的房间，却只有她孤单单的一人。她的目光停留在墙上，那儿有一个镶着周远翔小时候照片的镜框，框上盖满了灰尘，墙上还有一支带着红穗子的竹笛。宋阳用双手撑起身体向那边挪了挪，吃力地取下镜框，小心地擦拭上面的灰尘……她认真地看了一会儿叔叔小时候的照片，小心地将镜框挂回到墙上，刚要收回的小手又停住了，颤巍巍地伸向更远处的竹笛。椅子的一条腿抖动着离开了地面，她赶紧用一只手吃力地撑住桌子，可她力气太小，没有撑住，手滑落了；另一只手顺势将桌上的馒头和菜盘子扫落在地上。伴随一声惊叫，宋阳连人带椅子摔倒在地上。这时，放学的铃声响了，身背各式书包的小学生们像放飞的小鸟一样奔向校门，消失了。可是，叔叔却没有回来……

宋阳的胳膊擦破了皮，她挽起袖子，弄了点唾沫涂到伤口上，疼得她唏嘘不已。大腿也挂破了，鲜血慢慢地沁出来，她抓了一些地灰撒到大腿上，鲜血慢慢凝结了。然后，她把袖子放下来，把裤子也盖严实了，为的是怕叔叔发现。她想回到床上或是椅子上去，于是撑着双手，在屋里转了好几个来回，怎么也办不到。她绝望地呆了好久，用尽全力把椅子扶正了，探着手把馒头和菜盘子放到桌上，可是地上的菜再也不能吃了，也没法收拢了……

天黑了很久，周远翔回来，走进屋就惊呆了。宋阳坐在地上，满头满脸满身的灰尘，惊恐地望着周远翔，却挂着一脸的笑。周远翔放下手中的包袱，心疼地抱起宋阳，自责的情绪弥漫开来："怎么了？摔着没有？"

宋阳强笑着："叔叔，我没事。"

"怎么会摔下来的？"周远翔拍打着宋阳身上的灰尘，宋阳畏怯地望着墙上的照片和竹笛。周远翔看了看被擦干净的镜框，检查着宋阳身上的伤，眼泪直往下淌："都怪叔叔。阳阳，你看你，都流血了……"

"叔叔，我以后绝不乱动了。"宋阳蓦地大哭起来，她真的害怕叔叔又要借此机会把她送到妈妈那里去，"真的，我保证，再也不会这样了。"

周远翔抱着宋阳摇晃着，宋阳止住了哭。周远翔把她放到床上，看到满是灰尘的馒头和地上的菜："阳阳！这些东西你怎么没吃啊？"

"我想等您回来一起吃。"宋阳胆怯地说。周远翔背转过身，悄悄揩掉脸上的泪。宋阳更加担心了："叔叔，怪阳阳不听话。以后阳阳一定要听叔叔的话……要是阳阳再犯了这样的错误，叔叔就把阳阳送走算了……"

"阳阳，我们今天说点别的好吗？"周远翔就算是铁石心肠，此刻也不想说这个话题了。他默默地从包袱里拿出两个手柄和一副垫子，放到床上："阳阳，来，我们试试，看尺寸对不对，看你用着舒服不舒服？"

聪明的孩子一看就明白了，手柄是握在手里的，垫子是用来包住下身的。叔叔不提回家的事了，并且还请人为她做了手柄和垫子，是不是可以和叔叔永远住在一起了？她舒畅地笑起来："叔叔，这个真好！在哪儿做的？"

手柄是木头的，握手的地方包了一层柔软的兽皮；垫子是牛皮的，里面铺了一层棉花。这是周远翔亲自设计，拿到木匠铺和裁缝铺做的，但他没有回答。周远翔把床上的被子拿走，铺上一张席子，宋阳便握着手柄在席子上试着走。宋阳精神大振，要求到地上试试。周远翔把她抱到地上，宋阳在屋里走了一圈，随后就走出了门，走到外面去了。周远翔的心得到了些许安慰，对宋阳的远去并不阻拦。这时，宋阳的声音从远处传来："叔叔，这个真好啊！"

周远翔没有回答，眼泪更像瀑布一样落满他整个面孔。他自语着：阳阳，叔叔真的对不起你了。我和李阿姨早已商定，一放暑假就把你送回去，而你却蒙在鼓里。我给你做手柄和垫子，并不是想把你留下来，而是想作个纪念，并以此安慰一下自己的心灵。阳阳，暑假马上就要到了，叔叔真的是心如刀绞啊！阳阳，你就恨我一生一世吧，你恨我，我的良心会安宁一些的。阳阳，让我天天求老天保佑你吧，保佑你在妈妈身边得到幸福的回报。阳阳，如果老天一定要给你降下灾难的话，那么把灾难降到我的头上，把幸福还给你吧……

第三章

十三

放暑假的那天，李蓉及时赶到回马坡村小。正在寝室里练习用手走路的宋阳心里一惊，感到不幸将要降临到她的头上了。她没有叫李阿姨，李蓉轻轻叫了一声"阳阳"，她也没有回应。室内的气氛一下子沉闷了，周远翔和李蓉默默对坐，也无话可说。他们同时感到宋阳这孩子太精怪了。

李蓉默默地把一个包袱和几百元钱放在周远翔面前，感到无颜面对可怜的孩子，立即告辞了。周远翔跟出去，送了很远很远，这让他想起有天夜里他俩走在公路上的情景。那时，公路上只有他俩嚓嚓的脚步声，此刻也一样。

走了很久，眼看就要到月亮镇街口了，李蓉说："给她买了身衣服，还有五百块钱，给阳阳带上吧……我就不送了……其实，我心里挺难受的。远翔……"

"蓉儿，不知为什么，我总觉得我在犯罪……"

"不要这样，我们做的，都是为了她好。"

"唉，一个残疾孩子，这样对待她……有时候我想，知道有今日，当初还不如不救她……突然让她走，我怎么张得开这口……"

"远翔别说了！已经要干的事，千万不要动摇……远翔，把孩子送到她妈妈手里，犯罪感就会消失。让孩子和妈妈相会，怎么能和犯罪联系到一起呢？远翔……别这样折磨人了好吗？就算是犯罪，也把罪名戴到我头上来吧！"

李蓉握住周远翔的手，周远翔没有说话，只有感慨万千。

周远翔回到村小，不忍心进屋，在门外走来走去。月亮升起来了，像一个巨大的车轮在天幕上滚动，滚进一团厚厚的乌云，天就黑了。该如何面对宋阳呢？如何对她开口呢？说服不了她又该怎么办呢？终于，他狠了狠心，进了屋。昏暗的灯光下，宋阳坐在地上睡着了。周远翔看得很清楚，她脸上挂着泪，稚嫩的脸蛋透着忧郁。他不敢动她，轻手轻脚地准备为她收拾东西，可是他突然惊呆了。桌子底下放了个包袱，装得鼓鼓的，全是宋阳的衣物和玩具。这孩子什么都明白，竟然开始收拾东西了，她是怎么想的呢？周远翔揉着眼睛，目光转向黑洞洞的窗外，再也忍不住，突然呃呃地哭出了声……

窗外，幽暗而阴晦，什么都看不清，那个月亮被埋在云层里。

"叔叔回来了，我怎么就睡了呢？"宋阳被叔叔的哭声惊醒了，"叔叔别哭，我已经同意走了。你们不是要送我走吗？我们什么时候走呀？"

"啊！"周远翔本能地一惊，"走什么呀？"

"叔叔，阿姨一来我就晓得要送我走了。"宋阳一边说一边笑。周远翔蓦地将宋阳抱了起来，越发泣不成声。宋阳为叔叔揩去泪水，像哄孩子似地说："叔叔是怕阳阳不走才哭的吗？是要和阳阳分手了才哭的吗？不用哭，我回到妈妈身边后不会忘记叔叔的，等我能走路了，就来看叔叔好吗？叔叔，我走了，阿姨就高兴了；阿姨高兴了，叔叔就高兴了！那多好啊！你怎么哭呢？"

"阳阳，叔叔不是人！你怎么不骂叔叔？"

"叔叔说的什么话？叔叔救了阳阳，打死阳阳也不会骂你呀？"

"阳阳，你不是不想走吗，怎么自己把东西都收好了？"

"我在这儿阿姨就不高兴，阿姨不高兴叔叔就不高兴，叔叔不高兴我就不高兴。一家人都不高兴，那我就要走了。你们高兴了，我也高兴啊！"

这样的话就像一条鞭子，不断地抽打在周远翔的心上，他还能说什么呢？

"叔叔，是不是明天就走？要不阿姨也不会今天就来。"

周远翔就这样被抽打着，始终张不开口。

"叔叔，求你让我在这儿多玩一天再走好吗？我还想看看根子哥，看看阿姨，还想到白崖那儿去，听听白崖的回声……叔叔，好不好啊？"

"阳阳，你说还待几天就待几天……"

第二天，周远翔把宋阳背到刘根儿家里，刘根儿怎么也不理解，周老师为啥要送走这么一个聪明漂亮的孩子："周老师，把阳阳留下来嘛！"

周远翔说不出话。刘根儿的爹一眼横扫过来，吓得刘根儿双腿发抖，刘根儿再也不敢说话了。刘根儿飞快地跑进屋里，拿出一个他自制的玩具，是一个用桔梗做成的风车，迎风一晃，风车就呼呼地转。宋阳拿在手里挥了几下，风车转得让人眼花，就说："根子哥，你好能干啰！"

临别时，宋阳不断地向刘根儿挥手："再见，根子哥！等我腿好了就来看你！要是我的腿不好，根子哥会去看我吗？"

刘根儿依旧不敢说话，泪水不知什么时候淌下来了。接着，周远翔把宋阳背到白崖下，刘根儿也跟来了。他们一同默默看着光滑的白崖，黑毛狮子突然兴奋起来，蹿上跳下，狂吠了一阵。白崖把狗的叫声放大了好几倍，给它以忠实的回应，黑毛狮子就更兴奋了。宋阳看着她的狗，咯咯地笑起来，然后用尽全力对着白崖大叫着："白崖白崖我爱你！白崖白崖我想你！"

周远翔默然，心里想起带着宋阳到这儿砍柴的情景。那天宋阳就是这样喊叫的："白崖白崖我爱你！白崖白崖我想你！"

周远翔觉得在哪儿都是伤心地，在哪儿都不敢多耽搁，赶紧又把宋阳背到中心小学，找到了李蓉。刘根儿和黑毛狮子照旧跟着，一步也不落。周远翔把宋阳放到用水泥垒成的乒乓球台子上，然后小跑着走到李蓉身边，小声交代说："蓉儿，阳阳明天就走，说什么也要来看看阿姨。你别说难听的话好吗？"

李蓉点点头，快步朝宋阳走来，双眼已经红了。

宋阳笑着伸开双臂："阿姨，我快走了，你抱抱我！"

李蓉连忙抱起宋阳，一头扎到宋阳怀里，呃呃地哭开了。

"阿姨别哭，你一哭，阳阳也要哭了。"

"好……阿姨不哭……"

"阿姨，我走了你会想我吗？反正我是会想阿姨的。阿姨救了我，出钱给我治病，又出钱让我找妈妈……阿姨，谢谢你了。亲我一个吧，阿姨，你以前经常亲我的，以后我就没人亲了……阿姨，你是我的恩人……"

李蓉久久地亲着，宋阳的泪终于流下来了。她看到大家全都流了一脸的泪，便带着泪咯咯地笑起来："好了，阿姨，我们再见吧！明天我和叔叔上路的时候，你不要来送我们，我怕你哭。你一哭，我也会哭的……"

"阳阳，你恨阿姨吗？给你找妈妈是为你好，明白吗？"

"我晓得，叔叔都给我讲了。阿姨再见！再见！"

李蓉赶紧跑进屋，拿出一件披风系到宋阳身上，那是李蓉准备送给校长的孙子的。宋阳惊喜地看着披风，又咯咯地笑了："好好看啰，谢谢阿姨！"

这一天终于过去了，宋阳夜里睡得很安稳，早上却醒得很早。周远翔一夜无眠，早上却沉沉地睡去了。宋阳坐起身，自己穿着衣服。上衣穿好了，裤子无论如何穿不上。她小声叫着："叔叔，你不是说下城关要赶早吗？再晚就赶不上车了。叔叔快起床呀，误了车不是又要耽搁一天吗？"

周远翔赶紧起床，将头一天煮的鸡蛋剥了一个给她，然后挎上包袱，背起她朝月亮镇赶去。他们在镇上的小摊上吃了几根油条，正好赶上长途汽车。周远翔搂着宋阳坐在汽车上，宋阳朝车窗外看了一眼，忽然满脸都是泪水。她指着窗外的黑狗说："叔叔，黑毛狮子好可怜，它舍不得我，又不能上车。"

黑毛狮子吠叫着，朝车子扑来，够不着车窗，又窜回去朝车内张望；望了一会儿，忽然它朝左边窜去，又朝右边窜去，不知如何是好。周远翔说："阳阳放心，你走了，我会照管好黑毛狮子的。别哭了好吗？"

"这几天叔叔也不在家，它吃什么？到哪儿住呢？"

"不要紧，村里人都好得很，不会不管它的。"

宋阳渐渐止住哭，长久地看着黑狗。汽车启动了，宋阳连忙伸出手，对着黑狗摇来摇去："黑毛狮子听话，别叫了！再见黑毛狮子！"

宋阳只顾和狗说话，却忘了一声不吭的刘根儿。刘根儿见车子跑了，就在后面猛追起来，一边追一边叫："再见阳阳——再见阳阳——"

刘根儿正跑得带劲儿，忽然撞在一个人身上，抬头一看，竟然是李蓉，他说："李老师，我不是故意的……我想多看一眼阳阳，想再送送阳阳……"

李蓉抚摸着刘根儿的头，早已泪如雨下："刘根儿，阿姨和你一样，也是想多看看阳阳，再送送阳阳的。刘根儿，你是个好孩子……"

李蓉情不自禁地将刘根儿揽到怀里，刘根儿感动地说："阿姨，你真好！"

十四

周远翔按照他从月亮镇派出所得到的地址，坐火车来到河南。河南省城让宋阳留下了深刻印象，周远翔背着宋阳在大街小巷穿行，寻找通往县城的车站。天气奇热，周远翔买了一顶草帽让宋阳戴着。宋阳趴在周远翔的背上，好奇地看着热闹的市面。她觉得，一辆接一辆的小车像一串串乌龟，却能够灵活地穿来穿去；客车又高又大，像一座座跑动的楼房；街道两边的房屋像山里的白崖，车子和人一天到晚都走在峡谷里；城里的人更是多得像在蚂蚁窝里踩了一脚……

宋阳看到周远翔满头大汗，心疼地说："叔叔，歇会儿吧。"

周远翔安慰她："阳阳，为了回家，我们不能歇。"

真要回到妈妈身边了吗？宋阳忽然想哭，就哭了。周远翔问她哭什么，她不作声，然后一直沉默着。到了县城，让人感到四处乱哄哄，比月亮镇还差，就像到了乡下一样，宋阳又哭了。周远翔有些烦："不要哭，我们还要找派出所，找到派出所就能很快找到你妈了！派出所是管户口的……"

离妈妈那个家越近，越让人不舒服，宋阳的哭声大起来："妈妈不要我了，叔叔……不要回那个家，还是回我们俩的家……我说妈不要我了，你还不信。这不是河南吗？我们快累死了，她怎么没来接我们呢？"

周远翔没有再答话，咬咬牙抱着宋阳向远处走去。宋阳哭累了，睡着了，脑袋左右摇晃着，任叔叔东南西北地走。周远翔边走边问，终于找到了县城派出所，他抱着沉睡的宋阳坐在派出所的接待室里。宋阳惊醒了，看到戴大檐帽的人进进出出，她紧张地缩起身子，小声对叔叔耳语："警察叔叔……"

周远翔摇摇头："不作声。"

一名女警员端来两杯水，一杯给孩子，一杯给周远翔："小朋友，热了吧？先喝点水。同志，正给你查呢，结果马上就出来。"

"谢谢了。"周远翔客气地回答，然后问宋阳饿了没有，宋阳点点头。周远翔从包里取出塑料袋，摸出几个包子递给宋阳，宋阳看了看，又默默地拒绝了。过了一会儿，那名女警员拿着一张纸走来："同志，我们辖区内还真有个叫李大壮的人，他在你们省做生意，找了个老婆，半年前带着他老婆和一个女儿回来了，住李家庄，离这儿二十多里地。这是他的地址，拿着吧。"

"谢谢，真是太谢谢了。"

"我们用车送你们一下吧？"

"不用了，你们一出面，他们会有想法的。"

"好吧，我给你画一张路线图，会好找一些。"女警员笑着，一边画一边讲，画好了图，交给周远翔，最后还说："有什么困难来找我们！"

周远翔背起宋阳出了派出所，边走边看那张图，乘了一辆公汽，十几分钟后出了城；又过了十几分钟，房屋渐渐稀少，眼前呈现出一望无际的田野。周远翔想，这就是中原大地，中华文明的摇篮，好气派呀！这时，售票员告诉他们到站了。他们一下车就看到路边竖着一个木牌子，上书"李家庄"三个大字，周远翔把孩子抱在怀里，长吁一声："阳阳，我们终于到了……"

这是一个几十户的小村，村路旁堆满秸秆、柴草；低矮的房屋和南方区别极大，鸡鸣狗叫声一片，还有猪四处乱窜。周远翔背着宋阳一边走一边问路，几个衣衫褴褛、操着乡土口音的孩子十分踊跃地要当他们的向导。孩子们领着他俩，来到一处破烂不堪的宅院前，抢着叫："到了，就这儿。"

李大壮家的院子门虚掩着，周远翔十分小心地敲了几下，没有反应。周远翔犹豫着，想到马上要和那个名叫李大壮的混蛋见面，心里有些发虚。他等心情平静了一会儿，再轻轻推开虚掩的大门，惶然朝里面张望着。里面静极了，一群鸡在地上胡乱扒拉着，要是找到了一粒米或是一个苕根，鸡们立即会群起而争之，发生一场不小的战争。过了许久，有个怀有身孕的中年妇女手里拿着一个瓢来到院子里，一边朝地上撒糠一边"咯咯咯"地唤鸡，鸡们欢叫着很快把那中年妇女包围了。她喂鸡喂得很专注，没发现门口有人。宋阳用惊异的眼光盯着喂鸡的中年女人，不由自主地动动身子，轻轻叫了一声："妈……"

周远翔晓得就是她了——王秀梅，便干咳一声。中年女人慢慢抬起头，凝视着周远翔和他背上的孩子，出现了一阵短暂的沉默。像是死一样的寂静，延续的时间并不长，忽然，宋阳带着哭音长叫一声："妈——"

王秀梅一时没反应过来，依旧愣愣地看着他们。周远翔把宋阳放下来，宋阳便大声哭了，哭得呃呃地再一次叫道："妈……"

王秀梅像被电击了一般，浑身颤抖，手中的瓢"啪"的一声摔了，瓢撞到墙上，碎成几片。她认出了宋阳，扶着墙壁才勉强站住，眼里蓦地闪烁起泪花，嘴里不停地喃喃自语："阳阳，是我的阳阳，是我的孩子……"

王秀梅跟跄地扑向孩子，摔倒在地上，也不站起来，就朝孩子这边爬。宋阳双手撑地，也朝母亲爬过去。一个叫着"妈妈"，一个叫着"我的儿"，相对爬着。终于爬到了一起，王秀梅一把将孩子抢到手里。她慢慢站起来，想抱起孩子，可是孩子的身子像条布口袋一样耷拉着，拖在地上。王秀梅抱了几次抱不起，满脸的泪就直往下淌："站起来，我的儿，让妈好好看看……"

"妈，阳阳站不起来了……"

"怎么啦，阳阳？你不是会跑的吗？一天到晚像匹骡子，跑得听不到响，怎么一见到妈就犯软骨病了？你这个儿，怎么还晓得跑回来的？"

"不是的，妈，阳阳被车子撞了，再也站不起来了……"

"天哪，我的儿！出车祸了？怎么会呢？我的儿——"王秀梅无法承受眼前的事实，号啕大哭。周远翔这才走上前，一边劝说一边讲述孩子受伤、住院以及养伤的情况。王秀梅木呆呆地听着，也不晓得找把椅子让客人坐下，甚至连问一下恩人的名字都忘了。她还没听完，又大哭起来，哭得趴到地上："我的儿，你会跑啊！不要老娘了，怎么不让车子撞死的？这是老天在报应我吗？"

周远翔摇着头，很不满王秀梅的这种态度："大姐，孩子都这样了，你还忍心咒她？人心都是肉长的，做母亲的更应心疼孩子，你怎么能这样呢？"

王秀梅在周远翔的斥责中止住哭，往屋檐下一坐，将宋阳拉到怀里，一边看一边说："死伢！都这样了，你又跑到这儿干什么？你就撒开腿跑啊！有能耐就永远不要回来找你的妈呀！现在走不能走，什么事都干不了，一天到晚只晓得张开口要吃要喝，让人服侍一辈子，回来叫我怎么办呢？"

王秀梅又爱又恨又无奈，只有无助地唠叨，让周远翔也感到哀伤。等她唠叨够了，周远翔吁了口气，用商量的语气说："大姐，你冷静一下好不好？我这次来的目的很简单，就是让您收下自己的女儿，好好过日子。"

王秀梅真的没了主意："好好过日子？人都残废了，这日子好得了吗？"

正因为日子好不了，周远翔才急着把孩子送回来的，但他还得耐心地劝她："大姐，不要把前途看死了，事情还是会慢慢好起来的。医生说过，如果进行长

54

期认真的康复，好转的希望是有的……"

"康复？康什么复？我这么个山爪子，斗大的字认不到一升。要不是这回李大壮把我带到河南来，月亮河以外的天下是个什么样，我想都没想过，莫说看了。康复？康复个鬼！我都需要人家康我的复了！"

"大姐越说越远了，我也不懂康复，可你不晓得找个医生看看吗？"

"找医生？连个好人都没人管，有谁来康一个残废人的复？兄弟你不晓得，李大壮会让我们康阳阳的复吗？那要等石头开出花儿来了。"

"不会吧？那位李大哥既然晓得结婚生子，自然也会明白抚养孩子的道理。他不是和您结婚了吗？您的孩子当然也是他的孩子呀！"

"兄弟，你说的都是明事理的人，他呀——唉！"

"能不能让我和李大哥谈谈？"

"我说了，你和不明事理的人谈什么呢？只怕你还没谈，他的家伙就上你的身了。他只有一宗狠，那就是打架。想和他谈，先得练练武把式。"

"大姐，这事到底怎么办呢？我马上就要回去了，你就把孩子好好带着吧！你说我不能和李大哥谈，那我就走了……"

"叔叔别走！"宋阳惊恐地撑起身子，要离开她母亲的怀抱。

王秀梅的目光中也现出惊恐的光芒："兄弟，你把这么个残废给我送来，就这么走了？你走了我呢？阳阳呢？谁会来管她……"

周远翔想了想，拿出一个主意："这样行不行？我每月给阳阳寄二十元钱来，解决她的生活费；如果她的病严重了，需要钱，你再给我写信……这是没办法的办法，我一月也只有五十几元的工资，再拿多的也拿不出来。不过，阳阳的李阿姨给她带了五百元，孩子这两年的康复费用应该没问题了……"

"好兄弟你别说了，我明白你们都是好人，为孩子出了大力。可是，就算钱解决了，也没人管孩子呀！那个……那个武阎王李大壮……"

正说着，突然从院子外闯进一个粗野的汉子，就是李大壮。李大壮后面跟着一个十几岁的女娃，是宋阳的姐姐——宋月。宋月没敢进门，躲在外面偷看着。李大壮见王秀梅坐在地上，还抱着个孩子，赶紧从里屋提了把椅子，将王秀梅扶起来坐到椅子上，宋阳却滑到地上去了。李大壮并不管地上的宋阳，粗着喉咙吼："怎么了这是？啊！大丫头，快来照顾你妈！"

宋月赶紧跑出来，守在王秀梅身后。宋阳扯了扯宋月的裤腿，怯怯地叫了一声"姐"。宋月的泪出来了，小声问："阳阳，咋弄成这样呢？"

宋阳没有回答，只是惊恐地注视着院子内的情景，生怕叔叔吃了亏。李大壮又搬了把椅子，自己坐下来，然后才盯着周远翔看，操着河南腔对周远翔大吼大叫："嗨！你是干啥的？怎么敢对俺女人胡来？"李大壮并不等周远翔回答，又盯着地上的宋阳大吼大叫："噢！小不死的，找上门来了！"

宋阳吓得垂下头，周远翔也感到对付李大壮这种人很棘手。正不知该如何开口，李大壮忽然抄起一根木棒对宋月说："大丫头！快把你五叔他们叫来……是什么野人，竟敢找上门来！今天老子和他们拼了！"

宋月战战兢兢，听了李大壮的话，飞快地跑出了小院。周远翔一看势头不对，边退边对李大壮解释："你就是李大哥吧，你听我说，好不好？"

李大壮吼起来："有啥说的！这个娃子跟俺没关系，你少来这讹人！"

周远翔伤心地劝王秀梅："阳阳妈，这孩子可是你的亲闺女啊！"

宋阳吓得直哭："妈妈……叔叔……"

王秀梅的声音立即变了，嘶哑地叫喊："你们还不跑？不要命了！"

十五

周远翔没有跑，反而朝前走了几步，靠近宋阳，他害怕孩子受到侵犯。王秀梅挣扎着站起来，伸手拉住李大状，扭头对周远翔哭着说："这位兄弟，看你是个好心人，就带孩子快走吧，孩子跟着我会遭罪的啊……"

李大壮连忙扶住王秀梅："哎哟！小心身子。"

周远翔气愤地吼道："孩子是你的还是我的？世上竟有你这种妈！孩子让车撞了，双腿瘫了，你们……你们怎么这么狠心呢，还有点人性没有？"

"什么人心狗心？少在这儿胡说！"李大壮一边吼一边朝外面看。这时，两个光脊背的汉子风风火火地跑来："二哥！谁这么大胆子上门弄事，打狗✕的。"说着，虎视眈眈地看着周远翔。王秀梅趁李大壮招呼人家，哭喊着扑向宋阳："我的阳阳，我苦命的孩子，妈对不起你啊……"

"哎哟！小心肚里的儿子！"李大壮再次冲过去扶住王秀梅，又回头用手指着周远翔对两个汉子嚷着："就这小子，给俺打这狗✕的！"

王秀梅吓坏了，越发大声号哭起来："我的儿啊！"

李大壮吼着训斥她："号啥丧呢？号啥丧呢？"

王秀梅哀求着："他爹，阳阳她遭车祸，站不起来了……"

"啥呢啥呢？"李大壮一眼横扫过来，"这孩子出门时好好的，伤成这样了把她送回来，安的啥心呢？存心不让我们好好过啦！"

"你……你怎么能这样！"周远翔气得语无伦次。

宋阳连忙揪住王秀梅的裤腿提醒："妈，是叔叔他们救了阳阳……"

"谁说的？俺怎么没看见？俺看就是他给弄伤的！"李大壮又是一阵吼，见大家不作声了，忽然从地上抢过宋阳，朝周远翔的怀里一塞，手便朝门外指着："孩子伤成这样，我们不要了，你得养活她一辈子！"

宋阳哭得噎住了，紧紧搂着周远翔的脖子："叔叔，我们走！我们走！"

周远翔也气晕了，硬挺住不动："你们的心还是人心吗？"

"咋呢？硬要用孩子讹俺！"李大壮拍着大腿吼，"给我打！"

两汉子冲上来，不顾周远翔抱着孩子，连推带搡地驱赶着周远翔。宋阳吓得直住叔叔怀里钻，大叫着"叔叔"。周远翔左躲右闪，护着宋阳，只听到背上嘭嘭响，不知是挨了拳头，还是挨了棍棒。李大壮见周远翔还不跑，越发暴怒，伸开芭扇般的手就要捆宋阳的耳光。周远翔没有法子了，抱着孩子夺门而出。王秀梅拖着怀孕的身子，冲李大壮嚷嚷："别打了，那是我的闺女呀……"

李大壮带着几个人冲出院子，包抄而上，还要打。周远翔边跑边回头，竭力地吼叫："你们别碰孩子，她有病，再动我跟你们拼了！"

宋阳紧紧地搂着周远翔哭叫："叔叔别理他们，我们回家呀……"

王秀梅跑出院门，脚下一绊，一下子瘫倒在地，有气无力地说着，声音十分沙哑："好大壮，放他们走，求你们了，放他们走……"

李大壮见王秀梅倒在地上，万分心疼地叫着："秀梅，你这是咋了？"

王秀梅绝望地对周远翔喊："好兄弟，我没用，孩子跟我遭罪啊！我求你了……你带她走吧……将来会有好报应的。你们走了，我也不活了！"

众人被王秀梅的话吓了一跳，再不敢动了。李大壮抱住王秀梅，怕她一时想不开，嘴里连连叫着："秀梅别动，小心俺的儿子！俺的儿子！"

趁人们注意宋阳的妈时，周远翔抽身逃离险境，朝来路跑去。聚集在一起看热闹的街坊邻居纷纷让道，小声打探和议论着周远翔与宋阳。他们终于离开了这个穷困而又冰冷的家，周远翔见后面没人追来，才放慢了脚步。他们走到一棵大树下歇了，宋阳还在因刚才的惊吓而抽泣。中原的风呼啸着，吹得草木一起一伏，周远翔觉得连心底都是凉的。他一边胡思乱想一边呆坐，不知歇了多久，只见一个大嫂气喘吁吁地追来了。宋阳一见，赶紧又把周远翔的脖子紧紧搂着，生怕生出事端，她哭着央求周远翔："叔叔，咱们回家吧……我害怕。"

周远翔搂着孩子，下意识地说："阳阳，别怕，别怕。"

那个大嫂小跑着追到跟前："大兄弟！等等啊……"

周远翔机警地抱紧了宋阳。大嫂气喘着拿出一个纸包："把这个带上，这钱是孩子她妈偷偷让我交给你们的，别嫌少，她娘顾不了她，看你是个好心人，你就认孩子做个闺女吧！唉！谁让您摊上了呢？说不准这是天意呀！"

周远翔气愤地说："我不是来要钱的。"

"唉！你刚才也看到了，她男人是村里出了名的浑人，她娘哪儿做得了主啊！你把这么一个有病的孩子留这儿，用不了多久就得把她搅弄死了，行行好吧，俺这地界穷，做不得积德行善的事。"大嫂叹着气，摸了摸阳阳的脸，"多俊的孩子，就是命不济，好好跟这叔过吧，你妈她……唉——不该这样啊！那个李大壮……唉——也不该这样啊！就不怕老天报应吗？孩子，你就把你妈忘了吧！你妈说了，你要是能长大成人，就把这叔当爹吧……"

大嫂一把鼻涕一把泪地硬把那个纸包塞到孩子的怀里，转身走了。宋阳拿着那个纸包，放声大哭……周远翔解开纸包，里面是百十元零散的纸币。他将钱狠狠地攥成一团，叹了口气，无奈地背起孩子朝前走……弯弯曲曲的田间小路时隐时现，遍地金黄的麦浪看不到边，毒辣的日头挂在中天，旷野里不见行人，只有周远翔背着孩子，心事重重而孤零零地走着，疲惫到了极点。周远翔显得六神无主，走走停停，停停走走。孩子躺在他的背上，忽然笑了。周远翔吃了一惊："阳阳，笑什么呢？刚才还哭鼻子，怎么笑得起来？"

"叔叔，我不用回那个家了，我就要笑。"宋阳天真地说。周远翔心里却一紧，往后怎么办？这事办的，就这样半途而废吗？把孩子带回去，受人家笑话倒也罢了，李蓉那一关怎么过？不懂事的孩子，只晓得远离妈妈那个家，难道就没想想以后如何过？一个单身叔叔，不可能带你一辈子呀！宋阳兴奋了一阵，也累了，在叔叔背上睡着了。周远翔实在走不动，又找到一棵大树歇下来，看着熟睡中的孩子，时而低头沉思，时而仰天叹息……梦中的孩子还在笑，令人怜爱的宋阳总是让叔叔泪眼模糊。周远翔想去抚摸孩子的脸，却又不忍心惊醒她。他看看四周依旧没有一个人，咬咬牙，心渐渐硬了。他把孩子放到树下，用衣物将她的身子偎着，又把钱轻轻放进她的口袋。周远翔想亲亲孩子，却没敢，忽然泪水涟涟。他颤抖着站起，揩了一把泪，毅然向远处走去……

周远翔飞快地走上一个土堆，这才回头朝大树看去。在他的俯视下，孩子那蜷曲着的小小身躯，在大树的阴影下显得弱小而无助。周远翔呆立了一会儿，热泪再次模糊了他的双眼。他已经没任何想法了，蓦地一扬头，跑下土堆，跑上了公路。公路边有几个人在等车，周远翔悄悄立到他们身后。他一动不动，目光呆滞。车到了，人们纷纷往上挤，他还呆着。在售票员的催促下，他最后一个上了车。汽车啪的一声关上门，隔绝了外面的世界，隆隆地驶向远方……

睡在大树下的宋阳不知什么时候醒来了，发现几个孩子围着她。她连忙用双手护着身边的东西。有个男孩问："是不是你妈不要你了？"

宋阳摇摇头，干脆地告诉他们："我没有妈！"

另一个孩子万分稀奇地看着她怪笑："屁话！谁都得有妈。"

有个女孩子说："背你的那人哪儿去了？是不是不要你啦？"

"瞎说，叔叔有事儿去了，一会就来接我。"宋阳横了她一眼，一边对付着小朋友们的问话，一边不时地向远处张望，期盼的眼里含满了泪水，却倔强地忍住没有流出，"你们看着，等会儿叔叔就会回来的！"

"李大壮就是你爸吧？"

"你不是来找爸爸的吗？怎么还跟那个叔叔走啊？"

宋阳倔强地用不容置疑的语气尖叫起来："不是！叔叔才是爸爸！"

孩子们哄笑起来："哪有管叔叔叫爸爸的，真好笑。"

"你的腿站不起来，动不了，怎么上学呀？"

"叔叔是老师，我不用上学也会写好多字。"宋阳争辩着，双眼始终没有离开过大路。突然，她高兴得大叫："你们看，那是谁！"

孩子们一同回头，只见周远翔气喘吁吁地跑来，远远地大叫着宋阳。原来，车上的售票员要周远翔买票时，周远翔才从呆痴中惊醒，慌忙在口袋里乱摸了一阵，才明白他身上的钱一分不剩地全给了宋阳，就又发呆了。乘客们用怪异的目光刺着他，小声议论着。售票员盯了他好一会儿，不客气地说："你这人怎么啦？有病是咋的？一上车就像丢了魂似的！到底还坐不坐车呀？"

周远翔惊呼起来："停车！司机同志，我要下车！"

汽车"吱"的一声紧急刹车了，卷着黄尘停在路边。周远翔慌乱地推开门跳下了车，向原路跑去。他在公路上拼命奔跑着，在田间小路上拼命奔跑着。蹚过小河，他连鞋也没脱；跳过沟坎，他跟跟跄跄地摔倒了又爬起来。终于能看到那棵树了，他远远地对围观的孩子吼叫："不许欺负阳阳！都走开！"

"我们在跟她说着玩，没有欺负她。"孩子们听到周远翔的喊声，散开了。宋阳像见了救星，哇的一声大哭起来："叔叔……你去哪儿啦？"

周远翔痛恨地擂着自己的头："我……没去哪儿……"

宋阳还哭着："我以为你不要我了呢，叔叔，咱们回家吧？"

周远翔紧紧地抱住孩子，久别重逢一般，愧疚地说："好，回家！"

"怎么样？我说叔叔要回来吧！"宋阳伸出双手亲昵地搂住周远翔，得意地向围观的孩子们笑着。周远翔也对孩子们笑笑，背着宋阳向远处走去。孩子们迷惑不解地望着他们越走越远，那远去的背影正好没入西斜的太阳，好像是两个大步奔向太阳的人。孩子们哪里晓得，这是两个苦难中的人……

十六

在宋阳幼小的心灵中，重又回到回马坡村小是极为兴奋的，但她和妈妈的联系彻底中断，又让她本能地高兴不起来，她的表现便时而兴奋时而忧郁。周远翔看出来了，很为宋阳这种情绪而担心，一个孩子，怎么能够经受这种种的挫磨！所以他和宋阳悄悄回到村小，又悄悄地待在屋里，不想和任何人见面。原本和李蓉说好，一回来就向她报告好消息的。既然没有好消息，他们只能窝在屋里。周远翔想到迟早要面对李蓉，心里便十分不安，一直想着用什么方法回避以拖延时日。越不想见的人越是要来，李蓉就来了。她木木地看着孩子，孩子也木木地看着她。她站起身，长长地呼了一口气；孩子见她一直没有为难自己的归来，也跟着长长地呼出一口气。李蓉把周远翔叫到门外，口气沉重地说："远翔，叫我怎么说呢？这次又砸锅了。你不叫周远翔，应该叫周砸锅。"

周远翔扑哧一笑："这名字好，就叫我常砸锅，经常砸锅。"

"脸皮厚！晚上我在水库边等你。"

"干什么？"

"你说干什么？谈谈！"

"谈什么？都这样了。"

"是啊，都这样了，还不值得谈谈吗？"

晚上，周远翔早早地哄宋阳睡了，然后悄悄地出了村小。水库在回马坡和月亮镇之间，是二十世纪六十年代末本地兴修水利的产物，为月亮镇的水利灌溉提供了很好的条件，也为青年男女的谈情说爱提供了一个极佳的场所。那高高的大坝建在峡谷间，坝的内坡是一块挨一块的青石板，从坝顶一直铺到水底，水波拍击，砰然有声；坝的外坡则是用青石条砌成的台阶，有一百多级，十分壮观；坝的左边临公路，公路和大坝之间栽了一排排柳树，到了春天，长而低垂的柳条抽出新枝，风吹柳条，婀娜摇摆，就像是一排排比美的少女在摆弄她们瀑布般的长发；坝的右边连着雄峻起伏的山峦，一直往前延伸，不知其终点在何方……

周远翔来到柳枝拂动的水库边，已经看到李蓉的身影在柳林里晃来晃去。这一情景激发出周远翔的某种冲动，他咳了一声；李蓉看到了他，也咳了一声。接着，他俩无声地走到一起，在柳林里穿行。李蓉始终不开口说话，周远翔感到了一种冰雪般的寒冷，也将他的冲动消融于无形。晓得她有气，周远翔只能小心翼翼地应对："李蓉，谢谢你。我真的要谢谢你……"

李蓉哧哧地一笑："我约你来又不是什么好事，谢什么呀？"

"我晓得你要同我谈阳阳的事。可你能够避开她来谈，不让她受刺激，我当然得谢谢你嘛。"周远翔试探性地握住李蓉的手，李蓉默然接受了；周远翔感动起来，话也利落些了。"蓉儿，我真是无用。找到了孩子的妈妈和后父，不仅没有谈好，反而栽到李大壮手里了。我实在不忍心阳阳……"

"要不，怎么会叫周砸锅呢？"李蓉冷笑一声，"这就是我们的报应。"

周远翔的心被刺了一下："蓉儿，怎么办？我听你的……"

李蓉突然甩开他的手："你听过我的吗？把孩子送到她妈手里，然后扭头就走，你还在那儿啰嗦什么？要不，他们来得及和你胡搅蛮缠吗？"

"那哪儿成？就是一个物件儿也应该交割清楚嘛。"

"亲妈都能扔了孩子，我们为什么不呢？"

"你——你不讲理，我和你怎么谈？"

"就算不扔孩子，也应该到法庭去，同阳阳那个没有良心的亲妈说个清楚，同那个没有人伦的后父说个清楚。要不，天理何在？"

"李蓉！尽管她妈罪该万死，她后爹十恶不赦，可是让阳阳陪着上法庭，那对孩子是多大的刺激！她的身体已经受了伤，还要她的心灵也受伤吗？何况她的心灵已经受伤了！李蓉，别瞎说，我们从长计议好吗？"

"好！你高尚，我卑鄙！行了吧？"李蓉伏到柳树上哭了。

"蓉儿，对不起！你看我都瞎说些什么呀！"周远翔连忙自责，把哭着的李蓉强行拉到怀里，横着抱起来，走出柳林，来到大坝顶上歇下来。接着又连连责怪自己："蓉儿，和你一比，我真是百无一用。"

他们各自仰望着月亮，又沉默了许久。李蓉忽然握住周远翔的手："远翔，也不用全怪你，我太急躁了，刚才的话是气话。远翔，我也想过，让阳阳回家是不是太不高尚了。后来想通了，这不是高尚不高尚的问题，而是一个社会责任的问题。我不是要推卸我该承担的责任，也不仅是为了我个人好过日子，远翔，我们救了孩子，还养了孩子，一切费用都承担了，你能说我们推卸了责任吗？我说的责任是什么？是法律规定的，父母有抚养和教育子女的义务！远翔，这个你总明白吧？再说，要让孩子健康成长，最好应该是在母亲身边，这个你也应该明白。不管别人对孩子怎么好，也是不能代替母爱的。只是她家太穷了，这是关键，我也愿意多承担一份义务。我原准备同我爸商量一下，每年资助他们家一千元钱。这样，两方面都照顾到了。可是现在这事弄的……"

李蓉讲得有理，周远翔有些无言以对："我连这点事都办不好，唉……"

"想想也好笑，周砸锅，你说我们是不是遇到了天下奇事？救了人家的孩子，没人感谢；把孩子还给人家，连亲妈都不要。我真的想不通。"

"是的，我也想不通。"

"远翔，你看你皮破脸肿的，肯定是挨了打。"李蓉轻抚着周远翔的脸。周远翔结巴了一阵，还是如实地把李大壮唆使村民打他的事讲了。李蓉心头的火猛地蹿起，尤其是听说李大壮反诬周远翔伤害宋阳去讹诈他们时，恶毒的话终于脱口而出："还不如一条狼，这算什么？告他行凶！无法无天了！"

"我也想过可以告他，可是和这种人值得吗？"

"你你你，就这样放过他们？你怎么是这么个人？不温不火的！"

"蓉儿，还不嫌乱吗？就算告，也不是现在呀！"

"你不告我告，我就不信那个李大壮真的横得不知王法了！"

"你去告，赢了官司又怎么样？苦瓜皮一个，你是能得一笔精神损失费呢，还是汤药费？不就是出一口气嘛。一口气出了，然后呢？"

"周远翔，你真是一团扶不上墙的烂泥呀！"李蓉晓得再谈下去也谈不出什么来，幽幽地呆了一会儿，又幽幽地看了看周远翔，叹一声，慢慢走了。

周远翔连忙跟上，不想一句关于孩子未来的话都不说就这样算了："蓉儿，这孩子太懂事了，我怎么忍心把她送到一个没有生存保障的家庭去？那不仅会泯灭孩子的天性，让一个聪明的孩子变傻，而且有着生命的危险哪！"

李蓉冷冷地回了一句："合着你根本没想把孩子送回去呀！那也难怪了。"

周远翔愣了一下："蓉儿，孩子毕竟在我们手里，总不能真扔了吧？"

"告诉你，我和孩子，你选一个吧。"李蓉的眼里含着泪，她离开大坝，穿过柳林，朝月亮镇走去。周远翔见她如此坚决，有些陌生地看着她的背影，直到她消失了，自己才慢慢转过身，回到村小。进了寝室，他看到宋阳睡得熟熟的，美丽而稚嫩的脸上显得那么安宁、幸福。可是，这种情景并没延长多长时间，孩子就突然抽搐了，过一会儿又抽搐一下，想必她是遇到梦魇了。可怜的孩子，梦魇倒也罢了，可她晓得噩运并未离她远去吗？周远翔坐到床沿上，思绪万千。接着他又走到桌前坐下，下意识地拿出笔，打开笔记本，想写点儿什么。可他什么也写不出，只是望着熟睡的孩子发呆……什么叫责任？什么叫义务？现在做什么都要以法律为准绳了！谁都知道，法律是强制性的，是对每个人行为的最低要求。难道我们的境界只能仅仅达到一个最低的标准吗？周远翔忽然明白了，李蓉的那段说词不过是在为她的行为找借口罢了，就像他一直在劝说宋阳回归母亲而寻找那么多理由一样！人哪，任何人的心底都有阴暗的一面哪！

"你得对我起誓，这一辈子不能做对不起她的事……"他突然想起了母亲，这是母亲在临终前对他的要求，要他发誓不能负了李蓉。然而，如果母亲在世，她会怎样处理眼前这件事呢？其实不用母亲说什么，她已经在生前作出了答复。那是周远翔不到十岁的时候，天下大乱，正批这批那批得上劲，所以生产队里连口粮都发不出。一天，外面来了一条狗，瘦骨伶仃，步子沉重，显然是饿得走投无路了。周远翔正在啃一个苕，那狗冷不防一口夺去了他的苕，然后趴在地上慢悠悠地吃。周远翔哇的一声哭起来，没人理他，他就找来一把镰刀扔过去，把狗砍出一条口子，鲜血如注。狗发出无助的吠叫，周远翔乐了，可他还没转过身，就挨了一顿嘴巴。打他的人是妈妈，妈妈严厉地说："那也是一条命啊！"妈妈为那狗治好了伤，此后只要它在场，妈妈都会分一些食物给它。这件事永久地刻在周远翔心里，对一条狗尚且如此，何况是人呢？

"叔叔，你回来了！"宋阳忽然从床上坐起来，揉着眼睛。

周远翔走过去，扶住她，脸上有了笑容："阳阳睡吧，安心地睡吧！"

"叔叔笑什么？遇到什么好事了？"宋阳有些奇怪，因为叔叔从河南回来后，一直是阴着脸的，"叔叔，是阿姨叫走了你了吗？"

周远翔现在真的是心明眼亮了，所以人也爽朗起来："阳阳，不管人家怎么说，也不管前面有什么困难，叔叔都决定和阳阳在一起了！"

"真的？"宋阳睁大了双眼。

"真的！"周远翔笑得眯起了双眼。

"我早晓得叔叔不会扔掉阳阳的……"宋阳咯咯咯地笑了，双手搂紧了叔叔。周远翔兴奋了，把孩子抱起来，在屋里旋转着。

十七

月亮镇中心小学规定，秋季开学前一周，所有教师都应到位。周远翔已经接到调令，到中心小学去上班，自然也要遵守这一规定。他只有寡人一个，没有什么要带走的东西；要说有，就是一个孩子阳阳，再加几本书了。说走，把包袱一挎就能走。走的那天，周远翔正逗孩子玩儿："阳阳，我们马上就要到好地方去了，那儿有新房子、新老师、新朋友，连吃饭都不用我们自己做了！"

宋阳拖着腿在地上爬，踊跃得很："叔叔，那你就轻松多了。"

"和李蓉阿姨也近了……"

"可是，阿姨还喜欢阳阳吗？"

"不许这样说话！你晓得，还是阿姨把我们调到中心小学去的呢！"

"哦——阿姨真好！可我还说她的坏话……"

"阳阳，今年就让你上学，好吗？"

"好啊！我最喜欢上学了。叔叔，我保证为你好好读书。"

"错！是为你自己好好读书！"

"要得，我就为自己好好读书！"

忽然，李蓉在门外叫："远翔，准备好了吗？我来接你们的！"

周远翔连忙跑出去，真的有些感动："蓉儿，还用劳你大驾？"

"远翔，以后再不要叫我蓉儿了，不然人家会笑话我们的。按规矩来，你叫我李老师，我叫你周老师。或者叫名字也行，我叫李蓉，你叫周砸锅！"

"好，李老师，我们这就走吗？"

"当然！有什么贵重东西全带上，那些破铜烂铁就扔了吧。"

"晓得，我连破铜烂铁都没有，除了周砸锅，就是阳阳。"周远翔高兴得很，进屋把宋阳背出来，手里还提着一个大包袱。宋阳兴奋地叫着阿姨，李蓉也兴奋地叫着阳阳。周远翔把包袱递给李蓉，李蓉没接，反而把宋阳背到自己背上。周远翔心里一热："孩子挺重的，还是我背吧，蓉儿——"

"叫李老师！"李蓉白他一眼，"让我背背吧！"

他们边说边笑，出了村小，其乐融融。走到公路边，一辆农用车早已停在路口，周远翔正要绕过去，李蓉说："上车啊！这是专门开来接你们的！"

周远翔待在车边，心里一颤，说："有这个必要吗？我们两手空空，什么家具都没有，用得着车子吗？太过分了！"

"怎么没家具？你看看！"李蓉指着车厢。车厢里果然有一个穿衣柜、一个橱柜、一张写字台和一张棕床，放在车上，显得很是气派。仅这几样新家具，比农村一般新娘的陪嫁都多。李蓉说："远翔，你带着阳阳，就是一家人，没这些家具怎么行？看你这样子好像并不高兴？"

不知为什么，周远翔心里的确有些腻歪，但他不能说。宋阳敬畏地看着那些从未见过的家具，本来还兴奋着的她也突然情绪低落了。宋阳当然不明白自己为什么会这样，只晓得这些东西不是叔叔的；如果叔叔自己有这些东西，她就高兴了。李蓉看看周远翔，脸色忽然一红，像做错了事一样。这车是她爸爸买来的工程用车，那时候私人拥有一台农用车，在月亮镇是不得了的事。李蓉把车开来给周远翔搬家，还擅自给他买了家具，周远翔实在是承受不起。李蓉是为了气派，给男朋友长面子；周远翔反而觉得有损自尊，害怕以后在李蓉面前永远都抬不起头了。宋阳见他们僵着，连忙说："叔叔，阿姨对你多好啊！"

周远翔一怔，明白了孩子的意思："那好，阳阳要记住阿姨的好哦！"

宋阳真是一个聪明绝顶的孩子，周远翔想，终于没让心里的不快流露出来。

到了中心小学，农用车轰隆隆地停下来，立即引来不少老师围观，他们七嘴八舌，乱七八糟的话一拥而上："嘿！李老师亲自驾车，接的是哪位首长啊？"

"出嫁呢，李老师！一车新家具，晃得我眼都睁不开了。"

"哦，听说学校调来一位新老师，原来是小周啊！够气派够排场的！"

周远翔在车里羞得面红耳赤，不敢答话，也不敢下车。李蓉的脸也憋得红红的，但她没有慌，小声说："这些老师大多是平时关系好的，要不，他们才不会凑这个热闹呢！远翔，别这么小气，下去吧！"

周远翔抱着宋阳下车了，把她放到一个石台子上，然后故作大方地抱拳团团地作了一个揖："各位老师，一回生二回熟，以后要仰仗各位了！"

李蓉也下了车，哐的一声关了车门，灵巧地爬上车厢，然后对大家说："亲爱的同志们，发挥一点互助友爱的精神吧！周老师为了能对得起我们这所中心小学，特意新买了这些家具。这是对我们学校的尊重和热爱呀！"

老师们七手八脚地上了车厢，一边都对那些新家具啧啧称奇，一边又是一阵酸溜溜的话往外泼："嗯，乳白色的柜子，颜色高雅，一看就晓得主人身份不凡！"

"这么金贵的东西，我什么年代才能弄几件呢？"

"周老师年纪轻轻，后来居上，果然是后生可畏呀！"

"李老师，你往后是不用操这个心了……"

周远翔的脸更红了，像泼了猪血似的。人家嘻嘻哈哈地忙着，下的下，抬的抬，周远翔倒成了局外人，看到家具全弄进屋，才抱起孩子走。好不容易盼着他们离去，周远翔因窘迫而流出的汗早把衬衣都打湿了。李蓉说："脸皮真的很薄，大姑娘似的，人家使力的没流汗，你倒浑身是汗了。"

"唉——惭愧，尴尬，窝囊，五味俱全。"周远翔像是在后怕，拍着胸。

李蓉瞪了他一眼，看着粉刷一新的房子和悦目的家具，夸张地伸开双臂，准备拥抱一样："啊——气派，雅致，舒心，十分美满！"

宋阳咯咯地笑了。周远翔奇异地问她："你笑什么？懂吗？"

宋阳点头："蛮好听的！我晓得叔叔说的是不好，阿姨说的是好。"

李蓉也惊诧于孩子的悟性："阳阳，我和叔叔的话像一副对联，是吧？远翔，小小孩子连对联的韵律美都能感觉出来，肯定和你一样，是个读书的料。"

周远翔深有同感，半天来的不快完全被孩子的表现冲洗一尽。他动情地亲了一口孩子，对李蓉说："既然是块好料，我们就不能废了她！"

李蓉蓦地一愣，不置可否，说她要给爸爸还车子去，走了。周远翔坐了一会儿，开始整理一张小床铺，问宋阳："你就睡在这儿，好不好？"

宋阳嘟起了嘴巴："我不要，我要和叔叔睡到一起！"

"阳阳不小了，不能和叔叔睡一起了。"

"那你咋还叫我阳阳呢？我叫宋阳。几年前我姐叫月月，后来就叫宋月。"

"哦，从现在起，再不叫阳阳了，叫宋阳。"

"叔叔，宋阳为啥就不能和叔叔睡一起呢？"宋阳的话让周远翔哑然失笑，竟回答不上来。幸好宋阳的兴趣转移了："叔叔，这儿有很多学生吗？"

"当然，比我们村小热闹多了，六个年级，二十几个班，一千多人呢！"

"那些孩子喜欢我吗？会同我玩儿吗？"

"当然，那些孩子都是学生，懂礼貌，讲道德，当然会带你玩哪！"

"这儿好多老师哦！你和阿姨也是这儿的老师，对吧？"

"傻孩子，你看呢？"

"我晓得！叔叔，我上学了你和阿姨当我的老师，那才好！"

"瞎说！阿姨已经是五年级的数学老师了，哪会教你这个吃鼻涕的孩子！"

"那就让你教吧！"

"谁教谁不教，都是学校安排的，不是自个儿挑选的，懂吗？"周远翔解释了一番，见孩子愣在那儿，忙说："阳阳，又胡思乱想了。"

一切都收拾妥当，天也快黑了。周远翔刚要歇歇，李蓉用一个木托托着三碗饭和几盘菜走进来。宋阳高兴地说："叔叔，李阿姨来了。"

周远翔连忙帮助李蓉把饭菜放到桌上："我原说到食堂去吃的。"

李蓉看一眼宋阳："要是阳阳能走路，那倒差不多。"

"总不能一直这样，多麻烦哪！"

"你不怕别人那些异样的目光吗？你脸皮薄，阳阳也受不了吧？"

"这是一个关口，总要过去的。阳阳马上就要上学了，也得过这一关。"他们一边说一边吃，宋阳的情绪渐渐低落了。李蓉也不说什么了，吃完就走。周远翔烦躁地想，女人总是有些疙疙瘩瘩的，日子还长，就让她有疙瘩去吧，我可不能和她老纠缠在这些小情绪里面。收拾好碗筷，他准备到校长那儿去坐坐，门外竟然传来孙校长的声音："小周！小周在家吗？"

周远翔答应着起身迎了出去，孙校长和食堂的秦师傅、张丽一起，手里拎着食品走了进来，周远翔赶紧让位。孙校长说："我们来看看孩子。"

周远翔吃了一惊："哦，阳阳！快叫爷爷、阿姨，爷爷、阿姨看你来了。"

宋阳连忙露出笑脸，听话地叫着："爷爷，阿姨！"

张丽走到宋阳床前摸着她的头："瞧这孩子，模样多俊啊。"

秦师傅也称赞："可不是吗？阳阳，看！爷爷给你带好吃的来了。"

宋阳有些胆怯，小声说："谢谢爷爷!"

孙校长问："阳阳，你的腿还疼不疼?"

周远翔连忙回答："这孩子……有点认生。孙校长，阳阳的腿是不疼了，可她的腿至今还不能活动，医生说要做长期的康复理疗……"

孙校长点点头，站起身来："小周，我们到外边站站。"

周远翔随校长走出房间，晓得自己的打算没必要谈，便伸着脖子听。孙校长顿了一会儿，小声说："听说孩子的爹妈不要这孩子了?小周，你一个没成家的大老爷们，带着个病孩子，哪成呀!就算送到福利院，也比这儿好。"

周远翔吓了一跳，支吾起来："这个嘛……暂时我还能带，要是……"

"那就当我白说了!"孙校长很干脆，探头对屋里的张丽说："小张，你有空就常来照应一下，回头我和小李老师也说一声。"张丽连忙点头。孙校长又说："这事总得解决，有什么困难就说!小周，我走了。"

周远翔赶紧追了上去："校长，您还没给我谈工作呢……"

孙校长沉默片刻，叹了一声："李蓉老师介绍过你，本是想让你到六年级讲课的，可你带着个孩子……你明白，六年级是毕业班，现在讲升学率，关系到本校的荣誉，不能有半点马虎的。其实我很欣赏你，可有什么用呢?我老想，学校这么多老师，真能打攻坚战的人不多，指望你来帮一把，可是……不说这个了!至于你的工作嘛，让我们班子再商量一下……"

周远翔诚恳地说："孩子没什么。校长，我保证不耽误教学，在回马坡村小，一个人包两个年级，我都能应付。全镇统考，我的班还不错……"

可是，校长没有停下来听他说，已经渐行渐远了。

十八

一连几天，除了食堂的秦师傅和小张，其他人都没到周远翔的房间来。新学期的开学准备工作很忙，布置教室，阅读新课本，备课，等等，连李蓉都没来。可是，周远翔却百无聊赖，无聊地进进出出。他已经感觉到了不妙，难道不安排他教书了?学校会让他做什么呢?教教副课，比如音乐、美术、体育?真要是这样，他感到有些不服。又一想，学校这是在关照自己呀，心里便好受多了。他见宋阳没精打采地坐在那儿发呆，晓得她也在为叔叔担心。他心里一疼，顺手拿起桌上的一本看图说话的小册子，对阳阳说："给你讲个故事吧!"

宋阳赶紧笑着往周远翔这边移动。周远翔翻开书伸到宋阳面前："阳阳，接着讲小蝌蚪的故事吧，是不是讲到这儿了？你看，小蝌蚪游啊游啊，它来到小鱼面前问：'您是我妈妈吗？'小鱼说：'我不是你妈妈。'它又游啊游啊……"

宋阳好奇地听着，也许联想到自己的身世，忽然流出泪来。就在这时，李蓉匆匆跑了进来："远翔，快！到我的寝室来一下！"说完，她就跑了，好像救火似的，她的半高跟皮鞋在水泥地上发出咚咚咚快速的响声。周远翔不知出了什么事，随后追了过去。在李蓉的寝室里，等周远翔一进门，李蓉就把门咣的一声关死了。她那好看的脸有些发灰，连嘴唇也乌乌的："远翔，我说这孩子终究会带来麻烦的，麻烦果然来了！快把孩子送到福利院去吧！这是校长的意思，他给你说过，可你反应迟钝！这个关系到你的前程，千万别再砸锅了！"

周远翔听得一愣一愣的，反而笑了一下："原来是为阳阳啊！你给校长说说，阳阳不会耽误我的。在回马坡小学我包两个年级，不也过来了吗？李蓉，镇里那个福利院我去过，就十几个老头儿，菜是一锅煮，饭是煮一锅！连院长在内才三个服务员，已经办不下去了。就算把阳阳送去，他们敢收吗？"

"那就把她送到县城的福利院去！县城不行就往市里送！"

"你……你们为什么偏要把这个孩子朝死里整！"周远翔见李蓉说得没一点儿回旋的余地，蓦地发怒了，他恶狠狠地质问："你们嫌麻烦，又不要你们带！我就不明白了，受苦受累我愿意，你们为什么要这样呢？"

"周远翔同志！这不是嫌不嫌的问题，是关系你前途的问题！实话给你讲吧，校长明确表态，要是你硬要带孩子，那你就回到村小去！"

"校长真这么说的？"周远翔一跃而起，就要往外跑，"那好啊！我也不稀罕什么中心小学，就回到村小又何妨？村小不也需要人吗？"

"远翔——"李蓉一把拉住周远翔的衣服，哭起来，"你就这么对待我的一片苦心？你晓得我为了你，受了多少委屈？当初，我父母反对我们恋爱，我以孩子为幌子，迫使父母同意了，他们只一个要求，就是把孩子还给人家父母。我在父母面前下了保证，还要求父亲帮你调到中心小学来。可是孩子你还了吗？没有！父母气坏了，当场就要找校长把你的调动退回去。是我缠住父亲好说歹说，他才松了口。我说：'就算我不和远翔恋爱了，你做点儿好事也行啊！'你倒爽利，说来就来，说走就走。你对得起我的一片苦心吗？"

周远翔呆了，李蓉为了他，付出的太多了。但是，她付出再多，那宋阳呢？以抛弃宋阳为代价，那怎么行？呆了半天，他终于开口了，像是喃喃自语："学校要退我回去，我能不回去吗？李蓉，我只有对不起你了。"

"可是你听校长的话了吗？"李蓉尖叫起来，她确实为周远翔如此的固执而义愤填膺，"我还提醒你一句，当初你妈去世前，你是怎么发誓的？"

当初是说过，绝不负她！可他今天想起这句话来，不知是多么的别扭。周远翔无奈地坐下来，两眼望着天花板，不作声，一副倔强的样子。李蓉一直淌着泪听他的回答，却一直没有听到。她灰心了，也晓得他是铁心了，自己的一切努力都算是白费了，便说："你走吧，我再也不想看到你了！"

忘恩负义的家伙！李蓉看到周远翔木然走了，越想越伤心，就痛痛快快地哭了一场。她想：我为他做的也够多了，就算一块石头也焐热了，可他怎么就是一块冰铁呢？不知不觉中，天已经黑了，李蓉连晚饭也不吃，好好洗了洗，对着镜子看那双红肿的眼，心里说：还得为他做多少才是头呢？她苦苦一笑，出了门，摸黑去找校长。敲开校长的门，校长正在修改开学典礼的报告。看到李蓉那样子，校长吃了一惊："李蓉，怎么啦？眼睛肿得像桃子，哭了？"

"孙校长，对不起，周远翔的工作没做好。"

"他硬要把那孩子带着？"

"是的。"

"那就让他回去罢了！"

"不行，我还不想放弃。"

"那就再去做他的工作，我还耐心地等你两天。"

"孙校长，工作是不用做了。就是海枯石烂，他也不会转弯，我明白他这个人。我是说，孩子让他带着，就不让他代主课了。"

"那哪行？我缺的就是当家老师，又不缺代副课的。"

"音乐、美术、体育，他都能代呀！"

"我的李蓉老师，难道你不明白我们学校的情况？镇里领导的亲戚一大排，那又怎么安排？各人有各人的位置，你要我把人家的饭碗夺了让给他吗？别说不人道了，镇里领导会答应吗？我这校长不干了？"

"那您的意思是非赶他回村小不可了？"

"这话说的，怎么是赶呢？条件都讲明了，是他自己选择的。"

"不能更改吗？"

"不能更改！"

"那好，您不更改我可要更改了！我马上回家跟爸爸商量，对中心小学的赞助撤销了！我想他会满口答应的。您明白那可是我争取来的哟！"

"李老师，你威胁我？我可是同你爸签了合同的。再说，我们学校的扩建工程并未完工，我也可以请你爸走人，以前的工钱也可无限期地拖下去。赞助款小小的，工程款大大的，这个账你不会算？我又何乐而不为呢？"

"那就这样说定了！"李蓉冷笑着站了起来，"校长再见！"

"等等!"校长赶紧把她拦住,笑了,"李蓉,我是看着你长大的,怎么敢在叔叔面前要小脾气?我和你爸可是同班同学哟,哪个不晓得我和他是好朋友!就算砍我的脑袋,我还可以和他共一个鼻孔出气嘛。李蓉老师,你爸其实也并不同意你和周远翔的婚事,他早对我讲过。你何必为了周远翔,同我闹翻呢?依我看,倒不如趁此机会,一刀两断,让他走人。世上什么都缺,可是不缺男人哪!李蓉,你的眼光也太低了些,凭你的条件,哪里还——"

李蓉立即打断校长的话:"工作和婚事,这是两码事。我今日只要您一句话,是让周远翔留下呢,还是让他回去?"

"那……就让他留下吧!可是留下干什么呢?"

"那就不是我要管的事了。"

"那行,我保证他能留下就是了,至于干什么,你我都不能说了算。"

"谢谢校长,我走了。"

"快把好消息告诉小周吧!可不要再哭鼻子了哦!"

李蓉走出校长办公室,长长地透了口气,感到黑洞洞的夜空中仿佛也有了色彩。她特意绕个弯子,朝周远翔的寝室走去。她看到周远翔屋里亮着灯,停了会儿,却快步离开了,不知怎么又洒出几行泪来。周远翔自然对外面的动静没有感觉,正忙碌着收拾东西。宋阳已经睡熟了,并不知叔叔在干什么。周远翔是故意等宋阳睡了后才开始收拾东西的,他不愿让孩子受惊,哪怕能让她晚一天知道他们将要回到村小的消息也好。东西收拾起来非常简单,把他拎来的那个包袱再拎回去就完了。可是那些东西经过李蓉的手,分门别类了,有的装在柜子里,有的装在书桌里,有的装在碗柜里,麻烦得很。收着收着一不小心,他的身子碰了柜门,柜门哐的一声合上了,宋阳也就被惊醒了。宋阳竖起上身,静静地看着,不知发生了什么事。过了好一会儿,周远翔才发现孩子醒了,连忙停下手里的活儿,小声说:"阳阳,你睡吧!是我把你吵醒了。那我轻点儿……"

"叔叔怎么不睡,还在干什么?"

"没干什么。我发现你阿姨把许多东西放错了地方,想重新收收。"

"叔叔,我给你说句实话,可是你不准哭。"

"什么实话?快说吧!说了就睡,叔叔怎么会哭呢?"

"你到阿姨那儿去的时候,我听到有人在外面说话,就是说的你。他们说因为你带着我,校长不要你了……要你……要我们回去。"

"就这个呀,叔叔怎么会哭呢?"周远翔一哽咽,却真的湿了双眼,"阳阳,回去就回去,回马坡还好些!那儿有你熟悉的小朋友,有白崖……"

宋阳抢着说:"还有根子哥!"

"对了，还有根子哥！"周远翔心里舒了一口气，幸亏孩子是个晓得为叔叔分忧的人，不闹别扭，"阳阳，我们明天一早就走，别让他们看到了！"

　　"好，叔叔也早些睡吧，不要明天早上起不来。"

　　阳阳真是个精灵！周远翔睡之前，一直在这么想……一夜瞌睡醒来，周远翔忽然想到，堂堂正正地来，就应该堂堂正正地去，何必偷偷摸摸的呢？又不是做贼！他准备先和校长告辞，再和李蓉告辞，然后扬长而去。告辞的时候应该和他们说什么话，他都想好了。在往校长办公室走的时候，他有些心潮澎湃。校长见他来了，很有些尴尬，连忙说："小周，你的工作有着落了，待会儿由总务主任和你谈，我没有时间……要开学了，我的脑子里就像装着一盆糨糊！"

　　周远翔一愣，心里蓦地凉透了，为什么要总务主任和自己谈呢？他慢慢地朝回走，看到老师们来来去去，忙碌得很，就他像个无事佬。老师们遇到他，礼节性地点点头，然后扭过脸去诡秘地一笑，似乎都晓得他的工作有了什么样的着落，唯独他自己不晓得。此刻，他才觉得自己是个多余的人。

第四章

十九

事情很简单，周远翔被分到食堂烧火做饭去了。在食堂上班时，他像一根移动的木桩，走一会儿立一会儿，浑身僵硬着，一天到晚都没找到适合他立的地儿，极大的屈辱刻在他的脸上。见了他的人都投以同情的目光，那些目光像刀子一样雕刻着他的心。进了厨房，他看到秦师傅和张丽并排站在灶前，向他点头微笑，还拍了几下巴掌。秦师傅哈哈一乐："小周，我们已经见过面，就不介绍了。真没想到让你这个大知识分子到食堂来，委屈你了！校长早就说要增加人，六十几个老师的饭，搞不及啊！幸亏没把你分到学生食堂，那儿吃不好，活儿倒累死人！小周，没什么，跨过了这道坎，又是一重天！厨房的活儿没什么难的。"

秦师傅的几句话看似平淡，却给了周远翔极大安慰。

张丽妩媚地看了一眼周远翔，笑着说："我叫张丽，今年十七岁，不会读书，初中毕业后就在这儿干活，是临时工。校长说，只要我干得好，就给我转正，我正努力着呢！周老师，你到我们食堂来，他们再也不敢说我们烧火佬没文化了！周老师，以后得帮我们多学点儿知识哟！"

周远翔跟着他们笑，只是纠正说："我不是老师，叫我远翔吧！"

秦师傅说："不不不，说不定明天又教书去了呢？我还是叫你小周。"

张丽说："我叫你周哥行吗？"

好像是一场欢迎会，周远翔被他们的朴实感动了，这才认真将两个同事审视了一番。秦师傅虽然年过半百，却生得高大威猛，有英雄气；古铜色的脸膛，给人一种沉稳庄重的印象。张丽还算个孩子，确实也有着很重的孩子气，无忧无虑的；一脸阳光，什么都藏不住；一双丹凤眼，有着月亮般的妩媚。周远翔想，别在工作上挑肥拣瘦了，只要人好就行，一切都为了阳阳！

这天的工作，是张丽带着他择菜洗菜。张丽不时地偷眼看他，见他一直埋着头，手里在干，心却不在这儿，就哧哧地笑。周远翔问："笑什么？"

"周哥，你看你择的啥菜呢？能让人不笑吗？"

"哦……对不起，我得好好向你们老同志学习。"

"你说什么呀？不是跟你说了我才十七岁，就老了啊？"

"不不不，不是这个意思。我是说，在经验上，不是年龄上……"

"周哥真是个知识分子样儿，还分什么经验上、年龄上……"

秦师傅走过来，看着两个年轻人，高兴地说："和年轻人在一起就是好！连我也像年轻了几十岁。小周，以后多教教张丽。张丽这孩子没学到多少文化，怪可惜的！张丽，听到没有？我建议你就拜小周为师好吗？"

"好啊！"张丽站起身，故作恭敬地行个礼，"师父在上，徒儿有礼了！"

"有了师父还淘啊！小周，徒弟不听话，你可以打她的板子！"秦师傅一阵哈哈大笑。张丽不知想到了什么，也大笑着；周远翔终于忍不住，跟着他们笑起来。笑了一阵，秦师傅严肃地说："张丽，不是说男女搭配，干活不累嘛，怎么搞了一早工，菜还没择出来？你看老师们中午吃啥？"

张丽一点儿也不怕他："秦师傅，都是你闹的，还怪我们！"

周远翔听了男女搭配的话，脸上一热，忙低头择菜。忽然有个人影在门口摇晃，他抬头一看，是宋阳。宋阳正用双手撑着身子进来了："叔叔，我一个人在屋里好闷人啰！你们笑什么呢？我也想跟你们笑笑……"

"叫爷爷、阿姨！"周远翔连忙提醒她，"要有礼貌！"

"秦爷爷，张阿姨——你们好快乐哟！"宋阳慢慢往前移动。秦师傅点点头，找来一个小板凳，要宋阳坐。宋阳摇摇头："秦爷爷，板凳我坐不稳的。"

宋阳的到来让厨房的气氛突然沉闷了，宋阳也觉得很无趣。张丽心里一动，赶紧说："待会儿我支个小床在这儿，阳阳就能和我们在一起了。"

秦师傅连连说好，周远翔和宋阳一同对张丽投以感激的目光。从此，厨房的一角就多了一张小床，只要宋阳愿意，她就会坐在小床上听大家说笑。

张丽问："阳阳七岁了吧？该上学了。"

宋阳不回答，看着叔叔。周远翔说："原是这么想过，现在又变了。刚到这儿来，人生地不熟的，我想让阳阳还玩一年再上学。"

秦师傅很赞成："农村娃，上学大一点好。再说阳阳这身子……"

宋阳的身子是个敏感话题，大家都不作声了，各自忙碌起来。没人和宋阳说话，宋阳木了一会儿，一撑一撑地出去了。周远翔追着她的背影喊："千万莫走远了。玩一会儿就回去，看图说话书和连环画就在桌上。"

宋阳远远地"哎"了一声。张丽忽然说："周哥，阳阳这样爬来爬去多遭孽，怎么不给她买个轮椅呢？我听人讲过，不要多少钱的。"

"我问过，只要三百多块，我正在攒钱。"周远翔看一眼张丽，有些尴尬。

秦师傅想了想，说："干脆让木匠做一个。我在月亮镇住了几十年，认得不少木匠，这事儿包在我身上！小周，不用你出钱的。不过，再高明的木匠也不能凭空做这么高级的东西，还得到医院借个样子来。"

"那再好不过了！秦师傅，我先谢谢你了！"周远翔是由衷地感谢。

厨房的第一天就这样过去了，周远翔和秦师傅、张丽在一起，一边干活一边讲话，觉得这日子还是挺充实的。可是下班之后，那种隐隐的痛就顽强地袭上了他的心头。晚上，周远翔给宋阳讲了一会儿故事，看她困了，服侍她睡下，然后拿了竹笛，跑到山岗上吹起来。他刚刚坐稳，黑毛狮子就跟了上来，贴身坐着。周远翔在一种惆怅的情绪中，俯视着月亮镇的灯火时而明亮时而幽暗，偶尔传来的狗吠惊动了黑毛狮子，黑毛狮子也跟着吠几声，好像尽义务似的。周远翔咄了一声，黑毛狮子赶紧安静了。周远翔把竹笛贴到嘴边，轻轻吹着。无论是欢快的曲子还是忧伤的曲子，都随着他的心境而转，所以他把每一支曲子都吹得呜呜咽咽的，十分伤感。他停了一会儿，抬头望天。天上没有月亮，星星却奇大奇亮，在空中闪烁。黑毛狮子也抬起头来，将嘴巴戳向天空，发出一声哀鸣，像狼叫一样，一下子把周远翔的心拽向荒凉的谷底，许久才慢慢悠悠上来……

不知是笛声吸引了李蓉，还是李蓉本就在山岗上散步。她悄悄走到周远翔身边，小声说："远翔，好心情啊！"

"怎么像个幽灵？"周远翔吓了一跳。

"不怕我打扰的话，我想和你谈谈。"

"这么晚了，我害怕阳阳……"

"我刚刚去看过阳阳，她睡得好熟。"

"黑毛狮子回去吧，好好看着阳阳。"周远翔说，黑毛狮子听话地回去了。于是他和李蓉一边散步，一边谈着，不觉间走到他们常到的水库边。看着身边款款动人的李蓉，看着水库边的依依杨柳，周远翔想起一首古诗，很切合此刻的心境，便小声诵读起来："昔我往矣，杨柳依依。今我来思，雨雪霏霏……"

"行道迟迟，载渴载饥。我心伤悲，莫知我哀。"李蓉接口念着，突然返身将他抱住，"远翔，你发过誓，永不负我。可你还爱我吗？"

"是的，我对天发过誓……"周远翔也把李蓉抱着。

"远翔，这首诗写的是士兵的戍边生活，也是对你的写照啊！"李蓉的嘴唇伏在周远翔的耳边，"诗中说，归途遥远，好像总也走不完。但他们毕竟走上了回家的路。可是我们呢……远翔，你明白你走的是一条不归的路吗？路途遥远，而你才刚刚开始，你的尽头在哪儿呢？远翔，你为什么就不回头呢？"

"我不是不想回头啊！可我……"

"难道你要负我吗？远翔……"

并不久远的那个誓言突然抓住了周远翔，他的心颤抖了，但他本能地在挣扎："可是李蓉，你真正爱过我吗？真正爱过我的所爱吗？"

李蓉下意识地松开双手："经历了那么多，你还不知道我的心？为了你，我付出了多少？到头来，我们的缘分却越离越远。我也爱阳阳，可我更爱你，更想有我们爱的结晶。远翔，你晓得你将要为此付出多大的代价呀！"

"我明白你的心，我也晓得这次相会，是为了忘却的纪念。不管怎么说，你对我有大恩大德，我在你这儿学到的不仅仅是助人为乐，也不仅仅是善心……我不知道如何报答，也不知道此生能不能报答……但是，在感情的天平上，不管多重的砝码，我都只能站在阳阳一边。因为她是弱者，扶助弱者是人类的天性。你我都受过那么多年的教育，在这一点上，我们为什么总是不一致呢？再说，我和阳阳朝夕相处快一年了，就像父女一样有了无法割舍的情感。阳阳那么聪明，却那么无助，这不公平啊！阳阳的一切都强烈地吸引着我，我不能离开阳阳；阳阳需要帮扶才能生存，阳阳也离不开我……"

"就不能换一种方式吗？难道你这一生就不要亲生骨肉了？"

"李蓉！血缘就那么重要吗？"

"算了，我们的话总是不对位。既然你已经做了抉择，就只好到此为止了。"李蓉仿佛有极大的委屈，说着说着，声音哽咽起来，"我总以为我的努力不会失败，可是，又总不能如愿。远翔，你要好自为之。虽然校长狗眼看人低，如此贬损你，但我相信你的能力，是金子总会发光的。"过了片刻，她从周远翔怀里抽出那支笛子："它曾带给我们多少美好的时刻，能把它送给我吗？"

"好吧，你也要好自为之。"周远翔看到李蓉转身将走，又情不自禁地拉住她，"李蓉……我们就这样分手了，再也不能如此相会了？"

"远翔——"李蓉悠长地呼唤一声，重又扑到他的怀里，"远翔，镇教委已经决定让我带薪到省师范大学读书，两年后回来听候分配……现在我们谁也不服谁，两年后谁知道呢？时光老人是最严厉的裁判，那时候再说吧！"

"李蓉，说得好！我们一起来等候时光老人的公裁吧！"周远翔轻轻推开怀里的李蓉，又说："我会记住这些年你给我的关爱，是你抚慰了我失去亲人的痛苦，也是你让我渡过了精神的危机。虽然分手了，但我不会因此而堕落。如今我对阳阳的所为，也富含着你的付出和深爱……"

二十

张大梅屋里屋外地收拾着，其实家里已经很整洁干净了，可她仍旧闲不住。自从李怀德成了镇上的红人，张大梅就完全是一个家庭主妇了。李蓉也在忙碌着，收拾了一个皮箱和一个旅行袋，放在堂屋的大桌上。看来母女俩已经忙了很久，也谈了很久。李蓉随手打开电视，陷在沙发里，抹着眼泪，电视节目并没在意看，只是个陪衬。李蓉很矛盾，周远翔她无法舍弃，宋阳她又没法送走。要她把周远翔和宋阳一同接纳，实在抹不过这道弯，这种做法在父母那儿就更行不通了。张大梅怒气冲冲地数叨："你就是说到天涯海角，我也不同意！你们以为养个孩子跟养个猫儿狗儿似的那么简单？话说你们俩就要达到结婚的年纪了，小周住着校舍，连新房都没一间，如今还带个孩子，而且是个残疾人……"

李蓉央求地说："妈……我们的想法是一样的！"

李母心里又痛又气："蓉蓉，当初不同意你和小周交朋友，你铁了心，妈也认了。可他带着个孩子，你说怎么办？你不晓得人们在背后已经风言风语的了，叫我这老脸往哪搁？一个残疾人，吃要人喂，走要人背，谁会养她一辈子？蓉蓉，长痛不如短痛，上学前就和他们一刀两断！"

"张大梅同志，能不能不说了？"李蓉的火气又蹿了起来，她的火气一起，就会对父母直呼其名，"这些话我早对远翔说了，可他不听！"

"不听好啊，正好走你的阳关道！"张大梅大喊大叫。

"说得轻巧！我的妈妈呀，我们恋爱两年了，容易吗？"

"就你死心眼，还怕找不到你称心的男人？"

"可我这心里就是放不下他呀！"

"蓉儿……妈就你一个闺女，这事你听妈一回……啊？"

"妈……我的心乱极了……"

"你都过二十岁的人了，不能感情用事……马上就要上大学，眼界要放宽些，不要老瞄着月亮镇这个老山岗，说不定你会碰到多少有能耐的人呀！蓉儿，不瞒你说，你爸已经和县一中的王校长打过招呼，等你读完大学，让他帮忙把你调过去，妈也不想总窝在这儿……准备到城里买栋房子……"

李蓉深感意外也深感突然，沉默了片刻，她转而发狠地想：好，永远不和他们见面了，也许还好些！李蓉还想写点儿什么留给周远翔，可她伏在桌上想了许多，写几句觉得不合适，撕了；又写几句，还是觉得不合适，也撕了。写写撕撕，废纸丢了遍地，她把笔一扔，起身伸了个懒腰，忽然轻松地说："他要自讨苦吃，别人有什么办法呢？车到山前必有路，随他去吧！"

几天后，李蓉来到省城。还没下火车心里就有些着急，听说省城大得很，有电车，有汽车，有的士，还有"麻木"车。坐什么车才能到师范大学呢？又是皮箱又是旅行袋，怎么拿得动呢？离开月亮镇前，到过省城的老师们充内行，纷纷出谋献策，有的说坐五路电车，有的说坐十一路公汽，有的说坐的士可以直达，有的说坐"麻木"不仅直达而且便宜。乱七八糟的，她都听晕了。可是，不管坐什么车，从站台到搭车的地方也有好几百米甚至上千米的路程啊！这么笨重的东西，让她拖下火车都难，莫说还要走那么远的路了。火车已经到站了，她却越想越惊慌。直到此刻她才明白，无助是个什么滋味。好在她年轻漂亮，和他邻座的小伙子乐意帮她，那也只止于帮她把皮箱提下火车。再往后就算人家愿意帮她，她也不敢了。出门前就听人讲了，现在城市里乱得很，有抢劫钱财的，有拐卖儿童的，有奸杀少女的……下了车，她向帮她的小伙子连声感谢。小伙子表示还可以帮她拿出站，可她连连摇头："谢谢了！我还得在这儿等一个人……"

小伙子不好意思地走了，李蓉为自己的谎话有了一份愧疚。目送小伙子远去，还没回过头来，她的眼睛亮了，在她不远处竟然有人高举牌子，上面写了两个大字：李蓉。天哪，竟然有这种事！有人接站！是不是和我同名了呢？她也不管三七二十一，就尖叫起来："李蓉在这儿！李蓉在这儿！"

随着她的尖叫，有个人跑过来，一边跑一边"李蓉李蓉"地叫。等那人穿过人群，跑到跟前时，李蓉惊得张大了嘴巴："是张水生？"

"李蓉！"张水生站在李蓉面前，兴奋异常，"没想到吧？"

"是的，你怎么会来接我呢？是碰巧吧？"

"我接到了弟弟的电话，说你今天坐这趟车到。"

"哦，是说呢！我忘了你在老家还有个眼线。"

"李蓉，我来接你，是不是有些唐突了？"

"哪里话！我感谢还来不及呢！真是天无绝人之路啊，想不到有贵人相助。"

"我们走吧？"张水生一手拉着带有滑轮的皮箱，一手提起旅行袋。李蓉只背了个小包包，觉得不好意思，可张水生固执地要包办她的东西，她也就乐得轻松了。张水生说他的医学院在城北，她的师范大学在城南，相隔很远，李蓉问先往哪儿去，张水生说："先到馆子里去，为你接风啊！"

如果在月亮镇，李蓉是绝不会答应他上馆子的，但今天不同。她感到张水生帮了大忙，就像及时雨一样滋润了她的心田；何况在省城遇到故乡人，本就应好好聚一顿的；再想，省城这么大，却没她一个亲人，有张水生在，也算胜似亲人了。她高兴地说："水生，听你的，但由我来埋单！"

"还摆万元户的谱啊！这可是省城啰！"

"那倒是。可你不是还没开始挣钱嘛！"

"不要紧，暑期我搞家教了，招待一下故乡客人没问题。"

"好，那就听你的。"

"李蓉，你好像比高中时温顺多了。"

"什么意思？"

"不是吗？你已经说过两次听我的了。"

李蓉抬头一看，张水生正阴阴地笑，她的脸蓦地红了："你也学坏了！"

"用语不妥吧，我也学坏了！谁在我之前就学坏了呢？开个玩笑，在我之前学坏的只有一人——"张水生停下来，盯着李蓉的眼睛。李蓉有些慌，晓得他在说谁，便不作声。张水生倒有些尴尬了，连连道歉。

李蓉白了他一眼："没什么，难道我连一句玩笑都承受不起了？"

说话间，他们在车站附近找了一家餐馆，要了个小包间，双双歇下来。张水生点了一个鸡蛋番茄汤，一盘清椒炒瘦肉，一盘小白菜，外加两瓶啤酒。李蓉暗暗好笑，太小气了吧！张水生扫了她一眼，晓得她在笑他，就说："李蓉，越是开放的地方越讲究节约，不像我们小镇，未富先豪，只讲面子，不管兜里有没有，先大酒大肉地吃了再说。我给你举个例子，香港有个客商来了，接受本地人的款待。吃完了，喝好了，最后他还把剩下的菜打了包带回去，说是不要浪费……李蓉，我只叫了三个菜，如果少了，你再叫。"

李蓉的脸早被他说红了："水生到底是读了大学的，见识和我们不同。"

菜上来了，酒也上来了，张水生殷勤地给李蓉倒了啤酒，夹了菜，还把餐巾纸送到她手里。这让李蓉有了许多感慨，山里人可没这些讲究，全是女人为男人服务，服务得不好，还会得到一顿训斥；城里男人多有教养，水生在省城也只待了一年多时间，变化多大呀！城里乡下两重天，到底不同，远翔要是能受到这样的教育多好啊！张水生端起了啤酒，和李蓉的酒杯一碰："老乡，祝贺你到高等学府深造，为我们家乡从此多了一位女才子——干杯！"

李蓉有些不敢承受，却跟他一起干了。啤酒是冰了的，一股清凉直透肺腑，然后是淡淡的辣味往上涌来，李蓉感觉很不错。一般情况下，她是不喝酒的，更是连啤酒味儿都没尝过。一杯酒下肚，李蓉的脸有些红了，十分动人。张水生又端起杯子和她一碰："老乡，从此我们就在同一个城市里了。我们应该相互帮助，相互鼓励，一气同声。为此，我们再干一杯！"

啤酒虽然是低度，但是两杯也有半斤，这样直通通喝下去，李蓉的脸更红了，目光有些朦胧，连整个人都像氤氲在酒里。她说："水生，我不胜酒力，好像全身都起火了，别再敬我。这样吧，我回敬一杯，就不喝了好吗？"

"好啊，回敬总要说几句话。"

"我没你会说。士别三日当刮目相看，这话不假，我得向你学习。水生，为感谢你的接待，也为你不忘故乡情感和故乡传统，请干了吧！"

两人一碰，酒是干了，张水生却不留情面地点评起她的话来："李蓉，故乡情感不敢忘，但是，故乡的传统却是早该抛弃了。"

"什么？"李蓉吃了一惊，以为自己听错了，"抛弃什么？"

"故乡传统！"张水生肯定地说，"李蓉，身在闹市，我有切身感受。改革开放已经七八年，眼下才算真正的浩浩荡荡、势不可挡了！绝不是我们山里人理解的那样，让几个人富起来就了事。这是一场前所未有的革命，理应颠覆那些腐朽的传统，包括披着美丽外衣的所谓崇高和献身。它首先涉及的是人的解放和人性的解放，以往的价值观得重新评估，人的价值的实现以人性自由的程度为标尺。所以，颠覆，重组，人性，自由等，已成为时代的新主题……"

张水生滔滔不绝地说着，李蓉虽然感到有些云山雾罩，却已经被他的语言和气势所震撼了。等他终于停下来，李蓉说："你像个演说家！"

"演说在我们学校经常进行，这是学生会开展活动的一种形式。"

"你是学生会的干部？"

"惭愧，不过是系学生会中的一个宣传部长而已。"

"水生成部长级领导了，不得了啊，你才是我们家乡的骄傲！"

张水生笑了："可我听说，你心目中的骄傲是周远翔啊！他是我们班上的高才生，这且不说了。听说他如今正在实行革命的人道主义，收养了一个孩子。本来嘛，这的确是一种传统美德。但是且慢！这种美德有利于个性的发展吗？有利于人生价值的实现吗？是张扬了人性，还是限制了人性？这是不言而喻的。衡量一个人的价值，要从两个方面来看，一是社会的，二是个人的。不管是社会价值，或者是个人价值，都有一个共同点，那就是展现其自身的最大价值。就拿周远翔来说吧，他是一个高才生，到底是发挥其特长能获得最大价值好呢，还是发挥其特短求得一个最小价值好呢？这不是显而易见的吗？当然……"

李蓉打断了他："你怎么不想想，也许他收养的孩子是个天才呢？"

张水生拍案而起，展开了他雄辩的架势："这样说毫无意义！你就好像在说一只母鸡养到足够大了不能杀一样，说它还要生蛋，蛋孵鸡，鸡生蛋，那是多大的价值呀！这个有意义吗？你已经脱离我们需要辨别的主体了……"

李蓉脸色大变，张水生意识到了，赶紧停下他的雄辩。这次见面自然有些不欢而散的意味，李蓉有些恨意，张水生不该如此攻击周远翔；李蓉更多的是自卑，那种深刻的自卑是她无法表达的。张水生也有了悔意，第一次在他暗恋着的姑娘面前就演砸了。他把李蓉送到师范大学，无比惆怅地回到了他的医学院。可是没过多久，李蓉心里就生出一种要见见他的强烈愿望……

二十一

　　宋阳趴在床上看连环画，周远翔蹲在屋的中央调试一个木制的轮椅。他通过张土生，从卫生院借了一部旧轮椅，然后交给秦师傅做样子，秦师傅请他交好的木匠仿制成了一个木质的轮椅。轮椅的关键部位在轮子，那不能用木头做。木匠到废品收购站找了一对板车轮子，这才把轮椅凑成了。这个轮椅虽然不能同卫生院那个相比，但周远翔仍把它当作了宝贝。他先用砂纸将座位细细打磨几遍，用手从上摸到下，没有任何硌手的地方了，又开始擦拭轮胎的钢圈。一个废弃了的钢圈，生满了黄锈，打磨起来很麻烦。但他兴奋着，要尽快让宋阳坐上轮椅，就得连夜把它弄好。宋阳捧着连环画看累了，望着忙碌的叔叔。周远翔回过头看一眼，起身走到床边，舒展了一下筋骨，不经意地问："阳阳，看得懂吗？"
　　宋阳茫然地摇了摇头："叔叔累了，睡觉吧！"
　　"阳阳先睡吧，我不累！"
　　"可是你弄得嗞嗞响，我睡不着。"
　　"哦——那我拿到外面去弄。"
　　"外面乌漆麻黑的，怎么弄？"
　　"我把灯拉出去。"
　　"叔叔，那我也睡不着。"
　　"怎么啦，阳阳？今天为什么和叔叔闹别扭呢？"
　　"叔叔，阳阳不是怕你累坏了嘛，那怎么睡得着呢？"
　　周远翔心头一热，摸了摸她的头："那我也睡吧！"
　　寝室是长方形的，最里面是宋阳的床，相隔不到一米，是周远翔的床，再过来是书桌、穿衣柜、碗柜、饭桌依次排列。加上一个轮椅，屋里就很挤了。周远翔和宋阳各自睡下了，黑毛狮子也睡了，在宋阳的床底下。睡了一会儿，宋阳睡不着，便缠着叔叔说话。叔叔也睡不着，也乐意和她说些什么。
　　"叔叔，李阿姨好多天不来看我们了。"
　　"哦，忘了告诉你，李阿姨到省城读书去了。"

"真的吗？好有福气哟！叔叔就读不成书。她怎么不告诉我就走了呢？"

"她跟我说了，不和你告别，是怕你伤心哪！"

"哦，李阿姨的心蛮好嘛，还怕我伤心了！"

"李阿姨其实是个好人，你别疑心她。"

"哦……那她给你写信了吗？"

"这个……倒没有。才几天哪，再说刚刚上学，不搞学习就写信，那就不是个好学生了。等阿姨闲下来，就会给我们写信的。"

"她会怎么写呢？会问你好吗？会问我好吗？"

"当然……阳阳，我困了，睡觉吧，别说话了……"

宋阳似乎满足了，不一会儿呼呼地睡去。周远翔反而越来越清醒，脑子里涌来乱七八糟的念头，怎么也驱赶不开。第二天上班，周远翔双眼红红的，有些头晕，不时地要晃晃脑袋。张丽见了，便打趣："周哥，夜里哭了吧？"

周远翔瞪她一眼："瞎说！堂堂男子汉，有泪不轻弹！"

"哟，还转文呢！那你眼睛怎么是红的？"

"这个呀——夜里给轮椅擦钢圈，是被锈蚀了眼睛的。"

"原来是这样啊！周哥，你真是个好男人，为阳阳操碎了心。这么年轻，可要注意身子哟！像这样下去，不要被阳阳缠死呀！"

"你——"周远翔实在不愿听这种话，生气地埋头择菜去了。

秦师傅走过来，批评张丽："你呀你，说话怎么这么难听？什么叫缠死了？"

张丽赶紧用双手把耳朵堵起来："不听不听！我不是这个意思，我是说……是说，哎呀……我也说不清了！不过是要他注意身子呀！周哥，别生气了！现在就回去擦钢圈吧，你的活儿我来干！千万别再熬夜了哦！"

秦师傅笑起来："小周，张丽这人，还小，说话也是有口无心。"

张丽低声嘀咕："老秦头，你才有口无心呢！"

周远翔忍不住扑哧一笑，大家都笑起来。秦师傅连忙把周远翔一拉："张丽有心，她的心可细呢！她让你回去你就回去嘛，你的事她帮忙，我也帮忙。再说今日的事不多，误不了老师们开饭的。快走吧！"

周远翔抗不住他们又说又劝，再不走就矫情了，于是回到寝室，搬过轮椅，又嗫啦嗫啦地擦起了钢圈。宋阳坐在一旁看，黑毛狮子也坐一旁看，他们仨的脑袋差不多挤在了一起。这时，门口突然传来嘿嘿的笑声。周远翔连忙抬头，竟把黑毛狮子的脑袋撞得一歪；黑毛狮子头一摆，又把宋阳的头撞得一歪，门口的笑声就更大了。周远翔一看是孙校长，赶紧站起来。孙校长提了一瓶饮料和一袋奶粉，是给宋阳的。周远翔不好意思："校长，这不太合适吧？"

孙校长还在笑："你放心，你做的是好事，我们都支持，也愿意帮助你。再说阳阳身子弱，喝点牛奶对身体有好处。"

周远翔恭敬地说："校长，谢谢您了。"

孙校长感慨地说："咱当老师的，还不都是为了孩子。对了，小李走了快一月，给我来信了，汇报她的学习情况。这不，也给你们来了信。"

"真的!"周远翔差点儿跳起来，有些不礼貌地将信从校长手里抓了过来。本来他对校长的造访还心生疑惑，甚至有些反感的，但是此刻，他是真心感激校长了，以致连拥抱校长的心都有。校长乐呵呵地走了，周远翔急切地要看信，宋阳的眼睛盯着那封信，也显得急不可耐。可是，周远翔捧着那封信却像捧着一个宝，生怕伤害了什么似的。他好不容易把信掏出来了，然后就认真地看。宋阳大声催促，要叔叔快念。其实信不长，一页纸还没写满。周远翔扫了一眼，没有对孩子不利的地方，就念起来，难懂的地方还加上了解释："亲爱的远翔，你好!请代问阳阳好——阳阳，代问你好呢! 代问就是由我代替她问你好。"

宋阳高兴得拍起了巴掌："我好呢! 阿姨，你好吗?"

"月亮镇一别，常在念中。到了省城，才晓得天有多高，地有多宽。这是说省城的天比我们这儿的天高，地也比我们这儿的地宽。入校后立即投入学习，课程安排很紧，比我想象的要累多了。知识是个大海洋，我们的学习只能算是从沧海中汲取一滴——哦，这是阿姨对学习的认识，阳阳，我就不解释了——我定要像鱼儿一样，在知识的海洋中畅游，以不负人民对我的重托。远翔，学习太紧，下次再谈。顺告，我见到了张水生。他是学生会的宣传部长，很有学问……"

信中卿卿我我的话虽然太少，周远翔依旧长时间地兴奋着。小心地把信装进口袋，大步走进厨房。秦师傅哈哈一乐："小周，肯定有喜事!"

周远翔愣愣地问："您怎么晓得的?"

秦师傅得意了："你的嘴巴进门就没合拢过，不是有喜事吗?"

周远翔点点头："李蓉来信了。"

张丽来了精神："怪不得的，心里像凉纸扇子扇的吧? 给我看看!"

"这丫头! 人家的恋爱信，你发什么神经!"秦师傅斥责她。

张丽无所谓的样子，一边从水池里把洗好的菜递给秦师傅，一边说："这算什么? 李蓉姐其实早把他们的事讲给我听了。我还晓得阳阳她……"

秦师傅手脚麻利地切着菜："别人的事，你小孩子少操心。"

张丽越说越来劲儿了："周哥，你当初到河南去，怎么不带上我的? 我要是去了，非得给他们家闹翻了天不可! 哪会像你，一个知识分子样儿!"

秦师傅叹了口气："唉! 家家都有一本难念的经。"

"我就是想不明白，阳阳妈干嘛非得嫁给那个混蛋，干嘛非得屈服于那个混蛋！周哥，你说是不是？"张丽使劲把菜筐往地上一放，显示着气愤。提到宋阳的家，周远翔就闷了头，坐在一旁埋头择菜。他一副心神不定的样子，把好菜扔了，却把烂菜放进筐里。张丽连连叫起来："嗨！周哥，想什么呢？"

周远翔回过神来，忙从地上捡起了好菜。张丽和秦师傅可怜地看着周远翔，同时叹了口气。午饭后休息，张丽说："周哥怪可怜的。"

秦师傅期待地说："张丽，帮帮他吧！"

"我怎么帮？"

"要想帮他就得帮阳阳，帮阳阳就是帮他。"

"那又怎么帮呢？"

"让她高兴呀！帮她渡过孤独和寂寞呀！"

"哦，想起来了！有一回我在屋里绣花，被阳阳看到了，她好羡慕哟。认字我是帮不上，可不可以教她绣花、做鞋呢？那我可是能手！"

"行啊，女孩子嘛，学点儿做鞋绣花的手艺不会错的。"秦师傅拍起了大腿，催张丽赶快行动。张丽也兴奋了，当时就到街上买了针线包，扯了两尺布，来到周远翔的寝室。还没进屋，已经听到周远翔教训宋阳的声音。

"阳阳，翻了半天，你在翻什么呢？搞得乱七八糟的！"

"叔叔，竹笛怎么不见了？"

"要它干什么？"

"我想看看，也想吹吹嘛。"

周远翔想，孩子心灵手巧，吹吹笛子可以打发寂寞。他说："竹笛让李阿姨拿走了。她说她远在省城，想我们了，吹吹笛子就好了。"

"我也要吹。叔叔，你教我吹笛子好吗？"

"那行，过几天给你买支竹笛好了。"

"还要过几天呀！"宋阳小声嘟囔，不大高兴了。

这时，张丽走了进来，往宋阳跟前一蹲："阳阳不高兴了？别理那个臭叔叔，让阿姨跟你玩儿，好吗？你猜阿姨给你带什么来了？"

"张阿姨，叔叔是好叔叔，不是臭叔叔。"宋阳看着张丽笑了，"张阿姨，你给我带了什么呢？能给我看看吗？让我看看就晓得了。"

"好狡猾哟！让你看了当然就晓得了，那还用猜？"张丽白了一眼宋阳。

"快给我看看嘛！"宋阳摇晃着张丽，张丽偏要她猜；宋阳挠一下张丽，张丽咯咯地笑了，不得不把针线包拿出来。宋阳尖叫了："教我绣花儿！"

"绣花儿，好不好啊，小宝贝儿！"

"那当然好啰！可我没绣过呀！我学不学得会？"

"阳阳，你一定学得会的……"

"张阿姨，你说我学得会，我就学得会，对吧？"

"就算不会，有你叔叔能教你呀！"

"张阿姨好狡猾呀！不是你教我吗？"她们两人说说笑笑，周远翔也很高兴。他站起身，准备擦拭轮椅的钢圈去了，抬头见她们围着针线包那么认真，感慨地说："你们真像两姊妹！张丽，回头让阳阳拜你做干姐姐算了！"

张丽嘟起嘴来："你们才像两兄妹呢！回头让阳阳拜你做干哥哥！"

说完，大家都乐得哈哈大笑……

二十二

国庆节到了，学校放假一天。李蓉懒懒地歪在床上，不知怎么度过这一天。同学们都出门逛商店、逛公园去了，她很想去看看张水生，犹豫着到底去不去。又随手从枕头前拿起一本书，是《儿童心理学》，翻了翻，看不进去，往旁边一扔，干脆伸长身子，睡起来。她的确有些困倦，就迷糊了。忽然响起敲门声，吓她一跳。赶紧去开门，竟然是张水生。张水生就是这样善解人意，李蓉有扑上去的欲望，可她还是忍住了，赶紧让座、泡茶、拿水果。她奇怪地想：我为什么这样殷勤呢？脸蓦地红了："水生，谢谢你来看我！"

"看老乡嘛，是应该的。老乡见老乡，两眼泪汪汪哦！"

"我也常想这句话。上次你到车站接我，我真有流泪的感觉。身在闹市，天天和无数人打交道，却没有心灵沟通，常常在人群中感到无比孤独和寂寞。这大概就是见了老乡泪汪汪的原因吧！"

"精彩！想不到你刚来半个月，就对生活有了新鲜而又深刻的体验。"

"水生，这不是跟你学的嘛。我刚到你就给我上了一课。"

"惭愧！上次胡说八道，至今还懊悔呢！"

"悔什么？"

"说实话，当时兴致一起，就收不住了，没想到伤害了周远翔。我明白，伤害了周远翔，就是伤害你……"

"不说这个了，水生，你带路，我们出去玩玩！"

"玩什么呢？到南湖坐船好吗？"

"听你的。"

"又听我的了？你让我晕！"

"谁不想做个温顺的女孩子！"

"不过，不听我的你也找不到地方玩儿啊！"

两人说说笑笑地出了门，在张水生的带领下，乘这路车，转那路车，七弯八拐，李蓉完全晕了，辨不清东南西北。李蓉说："你不会拐卖我吧？"

张水生一愣："什么意思？"

"我已经转晕了，你正好下手。"

"没那么坏吧？下手是要下手的，但不是现在呀！"

"什么意思？"

"没意思，赶快进去吧！要不船都被抢完了。"

进了南湖公园，好大一片水面，李蓉兴奋得很。一见到水，李蓉就兴奋。小时候她爸就带她到水库游泳，甚至还带她跑二十余里到月亮河捕鱼。她爱水的柔弱随意，爱水的清凉纯洁。张水生买了一张票，租了一条船，连忙招呼李蓉过去。这不是那种常规的小船，而是一只带有篷子、用双脚蹬踏的船，像大街上拉人的三轮"麻木"车，只是没有轮子而已。张水生老练地站在船中间，保持着船体的平衡，然后伸手把李蓉拉上去。李蓉害怕掉进湖，一个大跨步落到船上，弄得小船剧烈地摇摆起来。李蓉吓得连声尖叫，身子往一边倒，手又没处抓，生命要紧，只得牢牢地将张水生抱住了。小船摇摆了好长时间，他们就抱了好长时间。小船终于停止了摇摆，张水生还没放手："好险，现在怎么样了？"

李蓉先是满面煞白，现在已经是满面通红了："快，放开我呀！"

"还玩儿吗？"张水生坐下了，把座位让出一半给李蓉。李蓉缓过来了，自然要体验坐这种船的感觉，也坐了过去。两个人紧紧地挨着，也只能紧紧地挨着。李蓉有些异样的感觉，浑身像是不舒服，却又没处闪让。张水生告诉她，用右脚蹬左踏板，用左脚蹬右踏板，一齐用力，就行了。李蓉明白了，就和张水生一齐用力蹬。可她用不上力，小船老是以她为圆心，团团打转，一步也不前进。张水生教她，其实不需要用太多的力，只要主动、均匀用力就好。李蓉始终没有掌握好分寸，蹬起来时轻时重，小船就时左时右地摇摆着，还是不能前进。李蓉有些气馁，干脆不蹬了。她看看周围那些行驶平稳而又顺利的小船，大多是一个人一条船；虽然也有两人一条船的，却大多是夫妻或伴侣，男人把女人抱着，蹬船的依旧只一人。她恍然明白了，原来张水生用意很深。本想认真玩玩小船的，但她不能玩了，她当然不能让张水生把她抱着……

"不行，我们上岸吧？"

"不是还没玩吗？"

"你看还能玩吗？"

"……也好，我们上岸去。"张水生不敢冒犯美女，随后他们双双上岸了。上岸后转了一圈儿，他们又玩了碰碰车，也没多大意思，又罢手了。

"走吧，水生，今天我接你上馆子。"

"那哪行？男人带着女孩子，哪有女孩子埋单的。"

"哟，你蛮大个男人，不也是个孩子吗？"

张水生没再说话，作为大学生，被人家说还是个孩子，心里有些不爽，说明李蓉有些居高临下，还没把他放在眼中。张水生默默地落在李蓉后面，正在想怎么才能扭转自己在她心目中的形象，突然前面就出事了。李蓉面前有两个平头小伙，发现这么靓丽的女子孤独地走着，相互递个眼色，就来劲儿了。他们故意将背对着李蓉，从正面挡住了李蓉的去路。李蓉顿了一下，赶紧绕个弯儿继续往前走。其中一个平头小伙"咦"了一声，说："×子养的，塞都不塞！"

这是省城的方言，是说李蓉理都不理，没一点儿害怕的意思。另一个平头小伙迅速转身，直冲冲往她面前走，嘴里不干不净的，一只手已经搭到李蓉肩上，一条腿像抽风似地颤抖着："姐们，哪儿来的？跟我们一起溜溜？"

张水生一见，勃然大怒，一个箭步冲到跟前，照那个问话的平头小伙的支撑腿一脚踹去，那个小伙轰然倒在地上，大概是把韧带拉伤了，他爬了几次居然不能爬起。挡在前面的平头小伙猛地转身寻找目标，张水生一点儿也不惧，看对方像个"鸦片鬼"，年纪比他小，本就没放在眼中。张水生退回一步，两手提起自己的衬衣下摆，尽力一撕，哧啦啦一阵响，衬衣竟然被撕成了几条布片子，然后他厉声叫道："不要在老子面前耍流氓！实话告诉你，老子是从监狱里才放出来的，想占老子的便宜吗？"

周围的人听到叫声，哄地拥了上来。人们一看平头小伙的打扮就晓得他们不是好人，自然都怒目盯着他们。那个挡路的平头小伙心虚地对张水生说："关你屁事？"

"就关我屁事！"张水生的声音更大了，"她是我妻子！"

众人哄叫起来，七嘴八舌地斥责那两个平头小伙。李蓉呆在那儿，张水生赶紧把她一拉，钻出人群跑了。跑到一辆的士前，张水生拉开门就把李蓉往里面塞。张水生连连对司机说："大哥，后面有流氓，快跑！随你怎么转，只要能把他们甩掉就行。最后把我们拉到省政府门口去，就行了！"

司机果然听话，拉着他们大街小巷地穿，跑了一个多小时，司机说："差不多了，就算是克格勃我也甩掉了。现在往省政府开吗？"

"对！越快越好！"

"你们是省政府的人？"

"是的，大学刚毕业，分在省政府秘书处。"

"行啊，我一看就晓得你们是有水平的人。"司机有些巴结的样子，很快到了目的地。张水生数出五张十元的票子递给司机，司机说："哪要五十块？哥们，一回生二回熟，一个好汉三个帮，不要把生意做绝了，二十五块吧！"

的士开走了，李蓉还有些后怕："水生，为什么不直接回学校？"

张水生一脸严肃："我害怕他们是个团伙，才这么七弯八拐地跑……唉，急急如丧家之犬，忙忙如漏网之鱼啊！李蓉，我们再赶个的士回校吧！"

午饭都不想吃了，张水生把李蓉送回学校。分手时，李蓉忽然拉住张水生的手，泪光莹莹地说："水生，要没你这个大男人，今日就完了！"

张水生的脸色一红，倒真像个大孩子了。他嗫嚅了一阵，从怀里掏出一张折成三角形的纸，往她怀里一塞，如飞地跑了。李蓉将手中的纸一展开，脸色立即变得通红，艳若桃花。她望一眼远去的张水生，再次低头读起来：

李蓉你好！

　　给你写信可能有些唐突，但我压不住涌动的心潮。你看了也许会一笑置之，也许会把信当作废纸扔了，这些都与我无关。因为我爱你！我爱你的温顺，爱你的贤淑；爱你的心胸开阔如大海，爱你的笑容灿烂如阳光；爱你含而不露的芳香，爱你藏而不吐的情感……你就像黄金项链上挂着的那个冰清玉洁的绿珠儿，让我爱晕了，让我爱坏了，让我爱死了……

　　我晓得这样做对不起我的朋友周远翔，更对不起你和他苦苦相恋整两年。但是，我爱你是没有条件的，一切以爱为中心。

　　我曾经对你说过，一个人的价值怎样才能做到最大。李蓉，请你相信，我俩的结合是与生俱来的苍天意志；请相信经过我的努力，不，是我俩的努力，一定会实现我们人生的最大价值！请你冷静地想一想，难道不是这样吗？

　　　　　　　　　　　　　　　　　　一直爱你的——张水生

看完一遍，又看一遍，看着看着，李蓉猛地想起张水生面对平头小伙说的话："她是我妻子！"她感到身上轰然像是失了火，发烧发烫，眼泪也如泉水般涌了出来。当时听到这话时，她却没有这种感觉。她把信好好折起，捂到心口，声音颤抖地说："远翔，你还好吗？收到我的信了吗？怎么不给我回信呢？"

李蓉忽然溜下床，站到窗前，遥望远方，捧着心儿继续发问："远翔，如果我遇到了危险，你会像水生那样不要命地救我吗？也许……可惜……"

二十三

周远翔不是不想给李蓉写信，他多次提起笔来，却不知写什么，最终就像会计报账那样列了几个项目，说了些平安无事的话，寄走了。那样毫无激情可言的信，李蓉看了就伤心，还会回信吗？尽管周远翔天天盼着李蓉的来信，但恐怕再也看不到了。不过，这是迟早的事，周远翔有心理准备。其实李蓉和他分手前在水库边的一席谈话，已经把话说明了。周远翔烦恼了几天，也就平静下来。他把轮椅拉出来，座位已经打磨得光滑舒适，钢圈也擦拭得明净放亮。

他像欣赏艺术品似地欣赏着轮椅，说："阳阳，上车！"

宋阳早就巴望着这个轮椅，急切地回应："叔叔，快抱我呀！"

周远翔往轮椅上搭了一条小毛毯，又垫了个棉垫子，将宋阳抱了上去。周远翔问："舒服吗？"宋阳回答："舒服！"于是他推着宋阳往前走。推到教工食堂，秦师傅张开满口黑牙的嘴，乐得合不拢；张丽扑过来，说要抢座位，宋阳就死死抱住扶手不放。周远翔嘻嘻地说："阳阳，叫姐姐！"

宋阳轻轻地叫："姐姐……"

"死阳阳，好胆子！"张丽报复地挠着宋阳，宋阳忍不住，笑得差点儿岔了气。张丽问："还敢不敢叫姐姐？说呀，我又要挠了的！"

宋阳喘息着："张阿姨，莫怪我，是叔叔让我这么叫的。"

张丽白了一眼周远翔："什么叔叔？老鼠哦！"

周远翔也好笑："张丽，你像个阿姨吗？做姐姐都把你抬举了！"

张丽不依，挥起拳头就朝周远翔身上砸。样子做得凶，拳头却落得轻，周远翔任她砸着。宋阳却不干了，悄悄伸出手在张丽的大腿上狠狠掐了一下，疼得张丽锐叫一声，跑了："哪儿来的一只魔爪……阳阳，你想要我的命啊！"

张丽穿的是流行的喇叭裤，很轻易就把裤子提到了大腿根，果然那地方被宋阳掐红了一块。张丽提着裤子让周远翔看，周远翔看到那腿洁白如雪，又笔一般挺直，呈现极美的流线形，头便晕了，脸一红，赶紧推着宋阳走开去。张丽看周远翔扭头就走，意识到了什么，连忙放下裤腿，愣在那儿。看着周远翔和宋阳渐行渐远，张丽仿佛灵魂出窍了一般……

从此，周远翔下班后就推着宋阳四处转，还教会宋阳自己坐着轮椅，拨动轮子四处行走。到了晚上，周远翔会全身心地教宋阳读书认字做算术。周远翔在村小时教过那么多学生，现在只教一个宋阳自然是轻车熟路，加上宋阳天生聪明，只用半年就把一年级全年的语文、数学学完了。为检验她的学习成效，周远翔把一年级期中考试的语文和数学卷子各拿了一张，让宋阳做。那是一个星期天，周远翔在一旁监考，上午做语文，时间两小时；下午做数学，也是两小时。宋阳的语文卷子只做了一个半小时，数学卷子只做了一小时，周远翔对此非常满意。为了公正起见，周远翔把卷子送到一年级办公室，请有经验的老师判分，结果宋阳的语文得了一百分，数学得了九十八分。原来，数学中有道题，她把加号看成了减号，扣了两分。周远翔对宋阳的期望值太高了，有些不高兴，他把卷子往宋阳怀里一扔，做饭去了。宋阳看了卷子，反倒乐呵呵的。晚上吃饭时，宋阳有些不高兴了。

"阳阳吃饭喽，怎么坐在那儿不动？"

"叔叔，你说今天打牙祭的，还是一碗白菜！"

"可是叔叔说过，考了好成绩才能打牙祭呀！"

"还不好吗？给你考了一百九十八分，还吃白菜！"

"什么叫好？双百分才叫好！"

"我听说了，一年级考双百分的只有八个人，多半学生不如我呢！"

"骄傲了吧？学习要向高标准看齐，为什么不争第一呢？"

"叔叔……我不是个残疾人吗……"

周远翔心里一疼，本要哄哄她，又想到若第一次考试就对她放松要求，以后她会不在乎的，于是脸更难看了。他忽然想到报上正宣传的先进人物张海迪，便把宋阳抱到怀里说："阳阳，给你讲个阿姨的故事吧，你不是爱听故事吗？"

"是不是海迪阿姨——我晓得。"

"你怎么晓得的？"

"你上班了，我坐轮椅到教室的窗子下面，听老师讲过。"

"那你讲给我听听，好吗？"

叔叔要听故事，宋阳立即有了兴致，就讲开了："海迪阿姨高位截瘫了。什么叫高位截瘫呢？老师说，就是从胸部以下都瘫了。海迪阿姨说，即使跌倒一百次，她也要第一百零一次地爬起来……叔叔，海迪阿姨不怕疼吗？"

周远翔解释说："不是一百次。海迪阿姨是说，摔一次爬一次，摔一次爬一次，就算摔了一百次，她还要爬，摔一千次，也要爬！懂了吗？"

"就是不断地摔不断地爬，不断地爬不断地摔，好疼喽！"宋阳似懂非懂，把周远翔说得哈哈大笑。宋阳不满地白一眼叔叔："人家摔跤不晓得多疼，叔叔还好笑？我就摔过，疼死了。叔叔别笑了，听我继续讲嘛。海迪阿姨不怕疼，她为了学英语,在墙上,在桌上,在灯上,在镜子上都写的是英语。老师说,她还在手上、胳膊上,都写了英语呢!她每天晚上要背十个英语单词,背不好就不睡觉。可是有一回,她从椅子上摔下来了,摔破了头……"

宋阳突然停下来,过了一会儿,又哽咽着说:"海迪阿姨不是摔破了头吗?可是她爬起来还要背英语。叔叔,英语是什么?"

"英语就是英国人说的话,英国人的语文。"周远翔有些解释不清了,"哎,阳阳,我问你,海迪阿姨为什么摔破了头还要背英语呢?"

"她怕记错了,记错了就考不到一百分了。叔叔,我晓得我错了。以后你就看到,我再不会把加号看成减号了。我要像海迪阿姨那样……"

"好吧!阳阳看我的!"周远翔从碗柜里拿出一盘鸡腿,"打牙祭啰!"

宋阳破涕为笑了:"叔叔好坏哟,有牙祭嘛,怎么骗我呢?"

"不是让你长点儿记性吗?既然晓得错了,那就奖励你。"

"可是,既然错了,我就不吃了。考不到双百分就不打牙祭!"

"好,依你的,我把鸡腿收起来。"

"叔叔,你可以吃呀,你又不用考双百分。"

"不行,你没考到双百分,都怪叔叔没有教好。"

到了期末,周远翔又去拿考试卷子,可他一看,一年级那份卷子太简单了,心里一动,把二年级的考试卷子拿了一套。他不强求孩子考双百分了,再说,二年级上册的课本也学了一些,于是就拿了二年级的考卷。结果可想而知,还没考完宋阳就哭了。分数判下来,语文八十分,数学七十六分,宋阳又哭了一场。可是那天晚上,周远翔摆了一桌好菜,高兴地叫喊:"阳阳,打牙祭啰!"

"我要说话算话,不打牙祭!"宋阳气鼓鼓的。

"阳阳又受骗了,考得这么好,怎么说不打牙祭了?"

"叔叔讽刺我!不是好叔叔!"

"你真受骗了吧!阳阳,你今天考的是二年级的卷子!如果把那些没学过的东西除开,不就是双百分了吗?"

"那你为什么要我考二年级的卷子呢?"

"我想让你向高标准看齐呀!让你明白学无止境的道理呀!如果老是考一百分,不是容易骄傲自满吗?"周远翔说了一通,终于把宋阳说笑了。

宋阳没上学就能考高分的事让张丽和秦师傅知道了,他们都兴奋得很,好像他们也考了高分似的,由秦师傅牵头,张丽凑份子,他们在厨房里摆了一桌席,还上了酒和雪碧,把宋阳和周远翔请了来。秦师傅和周远翔喝酒,张丽和宋阳喝雪碧。秦师傅满斟两杯,和周远翔一碰:"老弟教育有方,敬你一杯!"

"让你们破费，我经受不起。"周远翔喝了，心里高兴，嘴上谦虚。

"周哥，讲什么破礼行！看我的，自罚一杯！"张丽也倒一杯酒，一饮而尽。然后又倒一杯，望着周远翔："你教阳阳教得好，我高兴，自罚一杯！我是阳阳的针线师父，没教好阳阳，还是要自罚一杯！"

"行啊，张丽！想喝酒也不该变着法子自罚三杯呀，凭啥呢？"周远翔看张丽喝得脸红红的，十分妩媚，心里便是一动。

张丽说："阳阳，明天到我房里来，我要给你传授秘诀！"

"好嘞！我敬师父！"宋阳举着雪碧，着实地和张丽一碰，杯里的雪碧四溢开来，"张阿姨，学校放假了，你就没事了，一定要好好教我哟！"

张丽说："不行，假期我要回老家。我有一本祖传秘籍，你自个儿看吧！"

周远翔笑了："不是《辟邪剑谱》吧？"

张丽认真地摇头："是《葵花宝典》。"

闹了一个晚上，大家高兴地散了。夜已经很深，周远翔还兴奋得睡不着。他守着熟睡的孩子，不断地用手抚摸着孩子的脸，心里想了很多很多。医生说，宋阳需要长期地做康复理疗，尽管他天天早晚都要把宋阳的关节处按摩一遍，却也不见效果。可能是按摩不得法，下一步就要为宋阳的康复找个好医生了。宋阳这么聪明，千万不能让这两条腿误了前程才好！也许是他的抚摸惊醒了孩子，也许是孩子在梦中见到了魔鬼，宋阳忽然一跃而起，紧紧搂着周远翔，惊慌地叫喊着："妈妈，妈妈，我好怕……妈妈，我好怕……"

"怎么啦？怎么啦，阳阳？"周远翔吓了一跳。

宋阳盯着他看了片刻，蒙眬地说："哦，叔叔呀！"接着往床上一倒，又熟睡过去。周远翔的心里被刺了一下，唉——母女血缘，这是走到天边也改变不了的。周远翔忽然想到李蓉，李蓉和他们越来越远了，她是害怕做宋阳的娘吗？

寒假到了，张丽果然送给宋阳一个本子。宋阳打开一看，里面有各种各样的花儿，可以复制到鞋帮或是袜底上做花样的。宋阳说："好体面啰！"

周远翔在一旁说："果然是《葵花宝典》！"

张丽说："阳阳，好徒儿，师父说话算话了吧？师父可要回家了。"

宋阳有些不舍："张阿姨，你要早点儿来。"

周远翔说："师父回家闭关修炼，不到时候不会来的。"

年底，李蓉回来了，张水生也回来了。李蓉没有忘记前来看周远翔和宋阳，给宋阳带了一套时髦的童装，给周远翔带了几本书。李蓉当场就把宋阳打扮起来，不断地说好。宋阳没穿过这么好的衣裳，羞得抬不起头来。周远翔见李蓉给宋阳送了礼物，也很高兴，不知说什么好，在一旁傻笑。李蓉说，大年初一晚上将举行一次同学"party"，张水生和张土生都去，请周远翔也去。她说完就走了，也不问问周远翔到底去不去。周远翔看她匆匆走了，心里突然感到不舒服了，聚会就聚会，还"party"！让人的大牙都酸了。看来时光老人真是个怪物，不到半年就把李蓉改造得如此时髦。周远翔拿定了主意，决不会去的！

二十四

李蓉召集的春节"party"，周远翔真的没去。他本就不想去的，现在就是想去也去不成了。宋阳出事了——不，是宋阳的妈出事了。正月初一的下午，周远翔推着宋阳在操场上漫步，一个半大的女孩子在周远翔寝室的门口探头探脑，被宋阳看到了。宋阳忽然不顾一切地用双手拨动轮子，让轮椅朝那边奔去。周远翔正奇怪着，宋阳已经到了女孩子的身边，高声叫喊："姐姐！"

周远翔跑拢来，一下子愣住了："这不是宋月吗？你怎么来啦？"

宋月见了周远翔，嚎哭着跪了下来："叔叔，我妈死了……"

周远翔的脑袋像是挨了一闷棍，说不出话来。宋阳不知怎么的，突然从轮椅上翻到地上，滚来滚去，已经哭得岔了气，昏了过去。山里的习俗，父母死了，子女见到亲人就要下跪，没有人拉是不能起立的。周远翔顾不得宋月还跪在地上，赶紧把宋阳抱在怀中，又是喊又是叫，还是不中用。周远翔听说掐人中能让休克的人醒过来，就试着在宋阳的人中上掐了一下。他不敢用力，自然还是不行，他狠了狠心，猛地一下掐去，宋阳"妈呀"一声才换过气来。这时，宋月也起来了，跟着周远翔进了屋。周远翔又是姜汤又是蜂蜜地忙了一阵，喂宋阳喝了，宋阳才慢慢恢复正常。周远翔歇了口气，心想，怪不得前不久宋阳梦见了她妈，虽然隔了千里，母女之间的心灵感应还是隔不断的。周远翔把盆里的火拨大了，让宋月坐拢去，又给她冲了一杯糖水，让她边喝边讲事故的原委。

宋月讲，那是寒假前些天的一个中午，她妈王秀梅看到天上忽然布满乌云，接着刮起了大风，便搬来木梯搭到屋檐上，准备把晒在屋顶上的豆子收下来。就在这时，大风变成了狂风，一条高压电线被吹断了，唰的一声打过来，落在梯子上。她母亲抓起高压线往一边扔去，却怎么也扔不掉了，她惨叫一声，倒挂在梯子上。后爹李大壮听到惨叫声，赶过来粗声大气地吼："你要死啊！"王秀梅没有声音，李大壮就去拉她。就这样，他们双双被电打死了。宋月哭天无路，因为家里还有一个刚满月不久的婴儿和李大壮七十多岁的老爹……

"报应啊！"讲到这儿，宋月忽然说出这么一句无比沧桑的话，连她的声音也是沧桑的。周远翔吓了一跳，不相信这话是从她嘴里出来的。如果这是他们抛弃宋阳的报应，似乎也来得太早了些。周远翔没作声，屋里静极了。过了好久，宋月又说："村里人都说是报应……阳阳，今后我们真的成孤儿了。"

宋阳的泪不断线地流，没有回答，却把叔叔抱得更紧。周远翔没有泪，只感到浑身麻木，见宋月只顾哭，便问："后来呢？"

宋月接着讲，那些天，她好像突然长大了。为了安葬父母，她跟老爷爷商量，把家里那头当家牯牛卖了。老爷爷凄惨地笑着，说往后就不用种田了。宋月说："往后我种地养你。"办了父母的后事，老爷爷让宋月回老家去，因为她的根在老家，要是守在河南，会没有出路的。宋月快十五岁了，已经能够思考许多问题，她也认为回老家好，何况老家还有个残疾妹妹呢。她就回了月亮河。月亮河的乡亲们帮她在老屋的断墙上搭了阁木椽条，盖了树皮，算是有了安身的窝。她离开河南时向那个老爷爷保证，只要在月亮河有了饭吃，就把他和那个未满月的小弟弟接走。老爷爷说不，因为他的根在河南……

"宋月，你是什么时候回月亮河的？"

"腊月二十到的，二十五就把房子搭好了。"

"为什么直到今日才来告诉我们呢？"

"叔叔和妹妹过得好好的，我怕弄得你们过不好年，再说也不吉利。"

"出了这么大的事，还管什么吉利不吉利？以后怎么打算呢？"

"叔叔，我也十多岁了，能养活自己的。村里的老支书跟我讲了，再过三年我就十八岁了，可以成个家了。老支书还保证给我说个好对象。"

宋阳惊奇地听着姐姐对自己人生的安排，悲痛似乎已经过去。周远翔则显得十分震撼，她还是个孩子，就想到结婚成家了，多么可悲！他说："支书是个好支书，我见过。可是，就算你十八岁了也没达到国家规定的结婚年龄啊？"

"支书说了，他有办法，开证明的时候给我长两岁，就二十岁了。"

"唉——你还小，不读书了？"

"我在月亮河读过两年书，能记个账，认得钱就行。读多了也没有用，农民嘛。叔叔，我想求你一件事，你一定得答应。"

"什么事？快说！"

"请你还把阳阳带三年，等我结婚了就把她接回去。我妈生前说过，叔叔有大恩大德，这辈子报不了，下辈子再报答你……"

"不！"宋阳刚刚放松的神经又绷了起来，本能地把叔叔抱着，"叔叔，我不去月亮河，哪儿也不去！叔叔，别听姐姐的，姐姐坏！"

"阳阳，我不会听她的，你哪儿也不去了！"周远翔一边安慰宋阳，一边斥责宋月："你别胡说八道了！要领走阳阳，那是做梦！"

宋月把头深深埋下，又大声恸哭起来，她一边哭一边说："把一个残疾妹妹扔给您，会连累您一辈子的。叔叔救苦救难，是观世音下凡……"

宋月走了，聪明的宋阳明白，此后再也不可能见到妈妈了。她已经明白，妈妈待她没什么不好，要说不好也是李大壮不好。夜里睡觉时，她忽然又哭了，哭得那么凄切，连周远翔也双眼发涩。周远翔想，孩子是爱妈妈的，她本不该这么早就失去她的妈妈。孩子越哭，周远翔心里越沉重。他发誓要对宋阳更好，以弥补孩子失去的母爱。宋阳一边哭一边自语："妈妈，你到那边去了……要吃好穿好，不要再跟我们这边一样受苦了。妈妈……你要是想我，就到梦中来看看我，好吗？我等着你……妈妈，我天天都等着你……"

听了孩子的哭诉，周远翔的泪终于决了堤。就是在这一时刻，周远翔决定要让宋阳做他的女儿。他要养育孩子成为一个真正的人。

当周远翔的家里悲悲切切的时候，那边的聚会正进行得如火如荼。交谊舞在月亮镇并不普及，李蓉和张水生成了师父，教大家三步走、四步走，累得够呛。起初，因为周远翔没来，李蓉还有些神不守舍。后来，她渐渐有气了，暗想：也好，那就永远不要来了！再后来，她就全身心地投入到舞蹈中了。张水生一直在察言观色，以为机会到了，故意问："周远翔真不来了吗？"

李蓉愤然说："这不正是你所盼望的吗？高兴了吧，装啥呀装！"

张水生闹了个没趣，只好老老实实地教人家跳舞去。这一晚，李蓉也没有同张水生再说一句话。散场的时候，李蓉独自朝小学的方向看了好久，心想：终于没有来！就到此为止了！我们将没有未来了！

直到新学期开学，李蓉也没再和周远翔见过一面。周远翔那天没去聚会，已经料到了这个结果，对李蓉的心其实早冷了。他极力在心里抛开李蓉的影子，考虑着宋阳两姊妹的情况。他想，既然宋月只有十五岁就想到了结婚，为什么宋阳不可以早点儿上学呢？穷人的孩子知事早，加上宋阳聪明，早上学，将来早做事，不是更好吗？于是他同校长商量，让宋阳上学。宋阳的事校长自然明白，只是一个不能自理的残疾孩子，怎么能进课堂呢？周远翔也想过这个问题，无非就是吃喝拉撒那些事儿。水她可以带着，课间休息时，他可以把孩子背到厕所去。校长没法回绝，只好同意了。周远翔认为阳阳可以插二年级，校长坚决否定了："那不行！一年级都没读就上二年级，神童啊！"

"阳阳考过二年级的试题，比在读的还强些。"

"那也不行！要是拖了班级的后腿，你负责吗？"

周远翔不能说服校长，只好让宋阳到一年级插班。上学的前一天晚上，宋阳兴奋得在床上打滚，一时要这，一时要那，不把叔叔折腾个够就不能满足。周远翔说："明天哪个要是赖床，非打屁股不可！"

"我才不得赖床呢！有个人喜爱赖床，我就是不得说！"

"我啥时候赖过床了？"

"那天李阿姨要你去聚会，你没去，第二天就赖床了！"

"那不是为了你们姐妹俩吗？我担着心呢。"

这么一说，两个人突然都不作声了，因为那个夜晚对他们的打击太大了，至今想起来还让人心酸。宋阳无言地睡去，周远翔也无言地睡了。

第二天，周远翔用轮椅把宋阳送进教室，和老师商量了一下，为了宋阳不影响人家，也不让人家影响她，就让她坐在最后一排，也不用下轮椅。安排好了，周远翔又嘱咐了几句，到食堂去了。头几天还好，她每天放学后就不停地对叔叔说，语文老师讲的什么，数学老师讲的什么；又说班主任批评了谁，表扬了谁。周远翔总是饶有兴趣地听着，和宋阳同喜同忧。当宋阳说到老师对她的关照时，周远翔很欣慰。老师号召同学们在生活上多帮助她；而在学习上呢，应该向她看齐。可是后来，宋阳没了新鲜感，就什么也不讲了。一个月后出了一件事，宋阳在班上受欺负了。那天，数学老师提了个问题考同学，点了十几个同学，一个也答不上来。宋阳忍不住举起手，可老师不理她。她急了，就大声喊说她晓得，并且随口说出了答案。下课后，那几个同学拥到她面前，责问她为什么要出他们的丑。

宋阳说："连那么简单的问题都答不了，还有脸问我？"

那几个同学不依了："你有什么了不起？不就是烧火佬捡的一个人吗？"

"还是个残疾人呢！有能耐我们比赛跑！"

"喂，宋阳，你一个残疾人，读了书有什么用？"

这下宋阳不依了，把其中一个同学一拉，那个同学把她一推，她就倒在地上了，撞得头破血流。最后闹到班主任面前，宋阳一张嘴说不赢他们，班主任就批评了她："宋阳，你逞什么能？老师又没问到你，你凭什么要抢答？"

感情脆弱的宋阳为此哭了一天，放学后还在哭，周远翔劝都劝不住。晚饭时正好宋阳的班主任到食堂来吃饭，便对周远翔说："小周，你那个阳阳啊，不是我说，你太把她看娇了。挨不得，说不得，那怎么行？"

周远翔在对待孩子的问题上，是非常敏感的。宋阳本就哭得他心烦，加上班主任也不公正，他就火了，指着那个班主任厉声说："你在欺负谁，明白吗？你在欺负一个残疾儿童！你没能耐管好你的学生，老子不让她读了，行吧？"

那个班主任被弄得灰头土脸的，不敢作声，不知平时很有修养的周远翔怎么会发这么大的火。夜里，周远翔已经想好了主意，对宋阳说："孩子，说句实话，明天是上学还是不上学了？不管怎么说我都不怪你，都听你的。"

宋阳沉默了好久，终于哭着说："叔叔，我不去了。"

周远翔点了点头："好，就在家里吧！我也不想让你再受欺负了。"

宋阳连连摇头："不是的。跟那些同学在一起，学得太慢了。"

周远翔倒没想到这一层，一个班的同学在一起自然水平参差不齐，学习好的同学要被拉后腿的。他说："嗯，阳阳想学得快一些，好，我同意了！"

宋阳又说："那些老师没叔叔讲得好听，我就打瞌睡了。"

宋阳把周远翔说笑了。周远翔想：她和我就是这样投缘，她所想的，就是我要做的，仿佛是天意，这辈子注定和她不能分离了，想推都推不出去。于是周远翔下决心自己利用业余时间教她，等自己教不动了再说。

第五章

二十五

周远翔让宋阳退学并不是因为一时的愤怒，但是，由于这个决定是在他盛怒之后宣布的，因而给人留下了意气用事的印象。在厨房上班时，不仅秦师傅对他脸色不好，就连张丽也十分不满地数叨他："周哥也是的，说退就退了？你有气，孩子怎么办？阳阳的前途凭你一句气话就废了吗？"

秦师傅见周远翔垂着头，插进来说："换个班看看？阳阳不能退学。小周你想想，人家背后会怎么说你？一个捡来的孩子，你就不当回事了？"

周远翔听秦师傅这么一说，倒吃了一惊，没想到此事会关系到自身的名誉。名誉倒是事小，这些话要是传到宋阳的耳朵里，将会对她幼小的心灵造成多大的创伤呢？他不得不慎重地对两位同事解释：通过一个多月的学习，阳阳不是进步了，而是退步了。阳阳觉得老师讲得枯燥无味，让她打瞌睡；再说教学进度也太慢……于是决定退学。周远翔说："还是让我来教。再说，怎么教她，我也摸出了一些经验。不过我也拿不准，这样做到底对不对。"

"原来是这样？那倒也是的。"秦师傅明白了。

张丽一听，对周远翔佩服得不行，那双好看的眼睛盯着他，波光粼粼。这时秦师傅提出一个新问题："一直由你教下去，阳阳就不要学籍了？"

周远翔沉默了一会儿，说："是啊，我想用三四年的时间把小学教完，然后让她去考县一中。可是没有学籍是不能参加考试的呀！怎么办呢？"

张丽的脑子转得快："不要紧，让秦师傅和校长说说，把阳阳的学籍保住就是了。秦师傅德高望重，我发现校长很听他的话。"

秦师傅嘿嘿地笑："那我试试看？"

蹲在地上择菜的周远翔一跃而起，猛地把张丽一拍："好主意！"

张丽"唉哟"一声吵起来："拍案而起啊！我又不是案板，经得起你钉耙样的手这么一拍？你看看，肩膀都被你的爪子拍红了！"

张丽拉开衣领，肩头露了出来，肌肤似雪一样白，玉一样润滑。周远翔拍过的地方果然是一片嫣红。周远翔连忙低下头，不断地道歉。心头的疙瘩一经解开，他就喜不自禁："秦师傅，下午您就帮我办这事，好吗？"

　　不等秦师傅答应，张丽抢着说："要办马上就办！"

　　秦师傅意味深长地看看张丽，又看看周远翔，笑而不语。周远翔觉得那笑有些暧昧，不好意思地埋头择起菜来。张丽扭头一看，发现了秦师傅的那种笑，也不好意思了。秦师傅这才开口："小周，张丽都开口了，我去吧！"

　　张丽嘟着嘴："秦老头，你损我？"

　　"怎么叫损你了？"

　　"为什么要说我开口了？"

　　"你不是领导吗？"

　　"你才是领导呢！校长早就说你是厨房的厨师长！"

　　"可说不定你将来是小周的领导啊！"秦老头为自己的话笑弯了腰。

　　张丽笑也不是，气也不是，心里却高兴，领导就领导！周远翔则埋头蹲在那儿，不声不响地择菜。秦师傅趁着一股高兴劲儿，真跑到校长那儿去了。一切都很顺利，晚上，秦师傅告诉周远翔，成功了。周远翔哼着歌儿回家，宋阳举着一封信等着他："叔叔，李蓉阿姨来信了！"

　　"真的！"周远翔越发兴奋，抢过信就打开了。可他只扫了一眼，笑容便凝结在脸上，一屁股塌到椅子上，默默地读起来。宋阳几次要他大声念，他都像没有听到一样，径自看下去。信依旧只有一张，却写得密密麻麻：

　　敬爱的远翔同志：

　　　　春节聚会始终没能等到你来，我就明白一切都无可挽回了。也许你是对的；我多次反省自己，却没能找到我的问题在哪儿，所以我只能说我也是对的。但愿我们都是对的才好。远翔，下面的话如果伤害了你，先说对不起了……

　　　　在此，我不想互相攻击，更不想低层次地谈救助阳阳的问题。因为所有人都明白，说到天边地头，救助一个残疾儿童都是对的。

　　　　我想谈的是人生的价值问题。改革开放已经上十年了，直到今天，我才深刻地认识到，这场革命不是口头上说说就算了的。它是深刻的，前无古人的。其浩浩荡荡，势不可挡；其摧枯拉朽，历久弥新。每个人都将无一例外地被席卷其中，不以人的意志为转移。这是一场思想的大解放，一场人性的大解放，也是一场人生价值的大解放。如果我们置身其中，却不明白这一点，必将被浩浩荡荡的洪流所淹没。而这种种的解放，又是以人生价值的实现程度为标尺的。

伟人说，这场革命的核心是解放生产力。生产力的根本就是劳动者啊！解放生产力那不就是解放劳动者、解放我们每个人吗？

远翔，我们不在理论上纠缠了，就说你吧。如何才能最大限度地体现你的人生价值呢？你是有才华的，难道就为救助一个孩子而劳其一生？我认为这才是对人生的最大浪费，是对人的价值乃至人性的野蛮扼杀！好了，你别生气，我还要特别申明一下，孩子是绝对要救助的。不过不应该是才华横溢的你，而是那些适当的人们。话不能再说了，就算只说到此，在你心中，我也够得上一个坏女人的标准了。

尊敬你的人——李蓉

周远翔久久地沉默在那儿，身心都有些冰凉的感觉。他自语，读了大学，果然谈吐不凡！理论固然高超，却像纸糊的城墙，经不起指头一戳！救助孩子，谁是适当的人呢？有才华的人就不需要救助孩子，这不是混账逻辑吗？

宋阳见他一直不作声，忍不住叫起来："叔叔，阿姨都说了什么呀？"

周远翔突然爆发了，将信朝宋阳脸上一扔，怒吼："说你是她的好孩子！她贴心贴肝地把你当宝贝了！你跟她去吧！"

一阵电闪雷鸣，把宋阳吼哭了。张丽忽然一阵风似地冲了进来，一边哄孩子，一边斥责周远翔："阳阳怎么啦，你要这样吼她？像雷公老爷！"

宋阳拿起信扬了一扬，张丽看了几行，明白周远翔和李蓉的关系恶化了，连忙住口，把宋阳抱了起来。周远翔依旧沉浸在旋涡般的思维中。说到底她是有才华的人，她有更多更大的价值需要实现！她不要阳阳则罢了，为何偏偏拉上我呢？她不应该以种种理由控制我的思想呀！周远翔冷笑一声。

宋阳张开双臂："叔叔——"

"别理他，跟阿姨出去玩儿！"张丽抱着宋阳朝外面走去，还回头说了一句："臭叔叔，有啥稀罕的！你有阿姨就行了！"

"小不点，知道什么呀！"周远翔讨厌张丽在这儿咋呼，便脱口说出一句不屑的话。张丽愣在门口，蓦地脸红了。宋阳则在她怀里乱抓乱扑，大声哭叫："叔叔！我要叔叔——叔叔！阿姨才是臭阿姨——"

周远翔想：谁说我的人生价值就是为救助一个孩子而劳其一生？为救助阳阳，我就不能实现人生的价值了？照她的逻辑，那些生儿育女的父母除开养孩子外，都一无是处了？我就不能做到既救助孩子又实现人生理想吗？同时，把阳阳

99

养育成人，她不也能延续我的人生价值吗？真善美，以善为最高境界，世上有多少伟人养育过孤儿哦，谁又能否定他们对人类所做出的巨大贡献？此刻，周远翔豁然开朗了，人生在世，他所做的一切只要是美的，善的，就都是有价值的；它们相辅相成，相得益彰，也就让他实现了最大的价值。李蓉要么是鬼迷心窍，要么是一知半解，要么是为良心的解脱寻找理由！

"叔叔，我要叔叔！"宋阳还在大声呼叫。周远翔起身朝门外冲去，差点儿撞了张丽。他惭愧地说："张丽，对不起。我刚才胡说了！"张丽杵在那儿，不理他。他小声说："好妹妹，就不能原谅我吗？"

"狗咬吕洞宾，不识好人心！"张丽把宋阳往他怀里一塞，扭头就跑了，边跑边说："周远翔，姑奶奶永远都不和你玩了！"

周远翔扑哧一笑，好一个姑奶奶！

"叔叔，你讨厌阳阳了吗？"宋阳搂着周远翔的脖子问，声音有些娇弱，也有些凄切。周远翔连忙抱紧了她："阳阳，叔叔错了，叔叔讨厌自己呢！"

第二天清晨，周远翔提了一捆火纸，来到父母坟前，跪下来，化纸告白："妈，爸，我正式决定收养阳阳了。为了这个，我和李蓉分了手。妈，一切都是天意，并非我一定要用阳阳拒绝李蓉；她让我抛弃阳阳，我怎么办得到呢？正如您所说，她也是一条命啊！而且是一条人命！和阳阳相处快一年了，我们彼此已不能分离。就算我会因此走入绝境，也决不放弃！妈，您能理解吗？"

二十六

光阴总是在不经意间溜走的，转眼宋阳九岁了。可是在周远翔眼里，日子却过得很慢，是一天天数着过的。三年来，周远翔照顾宋阳的生活起居，已经让她学完了一年级到四年级的课程。这两年，他还学了一些康复按摩的手法，每天早晚都用手在宋阳身上量着尺寸，然后按摩。虽然他做得很勤，效果却不大。为了让孩子高兴，一有空他就带孩子上街转转。宋阳坐在木制轮椅上，周远翔用绳子牵着，宋阳左顾右盼，兴奋地望着人群和街道。每次上街，她都是这样激动和新奇，好像世界每天都有巨大变化似的。周远翔想，越是行动不便，孩子越是盼望丰富多彩的外部世界啊！街道上，坐着小车的宋阳和牵着小车的周远翔是一道风景，成了人们频频回眸的对象，尽管人们早已熟悉了他们。

这天，学校放暑假了，他们再次上了街头。一个女学生拿着相机跟踪他们，时而跑到前面，时而落到后面，躲着对他们拍照，样子有些诡异。周远翔没有注意到她，径自慢悠悠地走。来到一个书店前，他让宋阳在外面等着，自己进去了。宋阳点点头，已经发现了那个女学生，便专注地盯着她。女学生见拉车的人进了书店，赶紧走来问："小朋友，你的腿怎么了？"

宋阳好奇地看着女学生的照相机，胆怯地说："我的腿站不起来了。"

女学生摸了摸轮椅，问："这车儿真有意思，是你爸做的吗？"

宋阳摇摇头："是叔叔给我做的。"

"哦，叔叔……"女学生望了一眼书店，举起相机说："小朋友，让我给你拍一张特写好吗？噢——就是给你拍一张近景照片。"

"特写，近景照片？"宋阳不能理解。

"你叫什么名字？住在哪儿？拍过照片吗？"

"没拍过。我叫宋阳，住在月亮镇中心小学，干嘛问这个？"

"等我拍好了，冲洗了，给你寄来呀。从此你就有自己的照片了。"女学生一边说一边调整相机的焦距。宋阳犹豫一会儿，点点头。女学生要她笑一个，宋阳笑了，她是为女学生拍照的样子而笑的。女学生很快拍好，接着拿出一本连环画递给宋阳。宋阳又犹豫了，不知是要还是不能要。女学生鼓励她："拿着吧，送给你了。记着，半个月后你就会收到照片的。"

宋阳小心地接过连环画，女学生很快转身而去。宋阳心想，这个大姐姐真好，便追着她的背影大声说了一句："谢谢！谢谢大姐姐了！"

周远翔买完书转回身，疑惑地望了一眼孩子，又顺她的视线扭头看去，只见一个花季少女消失在人群中。他问："怎么啦？"

宋阳没作声，想着什么。周远翔牵着车往前走，也在想什么。车子出了街口，宋阳忽然说："叔叔，那个姐姐说我是你的闺女呢！她给我照相了，送画书给我了。她问我，这车是我爸做的吗？我说不是，是叔叔做的。"

周远翔很开心："叫什么都一样，叔叔就是爸爸，爸爸就是叔叔。"

宋阳一本正经地问："我也可以叫你爸爸了？"

周远翔欣慰地笑着："行！当我闺女要是不听话，我可打屁股哟。"

"我听话还不成吗？叔叔，哦，爸爸！"宋阳也很开心，两个人都大笑起来，"叔叔是爸爸了，那我以后是不是该叫周阳了？"

周远翔的心一沉，郑重地说："阳阳，名和姓都不要改了，还叫宋阳，这名字好听，也为你们宋家的人留个念想吧。"

"那为什么呀？"

"这你不懂，长大就明白了。"

"叔叔，你做过爸爸吗？你晓得怎样做爸爸吗？"

周远翔哈哈一笑，心里却大动了。这孩子，竟然提出这样的问题，这是个"为父之道"的大题目。周远翔反问："你晓得如何做爸爸吗？"

"当然晓得。做爸爸要给孩子梳小辫，要哄孩子睡觉，要教孩子认字，要让孩子做个好孩子……叔叔，可多啦，你就慢慢学着吧。"

"乖乖，那你也晓得应该怎样做女儿啰？"

"晓得，女儿要给爸爸端水做饭，要为爸爸好好学习考双百分，不能惹爸爸生气，要养活爸爸一辈子。还有……可是我这个样子，行吗？"

"阳阳，你行，一定能行的。你是叔叔的福气。"周远翔笑着鼓励她，"阳阳，我一定要把你的腿治好，那么，你就能做个好女儿了。"

"要是阳阳的腿不能好呢？"

"瞎说！一定能好的！阳阳放心，我要尽早地让你站起来。"

"叔叔，我给你唱首歌吧，是月亮河的歌。"

"怎么想起要唱歌了？"

"因为今天是个不平凡的日子啊，叔叔不是做爸爸了吗？"

"好啊，你大声唱吧，我听着呢！"他们边说边走，已经到了水库边。周远翔把轮椅拴在柳林里，然后背起宋阳走上大坝。静静的水面，倒映着周远翔与宋阳的身影。宋阳掠开脸上的长发，亮开了嗓子。清纯的童声像天籁之音，在水面上漂浮，在峡谷间婉转，让人神醉心迷——

月亮弯弯像条船，船里有个好摇篮；
我妈说是姥姥给，我爹说是奶奶传。
月亮弯弯像条船，隔山隔水不得还；
有蛟有龙我不怕，叔叔给我护身船……

"阳阳，怎么是叔叔给你护身船呢？"

"原来唱的是爸爸给我护身船。我想，爸爸妈妈都没有了，我的命是叔叔救的，饭是叔叔给的，书是叔叔教的，叔叔就成了护身船嘛。"

"不对呀，我已经是你爸爸了，还是应该唱爸爸给你护身船吧！"

"对，应该是爸爸给我护身船。可是，爸爸死了啊！不过，现在又有爸爸了。可是，我唱爸爸，人家就以为是生我的爸爸，谁会想到养我的爸爸呢？还是要唱叔叔！叔叔，我想通了，以后就叫你叔叔，不改。这样，就把叔叔和爸爸分开了。叔叔，我叫你叔叔的时候，心里是把你当爸爸的，对吗？叫叔叔顺口了，也免得我想起死了的爸爸。叔叔，你说好吗？"

周远翔连连点头，喉头一哽，没有话说了，背着宋阳又走，走过大坝，进了山湾；跳过小溪，走上盘山小道。宋阳指着路边一丛野花，周远翔上前摘下几朵递给她。宋阳闻着花香甜甜地笑了，周远翔看着孩子也甜甜地笑了……此刻，周远翔下了决心，再没有钱，也要在这个暑期去一趟县医院，把宋阳的腿好好看看。他深切地祈祷着，要是碰上一个神医就好了。晚上回到学校，他立即收拾起来，准备明天到城关去。暑假期间，校内冷清而寂静，只有两三个学生在操场上打球。张丽回了她乡下的家，秦师傅也走亲访友去了。

　　第二天，宋阳穿上新衣，那还是李蓉从省城给她带回的，当时有些大，又舍不得穿，至今还有九成新。周远翔则穿了一件蓝色中山装，虽然有些过时，但他穿起来反倒显得庄重和儒雅，走在县城的大街上，并没有落后的感觉。他们到县城来搭的是供销社的货车，节约了钱，还把黑毛狮子带上了。黑毛狮子高兴，宋阳也高兴。这几年县城变化很大，陈旧的房屋被挤得无处安身，无数高楼正在赶建。将近中午了，周远翔背着宋阳直奔医院，碰上了准备下班的张水生。周远翔埋着头，是张水生首先认出了他："远翔，远翔，怎么是你？"

　　周远翔在院子中间张望一周，确定是这个一边解白大褂一边朝他笑的医生在叫他。走到跟前，他才认出张水生来："水生，怎么会是你？"

　　"老伙计！"张水生很是热情，"远翔，我刚从医学院毕业。不学无术，只好在这小医院里待着了。我的同学们全在省城，如鱼得水哟。远翔，听说你养了个孩子，就是她吗？叫什么？怎么到医院来了？孩子犯病了吧？"

　　"水生，遇到你真是我的运气。阳阳受伤三年了，还不能站立，我急呀！碰到了你，我就有主心骨了，请你给孩子看看吧！"

　　"哦——远翔别忙，都下班了，下午看吧。走，跟我吃中饭去！"

　　"那——这样吧，我接你上馆子！"

　　"笑话，你到我的地盘上来了，还用你破费呀？怎么说也该我接你。"

　　周远翔犹豫片刻，跟着张水生去了医院食堂。他们一边吃饭一边相互通报了分手后的情况，又谈了宋阳的病情，一晃到了下午三点，正是上班的时间。张水生亲自为宋阳挂号，开处方，说："先拍片吧！明天才能看结果。"

　　"那就明天吧。"周远翔背起宋阳，再三感谢了张水生，然后到大街上转悠，顺便找个便宜的小旅社住下。夕阳渐渐西下，晚上的街头有些混乱，居民不愿闷在蒸笼般的屋里，纷纷抢占人行道纳凉。有的摆上小饭桌，一家人围在一起吃喝，像省城的大排档；有的摆上凉床，穿着大裤衩，盘腿坐在上面聊天，这是准备在外面过夜的；有的铺着凉席，三四个人围在一起打扑克牌，带了彩的，五角钱一盘；偶尔有一辆汽车呼啸而过，卷起的尘土和纸片、树叶飞舞着，往往会落到凉床里或饭桌上，引起人们的阵阵惊诧和老人的厉声斥责……

已进入二十世纪九十年代了，县城市容还没有规范的管理，也没有警察巡逻。所以说，县城的人们是闲散的，自由的，也是混乱的。周远翔忽然看到一块招牌，上面写着出租凉席，一块钱一夜，就动心了："阳阳，这儿好吗？"

"好呢，叔叔，我们就在这儿，多热闹啊！"宋阳同意了，周远翔便去租了一张凉席，挨着两个四川口音的人把凉席铺了，然后坐下来。一阵风悠悠地吹来，果然让人如沐春风，舒服极了。周远翔为宋阳脱了上衣，又敞开自己的胸脯让风儿尽情地吹着。宋阳说："叔叔，好凉快哟！"

周远翔朝邻近的人靠了靠，黑毛狮子也往前靠了靠，使得那两个四川人很忌惮。周远翔让黑毛狮子趴下来，才和四川人搭话。原来，他们在这儿的基建工地打工，为节约钱，天天租用凉席，再说这儿比旅社睡着更舒服。连本地居民都睡在外面，这些外地人也就没有什么不好意思的了。周远翔对工地上的工作很感兴趣，虽然很苦，钱却挣得多。他们是拖运预制板的，从城外到城里，三四里路，拖一块板能得一元钱，一天拖五趟，就是五元钱，每月挣一百五十元左右，相当于周远翔上两月的班。周远翔把袖子挽起来晃了晃，问他们："我行吗？"

"行！比我们强多了，就怕你身壮力不魁。"四川人把膀子伸过来同周远翔一比，果然显得瘦骨嶙峋的，"可惜你们这儿的人吃不起苦，要不，还有我们的份儿？说了您别多心，有个本地人拖了半天板，就不见了。"

"哦——"周远翔把这事记到心里去了，再不说话，买了几个烙饼和孩子一同吃了，便席地而卧。第二天早上，他背上孩子，匆匆走到医院。张水生把他们领到诊断室，在墙上按了一下开关，一排日光灯管唰地亮了。张水生将一张 X 光照片啪地插到灯箱上面，指指点点地让周远翔看。周远翔神情紧张，不看片子，只盯着张水生。张水生说："从片子上看，孩子的病情不太乐观。"

"水生，别说那些我听不懂的，直接说怎么办吧！"

"积极疗法是手术，孩子年纪小，做完手术后肌体功能恢复会比较快。"

"那……手术费得多少钱？"

"三五千块吧！这对于一个小县城的人来说，可是个天文数字。不过有一句话得说明白，不管是保守疗法，还是积极疗法，都得赶紧进行，如果再延迟下去，会不可收拾的……"张水生看了一眼周远翔后，因为忙，又到别处去了。周远翔呆着，有些找不到方向了。门外传来一阵嘈杂，还伴有孩子的哭声。他一惊，连忙跑向走廊，只见一群人围着宋阳指指点点，宋阳正坐在长条椅上哭。黑毛狮子守着她，吓得人们不敢拢来。周远翔蹲下来关切地问："阳阳，怎么了？"

宋阳泣不成声："叔叔，你怎么不出来啊？"

周远翔正要抱起宋阳，他的手摸到了什么，低头看去，原来是宋阳尿裤子了。他抱起宋阳愧疚地说："对不起，我把这事给忘了……"

二十七

周远翔极度地恼恨自己无能，他骂自己一提到钱就像一条夹着尾巴的草狗！他想，要是误了孩子的最佳治疗时间，那就让雷把自己劈了吧！他二话没说，让孩子住进了医院。张水生看他如此坚决，受了感动，决定把他的导师从省城接来，专程为孩子动手术。周远翔久久地看着张水生，目光中充满了感激。有了张水生的安排，周远翔的决心更大了，当天就把孩子托付给张水生，自己回月亮镇借钱去。张水生目送他远去，暗暗摇头，连忙给李蓉打了电话，希望她来看看孩子。李蓉听说宋阳在住院，当即就过来了。她想，一个二十几岁的小伙，连自己的生活都难以打理，怎么可能带好一个孩子？尽管她始终认为这是周远翔自讨的麻烦，但她还是对自己离开他们的行为感到愧疚。她从省师范大学成人专科毕业后，直接分到了县第一中学，在初中部任教。她与张水生同处一城，常有约会，两人的感情也越来越浓。她原想，只要离开周远翔就没法活下去了，事实证明并非如此。失之东隅，收之桑榆，该去的自然会去，该来的自然会来，既不用担忧，也不用强求。她很快赶到病房，见宋阳那么孤单可怜，愧疚就更深了一层。她抚摸着孩子的头，很自然地要利用这个机会来补偿一下。她坐下来，没想到第一句话就是埋怨周远翔："阳阳，你叔叔怎么搞的？把你扔下就跑了？"

"阿姨，不是的！叔叔回家拿钱去了，你不要说叔叔！"

"好孩子，到底是一家人，把你叔叔护得好紧！"

宋阳有些不高兴，沉默着，李蓉也不好意思说什么了。张水生拿来几本连环画，又拿来彩笔和白纸："阳阳，看看书，画张画儿，好吗？"

"谢谢张叔叔！"宋阳高兴了，接过纸笔就伏到桌上画起来。

李蓉赞赏地看一眼张水生："难为你了，没想到你对孩子这么好。"

"我也是孩子的叔叔啊！"张水生夸张地说，"我还是孩子的医生呢！"

"远翔一定会感激你的。"

"乡里乡亲的，说什么感激？只要你不烦就好了。受了这么多年的教育，连这点人道精神也没有吗？李蓉，你是不是把我的道德水准看得很低？"

"我什么时候说你低了？你要是太低，我望都不会望你一眼！"李蓉瞪了他一眼，只见宋阳很快画了一棵树，树上落了一只鸟儿，便连忙夸她。宋阳却不理她，而是转过头看张水生："张叔叔，小鸟站在树上唱歌呢！"

张水生说："是啊，阳阳画得真好！"

宋阳边画边问："小鸟为什么爱唱歌呢？"

张水生说："小鸟想飞到哪儿就飞到哪儿，自由自在的，它当然就高兴了。高兴了就唱歌，对吧？阳阳是不是高兴了就唱歌呀？"

"是的！我要画好多好多鸟在树上唱歌！"宋阳画得很入神，张水生和李蓉相视一笑，悄悄出去了。他们有很多话要说，便进了医务室。今天晚上是张水生值班，没别的医生，护士也在病房里忙进忙出，他们正好认真谈谈。

张水生开玩笑地说："这回你和周远翔可以天天见面了。"

李蓉对他的话很反感："怎么啦？我和他还没见面你就吃醋了？"

张水生闹了个自讨没趣："李蓉，我总是害怕你这张嘴。开个玩笑嘛，你就生气了？实话告诉你吧，周远翔又遇到难关了。"

"什么难关？"

"孩子的手术费最低也得三千块，他到哪儿去弄？"

"水生，你别这样看我。我和他早就没来往了，再说我也不能老找父母要钱哪！人嘛，都是有脸皮的，我不能老拿着热脸贴人家的冷屁股呀！"

"唉，世事难料！那么能干的周远翔，也被一个孩子打倒了。李蓉，我让你来看看孩子就行了，你回去吧。"

"不，你很忙，夜里让我来照看孩子。"

"你的心态很好，我佩服你！夜已经深了，你就和孩子睡一张床。"张水生笑笑，查房去了。李蓉单独进了宋阳的病房，宋阳已经睡去。她小心地偎在孩子身边，侧着身子，生怕惊动了孩子。一直睡到天亮，她又小心起身，给宋阳提来开水和洗脸水；接着，她将两个凳子移到床前，一个放洗脸水，一个放牙膏牙刷，让孩子坐到床前就能够着；然后她悄悄出门了。黑毛狮子从床底下钻出来，用嘴巴将宋阳弄醒了。宋阳看到床前的东西，很奇怪。等张水生路过病房，宋阳叫住了他："张叔叔，谢谢您，您把什么都给我弄好了。"

张水生笑着告诉她："不是我，阳阳。你应该谢谢李蓉阿姨。"

宋阳的脸迅速红了，怔怔地看着门口："是李阿姨？"

"是的，是李阿姨！李阿姨给你买早饭去了。"张水生边说边往外退，"阳阳听话，待会儿要查房了，我得准备一下。再见！"

李蓉给宋阳买来了油条和豆浆，宋阳吃着吃着流起泪来，把李蓉吓了一跳："阳阳怎么啦？是哪儿不舒服了？我去叫张叔叔来！"

宋阳连连摇头，心想，阿姨是好阿姨，可自己就是说不出感谢的话。

李蓉心里不好受了，沉默了一会儿，说："阳阳，别告诉你叔叔我来过。"

"为什么呀？"

"别问了，不告诉他就行了。"李蓉说完，沉默了。吃了早饭，李蓉给宋阳摆弄好纸笔，又让她画起来。快到中午了，李蓉看看表，小声说："阳阳好好玩，阿姨走了。你叔叔也快到了，别怕，啊？"

大人的事在孩子眼里透着古怪和神秘，她又不能过问，只得闷闷不乐地和李蓉再见。果然没过多久，周远翔来了。周远翔急匆匆地，他看了看孩子，摸摸她的额头，让她好好听张叔叔的话，又急急地出去了。他找到张水生，惭愧而又急切地说："水生你看，我只筹了两千块，筹遍了我的熟人……"

"远翔，难为你了。能筹到两千块也难啊！"

"你看怎么办？你晓得的，我这人……没什么人缘……"

"不要紧，先给阳阳看病吃药吧。具体怎么办，等我导师来了再说。"

"水生，那太谢谢了。孩子在你这儿我放心，我得再去筹筹钱，多一个总比少一个强啊。"周远翔热切地看着张水生，张水生没有说什么，挥挥手，算是同意了。周远翔大喜，又跑到病房对孩子嘱咐了几句，也不说自己又要离开的话，唤了一声黑毛狮子，径自走了。黑毛狮子很活跃，追踪周远翔而去。一天一夜不见，孩子本是有许多话要对叔叔说的，可是叔叔却诡秘地失踪了。到了晚上叔叔也没出现，照例是李蓉阿姨过来照顾。头两天，宋阳平静地度过了；三四天后便受不住了，她的话越来越少，眼泪越来越多。

李蓉晓得她是在担心叔叔，就背着孩子问张水生："水生，远翔怎么说的，怎么成了赵郎送灯台，一去永不来了呢？"

张水生也有些奇怪："是呀，不是说筹钱吗？怎么三四天不见人？该回了吧！李蓉，他会不会把阳阳扔了？按说不会呀，他的两千块钱在我手里呀！"

"胡说八道！我还不晓得他呀，就算要了他的命，他也不会扔了阳阳的。"

"到哪儿去了呢？让我打个电话到月亮镇小学去问问。"张水生立即朝电话室跑，李蓉跟了过去。张水生打通了电话，那边是留校的老师接的，说暑假以来就没见过周远翔的影儿。张水生愣愣地看着李蓉，李蓉也愣着没说话。张水生开玩笑地说："李蓉，怎么办？看来你是任重而道远哪！"

"哼！人家又没委托我，你凭什么就指望我了？"

"他不是委托我了吗？受人委托不也是一种信任吗？李蓉，我现在把阳阳委托给你了，你不能辜负我的信任啰！"

李蓉转身就走，张水生连忙追过来，看到李蓉进了孩子的病房，他才放下心来，却也不敢再进去招惹她了。李蓉服侍孩子吃了午饭，又哄她睡了，自己也困得很，便朝外面走。她信步走去，穿过建安路，又顺解放大道走了两里路，再拐个弯，走到西门河边。河边是一排排垂柳，没有风，下垂的柳条纹丝不动；中午的阳光是直射下来的，树荫很小，连歇凉的人都没有。太热了，人们都龟缩起来。可是李蓉却看到了一幅奇异的景象，河里有个人赤着身子，乘波逐浪；一条黑狗跟着他，也在水里翻上翻下，像一只海豹。游泳的人时而匍匐，时而站起，李蓉看清了，那人就是周远翔！她的目光所及之处，只有一个周远翔和一条狗——不！还有一个少女在为他们拍照！正因为发现了那个少女，李蓉才没叫出声的。李蓉赶紧隐藏起来，身子已经气得发抖了。她想，社会风气越来越坏，有许多少女为了骗取男人的钱财，什么事都干得出来。也就是说，周远翔开始泡妞了！李蓉摇摇头，自语："周远翔会玩女人吗？打死我也不信！"

这时，她看到周远翔开始朝河对岸走去，水越走越浅，他已经露出了整个身子，只穿了一条小裤衩，极不雅观。她的心急跳起来，想看看到底会发生些什么。那少女先是隐藏在河边的大石头后面，见周远翔越来越近，就调皮地藏到芦苇里，将相机对准了周远翔和狗。周远翔长啸一声："呜——嗬嗬——"然后坐到石头上，长久地不动。看得出来，那少女躲在芦苇丛中乐得浑身直抖。再也不用看了，李蓉愤然转身，扬长而去。她回到县一中睡了一觉，迷糊中还在想，她正是因为被阳阳绊住了才没及时回到月亮镇和爸妈团聚的，而周远翔却背着他们泡妞！好心的周远翔！崇高的周远翔！你就是这样爱阳阳的吗？可是他哪来的钱泡妞呢？不是连阳阳看病的钱都不够吗？李蓉的心里忽然一亮，是不是他把借来的钱拿了一部分享受去了呢？她再也睡不下去了，也不愿再管阳阳了，赶快收拾东西，回月亮镇去吧！可是晚上，李蓉依旧来到了宋阳的病房。宋阳可怜巴巴的，时不时就会滚出几滴泪来。李蓉没敢把自己看到的情景告诉宋阳，不过，她把这事悄悄对张水生说了。张水生吃了一惊，当即反驳："你说他呀？活棺材一个，怎么会这样？要是他真这样，我倒佩服他了。李蓉，你没认错人吧？"

"他呀？化成灰了我都认得！"

"世上的事真这么怪？这种事发生在他身上的概率只有百万分之一。"

"可是，不可能的事偏偏发生了！你想，县城并没他的亲朋好友，他找谁借钱？就算有朋友，也不需要这么多天哪！你再想，一条河里就他和一个姑娘，一个赤身裸体，一个在一旁拍照，那又是为什么呢？"

"天哪，李蓉你莫吓我，我该不会成为第二个周远翔，要把阳阳这个包袱背起吧？"张水生虽在说笑话，脸色却已经变了，"怎么办？"

"再等两天看看。"

"那——阳阳呢？"

"不是有我吗？"

"李蓉，你真是个贤惠的女子。"

又过了两天，照旧不见周远翔的踪影。李蓉的脸色越来越不好看，她却勉强着自己像上班一样，天天往宋阳的病房里跑。可是，宋阳不干了。这天起床后，宋阳不洗脸，不刷牙，也不吃早饭，木在那里。李蓉开口劝她，她忽然大哭大闹起来："我要叔叔！我要叔叔！阿姨，你给我把叔叔找来呀！"

"阳阳，洗脸吃饭吧，洗了吃了，我就去找叔叔。"

"我不相信！你骗我的，骗我的——"

张水生闻声赶来，也哄她："阳阳别闹，你叔叔真筹钱去了。"

"不！我现在就要见叔叔！"宋阳把牙膏牙刷扔了，把一盆水也掀翻了，"你们把我叔叔弄到哪儿去了？你们赔我叔叔！要赔！要赔！"

李蓉和张水生都无奈而又委屈地笑了。

二十八

发现周远翔的不轨后，李蓉有了寻找他并且让他出丑的念头，但她师出无名，就算找到了又怎样？周远翔只问一个凭什么，她就哑口无言了。现在有了孩子做后盾，正合了她的心意，她便堂而皇之地出发了。依旧在中午，她朝西门河跑去，准备逮个正着。今天没有太阳，比往日凉爽得多，河里有人游泳，却不见周远翔。李蓉有些沮丧，走进了公园。令她奇异的是，公园中人潮如流，她想了想，猛醒。今天是星期天，天气又不是太热，难怪这个县城中唯一的公益活动场所会有这么多人了。市民在此休闲娱乐，是不要钱的。公园长有一公里左右，宽不到五十米。虽说算不上规模宏大，同县城相配，却也很得体，很受市民喜爱。唱花鼓戏的老人，唱流行歌曲的青年，放着录音机跳舞的男男女女们，凑在一起很热闹。李蓉刚分到县城不久，极少到这儿来，看到这些快乐的人们，不免也受了感染。她一边慢慢地走，一边细细地寻找，眼看快要走到尽头，依旧没见到目标。正当她有些灰心的时候，突然发现了黑毛狮子，也就是那条狗。她唤了一声，黑毛狮子停下来朝她张望一下，又朝另一头张望一下，便闪电般消失了。

既然黑毛狮子在这儿出现，周远翔一定不会远。李蓉冲出公园，顺着西门河城墙朝黑毛狮子消失的城南奔去。县城建于明朝，清康熙年间扩建，分东南西北四门。长三百丈，宽二百丈，是个长方形。历代兵荒火灾，使城关显得破败不堪，只剩下西面这道城墙。这也是因为要抵御水患，才没被拆除的。在西边和南边的交界处，城墙明显缺了一角。据说，清代以孝治天下，如果城内有忤逆不孝之人而县官失察，城墙便被削去一角，以示警戒。犹如为罪犯黥面，让他留下永远的耻辱；削去城墙一角，不用说就是全城人的耻辱了。时代进化到今天，这种观念依旧深刻在当地人的心头。李蓉边跑边找，老城已经走完，她漫无目的地朝远处一看，发现了郊区的一个基建工地。她不死心，就朝工地走。工地上乱七八糟，很难通行，她看到有个被糟蹋得不像样子的花坛，那里集中了一片小吃摊，便停下来。听着那些摊贩扯着嗓子喊叫，看着那些打工仔呼呼啦啦地吃喝，李蓉感到十分新奇。一部部板车咿咿呀呀地从她面前碾过，胶轮滚子压得瘪瘪的，工人们拖着水泥板往工地上艰难地走。每部板车都由两个人负责，一个推一个拉，车上装着两块水泥板。工人们的汗水浸透衣衫，上面结着一块块盐渍。李蓉叹了一声，心想：都说吃得苦中苦，方为人上人。可是这些贱卖苦力的兄弟，能成为人上人吗？看着这些工人，她想到了周远翔，心里愤慨起来。李蓉虽然已经和周远翔分手了，但她的意识中仿佛自己还是周远翔的恋人。这些天来，她照看着孩子，周远翔却并不看重她，她在愤慨中就有了怨恨。她用手摸了摸脸，感觉到脸发烫，心却发冷。

"哎！快来看快来看啰！"有人在她身边突然一叫，吓她一跳。

周围的人们像得了宝一样纷纷跟着喊叫，循声望去，她惊呆了。远远来了一部板车，装了四块预制板，拉车的却只有一人。一人干四人的活，为了钱，命也不要了！要钱干什么？也许他要养活妻子儿女？也许他家中有危重病人？那部板车越来越近，她也明白人们喊叫的原因，原来拉车的还有一条狗。酷夏天气，虽然没有阳光，依旧让人不动就会出汗。那人穿了一条短裤，板车的麻辫深深勒进他的肌肉，他差不多四肢着地往前爬；背脊上的汗珠像在滚豆子，每进一步，豆子便滚落一地。另一条麻辫套着黑狗，黑狗四腿撒开，长舌猩红，舌尖上的水珠牵线般流。一人一狗，撕扭着往前拽板车，他们都喘息如雷。

天啊，那不是周远翔吗？那不是黑毛狮子吗？你们为什么要这样？李蓉的大脑麻木了，思维停止了，但她的手脚分外敏捷。李蓉一头冲过去，扶住车架用力推，埋着头。她口中默默地念着：一步，用力！两步，用力！车速不易察觉地加快了。三步，用力！四步，用力……她的两腮上也是一串串水珠洒落，那是汗水，也是泪水。她在心里呼喊：周远翔呀，拼命干什么？这样就能救阳阳吗？

李蓉的嘴唇嗫嚅着，口中断断续续地哼出路人无法听懂的歌儿来：

讲了不丢就不丢，
捡个石头丢下沟；

石头浮起把你丢，
石头浮起也不丢。

讲了不离就不离，
等到青山脱树皮；
冷饭发芽才分离，
冷饭发芽也不离。

　　故乡的"不丢""不离"是为了爱情，远翔，你却是为了人家的孩子。

　　到了目的地，周远翔"呜——"地大吼一声扔了车把，往地上一滚不动了。黑毛狮子被麻簰一带，倒在他身边，也不动了。他把腿伸过去，黑毛狮子将头枕在他腿上，身子一抽一抽的。这样卧着对于他们来说，是多么奢华的享受啊。可他们很快又爬了起来，准备再去拉下一趟。李蓉本是不想让他发现的，周远翔既然要瞒着别人，她就不能揭穿他的秘密。可是，周远翔爬起身来，她往旁边一闪，要回避已来不及了。周远翔一愣："原来是你，怪不得刚才轻了呢!"

　　李蓉不敢看他，小声说："远翔，你不要命了?"

　　周远翔被她看破，忽然恼怒起来："你为啥要来? 滚!"

　　李蓉的脸蓦地歪扭了，她抽泣起来："远翔，不斗气了好吗?"

　　周远翔的眼蓦地一涩："唉，是我无用，我无法为阳阳弄到治疗费，便偷偷到这儿来了。也不用瞒你了，我觉得这儿很挣钱的。一块板一元，一趟四块，一天十趟，就是四十元，抵得我半月的工资了。我想，阳阳既然还有救，我就是拼命也值得了。李蓉，你说我该怎么办呢? 让我继续干下去吧，不要告诉阳阳。这样干，我心里也好受些，说不定阳阳真好了呢?"

　　"唉——我也是多管闲事。既然这样干舒服，那你就干吧。"

　　"谢谢你了，李蓉。"

　　"可是……远翔，你这样偷偷干，人家会误会你的。"

　　"误会什么?"

　　"我都误会了，还以为你不走正道，到城里来泡妞了。"

　　周远翔愣了一会儿，突然哈哈大笑起来，笑得换不过气来："真是笑话! 我连你这么体面的姑娘都放弃了，还会找野鸡吗? 好了，李蓉，请给水生带个话，让他尽快制订手术方案，剩下的钱保证在一月内到位。"

　　周远翔也不管李蓉还要说什么，径自拉起板车，和黑毛狮子走了。李蓉愣了好久，拿定主意，也离开了工地，朝医院奔去。不知为什么，她心里涌起了甜蜜，脚步也轻盈了，还在小卖部买了半斤水果糖。探明了周远翔的奥秘，她踏实了，直接对张水生说："快叫导师来吧，阳阳的病要紧，手术越早越好!"

张水生有些惊讶："怎么啦？见到周远翔了？阳阳还差钱呢!"

"差的钱我来垫，差多少垫多少，行了吧?"李蓉故意说得掷地有声。

张水生的脸不知怎么涨红了："这合适吗？你的工资也不多。"

李蓉仿佛看穿了他，冷冷地说："这个你别管!"

张水生忽然叫起来："李蓉，你怎么这样讲话?"

"别叫！请注意，你是医生，你的职责是救死扶伤。"说完，李蓉转身来到病房，看到宋阳还在那儿哭，心里就酸了："阳阳，还哭呀?"

"阿姨，你找到我叔叔了吗?"

"找到了，你叔叔在为你筹钱。"

"筹了这么久，也不来看看我，他不爱阳阳了吗?"

"别这么说，阳阳，我亲眼看到了你叔叔。我可以肯定地告诉你，叔叔是天下最好的叔叔，你有这样的叔叔，是你的福气呀!"

"哎，我晓得。叔叔问我了吗?"

"问了，还让我好好守着你呢!"李蓉说着，变戏法似地拿出一把水果糖，"阳阳，你叔叔给你买的，要不要？你不要我可要吃了的哟!"

"叔叔真好！阿姨，你想吃就吃了吧，叔叔还会给我买的。"

"哄你玩儿呢，哪有阿姨和阳阳抢糖吃的?"李蓉把糖果给了宋阳，宋阳接过去，分了一半给李蓉，两个人都哈哈乐了。过了不久，张水生也进来了。李蓉刚才的态度让他生气，他心里在嘀咕：李蓉要是对我这么上心多好啊。看到李蓉和孩子玩得高兴，他也加入进来，要抢糖吃。李蓉见他没有再生气，也就不和他闹意气了："水生，我有点儿困了，想回学校休息一下，晚上再来。"

"晚上也不用来了，我让护士多操点儿心。"张水生面对李蓉，总是处于被动巴结的地位。李蓉走了，他和宋阳抢糖玩儿的心也没有了。

李蓉回校是要给父亲打电话，打到家里没人接，打到工地，干活的工人们把李怀德找到了。在电话里，李蓉问爸妈身体如何，不要为了钱拼命，又自我批评，没能及时回家看望二老，说着说着竟然哭起来。

这让李怀德非常惊讶："啥事呢？这么伤心?"

"想你们嘛，就伤心了啰。"

"想我们？那我们怎么经受得起？没这么简单吧?"

"是真的想你们。爸，求求你，向你借两千块钱。"

"我就晓得你一开口就没有好事。用老子的钱还说借，笑话!"

"到底借不借？不借我找人家了。"

"借借借！可你要钱干什么呢？你也不用说了，反正你不会说实话。"李怀德磨蹭了一会儿又说："蓉儿，你的事我办，但你也得答应我一件事。"

"什么事？你讲嘛。"

"还不是那件事，你和水生是不是应该把婚结了啊？"

"爸爸，这还用说？听你的！不过我的钱，急用哦！"

"行行行！马上给你寄！"李怀德第一次听到女儿如此爽快地答应了他，心里乐得不行，当即回家，要把这消息在第一时间告诉老伴。二老哪里晓得，李蓉急于要钱，是不得不答应他们。关于婚姻的事，她还处在模棱两可之间。然而，她的某种欲望很快被周远翔断然掐灭了。她甚至有一种自取其辱的感觉。

周远翔带着他拖预制板挣下的钱到医院结账，张水生告诉他，欠下的八百多元由李蓉垫上了。周远翔毫不犹豫地把钱往张水生手里一塞，感激地说："那就谢谢她了，水生，请你把钱转交给她吧。"

二十九

宋阳、黑毛狮子和周远翔回了月亮镇中心小学，虽然周远翔期望孩子能够站起来的奇迹没有出现，但他也满足了，因为她的腿有了感觉。张水生的导师说，有了感觉就好办了，慢慢调理，总有康复的一天。那一天虽然遥远，但他们的心中都点亮了一盏辉煌的明灯、希望的明灯。回到学校，留校老师交给宋阳一个大信封，这让宋阳兴奋异常："叔叔，那个给我照相的姐姐来信了！"

周远翔赶紧凑过来看，寄的是很多张照片，有周远翔拉轮椅的，有周远翔赤着身子在河里游泳的，甚至有黑毛狮子在水里翻滚的照片，都很有趣味。当然，最引人注目的是宋阳的那张特写，她那水灵灵的大眼睛，长入云鬓的眉毛，挺直的鼻梁，微翘的嘴角，怎么看怎么好，周远翔情不自禁地把那张照片亲了一口。然后，周远翔纳闷了。拍照的人是个怎样的女孩呢？为什么会偷拍人家呢？从月亮镇偷拍到县城，肯定不是一般的女学生了。周远翔拍拍脑袋，有所醒悟，怪不得在河里洗澡降温时老觉得岸上有个女孩儿在晃，原来就是这个女学生呀！一般的女孩喜爱照相，可那是让人家给她们照，这个女孩子却老爱给人家照，有什么奥秘呢？

宋阳突然尖叫了一声："根子哥！"

周远翔扭头一看，发现刘根儿在门口探头探脑的，忙招手让他进来。刘根儿扒着门框，有些紧张地问："周老师，我能和阳阳玩吗？"

"当然可以，好久没看到你，长这么高了。快来呀！你们玩，我去做饭。"周远翔忙乎去了。刘根儿在宋阳面前蹲下来，好奇地看着轮椅。

"根子哥，你不来找我玩我都想你了。"

"没时间呀！妈说我长大了，让我做事呢！阳阳，腿还疼吗？"

"我到城里动手术了，今天刚回来。你摸摸，我已经感觉到我有两条腿了，就是站不起来。可我有轮椅，是叔叔做的，滑得可快啦。"

刘根儿小心地摸了一下宋阳的腿："有感觉吗？"

"有啊，你再用力些！"宋阳拿起刘根儿的手往自己腿上用力地按，"医生说有感觉就好了，总有一天我是能够站起来的。"

"站起来就好了，我们就能一起跳绳了、跑步了。"刘根儿向往地说，"阳阳，快站起来吧！站起来了我就天天找你玩！"

周远翔一边做着饭一边开心地看着两个有趣的小家伙。

宋阳问："根子哥，你现在读几年级了？"

刘根儿扭捏地说："我爸要我读两个四年级，说记得牢。"

宋阳咯咯乐起来："哦，我晓得——你留级了。"

刘根儿不好意思地挠挠头，然后看着熟练炒菜的周远翔，对宋阳挤眉弄眼。宋阳明白了，说："叔叔，我要和根子哥到外面去玩。"

"行，别走远了啊。"周远翔擦着手走过来，刘根儿立即推着宋阳，一边答应一边向外面走。周远翔又叮嘱一遍："别摔着了啊。"

"知道了。"刘根儿答应着，牵着宋阳跑远了。大约过了半小时，周远翔炒好菜，煮好饭，开始抹桌子，外面却传来孩子的哭声。他将抹布一扔就朝外跑，只见宋阳趴在水沟里，挣扎着朝轮椅上爬，浑身弄得泥水淋漓；刘根儿则连拉带拽地忙乎，也弄得浑身泥水。周远翔赶紧抱起孩子："摔着没有？"

刘根儿紧张地站在一旁，宋阳说："我们追一只小鸟，它还在学飞，您看，它在那儿。飞几步停一下，飞几步停一下。"

周远翔一看，果然是一只掉了窝但还不会飞的小麻雀："这是只小麻雀，你们把它追远了，雀妈妈找不到它，它会饿死的。"

"我是想喂它食呢。"

"你可捉不到它的。"周远翔拉着轮椅向院子走去，回头叫上了刘根儿："走，吃饭去！刘根儿，你看看，是怎么带阳阳玩的？"

刘根儿委屈地说："我刚刚撒尿去了。"

进了门，周远翔忙用洗衣盆接好水，给宋阳洗澡。刘根儿呆在一旁，不知怎

114

么做才好。宋阳说："根子哥，女生洗澡，男生是不准看的，还不回过头去?"刘根儿的脸蓦地火红了，连忙扎下头；宋阳看了，哧哧地笑。晚上吃完饭之后，刘根儿给周远翔恭敬地行了个礼，要回家了。宋阳要他再玩会儿，可他说妈妈还等着他回家锄草。今天他能上街，是为家里买盐的。周远翔说："刘根儿，跟你爸爸讲，不用留级了，每个星期天都到我这儿来，我给你补课，你也和阳阳好好玩一玩。这么聪明的孩子，哪有留级的道理!"

宋阳拍着巴掌说："根子哥听到没有，叔叔讲课可行啦，一定要来哟!"

"哎! 爹妈让我来我就来!"刘根儿再敬一个礼，转身如飞地跑了。

暑假还有一段时间，刘根儿果然隔几天就来找周远翔补一次课。刘根儿和宋阳在一起，学习起来都很踊跃。宋阳已经学完了四年级的课，有能力帮助刘根儿。周远翔给刘根儿补讲了课程中的难点和重点，做作业时，宋阳又帮着刘根儿，果然收效奇快。周远翔说："一窍通，百窍通。刘根儿，你醒水了!"

醒水了，就是明白了。刘根儿习惯性地挠着头，宋阳则咯咯地看着他笑："根子哥，不用再读四年级了，到这儿来读五年级吧! 有叔叔，还有我!"

"瞧你能的!"刘根儿也笑，"那行，你教我读书，我教你走路!"

暑期过后，刘根儿终于到了中心小学。除了上课，刘根儿大多泡在宋阳身边。周远翔除开到厨房上班外，心思依旧用在宋阳的衣食住行、玩耍和学习上。他不仅要养好宋阳，还要辅导刘根儿。他决心让两个孩子一同进步，学业有成。周围的人们对他和宋阳的关系也习惯了，好像他本来就有个亲生的女儿一样。这对周远翔是个安慰，他从心里感谢大家。在厨房里，周远翔也越来越受到同事们的关照。有一天，食堂蒸了肉包子，张丽悄悄装了一袋，让周远翔拿回去给宋阳。周远翔一愣："这多不好，小张，我不要。"

张丽将眼一瞪："拿起，孩子爱吃，没人说闲话的。"

周远翔将袋子接过来："那好，给我记上账吧。我不能白吃大家的。"

"小周，你咋这死心眼呢? 钱早有人付了!"秦师傅阴阴地笑。

这一笑，周远翔似乎明白了，连忙对张丽说："小张，谢谢了，你对孩子的一片好心我记下了。下个月发工资，一定还给你。"

张丽早将一个背影对着他了，他只好背着宋阳回了寝室。看到宋阳吃得津津有味，周远翔心里不好受，觉得孩子跟着他受苦了。可他工资太低，生活上只能量入为出，何况还得为孩子的病攒钱。如何才能多弄点儿钱，成了他日夜思考的问题。忽然听秦师傅说，学校要找个临时工专门打扫教工楼，每月二十元工钱。他如果能把这事揽下来，工资就相当于长了一大级，和本科学历的老师差不多了。他心里激动起来，对校长说了他的想法。校长倒也通情达理，同意了。此后，每个放学后的黄昏，周远翔便挥舞起扫帚，在教工楼的里外忙碌开了。就算是大雪天，他也累得满头大汗。这样日复一日地累着，可他充实，快乐。他扫地的时候，宋阳坐着轮椅在一旁帮忙，帮着捡一些纸屑什么的。

张丽看到了，走到宋阳身边："阳阳，你在做啥呢？"

宋阳说："我帮叔叔打扫卫生呢！"

张丽瞪一眼周远翔："看把孩子累的。"

周远翔说："孩子活动活动也是一种锻炼嘛。"

张丽似乎瞧不起周远翔的作为："就为多挣二十块钱，起早摸黑地干。你又没干过体力活儿，这么大的工作量，受得了吗？"

"没什么，你小瞧我了。"周远翔一笑，"我家里穷，从小就劳动惯了的。我身体也不错，有力气。张丽，二十块钱对我来说作用很大。"

不久，他又听说学校在村里租了一片菜地，是请农民帮忙种的，每年给人家两百多元钱的报酬，但种得很不好。为此他又找到了秦师傅，要求秦师傅和校长说说，将菜地承包下来，不管种什么，交给食堂的价格都保证低于市场价的一半。秦师傅一算，便答应了，立即找到校长，要求由厨房的人承包菜田。保证每年上交白菜不少于三百斤，菠菜不少于一百斤，大蒜不少于八十斤，还有洋葱、花生、香菜、青苞谷什么的都有任务。校长明白，他们交得越多，厨房节约的钱就越多，教工的伙食费就能减少，何乐而不为？校长也知道，历年让附近的农民种菜，钱花了，收成却很少，菜长得还没有野草深，农民还悄悄将好菜拿回家自己吃了，反说这地不行。所以，校长满口同意，只是要求他们不能耽误上班的时间。秦师傅大喜，对周远翔讲了校长的态度，并嘱咐周远翔，名义上是厨房承包，实际上是他个人承包，一定要保密。周远翔无比感激，感激大家如此照顾宋阳！这样一来，周远翔不仅早晚要忙，连星期天也没有空了。只要有时间，他就待在菜地里，挖田、锄草、上肥，一季赶一季，把学校菜地经营得绿油油的。他一边忙碌一边想，像这样干几年，也该翻身了，比当个教员强得多。

宋阳越来越大，也越来越懂事。她知道，叔叔所做的一切，都是为了她。尽管她没办法帮叔叔，却始终跟着叔叔，为叔叔唱歌，跟叔叔说话，为叔叔驱赶孤独中的寂寞……看到叔叔将一双凉鞋蹬成了几截，干脆打起赤脚干活，被石子硌得一歪一歪的，宋阳心疼地说："叔叔疼吗？买一双鞋去吧！"

周远翔坚决地摇摇头："习惯了就好了！"

"可是你的脚出血了……"宋阳唏嘘着，好像是她的脚受伤了一样。

"脚板皮破了不要紧，很快就会长出新的来。"周远翔笑着，走路依旧一歪一歪的，"可是鞋破了，就再也不会长了。"

时间一长，周远翔的脚板皮整个地结了一层厚茧，竟是连钉子都戳不破了。那天晚上，周远翔洗了脚，宋阳好奇地把叔叔的脚抱着看，张丽忽然来了。张丽拿了个纸包，往宋阳怀里一放，回头就走了。周远翔纳闷儿，打开纸包一看，竟是一双新布鞋。宋阳眼珠子一转，明白了："张阿姨给叔叔做鞋了。"

周远翔自然也是明白的，脸上有点儿发烧。在宋阳的催促下，他穿上了布鞋，大小正好。可是周远翔白天并没穿，而是将布鞋藏在屋里。宋阳非常奇怪，周远翔说："张阿姨一片好心，我三两下穿破了，不是对不起她吗？"

宋阳不作声了，从那天起就时不时地往张丽那儿跑，学习做鞋。于是，张丽和宋阳比以往更亲热了。张丽不仅教宋阳教得勤，还跑到地里帮忙。周远翔不好意思，钱是自己拿走的，怎么能占有人家的劳力呢？何况是个女同志！周远翔让她离开，她就是不听。周远翔火了："你赖在这儿不走，那我走！"

"啊？你说我赖！"张丽委屈极了，甩甩手，"行，我走！你见不得我！我没文化，没地位，是该走了！你就和这块菜地过一辈子吧！"

三十

张丽许久不和周远翔说话，周远翔觉得很内疚。有一天晚上，张丽手里扬着一份报纸朝菜地跑，边跑边叫："阳阳，你们登报了！"

那是一张市里的日报，在第四版登了整版的照片，最显眼的一张就是周远翔拉着宋阳的照片，上面有个标题，叫"同行"。宋阳喜滋滋地看着，还大声喊叫叔叔。周远翔也凑过来，刚要谢谢张丽，张丽已经扬长而去，弄得周远翔很难堪。张丽头也不回地说："你们好好乐吧，不受欢迎的人应该走开！"

周远翔看着故意摇摆着腰肢行走的张丽，哭笑不得：她倒也是一个孩子。宋阳专心地看着报纸，读着上面的文字："大学生摄影作品大奖赛，一等奖《同行》，参赛作者为某大学新闻学院学生——杨芳。"宋阳大声说："叔叔，我想起来了，准是那个给我寄照片的大姐姐，我们屋里也有这一张！"

收工回到寝室，宋阳的心还挂念着照片，对周远翔说："叔叔，等我的腿好了，让大姐姐再给我照一张，也登到报上去，那该多好啊！"

周远翔"哦"了一声，说不出话来，心想，阳阳的腿什么时候才会好呢？第二天，秦师傅乐呵呵地对周远翔说："阳阳动完手术又是一年，虽说有感觉了，也没见大效果，何不想点儿新办法？今天上街买菜，都在传讲，镇上来了个老中医，针灸和按摩的艺道可高啊！是不是去那儿看看，只是……"

"真的？那我们马上就去。"

"别忙，明儿先从我这儿拿点钱，再去探探虚实。"

"钱的事暂时没问题，针个灸、按个摩什么的，还不用借钱。"

"唉！真难为你了！"

镇上新来的那个老中医姓郝，快七十岁了，周远翔走进诊所一看，果然是个仙风道骨的人。周远翔预感到郝大夫肯定有着很高的医术，就带着宋阳去了。郝大夫听了病史，沉思了一下，不作声。周远翔心里一沉，以为出了大问题，忙问："郝老先生，有什么难处，您直接告诉我。"

郝大夫摇摇头："这病被你们拖迟了！又是牵引又是手术的，没那个必要啊！就好像煮饭，已经煮成了一锅夹生饭，不大好弄了。"

周远翔急了："那，现在还能不能治呢？"

"当然能！"郝大夫哈哈一笑，"不过要的时间太长了。"

"只要能治好，我们不怕时间长。"

"你倒说得好！病人可是度日如年哪！怎么不为病人着想呢？"

"那——到底要多长时间？"

"说不好，也许一年，也许五年八年。同志啊，不是我吹，要是当初遭车祸的时候直接找我，我保证一星期让她站起来。现在嘛，孩子的腿都麻木这么多年了，只能慢慢来啰。五年让她站起来行不行？"

"行，怎么不行？"周远翔虽然急切，却有些犹豫了。老先生说当初可以一周内让孩子站起来，显然是在吹牛，因而周远翔对他说的五年内站起来也不大相信了。郝大夫看出他不信任，板着面孔说："你不相信？那就别来了！晓不晓得，你都不相信，孩子会信吗？病人和家属都不信，这病还能治吗？"

周远翔连连点头："老先生，道理我明白，我们相信你还不行吗？"

"这样吧，信任是不能勉强的。"郝大夫起身忙着给别人诊治去了，等着看病的人很多。他回头对周远翔说："等你想好了再来吧。"

周远翔垂头丧气地回到学校，把情况对秦师傅讲了。秦师傅想了想，要亲自去试试看。周远翔不懂他什么意思，秦师傅说："我的腰疼了好多年，还经常失眠。医生说是腰椎间盘突出，治了好几回没有效，不知郝大夫能不能治。小周，我给你们当个尖兵探探路，老中医要是能行，你们再去！"

秦师傅当即去了诊所，只过了两个多小时就回来了。周远翔热切地看着他，他却摇摇头："他那两手，我看悬！就熬了一盘桐油，在我背上捏了几下，了不起就半小时。再呢，就是在身上插猪毛针。我问一天治几回，他说一星期一回，最多五个星期。哪有这么容易的事？也没多少感觉嘛。"

周远翔很失望，心情马上坏了。没有这个老中医的时候，他的心倒是宁静的；老中医来了，倒把他的心搞乱了。谁知第二天上班，秦师傅一看到周远翔就乐，笑得周远翔莫名其妙。秦师傅说："快去吧，我看能行！你不晓得啊，昨儿夜里那个舒服啊，几多年没睡过好觉了，昨夜里我睡得像死猪。"

"真的？"周远翔大喜，"下午我们就去！"

"要去现在就去，你不急，阳阳还急呢！"张丽抢白了几句，"食堂里这么点儿事，我不会做吗？秦师傅不会做吗？"

"好嘞！"周远翔转身就跑。张丽追着他的背影说："像个孩子！"

周远翔背着宋阳，还没走进诊所，就碰到许多人聚在一起，议论郝大夫的医术如何高超。有的说，他家老爷子睡了五六年，郝大夫扎了几针，能够起床了；有的说，他儿子得了小儿麻痹症，连省城大医院都治不好，郝大夫给弄好了；还有更神的，有个做泥瓦匠的外地人从高墙上摔下来，瘫在地上，郝大夫从头到脚给他扎上猪毛针，只过了半天，伤员自己就能起来了……

周远翔心里大喜，赶紧把宋阳背进去了。郝大夫看着他俩，笑了笑："终于来了？你不用说什么，我把你一看就晓得今天可以给孩子治病了。"

周远翔连忙道歉："老先生，真是对不起。"

郝大夫摇摇头，问宋阳："孩子，你看爷爷能给你治好吗？"

"能！"阳阳肯定地点头，"爷爷把外面的人都治好了，我相信！"

老先生听了宋阳的赞扬，高兴得很："大人的赞扬虚得很。可孩子是说真话的，我高兴！孩子，谢谢你了！我们一起努力吧！"

宋阳被放到长条案板上睡下，郝大夫既没进行周远翔想象中的针灸，也没做出江湖郎中的种种吓人的把式。郝大夫让宋阳放松，然后就按摩起来。周远翔真是开了眼界，只见老中医坐在案板前，仿佛把宋阳当作了一架古琴，按过去按过来，弹拨揉点，严谨有序，这让周远翔十分感动。随着老中医手指的跃动，似乎有着美妙的音乐绵绵而出。他想到了高山流水、空谷幽兰、雪域杜鹃这些词儿。按着按着，宋阳睡着了……半个小时很快过去，宋阳又醒了，出透了一身汗。郝大夫说："孩子真乖。也只有孩子才能和我配合得如此天衣无缝哦！"

宋阳问："爷爷，我梦见我能飞了。"

郝大夫笑着点头："孩子，你的感觉真妙。"

周远翔问："还要用药吗？"

郝大夫摇头："药全在我的手指间，你们下周再来吧！记住，第一年一周一次，第二年一月一次，第三年以后一个季度一次……"

"那我去交钱。"周远翔怀着万分感激的心情朝药房跑，药房的人却把他递进去的钱退回来了，周远翔十分诧异。原来郝大夫说了，不收宋阳的治疗费。周远翔拿着钱愣了好久，不解地看着老中医。郝大夫笑笑说："这孩子和我投缘得很。再说，你带着这孩子也真不容易呀！你能做到这些，我就不能吗？当然，我也只能做这些了。至于孩子的病，还是得看缘分哪！"

周远翔深深地给郝大夫鞠躬："谢谢您了，我也代孩子谢谢您了。"

宋阳欢快地说："谢谢郝爷爷。"

郝大夫微笑着从抽屉里拿出一张报纸："看看！这是你们爷俩吧？"

周远翔接过报纸一看，就是那幅标题为"同行"的照片。他有些不好意思，对老中医再三致谢，才和孩子回了学校。自此，他们都会严格按时到郝大夫那儿去治疗。郝大夫为宋阳的无偿治疗也激励了周远翔，他对学校那块菜地更上心了。为了宋阳的伤病，为了宋阳的前程，他必须下更大的功夫。转眼到了冬季，有天晚上，周远翔给宋阳倒了一盆开水烫脚，水还太热，他让宋阳等着，自己拿出一个账本算起来。这一年，他为食堂交了白菜五百多斤，芹菜三百多斤，红苕八百多斤，土豆六百多斤，大蒜一百斤，还有杂七杂八的，总收入达到九百多元。这让他吃了一惊，平时没时间算账，没想到业余种菜还真种出了不少钱。要是明年多种高品位的蔬菜，岂不是要挣更多的钱了！周远翔正想得兴奋至极，坐在椅子上的宋阳等不及了，把脚往水里一伸，"哎哟"一声，又赶紧把脚缩了回来。天哪，这个动作把宋阳和周远翔都惊呆了。"阳阳，你的腿能动了！"

"叔叔，我也不晓得怎么搞的，心里想动，脚就下去了！"

周远翔一把抱起孩子，泪如雨下，哽咽着说："郝爷爷真神！"

"我们怎样感谢郝爷爷呢？"宋阳问，周远翔茫然地摇着头。宋阳好像早想好了，十分认真地说："我长大了要跟郝爷爷学医，把受伤的孩子治好，把受伤的大人也治好，把所有受伤的人全治好了！"

"行啊，阳阳！叔叔坚决支持！"周远翔把孩子放下，心里一动，"今天是个特殊的日子，你的病有了根本性的好转，我的菜地收入也出乎意料，一年下来一千块不会少。所以，我要写篇文章，叫《别样的幸福》。阳阳，我好多年都没写文章了，让我练习练习！阳阳你也写一篇，算你的作文练习吧！"

"叔叔，我写好了，你给我批改；你写好了，谁给你批改呢？"

"我投给市里报纸，看他们用不用。"

其实，周远翔读中学时就在老师的辅导下，在报纸上发表过文章。他曾经有过要当作家的理想，只是因为宋阳，那个理想被尘封了。现在又因为宋阳，他尘封的理想重新浮现出来。凭着一股激情，他将一篇一千多字的纪实散文连夜写好了，又修改几遍，投入了邮箱。他是一时高兴才这样做的，并没有抱多少指望。

可是半个月后，市报就把他的散文登出来了。这事还在校内引起不小的震动，没有哪个老师再把他当烧火佬了。这事也引起了校长的注意，专门在老师中发起了为宋阳捐款的活动。那天，周远翔正带着宋阳在菜地，孙校长过来了，从口袋里掏出几百元钱，递给周远翔："远翔，这钱你拿着，是大伙给凑的。"

周远翔忙推辞："校长，这可不行！因为你们的照顾，钱已够用了。"

"连鞋都没穿的，还要硬撑？小心点儿哦，要是被钉子、碎玻璃什么的戳了，会中毒的。拿着吧，小周，这是大家给阳阳的！"孙校长做出一副生气的样子，硬是把钱塞给了周远翔，"远翔，《别样的幸福》我看了。大家都感谢你在文章中对老师们的高度评价，可大家很惭愧，认为没帮到你，所以，你千万不要辜负了老师们的一片好心。远翔啊，让你烧火做饭，确实屈了才。可我当时是为你着想啊！要是你走上讲台，怎么能带好阳阳呢？你能理解吗？"

周远翔见校长如此真诚，感动极了："校长，我一直是感谢您的。"

"关于工作的事，如果你愿意，我们可以重新考虑。"

"别别别！校长，我求您千万别动了！"

"阳阳的病既然大有好转，是不是让她上学呀？哦，她今年几岁了？"

"十岁了，准备明年让她直接考初中。"

"小周，真没想到，你这么劳累，还教出一个好孩子……"孙校长又拍拍周远翔的肩，沉默了好久。宋阳好奇地听着两个大人的对话，心里也充满了感激。孙校长走了，走了很远又回头说："远翔，要注意身体哦。"

周远翔心里有一股柔情蜜意往外流淌，这世上毕竟还是好人多呀！可是几天后，张丽给他带来了一个消息：李蓉可能要和张水生结婚了。他蓦地想起李蓉的那封绝交信，信中那些话早已刻在了他的心里……

第六章

三十一

　　李蓉和张水生结婚，不是什么意外。在师范大学时的那封绝交信，已经宣布了她和周远翔爱情的终结。虽然李蓉一直内疚自己的行为，但这也是必然的，因为她和周远翔对人生观的认识发生了巨大差异，在宋阳问题的处理上无法调和。至于李蓉和张水生的婚姻突然驶入快车道，则是缘于一件简单的事情。有一天，李蓉在商场碰到了进城的张丽，两个人走了个对面。乡下人进城见了熟人，自然非常惊喜："哟！蓉姐，少见呀！怎么瘦了？晚上累的吧？"

　　李蓉的确有些憔悴："是小丽呀，嘴还那么尖，今儿怎么有工夫？"

　　张丽扬了扬手提包："这不周末嘛，买两件衣服，顺便给同事带点东西。"

　　"这几年怎么样？还在学校食堂呢？"

　　"我能去哪儿啊，我可不像你，又读大学又上调。"

　　"少挤对我啊，哎！大伙……都好吧？"

　　"大伙？大伙是谁呀？"

　　"就是……同事们……大伙呗。"

　　"就你那点小心思还跟我绕圈子？真是的！"

　　"讨厌！知道还等我问。"

　　张丽叹了口气："唉！这几年远翔哥又当爹又当妈，还当家庭教师。那孩子把他拖累得哪还像二十多岁的人！也怪不容易的。"

　　"阳阳动手术了，病会好的。"

　　"我看够呛，远翔哥倒是不死心，拼死拼活的，图什么呀？"

　　"那……远翔他一个人能照顾过来吗？"

　　"还说呢，我都快成他俩的保姆了。"张丽大大咧咧的，李蓉吃惊地看着张丽。张丽眼珠一转，又说："阳阳都快十一岁了，身子又有病，你说这是大老爷们能照顾得了的事吗？我不干谁干？怎么着，你有啥想法？"

李蓉有些难堪了："我……能有什么想法。"

张丽进一步刺激她："你要没想法就好，远翔哥有女朋友了。"

"是吗？远翔有女朋友了，那是谁？"

"那得保密，以后你会明白的。不过也不好说，成不成看缘分呗！"说完，张丽用眼角观察李蓉。李蓉的脸色突然变了，极难堪的样子，她没同张丽打招呼，扭头就走了。张丽望着李蓉的背影，得意地笑起来……

为此，李蓉匆匆和张水生办了结婚手续。他们的婚礼本应在暑假中举行，张水生相信佛道，专门请道人挑选了婚期，所以在暑假前举行婚礼，那也是李蓉最忙的阶段。喜好排场的张水生把婚礼弄得十分铺张，他已是医院的骨干，分得三室一厅的套房。房里挂满了县内小有名气的文人字画，门窗上贴的是剪纸；沙发、电视、冰箱一应俱全；双人床少见的宽阔，横睡直睡都可以。婚礼过后一夜醒来，张水生往身边一摸，不见了李蓉，他连忙坐起来，发现李蓉坐在梳妆镜前正在梳她的长发。张水生心里充满了甜蜜，重又倒了下去。可是，他的手往旁边一搭，枕头怎么会是湿的？他的心蓦地沉了下去，这只能是李蓉的泪！

新婚的夜里，张水生醉得一塌糊涂，李蓉看着一动不动的张水生，的确是哭了很久。她蒙在被子里，越想越伤心。直到此刻她才明白，这场婚姻有些意气用事，自己对周远翔的情感还在。对周远翔的大义，她从心里佩服，不能接受的是周远翔悄悄有了对象。睡在她身边的本应该是周远翔，却换成了张水生。她的内心是矛盾的，无法解脱的矛盾。她在哭泣中睡着了，又从睡梦中哭醒。她的内心无法忘却周远翔，更无法忘却宋阳。一方面是情感的难以了却，另一方面是良心的难以安定。自己怀着这种心态今后如何同水生相处？她不知道。

"李蓉，你哭了？"

"啊——哦……"

"你怎么会哭？"

"水生，别大惊小怪的，你没听说过喜极而泣吗？"

"哦……不对呀！我看你昨儿晚上情绪就不对头。那么多人敬你的酒，你都不喝，让人多没面子呀！李蓉，你肯定有心事……"

"你瞎说什么呀？新婚之夜，应该是我们自己的节日，如果先和客人们喝得酩酊大醉，那我们的新婚之夜还怎么过？就像你这样睡成一头猪，就好了？水生，准备起床了，我去给你端些早点来。"

张水生无话可说了，慢慢地起床，却怎么也打不起精神来。张水生自然明白，李蓉一定还在为周远翔牵肠挂肚。他也明白，那层窗户纸是不能捅破的。如果直言李蓉是为周远翔而哭，那他和李蓉的爱也就走到头了。他隐忍着，连李蓉那肿得像鲜桃一般的眼睛都不敢看，默默地吃完了早饭。接着，李蓉提起皮包，匆匆去了学校。张水生再大度，也如鲠在喉。

李蓉在校内有间供她临时休息的寝室，她没到教室，首先往寝室里一钻。在桌前一坐下，她的泪就没有节制地淌了下来。她好不容易控制住情感的冲动，扫视一眼室内，发现墙上挂着的那支竹笛，泪水又涌出来了。她也不明白自己的情绪为什么会突然变得如此脆弱和敏感。她把竹笛拿到手里，抚摸着缠绕在上面的红丝线和红穗子。丝线和穗子都是她重新更换了的，以前是周远翔的母亲缠绕的，已经褪色了。她将竹笛贴到嘴唇间轻轻一吹，一组音阶舒缓地在房间游动。远翔每次吹奏时都是这样的，先要吹出一组音阶来，然后才吹他要吹的歌。高中时，在远翔那如泣如诉的笛声中，她跳过《白毛女》；在远翔那激越高亢的笛声中，她跳过《红军不怕远征难》；在远翔那清纯悠远的笛声中，她跳过《边疆的泉水》……她是在笛声中认识远翔的，是在笛声中爱上远翔的，她曾戏言："非这支竹笛的主人不嫁！"为什么到头来没嫁给这支竹笛的主人呢？是因为宋阳，是因为自己要和张水生去实现人生更大的价值！可她现在明白了，这些理由都是自欺欺人，是为了摆脱困境而制造的谎言，是为了一己私利而寻求的逃避！她明白了却晚了，摆在她面前的课题不是追悔，而是弥合，弥合她和张水生之间的关系。她和他毕竟已经成家，毕竟有了一纸契约所规定的责任和义务。

由于李蓉的努力，她现在已经是初中部的骨干教师，既教初三的语文，又是初三的班主任，确实很忙，要写评语鉴定、制定毕业纪念册等，还得动员班上的能干学生一起干，才能完成。忙碌中，她的心是充实的，忙完了呢？越是接近暑假，她越是心慌。面对张水生，她依旧是矛盾的。结婚了，却想着另一个男人，毕竟有些可耻，毕竟对不起丈夫。他们的婚姻是自由组合，不是强迫的，那就更不应该有非分之想。可是远翔呢？依旧孤独一人，带着终身的负担，而她却和新婚的男人交颈作乐，不是更加可耻，更加对不起自己的过去吗？

毕业那天，初三的学生刚刚会餐完毕，张水生的电话就追了过来，约李蓉下午去游鸣凤山。李蓉想了想，答应了。从县城到鸣凤山不到十里路，走进一条很短的山峡，过十二道河，上千步岩，在鸣凤山的绝顶之处就是鸣凤观。一边走，张水生一边讲鸣凤山的历史和现状。南北朝时山上有一座火神庙，后来逐渐发展为一座道观，与武当山齐名，曾经有"武当远，鸣凤险"的说法。有一个传说，真武大帝的真身在武当，而他的影身则在鸣凤。实际上，鸣凤山道观只是武当山道观的子孙观。后来一场大火，使鸣凤观化成灰烬。不知是哪朝哪代，这里建了更大的观，还建了一座庵，佛道共处，竟也香火旺盛……张水生见李蓉很有兴趣地听着，情绪高涨起来。他说庵里有个住持师太，法名彗安，是中国佛学院毕业的，学问深得很，也神秘得很，还给省里的一位厅长看过相。当时，师太三缄其口，不愿明说。后来悄悄对厅长的随从讲，说他灾祸不远了。随从哈哈大笑，下山后还笑这位师太有眼无珠，连厅长是厅长都没看出来，却要胡说八道。可是半年没有出头，省里就传出消息，那个厅长被捕了，犯的是贪污罪。

"这是真的?"

"那还有假? 不久前还登报了呢!"

"这位师太真神了。"

"当然，人家是佛学院的本科生嘛!"

李蓉似信非信，心里却有许多感慨，没想到张水生这么一个受过高等教育的人，竟然迷信这些，何况他还是搞自然科学的!

"李蓉，上山后你可以在佛前许个心愿。"

"保佑我前程万里吗? 你打算许个什么心愿呢?"

"我嘛! 这是我的秘密，不能告诉你!"

从山下到山顶，有一千零八级石阶，顺着陡峭的山棱盘旋而上，石阶两边都是刀劈斧砍般的岩壁，岩壁上间或有花花草草和虬伏扭曲的杂树，就像人们弄不懂的经文。上了山顶，俯视起起伏伏的山峦，只见雾气蒸腾，朦朦胧胧。张水生告诉李蓉，省旅游学院来了几个教授对这里考察过，说这一片纵横数十里都是丹霞地貌，山不高，呈红色，连环相结而又相对独立；由这些山峦构成的一个又一个相似的山湾，像八卦阵一样，生人走进去是很难找到归路的。教授说，这种独特的田园风光，冠绝全省，县里准备全力开发，发展旅游经济。

李蓉手搭凉篷，俯瞰极远处说："在那里面行走，只怕真要迷路了。弯去弯来的，看似荒凉，每个山湾却有人家，这大概就是柳暗花明又一村吧。"

张水生也想发表点观感，却被身后响起的鞭炮声吓了一跳，他把李蓉一拉，进了庵堂。那里有十几个尼姑，大多是年轻的姑娘，眉眼十分秀气，来去匆匆，不言不语，只是不晓得哪个是彗安师太。李蓉十分不解，这些漂亮姑娘放着大好青春和现代化的生活不过，为什么要跑到孤山野洼来清修呢? 她一边想一边看，还和张水生一起放鞭，上香，许了愿。从庵里出来，李蓉说："瞧你拜佛那么虔诚，我都受了感动。可是，一个大活人为什么要拜在泥菩萨面前呢?"

"不就是一种寄托嘛。"

"把人的命运寄托到佛道的身上，可佛道又该找谁寄托呢?"

"不对呀，李蓉，在人们的心目中，佛道是万能的。"

"那也未必，连佛道自己也不承认这一点。你讲了半天，我也给你讲个鸣凤山的故事吧! 传说有个得道高僧能够魂魄脱体，周游太空。有一回，他要徒儿好好守住他的肉身，他又要魂魄脱体了，约定三天后归。可是三天后，他的肉身还没醒来，徒儿以为他死了，立即将他火化归天。高僧的魂魄正好归来，却再也找不到肉身了，于是他在空中高叫：'我在哪里？我在哪里？'你想想，高僧连自己在哪里都不明白，又怎能将人的命运寄托给他呢?"

"李蓉，你是一个有着深刻思想的智者。可惜从来都不显山不露水，极少对我讲过这些让人启迪的话。"张水生久久地看着李蓉，心里蓦地涌起从未有过的情感，小声说，"李蓉，我佩服你，也爱你。"

李蓉笑了笑，仰头看看天："下山吧，快要下雨了。"

有了这次鸣凤山的游玩，李蓉和张水生的关系好多了。不过，他们都小心地相处着，谁也不敢触摸过去的种种往事。生活进入正常轨道，日子就过得极快，暑假转眼结束了，李蓉又到学校忙起来。他们学校有个惯例，送走毕业班的老师一般要回过头来，再从初一教起，一直教到学生毕业。开学前，校长找李蓉谈了一次，说她的班升学率高，高中部想让她过去，就看她自己的意愿了。她心里动了，人往高处走嘛。可她忽然听到一个消息神话般在老师间流传，传说中的主人公就是宋阳。原来，县一中每年招收初中新生，都要在全县范围内举行一次统考，择优录取，以保证同外县竞争的生源质量。老师们说，月亮镇一个从没上过学的残疾女孩儿，刚刚十一岁，一举夺得全县总分状元。大家都认为这是闻所未闻的奇事，一个从没上过学的孩子怎么会考过所有在校的学生呢，世上真有天才？李蓉听了，立即到学校去核实录取档案，果然如此！李蓉的泪哗哗啦啦地涌了出来，她用双手捂着狂跳的心口，小声说："阳阳，我一定要教你！"

三十二

宋阳被县一中录取了！宋阳是总分状元！这个消息在月亮镇人的口中像风一样传播，所向披靡，一切的新闻都不成其为新闻了。这个消息的风靡有几个关键词，即残疾儿、从没上过学、家庭教育、孤儿和养父。不过，这个消息之后还有个消息是人们不晓得的，却是宋阳和周远翔格外兴奋。那就是回马坡村的刘根儿在周远翔的辅导下，脱掉了劣等生的帽子，也考上了县一中。

"考取了！考取了！"张丽跑进厨房，在油腻的地上滑了一跤，屁股狠狠地摔了一下，糊了一块脏污。秦师傅哈哈大笑，弄得张丽很难堪："还笑！"

秦师傅依旧笑着："又不是你的女儿考取了，就这么狂啊？"

张丽的脸蓦地一红："这是我们食堂的喜事嘛!"

"是啊，我还以为你有喜了呢！"

"随你怎么说，就是我们大家的喜事。"

"哦对了，你还是阳阳的师父呢！"

"秦老头，你不帮我倒罢了，还要气我！"

"哈哈哈！明白了，是不是要我从中撮合撮合？"

"可是……你有这样的好心吗？"

"好了好了，快去换衣服吧！你看小周已经来了！"

"周哥来了怎么啦？我又不怕他！"张丽嘴里说着，脚下却生了风，赶紧跑进自己的寝室。等她换了裤子出来，却不见周远翔的影子，她白了一眼秦师傅，嘀咕起来："老师们都为这事高兴呢，你秦老头却不闻不问的。"

"谁说不问了？校长说，开学在即，老师们都来了，我们这儿又破天荒出了一个状元，大家都高兴，让食堂好好准备一下，今天晚上会餐呢！"

"真的？需要买什么东西？让我去！"

"等你去——黄花菜都凉了！好几个老师已经自告奋勇上街了！"

张丽再不和秦师傅啰嗦，扭头往周远翔屋里跑，还没进门就在喊阳阳。跑到门口，见里面站满了人，她才猛地刹住脚步。看她那样子，一屋人都笑了，有位老师开玩笑说："远翔啊，一举成名天下知，连美女都送上门来了。"

张丽脸上一热，像泼了猪血，她扭头又往食堂跑，屋里笑得更狂了。这些人全是刚刚到校的老师，一同来祝贺宋阳的。屋里虽然有座位，却远远不够，大家干脆都站着，连孙校长也站着。周远翔自然是激动的，但他没料到会有这么多人来，便不知怎么应付这个场面了。茶也没有，水果也没有，他陪着大家干站着，傻乐着。这里的中心当然是宋阳，这个老师把她抱一会儿，那个老师把她抱一会儿，她就没落过座。往日，这些老师在宋阳眼里是神圣的，她很惧怕他们，极少跟他们打招呼，连看一眼她都不敢。今天他们这个抱了那个抱，使得她又惊又喜。时间一久，不是抱她的人累，倒是被抱的她累了。她要求歇一会儿，孙校长却将她抱起来："爷爷还没抱呢，将来也让爷爷得这么个好孙女！"

"谢谢孙爷爷！您将来会有个好孙女的。"宋阳的话引起一阵掌声。

孙校长满面红光："大家散了吧！天宽地窄的，有话晚上说！"

大家先后散去，周远翔还站在屋里愣了好久。他忽然想起了什么，从衣柜里拿出一个新书包冲着宋阳摇晃起来："阳阳你看，喜欢吗？"

宋阳放下手中的东西，将新书包抢过来："好漂亮啊！"

"试试，看背带合适不。"周远翔将书包背到孩子背上。

"挺好的，叔叔，我有点怕。"

"怕什么？"

"我的腿……上学了，别人会笑话我的。"

"不会！只要你学习好，老师和同学都会喜欢你的，还记得海迪阿姨的故事吗？你要学学海迪阿姨，她虽然没有腿，她的精神却站起来了。"

"记住了。"宋阳深深地点头，拿出一封信，"秦爷爷早上送来的。"

"哦，是李蓉阿姨。"周远翔接过信，拆开看起来。信中李蓉说，她非常高兴阳阳一举夺冠，并急切地等待阳阳的到来；但她内心十分矛盾，从来没有像现在这样失落过，也不知道该为阳阳做点什么；她知道，因她而给阳阳造成的心理伤痛，是无法弥补的，但是，她愿意一点一点地偿还……信中还提到，为了让阳阳行动方便，她为阳阳买了一部轮椅，原先自制的轮椅别带到一中来了。周远翔看了信，有些戚戚然。宋阳也有些沉闷了："叔叔，我不喜欢李阿姨了。"

周远翔怔了一下："为什么？"

宋阳嘟着嘴巴："李阿姨不跟你好，我就不喜欢她了。"

"唉，还提以往的事干什么？那不是自寻烦恼吗？"周远翔释怀地笑了笑，"阳阳，李阿姨还是真心关怀你的，怎么能说不喜欢她呢？"

"我晓得，她是为我出过不少钱。我想，等我长大了就挣钱还她。"

"阳阳还小，不要这么小就心怀怨恨，那会害了你的。"周远翔有些无奈，将信收起来，"阳阳，只有喜爱人家的人才能得到人家的喜爱。"

"叔叔，我总觉得李阿姨怪怪的，说她不喜欢我们吧，她一直在帮我们；说她喜欢我们吧，她却和张叔叔结了婚。她到底是什么人哪？"

"爱是说不明白的，这和道德品质无关，等你长大了就晓得了。阳阳，我看还是到月亮镇中学读书算了，隔那么远，我怎么放心？"

"不！好不容易考上好学校，哪有不去的道理？你不晓得有许多同学宁愿多出钱，也要上一中吗？我的腿虽然不能站起来，却也不像从前那样完全不管用；你天天让我学习自理，我现在也进步多了。初一的教室都在一楼，轮椅可以直接进教室，顶多请同学把我移到座位上就行了。"

"阳阳啊，你要是学会了宽容，我就不会担心了。"

"我怎么不宽容了？叔叔，其实我不恨李阿姨，只有一点儿不喜欢。"

"孩子，我给你讲个故事吧！"周远翔不管她是否喜爱听，就讲起来，"有个孩子总是心存怨恨，常发脾气。他父亲给他一袋钉子，要他每发一次脾气，就在木板上钉个钉子，不久就钉满了。孩子终于认识到了自己的问题，父亲告诉他，要是能做到完全不发脾气了，就每天拔去一个钉子。时间一天天过去，孩子终于把所有钉下的钉子拔完了。父亲说：'你做得很好，但是你再看看这块木板，钉子虽然拔完了，那些伤痕却永远存在呀……' "

听完了故事，宋阳久久地沉默着。周远翔晓得触动了宋阳的神经，便不再说什么，忙自己的去了。故事中的含义拨动了宋阳的心弦，她在日记中写了这样一段话："……木板上的钉子虽然拔掉了，却留下了黑洞。如果钉子是钉在心里呢？就是拔掉了钉子，也会流血不止呀！叔叔，我得永远记住这个故事，不要怨恨人家，不要报复人家，不要在人家心里钉上钉子……"

晚上，所有教职工都聚在食堂的餐厅里，孙校长用双手举起酒杯，对大家作了一个揖："同志们，这是我到这个学校以来举行的第一次开学前的会餐。原因大家都晓得，因为我们这儿出了状元！我们脸上都有光啊，干杯——"

老师们"噢"地一声叫，一齐干了。然后是一个接一个地前来向周远翔敬酒，向宋阳敬酒。周远翔决心一醉方休，所以来者不拒；宋阳喝的是椰奶，别人都照顾她，让她别喝太多胀了肚子，她不听，全都一杯杯地干了。张丽忽然提议，要宋阳唱个儿歌，大家一齐鼓掌。宋阳兴奋得很，看看叔叔，张口就唱：

月亮弯弯像条船，船里有个好摇篮；
我妈说是姥姥给，我爹说是奶奶传。
月亮弯弯像条船，隔山隔水不得还；
有蛟有龙我不怕，叔叔给我护身船……

餐厅里顿时静下来，人们都深受感动，一齐把目光投向周远翔。醉酒的人情绪特别敏感，周远翔的泪早已哗哗地淌了下来，许多人的眼睛也跟着湿了。孙校长端着酒来到周远翔面前，动情地说："小周的确不易，一把屎一把尿的就别说了！为了阳阳，你扫烂了多少把扫帚？挖坏了多少把锄头？孩子所认的每一个字，所做的每一个题，所写的每一篇文章，都是你心血的付出。你的意义不仅在于教养了一个好孩子，更在于你所具备的悲悯情怀、坚定意志和无悔的决不放弃的精神。远翔，并不是我吹捧，说你是在人性的荒原上竖立了一座碑，是我们大家的榜样，也不为过。可是，扪心自问，我们做了什么呢？对于阳阳，对于你，我只有愧悔。为了表达我深切的歉意，让我自罚三杯吧！"

孙校长是轻易不动真情的，但他此刻动了真情。他连喝了三杯，每喝完一杯都亮一下杯子，表示诚意；在场的所有人都跟着喝了三杯，都亮了杯子，都感到校长说出了大家的心里话，都感到了深刻的愧悔。这一场面感动了周远翔，他觉得孙校长把他抬得太高了。直到宋阳上学前夕，他仍处在感动中。

这一天，宋月来了，提着秋季挖出的第一篓苕送给恩人周远翔。她并不知道妹妹要到县城读书去了，本想接妹妹回月亮河的。因为她结婚了，不想再让妹妹拖累人家。可是她把妹妹欢天喜地准备上学的样子一看，要接妹妹回家的话也不敢讲了。她羞愧地说："周老师，没啥拿的，我对不起你。"

"感谢你，把你亲手劳动得来的东西送给我们，这比什么都值钱。我喜欢！"周远翔准备好好招待一下她，可是，宋月坚持要走，好说歹说留不住。宋阳还是个孩子，自然把对县一中的向往放在第一位，姐姐要走，就让她走了。姐姐一走，宋阳就在收拾上学的东西。周远翔非常满意，但这也意味着她就要离开故乡，"父女"之间将聚少离多了。想到这里，周远翔心里一疼，呆立在那儿。

夜里，灯光有些昏暗，平添了离别的愁绪。看着发呆的叔叔，宋阳心里一顿，小声说："叔叔，你就要一个人生活了，我有几件事要说，你听吗？"

"说说看，女儿的话我岂敢不听？"

"第一件事，再也不准打赤脚了！"宋阳说着，从背后拿出一个纸包递过来，"叔叔，我听你讲过，奶奶活着的时候，每年都要给你做新鞋，可我没有奶奶能干；我也看到张阿姨给你做过新鞋，可我也没有张阿姨能干。这双鞋是我学做的，张阿姨笑我做的鞋像个瘪葫芦，可我还是要送给你，给你垫垫脚、防防寒也好。叔叔试试，看合脚不？要是不合脚，就扔了它！等我再做一双……"

周远翔听了，竟答不上来，默默将布鞋套上脚。那鞋大了些，可周远翔说非常合适，又奇怪地问："阳阳，你怎么晓得我的脚是多大？"

"叔叔好傻，屋里不是有你的皮鞋吗？"

"是啊，我怎么想不到呢？"周远翔穿着鞋走来走去，重重地亲她一口，觉得眼里涩涩的，心里酸酸的，"有了阳阳，再也不用打赤脚了。"

"叔叔，第二件事，我走了，学校的地你就不扫了。一月二十块钱，我每天早上吃一个苕就给你节约了，好吗？"

"阳阳这话说的，正长身体的孩子，怎能挨饿？"

"我晓得，书上说了的，吃苕比什么都好。叔叔，你也要多吃苕。"

"哎，叔叔记下了。"

"第三件事，叔叔，我想要个阿姨。我走了，你多孤单哪，有个阿姨陪着你才行……"宋阳说得越认真，周远翔越觉得好笑，于是就哈哈大笑，心里却针扎一般地疼。他忽然想起了母亲，难道母爱是女人与生俱来就有的吗？宋阳见他笑，不高兴了："叔叔，家里没有阿姨，阳阳的学习会分心的。"

"好好好！听你的还不行吗？"

三十三

上学那天，周远翔和宋阳乘早班车离开月亮镇，十点多就到了县一中。令他们没有想到的是，李蓉带着几个学生，推着一辆崭新的轮椅，已经等在大门口。宋阳很激动，远远地就在周远翔的背上叫起来："李阿姨好！"

李蓉快步把轮椅推过来，让宋阳坐下，小声说："以后叫李老师。"

"哎！李老师好！"宋阳灵巧得很，立即改了口。她看看李蓉，又看看叔叔。奇怪的是叔叔和阿姨都没有相互打招呼，只是把嘴角动了动，然后各自扭开脸，又一同推动了轮椅，朝新生报名处走去。

报名时遇到了问题，在父母栏里宋阳都写"叔叔周远翔"。那位老师对宋阳解释说，要填写她的亲生父母，而不是叔叔。宋阳又倔了，认定就是叔叔。周远翔也不假思索地说："当然是我！我收养她快五年了，不填我填谁？"

李蓉连忙在一旁证实，宋阳父母双亡，周远翔应该是孩子的养父。那位老师还是摇头："您不知道，国家刚刚颁布了《收养法》。您有收养证吗？"

"《收养法》怎么说？"周远翔急切地问。那位老师也没看过《收养法》，让他自己去找。李蓉说："先让孩子入学，父母的事等查了法律再说。"

宋阳报了名，父母栏却空着。周远翔立即跑到民政局查了《收养法》。上面说，单身男人收养女孩，年龄至少应相差四十岁。而周远翔和宋阳，相差只有十四岁。周远翔一下子被搞懵了，本能地驳斥说："这是什么法？难道要否定我们的父女关系？让阳阳重新去做孤儿，去做流浪儿？"

无论周远翔的情绪多么激烈，面对法律，他也无法。不过，民政局的人在听了他对事实真相的陈述后，给他出了主意，让宋阳在自己的档案上填写原来父母的名字，注明"已故"就行了；而他和宋阳则依旧保持现有的状况，他是宋阳事实上的监护人。周远翔虽然不能接受，却也没别的法子，那种深刻的挫败感像一枚毒钉，长久地钉在他的心脏里，让他感到窒息。从县一中回家后，他打不起精神，弄得张丽也跟着灰心："远翔，法律不允许，再愁也没用啊！"

周远翔闷闷地说："阳阳是我女儿，能不愁吗？"

"政府不让你养，那就送给政府去，还轻松些！"张丽像是很有理由。

"胡说！"周远翔发怒了，把张丽吓了一跳。张丽心里一酸，泪水一串串往下掉。周远翔倒奇怪了："人越长越大，心却越长越小了，哭啥呢？"

"把心给你吃了，你却嫌腥臭！"张丽索性要和他大吵一架。

周远翔不得不小心了。当初认识张丽时，她还是个十七岁的孩子，清丽而又单纯，无忧无虑的。转眼过了四年，她也是二十一岁的大姑娘了。姑娘长大了，自尊心就强了，周远翔连连道歉。张丽不听，泪越流越厉害。周远翔木在那儿，秦师傅适时地插进来说："小周真是个木头，道歉就行了，下次——"

　　张丽猛地起身，扭着她细细的腰走了："哼！哪还有下次！"

　　周远翔见她悻悻远去，以为这事过去就过去了，秦师傅却要找他谈谈。秦师傅明白张丽一直暗恋周远翔，早想从中做个好事，就怕在周远翔面前碰一鼻子灰，所以隐忍着。今天这个机会他不想再错过，便挑明了要做他和张丽的媒人。周远翔恍然大悟，明白了张丽为什么要为他做鞋，帮他种地，帮他带阳阳了；更明白为什么要和他斗嘴，为什么动不动就流泪了。他觉得有些突然，没对秦师傅明确表态。但是，此后的张丽在他眼中，竟然有了难以形容的变化。她的清纯像月亮河的流水，她的妩媚像月亮中的仙女，她那细细的腰肢像微风吹动的柳条，她那随口而出的话语像没有雕琢的玉一样浸润人心，一切都是那么动人。

　　学校有一位年轻老师是张丽的同学，周远翔有意要了解一下张丽的过去，那位老师就讲了一个有损于张丽形象的笑话。张丽读初中时和一个男同学相好，有一次他们在外面玩到深夜才归，被值勤的老师抓住，还要他们作检讨。那个男生和老师对抗着，张丽则带着哭腔检讨开了。她说："其实也没干什么……就是，你看我的，我看你的……你摸我的，我摸你的……"张丽在检讨中一连说了四个"的"，于是，同学便取笑她作过"四的"检讨。这样一笑一闹，张丽觉得无脸见人，离开了学校。她家里又穷，便让她到小学食堂做了临时工。听了这个故事，周远翔忽然觉得张丽有些楚楚可怜。少女的爱情萌动、处事的单纯和性情的天真，都让周远翔对张丽有了好感。他开始有意识地接触张丽，张丽因此而兴奋，有事没事便往周远翔屋里跑；周远翔也会在星期天带着她四处转转。他们在一起唱唱歌儿，采采花儿。周远翔还会给她讲讲文学，张丽则听得张大嘴巴，一副天真的模样，眼神中流露出的全是敬佩。他们都很爱雪白的山菊花，到了秋天，白菊漫山遍野，他们会在花丛中追逐嬉戏，跑来跑去。有时候他们把花采回去，用水养起来。有时候面对菊花，周远翔也会抒上一段情。比如周远翔爱说菊花是秋天的瑞雪，净化了山野，也净化了心灵；爱说菊花象征着纯洁的爱情，没有半点儿矫情和杂质，就像张丽一样。青春加上激情，他们不能自已，便要唱起来，跳起来。张丽唱歌的时候，周远翔会用一支笛子伴奏。一个吹一个唱，那种浪漫的气息便弥漫在沟谷里或是山头上，引得路上的行人驻足观望。周远翔说，他爸爸曾留给他一支竹笛，上面有母亲缠绕的红线和穗子，张丽便给这支笛子也结上一条鲜红的穗子。周远翔一边吹一边摇头，那穗子飞扬起来，很潇洒，也让张丽入迷。有个周末，张丽的家人忽然带信来，让她回去一趟。她一去就是一星期，让周远翔的心突然像被掏空了似的。张丽回校了，周远翔急切着迎上去，恨不得把她那雪白的皮肤咬几口。那种心动，那种急切，都是从未有过的。尽管他和李蓉的爱也曾经疯狂过，却是有着深刻的理智约束的；在张丽面前，他则是毫无障碍，可以一狂到底的。那天晚上喝了点酒，他一把握住张丽的手说："张丽，你真美！"

张丽也喝了酒，脸红红的："远翔，你好酸！"

"哦——你真丑！"

"你才丑呢，丑八怪！我看你是醉了吧？"

"美也不能夸，丑也不能夸，你这个人哪……"

"谁要你夸了？只要你心里对我好就行了……"

"嗬，张丽，浪漫点儿好不好？"

"远翔，我可说不赢你！你水平高，怎么说怎么好吧！"

"那好，今夜八点，我们到水库边要一要，如何？"

"你骗我！我可不想深更半夜跑到野坝里去的。"

"骗我了吧？我倒听说你读初中时就有过夜不归寝的事呢！忘记了？你还作过'四的'检讨呢！要不要我背出来？"周远翔这样一说，张丽不依了，扑到周远翔怀里就是一顿乱捶乱打。周远翔连连求饶："好好好，我错了，错了还不行？答应我，晚上到水库那儿去。那儿杨柳依依，清风明月……"

"瞧你说的比唱的还好听，谁说不去了？"张丽身子一扭，像蛇一样盘到周远翔怀里。周远翔猛地一亲，张丽笑得花枝乱颤。晚上，天空中一轮明月，清辉如水，周远翔满怀激情地走到水库边。水库边的杨柳林，横看成排，竖看成行。劲疾的风一阵阵吹着，杨柳摇曳，嗖嗖有声，越发显出水库四周的寂静。有个小巧的人影在依依杨柳下轻轻晃动，周远翔晓得是谁，快步朝她走去。张丽一闪而出，抱住了他。她穿了一身薄如蝉翼的衣服，半露着胸脯和高耸的乳峰在月光下给人一种不真实的梦幻感觉。"远翔，你像鬼一样，一点儿声音都没有。"

"我就是鬼，你怕不怕？"

"哦——你就是鬼呀！一个风流鬼吧？"张丽哧哧一笑，双手挂住了他的脖子，"我才不怕鬼呢！我今日就是来看鬼的嘛。"

"原来你也是个风流鬼呀！"周远翔被她那水灵灵的样子迷住了，顺势把她轻轻托起，潜到柳林深处，放在毯子般的草地上，呆呆地欣赏着。

"看什么呀？这么冷的天就把我放到地上。"

"是啊，这么冷的天，你还把美献给我，真正是舍己为人哪！"

"哥，别寒碜我了。"张丽拉住他的手，周远翔有些发呆，下意识地坐下来。张丽偎到他的怀里，周远翔反倒不敢动了，腰板挺得很直。张丽又在他怀里扭来扭去，周远翔经受不住张丽的冲击，心中的欲火陡然升了起来，拘谨和畏惧瞬间消散，便毫不犹豫地在张丽身上动手动脚了。他解开张丽的衣服，把她坦露的胸脯紧紧贴在怀里，接着就将她的衣服剥了。月光下，张丽的肌肤雪一样白，她的每一次扭动都撩人心弦，每一声叫唤都动人魂魄……

张丽忽然流泪了："哥，我想哭一场……"

周远翔轻轻吻她的泪："我们结婚吧，阳阳她——想要个阿姨……"

张丽摊开四肢，长久地看着空中的月亮，仿佛要进入月宫中去了。周远翔同她并排躺下来，也仿佛要被月亮吸走了。那个夜晚，他俩一直目送月亮下山，才回到学校。他们的相爱，使秦师傅很高兴，他常常以媒人自居，"敲诈"他们的酒肉；又像一个父亲，小心呵护着他们的情感。从此，教工食堂的三个人就像一家人似的，其乐融融。转眼到了寒假，张丽要回老家，她恋恋不舍地写了张字条塞给周远翔，心想自己没有文化，怕他看了好笑，没等他打开，赶紧捂住了脸。周远翔一看，写的是一首民歌："对面山上喊山歌，妹在屋里织绫罗；哪里来的情郎哥，喊出这样的好山歌。把奴听得脚瘫手软手软脚瘫，踩不到云盘抛不得梭，织坏我绫罗……"周远翔叫了一声："妙不可言！"然后哈哈大笑起来。

"笑啥呢？死鬼！"

"张丽，不是讥笑，是高兴。这词儿太好了！"

"真的？我们那儿有许多这样的歌儿呢！"

"那更好了，什么时候让我去听听？"

"不，我才不会让你去呢！"

"怎么？一看丈人丈母二听歌儿，有什么不好？"

"周哥，你不能去的，如果喜欢，我写给你。"张丽的笑凝固了。周远翔并没在意，倒是对她的山歌上了心，追问她唱得了多少。张丽哼了一声，心里有话似乎不能明说，只得打起精神说山歌的事："我唱不了多少，十多首吧。可我妈会唱，听说她年轻时能唱好几百首，现在也能唱一百多首。"

"好极了，那你全给我抄来！"

"要那些东西干什么？"

"不干什么，就喜欢呗！"

"那——看情况吧。"张丽吞吞吐吐的，倒把周远翔弄急了，想进一步求她，正在这时，操场那边有人在叫"叔叔"，原来是宋阳回来了。周远翔和张丽跑过去，见刘根儿把宋阳扶着。周远翔忙把宋阳背起来，宋阳说："叔叔，是李蓉老师把我们带回来的。她说以后我和根子哥都搭她的车，再也不用麻烦别的同学了。"

张丽的脸色一变，周远翔看她一眼，无言。宋阳似乎从张丽和周远翔的表情中看出了什么，暗暗笑了。晚上吃饭，周远翔不断朝外面张望，宋阳故意不高兴地说："叔叔心不在焉的，看谁呢？想她就把她叫来好了。"

"哪里，随便望望呢！"

"叔叔不说，我也晓得，张阿姨要回老家度假，你舍不得吧？"

"小妖精，看我掐你的嘴！"张丽忽然钻了进来，周远翔的脸竟红过了耳根，宋阳鼓着掌笑起来。张丽要挠她痒痒，她连连喊饶命。张丽和宋阳只相差十来岁，在一起嘻嘻哈哈的，真像姐妹一样。周远翔红着脸，看着她俩傻乐。

三十四

这个寒假留校的教职工只有周远翔一人，这是学校对他的一种信任。老师们全走了，厨房的同事也全走了，周远翔和宋阳不免有些孤独的感觉。虽然只有父女俩，正月初一他们还是放了鞭炮，到山上为二老上了坟，整了八碗菜，喝了几杯红酒。没有电视机，父女俩都觉得困，便早早睡下了。周远翔睡又睡不着，便东想一阵，西想一阵。深夜，周远翔的房门突然咚咚咚地猛响起来。似睡非睡的周远翔像听到了惊雷，一跃而起，冲到门口，厉声喝问："哪个？"

"远翔，快把门打开，我有话说！"原来是张丽。张丽应该在三四十里外的老家，怎么会半夜三更跑到这儿来了？周远翔猛地将门一拉，张丽跟着倒了进来，周远翔一把将她抱在怀里，接着就是张丽无助的哭声。

"怎么啦？你莫吓我！"周远翔愣愣地问。

张丽哭得伤心，断断续续地倾诉着。原来，张丽的父母铁心要在春节期间为张丽完婚，新郎就是同村的一个私营企业老板。这位老板四十来岁，老婆因病去世，特意到张家提亲。张丽的父母满口答应，也不管张丽有没有心上人，硬逼着张丽同意。张丽的哥哥更是凶恶，威胁张丽，要是敢说半个不字，就叫她断胳膊掉腿。原因很简单，张丽的哥哥在那个老板的企业内打工。张丽本是个不怕事的，但她得考虑哥哥的就业问题，只得屈从了。张丽倒在周远翔怀里，嘤嘤地哭。周远翔身子一软，塌到椅子上："你原来是这么个人，我们说散就散了？"

宋阳不知什么时候醒来，发现叔叔坐不稳，惊叫着："叔叔！"

"哎哎哎！"张丽赶紧把周远翔抱住，"都怪我无用。你这么傲的人也受不住

135

这个打击，怎么这么无用！唉，说去说来都是我害了你……"

"我没闲心同你磨牙，你滚吧——"周远翔有气无力地说。张丽听了，无助地看了一眼宋阳，扭头跑进漆黑的夜里去了。

"叔叔快把阿姨追回来，夜里多可怕呀！"宋阳的泪一涌而出，她很懂事地提醒叔叔。周远翔立即冷静下来，听话地冲出门。他一边跑一边呼唤张丽，张丽远远听到周远翔的叫声，立即停下脚步。她明白周远翔是深爱她的，等周远翔跑到跟前，又把他抱住了。周远翔不说话，把张丽拉回到她自己的寝室。周远翔刚要离开，张丽从后面拽住了他："别离开我，再陪我一夜吧！"

周远翔十分冷静："我已经犯过一回错了，不能再犯了。"

"不，上次是我愿意的，这次也是我愿意的。周哥，上次我就瞒了你，其实那次回家父母就让我和那个人见面了。我想，要是和你生米煮成熟饭，父母就对我没法了，可是父母不管，还是逼我成婚。周哥，虽然我们这辈子不能在一起，可我也满足了，因为我得到了你的身子，你也得到了我的身子。周哥，以后我们不能在一起玩了，我只想还能陪你一夜……"

"可是……"周远翔犹豫了一会儿，还是决心走了。第二天一大早，周远翔就起床去看张丽，却没见到她的影子。周远翔以为再也见不到张丽了，十分沮丧。开学后，张丽却按时上了班。他天天能看到她，心里更难受，却要像什么也没发生似的和她相处。那天，张丽忽然说："你到我房里来一下。"

周远翔心里一动："啊！可以吗？有事？"

"自己的事都忘了？不要就算了！"

"别发火，张丽，到底是什么事？"

"不是要山歌的吗？"

"哦——这个呀，那谢谢你了。"周远翔嗓子眼哽了一下，但他并没去拿。在婚事上的受挫，使他对此失去了兴趣。宋阳好几次回家，都看到叔叔打不起精神来，心里可怜，却帮不上忙，就把这事悄悄对李蓉讲了。

县一中的学生大多是各乡镇的，住宿的多，为照顾他们，平时没有星期天，而是每月集中休息四天。这天又是每月休息的时间，李蓉带着宋阳回到了月亮镇，并且来到周远翔身边。周远翔对李蓉的分手有着太深的痛，他明晓得李蓉是忘不了他的，但他还是不愿给李蓉表达内疚的机会，尤其是在他的爱情再次受挫的时候，对李蓉更是没有好脸色。李蓉没有计较，只想将功补过，便把她的表妹叫到镇上来，让她和周远翔见见，争取成就一桩好事。李蓉害怕在周远翔这儿碰壁，和他说话时有些小心："远翔，你已经恨透我了吗？"

周远翔笑了："李老师，我以为你不会再来了的。"

"想不到，我是个骂都骂不走的人。"

"那你一定是有很重要的事了。"

"当然很重要。我看你单身一人……"

"莫非还想给宋阳做阿姨？"

"你——远翔，别闹。到我家里去一下，我有个表妹等着你。"

"哦！原来是你表妹……那一定是个美人儿了。"

"别油腔滑调的，到底去不去嘛？"

"难为你了，你倒有好心。急着把我销售出去，是怕我威胁你吗？"

"笑话，我怕谁威胁？早已是半老徐娘，无所谓了。走吧？"

"行，只要她对宋阳好就行。怕就怕又是个只爱男人不爱孩子的。"

李蓉气得一哽，但她今天的姿态很高，决心不和他生气。周远翔一边暗暗好笑，一边跟在李蓉后面，抱着一种玩世不恭的心态，也就不管结果好不好了。李蓉的父亲是个大忙人，很少待家里，母亲也不在，那么大的房子便显得空落落的。周远翔和李蓉穿过门厅，一直走进寝室，只见一个女子低头坐在床沿上，不敢看人。李蓉给他们作了介绍，又给他们泡了茶，然后找借口出去了。周远翔面对生人，无从开口。那女子也不开口，身子像坐不稳，扭来扭去的。周远翔觉得没意思，终于单刀直入地说："我们素昧平生，就讲讲各自的情况吧。"

女子蚊子般嘤嘤地说："好，周老师你先说。"

"我嘛，是个名人，小学的伙头军。为什么出名呢？因为我有个十几岁的孩子……"周远翔看了看女子的表情，发现她的脸陡然变色了，心里竟然产生了一种特殊的感觉，话也就变了味儿，"孩子嘛，在下爱如明珠，想给她找个后妈服侍她。"

"这么说——你是个二婚？"女子终于打断了他。

"是的，我是个二婚。二婚有什么不好？"周远翔有些得意，"二婚可好呢，晓得体贴女人，又有事业心，心理和生理都很成熟了，远不是那些不知天高地厚的小年轻可比的。小姐应该明白，二婚打着灯笼难寻哪！"

那女子一跃而起："我是个黄花闺女，还不到二十岁，能嫁给一个二婚的人吗？何况你还有个孩子……这些情况你为什么不早说？你骗人！"

"小姐息怒，不是我骗人，是你表姐李蓉骗人。"周远翔恶毒起来，"讲明白些吧，这孩子是我和李蓉老师共同所有。想当初，我和李蓉相亲相爱时，共同拥有了这个孩子，可事到临头，她抛下孩子和我，远走高飞，现在又想把我推销出去。这一点，李蓉没给您讲吗？现在您明白了，就拿个主意吧！"

"你——你滚！"那女子捂着脸，朝床上倒去。

这些话，无疑都让躲在外面的李蓉听见了。她实在忍无可忍，冲了进来，似乎要大骂一通，却看着周远翔光喘粗气，无话可说。过了很久，她才缓过气来："远翔，对不起，我不该让你来的。真让你猜对了，我再次伤害了你。现在你出了一通气，也该痛快了吧？还有什么要说吗？只管说。"

无比痛快的周远翔忽然羞愧满面了，他本是希望李蓉大骂一通的，结果却是这样。李蓉的表妹听了李蓉的话，以为那孩子真是表姐生下的，脸上便生出怨恨，指着李蓉说："好你个表姐，自己甩下的包袱又想扔给我！"

李蓉一愣，表妹已经冲出屋，任她怎么叫唤也不转来。李蓉长叹一声，带着恨意地看了一眼周远翔，说了一句话："我是自取其辱，怨不得别人。"

"我已经不可救药了。"周远翔也起身出门，"请原谅。"

周远翔失魂落魄地回来，静了许久，挥笔写下了八个大字："不谈爱情，不谈婚姻。"然后把它张贴在正面墙上，自我欣赏着。此后在食堂里，只要谈到婚姻问题，他都会阴阳怪气的。张丽感到对不起他，秦师傅也觉得惭愧，他们三人之间有些尴尬。有一天，秦师傅打了一壶酒，嘱咐张丽炒了几个好菜，邀请周远翔喝了一顿。周远翔因为心情不好，喝高了，走路歪歪倒倒的，秦师傅叫张丽扶他回屋。张丽也喝高了，不知是周远翔扶着她，还是她扶着周远翔。他们拉拉扯扯的，像打架一般。张丽笑嘻嘻地问："有能耐就再喝几杯！"

张丽虽然如同以前那样妩媚，周远翔却看不起她了："你陪？"

"陪就陪！我早想通了，陪别人不如先陪你！"张丽坐到周远翔怀里，有点儿撩人的意味。周远翔没有理她，把她推开了。张丽在屋里转了一圈儿，忽然发现墙上那张字条，又笑起来："嗨，不谈爱情不谈婚姻，骗谁呀！"

"哎哎哎，我哪里骗人了？这话你懂吗？"

"我不懂，我只晓得有个人半夜三更把一个少女勾引到柳树林里的事。"

"你怎么这样鲜廉……"

张丽唏唏地笑，并不懂"鲜廉"是什么东西："好啊，我就喜欢你这样有知识的人，说起话来深奥得很。可惜了，恐怕再也听不到你转文了。"

"哦——张丽，你要上吊了？"

"多难听啊！你才上吊呢！学期一结束，我就管企业去了。"

"哦——明白了，你已经是老板娘了。"

"怎么样？就是不上班，钱也能胀破口袋！"

"既然是这样，那也好，老哥子敬你一杯，祝你前程远大！"

两个醉酒佬，你一句我一句，越说越上劲。然后他们真拿出酒，你一杯，我一杯，碰了起来。醉酒的女人灿烂而又娇媚，很令人心动。张丽说："家里人都是见钱眼开的，我也是！哥，要是缺钱，可别忘了我呀！"

"好，恭喜你找了个好男人！"

"是啊，谁不晓得我男人是老板！"

"我是真心为小妹高兴，祝贺——干杯！"

"哥，走出这个破学校，只有大哥你——我真有点儿舍不得！"

"哦！我有这么迷人？"

"那天在柳林里，我总忘不了……你笨手笨脚，猴急猴急的……"

"你嘲笑我！老子堂堂男子汉，竟敢说我无用吗？"

"你有用？有什么用？有用就拿出证据来呀！"

他们都醉得一塌糊涂，心里却明白，醉酒和不醉酒的唯一区别就是胆大，把持不住自己，想什么说什么，说什么干什么。周远翔猛地将张丽抱了起来，粗鲁地撕开她的衣服。张丽浑身瘫软，任他摆弄……突然，哗啦一阵响，一盆冷水从头顶泼下，将他们浇了个透心凉。两人一惊，原来是秦师傅。秦师傅没有理他们，当即走了。他们都觉得羞愧万分，张丽头一埋，嘤嘤地哭了。

周远翔喃喃道："一之谓甚，其可再乎！我真浑哪！"

"哥，都怪我！"张丽也走了。周远翔将门插紧，独自坐到床沿发呆。墙上贴满了宋阳的奖状和宋阳的水粉画，周远翔巡视一周，觉得自己太对不起宋阳了，便为自己的行为充满无比的懊恼和恶心，后悔至极。他感到自己堕落得不能自拔，当初的理想和激情已经毁灭了。过了几天，宋阳回家，周远翔忽觉悲从中来，紧紧搂住她，伤心地哭了一场。宋阳吓得不轻，以为他生了病或是被人家欺负了。周远翔接着笑了："没有谁敢欺负叔叔，叔叔想阳阳，就哭了。"

"我每月都回家，你还想啥呢？"聪明的宋阳没有上当，追问他到底遇到了什么事，周远翔拼命摇头。这个冬夜漫长而又深邃，周远翔的心事更为深邃，也更为沉重。第二天清晨，宋阳坐在床头久久地看着叔叔，发现叔叔眼中还有泪，她心里就隐隐地疼。周远翔忽然醒来，宋阳说："叔叔哭了一夜。"

"哦……哭哭也好，听说流泪就是排毒。"周远翔的心情已经好多了。

宋阳哧哧地笑了："叔叔，那我也想哭一场。"

三十五

张丽说下学期不来的，可是，秋季开学，张丽又按时上班了。周远翔到食堂去看秦师傅，却发现了张丽。面对张丽，他已经比上学期平静多了，只是对她还来上班不解，小声问："怎么回事？不是管企业去了吗？"

张丽抿嘴一笑："你猜猜？"

"要我猜的话，那就是你们散伙了？"

"周哥，你真憨！"张丽作贱自己说，"绿头苍蝇碰到了狗屎会散伙吗？"

"谁是绿头苍蝇？"

"咱村里那个企业老板呀！"

"那你不是狗屎了？"

"是的，我就是一堆狗屎，现在我连狗屎都不如了。"

"那——绿头苍蝇为什么不把狗屎叼住不放呢？"

"我们已经拿结婚证了，他也就放心了，再说我也不想待在村里。"

"哦——苍蝇和狗屎变成了牛郎织女……"周远翔见张丽抹起了眼泪，赶紧逃走了，心里却同情张丽。他往床上一躺，怅惘的情绪把他笼罩了。忽然外面有人在叫他，开门一看，又是张丽。他要关门，张丽硬挤了进来。张丽掩上门，拿着两个厚厚的本子往他床上一摔："我又不是贼！"

周远翔不好意思地拿起一看，叫了起来："山歌！竟然有两本！"

"一本是上学期抄的，一本是这学期抄的。还以为你不要了呢！"

"要，怎么不要！张丽，你是个好人，这么久了，你一直记在心里。"

他们两人正要往一起靠，门又被推开，是孙校长。孙校长定神一看，吓了一跳："啊，你们在恋爱！对不起，你们继续！哎，不对呀……"

张丽一脸绯红，转身逃跑了。周远翔呆呆地立着，张不开口。

"小周，"孙校长似乎很急，"县里刚来通知了，县教委将组织一些企业参加我们的开学典礼，给咱学校捐一些书本教具，县报社、电视台还派记者来学校采访，咱们搞个捐赠仪式，热闹点，你给我准备一个发言稿。"

周远翔有些吃惊："校长，我成吗？"

"文章都上过报了，还在乎这点儿小事？"孙校长走了。周远翔推辞不得，只好到教务处找些资料，埋头写起来。到了开学那天，操场上彩旗飘扬、锣鼓喧天，学生们整齐地站在操场上。领导们坐在前排，孙校长和一位年轻女记者在交谈。典礼开始了，孙校长走向主席台，挥手示意学生停止奏乐。周远翔看到校长捧着讲话稿，心里有些忐忑，不知他为校长写的稿子有没有效果。听了一会儿，他的思想开了小差，热烈的掌声响起，他才晓得校长讲完了。

电视台的记者一直抱着摄像机扫来扫去，女记者也不失时机地拍照。周远翔觉得女记者的身影有些熟悉，便长久地注意着她。会议结束了，女记者把校长请到操场边单独采访。他们隐在大树的另一面，周远翔看不到了，转身朝食堂走去。他晓得今天不仅要做老师们的饭，还有客人们的饭，厨房很忙的。进了厨房，张丽告诉他，客人们上馆子，食堂一切照旧。吃了午饭，周远翔无聊得很，独自一人上街去转。他发现有个酒楼正在开业，门口放了很多花篮，鞭炮噼里啪啦，热闹得很，他的眼睛一亮，看到了那个女记者正在拍照。他身不由己地走到女记者身后，不知是要看她，还是要看她拍照，总觉得这人好熟。人越来越多，把女记者挤得很难堪。突然，有个小偷悄悄地将手伸进女记者的挎包，掏出钱包转身就跑。周远翔看得一清二楚，大吼一声："抓小偷！"

小偷的动作快如闪电，像老鼠一样；周远翔撩开大步，风一般追了上去，一边追一边喊。人们听说抓小偷，赶紧去摸各自的钱包，那个女记者惊叫一声，提着相机就朝周远翔追去。到了手的钱，小偷是不会轻易撒手的，但他跑得再快也快不过身高腿长的周远翔。小偷快累死了，追赶的脚步声像雷击似地震撼着他的耳膜，越来越近；小偷没法了，只得万分不舍地扔掉钱包，然后蹿进一个小院。周远翔扶住矮墙，气喘吁吁，弯腰捡起了钱包。不一会儿，女记者也赶到了。周远翔把钱包递给女记者，遗憾地说："不好意思，我没追上小偷。"

"谢谢！"女记者接过钱包，久久地看着周远翔，把他看得浑身发毛。女记者意识到自己的不礼貌，装好钱包，连忙举起相机，对着周远翔咔嚓咔嚓地拍了几张，这才说："我是县报社记者，能公开你的姓名吗？我得谢谢你。"

周远翔面对相机，脸色早已通红，又不好说什么，当即回头离去。女记者追上来："见义勇为的好汉，你还没告诉我你的尊姓大名！"

"我是小学的周远翔！你就别追了。"周远翔边走边说，越走越快，终于甩掉了她。他跑回寝室，往床上一躺，大睡了一觉。

过了一段时间，周远翔淡忘了女记者的事，天天把张丽送给他的山歌本抱起看。那些山歌为他打开了另一个世界，使他如痴如醉。他买了几个大笔记本，把那些山歌分门别类地重抄一遍，封面写上《民歌宝典》，还分了卷，一共是六卷。从此，他找到了新的兴奋点，利用晚上的时间到附近农民家里去搜寻山歌、民歌，每天都忙到深夜才回家。过了两个月时间，又积了几大本。

一天，宋阳月休回家，进门就说："叔叔，您现在可成名人了。"

周远翔不解，宋阳拿出一张报纸递过来，上面有他的照片，照片下面是关于周远翔见义勇为的文章。周远翔这才想起为女记者抓小偷的事，觉得这没有什么好登的，他将报纸放在一边，连忙为宋阳做饭。

"叔叔，您都两次上报了！还记不记得，上次的作者是谁？"

"哦，你还记得几年前的那事呢。"

"那当然了。"宋阳的话提醒了周远翔，他若有所思地回味着。宋阳不失时机地说："叔叔，那个女记者其实挺漂亮的，叫杨芳。我觉得挺有意思的。"

"什么意思？"

"两次拍照的是同一个人，叔叔，这还没意思吗？"

"不会这么巧吧？也许同名不同人呢？"

"肯定是同一个人！我还从文章中看出来，她喜欢你；你的眼神告诉我，你也喜欢她。不知道她喜不喜欢我。叔叔，她肯定不晓得我和你的关系，也许忘了以前给我们拍照片的事？她要是不知道，你在她面前就别提我。"

"阳阳，耍什么心眼呢？"

宋阳不作声了，晚饭后被张丽接过去洗澡，还为自己的想法偷偷乐。宋阳坐在一个齐腰高的大木桶里，秀丽的长发披散在木桶边。张丽提着水壶，用手试试水温，往里面兑了些热水，看了一眼宋阳："阳阳快成大姑娘了呢！"

"本来嘛！"宋阳说，"今年初中就毕业了。"

"是啊！谁不晓得阳阳是个能干姑娘？"张丽感叹一声，想到自己和周远翔本是有缘的，最终却没有名分，难道这是天意吗？要是和远翔真成了，同阳阳在一起多好啊。她忽然说："阳阳，从现在起，和阿姨住一块儿吧！"

"那成吗？我得问问叔叔。"

"又傻了不是？你这么大了，不能再和叔叔住一间屋了。再说，将来你叔叔要是谈个对象，你也有地方回避了，可以少惹些麻烦嘛。"

"张阿姨，你真好！你和叔叔散了，我还以为你不喜欢我呢！"

"哪能啊？虽然我们没成，可我这心……你叔叔好可怜。"

"张阿姨，今天我把杨芳记者的文章给叔叔看了，他在那儿发呆。"

"是吗？"张丽擦着手，心里一沉，脸色有些异样。呆了一会儿，她拍了一下自己的脸，勉强笑了："哦？有门儿！我看这是个好机会。阳阳，一晃都五六年了，你叔叔受了多少苦啊！等你长大了，可得好好孝敬他。"

"当然啰！叔叔是我最亲的亲人，我最希望的就是早点有个阿姨帮帮他。"

"是呀，我也这么想。"

"可是……张阿姨，人家会嫌我的……"

"也不是所有人都那样，我就没有。"

"张阿姨真好，以后我就住你这儿，陪你玩儿！"

"小精怪，尾巴一竖我就晓得你是拉屎还是拉尿的！哪是要陪我？要是杨记者真对你叔叔有意思，你就在我屋里不露面，我们合演一出戏。"

"可是，别人会怎么说呢？还有那么多老师。"

"不要紧，我请孙校长帮帮忙。"这一夜，宋阳和张丽讲了半天关于周远翔的婚姻问题。宋阳临走时还在对张丽叮嘱，一定得按她俩商量的法子办。张丽郑重地接受了任务，找了秦师傅，又找了孙校长，大家居然一致赞同。

周远翔并不晓得张丽在为他操心费神，依旧沉浸在那些民歌中。有一天他忽然心血来潮，就月亮镇民歌的艺术美写了一篇文章，向市报和县报各寄了一份。市报很快发出来了，县报却不见踪影。原来那篇稿子落在杨芳手里，她觉得发在县报上太可惜了，就带着稿子来到月亮镇，要和周远翔当面谈谈。她来的时候被张丽发现了，张丽赶紧跑进厨房报告说："远翔，记者找你来了！"

周远翔不相信，疑惑地朝门口张望，只见孙校长陪着杨芳走来，周远翔惊讶得不知该说什么好。孙校长说："人家杨记者可是专门来采访你的。"

杨芳欣喜地说："周大哥，你好。"

"你好！我……"周远翔伸出手，手上有水，又缩了回去。

杨芳说："怎么，不欢迎？"

周远翔尴尬极了："不是这意思，只是我的手不干净。"

张丽连忙插进来说："哎，还愣着干什么，快请客人进屋啊。"

周远翔去提开水瓶，张丽凑过来小声地对周远翔耳语了一阵，周远翔惊得差点儿摔了水瓶。张丽把周远翔一推，周远翔这才把杨芳领进屋，孙校长和张丽也跟了过来。杨芳进屋就转悠起来，打量着简陋的房间。她发现墙上有些图画，稚拙而秀丽，充满着童趣，当然她并不知道这些是宋阳的作品："这画是……"

张丽抢着说："这是学生的作业。"

杨芳笑了："啊！好可爱。"

周远翔递给杨芳一杯茶："杨记者，请！"

张丽调侃着："我看，叫芳芳才显得近乎，呵呵。"

大家都笑起来，孙校长给张丽使了一个眼色："杨记者，我们就不耽误你们谈正事了，你们谈，我这就去镇招待所给你安排住处去。"

等校长他们走了，杨芳从包里拿出周远翔的那份稿子："这是阁下的大作，拜读了，很不错。我今天来一是想和你探讨一下，我想将这份稿子推荐到省报上去；二是来拜师。可以说，现在我才找到了知音，因为我也沉迷于民间文学。"

这哪是来拜师，完全是教师的口气嘛。周远翔笑起来："什么都可以谈，这文学艺术嘛——你是专业的，我是业余的，怎么谈得拢？"

"你莫讽刺我！"杨芳是个率性的女孩，说话直来直去，"周大哥，能把你手头的民歌给我看看吗？我也可以把我的给你看，这叫资源共享！"

周远翔二话没说，就把他搜集整理的所有民歌册子全搬了出来，惊得杨芳双眼雪亮，倒不好意思把自己的本子拿出来了。周远翔介绍说，他已经拥有民歌六百多首，争取在一年内达到一千首。杨芳盯着那一堆本子，心里早已打定了主意，想和他交换资料。周远翔没想到杨芳这样喜爱民歌，也觉得找到了知音："杨芳同志，你喜欢就拿去吧！不过要还给我就行了。"

杨芳灿烂地一笑："瞧你说的！第一次打交道就对我不信任？不管怎么说，你还是我的恩人哪！我们圈内都晓得，借东西不还，还不如小偷！"

周远翔的脸蓦地红了："那——我是以小人之心度君子之腹了。"

"周大哥，我也不是这个意思！"杨芳又在屋里转起来，忽然在屋中央一停，"问你一个问题，要说实话！你家里都有些什么人？夫人孩子还好吧？"

周远翔吃力地回答："我……我刚读完高中，父母就不在了。至于老婆孩子嘛，对不起，我这个人不谈爱情，不谈婚姻。"

"好！光棍一身轻！你这个朋友我交定了。"杨芳说话随意，拉近了同周远翔的距离；杨芳的爽直，解除了他对女人固有的防范；共同的爱好，使他有了倾诉的欲望。他们交流着搜集整理民间文学的经验，探讨着民间文学中的很多问题，不觉间天就渐渐黑了。杨芳脑勤手也勤，一边谈一边记。这时，她请周远翔把灯打开。周远翔这才吃了一惊："这么晚了，我送你去招待所。"

杨芳眼一瞪："怎么？下逐客令了？"

周远翔为难地说："不是这意思，这里不比城里，爱串闲话，我担心……"

杨芳冷笑一声："串什么闲话？你没娶我没嫁，光明正大的交往又没犯法，就算——真有其事，那不也很正常吗？"

周远翔有些不知所措："我……你说哪里去了。"

"周大哥，我还想谈一个问题就走。一个高中生，能教书就不错了，为什么要搜集研究民间文学呢？在我看来，这是一件吃亏不讨好的事。"

"这个其实没什么值得探讨的，不过是不想放弃当年的梦想罢了。我一直想在人的生存之外干点儿什么，其实爱上民歌也是最近的事。"

"很好！"杨芳满意地下了这么个评语，"我明白了，在你身上体现的是一种精神。我准备写个人物通讯，就叫《不能放弃》，你看成吗？"

周远翔心里一热，不得不对杨芳刮目相看了。她善于抓住事物的关键，不愧为一个高水平的记者。对于杨芳要写人物通讯的事，他连连摇头，就把杨芳送到镇招待所去了。回来时路过食堂，他听到张丽与秦师傅正讲得起劲。张丽把她偷听来的情景夸张地述说着："哎哟，那个亲热劲儿哪是采访啊，整个一个踩点儿的！人家都问起父母妻儿来啦，远翔还傻乎乎的没明白……"

这都哪跟哪呀！周远翔扭头就走。路过校会议室，没想到孙校长召集了全体教师，也说着他和杨芳的事儿。孙校长的话已经接近尾声："……我正式宣布一条纪律，谁要是在杨记者面前暴露阳阳和小周的关系，将取消全年奖金！"

老师们忽然鼓起掌来，周远翔愣了，怎么会这样呢……

三十六

周远翔对杨芳一点也没动那种心思，尽管他喜爱杨芳无拘无束的言语和潇洒大方的举止。可笑的是校长、张丽和老师们太多情了，居然暗中做套子要将一个记者、一个当代知识女性，撮合给一个小学的伙头军，这不是逼着贾府的焦大去爱林妹妹吗？这么一想，他坦然了，连到校长那儿去表明心迹的行动也取消了。可是过了不久，张丽带给他一封信，竟然是宋阳写的：

叔叔：

近来学习很忙，月休不准备回家了。上次在张丽阿姨那儿，她提到了你和记者阿姨的事。她让我求求叔叔，要勇敢地追求自己的爱。她还劝我不要跟记者阿姨打照面，我也是这么想的。我们都认为不能因为我再吓走一个好阿姨……叔叔，你是天下最好的叔叔，不要再为难自己了！记者阿姨来了，叔叔会高兴的，我也会高兴的！叔叔，这回再不能让记者阿姨跑了。至于我，暑假中会到姐姐那儿去玩，你就赶紧同记者阿姨结婚吧。

你的女儿　宋阳

可怜的孩子，你也在里面掺和……周远翔把那信反复摩挲着，心反而渐渐坚硬了。他想起宋阳对那两张报纸的兴奋和她说过的奇怪的话，事情的根源原来在宋阳这儿。他自言自语起来："小小年纪就操大人的心了！"

"谁在操心呀？"杨芳突然出现在门口。

周远翔吓了一跳，赶紧迎出去，把门堵住了："啊——杨记者！"

"周大哥，能不能别这么酸？我们都直呼其名吧。"

"那行！杨芳，你来无影去无踪的，总是让人猝不及防啊！"

"这就对了，我就是要给你一个意外惊喜。"

"什么惊喜？"

"你这人就这么没劲儿！久别重逢，不是惊喜吗？"

"杨记者，我可不敢……"

"我发现你不好意思了，证明我所说不差，你是期待我来的。"

"这个我承认。这不是准备了一系列的问题想和你讨论嘛。"

"真的？第一个问题——"

"第一个问题也是最迫切紧急的问题，就是抢救！"

"抢救什么？"

周远翔说的是搜集民歌的事，凡是能唱出大量民歌的人都是七八十岁的老人，有的连话都讲不清了，所以他说要抢救。不然，老人们一死，我们的民间文化将被他们带到地下。如果我们的民间文化死了，那将是非常恐怖的。周远翔很自然地把话题引入他的轨道，杨芳也就自然地跟着他转起来。杨芳告诉他，国家对此也十分重视，正在全国范围内组织抢救保护。但是，基层政府对此并不热心，因为它没有经济效益。为此，他们讨论了很久，天又渐渐黑了。周远翔站起来，做出准备送客的样子。杨芳笑了："别急，请你说一句实话，爱我吗？"

周远翔也笑了，他奇怪自己怎么会这么冷静："没有感觉。"

"嗯——可是你喜欢我吗？"

"这是肯定的，要不也不会同你谈这么多了。"

"那就不对了，你们校长三天两头给我打电话，想成全我们的婚事。我想，如果你没有这个意思的话，你们校长为什么会无中生有？"

"我得谢谢校长。但我确实没有感觉。"

"原来是他在背后弄鬼！可是，如果我爱你呢？"

"那也得谢谢你了！不过你会失望的。"

"你这么优秀，怎么可能让我失望？"

"我早就对你说过，不谈爱情，不谈婚姻。"

"能说说原因吗？"

"杨芳，你是个爽快人，我就爽快地告诉你，我已经有闺女了。"

"哦——"杨芳浑身一震，站了起来，"我没有想到……可我曾经问过你关于妻子儿女的问题，你否认了。其实你是有妻子儿女的？"

"闺女是个孤儿，我收养的。为此，有三个女友离我而去。"周远翔夸张地说，杨芳的脸色变了，沉重地坐了下去。率直的她认为生活也是直来直去的，没想到周远翔的身后居然隐藏了如此曲折的事情。周远翔看她惊恐的样子，冷笑着反问："杨芳，如果我的女友是你，也会离我而去吗？"

"我没有这种经历，所以无可奉告。"

"如果我现在就向你求婚呢？"

"周大哥是个聪明人，我明白，你是在以其人之道还治其人之身。不过，目前我还不会接受任何人的求爱，当然也包括你。"

"晓得，我说的是如果。"

"那倒要认真想想了。如果是如果呢？从理智上说，我会接受你和闺女的；从感情上说呢，那就不一定了。你不明白，女人对此是十分认真和功利的。周大哥，不纠缠这个了。我想唐突地提个要求，能把你的故事告诉我吗？"

"可以！对你讲了我就轻松了。"周远翔终于又坐下来，摆开长谈的架势，把他收养孩子和女友离他而去的种种和盘托出。

"我不懂的是，女友对你那么倾心尽力，你为什么放弃女友而选择孩子？"

"当时是无可选择，后来可以选择了，可我明白孩子是不能放弃的了。"

"如果你确实碰到了令你倾服的知己呢？比如我——"

"前提也是决不放弃孩子！"

"太妙了，决不放弃！"

他们一同大笑起来，在夜半的寂静中，那笑声极具穿透力。第二天早起后，老师们无一例外地都在追问那笑声的来历。等他们闹明白是周远翔和杨芳的大笑时，才恍然大悟，这就对了。于是，关于杨芳和周远翔的爱情故事在人们的心目中被确认了。加之杨芳每月都来同周远翔交换资料，讨论问题，他们的故事就被越传越真。周远翔否认他和杨芳有特殊关系，张丽说："不会吧！我看你们是先交着朋友，培养感情。女人一动感情心就软，生米做成了熟饭，到时候老婆有了，阳阳也可以回家了。还摆什么谱啊？过这村没这店，你不会犯傻吧！"

有个星期天，周远翔受杨芳之邀到了县城，他们在沿河公园散步。杨芳忽然讲起当年在这河边偷拍一个男人和一条狗游泳的事，她讲得津津有味的，还不时偷看一眼周远翔；周远翔没有表情，听她继续讲下去。接着她讲起更早的时候，她曾经在月亮镇街头偷拍过一个推拉轮椅的男人，轮椅里坐着一个小姑娘。周远翔依旧没有表情，杨芳说："那个男人就是你，你也晓得拍照的人就是我，对吧？"

"是的，那都是我最艰难的时刻。"周远翔很是感慨。

"既然晓得拍照的人是我，你为什么不点破？"

"拍照的人眼睛毒，还用点破？何况相隔仅三四年时间，我的变化并不大。"

"记得第一次拍照时，小姑娘说你是她叔叔，我并不明白你们是父女。"

"现在明白了也不晚。不会以为我是在设置陷阱让你跳吧？"

"周大哥，我佩服你——是个真正的男人！"

这时，几个女青年叫喊着朝杨芳跑来，一点儿也不遮掩地看着周远翔。杨芳连忙作了介绍，原来是她的同事。杨芳问同事们去哪儿，同事们说到兰兰家吃饭。杨芳故作不高兴："呵，有这等好事也不叫上我？"

"嗨！你个没良心的，找你一上午，谁知道你逛公园来了。"同事们说着，挤眉弄眼的，又故意把杨芳往一边拉："走！现在一起去。"

杨芳挣脱了同伴，看了一眼周远翔："我这还有事，改天吧。"

同事们小声调侃着："这就是你下乡的重大收获吧？"

"有点眼熟，好像在哪儿见过……对了，你就是芳芳报道里的主人公！"

周远翔极不好意思，用求助的目光望着杨芳。杨芳一笑，嗔怪着同事们："哎呀，问东问西的就你们事多，快去吃饭吧，兰兰还等着你们呢。"

同事们咯咯笑着走了："兰兰要是问起你，我们就说你重色轻友，就说你被人拐跑了。真的，芳芳，要是有人拐你，你就报警！"

周远翔也笑起来："像一群小鸟儿！"

杨芳嗔道："你还笑！"

周远翔望着远去的姑娘们："她们像真有那么回事似的，不好笑吗？"

杨芳把他一拉："走，我们也下馆子去，别傻望了！"

周远翔看看天，忽然急起来："不，你跟她们去吃吧，我还要赶车回去呢！"

"别急，现在的班车多了，下午四点多还有上月亮镇的。"

"我还要先去见我的闺女，她在县一中读书。"

"那好吧，再见！"杨芳愣了片刻，到兰兰家去了。

周远翔目送她远去，正要往县一中赶，忽然听到有人在叫他，回头一看，就是宋阳。宋阳轻巧地拨动着轮椅，滑了过来。周远翔忙把轮椅扶住，蹲下来细看着宋阳的脸："阳阳，几个月没回家了，叔叔好想你！怎么出来了？"

"四处转转，散散心。"宋阳高兴地说，"您不用总想着我，我都十三岁多了，知道该怎么做。叔叔，我只想您早点成家，我就放心了。"

"孩子家，只会做梦。人家一个大记者能看上咱们？"

"叔叔！您怎么什么事都咱们咱们的，改不了口哇！是您娶阿姨，不是咱们娶阿姨！这事您得把我撇开，晓得吗？"

"闺女会说话了，像个大人。"

"叔叔，您要主动。到时候，杨阿姨接受我，我就高高兴兴地回家，要是不乐意，我就长期住校，想您的时候打个电话，行吗？"

"苕闺女哦！真做上梦了？杨记者晓得你是我闺女。"

"啊！"宋阳一急，呆了许久，"叔叔怎么把我们的事告诉了人家呢？你为什么不听话？那么多人都在帮你，自己为什么偏偏要砸锅呢？"

"嘿！杨记者记得当初拍照的事，想瞒也瞒不住，我也没想瞒。"

"叔叔，我们的命真苦，怎么总是这样呢？"

第七章

三十七

宋阳的情绪低落了，上课时老是开小差。李蓉想找她谈谈，不知如何开口。将近三年在一中相处，李蓉一直是宋阳的班主任。为了弥补当年抛弃他们的那份缺憾，李蓉小心地接近着她，企图走近她的生活，走进她的内心。然而，没什么收效。李蓉希望在学习上能帮到宋阳，可宋阳的成绩一直名列前三名；李蓉希望在生活上能承担宋阳的一些困难，可宋阳的生活被自己安排得十分严谨，除了读书学习，多半就是练习行走，有时也画一些画，娱乐身心。对此，李蓉既高兴又无奈，没帮她多少忙，这毕竟是一块心病。现在发现宋阳有了变化，李蓉非常惊讶："宋阳，如果你愿意的话，能把你的心事和老师谈谈吗？"

宋阳的泪一下子就涌下来了："李老师，晚上您有空吗？"

李蓉明白，宋阳需要有个倾诉的对象："行，晚上我在寝室等你。"

李蓉从未在寝室里接待过学生，她对这次交谈很慎重，特意买了水果和糖果，把屋里弄得很温馨。她凭着和学生相处的丰富经验，晓得应该怎样不着痕迹地把宋阳的话引入正题，而不至于让她难堪。宋阳是有备而来，直截了当地把杨芳同叔叔的事讲了一遍。最后她问："李老师，叔叔怎么这么倒霉呢？"

李蓉好像是挨了一掌，脸色骤然红了。孩子的话是一种控诉，李蓉感到控诉的对象主要是她，便一下子默然了。但她是释疑解惑的老师，得把孩子的话接下去："宋阳，请相信你叔叔，他是最优秀的。这就够了……"

她晓得她的话没有解开宋阳的疑惑，便非常恼恨自己当初离开宋阳时的无情，恼恨自己此刻面对宋阳的无能。然而，她的话却歪打正着地满足了宋阳的渴望。宋阳并不想得到问题的答案，所渴望的是一种心理补偿。所以，当宋阳全身心投入到中考复习中去的时候，李蓉还在感叹宋阳的自我调节能力。宋阳不用她担心了，可宋阳讲的事情一直挂在她的心上。有一天，李蓉在家吃饭，张水生看她魂不守舍的样子，忽然说："我晓得你在想什么。"

"想什么?"

"周远翔的婚事又一次失败了,你为他担着心吧?"

"你怎么晓得的?"

"你忘了我在月亮镇有个眼线张土生吗?"

"胡扯!人家的婚事与我什么相干?"

"哼!想把自己隐藏起来,却又办不到。"张水生反感李蓉的不老实,话就越来越尖刻,"李蓉,你说周远翔婚事的失败,谁是最大的受益者?"

"什么意思?"

"杨芳离他而去了,必然有人要去填补那个空白啊!"

"水生,你是在侮辱我吗?"

"我并没说是你,何必自己招认呢?"

"那你在说谁?"

"谁也没说!"张水生起身走了。

"疯子!"李蓉也起身走了。

走了,还是要聚到一起,毕竟是个家。他们都感到了某种危机,都想消除这种危机,他们结婚多年了,都是有知识的人,名誉、脸面都是最重要的东西。于是,他们又坐到了一起。坐到一起总要说话,说着说着就触及敏感的事情上来。

"李蓉,我听说爱是不能忘记的,特别是初恋。"

"又来了!"

"遇到机会,就要死灰复燃,以至星火燎原。"

"能不能说点儿别的?"

"急什么?是不是正好点了你的穴位?"

"既然堵不住你的嘴,你就说下去吧!"

"不过给你提个醒,不要滑向罪恶的深渊。"

"无耻!"李蓉愤怒地起身走了,准备住到学校不回家。

"无耻的应该是你!"张水生把一桌子饭菜掀倒,恨不得用手术刀杀人。

李蓉来到学校,宋阳坐着轮椅滑行到她面前。她把宋阳的脑袋一摸,两只眼里的泪哗哗地落。宋阳大吃一惊,不知老师怎么了,想问又不敢问。李蓉忙把泪揩了,问:"阳阳,说句实话,你恨我吗?"

"老师,我怎么会恨您呢?叔叔经常说,我小时候在苦难中,您一直是关心我扶助我的。我也常常想,长大后一定要报答您。"

"不要说报答!你不记恨我,我就知足了。我只希望你快点好起来。"

"肯定会好的。郝爷爷保证我五年内可以站起来,已经快四年了。"

"那就好！阳阳，你要一心一意准备中考。我们这里是个山区小县，真正的高中只有一个学校，就是我们县一中，可全县的初中有二十多个。二十多个初中对一个高中，竞争比高考还要激烈，你要努力呀！"

"老师，我想考师范学校。"

"啊！怎么会有这种自毁前程的想法？"

"当老师不好吗？李老师，您不就是老师吗？"

"你怎么能和我比？我们那时候不是没条件嘛。"

"老师，都说高考是个独木桥，何必一定要往那儿挤呢？"

"阳阳——是的，那的确是独木桥！可是，对于捷足先登者而言，那就是康庄大道了，阳阳！你要做捷足先登的人，为什么要放弃呢？"

"老师，难道我的情况您不明白？叔叔抚养我已经七年，多难哪！他的工资是最低的，至今还要承包学校的菜地。我不想让叔叔受更多的苦了。读师范学校不用交学费；上普通大学呢，每年好几千元，从哪里来？"

"阳阳！"李蓉抱住她，双眼又湿了，"阳阳能为叔叔着想了，叔叔一定会很高兴的。可是阳阳，叔叔会支持你这种想法吗？"

"我不想让他晓得。"

"不，这是一件大事，怎么能不和他商量呢？他为你付出了多大的努力，而你却在关键时刻不理他，他能想得通吗？不要再让叔叔伤心了。"

宋阳沉默了一会儿，改变了主意，郑重地点点头。正说着，刘根儿手里拿着几本书从远处跑过来："李老师好！阳阳，我找你半天了，原来在这儿！"

宋阳问："有事吗？"

刘根儿扬了扬手里的书："你要的素描教材我给你买来了。"

宋阳显得有些诧异："我没让你买呀？"

刘根儿憨厚地说："上次听你说想要，我正好顺便给你带回来了。"

宋阳意识到李蓉在注视她，羞涩地笑着对刘根儿说："那就谢谢你了。"

李蓉脸色一变："刘根儿，马上面临中考了，不要误了正课。"

刘根儿吓了一跳，低下头来。宋阳怕他难堪，赶紧朝李蓉挥手再见，拨动轮椅走了。刘根儿一边推轮椅一边小声问："李老师好像不高兴？"

"谁说的？"宋阳故意说，"那也是见了你才不高兴的！"

"是吗？我就这么讨人嫌？"刘根儿憨憨地笑了。宋阳把他一推，严肃地说："不要老跟着我，让人家说闲话！听老师的，努力复习搞中考！"

这个月的月休，在刘根儿的陪同下，他们一起回了月亮镇。刘根儿依旧先把宋阳送到中心小学才回家，周远翔留刘根儿吃饭也留不住，只好感激地说："阳阳，你这一来一去的，多亏了人家刘根儿。"

刘根儿说："我送她回家，她辅导我学习，早扯平了。"

周远翔笑笑："那好，中考快到了，上学时我要给你们好好讲讲!"

"好嘞!考初中就多亏了周老师，考高中更需要您指点了。"刘根儿说着，瞧一眼宋阳好像有心事，赶紧走了。

"闺女，伙食费够花吗?"周远翔目送刘根儿远去，回头说，"接下来的学习肯定越来越累，你得吃好点儿。身体好了，才能保证学习。"

"叔叔，怎么越来越唠叨了?我回家，就是想吃点好的。"

"该你吃的不少，该打你的不饶，我会苦了我闺女?学习嘛……"

"你放心——叔叔!考个千儿八百分给你，行了吧?"

"吹啊!看你吹到天上去!"

和宋阳在一起，时间过得极快。吃了中饭，周远翔不敢影响她，坐到外面去。回头看到宋阳打开了书本，他又忍不住说："下月我到城里去，给你买身好衣服，快上高中了，穿得寒酸让别人笑话。"

"我不用，在学校就穿校服。叔叔，倒是该给你添套新衣服了。"

"哎——阳阳，告诉你一个好消息，今年冬天我准备在地里搭大棚，种些反季蔬菜，听说收入高得很，明年你读高中就不愁学费了。"

"叔叔——"宋阳娇嗔地叫了一声，干脆放下书本，"叔叔，我这次回来是和你商量一件事的。我不想让你吃太多的苦，李老师肯定跟你说了吧?"

"我晓得，你要读师范学校，想尽早参加工作，令人失望啊!"

"怎么就失望了?叔叔，亏你装了一肚子学问，怎么不讲理!你再坚持，我就不上学了，师范学校也不读了。回来给你烧火做饭捡破烂!"

"阳阳!你就把叔叔看得如此不中用?告诉你，你只有读高中这一条选择!这屋里还是我说了算，不能任着你的性子胡来!"

宋阳没想到叔叔这么严厉，吓住了。躺在角落里的黑狗忽然唔唔地叫着，走过来磨蹭她的腿，好像在劝她。直到离开叔叔，她也没敢再提考师范学校的事。周远翔送她和刘根儿上车，脸色很凝重。宋阳问："叔叔不舒服吗?"

"是不舒服!就因为你不听话。我再说一遍，刘根儿也听着，你们将来一定得考大学。因为你们有这个能力，不要自己把自己废了。"周远翔的声音越来越阴沉，"那是我的一个梦，希望你们能把它变成现实。晓不晓得，有人为了完成大学的学业，一边打工一边读书，比你们难多了。你们家里不是还有父母，还有叔叔吗?不要鼠目寸光。为了那个梦，我们一起努力吧!"

宋阳和叔叔分手时，发现叔叔眼里闪烁着泪光……

三十八

　　宋阳想，为了叔叔，也要拼一场了。整个毕业班大多是要拼一场的人，弦都绷得极紧，从早上六点一直学到夜里十点，同学们的脸都熬得蜡黄蜡黄的。宋阳更多一件事，每天要进行自我康复练习两小时。弦绷太紧了会断裂，进入六月，宋阳突然病倒了，被紧急送进医院。李蓉吓坏了，爱莫能助地看着她，只见她双手紧按住绞痛的肚子，不断在病床上翻滚，喊叫。宋阳的肚子大面积痉挛，硬得像一块石板，根本无法检查，医生只得给她挂上吊针，说要观察观察。可是，绞痛使她无法安静，她痛苦地扭曲着，双手用力撕扯被单，冷汗一阵又一阵地往外冒。她的肚子不断膨胀，仿佛揣了一个大西瓜。医生不得不给她打了止痛药水，让她安静下来。李蓉站在旁边，只能干着急。医院请出老专家会诊，结果是要让病人先排泄，据宋阳反映，她已有好几天没有排泄了。于是，西医给她洗肠，中医给他喝下药，都没什么效果。主治医生说，只能用手慢慢往外掏了。护士拿来便盆，李蓉却抢上前去，好像对护士不信任似的，将护士挡在一边。宋阳害羞了，连连催促李老师出去。李蓉不听，牢牢守住那个便盆。

　　宋阳又羞又急："老师，这里脏死了，你看什么呀？快出去，你快出去，没什么好看的。你在这儿我越发排不出来了……"

　　李蓉出去等了一下，终是等不得，再次跑进来，不由分说，把宋阳抱到怀里，用手一点一点地抠起粪便来。宋阳连挣扎的力气也没有了，只有不停地流泪，不停地说："老师怎么这样啊？妈妈都没有这样做过的……"

　　"别动，一会儿就好。"李蓉掏了好久，"怎么样，现在舒服些了吗？"

　　"好了好了，老师快去洗洗吧！"宋阳在嘤嘤地哭。

　　过了几天，宋阳的病情并未好转，医生诊断为肠梗阻，需要开刀切除坏死的肠子。虽然不是什么大手术，却也需要家属签字。宋阳不愿让叔叔伤心，只好乞求李蓉；李蓉没有仔细想，就把字签了。幸好手术十分顺利，没出现任何危险。在住院的这段时间里，李蓉一到晚上就赶到医院来，通宵地陪着。刚动手术的宋阳不能动弹，本来是应该由护士护理的，李蓉不放心，吃喝拉撒都由她亲自服侍。李蓉把宋阳的校服脱下来，换上她新买来的衬衣；每过一天，便将宋阳的脏衣洗得干干净净，叠得整整齐齐，放到宋阳的床头。她特别注意宋阳的卫生，总是将卫生纸垫在她的身下，一有排泄物便立即拿掉，换上新的。手术后不能乱吃，都是李蓉亲自熬了稠稠的稀饭，然后端到病床边，一匙一匙地喂。往往在这种时候，宋阳就想起了她的妈妈。宋阳很快能起床了，李蓉扶着她四处走动。开刀后要多运动，不然会得肠粘连。宋阳的伤口拆线了，李蓉依旧赶来给她洗衣服，依旧给她送饭，绝对不让她自己动手。宋阳深切地感到，原来李老师是这样的一个好人哪，比妈妈还要好！她已经有叔叔这样的爸爸了，若是再有李老师这样的妈妈，那就完美了。她突然想入非非，对李蓉当初的离去谅解了：也许老师有再回到叔叔身边的可能，也许老师真有当我妈妈的一天？

宋阳再过几天就能出院了，张水生忽然进了她的病房，问这问那，十分亲切。她一直对张水生有着很好的印象，很愿意和他交谈，也很愿意接受他的建议。这时，李蓉提着保温桶进门，桶里装着她做好的饭菜。宋阳高兴地说："李老师，张叔叔来了。这回出院了，我要跟叔叔好好说说，多亏了李老师和张叔叔的照顾，不然，还不知要怎么样呢！叔叔常说，你们对我有大恩……"

张水生干笑笑，要李蓉到他办公室去一下，然后走了。李蓉愣了一会儿，来到张水生的办公室。她一进屋，张水生的脸就拉长了，劈头一阵数落："李蓉，你是不是太过分了？如果说阳阳在病重阶段，作为她的老师全身心关照是应该的话，那么，她就要出院了，你还是不顾一切地往医院跑，作何解释呢？你日夜守在医院里，让我坐立不安，你考虑过人家的感受吗？"

"你——吵什么？阳阳不是个残疾孩子嘛。"

"是的！可是这么一句话就能解释一切？你给她洗衣做饭可以理解，可你给她买衣服怎么解释？她是有养父的，而你什么都包办了，不让她叔叔到医院来，甚至代替她的家人签字，又如何解释呢？你考虑过自己的身份吗？"

"什么身份？"

"你是我老婆！"

李蓉脖子上的青筋鼓了起来，脸色黄了，她二话没说，扭头离去。她没有进宋阳的病房，而是去了学校的临时寝室。因为宋阳的病，她已经半个多月没来了，屋里积了不少灰尘，她想打扫一下。她首先抹了桌椅板凳，准备扫地时，她的目光定在墙上不动了，墙上挂着周远翔送给她的那支竹笛。她有些恍惚，地也不扫了，把竹笛捧在手中，许多情景涌上心头。宋阳好了，中考肯定没问题，令人欣慰，她却高兴不起来。世事无常，她觉得很奇怪，当初被自己抛弃的人却时刻在自己心中；能为他们做点儿什么，竟是莫大的幸福。相反，和自己选择的丈夫在一起，为什么高兴不起来，别扭死了呢？失去的永久失去了吗？她不晓得，她的泪在不知不觉间涌流。她想，需要哭就痛哭一场吧。于是，她真的呜咽开了……

门不知什么时候被推开了，也不知是谁推开的。李蓉手中的竹笛被轻轻地抽走了，没有吹奏，也没有把玩，而是丢在地上，一只脚轻轻地踏上去。竹笛发出碎裂的声响，叭的一下，接着是嗞嗞啦啦的声音，那只脚在地上搓动，搓动……李蓉吃了一惊，抬头一看，是张水生把她的竹笛踩成了碎片……

张水生冷冷一笑："李蓉，现在应该和过去彻底告别了吧？"

"好，踩得好。"李蓉的泪瞬间被燃烧的血烘干了。她的话轻得只有她自己才能听到，却是咬着牙说出来的。

"现实已经这样，难道你要在梦中过一辈子？如果你一直爱他，为什么要放弃他呢？既然放弃了，为什么又恋恋不舍呢？他们在困难中，帮助他们是应该的。可是，如果在里面掺杂私心，难道你就丝毫不顾我的心情了？"

李蓉张不开口，也没准备开口。说实话，张水生并没有错，错的是她自己，她能说什么呢？应该说，她对张水生也有着很深的愧疚。除了对自己的刻骨痛恨之外，谁也怪不了，这应该是上天的严惩。她没有像往常一样同张水生闹了意见就分居，而是默默地跟着他回家了，回到了医院那个家。

几天后，李蓉安排刘根儿去接宋阳出院，自己在校门口等着。刘根儿推着宋阳回来了，李蓉抢前一步，把孩子的手拉过来轻轻抚摸着："傻孩子，我没照顾好你，我羞愧得很，要是有个三长两短怎么办？"

"李老师，都是我不好，把自己害了，也把您连累了。"

"唉，你才多大？怎么说也是大人的错。"

"李老师，明明是我身体不行，可您把责任揽到自己身上干什么呢？哪个会像您这样做呢？李老师，您多像一个妈妈呀！"

刘根儿见她们俩动了感情，悄悄离开了。李蓉把宋阳朝操场的一角推去，那里没有人，然后坐到草地上："唉——没有妈妈的孩子多难哪！"

李蓉的话一下子触及宋阳的伤痛："李老师，我有个请求，能说吗？"

"说吧，只要我做得到的。"

"……我想叫您一声妈妈，行吗？"

李蓉好像被吓呆了，许久没反应过来。宋阳默默地看着她，心里紧张得要命。李蓉最终什么也没说，而是轻轻地摇摇头。宋阳的心一下子沉入深渊，满面发紫了。李蓉看她可怜，也就不得不说："别这样，马上要中考了，一切以学习为重，老想这些会分心的。老师就是老师，不是妈妈。明白吗？就算是妈妈，也应该是所有学生的妈妈！答应了你，我该如何面对那么多同学呢？我答应了你就是伤害了他们，阳阳，我不知还需要怎样解释，你将来会明白的……"

李蓉的拒绝，使宋阳不知说什么好，只感到羞愧万分。好不容易进了寝室，宋阳蒙着被子大哭起来。她深深地责怪自己不该这样轻率，于是想起了叔叔。李老师是不是还恨着叔叔呢？骨子里是不是依旧怕我拖累了她呢？我真傻，老师当初离开叔叔时，她和我们的缘分实际上就已经没有了……

这样想着，宋阳疑惑起来。既然如此，她为什么对我这么关照呢？真如她所说，老师就是老师，不是妈妈吗？宋阳似乎明白了，李老师要当一个最好的老师，却不是妈妈！一个从农村出来的孤儿，能得到老师的细微关照，已经是天大的福气了，还有什么资格提出这样的要求？这不是对老师的侮辱吗？她在抽泣中批判自己，在哽咽中迫使自己想着已经死去的妈妈。可是，当她蒙胧睡去的时候，依然梦到的是李老师。李老师为她洗澡、洗衣、做饭。李老师把她带到白云缭绕的高山，她飞起来了，在半空中兴奋地叫着："妈妈!"李老师把她带到阳光明媚的海边，她扑进浩荡的水里，尽情地拥波逐浪，同样高叫着："妈妈!"李老师把她带到一望无际的平原，她在大地中心自由自在地旋转，还是对着李老师高叫"妈妈"。她觉得自己越旋越急，越旋越高，忽然一声巨雷，把她劈落在地，她醒了，脸上的泪水还没干。她非常奇怪，在梦中为什么见到的不是妈妈，而是李老师呢？

宋阳回到了学校，重新投入复习。可是，她却深深陷入到对妈妈的思念中去了。这是前所未有的，她对妈妈并没有什么好印象，妈妈留给她的只有苦难。那时候，妈妈背着还在吃奶的宋阳上山挖生田，都是竖起来的陡坡。妈妈在田头挖一个坑，把她放在坑里，一放就是半天。有时候，她乱翻乱动，顺着陡坡滚出十几丈远，妈妈才把她抢回来，她已是摔得遍体鳞伤……后来大了，妈妈就让她到坡里挖猪草，甚至还要她到老林里捡桐子。捡桐子一般是在冬天，地上有厚厚的落叶，落叶上结着一层薄薄的冰碴，她用双手插进冰碴，在落叶里面摸。往往是摸一个桐子，就要摸几手冰碴……再后来，爸爸死了，妈妈和李大壮结婚……

尽管如此，她还是需要活着的妈妈！当初因车祸住院时，自己还对叔叔和阿姨说没有妈妈。那是因为有了那个可憎的后爸李大壮，她才这样说的。回想起来，自己是多么幼稚哦！现在她长大了，才晓得没有妈妈的孩子像根草啊。她在心底说："妈妈，我当初对你不敬，你能原谅我吗？妈妈……"

越往后想，宋阳的心就越冷越硬，一个残疾孤儿有非分之想，只会自取其辱的！想实现个人的愿望，唯一的途径就是奋斗！有了这种念头，她觉得浑身轻松了。她打起精神，埋头到学习中，对任何人都表现出一股傲气。李蓉感觉到了，很为她担心。尽管害怕加深她的误会，李蓉还是决定要煞煞她的傲气。要找一个学生的茬是很容易的，李蓉悄悄跟踪了她。学校规定晚上十一点熄灯就寝，宋阳却坐着轮椅到厕所门口的路灯下看书，被李蓉抓住了。李蓉严厉地批评她，要她把检讨贴到学习栏里去。这是最损面子也是从未有过的惩罚，宋阳委屈地来到老师的办公室，对李蓉说："您厌恶我吗？非把检讨贴到学习栏不可吗？不贴行吗？"

"你去贴了我们再谈这个问题吧！"

"我保证不再犯了……"

"我已经说了，你去贴了我们再谈吧！"

"……贴了，还需要谈吗……"宋阳感到透心的凉意，扭头离去，将检讨书贴到学习专栏最显眼的位置上。然后她不吃不喝，整天都呆呆地窝在教室里。李蓉催了几次，让她去吃饭，可她一动不动。李蓉真生气了，脸色难看："宋阳，是我看错了人，不该处罚你。对不起了，我给你把检讨撕下来，再给你写个检讨！从现在起，你想干什么干什么去，我再也不会干预你了！"

哗啦一声，检讨从学习栏上撕掉了，宋阳觉得有人把她的脸皮也撕掉了。

三十九

中考前，毕业班放了一周假让同学们调整，出乎所有人的意外。这是校领导班子专门咨询了心理学专家之后作出的决定，据说如此这般可挖掘考生的最大潜力。于是，宋阳回家了，刘根儿回家了，李蓉为了看看父母，也回到月亮镇。李蓉自然要把父亲的小车调为己用，实际上是为了宋阳和刘根儿。她把车停到中心小学的操场上，还没下车，宋阳就朝教工宿舍那边挥手叫喊，让叔叔来接她。周远翔在食堂里忙碌，没有出现，李蓉准备亲自把宋阳背过去。宋阳不干，双眼望着刘根儿，刘根儿红着脸说："李老师，您回去吧。"

李蓉想了想，同意了。刘根儿正要开门，车门却自动开了。门外站着一人，竟然是张土生，车门原来是他拉开的。李蓉吓了一跳，脸变色了，不高兴地盯着张土生。张土生说："嫂子，今天是端午，父母等你去吃中饭。"

"怎么晓得我回了？谁让你来的？"

"哥哥打电话了，妈让我来的。"

"哦——明白了。你跟妈说，别等我。"

"妈说过，你不到我们就不开饭。"张土生硬硬地说了一句，走了。

"这个王八蛋！"李蓉望着远去的张土生，骂了一句。宋阳和刘根儿从没听到过老师骂人的，都惊呆了。李蓉冷笑一声："对不起，我被蚊子叮了一口，骂蚊子的。刘根儿，我俩一起帮忙，把宋阳送回家吧。"

进了家门，宋阳坐上自制的轮椅，灵便多了，在屋里滑来滑去，烧水泡茶忙开了。李蓉严峻的脸一直没有舒展开，宋阳泡好茶，放到李蓉面前，有些胆怯地看着她。刘根儿也不知怎么办好，一个劲儿地咬指甲。过了好久，刘根儿说："李老师，张医生让您过端午，您该走了吧？"

"不去！就在这儿不走了！"李蓉的话又把两个孩子吓了一跳。就在这时，门外传来嘻嘻哈哈的声音，是周远翔和张丽过来了。

"远翔哥，只要听说阳阳要回来，你就高兴得像孩子似的！"

"当然，这孩子争气，没让我白疼。"

"做这么多粽子，也不怕把阳阳胀坏了？"

"不是还有你一份嘛，别走了，陪陪阳阳。"

"阳阳什么时候到家？"

"要是我猜得不错的话，她已经到家了。"

"你是神仙？"

"你没看到操场上停了一辆车嘛，那是李蓉的。"

"嚯，到底是你的初恋，早晓得了。"

"唉——初恋比不上二恋哪！"

"远翔哥，你又讽刺我了！我看还是初恋好，这不是一直藕断丝连嘛！"

坐在屋里的几个人紧张地听着，宋阳发现李蓉的脸色越来越难看，终于忍不住滑到门口："叔叔快进来，李老师在这儿呢！"

周远翔和张丽的脸蓦地红了，张丽将袋子往周远翔手里一塞，转身就走。周远翔连忙走进屋，将一袋粽子递给李蓉，尴尬地说："吃吧吃吧！"

那袋粽子在李蓉眼前晃来晃去，接也不好，不接也不好。刘根儿终于扑哧一声笑了，宋阳也笑了，周远翔这才发现自己的无礼，赶紧将粽子用盘子装了，摆到桌上，重新请李蓉吃粽子。李蓉站起来，下意识地摸摸宋阳和刘根儿的头，出门了。宋阳没敢留她，想她大概是到张家去了。李蓉开车离开小学，刚到街口，突然发现张土生在转角处一闪身，不见了。李蓉更觉气愤，本想到张家看一下的，也不想去了；她的车朝娘家开去，快到家门了，却拐个弯，上了公路。她明白张土生还会到她娘家来，她不想再看到他。那么，现在该到哪儿去呢？她又想到了周远翔，近在眼前却不敢接近，实在窝囊。

周远翔这次再没让刘根儿逃跑，牢牢地把他按在座位上，一同享受他亲手做出的粽子和配制的佐料。正要开口吃，来了一个人，竟然是杨芳。刘根儿并不认识她，只是觉得她很好看，她穿着连衣裙，被风儿吹得飘飘的，像个仙女。周远翔和宋阳不知为什么脸色突然羞红了，瞠目结舌的。

"赶得早不如赶得巧，周大哥，我有口福了。"杨芳顺便把包包放到桌上，转身蹲到宋阳面前，像是老熟人，亲热地说："阳阳，我们终于见面了。还记得我给你拍照的情景吗？转眼多少年了，你长大了，也漂亮了！"

"记得，阿姨！"

"还是叫大姐姐吧，听起来舒服，就像还在少年似的。"

"大姐姐！你一点儿也没变。"

"怎么会？好狡猾哟，倒是会逗人开心呢！"

"我是说大姐姐的性格一点儿也没变。"

"这么说我倒放心了。我就这德性，直来直去。大家来呀，怎么不吃了？"杨芳首先拿起粽子吃起来，终于把一屋人都逗乐了。看着她大咬大嚼，主人反而成了客人，小心地在一旁陪着。杨芳说："周大哥，你搜集的资料我全部过目了，真是大开眼界。你放心，我绝不会据为己有的。不过想和你打个商量，我们来编一本书，就叫《月亮镇民歌精选》。我来联系赞助单位和出版社，你是主编，我是副主编，算我们的共同成果好不好？用你那篇《月亮镇民歌的艺术美》作序言，我来写个后记，怎么样？如无不同意见，请鼓掌通过！"

宋阳首先鼓起掌来，刘根儿和周远翔连忙跟着鼓掌。外面忽然有人说："好狡猾哟！一会儿说不据为己有，一会儿又说成是共同成果，像话吗？"

"谁在打抱不平？"杨芳冷不防跑出去，把张丽揪了进来，"张丽，你听壁根的习惯总是改不了，周大哥不是教训过你多少回了吗？"

"那不是为你和你周大哥好嘛，一个有情，一个有意，三天不见面就往一起碰，一嘀咕就是大半夜，也不知有多少情话儿讲不完。"张丽往桌前一坐，也不客气地吃起来，"芳芳，你们两口儿想出名，别忘了我哟！"

杨芳的脸终于红了，随口说了两个字："粗俗！"

"粗俗不堪！"周远翔接过去说，"张丽，你这张嘴是不是肉长的？"

"倒也是！当初我看到一个女记者进了远翔的屋，还以为是采访的，一打听，原来是推销产品的……"路过的孙校长咳嗽一声，也哈哈乐着走了进来，见大家不明白他的话，接着说："推销什么产品？爱情呀！"

张丽拍着巴掌说："这可不是我讲的，连校长都这么说呢！芳芳，有什么不好意思的？我觉得蛮好。原先呢，我们还把你看低了，以为你会和某些人一样嫌弃阳阳，今天一看，你把阳阳当亲妹妹一样对待，我就放心了。"

"亲妹妹？"孙校长立即抓住了张丽的漏洞。

张丽随手拍一下自己的嘴："该打！应该是亲闺女。"

周远翔猛地站了起来："越说越不像话了！孙校长，对不起，我是吼张丽的。不知她吃错了什么药，老是不听我的解释。孙校长，你们饶了杨芳吧，我们真的是对民歌感兴趣才走到一起的。我早就发过誓，今生再也不谈爱情，不谈婚姻了！同时，杨芳也说过，在婚姻上，她对我一点儿都不感兴趣！"

"吃呀！都吃呀！"杨芳依旧像在自家屋里，又把大家逗乐了，"周大哥说得对，我们是事业上的知音，从不谈那些无聊话题的！"

杨芳将爱情和婚姻定性为无聊的话题，一下子把大家弄得哑口无言了。首先感到无趣的是孙校长，接着是张丽，他们先后走了。张丽刚走进厨房，被一个小伙子拦住，吓她一跳："哎，人吓人，吓掉魂，张医生怎么到这儿来了？"

张土生皮了她一句："看看你也不行？"

张丽讨厌他，脱口而出："看你个鬼哟，是来看你嫂子的吧！"

"天哪我的个神，好精啰！我嫂子是不是在周远翔那儿？"

"是又怎样？你还把她吃了！"

"恶心！我吃得下吗？"

"你——竟敢骂你嫂子？"

张土生飞快地跑出去了，张丽感到不对头，跟了出去。只见张土生朝屋后挥挥手，立即有几个男人跟着他，直朝周远翔的家门口气势汹汹而去。原来，张土生一直守着李蓉，分明看到她的车子离开了小学的，却一直没到他的家。张家人恼恨不已，张土生又悄悄地潜到李家去看，也没见到李蓉。他想，李蓉肯定又找周远翔去了，便躲到小学的一侧窥探。有个穿连衣裙的女人进了周远翔家的门，他冷笑着：果不其然，你以为把车开走了，换了一身衣服，就能骗过我？接着又看到张丽躲在门外偷听，不知在听什么。他顾不得多想，立即拨了几个电话，不久就来了几个男人，隐藏在食堂后面。现在听张丽说到李蓉，他认为万无一失，立即冲了过去。这时，屋里只有宋阳、周远翔和杨芳三个人，刘根儿也不知什么时候走了。

"也好，我们可以从容地讨论出书的事。"杨芳把客人一个又一个地得罪了，却不以为意，"以一个镇为单位出书，在我们县，我们市，可能在全省都是第一家呢！书出来了，我想会引起不小轰动的。"

宋阳兴奋地说："叔叔，那你就真成大名人了！"

"我们轰动了，可是，那些提供原始资料的人呢？"周远翔担心地问。

"没问题！我有完备的体例，每首歌由谁讲唱，由谁搜集，由谁整理，一清二楚的，一个都不会少。"杨芳背朝门外，讲得有声有色。突然，一个男人冲进来，一把揪住了她的长发，按到椅背上，她就动弹不得了；跟着又进来几个人，周远翔站起来，暗暗握住身后的椅背；宋阳则吓呆了。

"娼妇！给脸你不要，硬要到这儿来出丑吗？"张土生厉声吼叫，从门外一步迈到屋里。这架势让周远翔惊讶，不知张土生和杨芳是什么关系。

杨芳的头被朝后拉着，勒在椅背上，她仰面朝天，什么也看不见，只得求饶："好汉，我们无冤无仇，为什么会这样？如果要钱，都在包里；如果要人，我跟你们走就是了，何必动武？弄伤了我，只怕不好看了。"

张土生一听，不对头，连忙示意同伙松了手。然后，他们朝周远翔逼过去："说，你把李蓉藏到哪儿去了？快说！"

"阳阳快走，这儿没你的事！"周远翔看他们是要行凶的，连忙喊叫。看到宋阳拨动轮椅向门外滑去，周远翔这才回过头来望着张土生。他有些明白了，张土生是为李蓉而来的，难道水生和李蓉闹矛盾了？这个念头还没转完，刚刚滑到门口的宋阳被一个男人逮住了。周远翔愤恨地说："土生，阳阳是病人！"

"她是个瘫子，弄伤了，会赖你一辈子的！"张土生制止了那个行凶的男人，然后又朝周远翔逼近一步："周远翔，把李蓉交出来！"

杨芳冷冷一笑："真没劲儿，以为你们找我，原来是找李蓉的。"

张土生把杨芳一推，朝周远翔一指，让那几个男人找他要人。那几个男人就把周远翔抓住了。宋阳下意识地尖叫一声："叔叔！"

宋阳的叫声尖利得像一枚绣花针一样刺到每一个人的心里，既不见形，又使人十分难受。一阵短暂的寂静像网一样自天而降，罩住了所有的人。张丽手忙脚乱地扑进来，对吓坏了的宋阳说："快跟我走吧，啊——"

宋阳痛苦地看着周远翔，不愿离去。那几个男人已经缓过神来，有的挥起巴掌，有的抢起椅子，准备朝周远翔的头上砸去。眼看周远翔就将倒入血泊，宋阳突然起身离开轮椅，又哗啦一声将轮椅推向那几个男人，然后扑过去，将叔叔护在怀里。她再次尖叫一声："住手！"

所有的人都愣住了，张土生更是像见了鬼一样，一个瘫子将他们镇住了……这时，张土生的电话忽然响起，刚听了一句，他就疯狂地吼叫："快跑！"

张土生他们跑了好久，人们才明白宋阳站了起来，并且挺立在周远翔面前。大家震惊至极，早已忘了刚刚发生的一切，把宋阳围起来。周远翔双膝跪下，抱住宋阳，浑身颤抖，泪水像决了堤的大河："阳阳，你能走路了！"

四十

那天夜里，宋阳第一次凭着自己的能力，坐到书桌前。她在日记中写道："爸爸——也就是叔叔，很早就睡了。短暂的闹剧结束，叔叔无比痛苦；而我站起来了，又使叔叔无比欣慰。叔叔睡得真沉，紧锁的眉头表现的是他心灵的不安，他在梦中会怎样诠释生活的真实？一切都因爱而发生，一个个阿姨离我们而去，连那些男人也是不允许叔叔有爱的。明早醒来，生活依旧，我将如何慰藉他绝望的内心？如何温暖他冰冷的灵魂？告诉我，叔叔——"

周远翔这一觉睡得很长很长，当他早上睁眼时，还恍若梦中。他茫然四顾："哦——阳阳，阳阳呢？"他的目光扫向宋阳的轮椅，轮椅寂然。他的目光扫向书桌，宋阳竟然好端端地坐在那儿，像个小天使，那么亮丽，那么有光彩，令人不敢直视。他收回目光，依旧恍若梦中："阳阳，对不起。"

"不——叔叔！"宋阳踉跄一步，扑到床沿。

"啊，阳阳小心！"周远翔伸手扶住她，"你真会走了？"

"叔叔，再也不用为我的腿揪心断肠了。"宋阳自豪地挺立起来。

"阳阳，我料定你会有今天的。从前，我真昏哪，总要因为女人而伤害你。乖乖，你离不开叔叔，叔叔也离不开你！再也没有谁敢拆开你和叔叔了！"说着，他把孩子搂到怀里，热泪涌流："阳阳能走路了，让我再看看！"

宋阳小心地扶着床沿，非常艰难地一步步挪动，终于挪到书桌前坐下了："叔叔，昨天晚上你睡了，就是我自己走到书桌边来的。我在这儿坐了一夜，写了一夜，直到现在，一点儿瞌睡也没有。"

"都写什么呢？"

"那我可不能告诉你。"

看她如此走，听她如此说，周远翔的泪又哗哗地流起来，怎么也忍不住。为了不让宋阳伤心，他一跃而起，赶紧去洗脸，边洗边说："阳阳，马上给你配一副拐杖，好好练一个星期，我要看着你的腿一天天好转！"

"哎，我也这么想！不是为了叔叔，我怎么会站起来呢？只有在叔叔眼前我才能行走。叔叔，这是不是天意呢？"宋阳兴奋着，周远翔默默地点头，给宋阳端来早点，然后直奔卫生院，卫生院有可调节的拐杖对病人出售。宋阳独自一人吃着油条，喝着豆浆，却不时地走神。想到马上就能行走了，她扑哧一笑；想到将来能够好好孝敬叔叔了，她又扑哧一笑。她花了很长时间才把早餐吃完，又赶紧挪到书桌前拿起笔，好多东西在她心头冲撞，她要记下来："……当初，我被母亲的无能和李大壮的残酷所遗弃，以残疾之躯跟随这个养我教我的叔叔，结束了我流浪乞讨的童年，我与叔叔演绎着非常父女的非常情缘……"

宋阳读着自己的日记，很为自己遣词造句的能力而得意。她望了一眼门外，又埋头写起来："……当李蓉阿姨离开你的时候，我的心和你一样在滴血。所不同的是你把泪吞进肚子，我的泪却转化成恨意。是你博大的胸怀，一天天化解了我对她的仇视……当张丽阿姨离开你的时候，我只有无奈，那种恨已经转移到我自己身上。因为这一切都是我造成的，叔叔本来应该幸福美满的呀！从那时起，我参与到叔叔的终身大事中去，要尽我的努力，让叔叔有个圆满的归宿……当杨芳阿姨根本无意爱你的时候，我才彻底明白，幸福得靠我们自己……"

宋阳身上的热血涌动着，感到面如火烧，她把笔记本收起来，藏进自己的书包，然后就长久地呆坐着，连周远翔握着一对拐杖走进门来，她也没有发现。周远翔看着她，用手摸摸她的额头，奇怪地问："不烧啊！哪儿不舒服？"

"没有啊！"宋阳羞怯地推开叔叔的手，夺过拐杖，"让我试试！"

"不行，还没调试呢！"周远翔忙收回拐杖，扶着宋阳站起，量了尺码，把拐杖的高矮调好了，又告诉她应该如何架在腋下，如何迈步，这才交给她。周远翔后退几步，对宋阳招手："朝我这边走，小心，别怕！"

宋阳架着双拐，要叔叔多退几步，很有信心地朝前迈开了步子。可她刚刚迈出左脚，右腿一软，就扑倒了。幸亏周远翔有了防范，抢先一步将她抱在怀里。宋阳愤怒地说："还不如我扶着墙壁走，这是什么拐杖？"

周远翔一笑："人笨了不要怪拐杖嘛！再来！"

宋阳瞪一眼叔叔，不作声了，倔强地架起拐杖，重新迈步，可是又跌倒了，依旧倒在周远翔的怀里。一次又一次的跌倒，使她的情绪烦躁起来，她将双拐一扔，渐渐地泪水涌满了眼眶。周远翔默默地看着，宋阳抽泣起来……

周远翔坐下来："到底是个孩子，还哭鼻子？"

宋阳仰着头，让泪水倒回去，拾起了双拐。周远翔连忙起身站到她的面前，以防她倒下，口中却说："阳阳，歇会儿吧，康复锻炼得慢慢来。"

宋阳咬起了牙："今天不迈出这第一步，往后永远别想走路了。"

周远翔点点头，欣慰地笑了。宋阳不再像先前那样鲁莽，而是试探着朝前迈步。她的左腿颤抖着，慢慢抬起，慢慢伸出，慢慢落下，身子朝前一倾，右腿跟上来了。她气喘吁吁，汗冒出来了，却在尖叫："叔叔，我没有倒下！"

"非常好，阳阳，再来第二步！"周远翔也兴奋得大叫起来。

张丽忽然在门外探进头来："远翔，我有话跟你说。"

周远翔奇怪地问："什么事还这么神秘？"

"杨芳托人带话来，想和你谈谈……"张丽紧张地瞟一眼宋阳。

周远翔奇怪地问："谈什么？我们不是刚刚在一起谈过吗？"

"你出来呀！"张丽瞪他一眼，把他拉到门外，小声说："谈恋爱。"

"你扯什么淡！"周远翔一屁股塌到地上，气急败坏。张丽没想到他的反应这样强烈，吓得不敢作声了。周远翔气呼呼地喘了几口，平静了一些："张丽，我是真的不谈爱情，不谈婚姻了；也不想让阳阳再受伤害了。你就安静一点儿，也让我们安静一点儿吧！杨芳这个人我比你清楚，如果她真说过想和我恋爱的话，那也是她看到我受人欺负，出于仗义而突发奇想……"

"我明白了，你们就像两个馒头，是粘不到一块儿的。"张丽回头看看宋阳，见她还在艰难地迈步，欣喜地说："远翔，你快熬出来了……"

张丽悄悄走了，周远翔立即进屋保护宋阳。宋阳却歇下来说开了："叔叔，你是对的，再也别娶什么阿姨了。我想，我们的幸福靠我们自己。"

"是的，阳阳再也不要什么阿姨了。"

"叔叔，阿姨们走了，没什么了不起。等我长大嫁给你！"

周远翔一听，哈哈大笑："真是个傻孩子，哪有女儿嫁给父亲的。"

"就有，就有，就有！"宋阳撒着娇扑到叔叔怀里，激动得一脸晕红。周远翔笑完了，却吃惊不小。宋阳虽然刚刚十三岁多，可她的话是真诚的，情感是执拗的，不过容易被大人们忽视，当作玩笑罢了。想到此，他有些后怕，要制止肯定会适得其反。面对孩子，他已找不到话题，默默地到食堂去了。这个晚上，宋阳避着叔叔，在日记中写道："……我对叔叔的爱已经超越了一切，所以，我才对你说：'等我长大嫁给你！'叔叔，我看得出来，你以为我像三岁的孩童，童言无忌，可我已经快十四岁了。我不是一般的女孩，我经历的已经够多。叔叔，等我的腿好了，长大了，一点儿也不会比那些阿姨们差的。你把我养育成美丽的少女，我定会还你一个真正的男子汉的圆满……"

周远翔以为宋阳在复习功课，催她早点儿休息。宋阳幸福地答应一声，收好了日记。一连几天，宋阳主要是在学步中度过的，始终充满了激情。周远翔忽然想起老中医郝大夫，应该去看看他，也算是一个汇报。宋阳连连点头。郝大夫计划宋阳在第五年站起来，现在是她康复理疗的第四年，就能行走了。宋阳想，提前了近一年，郝爷爷该多高兴啊！周远翔把宋阳背起来，又带上拐杖，兴冲冲地去了郝大夫诊所。郝大夫把他们一看，即刻说："有喜事吧！"

周远翔把宋阳放下，宋阳调皮地问："爷爷猜猜，有什么喜事？"

郝大夫故意歪着头说："是什么呢？缝新衣了？考了一百分？还是……"

"别淘了，阳阳！"周远翔怜爱地斥责着，"就你聪明！爷爷早看出来了！"

"好可爱的阳阳，你连拐杖都带着，不是明明告诉我，可以离开轮椅了吗？"郝大夫把拐杖拿过来，放到宋阳面前，"好，走给我瞧瞧！"

宋阳架着双拐走起来，刚刚迈了两步，郝大夫就说："很好，完全不需要轮椅了。阳阳，你心里还有障碍，怕什么？大胆些，爷爷在这儿呢！"

宋阳听了郝大夫的话，受了极大鼓舞，果然把腰挺直了，步子迈大了，心里也轻松了。她一步接一步地走，很有节奏感。郝大夫有节奏地数着，禁不住唱起了流行歌曲："妹妹你大胆地往前走啊，不回头……"

从来没听过郝大夫唱歌，周远翔被他的诙谐和风趣深深感染了，也跟着唱起来。宋阳的脚步始终踏在歌曲的节奏中，竟然围着为病人按摩的床走了一圈。歌声一片，笑声一片，直到他们回到家，才感到很累。吃了晚饭，周远翔为宋阳洗了头，准备送她到张丽那儿去，宋阳却坚持要为叔叔洗头。周远翔拗不过，只得打来水，把洗脸架移到宋阳面前，让她洗。电灯光下，宋阳温柔地用手梳理着叔叔的头发，突然吃惊地说："叔叔！您有白发了……"

周远翔回头一笑："有几根白头发很正常，少白头不碍事儿的。"

宋阳深情地清理着叔叔的白发，想到这几天发生的一切，真如做梦一样，她晃晃脑袋，不禁笑了。她想说说美好的前景，甚至想说说和叔叔在一起的异常情感，终于忍住了。她晓得，叔叔是不会和她谈这些的，叔叔的思想很传统。

"叔叔，等我将来回来照顾你了，白发就会消失的。"

"那当然，我快要享女儿的福啰！"

不是女儿！宋阳在心里争辩，却没作声，只是默默地为叔叔洗头。终于洗好了，叔叔抬起头来，迷惘地看着她；她以期待、热切，却又凝重的目光和叔叔对视着。周远翔忽然摇摇头，转身走到屋外。宋阳的目光不能让他接受，他甚至隐隐感到心痛，但他还是被孩子的天真和痴情所感动。

他朝远处看去，似乎看到宋阳在成长的路上艰难向前，她的身上闪耀着五彩光芒。翠绿的远山，遍野的花草，宋阳背着书包架着双拐走着……

四十一

中考的时候，周远翔请了几天假，提着食品守在考场外面。每门考试，宋阳都是率先出场；虽然她架着双拐，却高昂着头。对于叔叔询问的眼光，她总是傲气地说："没想到那么简单，许多夜都白熬了。"

"你就吹吧！"周远翔笑着说她，"会有哭鼻子的时候！"

最后一天下午，周远翔迎接考完的宋阳，问："还是很简单吗？"

"就算难还能难倒您女儿吗？忘了我可是叔叔调教出来的，根底打得好！"宋阳很是得意，"叔叔，你就听好消息吧！这点把握我还是有！"

"还在吹！那好，我们上馆子去！"周远翔拉着宋阳走向大街，又说："毕业了，也中考了，是不是要感谢一下老师们？接他们上一次馆子吧。"

"那就算了吧，好像我们求着人家似的。"

"可是，上门道个别总还需要吧？"

"叔叔是不是想看李蓉阿姨了，让我做个挡箭牌哟！"

"掌嘴！我是让你去，我才不会去呢！"

"叔叔，等我上了高中再来看望老师们好吗？我想到鸣凤山去。听说那里烧香许愿很灵验的。那里还有饭店，也不误了我们吃饭。怎么样？"

"阳阳读了几年书，倒迷信了。"

"不是迷信，是想玩玩，娱乐一下嘛。"

"你还不能完全离开拐杖，怎么上山啊？"

"我就是要试试，看我现在爬山的能力！那山也不过一百多米高嘛。"

周远翔拗不过，只得跟着宋阳上山。走到半山腰，宋阳累得不行，便歇下来。突然有个下山的人也在这儿歇下了，他们相互一看，都吃了一惊。下山的人是李蓉，周远翔尴尬地看着她，想把头扭开去，但头像被固定了似的，扭不动。李蓉也很尴尬，呆呆地看着他。宋阳不大情愿地站起来："李老师好！"

李蓉问："你们上山干什么？"

"许愿哪！"宋阳已经毕业，也就不怕老师了，"您去许愿了吗？"

李蓉下意识地点了一下头，却说："不不不！上山散散心。"

宋阳的放肆使周远翔心里一乐，他忽然放开了，觉得浑身一阵轻松，也插话说："听说到鸣凤山许愿准得很，李老师显然也是许愿了的。"

李蓉一愣，笑起来："你们父女俩一唱一和，倒是配合得好呢！"

宋阳问："李老师，许了什么愿呢？"

既然被说破了，李蓉也就不装了："听说许的愿不能泄露，露了就不灵了。这么说，你们也是上山许愿去的？阳阳准备许个什么愿呢？"

"愿是要许的，可是不能泄露呀？"宋阳不冷不热的。

"阳阳，好你这张叼嘴，倒会为难老师了。"李蓉似恼非恼地斥责着。

周远翔觉得宋阳过分了："阳阳，一日为师，终身为父，不能这样。"

宋阳埋下头去，不作声。李蓉看出她的不高兴，想起前段时间和她闹的别扭，不觉笑了一笑；也不歇了，和他们告别下山。宋阳觉得无趣，也催促叔叔走了。到了山顶，他们真的跪在佛爷面前各自许了一个愿。宋阳嘴里嘀咕着："佛祖在上，保佑阳阳考个最好的学校，让叔叔高兴高兴！"

周远翔也嘀咕着："佛祖保佑，让阳阳金榜题名，前程远大！"

看看天色晚了，他们赶紧下山。一路上都想着自己的心愿，也严守着相互不打听的规矩。回了月亮镇，宋阳就大睡三天，什么都不做；叔叔做好了饭，叫她起来吃；吃过了，接着又睡。周远翔问："大小姐，不怕睡出病来吗？"

宋阳红着眼："叔叔，睡个十天半月还补不回来呢！"

又将去睡，刘根儿来了，约她出去玩。宋阳不想去，被周远翔严厉督促出门了："再睡就成苕了！刘根儿，好好照顾她，晚上回来吃饭！"

刘根儿答应了，宋阳瞪他一眼，懒懒地跟着他走："到哪儿去？"

刘根儿指了一下："到回马坡村小去，那儿是我们的母校。"

"好啊！我虽然没在那儿读书，但我小学时的学籍是那儿的。"宋阳顿时兴奋了，"再说，那儿是叔叔的家，也是叔叔工作起步的地方。"

"黑毛狮子！"宋阳回头唤了一声，黑毛狮子箭一般窜出来，同他们一起走向回马坡村小。村小一切如旧，教室、厨房、寝室，每间屋他们都是熟悉的。宋阳沉浸到往事中："根子哥，还记得你给黑馒头我吃的情景吗？"

"记得，偷一个馒头也不容易，喂了你还要喂狗。"

"什么？你骂我！"

"本来嘛，哪回你不是要分一半给黑毛狮子吃？"

"那倒也是，我以为你竟敢骂我呢！"

"走，我们到白崖去。记得你和你叔叔常到那儿打柴的。"

在宋阳眼里，白崖依旧，光滑的石壁间怪异的图案如釉彩一般。四野寂静，她的耳边却响起叔叔和她对着白崖大喊大叫的声音。

叔叔喊："白崖白崖我爱你！"

白崖回应："——我爱你！"

叔叔喊："时时刻刻想着你！"

白崖回应："——想着你！"

想到这里，宋阳咯咯地笑了，白崖也随之咯咯地笑。黑毛狮子突然狂吼起来，上蹿下跳；白崖把它的吼叫百倍地反射过来，它就更狂了，似乎要和白崖争个你死我活似的。难道黑毛狮子也想起了当初的情景吗？

刘根儿忽然问："周老师常在白崖下唱的那个民歌，还记得吗？"

"当然记得，不就是我教给你的嘛。"宋阳反问："难道你还能唱？"

"终生不忘！"刘根儿亮开嗓子唱起来：

讲了不丢就不丢，
捡个石头丢下沟；
石头浮起把你丢，
石头浮起也不丢。

167

"好啊，根子哥，你听我的！"宋阳听了一会儿，白崖把刘根儿的歌声隆重地传播开来。她有些情不自禁，等刘根儿唱完一段，立即接着唱道：

> 讲了不离就不离，
> 等到青山脱树皮；
> 冷饭发芽才分离，
> 冷饭发芽也不离。

宋阳唱这歌儿时，感到自己与叔叔的感情已经超越了叔叔和李蓉阿姨的爱情。在她心里，自己和叔叔成了民歌中的主人，不离不弃是叔叔一生的品格，也是自己一生的追求。她问刘根儿："叔叔和阿姨都说不离不弃，但他们还是离了弃了。"

"那不怪周老师。他在我眼中一直是高尚的。"

"谢谢你，根子哥。可你晓得什么叫高尚吗？"

"高尚嘛，就是就是……卓尔不群嘛……你说呢？"

"高尚……"宋阳想了一会儿，心中涌起一股激情，她的话就像泉水一样流出来，"高尚——就是毅然放弃高考，在父母面前尽孝；就是以微薄的工薪、艰辛的劳动收养孤儿，并将她抚育成人而毫无怨言；就是在孤儿和恋人之间，坚定不移地选择前者……可是选择孤儿，他将终生背负沉重的包袱啊！"

"阳阳，你的话就是一首诗。"刘根儿呆了一会儿，接着宋阳的话说，"我明白了。爱——能使人高尚。我想，他有无与伦比的爱……"

"根子哥，你说爱是什么呢？"

"爱……爱是什么？"

"爱是什么？我想——爱，就是别人抛弃的，他能够容纳；就是别人远离的，他能够亲近。"宋阳停顿了一会儿，又说："爱是对他人的身体和心灵双重残疾的修复，是和黑毛狮子一道拖着预制板蹒跚爬行的艰难……"

"阳阳，还是你对周老师的了解最深刻，评价最恰当。"

"不，我对叔叔的理解太肤浅了……"

两个中学生以他们初尝的人生体验议论着他们的叔叔和老师，以他们学到的最美的语言和最深刻的思想赞颂着他们心中的偶像。直到太阳西斜，他们才不舍地离开白崖。然后，宋阳依旧回到漫长的暑期，提着心儿等待远方的来信。宋阳自认为考得好，却不知会等来什么结果，于是不断在心里祷告。她天天在地里帮叔叔忙碌着，端茶送水；天天在厨房里帮叔叔及其同事忙碌着，淘米洗菜，为的就是排遣心头的不安。一天天过去，一月月过去，刘根儿接到了入学通知书，他以优异成绩被县一中录取。连学习很差的同学也接到了入学通知书，或是师范学校，或是职业中学，唯独不见宋阳的——她沮丧至极，重以床铺为伴。

周远翔深信，她的成绩绝不会差到连师范学校也考不上的程度。那么会是什么原因呢？周远翔猛地一惊，是不是招生的人把宋阳的档案弄丢了？这种事以前是发生过的。他用力捶打自己的脑袋，痛骂自己如此大意。不久就要开学了，现在去查宋阳的档案还来得及吗？周远翔又想，是不是一次又一次的挫伤让她考试失常了呢？特别是中考前张土生出演的那场闹剧，对宋阳的刺激非常大。就在周远翔准备到县招生办去的那个下午，家里忽然来了一个人。宋阳独自歪在床上，房门好像被风刮开一般，李蓉冲了进来。她满面红光，一进门就扑到宋阳身上，又是摸她的头，又是亲她的脸："阳阳，录取了！录取了！"

啊——终于录取了！宋阳坐了起来，双眼还有些迷惘，泪水已经如洪水般泛滥了。她让自己平静下来，好久才认清和她道喜的人是谁。可是，她对李老师的这般亲热已经有些不习惯了："李老师，我被录取在哪里？"

"省重点中学——市一中，最好的学校！"李老师也流泪了，絮絮叨叨的，"我说嘛阳阳，我不会看错你的，我始终坚信你会考上最好的学校。我们总算没有白费力，往后你一个劲儿地往上飞，还要上最好的大学！"

"李老师，谢谢你了，也谢谢我们学校。"

"谢什么呀，差点儿落空了！在全县你的成绩名列前十，理应进市一中，可是有人想用他的子女顶替你，幸亏被我发现了。这不，直到现在才落实。"

"他是谁？"

"别打听，他没得逞就算了。"

"那我真得谢谢李老师了。"

"可惜我们就要分别了，相见时难别亦难哪！"

"李老师，我不会忘记你，我会报答你的……"宋阳钻进了被子，蒙头大哭起来。李蓉木了好久，看宋阳哭得痛快，叹了一声，悄悄走了。一连几天，宋阳都不出门，不知在想些什么；想过之后就趴到桌前写，也不知写些什么。只要有人叫门，她就立即把她写的东西藏起来，连周远翔也没看到她写的东西。周远翔不敢打扰她，女儿已经进了市一中，还有什么好说的呢？

四十二

宋阳到市里上学时，李蓉曾下决心请几天假用专车把她送到市一中去的。可是她为避免过多的麻烦，最终还是放弃了。专程去送宋阳，张水生会产生误会。尽管李蓉和张水生的关系磕磕碰碰，显得不和谐，她却不想把那种裂痕加大。她更害怕宋阳那种疑惑的目光，不能让宋阳产生更多的疑惑了。自己已经离开周远翔多年，若又同他亲热地结伴同行，招摇于市，那会引起什么样的社会反响呢？于是她选择了沉默，依旧投入到准备教案、迎接新生的工作中去。闲下来的时候，她才想，宋阳扔掉拐杖了吗？对新学校适应吗？还怨恨着自己吗……

这天，李蓉在办公室走来走去，显得有些烦躁，她忽然拿起一张市报翻阅起来，报上的一个标题深深地吸引了她：《决不放弃——我所认识的小学教员周远翔》，作者杨芳。这是一篇人物通讯，登了整整一版。李蓉把一堆学生作业往旁边一推，伏到桌上专心地看起来。她一口气读完，眼泪不觉间往下淌，心思飞扬到月亮镇的那所小学里，飞扬到杨柳依依的水库边，飞扬到云雾缭绕的白崖上。文章中所讲的一桩桩、一件件事情，都为她所亲见，有些甚至是她所亲为。决不放弃——是对周远翔品格的准确概括，也是对她的致命一击。为了孩子，周远翔决不放弃，即使恋人因此而离开，他也默默承受；为了理想，周远翔决不放弃，即使生存的艰难像山一样，也没能压倒他。因为他决不放弃，才使孩子由残疾成长为健康的人；因为他决不放弃，才使他在民间文学研究上大获成功。文章最后说，周远翔的养女考上了省重点高中，他的大作《月亮镇民歌精选》即将出版。在这巨大的成果里，居然没有李蓉一丁点儿心血。七八年工夫，转眼一瞬间，李蓉除了深怀内疚之外，竟对周远翔的价值毫无认识。"不识庐山真面目，只缘身在此山中"，李蓉悔恨至极，也自卑至极。功利的目光，狭隘的意识，让她放弃了至为宝贵的东西。当初以寻求人生价值而离开，将来能够幡然悔悟而回归吗？这正像泼出去的水、融化了的雪一样，收不回了，也还原不成雪了。原来走上不归路的是她自己，而不是周远翔。这是老天对放弃者的惩罚，对善变者的惩罚！想到这些，她像被抽了筋骨似的，打不起精神，甚至感到自己成了行尸走肉……

星期天，李蓉在街头茫然行走，竟然和周远翔碰了个正着。那一刹那，她有逃避开的念头，身子却像钉子一样钉在那儿不能动弹了。

"远翔，我看了《决不放弃》，恭喜你。"

"别笑话我了！都是杨芳弄的，吹得我肉麻，都不敢出门了。"

"嘴上这么说，心里还不是像白纸扇子扇的一样凉爽。不敢出门，都下城关来了。"

"这是不得已呀！为了阳阳，一定得来。"周远翔急急地说出他到县城来的原委。二十世纪九十年代的大学学费猛涨，是街谈巷议的话题。一心要让宋阳实现自己大学梦想的周远翔心里着了急，怎样才能在短短几年间筹齐女儿上大学的费用呢？借钱不是办法，做生意也没门路。他惶惑得很，是张丽的一句打击人的话使他怦然心动。张丽说："读个高中就不错了，我连高中的门都没摸过不也活着吗？上什么大学？卖儿卖女吧，你没有；想上大学——卖血还差不多！"

周远翔晓得血是很贵重的，为了女儿，他还是决定要去卖血。他不在镇卫生院卖血，是要避开身边的许多闲言碎语，这才到县城来找张水生。这些话本是不该对李蓉说的，但要找张水生，必得让她晓得，所以他干脆讲了。李蓉大吃一惊："你还是人不？就到卖血这一步了！刚刚看了《决不放弃》，还以为你成了大英雄，没想到是个狗熊！"

周远翔料到所有人都会骂他，但他并没生气："没法子，一定要保密哦！"

李蓉心里一疼，哀求般说："愿意接受我的钱吗？别卖血了。"

周远翔坚决地摇摇头："自己的事自己负责。"

李蓉身心一凉，决然说："想让我联系张水生，想让我保密，办不到！"

"那好，公开了就免得我患得患失了。我直接去找水生。"周远翔扭头就走，把李蓉晾在街头干晒着。不过他没有去找张水生，而是跑到报社找到了杨芳。自从那次张土生在他屋里大闹过一番之后，他就有些怕见到张水生了。关键时刻他想到了杨芳，并且愿意向她倾诉心里的秘密。

杨芳对他的到来既惊且喜："是不是为《决不放弃》而来？"

"吹过头了，不要再说这个。"

"那你为何而来？是不是请张丽带的那个口信，如今生效了？"

"你就没有个正形，老拿我开涮！别扯远了，想请你帮个忙。"

"那你就直说吧。"

"认识张水生张医生吗？"

"他呀！这个忙帮得上。他现在已经是县医院的权威了，也是我报道的对象。什么头疼脑热夜游症，肝炎肺癌脑溢血，我都可以带你去！"杨芳一边说一边乐，也不问他是什么病，把他带到了县医院。周远翔跟在她后面，一再叮嘱她不管发生了什么，一定要站在他的立场上说话。这倒让杨芳奇了，越奇她越要参与，这正是记者的特点，她便坚定地答应了。在张水生的办公室里，周远翔支吾了老半天，竟然说不出话来。杨芳一急，脱口问他："是不是得了性病？"

被这话一激，周远翔开口了："水生，我想……请教一件小事。"

"这么神秘，恐怕不是小事。"张水生看出他有心事，但张水生想，就算是再难的事，也要帮他。当初和李蓉恋爱时，就觉得欠了他一份情；后来张土生到他那儿无理取闹，让张水生歉意更深。张水生说："远翔，有话请直说。"

"你们医院是不是缺血？你说实话。"

"当然，你想做血贩子？"

"我想卖我自己身上的血……"

"天啊！"杨芳惊得埋下头来。

"天啊！"张水生也惊叫起来，"就是砸锅卖铁也不能卖血呀！"

"小声点儿。"周远翔恨不得给他一拳，"莫坏了我的名誉。"

"血都准备卖了，还要名誉？你到底想干什么？"

"是这样的，给宋阳准备点儿钱，将来上重点大学。"

"想好了吗？"张水生沉思良久，"要多少？先到我这儿拿些去。"

"拿什么？我是说自己的血，不是你的血！"

"不是血，是钱！把我的钱拿些去！"

"不行，我不想借债，还是卖血吧！"

张水生摇摇头，只得告诉他实情，各地都有专门的卖血队，卖血队以卖血为生。他们为了能让身上的血尽可能多，每次抽血前，都要喝大量的水，拼命喝，而且不能在短时间内让喝进去的水排出来。这种血的质量很差，却能让那些人赚更多的钱。另有一种地下的卖血组织，由血头负责，想卖血的人通过关系找到他就行了。血头得大钱，卖血的人得小钱。周远翔问："我不想找血头，能进卖血队吗？"

"那可不行。卖血队基本以此为职业，你不能端了人家的饭碗。再者，你是国家职工，有自己的工作，卖血队是随叫随到的，你不可能。更重要的是，上面有严格规定，在岗医生绝不能利用手中权力干这种事。"

"这么说，我走投无路了？就不能帮帮老同学的忙？"周远翔很沮丧。

"为了阳阳，张医生就犯一次错误吧。我们为你保密！"杨芳度过了最初的惊吓，已经平静了，"张医生，我代阳阳先谢你了！"

杨芳的话很有感染力，张水生也对杨芳的为人和才气极其钦佩，终于点头了："那好，看在老同学的面子上，也看在小杨的面子上，我干！"

达成了协议，张水生嘱咐他，在输血前一天就开始喝水，狠命喝，肚子要喝得鼓起来，像个蛤蟆。肚子里装不下了还得喝，办法是不断地跳跃，让水下沉。水下去了，刺激着膀胱，可能会尿急想上厕所。那也得忍着，拼命忍。周远翔心里想的是钱，忍尿的痛苦似乎不在话下。可是真正实施起来，他才晓得那是多么痛苦。他猛烈地跳跃着，拼命地奔跑着，甚至用手狠狠地掐鼻子、耳朵和大腿，试图分散注意力，以减轻膀胱的刺激，然而尿还是顺着裤管往下滴。

当他迫不及待地跑到张水生办公室的时候，张水生发现他满面黑紫，四肢颤抖，连腰也不能直起来了，不禁大吃一惊："远翔怎么啦？有病吗？"

"老同学，快抽血吧，我就要憋死了！都是你让喝水喝的。"周远翔压低声音说，一分一秒也等不得了，"老同学，朋友一场，我会报答你的！"

"不用你说，跟我来吧。"张水生问："抽多少？"

"越多越好！你看着办吧。"

"第一次抽血不要太过了，就五百毫升吧？"

"不行，一千怎么样？"

"你不要命了？一千不行，抽八百吧！"

"好，八百就八百。你说得对，我还得图下一回。"

"远翔，我是为了阳阳才这样做的……"张水生抽了周远翔的血，有了一种犯罪的感觉。周远翔躺在床上，心慌了好久。当他领到一千多元钱时，立即精神大振，离开了医院。他用零头钱买了一条好烟，兴冲冲地送给张水生。张水生把他看了看，又把那条烟看了看，说："大前门？几十块呢！"

"这可是好烟！老同学，多亏了你。"周远翔送礼从没这么大方过。

"这算什么好烟？都什么时代了，人家最差的也是送红塔山！"张水生忽然鄙夷地将那条烟朝门外摔去，惊得周远翔面红耳赤。周远翔张了张嘴，张水生立即举手一挡，大声斥责他："周远翔，你他妈也太狗眼看人低了！为了阳阳，你连血都卖了，连命都不要了，还要我抽这种浸透了鲜血的香烟吗？你不要把好事都占全了，又把所有的骂名都让人家背着！滚——"

周远翔连忙出门捡起烟，尴尬地说："水生，我可不是这意思……"

"让你滚你就滚，还嚷嚷什么？"张水生哐的一声关紧了门。

第八章

四十三

周远翔揣着一千元钱回了月亮镇，胡乱吃点晚饭，头晕起来，连忙到床上睡下了。就在这时，张水生打来电话给他道歉，同时让他注意营养，最好多吃些猪肝，猪肝是补血的。周远翔谢了张水生，并没去吃猪肝，准备到操场散散步，张丽迎了过来。周远翔咧嘴一笑，想说什么没有说出来，张丽却伸手摸起他的额头来："一点儿血色都没有，你好像病了啊！"

"没有没有！对我礼貌点儿好不好？"周远翔迅速推开张丽的手，"在人家头上摸来摸去的，像什么样子？也不怕人家看到了！"

"我看你真是病了。"张丽又把手伸过来。

"好好好，我病了！这就休息去，行了吧！"周远翔赶紧往屋里走，摆脱了张丽，睡下了。他想，张丽真是个怪女人，一个有夫之妇，怎么对他越来越黏糊了？又想，她在黏糊自己的时候，自己心里其实是很舒服的。想着想着，他睡熟了。一月后，张水生和李蓉一同回月亮镇看父母，被周远翔发现了，周远翔一定要请张水生吃顿饭。张水生在李蓉面前表现男子汉的大度，爽快地答应了。吃饭时，李蓉回娘家，自然没有来。周远翔说："水生，咱俩好好喝几杯。"

张水生接过酒："这么多年，还是头一次见你这么高兴。"

"这杯呢，是阳阳敬你的。"周远翔端起酒杯，一饮而尽。

张水生也干了："说来惭愧啊，阳阳的病，我并没帮多少忙。都是你平时照料得好，求医访药，真难为了你……好在你的心血也没白费啊。"

"所以说呢，这第二杯是我敬你的。"周远翔说完，又是一饮而尽。

张水生跟着一口干了，连连摆手："别这么说，你闺女不就是我闺女嘛。"

周远翔给张水生夹着菜："医学上的事我不懂，我就是按你们医生说的，平时给她烫烫脚，按摩按摩腿，别让她坐久了，经常帮她翻个身什么的。后来又请了老中医郝爷爷帮助按摩，这不是连轮椅都不需要了嘛。"

"我就佩服你这点，七八年如一日，说着轻巧，做起来不易啊。"张水生忽然想起什么，从口袋里掏出一个信封递给他，"别嫌少，拿着。"

周远翔打开一看是一叠钱，连忙推辞："这可不行，钱我自己挣。"

张水生一摆手："啥也别说了，算我借给你，行吧？"

周远翔无奈地将信封放在桌上，感慨起来："阳阳小时候吃的就是百家饭，如今又……要不是大伙帮衬，哪有今天啊！阳阳如今读高二了，心里清楚着呢，她不会忘记人们的恩情，她说过，将来会报答恩人的。水生，你不晓得，阳阳说话跟个大人似的，讲起理来她比你还有理，来来来，喝酒！"

"好！恭贺你有个好女儿！"张水生笑着与周远翔共饮。接着，他又倒了一杯酒，站起来说："借花献佛，该我敬你了，这是一杯赔罪酒。"

"赔什么罪？"

"一年前，土生大闹你家，冤枉了我的好友，早该负荆请罪的！"

"天啊，这么说我就不敢喝了。我并没怪他，再说要不是他来闹一下，阳阳也不会站起来呀！你是他亲哥，我也就是他亲哥，还得感谢他呢！"

"远翔，你是在打我的脸。唉！土生这个混蛋，不会办事！当时要不是他嫂子打电话让他回家，不知还要闹出什么名堂来！远翔，这杯酒一定得喝！"

周远翔不得不喝，一口干完，赶紧换了话题："水生，下月该抽血了吧？"

张水生连连摇头："你不是专业的献血人员，不能经常抽血。两次抽血的时间最少也应该相距半年。等你再好好地补养一段时间，明年抽吧。"

周远翔不听劝："水生，我们是好朋友，这个忙也不帮？"

"出了事故谁负责？你没当医生，不晓得厉害！"张水生一口否定，周远翔无可奈何地垂下了头，照他说的，什么时候才能筹齐阳阳的学费？

张水生说两次抽血之间至少要隔半年，周远翔只好把心思用到菜地里。两年前他就搭起大棚，种了反季蔬菜。学校教工在寒冬腊月也能吃上黄瓜、茄子、辣椒、西红柿等新鲜菜了。这些菜在自由市场都是四元多钱一斤，他统统只收两元，老师们吃得起，他也赚了钱。只是因为地里面积太小，他总觉得钱来得太慢，这才急着要卖血。他卖血的事在小学无人晓得，只有张丽在那几天发出过疑问，说他像被黄鼠狼吸血了的，面色苍白。他做了亏心事一般不敢还嘴，若在以前，他会和张丽调侃一番的。又到了冬季，他下班后背上一捆薄膜朝菜地跑，张丽追着他嘀咕开了："总是像一只闷头鸡，生怕人家晓得了。"

"自己的事嘛！"周远翔曾经在菜地里驱赶过张丽，那已经是古老的历史了。在他俩恋爱时，张丽就是他种菜的得力助手。后来张丽同别人结了婚，却和他依旧亲密，依旧帮助他，他也并不拒绝的。

175

"叫我一声也不会让你少几斤肉呀!"

"我总是怕欠人家的债,总是怕人家说闲话。"

"越说越邪了!你种的菜我吃少了?不说别的,你低价卖给食堂,哪个没沾光呢?哼,还说闲话!你撇得这么清,人家说我们的闲话还少啊?"

"嘿嘿嘿,你好像蛮喜欢别人说闲话似的?"

"是的,你还是个童男子,我是个老泼妇了,脸皮厚,怎么着?"

张丽不加修饰的话,在周远翔听来觉得特别舒心。他没弄明白,朴实的,甚至世俗的张丽为什么一直能对他的胃口,能让他心头泛起某种欲望;矜持的,又不乏柔情的李蓉为什么和他咫尺天涯,有着无法逾越的心理鸿沟;而杨芳呢,率性真诚,直来直去,就算在一起谈论最隐秘的话题,也只有理性。他想得呆了,背着薄膜立在菜地中央。张丽笑了,笑着推他一掌:"又傻了吧?想啥呢?想李蓉了还是想杨芳了?要不,又在哪儿看中了一个女子?"

"有你在场,我敢想谁?"周远翔小心地放下薄膜。

"唉哟你说个别的!我一个黄脸婆,哪在人家眼里?"张丽把薄膜打开,笑得合不拢嘴,"快点呀,现在的天黑得快,你打算摸夜工的?"

两人说着笑着,将薄膜扯开,一条条盖上了棚。月亮升起老高,他们才收工。他们心里都快乐着,一点儿也不觉得累。接着挖田,起垄,碎土,上肥,下种,都是双去双回。尽管秦师傅和老师们常常拿他俩开玩笑,张丽却不恼,周远翔也乐意听。秦师傅后来说:"上了大当,原来你们是存心做给我们看的!"

再后来,下雪了,起凌了,放寒假了,张丽还是天天跟周远翔往田里跑。周远翔奇怪了,每到寒假张丽都要回家的,现在怎么不走了。张丽坐在田头,望着空中飘飘悠悠的雪花出神,不知怎么就唱了起来:

> 一面镜子二面光,里面是妹外面郎。
> 外面郎恋妹,里面妹恋郎。
> 鸳鸯何日得成双。
> 一把扇子二面黄,一面是妹一面郎。
> 打开郎恋妹,折起妹恋郎。
> 一张纸儿隔鸳鸯。

唱了半天,周远翔没有理她,而是不断地抬头朝垭上看。她忽然火了:"砍脑壳的,又想哪个女子了?望啥呢?难道要和人家相会不成?"

正说着,垭上忽然出现一个女子,像是乘着雪花落下来似的。张丽瞪一眼周远翔，一下子像被火烧了一般，说和女子相会，真就来了个女子。雪花飞飞的，倒是个恋爱的好天气呢！埂上的女子"嗨"了一声，红色的衣服像一枝梅花，在雪天里格外娇艳；风儿吹起她围在脖子里的丝巾，一扬一扬的，越发衬出她亭亭玉立的好身材。她又"嗨"了一声，开始往田里走来。张丽酸酸地说了一句："还不欢迎你的心肝宝贝去呀！"周远翔脚下像装了弹簧似的，早已蹿了出去。

"阳阳——"

"叔叔——"

"眼瞎了，原来是阳阳啊！"张丽也如风一般跑了过去。

这是宋阳上高中后的第二个寒假，半年没见，大家差点认不出来了。这半年是她变化最大的时期，她的个子长高了一大截，真正成为一个大姑娘了。最让人喜悦的是她彻底扔了拐杖，行走自如，往那儿一站，像个仙女。这一切都刺激着周远翔，都让他心慌，这么个好闺女一定得让她读大学。唯有一点让周远翔不解的是，宋阳把那么一头好看的长发理成了短发，实在可惜了。宋阳明白了叔叔的意思，大方地说："叔叔喜爱长发，我给你留着就是了。"

说得周远翔心里一疼，多孝顺的闺女呀！宋阳真的是成人了，周远翔、张丽和她一同从地里回来，她就让他们在一旁坐着，看她如何炒菜。她买了一本菜谱，一边看一边做。锅碗瓢盆的碰击声和香味四溢的热气，一扫患难父女往日的贫寒与晦气，周远翔从眉梢一直笑到心头。出落成青春少女的宋阳，在这简陋的房间里犹如含苞欲放的花骨朵，周远翔感到他的坎坷人生充满了希望。张丽则一直呆呆地看着，心里有一些喜悦，也有一些酸楚……

宋阳俨然像个家庭主妇，一时让叔叔剥棵葱来，一时让叔叔削块生姜，一时要大蒜，一时又要辣椒。宋阳终于说："没事了，桌上等着去吧！"

周远翔带着幸福与骄傲的情绪坐到桌子的一边，四菜一汤的家宴很快展现在他们面前。宋阳从挎包中拿出一瓶好酒，周远翔一惊："哪来的酒？"

宋阳把几百元钱拍在桌上："数学竞赛了，学校发的奖金！"

"是吗？闺女行啊，这酒我得喝，你……挣钱可不能耽误学习啊！"

"叔叔放心吧，我挣钱只会提高我的学习成绩！"

"又吹上了！老毛病也不改改？要是高考落榜，我可不答应！"

宋阳夹了块鸡蛋堵住叔叔的嘴："您要是累坏了身体，我还不答应呢！"

"啧啧，看你们爷儿俩，兄妹似的，哪有个正形啊！"张丽嗔了一句。周远翔笑笑，欣慰地看着女儿，把要说的话咽了下去。

四十四

寒假过后，新一年的新学期开始了，送走了宋阳，周远翔就急着跑到县城去了。周远翔来到县医院，探头探脑的样子，张水生一看就晓得他是来卖血的。张水生摇头说："真拿你没法子，那就输五百毫升吧！"

"水生，输一千吧！"

"不行，还是八百吧！"

"一学期八百，杯水车薪啊！"

"那总不能拿生命开玩笑吧。远翔，不要死心眼，还得想想别的门路。"

"好吧，说不服你，只有听你的了。"周远翔卖了血，将一千元同上次的存到同一个存折里，回去了。一回去他就在厨房里忙一阵，菜地里忙一阵，同时还要思考其他挣钱的门路。终于到了秋天，宋阳进了高三，周远翔又卖了一次血，挣钱的门路依旧没有想出来，他只能更加没日没夜地泡在菜地里。经营菜地换来的钱虽然可观，但也只能应付宋阳顺利地读过高中，没有富余。翻过年，宋阳进入高考前的最后一学期，周远翔又急着往县医院跑。张水生把他拉到院子里，十分严肃地说："你脸色不对呀！再急也要先把病看了。走，做个全血化验。远翔，你感到哪儿不舒服？自己总有点儿感觉吧？多长时间了？"

周远翔怔了一下："到底是医生，这一阵的确是觉得胃里隐隐地疼。"

周远翔到化验室抽了血，上午看不到结果，他便到大街上转悠去了。下午上班时，张水生特意来看周远翔的化验单和诊断报告，扫了一眼就大叫起来："这……这不可能！要真是那样——老天爷也太不公道了吧！"

化验大夫说："你总得相信科学，好几项都是阳性！"

"良性肿瘤的血检有时不也呈阳性吗？"

"对！到底什么性质，要看手术后的活检了。"

"我担心他受不了，你还是给另写一个诊断书吧？"张水生请求化验大夫，化验大夫答应了。张水生又说："唉！他怎么那么背呀！"

等化验大夫重新写了诊断书，张水生连忙拿走了。刚出化验室，碰到了周远翔，张水生拍拍他，故作轻松地说："远翔，没什么大事，可能是慢性阑尾炎，为了保险起见，建议你做一次手术，把阑尾切了。"

周远翔先是打了个愣怔，之后忧心忡忡地问："阑尾炎？水生，实话告诉我，我到底得了什么病？别骗我，我又不是三岁大的小孩！"

"啧，不要神经过敏！就是慢性阑尾炎，这不，诊断书上写着呢。"张水生做出一副权威的派头。周远翔接过诊断书看了又看，表情十分严峻但没有说什么，张水生立即可怜他了："你先办住院手续去吧。"

"不，我出去走走。"周远翔向医院外走去，不理张水生了。张水生愣愣地望着周远翔的背影，怀疑他已经晓得了自己的病情。走出医院的周远翔看了看空中的太阳，突然感到一阵眩晕，他步履蹒跚起来，有着不祥的预感：我的阑尾早就割了，怎么还是阑尾炎呢？本是来卖血的，正好赶仗，狗子拉稀！我这人也真背到家了……走着走着，有个人拦住他，抬头一看，是李蓉。

李蓉疑惑地问："远翔，一点精神都没有，还在卖血？"

周远翔苦笑一声："胃疼，水生说是阑尾炎。"

"水生和你说的是阑尾炎？"

"小病，你别瞎想。"

"打什么时候犯疼的？"

"好几个月了，隐隐地疼，没怎么在意。"

"你……没命地卖血，身体能不垮吗？"

"阳阳是那么出色，能不让她上大学吗？"

"大学必须上，学费可以由大家一起想办法，可是你……"

"别说这个了，我是阳阳她叔，也就是她爸。"

"远翔，你总是要强，总是傲气……"李蓉惭愧地转身走了，硬着头皮去找张水生。正在诊室里忙着的张水生见李蓉来了，忙把她带进办公室。李蓉听了关于周远翔的病情后，禁不住流下泪来："我说他怎么吞吞吐吐的呢，你读大学时他的阑尾就切除了！你骗他也不想个好由头……"

张水生懊悔地打一下自己的嘴巴："哎！我胡说了。不过他知道也是早晚的事，要真的是胃癌，瞒不了的。阳阳是他唯一的亲属，赶紧通知她吧？"

"那好，我代阳阳谢谢你，我也得谢谢你。"李蓉有些黯然。

"谢我什么？"

"我为远翔着急，谢谢你的宽容……"

"这都什么时候了，你忘了我是救死扶伤的医生吗？"

"那就好！"李蓉勉强一笑，转身出去，"你通知阳阳，我去找他回来！"

几天后，周远翔躺在手术车上，护士推着他走向手术室，后面跟着李蓉、宋阳和张丽等人。宋阳笑着哄他："叔叔别紧张，麻醉后一点都不疼的。"

周远翔抬了一下头："我看你比叔叔还紧张呢。"

张丽说："瞧这闺女，多关心你呀。"

"家属请留步。"护士说着，将周远翔推进了手术室。宋阳一扭头，洒出一串泪来。李蓉望着手术室紧闭的门，脸色凝重，没说一句话。其他人焦急地徘徊着，不时看一眼亮着红灯的手术室，都感到紧张得透不过气来……手术进行得很顺利，肿瘤是不是良性要等活检结果出来后才知道。出手术室之前，周远翔对张水生说："别给阳阳讲实话，就说是阑尾炎好吗？"

张水生默默地看他们把周远翔推进了病房，宋阳跟在旁边，极力做出一脸喜色，和叔叔说着什么。张水生很受感动，认为他们的确是两个不同一般的人。宋阳回头看到了他，追过来问："张叔叔，我叔叔的病问题大吗？"

张水生连忙摇头："啊！没什么，你放心，不就一阑尾炎嘛……"

宋阳心中疑云重重，在走廊里来回踱步。这时，李蓉走了过来，目光沉重地看着宋阳。宋阳拉住李蓉，急切地问："李老师，叔叔到底是什么病？"

"事到如今，我想不用瞒着你了，你叔叔的胃上有肿瘤。不过，活检还没出来，现在不能断定是良性还是恶性……"李蓉的声音在颤抖。

宋阳的眼泪哗地流了下来："您怎么不早告诉我呀？叔叔要是有个三长两短，我还上啥学？您要清楚，我是他唯一的亲人。"

李蓉表情复杂，无言以对地愣在那儿。宋阳忽地冲出医院，李蓉吓了一跳，紧跟着跑出去，大声呼叫："阳阳！阳阳！你等等！"

宋阳拼命跑着，和街上的行人撞个正着，摔倒在街心，差点惹出车祸。司机骂骂咧咧地绕过宋阳，追上来的李蓉赶紧拉起她。宋阳抱住李蓉一边哭一边哀求："阿姨——求求张叔叔！救救我叔叔吧！他太苦了！"

"阳阳听话！"李蓉严厉地说，"你这样又哭又闹，叔叔受得了吗？走，我们回去陪叔叔。阳阳，你要是认我这个阿姨的话，就坚强起来。事情已经这样了，我们就要敢于面对现实，不要这么窝囊好吗？"

过了好久，李蓉看到宋阳似乎平静多了，便拉着她回到医院。走到病房门口，宋阳的泪又不可阻挡地淌了下来，她坐到走廊的条椅上不动了。李蓉叹息一声，进了病房。周远翔看了李蓉一眼，用手指了一下凳子，许久没开口，似乎在考虑说些什么："李蓉，世事难料，没想到会是你陪着我。"

"别难过，难过的应该是我。"

"没什么……命运哪——对我、对你、对阳阳都不公平！"

"这些年，你又当爹又当妈，苦了你了。"

"这孩子那么小就遭遗弃，又瘫了这多年，好不容易熬到现在，我又……唉！阳阳的命才叫苦。现在虽然读高中了，但她毕竟还是个孩子。"

"远翔，我不知……怎样才能帮到你。"

"不，你已经付出了太多，恐怕以后还得靠你了！我是说如果我有个三长两短，请你照看好阳阳。好在你有个大度能干的丈夫，他对我，对阳阳那也是没二话说的。真有那一天，希望你和水生能做她爸妈……"

"放心吧，远翔，我不会犯第二次错的。"

他们的这些对话，被门外的宋阳听到了。周远翔明摆着是说他已经病入膏肓，怎能让人不伤心！她又伤心地哭起来。听到李蓉一边哽咽一边开门，她赶紧躲了开去。李蓉走了，周远翔闭上眼睛，无边的黑暗淹没了他，却有许多画面在他脑际浮现：阳阳坐在木轮椅上，他拉着进出医院；阳阳双脚软软地浸泡在热水里，由他细心地浇洗；山花烂漫，他背着阳阳走在花丛中的小路上；阳阳在看连环画，在画花鸟虫鱼，他在一旁耐心地辅导……不知什么时候周远翔睁开眼，发现刘根儿坐在身边。他觉得精神好了许多，看着成了大小伙的刘根儿，心里想到宋阳的前程，他忽然问："刘根儿，你看阳阳考得上大学吗？"

刘根儿肯定地说："叔叔放心吧，她要考不上就没人能考上了。"

"那我就放心了，前些年也多亏了你照顾她啊。"

"我还多亏她在学习上帮助我呢。"

周远翔笑了，听到房门在响，扭头看去，原来是宋阳提着营养品进来了。她往屋中央一站，和刘根儿差不多高，刘根儿有些惭愧形秽。宋阳的情绪似乎好多了，但她微微肿起的眼睑隐藏不了她哭过的事实。她要调节屋里沉闷的气氛，故意笑着，夸张地说："哟，叔叔的高才生来了！"

"说谁呢？"刘根儿的脸上像泼了猪血。

"根子哥脸红了，有什么不好意思的！"宋阳羞着刘根儿。

病房里立即洋溢着一片生机，周远翔跟着笑了。刘根儿有些口吃地回击："阳阳总是爱讽刺我，小时候都让你讽刺惯了，到现在还不改呀？"

周远翔怜爱地说："怎么说他也是你哥，给人家留点面子嘛！"

宋阳假装生气了："叔叔，他不是你的高才生是什么？我是实话实说，往他脸上贴金呢！能考上县一中，还不算高才生吗？"

刘根儿故作恍然大悟状："哦，明白了。阳阳不过是用我做个铺垫，言下之意是说她才是真正的高才生！周叔叔对吧？她可是市一中的学生。"

宋阳连连点头："根子哥，你脑子总算开了点窍，终于明白了。"

周远翔哈哈一乐，牵动了伤口，疼得他皱起眉来，但他的心情毕竟被两个孩子逗得开朗起来。宋阳吓了一跳，赶紧扑过来。周远翔喘息片刻，问："阳阳，你的话不仅是说刘根儿，可能也讽刺了叔叔吧？"

"没有呀！"宋阳傻傻地摇头，"我敢吗？"

"越来越淘了！叔叔一直在当伙头军，没当过老师。"

"叔叔！你就是我和根子哥的老师。你教我读了整个小学，我才上了初中、高中；要不是你，根子哥不还在回马坡读四年级吗？"宋阳极力逗着叔叔，就不顾别人的面子了，"总之，我一直认为叔叔是最好的老师！"

"说得好，我也是这么认为的！"刘根儿赶紧冲宋阳表态。

宋阳接着说："我们还要上最好的大学，让叔叔播下的种子开花结果！"

周远翔听到这儿，脱口说了一句："不知我能不能看到那一天……"

"叔叔没志气，我不和你说了！"宋阳立即给予反驳，做出生气的样子，拉着刘根儿说："走，我们出去！这是对叔叔的惩罚。"

"哪里去？叔叔再不说这种话了还不行吗？"周远翔的语气显得有些可怜。

"那也得让你面壁反省一下。"宋阳头也不回，和刘根儿出去了。还没走到大院里，宋阳的泪就再也忍不住，她呃呃地哭起来。

刘根儿不解地看着她："怎么了，阳阳？"

"根子哥，叔叔得的也许是绝症，我要照顾他，大学我不考了！"

"你刚才不是还说让叔叔播下的种子开花结果吗？"

"那是哄叔叔高兴的。"

"周老师不会同意的！你要不读了，那我也……"

"根子哥，我虽然不想读了，但这话你决不能告诉叔叔。"

刘根儿迟疑着，泪也开始在眼中打圈儿……

四十五

夜深沉，宋阳坐在桌前写着什么，不时看一眼叔叔似睡非睡的面孔。她的脑海像过电影一样，回忆的是她人生的种种际遇，浮现的是叔叔十年来哺育她的种种坎坷。她在日记本上写下这么一行字："骏马，基石，宝剑。"这是她对叔叔的评价，也是她对叔叔的定义。她这样写道："骏马呀，任长鞭撕咬你的皮肉，任马刺碰撞你的肋骨，鞭声飞扬，塑造你英俊的形象；蹄声如鼓，擂击你迅猛的速度。你明白，这不是打击，是鼓舞……"她接着写道："基石哦，任泥土窒息你的躯体，任砂石埋藏你的意志，而你负载起一座碑一栋楼一道大坝，忍受着黑暗、挤压和践踏。你明白，这不是掩埋，是奠基……"最后，她写道："宝剑啊，任烈火焚烧你的胸膛，任岩石砥砺你的五脏，不停地锤呀，不停地磨呀！留下的是寒冷如雪的辉光，凝聚的是削铁如泥的锋芒……"

太累了，宋阳的笔从手中滑落，头沉重地伏到桌上，她终于睡去了。那支笔还在缓缓滚动，一直滚到桌子的边沿，掉到地上，发出叭的一声轻响。周远翔醒了，发现了那支笔，也发现了尚未合拢的日记本。他把笔捡起来，顺势又把日记本拿到手中，默默地读了一遍。他被"骏马，基石，宝剑"所感动，回忆起学生时代，他同眼前的宋阳一样，充满了激情和热血。想了想，他在宋阳的日记本上写下这样一句话："如果马蹄失、基石碎、宝剑折呢？"

第二天早上，宋阳发现叔叔动了她的本子，还提了一个问题，她很佩服叔叔思考的深刻。她脑子转得快，又在本子上写起来："马有失蹄的时候，但在那一刻，它的头颅会昂得更高；其凌云气势，将凝成顶天立地的雕塑。基石有破碎的时候，但它的坚硬，永葆它的品质不会消失；悠悠一缕魂魄，将化作与山川同在的龙脉。宝剑摧折了，但它的断片会更加锋利，其璀璨的精华，将光照后人，气贯长虹！叔叔，你让我明白了，一切都有挫折，重要的是决不放弃！"

宋阳的话，再次感动了周远翔。原先想到她还小，周远翔害怕自己的病吓倒了她。把她的日记一看，证明自己多虑了。所以，他坦白地问："阳阳，叔叔的病三五天也不能出院，如果是恶性的，那就无期了。你总不能老守着吧？"

"什么意思？想要我抛弃叔叔？"

"不是抛弃，你只有全身心投入到学习中，才对得起叔叔。"

"你都病成这样了，我还去读书？"

"阳阳——读书是一定要做的事，任何时候都不能放弃。"

"叔叔——让我离开医院，我还读得进去书吗？"

"我俩定个协议吧！"

"什么协议？叔叔不要算计我哟！"

"在任何情况下，你都得答应叔叔，一定要考上大学！"

"这个……如果我努力了，却没考上呢？"

"那我宁愿再也不看到你！"

"叔叔，为什么这样执着呢？你连看病的钱都没有了，还非要我读书啊？这不是要让鸡飞上蓝天，让猫翻江倒海吗？"

"我晓得我已经没钱了，但我要求你就像在日记中写的那样，决不放弃。就算我死了，你也要上大学。大学里不是有许多靠自己打工来支付学费的高才生吗？阳阳，大学是我的一个梦，就算为了我，你也一定得把大学读了。叔叔养了你一场，对你只有这唯一的要求，难道你不答应吗？"

"叔叔，我晓得了，我要做个孝顺女儿，实现叔叔的愿望。我一定能考上大学的，但是，在任何情况下，你都得活下去，决不能离开我！"宋阳紧紧地握住叔叔的手，"叔叔，协议达成了，决不放弃！"

"好，决不放弃！"

"那我明天就筹钱去！"

"不用了，阳阳，我给你们送钱来了！"张丽嘻嘻哈哈地进来了，手里拿着几本书和一张汇款单。书是《月亮镇民歌精选》，汇款单是稿费，整整一万元！

"天上真的掉馅饼了？"宋阳先是把书抢过去，见上面署名周远翔和杨芳，就把书贴到胸口。"叔叔，这是你多年的心血，叔叔的书终于出版了！"她把汇款单抢过去，有些迷醉地将脸贴到叔叔的胸口，"叔叔，我们也成万元户了！"

"是啊，成作家了，还成万元户了。"周远翔轻轻拍着宋阳的背。

"这一对，老不知老，小不知小了。"张丽在笑，却泪水滚滚。

周远翔忽然问："杨芳呢？"

"是啊，我倒要问你，杨芳给你送了一万元，你连感谢人家都做不到，太不像话！"张丽想了想，向往地自语："已经好长时间年没看到她了。"

"其实见见又何妨。"周远翔也十分向往。

"都怪你，当年我带个口信，你就一口回绝了。姑娘家都是有脸面的，还好意思来见你吗？再说你又是蛮大个人物，人家不好见呀！还好，人家的心没变，又是出书，又是送钱，还不愿巴结讨好……"张丽又数落开了。

"阳阳，快去把杨芳阿姨——不，把大姐姐找来！"

"瞧叔叔急的，要是她不来呢？"

"你把叔叔住院的情况告诉她，也许就来了。"

"那我试试吧。"

宋阳去了，周远翔和张丽对视一眼，不知结果会怎样，都提着心，默不作声。从医院到报社一去一来约半小时的路程，一小时过去了，周远翔和张丽几乎是同时叹了一声，以为杨芳不会来了，脸色都沉下来。又过半小时，宋阳低着头回来了。周远翔一下子坐起来，质问："她为什么不来？"

"你问她去呀！"宋阳气鼓鼓地朝门外一指。谁知她的手还没放下，杨芳就进来了，差一点儿被宋阳的手指戳了眼睛。屋里的人同时笑起来。宋阳揪住杨芳的衣服责怪说："大姐姐出卖我，不是说在外面多待一会儿的嘛。"

"小妖怪！我看你叔叔可怜哪！"杨芳放下手中的几大袋水果之类的礼品，揩了一把汗，"再说，这一堆东西提得我的手实在酸，哪还顾得别的！"

众人又笑起来，宋阳连忙搬椅子让她坐下。杨芳伏身向周远翔问这问那，就没别人插嘴的机会了。周远翔介绍了自己的病情，然后就问那本书和稿费的情况。他是不会和杨芳计较稿费的，但他越想越不对头，一本不到二十万字的书，这么高的稿费，太出人意料，他怀疑杨芳把稿费全给他了。杨芳没直接回答他，而是继续谈着他的病："周大哥，你这个算不得大病，治起来也并不难，关键是看你的态度。我先给你讲个故事，也许比一副灵丹妙药还要强。"

听他这么一说，李蓉和宋阳都好奇地伸长脖子，静下来了。周远翔晓得她喜爱夸大其词，却也想见识一下什么故事比得上灵丹妙药。

原来，杨芳讲的是教过她的一位大学教授的事。那位教授年逾七旬，是一位享誉中外的经学大师。"文革"初期，他被当作反动学术权威者进行批斗时，早已得了肝癌。"革命"如火如荼，没有谁认真给他治病；医生断言他只能活三年，连他自己也准备等死；对他唯一的优待就是让他坐着挨批。一个癌症病人如何挨过那度日如年的批斗呢？他想了一个办法，就是坐在那儿默诵装在他心里的一万多首诗词。每默诵一首，他心里就把诗的意境和内涵演绎成电影镜头，一首诗就成了一部短片。这样一场批斗下来，他竟一点儿也不觉得困倦，甚至奇怪批斗会为何过得如此之快；更奇怪的是夜里，他的头往枕头上一放就睡着了，失眠的毛病也没有了。后来不挨批斗了，他就把那些"电影短片"加以整理，写到本子上，成了他的学术专著。这种著作面目一新，令他振奋，三年过去，他竟写了近百万字。那年的年关之前，他把书稿交给弟子们悄悄拿出去打印成册，然后郑重交代说："往事已矣，夫复何求！我死后，这本书若能出版，则是大幸；若不能出版，请寄一份给中国科学院，送一份给校档案馆，你们保留一份，最后一份则随我去吧！"

后事交代完了，教授如释重负，然后四处游玩，准备玩到哪儿，病发作了就死到哪儿。那时还在闹"革命"，也没谁管他，便任他去了。谁知一年过去，又一年过去，他没有死，而是健康地回来了，一直活到现在。人们都认为这是个生命的奇迹，用现代仪器反复检查，他的癌细胞居然消失了……

张丽和宋阳听得发呆，杨芳讲完了，她们还没醒悟过来。杨芳问："你们说，老教授的生命奇迹是怎样创造出来的呢？"

周远翔说："他的忘我奋斗感动了上帝。"

宋阳说："他用一死的精神遗弃了癌症。"

张丽说："依我看，就是他心里干净。"

"张丽说得最好！"周远翔的目光蓦地雪亮了，"我们凡夫俗子就因为心里不干净，才把一点儿小病闹成了大病。阳阳，让我干点儿什么呢？什么东西能让我忘我地为之奋斗，来遗弃病魔呢？"

宋阳愣了，看看杨芳；张丽也望着杨芳，仿佛答案在她那儿。杨芳并不正面回答，而是说起了《月亮镇民歌精选》："周大哥，我们的书在出版社引起了不小的轰动，总编和我商量，策划出一套月亮镇民间文化系列丛书，并且不受时间限制，写一本出一本。也就是说，接着要写《月亮镇故事》《月亮镇谚语》《月亮镇歇后语》等。这是一个特大工程，怎么能说你没事可干呢？"

宋阳和张丽有些反应不过来，一同把目光从杨芳脸上转移到周远翔脸上，她们惊讶地发现周远翔眼中闪烁着泪光。宋阳连忙问："叔叔怎么啦？"

"杨芳，我明白了。"周远翔不好意思地揩去泪水，"我猜得不错的话，你已经开始了吧？请把你的草稿拿来，我从现在就开始工作。"

"行！你先干着。等你出院后，我们好好在一起策划一下。"杨芳顺手把一袋资料从包包里拿出来，"因为回家拿这个，我才来迟了。"

周远翔说："不过，我先得问问稿费的事，你不应该全部给我。"

"哦，这个呀！"杨芳笑着说，"我也带来了，这是我打给出版社稿费收据的副件，共两万元，一人一万。稿费按百分之十的版税拿的，单据背后列有名细，应该不会错。什么叫我全部给你了？你是怕我多拿了吧？"

"不不不！绝不是这个意思，我可以对天发誓。"周远翔急得满面通红，"杨芳，你为这本书的出版做了大量准备工作，怎么说我也不能要一万元。"

"周大哥也啰嗦得很哪！办公费是用了一点儿，那就忽略不计了。"杨芳爽快地站起身，边说边走，"报社的事还没忙完，有时间再来看你。"

杨芳说走就走了，一屋人都说不出话来。这天晚上，宋阳在日记中激动地写道："骏马虽然失蹄，却不会轰然倒塌，它将涅槃出勇往直前的精神；于是，万马奔腾，飞扬起一条滚滚河流。基石虽然碎裂，却不会化为尘土，它将再生出直冲霄汉的魂灵；于是，托起的碑如林，坝如虹，楼如崖。宝剑也许会铿然断裂，升华而出的却是烛照心魄的明灯；于是，剑气阵阵，滔滔不绝……"

宋阳有太多的遐思，无法用语言表达。想了好久，她最后写道："无论是生命终结的瞬间辉煌，还是精神的永恒张扬，都是伟大的。"

第二天早上刚上班，张水生来了，一脸的喜气，手里拿着一张化验的报告单。宋阳心里一动，敏感地觉得活检结果已经出来了，立即不顾一切地扑过去抱住张水生："张叔叔，肯定是好消息吧？"

张水生兴奋地说："没有任何问题！远翔，我保证你长命百岁！"

宋阳扭头扑向周远翔，不小心牵动了他的伤口。他一边笑一边"哎哟哎哟"地叫唤，再看宋阳时，她的泪已在脸上流得一塌糊涂。她一边哭一边笑，在屋中央蹦跳着，呼喊着："叔叔真伟大，大难不死，必有后福！"

周远翔骂一声："疯丫头！"

四十六

周远翔的手术刚刚拆线，宋阳就走了。是大家催促她走的，她也晓得必须要走；只有她走了，大家才会高兴，所有人都指望她能成为山中凤凰！周远翔不能送她到车站，临走时，宋阳亲了他一口："莫忘了，一定还我一个健康的叔叔哟！"

"阳阳长得比我都高了，还撒娇呀！"李蓉的指头点了她一下。

周远翔有些心焦："唉，又误了你半个月的学习。"

"不要紧的，叔叔。新课上学期就学完了，现在全是复习。"宋阳无所谓地背起包裹，向叔叔招手，"放心吧，会给你考上大学的。"

"考个名牌！"周远翔也招招手。

"一定——名牌！"宋阳走到门口，迅速跑回来又在叔叔脸上重重地亲了一口，这才扬长而去。周远翔的泪轰然流出，他揩了一把，不好意思地笑了："也怪，病中人就是心理脆弱。阳阳，下一步就看你自己的了。"

"要哭你就哭一场吧，何必忍着呢！"李蓉想给周远翔掖掖被子，却忍住了，转身出门去追宋阳，把宋阳送上了车。又过了一星期，周远翔挎了一大包药也出了院。张水生亲自送他到车站，周远翔对他千恩万谢："水生，你和李蓉为我们做得太多了。水生，我……唉——你们的恩情，无法报答。"

张水生立即说："远翔，身体好了一切都好，不要胡思乱想。你的病与你的内向和忧郁有关。一定要开朗，开朗比吃药更重要。"

"水生，和你相比，我真的感到羞愧。当初，你和李蓉结婚，说实话，我是忧郁的。现在看到你们夫唱妇随，我很高兴。"

周远翔一席真诚感激的话倒把张水生弄得不知所措了，他不觉间冒出了一身汗。直到周远翔上车走了，他还在想：远翔，在李蓉的情感问题上，是我对不起你了。正因为如此，我才对你和宋阳的病尽心尽力……

回到月亮镇中心小学，周远翔的身体还没复原，饮食仍以流食为主。张丽主动担负起为他供应饮食的任务，有时给他煮点儿稀饭加一个馒头，有时为他磨点儿豆浆加一根油条，有时为他打点儿牛奶加一块面包，变着法子服侍他。没用多长时间，周远翔就养胖了许多。周远翔想想李蓉，想想杨芳，又想想张丽，很过意不去，自己并没有对她们做过什么，她们为什么如此帮他呢？张丽又送东西来了，周远翔真诚地说："张丽，我已经好了，还是你吃吧。"

"你没烧吧？怎么又说起胡话来！我一个好人，什么不能吃？"

"你看，我会养成个大胖子的。"

"胖点儿好啊，比你那枯柴棒子好多了。我喜欢！"

张丽说话总是口无遮拦，周远翔笑了。他感到这话亲切，他们像一家人似的。周远翔又想开了，李蓉也好，张丽也好，杨芳也好，都是好姑娘，可是他和她们为什么就是有缘无分呢？哦——这就是命运！命运哪！

"张丽，你怎么老不回家了？"

"家？哪还有家！我看还是学校好。"

"那也该把妹夫带来给我们看看，好像被你藏着似的。"

"哪个藏他呀！又不是宝贝。"

"你太谦虚了吧？怎么说他也是个老板。"

"谁稀罕啊！哎，不说他了。远翔，这回病好了，你也该找个老婆了。阳阳都快十七岁了，你还是个光棍，她也脸上无光啊。"

"看情况再说吧，等阳阳读大学了，分配了，没有人嫌她了，再说。"

"你也真是的，要说你对阳阳啊，绝对比对亲生闺女还要好。"

"你不晓得，正因为阳阳不是亲生的，待她才这么好。"

"你还那么犟，我就不说了。好，我上班去了。"

"张丽，和秦师傅讲讲，过两天我也上班。"

"你不要命呀！我们请的那个帮厨的还没满月呢！做点儿好事，让人家拿足一个月的工钱再说吧！"张丽走了好远，嘴里还嘀咕着。

张丽走了，秦师傅来了，提着一个大口袋，进门就往屋角里一放："小周，这是红皮花生，我专门让人从老家带来的。要生吃，医生说红皮花生补血。听张丽说，你卖血了？啧啧，什么事都可干，唯这卖血的事不能干呀！你看你这张脸，哪还有多少血色。这种事以后再不要干了，听到没有？"

周远翔连连点头："还卖什么血？卖的血连我的医药费都没保住，人倒整垮了。秦师傅，我这种人——想金子是铜，想富贵是穷啊！"

"不要紧，有什么难事，大家帮衬着办吧。"

"我想的只有阳阳的前程，可有谁敢帮我呢？"

"有阳阳，我才不怕呢！阳阳将来前程大着呢，还怕还不起一点小债？"

"也是的，通过这次住院，才晓得我太蠢了。借债，贷款，其实都行得通，唯独我把事情看死了。秦师傅，这是我的性格弱点，我会改的。"

周远翔在大家的帮助下，身子渐渐硬朗了。天也渐渐热了，他依旧像从前一样，上班，种菜地；剩下的时间全部用来收集整理"月亮镇民间故事"，每天忙到大半夜，一点儿也不空闲。他的心里充实了，精神也好了。时间过得真快，转眼就是酷暑三伏天，他又掰指头算，哪一天高考，第一天考什么，第二天考什么，第三天考什么。他列了一张表贴到墙上，在高考的那几天紧张极了，估摸着考完一门，就在表上划掉一门。他不能像中考那样守在考场之外了，心却飞到了宋阳的身边：她吃饱了没有？喝水了没有？怯场了没有？实力发挥了没有？他每天都把自己弄得大汗淋漓。张丽说："只有你这个叔叔哦，做得多累呀！"

秦师傅说："是啊，阳阳还用你这样担心？"

周远翔嘿嘿一笑，依旧沉浸在他的心惊肉跳中。终于熬过那几天，他又计算着宋阳什么时候该到家了。从市里回来，要通过县城，宋阳高考完，估了分，填写志愿后就乘车回来了。她特意把自己打扮得高雅而又美丽，要给叔叔一个惊喜。班车经过县城时，刘根儿守在车站门口，透过车窗，他发现了宋阳，于是蹿上车，兴奋地和宋阳打招呼，靠宋阳坐下了才买车票。原来他守在这儿是专等宋阳的："阳阳，这么快就回了啊？我以为你还要玩几天才回来的。"

宋阳拿出一把水果糖给他："根子哥，你在等我吗？"

刘根儿的脸立即红了："没、没有，是碰上了。"

"不老实！"宋阳迅速将水果糖收回了，"本是要奖励你的。"

刘根儿的脸更红了："嘿嘿，我不吃，你吃你吃！"

宋阳的靓丽本就是乘车人的注目中心，他俩这样一闹，把一车人都逗笑了。说说笑笑，不觉就到家了。和刘根儿道过别，宋阳赶紧往中心小学跑，看到自家的门半开，便像燕子一样飞过去，披肩的长发飞扬起来。她一边跑一边发出亲切的叫声："叔叔，你的阳阳回来了——阳阳回来了！"

宋阳几乎是破门而入，可是屋里静得出奇。宋阳扑进内室，只见叔叔躺在床上，似乎已是气息奄奄了。宋阳扑过去，大叫着："叔叔，你怎么啦？"

周远翔艰难地笑了："阳阳，你回来了？"

宋阳轻轻趴到叔叔身上，周远翔情不自禁地将宋阳搂到怀里，想亲她个够。可是，他在抱住宋阳的一瞬间，看到了她那令人不敢正视的丰满胸脯和高而苗条的身材，女儿已经长大了。尽管他是叔叔，心里也爆发出无法抑制的惊悸和亵渎了纯洁的罪恶感，他随即把很多准备说出的话咽到肚里去了。宋阳以为叔叔说话艰难，便把他抱得更紧："叔叔，不是让你还我一个健康的叔叔吗？"

周远翔推开她，身子向后缩去，然后一跃而起，跳到房子中央，哈哈地乐："阳阳，快看看，叔叔是不是个健康的叔叔？"

宋阳惊了一瞬，也笑起来，扑到叔叔怀里乱打："叔叔好坏，吓死我了！"

周远翔再次推开她，虎着脸："比我都高了，还在撒娇！"

宋阳两次被推开，终于敏感地觉察到了叔叔的忌讳，脸一下子通红了。怔了一会儿，她便呵呵地乐起来："叔叔，你这么健康我就放心了！"

"阳阳歇着吧，快说，想吃什么，我去弄！"周远翔又笑了。

"叔叔，我要吃熊掌！"宋阳大声说。

"阳阳，对不起，熊掌没有；龙肝凤脯你吃吗？"周远翔又是一阵哈哈大笑，声震门窗，传出老远，引得同事和老师们都往这边张望……

四十七

高考结果的等待比中考结果的等待自然更让人难受百倍，这也成了生活中的一个敏感话题，谁都害怕触动了它。周远翔要宋阳多走动，分散一下注意力；宋阳装作无所谓，只愿在家里为叔叔多做几顿饭。一天，刘根儿来了。不知为什么，刘根儿现在一见到宋阳就脸红，连话也说不利落。

宋阳笑他说："根子哥，脸红什么呀？像相了媳妇似的。"

刘根儿忸怩起来，一个劲儿地傻笑："随你怎么说。"

"活脱脱一个傻大个。"宋阳越发好笑，"根子哥，乐啥呢？"

刘根儿不答话，在屋里转了转。宋阳到食堂提开水来给他泡茶，回屋时，刘根儿却不见了。宋阳心里说，神经病，搞什么花样？她也在屋里转了转，忽然发现了机密，桌上摆了一封信。她拿起一看，信封上写着"阳阳亲启"字样，赶紧打开，竟然是刘根儿写给她的一封求爱信。宋阳把信往桌上一摔，生气地说："这个闷葫芦，居然还有这一手！什么花儿朵儿，月亮太阳，酸死人了！"

"酸点儿怕啥？"周远翔提了一包金黄的枇杷进来，放到桌上，"阳阳，这是张丽阿姨存放在坛子里的，还鲜得很，也不酸，专门带来给你的。"

"谢谢张阿姨！"宋阳一点儿也不客气，拿过来就吃。周远翔的目光移到那封信上，宋阳笑起来："叔叔，你说怪不怪？根子哥居然给我写信了。"

"哦！他说什么了？"

"花儿朵儿的，酸得掉大牙！不信你看看。"

"我才不看呢，我还不想犯法。"

"犯什么法？"

"你想让我侵犯人家的隐私权哪？"

"哦——这个呀！什么隐私不隐私，这是我愿意的。"

"可是，这个隐私并不属于你一个人，还有刘根儿一份呢。"周远翔虽然笑着，话却有些严肃了，"阳阳，这是刘根儿对你的一份情感，你不能这样轻慢人家。伤害人家的真情就是伤害人家的心，你得替人家想想。"

宋阳不高兴了："可是，他考虑过我的想法吗？"

"爱是没有过错的，不管你愿不愿意，都得尊重人家。再说，人家对你好，你对人家也不错嘛。从前，你们两小无猜，同来同往。他对你的帮助，我们是有目共睹的啊！阳阳，我看这事儿你应该认真对待……"

"叔叔——越说越远了。不错，他是我的根子哥，对我帮助是不少，可是，他不能以此为条件，就说要恋爱呀？叔叔一点儿也不懂我的心……"宋阳一副很委屈的样子，起身走向教工食堂，端晚饭去了。

"这孩子，什么心不心的！"周远翔盯着那封信，有些出神了。刚刚还是个孩子，教他们读小学好像就是昨天的事，转眼就成了大人，开始讲到恋爱了！天啊——阳阳不用多久就要成为别人的人……周远翔的心突然一阵阵地发虚。刚刚这屋里还充溢着的甜蜜，刹那间化为乌有了；天天在为女儿的前程操心费神，刹那间似乎不必要了。他只有养育的义务，其他的就看孩子自己的造化了，连同孩子的前程。他的心有一种失重的感觉，连忙走到床边，躺下了。每每感到心慌时，他都这样躺到床上，睡一觉就好了。可是这次不行，他沉浸在往事中不能自拔，三年前女儿扑到他怀里的形象越来越清晰，女儿的声音言犹在耳：

"叔叔，让我嫁给你——让我长大了嫁给你——"

不一会儿，宋阳回来了，叫叔叔吃饭，可是叔叔没有答应。她摸摸叔叔的头，没有发烧的感觉："叔叔，刚刚还好好的，哪里就不舒服了？"

半晌，周远翔答非所问："刘根儿的信……孩子们大了……"

宋阳冷笑一声，决然说："他是在做梦！"

"是的，阳阳还小，谈什么恋爱！就跟刘根儿说，都还小……"

"叔叔，不是这个意思。就算都大了，我也不想和他恋爱。叔叔，我不想离开你，也不能离开你——我说的是一辈子，你怎么这样糊涂！"

"好好好，我糊涂！我不过是要你尊重人家的感情。"

"可是，谁又尊重我的感情了？"宋阳心里凉了半截，"叔叔，你为我付出了一切，我无论用什么报答，也报答不了。你不嫌弃女儿，不怕别人讲闲话，我就陪你一辈子。就算我百无一用，可是和你说说话、为你做做饭总行吧？你身边总要有个人嘛！叔叔，记得我从前说过的话吗？我要遵守诺言！"

周远翔跳了起来："越说越邪了，什么诺言？那时候你还是个小孩！"

"不，我是真心的！叔叔——让我嫁给你吧！"宋阳喊叫起来。

周远翔头一晕，感到了一种罪恶，骂人的话脱口而出："无耻！"

"叔叔!"宋阳扑过来紧紧抱着周远翔。

周远翔浑身发抖,挥起一掌狠狠地打了过去,打得宋阳趴到地上。"以后再说这种混账话,就给我滚出去!我没有你这样无耻的女儿!女儿竟然要嫁给父亲,还要老子养你一生一世?马上给我滚!给我滚!给我滚!"

宋阳"哇"的一声大哭,爬起来就冲出家门。周远翔心里在流血,宋阳是多么好的孩子,他却用最恶毒的话骂她;宋阳为了报答养育之恩,宁愿献身,但是他不能啊;宋阳有一颗金子般的心,可是他如果接受了,那就是罪恶……周远翔蓦地想起宋阳上初中报名的事来,根据法律,他没资格做孩子的养父,这轻而易举地否定了他对宋阳的多年养育之恩,是多么严酷的打击呀!那种挫败感在他心头至今无法平复,没想到宋阳也不认他为父亲了,竟然要嫁给他,周远翔更加痛切在心。养育之恩就不说了,那么父女之情呢?教了她十余年,她怎么忍心把父女之间的情感一笔勾销呢?周远翔恨不得在自己身上戳出一千个窟窿以示惩罚,而他的手却重重地打在宋阳的脸上。他有些懊悔,却又庆幸自己出手及时。也许这一掌就把她打醒了;让她跑吧,受点儿惩罚,也许能唤回她的本性。然而,夜已深了,宋阳没有回来。周远翔有些无奈,拿起宋阳曾经学习吹奏过的那支竹笛,走到学校背后的小山岗上。平日,吹奏笛子是他唯一解忧的法子,也是思念和呼唤孩子的信号。只要竹笛响起,他的心灵才会安静,宋阳也会马上回家。可是今天不一样了,直到第二天,也没见宋阳的影子。周远翔通宵未眠,到秦师傅那儿请了一天假,躲到屋里发闷。闷着闷着,他感到心口疼起来。张水生说,周远翔最需要的是开朗,可他无论怎样努力,也开朗不了。他在屋里乱翻起来,也不顾什么隐私不隐私了,翻出了宋阳的日记本。

这是一个新本子,他把它打开,扉页上的两句话就让他震惊了:"叔叔,让我嫁给你吧——你要是真的拒绝我,我就不活了!"

他的心跳到了喉咙口,却硬撑着快速读下去。

"这辈子我可能忘不掉叔叔了,也不会爱上别人了。叔叔,你不晓得,我对你的爱是铭心刻骨的。叔叔,我不怕你笑话,实话告诉你,我并非仅仅为了兑现我十三岁时的诺言。我已经十七岁了,无论是心理还是生理都是一个成熟的人了。叔叔的孤单和寂寞早已刻在我的心上,我时常想,如何才能让叔叔解脱呢?我想不到任何主意,我为此而苦闷,我恨自己无能,有时甚至用手掐自己的头。有一次我从学校回家,看到家里没人,却听到水库边传来动人的笛声,我晓得那是叔叔的心在哭。循着笛声找去,叔叔站在密密的柳林里,面向起伏不断的群山,吹奏得那么投入。那是一支什么曲子,我不晓得。叔叔告诉我,那是根据名曲《梁祝》吹奏的。我不敢惊动你,看着你那孤独而忧郁的背影,听着那情意绵绵的曲调，我心里忽然激动了。我暗暗说："叔叔，让我嫁给你！等我读完高中、大学，我就嫁给你。'有了这个想法，我的心就像太阳照耀着一样，一片光明。我没有羞涩感，更没有耻辱感。叔叔，你的恩情重于泰山，你比生身父母更伟大。你是我心中的唯一，是我人生的永远，我只有为你献身的激动和崇高。叔叔，这不是简单的报恩，如果你站在父辈的立场，是无法理解的……"

读到这里，周远翔连连摇头，觉得女儿似乎是被妖魔迷住了。被自己养育栽培了十余年的女儿，到头来如果成了同枕共眠的娇娘，那将是多么令人恶心的结果，多么令人发指的情形！他的心尖尖都痛了，却不得不看下去。

"叔叔，你曾经问过：'李阿姨好吗？'那是我很小的时候。我毫不犹豫地回答：'李阿姨好，李阿姨是天下最好的阿姨。'至今我还是这样认为。可是，李阿姨不能完全接受你，终于离你而去。叔叔，你也曾问过：'张阿姨好吗？'张阿姨的确是个大好人，可她抗不住家人的威逼，还是嫁了人。杨芳阿姨和你，是大家共同促成的情缘，可是她并没想过爱不爱你，所以她来便来，去便去。叔叔，这就是女人吗？这样的叔叔为什么不能得到世上最好的爱情呢？老天就是不公——但是老天最终是公平的，那就是有我。老天原来是如此公平！因为我在你身边，所以那些女人相继离去了。叔叔，这是天意——让我嫁给你吧！"

多么奇怪的逻辑！真是个天真无知的孩子呀！周远翔明白了，宋阳在说出嫁给叔叔时，是充满了真诚和信心的。但她得到的是致命一击，她的自尊和情感于是崩溃了。想到这里，他一跃而起，赶紧冲向食堂……

四十八

周远翔已经自乱阵脚，丧失信心，无能为力了，谁能帮帮自己呢？谁能救救可怜的孩子呢？他首先想到的是张丽。周远翔在女人面前永远是个悲剧角色，在李蓉那儿还悲中有壮，在张丽这儿就只有悲上加悲了。张丽看到失魂落魄的周远翔站都站不稳，吓了一跳，惊叫起来："怎么啦？人不人鬼不鬼的！"

"张丽，帮我劝劝阳阳好吗？她跑了！"周远翔的头垂得很低。

"跑了？又是哪点儿对不起她了？你讲明白点儿！"

"哪里讲得明白？就是讲得明白，我也不知如何开口啊！"

"你这个死作翘的，是不是做了什么对不起阳阳的事情？"

"你跟我来，好吗？"周远翔晓得她误会了，犹豫了半天，把张丽叫到他屋里，才把宋阳出走的情况一五一十地讲了。

张丽一屁股塌到椅上，竟也呆了傻了。世上的事情她也见过不少，听过不少，却没见过一个女儿铁心要嫁给养父的事。想了许久，张丽忽然发出一声冷笑，有些疯狂地说："这不是正好嘛！周远翔，你对宋阳有大恩大德啊！你对她的大恩终于得到了回报啊！你为什么要打她？为什么要把她往外轰？要是我，还求之不得呢！你到底怕什么？这事不是正对了你的心思吗？"

"张丽，你说这话就不怕天打五雷轰？"

"要是天不打、雷不轰呢？你是不是就可以娶她？"

"张丽，我给你实话实说吧。我爱阳阳，爱得心里滴血，她是我生命的一部分。虽然我们没有血缘关系，可那是父女之情啊！我当了多年的父亲，白当了吗？阳阳天真无知，以为这样做就报了恩，可她不明白这对我有多大的伤害？"周远翔一把鼻涕一把泪地嚎起来，张丽的眼睛也一闪一闪的，不知怎么办好了。

"你要怎么办？快说吧！"

"我立即出去找她，回来后，你一定得帮忙劝劝她！"

"行，请假的事我帮你讲，你快去吧！"

"还有，阳阳出走的原因一定得保密！"

"晓得，你走啊！阳阳倔，迟了怕她想不开。"

张丽催得急，倒把周远翔催晕了。周远翔并不晓得宋阳的去向，只能像无头苍蝇一样四处乱碰。很自然，他接着下了县城，找到了张水生。张水生已经升为副院长了，忙得很，听说宋阳不见了，也很奇怪，但他没有时间仔细打听，便说："远翔别急，去问问李蓉吧，也许她晓得。"

尽管周远翔知道李蓉一直在帮他，但要单独去见她，还是不大情愿。他在门外徘徊了很久，才硬着头皮叩李蓉家的门。李蓉一见他就呆了，反应不过来似的。周远翔急切地说："是水生让我来的，我可以进来吗？"

"当然可以。水生不说也可以呀，我们是同学。"

周远翔进屋落座后，李蓉冲了一杯糖水，放到周远翔面前，小声说："远翔，你终于来了。"周远翔一愣，分手没有多久呀！李蓉却流起泪来："我以为你再也不见我了。上次你出院，张水生不让我送你，我以为……"

"李蓉，我是为阳阳的事找你的。"周远翔冷不丁打断她的话，当即煞住了李蓉的哭声，"你曾是阳阳的班主任，也是阿姨，她有话一定会对你讲吧？"

"阳阳怎么啦？自从上次分手后我没见过她呀！"

"阳阳出事了，被我斥责了几句，就负气出走。"

"你呀你！这么好的女儿，还有什么不满足？竟然把她训跑了？"

"唉，一言难尽……我给你实说了吧！"周远翔不得不把宋阳说的话以及她写下的日记全对李蓉讲了，"你听听，我成了什么人？"

李蓉听得浑身发颤，嗫嚅着问："你要我怎么办呢？"

"我马上去把她找来，你好好开导开导她，行吗？"

"你到哪儿去找呢？"

"我先去找她姐姐，我想她没别的去处。"

"可是你让她到我这儿来，我就能劝住她吗？"

"那我不管！你连这点儿事都办不好，还能做甚？"周远翔突然怒火冲天地吼起来，也不管她应承不应承，掉头走了。然后直扑车站，乘上去月亮镇的末班车。到月亮镇时天已黑定，他跑到学校朝自家门前看了一眼，门还是那样锁着，证明宋阳依旧没回家，他二话没说，转身朝月亮河跑去。时时关注着他的张丽从食堂那边追过来，没能追上，却已经明白他是到宋阳姐姐家去了。

如今的月亮河与当年相比有了不少变化，从镇上到村里不用再走老林了，已经有了一条简易的村道，可以通车。周远翔顺着简易公路往前走，已感觉不到当年的鸟语花香，只能看到黑乎乎的树林，还有间或传来的猫头鹰的叫声，怪瘆人的。公路伸向极深的峡谷，弯来弯去，原先二十来里的路，现在变成三十里还不止。他走了一身臭汗，赶到月亮河第一户人家时，已是深夜十点多了。周远翔很奇怪，农家有早早关门早早睡的传统，而这里居然还有灯，说明是个勤快的人家。在什么也看不真切的夜里忽然见到灯，很让他喜出望外了，正好前去问问路。还离着老远，已经传出狗的叫声。周远翔并不怕狗，摸了一块石头，阔步奔去。那屋里出来一个人候着，大概是要看看谁在深更半夜里还在月亮河转悠。没想到那是个熟悉的身影，周远翔更是一喜，大叫一声："宋月！"

宋月"哎"了一声，等周远翔到了门前，才大声叫起来："是周叔叔呀！快进屋，这是怎么回事？您在这个时候来，倒让人不好想呢！"

宋月虽然每到寒暑假都会去看宋阳，但是周远翔从来没有到过她的家，不知她就住在这儿。周远翔往屋里看看，犹豫着进去合适不合适；心里也拿不准，宋阳的事是直接告诉她好呢，还是撒个谎？他问："你男人呢？"

"你是问我的川子呀？"宋月忙着泡茶，像一阵风，"到他爹那儿去了。"

川子就是宋月的丈夫，村里黄老支书的儿子。黄老支书曾经说要给宋月找个对象的，他兑现了，直接把自己的小儿子给了她，并且帮他们在河口修了一栋新房子。这些年，他们过得蛮好的。黄老支书如今真老了，却还是村里的支书。村里的人嫌这里穷，大多搬到山外的坪里去了，这里还有十多户人家，连个村主任都没有。黄老支书曾向镇里建议，让宋月当村主任，眼下宋月还没答应。宋月把茶递给周远翔，又说："川子帮他爹挖生田、种荞麦去了。"

周远翔四处张望着，希望能发现宋阳的影子："这么说，只你一人在家？"

"是的，川子可能去三四天呢！"

"单家独户的，就没请个人做伴？"

"怕啥呢？习惯了。阳阳呢？回来了吗？"

"宋月，你别急，我就是为阳阳来找你的。"

宋月的脸色蓦地变了："周叔叔，阳阳怎么啦？你从来不到我们这穷山沟来的，又这么晚来，我就晓得是阳阳出事了，她真出事了？"

周远翔沉默了很久，不知如何才能把事情说明白。看到宋月着急的样子，他心里一动，有了主意："宋月，听我慢慢说。当初你从河南回来的时候，不是对我们说，等你结婚了，就把阳阳接回家的吗？记不记得？"

"可是，你不是回了信嘛，说什么也不放阳阳走的。"

"是的，可你没弄明白我的意思。我是说，她还小，你也还小，弄到一起就更困难了。现在你成家了，阳阳也长大了，同时你们家的情况也好转了。你不是讲过，你和川子常到村矿里挖煤吗？一年总能赚不少的……"

"周叔叔，先问你一句，阳阳还好吗？"

"这话说的，我会把个不好的阳阳还给你吗？你晓得的，这些年，我既当爹又当娘，把一个残疾女儿抚养成一个健康的人了，并且她马上要读大学了，怎么还问她好不好呢？把一个健康的妹妹还给你，不好吗？"

"哦——是这样啊！"宋月透出一口悠长的气，"周叔叔，既然说到这儿了，我也就跟你说实话。我怎么会不要妹妹呢？天天想，夜夜想哦！可我敢想吗？你把她养大了，又读中学了，还要读大学，就是想也不敢开口啊！再说，妹妹在你那儿过得那么好，如果我要她回家，她会答应？周叔叔，我还得问你一个为什么，那么大的苦难都扛过去了，眼看就要从糠窝里跳到米窝里了，你舍得吗？怎么就不要她了呢？是她要离开你还是别的什么原因？"

周远翔大吃一惊，一直在他面前显得拘谨小心的宋月居然咄咄逼人，一句赶一句，令他不敢正视，也不知如何回答她那一连串的问题。周远翔沉默了好久，结结巴巴地说："……该怎么说呢？苦难的确是过了大半，可是更大的苦难还在后头，我真的不好开口。阳阳要上大学了，一年要交五六千元的学费。这些年，我手里穷得一分钱都没有了，身体也拖垮了……"

"我晓得，妹妹是你的心头肉，还能亏待了？我也晓得你每月那点儿工资，每分钱都要算计着用呢。不要紧，我帮你，你不要为难的。"

"宋月，还是把妹妹还给你吧。"

"还有什么解不开的困难吗？"

"还有一件事一直没跟你讲过……阳阳跟着我，我就会……就会一辈子打光棍……好在阳阳大了，能养活自己了，让她离开我，我也放心了。"

　　"哦，我倒是听说过，好几个阿姨都因为你带着阳阳，不想和你结婚。"

　　"是啊！为了帮我，你可不可以把阳阳接走呢？"

　　"就这啊！那行，阳阳我接受了！你放宽心，将来我们不会忘记你的！"

　　"那——就这么说好了？我这人真浑，不知该如何谢你！"

　　"周叔叔又见外了吧？应该是我们谢你呀！像你这样的大好人，天下再难找了。报你的恩，这辈子报不了，下辈子我们变牛也行，变马也行……"

　　宋月的话像石头一样砸在地上，一句一个坑。周远翔无言以对，感到承受不了，沉默了好久，就要起身告别。无论宋月怎样留他，他还是走了。他不敢停下，虽然有了应对宋阳的办法，可还没有宋阳的下落呢！天将五更时，周远翔才回到学校，看到一个黑影在他家门口晃来晃去，吓了一跳。赶紧跑拢去，竟然是张丽！张丽为等他，一夜未眠……

第九章

四十九

　　张丽忽然喜滋滋的，她倒想得开，是来为周远翔出主意的："周哥别担心，我晓得阳阳不会有事的。女儿家不过斗斗气，总要回来的。既然这样了，我倒想到了一个主意，就怕你不同意。"

　　"只要能救阳阳，就算下地狱也行。"

　　"你只有赶紧找个媳妇儿，绝了阳阳的念头，就行了。"

　　"哪来的姑娘肯跟我？不就因为没人跟我，才演了这一出嘛。"

　　"那是老黄历了。你摇什么头？现成的人你倒想不起来？"

　　"谁呀？"

　　"李蓉，昨天你刚走，她就开着车子来了。追你的——"

　　"胡扯！张丽，我都急死了，你还来嘲弄我！"

　　"别急！我只问你两句，如果李蓉愿意吃回头草，你愿意吗？如果你和李蓉两个人结婚了，能拦住阳阳吗？"

　　"为什么偏偏是她……这么说，李蓉给你讲过这事？"

　　"那倒没有。可我也不是苕啊！她和我讲了半夜，都是对婚姻不满的话。"张丽的话好像是在铁板上钉钉子，"我看她和张水生搞不长了。"

　　"别瞎说，他们搞得长不长与我无关。"

　　"要是换个肯吃回头草的人呢？"

　　"哪有那么多吃回头草的人？不和你扯，我要找阳阳去了。"

　　"你像个无头苍蝇，到哪儿去找？"

　　"天涯海角，没有找不回的！"

　　"不要忙啊，我还有话呢！"

　　"还有什么话？我看你嘴里就没什么好话！"

　　"是的，我晓得你瞧不起我。一个没文化的人，能说什么好话！"张丽的眼里蓦地蓄满了泪，"我不过为阳阳着想，才想起这个馊主意的。"

"怎么哭上了?"周远翔吃了一惊，"那就说说你的馊主意吧!"

"远翔哥，你晓得我现在为什么不愿回家吗?"

"不晓得! 急死人了，你直说好不好!"

"村里那个个体老板坐了牢，都两年了。一直没跟你说，他是搞木器加工的，滥砍滥伐，还行贿，强奸妇女……一共判了七八年——"

"哦? 这个老板的确是坏。可他与你有什么关系?"

"还不明白啊? 他是我丈夫!"

"……原来是这样……妹子，对不起，你也个苦命人……"

"不要你安慰我，你给我出个主意，怎么办?"

"那个人你本来就不喜欢，那就离婚呗。"

"可是不能离呀! 全家人都反对，甚至连全村人也会反对的。"

"这么严重? 我就不懂了。"

"我哥是个残疾人，他把我哥安排守大门，每月一百多块，所以我哥攒了一笔钱，娶上媳妇了；我爹死了，几千块的安葬费都是他出的，丧事办得红红火火；我妈在山上挖田，从崖上摔下来，至今还瘫在床上，他帮忙垫了上万块的医药费……什么都不说，只看看瘫在床上的老妈，我能离吗? 全村人都说他对我们家有恩，我要是离了，就会背个忘恩负义的罪名。"

周远翔被张丽的叙述吸引了，暂时放下寻找宋阳的焦虑。他想起张丽这两年和他的种种亲密迹象，似乎明白了："关键是看你自己想不想离。"

"想啊! 我敢吗?"

"想明白了就敢了。"

"那你帮我想想。"

"首先，看他对你们的恩情有没有条件。如果没有那就不能离。"

"有! 他是为了娶我。如果我不跟他，我哥连大门都守不成。"

"其次，看他对村民好不好。如果好，那也不能离。"

"不好，工资开得低，还经常拖欠。村民都骂他为富不仁!"

"再次，看他的钱来路正不正。来路正，也不能离。"

"来路正就不会坐牢了! 远翔哥，我明白了!"张丽激动起来，对周远翔又是拉又是扯，"走，我请你吃饭，然后我就办手续和他离婚去!"

周远翔只高兴了一瞬："张丽，你是解脱了，我呢? 还有心思吃饭!"

"哥，你会分析人家的问题，怎么一到自己身上就死心眼了? 说了半天还不明白，我解脱了不就是你解脱了吗?"

"你倒真把我搞糊涂了。"

"我可以给阳阳当阿姨了啊!"张丽的脸忽然成了一块红布,"远翔哥,你还是不明白!如果你还喜欢我,我们就结婚;如果你不喜欢我,我们可以假装结婚。不过是哄哄阳阳撒,等阳阳跨过这道坎,随你和谁结婚,我再不管了。"

"张丽,我明白了。"周远翔把张丽轻轻揽到怀里,脸上已有了笑意,"绕了天大个圈子,原来都在为你自己作铺垫哪!"

"见了你的鬼哟!不是为了阳阳,谁来为你垫背!"

"可是阳阳呢?只有找到阳阳了,这出戏才演得下去。"

"爱信不信!阳阳有下落了!"

"真的?快讲!"周远翔猛地推开她,眼中射出灼人的光芒。

"我讲了,你别失望哦!李蓉说,张水生到鸣凤山去了一趟,说阳阳已经做尼姑了,还是住持长老彗安师太的徒弟呢!"张丽终于说出最后一个秘密。

"天啊,我为何独独忘了鸣凤山呢?"周远翔如木头般杵在那儿。

"有了下落该高兴啊!你歇着,我做饭去了。"张丽跑到厨房忙碌起来,等她做好饭出来,竟不见了周远翔。她生气地骂:"这个砍脑壳的!"

周远翔下了城关,直奔鸣凤山。他一路奔跑,一路想着他和宋阳一起在鸣凤山许愿的事,那情景如在眼前。他气吼吼地过了十二道河,爬了千步岩,刚进鸣凤山天就黑了。幸好鸣凤山搞旅游开发,有尼姑们自办的小旅社,他就先到那儿住了。进了房间,他一头躺下,准备蒙头大睡,心里浮现出宋阳的形象:一尊古佛伴一盏清灯,宋阳咦咦吾吾念着经文。念着念着,宋阳的满头青丝渐渐变成白发。周远翔大叫一声,坐了起来:"天啊,她还只有十七岁呀!"

"施主,你怎么啦?"一个小尼姑端着烛火闻声进来。

周远翔定了定神,盯着小尼姑看,失声叫道:"宋阳——我的乖乖!"

小尼姑吓了一跳转身出门,边走边说:"我叫静宁。"

"静宁,你等等!"周远翔冲到门口,小尼姑却不见了。他大叫:"静宁!"

过了片刻,小尼姑来了:"施主,叫什么?我就是静宁。"

"我打听一个人,一个名叫宋阳的姑娘。"

"宋阳?我不认识……"

见她支支吾吾的,周远翔"哦"了一声,忽然想到一个主意,依旧睡下。第二天一早,周远翔不吃不喝,走进庙堂,上了香,烧了纸,给了功德钱,然后就一声不响地跪下来。这一跪就是几个小时,虽然香客众多,他的行为依旧引起了彗安师太的注意。彗安只有三十多岁,人生却经历过不少事情,所以对周远翔的反常看在眼里,也有心过问一番。她让小尼姑把周远翔领到静室,自己盘腿坐在上首，闭着眼缓缓地问："施主的幽怨深不可测，能明说吗？"

"师太，我要你交出一个人，可以吗？"周远翔直截了当。

"谁？"彗安吃惊地睁开双眼，"要我交人？"

"就是你刚刚收的弟子宋阳，他是我女儿。"

"哦——"彗安长吁一口气，"说说你们的事吧。"

"师太不明白，我女儿不是真心入佛，她是心结解不开，才赌气进来的。"接着，周远翔把宋阳的遭遇讲了一遍，只是没说她要嫁给养父。

"心结解不开，不去解它就是解了；你把心结再给她系上，于心何忍？"

"师太这么说不妥吧？遁入空门并不等于解了心结。与其让她心结越结越死，倒不如放她回去，说不定造化怜惜她，心结竟解了呢？"

"心本没有结，又何必生出结呢？施主硬给她系一个结，还得施主能给她解开才好。施主这样执着，小尼也不劝了。若是有缘，你们自会见面的。"

从静室出来，周远翔四处找了一遍，不见宋阳踪影，便依旧不吃不喝，走进正殿，跪在那儿。这样跪了一天，没有谁来理他。第二天，他还是不吃不喝，跪在正殿上。周远翔身体本就虚弱，加之几天没有吃喝，实在坚持不住，身子一闪，竟昏倒在殿上。正殿的香客们一阵惊呼，尼姑们赶紧将他抬到旅社歇房，有的掐人中，有的灌药汤，才使他悠悠醒来。周远翔醒后的第一眼看到的是静宁，可他却糊涂地说："阳阳，跟我回家吧。彗安师太讲了，心本没有结……"

"施主，师太让我告诉你，宋阳昨天已经离开这儿了。"

"她离开了？真的？"

"施主，你以为我们这儿是菜园门，想来就来，想走就走吗？师太根本没有收留她。就算师太想收她，也还要到政府，到省佛教协会办手续。"

"那她怎么又走了呢？也不见见我？"

"她留了一句话就走了。"

"什么话？"

静宁一字一顿地说："她说——叔叔，我恨你！"

五十

宋阳似乎真的把叔叔恨上了，就在周远翔心惊胆战而又羞愧无颜地寻找她的日子里，宋阳始终不愿现身，和叔叔捉着迷藏。叔叔的一掌，把她的情绪扇到了深渊，也把她的自尊扇成了碎片。然而，在这些东躲西藏的日子里，她依旧为自己的献身精神充满着激情和幸福。她甚至认为，也许自己这一跑会使叔叔感到害怕，不得不接受她。直到叔叔追上鸣凤山，她还以为自己收到了物极必反的效果。所以她丢下一句"我恨你"的狠话，扭头去了月亮河，静待叔叔来接她。她当然不晓得叔叔已经提前来过，甚至把她的退路都堵死了。

宋阳先到月亮镇中心小学看了一眼，在任何人都没察觉的情况下把守家的黑毛狮子带走了。每次到深山峡谷的月亮河去看姐姐，她都是带着黑毛狮子壮胆的。自从宋阳扔了轮椅，每个假期她都会去看望一次姐姐，但是最近一年准备高考，学习特别紧张，才没去过姐姐家。今天再次走上这条熟悉的山路，她倒有了想见到姐姐的兴奋和急切了。许久没来，姐姐家又有了变化。墙壁贴上雪白的磁砖，屋顶换成鲜红的机瓦，屋里摆着电视机，门外还支了个接收电视信号的铁锅。站在门口朝前面看，弯弯的月亮河打着旋儿在奔腾；往屋后看，逶迤不绝的山峦像一条青龙，同月亮河并行远去。想想儿时的月亮河，看看今天的月亮河，宋阳感慨地说："姐姐，你们的变化真是天翻地覆了啊！"

宋月静观着妹妹的神态，见她并不像个流浪的孤儿，心里也就安了，连忙接下妹妹的话："阳阳，这就算翻天哪！依我想，我恨不得把月亮摘下来当灯使，把云彩拖下来当铺盖呢！翻个什么天啰！"

宋阳大笑起来："天翻地覆，不是翻天！"

宋月也笑了："哪个和你转文！顺口打哇哇——和个音儿呢！"

"姐姐，不和你转文了，快点儿弄饭，我还没吃中饭呢！"宋阳把姐姐拉进屋，自己先动手生了火。宋月本想开口问什么，暂时忍了，麻利地做起饭来。不一会儿，两菜一汤上了桌，两姐妹相对坐下。宋阳埋头就吃，宋月则以充满母爱的目光看着她。宋阳抬头看一眼门外，又看一眼姐姐，动情地说："姐姐真行，跟你在一起，连月亮河也这么美。我倒真想在这儿长住下去呀！"

"那就住呗！"宋月心里一紧，妹妹果然要离开周叔叔了？"阳阳，晓得你要回来长住，我把房子都给你腾出来了。"

"什么？你怎么晓得我会来长住？"

"周叔叔已经来过……"

"啊——他来干啥？"

"你还不晓得啊？他说要把你还给我；他说你上大学，他供不起学费了；他说你成人了，能自己养活自己了，他就放心了，可以让你离开了；他说你再跟着他，他就会永远找不到对象……我想，人家说的都是实情，就答应了。阳阳，尽管你们分开了，可我们是不能忘记恩人的，对吗？"

宋阳不作声了，也不吃饭了，倒把宋月吓了一跳。可是，宋月再问什么，宋阳始终不回答。宋月立即明白事情并非周远翔说的那样简单，想和宋阳深入谈谈，竟找不到理由。妹妹也许遇到了人生最大的难题，她不由得抹起泪来。宋阳在姐姐家一连过了三天，每天都是吃了睡，睡了吃，然后写点儿什么。姐姐家虽然好，她却觉得这样的日子每时每刻都非常难熬，几天就像是一个世纪；她觉得焦头烂额，好像死过一道似的。她想倒在姐姐怀里痛快地哭一场，用泪水冲洗掉心头的一切不快。可是，当她看到姐姐以泪洗面的时候，她倒没有泪了。她决定将自己眼下的一切都告诉姐姐，于是她不停地讲了半天。

"阳阳，原来是这么个情况……往后咋办？"

"咋办？就这样。"

"就哪样？就在外面跑来跑去？让你叔叔空着急？"

"不。我在鸣凤山听了彗安师太的开导，也反思了自己的行为。叔叔既然不能接受我，那就不勉强了。我打算到镇上去……"

"那就好，免得叔叔着急了。"

"不，我还不想就这样回到叔叔身边。"

"说了半天，周叔叔还得受苦啊！阳阳，人家是我们的大恩人，我们不能对恩人使气呀！一切都顺恩人的意，那才是对恩人的报答呀！"

"也是的……姐，叔叔这辈子太孤单，太寂寞，没有哪个有他苦。我想，要是有人能让叔叔快乐起来，那我就感激不尽了。"

"谁有这个能耐呢？"

"我本想让叔叔快乐的，可他不接受。"

"阳阳，你对叔叔除了恩情，是不该有爱情的。"

"怎么说呢？姐，到现在为止，我爱的男人也只有叔叔一个。"

"阳阳，你也苦啊，太想报恩了，弄出这样的爱情来。"

"这就是我逃避他的原因。姐，这辈子我可能忘不掉叔叔了，以后怎样，随缘吧。姐姐不晓得，我对叔叔的爱是铭心刻骨的。我不是在和叔叔闹着玩，也不是简单的报恩，这种感情你没有经历，是不会理解的……"

"不，我理解。阳阳，你一讲我就理解了。"

"所以，我想我往后即使结婚，也不一定能爱上别人。这些天的经历，胜过人一生。站在叔叔的立场一想，其实也能明白，他是绝不会按我的意思办的。叔叔是一种什么人呢？既崇高又传统，对于回报甚至连想也不会想。叔叔的付出是完全无私的，他为此充满了光明和快乐，绝不会用半点儿东西来污染这种光明和快乐的。在他心里，同自己付出极大心血的女儿结婚，那是不堪想象的，是罪恶的。哪怕是养女，他也早把她当作亲生的了，不可改变了。"

"是的，又有什么法子呢?"

"我们就像两条平行线，永远不会交叉……"

这一夜，两姐妹几乎通宵未眠，咕咕唠唠地一直讲着。心里的话讲完了，宋阳往床上一倒，呼呼睡去。第二天早上趁姐姐还在梦中，她悄悄走了。出了门，她望着空旷的大山和滔滔的流水，好像要拜托什么似的，深深地鞠了一躬。走了好久，回头一看，黑毛狮子悄然无声地跟着她。她想了想，对黑毛狮子说："黑毛狮子，你就在姐姐家等叔叔吧，跟着我会泄露我的行动的……"

黑毛狮子在宋阳的抚摸下显得十分听话，很明白地点着脑袋。宋阳就这样走了，只有黑毛狮子送了一程又一程。宋阳终于挥了挥手，上了山梁。黑毛狮子望着山梁上宋阳的背影，轻吠着，声音很悲哀。

宋月起床后，发现妹妹不见了，只有黑毛狮子在她面前摇头摆尾，咿咿呜呜。她在收拾床铺时发现了两封信，也是妹妹留下的。虽然她认不了多少字，但还是赶紧打开看了。第一封是写给周远翔的，字迹有些潦草，这让她看得很吃力:

叔叔:

你不用再找我了。看到你跪在菩萨像前，我的心就碎了。

古话说，大恩不言报。我终于明白了，对叔叔的最好报答就是为叔叔未能完成的理想而奋斗。可我鼠目寸光，以为陪伴叔叔一生就算报答了大恩。

叔叔，我想安静一下，疏散心头的淤积;也想干点什么，充实我的假期。我晓得你的身体大不如前，都是为我拖垮了的，我感激万分，发誓让你好起来。你知道，我已经报了国家最好的医科大学，是为你的理想，也是为我的理想。你不要为女儿的前途担心了，你要相信女儿的智慧和能力。

叔叔，关于上大学的费用，我姐姐会全力帮忙的。所以，我恳求你再也不要卖血了，再也不要承包菜地了。这次暑假回家，虽然只有短短个把月，我却经历了一次人生的洗礼，我感到自己是真正长大了。什么都不用说，我明白了你，你也明白了我……叔叔，后会有期。

女儿宋阳再拜

看着手上的信，宋月苦笑了一下，接着看第二封信:

姐姐:

请原谅我的不辞而别。这些天，我们天南海北地把什么都讲到了，我心里也舒畅多了。姐姐，我们一家子就只剩下我们俩，就注定我们要比常人经受更多的坎坷。可是，我俩的命运又大不相同。我因为遇到了一个德比天高的好叔叔抚养培育了我，又有个胜过妈妈的好姐姐承担了家庭的全部苦难，所以我是幸运的。本应属于我的苦难都被你们挡住了，我要把你们永远铭记在心。姐姐，你晓得叔叔的大恩大德，但你不晓得叔叔的崇高和纯朴。只要想想十余年来他为我而不娶，为我而卖血，为我而做苦力，为我而一毫不取，你就能够体会到他有着多么坚韧的毅力和执着的精神。因此，我刻骨地爱着他。

我为爱而痛不欲生，疯狂地逃避，想出家皈依佛门。因为我固执地胡闹，闹苦了叔叔。经彗安师太的点拨，我明白了叔叔为什么要痛骂我，以至出手打我了……叔叔要把我交给你，让我更进一步懂得了他的心，我和叔叔的爱终归是父女之爱，我就只能成全叔叔了。姐姐，将来读大学，我将远离故乡，可我的心还在你们身边。亲爱的姐姐，我把叔叔托付给你和姐夫，好好关照他。

好姐姐，不用我多说了，也许我们很快又要见面的……

妹妹宋阳泣书

五十一

一连几天，宋月有些打不起精神来，翻来覆去地看那两封信。川子从他爹那儿回来，在田里劳动，她也懒得去帮一下。就在这时，周远翔来了。宋月热情地接待了她，让川子陪他喝酒聊天。周远翔一看到黑毛狮子，就晓得宋阳来过。读了宋阳的信，他被深深感动了。他晓得自己并没有宋阳写得那样崇高，倒是宋阳的话像清泉一样冲刷了他心头的郁闷。周远翔眼中的泪淌成了河，流不尽，揩不干，他望着宋月问："她……就这样走了？"

"她说了，还会回来的。叔叔该放心了。"宋月透了一口气，看了一眼丈夫："川子，陪叔叔好好玩几天，再说你也该好好歇歇了。"

川子对他们的事有些摸不着头脑，却对老婆的话百依百顺："是的，叔叔就在这儿玩，我带你下河去打鱼。月亮河的鱼是一绝，蛮出名。"

"好吧，真得感谢你们两个了。后悔不该把你们扯进来，弄得大家都不安。"周远翔有些内疚，"当初也是急得没法子，才找宋月的。好了，事情能这样结束，也许是最好的。宋月，川子，这样一来，我们更亲了。"

宋月的双眼忽然红了："周叔叔，你能接受我们这一家穷亲戚，我们也不知是哪世修来的福了。叔叔，阳阳真是长大了，她的话你得听。她上大学的钱我们有，川子挖煤，每月能挣五六百块；往年我上街卖菜，卖山货，一年挣个一千多块，是个玩意儿事，并没费力的。往后我加点劲儿，一年挣个四五千不会少。山里人穷是穷，那也怪不得别人，一是山里人读书少，不晓得怎样安排自己的出路，不晓得哪条路才是财路；二也是怪自己太懒了。其实山林里处处都有宝，就看你动不动。叔叔，你真的不能卖血了，也别搞承包了。"

"既是这样，我还说什么呢？"周远翔看了看川子，川子连连点头，表示赞同。周远翔感慨得很："没想到我倒成了你们的拖累。"

"又说远了！叔叔，我只晓得第一次看到你就觉得你是大好人。后来我长大了，心里就思谋着，将来要找个像叔叔这样的人。每次和叔叔相处，我都高兴，想和你多说说，多玩玩。叔叔在我心里高尚得很，要不是阳阳的关系，我哪能认识叔叔这样的人？我晓得，我们是个啥呀？搓泥巴果果的人……"

宋月说一句，川子点一下头；周远翔听一句，情感就沉重一分，一直压得他低下了头，鼻子有些酸，不敢抬头看他们。这时，川子忽然站起来："叔叔，我们下河吧。女人就一张碎米子嘴，听得人累。"

宋月一笑："是的，我不扯了，多打些鱼回来，我给你们做鱼丸子！"

周远翔的心安宁了，玩的兴趣也就浓了，在月亮河一住竟是数天。他也不仅仅是为了玩，还想把近来因宋阳而放下的民间故事搜集工作重新捡起来。他料想，月亮河应该蕴藏着丰富的民间文化。跟着川子打鱼，能碰到更多的打鱼人，还有放送圆木的人。只要有机会，他都会缠住人家坐一坐，聊一聊，记一记。那天，周远翔坐在河边，出神地盯着一浪一浪的河水涌流；川子顺河而上，不见人影了。周远翔想去追他，刚一转身就惊呆了，像被施了定身法似的。他的面前站了一个女人，竟然是杨芳。周远翔张了几次嘴，就是发不出声来。

"这不是周大哥嘛！"

"我……怎么可能是你……我正想你呢！"

"你会想我？就算想你也只能想李蓉，想张丽呀！"

"你这张嘴呀，我真的是在想你，想我们的系列丛书。"

"那还差不多。我们是想到一起了。"

"那你怎么会到这儿来呢？"

"你忘了，我是记者！再说，我在找你嘛。"

听说在找他，周远翔相信了，重又坐下："不成敬意，就在这儿坐会儿吧？找我干什么？我搜集的资料并不多，你是不是急了？"

"倒不仅是为了民间故事，我有许多信息要告诉你。"

"那我得洗耳恭听了。"

杨芳找了块干净石头坐下来，长叹一声："周大哥，认真想想，真的是人生如梦，不堪回首啊！我要告诉你第一个情报，李蓉和张水生离婚了！"

"什么？天下离奇的事怎么都被你碰到了？"周远翔睁大了双眼。

"呵呵——我是记者嘛！他们不仅离婚了，而且是为了我。"杨芳做了个鬼脸，把李蓉和张水生突然离婚的过程大致说了一遍。她说，不管是李蓉的朋友还是张水生的朋友，都对他们的离婚惊讶至极。因为他们两口子常常是以极其和谐的表象出现在人们面前的，所以突然的分手让人们很有些震惊。分手的话是张水生先提出来的，有天晚上，张水生回家时夜已经很深了，他却坐在床前吸烟，没有上床的意思。张水生当上副院长后回家很晚是常有的事，李蓉理解他的工作性质，救人如救火，便只有支持的份儿；可她不理解的是他欲言又止的样子，怎么老不睡呢？李蓉以为他出了医疗事故，张水生却要和她谈谈。

"谈什么？"

"不用绕弯子了，直接谈谈周远翔吧。"

"那有什么好谈的？"

"我晓得，你对他旧情未了……你别急着分辩，一桩桩、一件件事都在我眼里，都在我心里。与其活得这么累，还不如……可你为什么不提出分手呢？"

"水生想哪儿去了？周远翔带着阳阳，那么艰难，我不过是想帮帮。"

"这不是我要说的主题，我喜欢看生活细节，揣摩它的本质。要不，我也不会把你那支竹笛残忍地踩碎了。周远翔曾经夸我大度，其实我是特别小心眼的，特别不愿与另一个男人分享爱情。当我明白我怀里拥抱的女人心里还爱着另一个人时，那是什么感觉，你明白吗？直白地说，我感到像是咽了一只苍蝇，像是吞了一堆狗屎，像是在嫖娼，像是在过一种群奸的生活……"

"够了！"李蓉本想听之任之，让张水生发泄一通算了，可是他的话太难听了，平时很注意措辞的人居然说出这么恶毒和肮脏的语言，令人震惊，也令人无法忍受，"张水生，直接点儿，你想干什么？"

"离婚。"张水生故作平静地说。

李蓉料到是这两个字，但她还是受了极大的震撼，蒙着被子抽泣起来。她承认她还爱着周远翔，但她并没想过要离婚。她一直在努力维护着这个婚姻，不过她做得并不好，常常使些小脾气，独自住到学校去……事情到了这一步，李蓉当然不能再和他过下去了。一切按老法子办，她住到了学校。有一天她回家拿东西，发现了一件怪事。张水生正在和一个女子同桌共饮，那个人竟然是杨芳。张水生是个很爱面子的人，不想让李蓉闹得满城风雨，连忙起身介绍："这位是县报社的记者杨芳同志，因为她来采访我，这才留她吃饭的……"

杨芳也站起来，一点儿也不尴尬："李大姐，好像有心事？"

"没，没有！你们吃，你们喝……"李蓉倒慌乱不堪了，窥探人家的隐私，好像做贼似的，她不知该如何应付，"我有事，别误了你们喝酒。"

杨芳拦住她："大姐，不管怎么说，我都是客啊！"

张水生连忙拿出一个杯子，给李蓉倒了酒："是的，再忙你也应该敬一杯杨芳同志。这样忙进忙出的，人家还以为你有意见哪！"

"哦——那好吧！"李蓉突然静定下来，"杨芳，敬你一杯！"

"好，我们互敬！"杨芳率先一饮而尽。

李蓉也饮了，压抑着即将爆发的情绪："杨芳，祝贺你！"

"祝贺什么？"杨芳心里明白，却故作惊讶。

李蓉意味深长地看了一眼张水生，杨芳也颇有意味地看了一眼张水生。张水生的脸红了，立即说："李蓉，别误会，杨芳同志的确是在采访。"

"不假！"杨芳很快接过来说，"大姐，你应该为张院长骄傲自豪。作为一个小小县医院，他成功地完成了断肢再植的大手术，在我们市有很大反响。我想通过张院长这个典型，好好宣传一下。其实，大姐内心肯定是高兴的，我也明白大姐心里的疙瘩，那就是我不该跑到你们家里来喝酒，对吧？"

"杨芳，你很坦率，我已经没什么不高兴的了。"

"大姐真好！要是我有大姐这样的好夫君，还有什么不高兴的呢？"

"不要沮丧，你会有的。"

"大姐讽刺人！我哪有这么好的福气？"

"不是今天，不久的未来会有的。杨芳，真对不起，我要去学校了。再见！"李蓉再也不想多待一分一秒，也不想多看他们一眼，想找的东西也没有找，扭头出了家门。在李蓉眼里，张水生和杨芳既然敢在家里喝酒，也就表明他们的关系不同一般了。那就成人之美吧，成全他们也就是成全了自己。不久，他们就离婚了。从此，张水生对杨芳展开了猛烈的攻势。

"哦，这么说，真得祝贺你了！"周远翔突然酸酸地说，"杨芳，你就这样被张水生套住了。可是你不晓得，城里的人都想冲出来吗？"

"是啊，城里的人想冲出来，城外的人又都是想冲进去呀！"

"城外的人为什么要急着冲进去呢？"

"我回答不了，除非你能回答城里的人为何要冲出来。"说到这里，两个人同时笑起来。不一会儿，杨芳正色说："就算进城，我也不会和他在一起。"

"那又为什么呢?"

"你想,一个揶揄弟弟跟踪老婆并且大打出手的人,会值得爱吗?"

"哦,杨芳,你的确是个有主见的人。那你会和谁一同进城?"

"不晓得,随缘呗!"

"有意思,还有什么信息?"

"我想辞去报社工作,成立民间文化工作室,挂靠县文化局。直接说,就是自己干自己的,工资全靠个人挣。之所以告诉你,是想得到你的支持。"

"我支持!可我怎么支持呢?"

"调到我的工作室来,完成我们那个伟大的工程——民间文化系列丛书。工资由我付,你还可以另得稿费。好处是你的收入将成倍增长,并且让你流芳百世;坏处是工作并不稳定,并且得接受我的领导。"

周远翔惊呆了,看着眼前这个充满活力和奇思妙想的女子,不知她娇美的外表下还有多少活力和奇思妙想。对于她的问题,他竟无从回应。

"好了,等你想好了再回答我。现在发布第三条信息。"杨芳夸张地笑着,"周大哥,这是一个惊天动地的特大喜讯——阳阳被我发现了!"

"啊——她在哪儿?"

"可我不告诉你!"

"又故弄玄虚了吧?快点告诉我,求你了!"

"怎么不问问消息的来源?"

"那就一并说了吧,又不是挤牙膏。"

"好,不和你绕弯子了,这消息是那个风情万种的张丽说的。"杨芳学着张丽妩媚的样子,"阳阳在正骨诊所里穿上白大褂了!郝大夫可喜爱她呢!"

"杨芳,谢谢你了!"周远翔一跃而起,"我得去找郝大夫!"

"别忙!迎接阳阳归来,是个艺术问题,让我们好好商量一下。"

五十二

宋阳投奔诊所,让仙风道骨的郝老中医越发有些飘飘然了。令他动容的是宋阳的那一拜,仿佛是一块翡翠落入尘土,想抢救却来不及了;令他无比快乐的是宋阳的那句话:"师父,我要跟你学艺!"郝老中医仿佛是晚年得子,有个毛茸茸的东西扰得他心里直痒痒。郝老中医立即给她发了一套白大褂,继而宣称:"从今天起,阳阳就是我的徒弟了,你们小心点儿,我给她传艺时都远远地避着些。"

宋阳十分感动，以为郝爷爷很快就会关门教她种种绝技。没想到，郝爷爷给她一张自绘的经络穴位图以后，就是和她逗乐子。她明白这张图是应该烂熟于胸的，可她高考前早已对背诵有了畏惧，加上图中那些"曲池、丹田、玉枕、百会"之类的词儿非常古怪，她看着看着就头昏眼花，直想睡觉了。

　　"不要紧，想睡就睡吧。睡醒了再背，反正是个幺把子嘛。"幺把子就是幺伢子的另一说法，郝爷爷对她倒宽容，真把她当自己的老幺了。他这样一说，宋阳的学习少了压力，心里又挂念着叔叔，自然没多少长进。毕竟还是个孩子，郝爷爷也明白她的心事："阳阳，想叔叔了吧？"

　　"才两天哪，不想。"宋阳说得坚决，眼神却有些发直。一个星期过去了，她心里开始发慌：叔叔怎么不来看我呢？难道他不晓得我在郝爷爷这儿？有一天，张丽从她呆着的窗口路过，吓她一跳，她赶紧蹲下身子，怕张丽发现了。张丽哼一声，过去了。宋阳觉得很好玩，像小时捉迷藏一样。不久她就懊悔了，怎么不问问张阿姨呢？她希望张丽再次出现，张丽好像明白她的心事似的，就是一直躲着不露面了。又过了几天，一个熟悉的身影在宋阳眼前晃了一下，是杨芳。不知为什么，宋阳再次本能地蹲了下去，白白放过一次询问叔叔近况的机会，她又懊悔了好长时间。大约这样挺过了半月时间，李蓉进了诊所。宋阳在里屋捧着那张经络图似看非看，听到了李蓉说话的声音，她透过板壁缝，发现正是李蓉，她就支起了耳朵。原来李蓉是找老中医看病的，老中医诊了脉，开了方子，然后他们闲聊。

　　"李老师，晓得最近远翔在干啥？"

　　"听说在反省，得罪了女儿嘛。每见到一个熟人他都在检讨，说他打了女儿的脸。也是的，女儿这么大了，什么不懂啊，为什么要打她呢？"

　　"哦，幺把子挨打了，怪不得不敢回家。远翔晓得幺把子在我这儿吗？"

　　"晓得，可是阳阳不饶恕他，他也不敢来接她呀！"

　　"哦，那也怪可怜的！难道就一直这样僵着？"

　　宋阳听到这儿，眼泪哗哗地往下淌。她在心里说："叔叔，我一直在等待您的饶恕啊！怎么成了我饶恕您呢？"

　　"不会吧！听说他在准备一份重要礼物，准备齐了就会接阳阳的。"

　　不！我不要什么礼物，只要叔叔还认我这个闺女就行了！宋阳揩了一把泪，连忙到水池边洗了脸，然后跑了出来，可是李蓉已经不在诊所了。宋阳呆呆地立在门口，泪水又淌了下来。郝爷爷偷看她一眼，窃笑了，自得其乐地唱："妹妹你大胆地往前走哇，往前走，莫回头——"

　　他用嘶哑的嗓子模仿明星的唱法，极像，一屋人都笑了。宋阳也笑了："郝爷爷，您幸灾乐祸呀！我再不和您玩了！"

"啊，不和我玩了？塌天了啰——往后怎么过呢？"

"郝爷爷放心，只要您将功补过，我还会和您玩的。"

"要得，你要我怎么做？"

"想个办法，我想回家。"

"别的办法没有，这个办法我还真有。"

"那您说说看。"

"待会儿你直接往家里一走不就行了！"

"这个谁不晓得啊！可我走不了，心里想走，腿子迈不动。"

"哦，口说身难动，屁股千斤重。"

"别笑话我了。您说，我就这样回家多没面子。"

"面子啊，那倒是个问题。你把这块案板扛回去，面子可就不小了。"郝爷爷指着为病人检查身体的那块案板，众人又笑了。宋阳无奈，哼一声，返身进了里屋。终于有一天，周远翔来到诊所，二话不说，就朝里屋钻。郝大夫呵呵直乐，把他拦住："小周同志，医疗重地，闲人免进！"

"哦，郝大夫，对不起，我找阳阳的。"

"那你急什么？怎么把阳阳弄丢了？你也没写个寻人启事？"

"郝大夫，阳阳不在你这儿吗？"

"凭什么阳阳就在这儿？"

"有人看到了的，说她在你这儿，还穿着白大褂。"

"就算在这儿，你也不该乱闯啊！"

"哦……对不起。"周远翔虽然再没往里闯，却大叫起来："阳阳，你在哪儿？出来吧！叔叔想你，你出来见一面，我马上就走好吗？"

"哎哎哎，请肃静！医疗重地，禁止喧哗。"

郝大夫一副严肃的样子，周远翔晓得他在逗乐子，便笑了。宋阳正在打瞌睡，听到叔叔的声音，什么也不顾，就往外跑；叔叔看到她成了白衣天使，轻轻地叫了一声"阳阳"。然后，他们都笑了，那笑是伴着更多的泪水发出来的。宋阳扑到叔叔怀里："叔叔，我以为你永远都不来了。"

郝爷爷走过来问："远翔，听说你接女儿还有礼物，礼物呢？"

周远翔抹抹眼睛，掏出一个本本递给宋阳："这应该是一个好礼物吧？"

宋阳接过来，身边的郝爷爷瞪着双眼，一眨不眨。原来，那个本本是中国协合医科大学的录取通知书，宋阳一看，眼又湿了。打开本本，里面赫然现出一张存款单：一万元。周远翔说："这是你上学的钱。"

宋阳立即泪眼模糊了，再次扑到叔叔怀里："叔叔，你打我吧！"

"哇塞！晕——"郝爷爷来了一句时髦话，"幺把子怎么这么贱！刚刚挨打了，还想挨打呀！远翔，打不得的，中举了就是文曲星下凡哪！"

"晓得，小时候我就认为咱闺女是个文曲星。"周远翔一点儿也不掩饰他的骄傲，"郝大夫，中国协和医科大学可是重点大学呢！"

"嘿嘿嘿！我也沾光了，阳阳是我的关门弟子嘛。"郝老中医高兴得像孩子似的。

周远翔高兴地说："郝大夫能收下阳阳，那是她的福气。阳阳说了，她要考最好的医科大学，她成功了。等她学成归来，再到您这儿深造。"

郝大夫乐不可支："好，阳阳回家吧。再说下去我真晕了，谁救我？"

周远翔带着兴奋、伤感、而又有些羞涩的宋阳往回走，快到中心小学操场的时候，周远翔忽然落到后面。宋阳停下脚步等他，周远翔便催促："怎么啦？几天没回家就成了一条生路？走啊，怕什么？不是有我陪着嘛。"

周远翔的话使宋阳越发有了那种陌生的羞涩感了。突然有两个小学生跑过来，一人拿了一条结上花朵的缎带，不由分说地给宋阳和周远翔戴上了。周远翔嘿嘿地笑，宋阳则有些惊慌失措。在周远翔的催促下，宋阳一步拖一步地走上操场。尽管想到这次回家不同往常，但宋阳还是吓了一跳。两队亮丽阳光的小学生，从他们家门口排出老远，手里挥着花束，像欢迎国家元首似的，鞭炮声响成一片，还有一班民间吹打乐队在旁边吹吹打打，闹得风生水起。宋阳一步也迈不动了，一个中年汉子大踏步走了过来，拉起她的手，代表镇政府祝贺她以优异成绩考上北京的大学，代表月亮镇三万多人民感谢她为月亮镇争光。直到此刻，她才明白这是镇里组织的一次庆祝活动，说话的这个人就是镇长。镇长最后拿出一个红包，谦虚地说"不成敬意"。那个红包里竟是一万元现金！宋阳不知说什么好，一动不动；周远翔也不知说什么好，呆在宋阳后面。直到庆祝活动结束，宋阳还像在梦里。

"阳阳，还在犯糊涂？"这时，天已经黑了。

"叔叔，你不也在犯傻嘛！"宋阳不解地问："这是演的哪一出？"

"我得谢谢杨芳，都是她策划的。还有李蓉阿姨和张丽阿姨的配合。"

"杨芳阿姨呢？"

"不叫大姐姐了？"

"她毕竟是叔叔的朋友，怎么好老叫姐姐？"

"她辞职了，急着回去办手续。成立什么文化工作室，要拉我入伙。"

"她是个能干人，不可能的事在她手里易如反掌。叔叔应该去！"

"还得想想。"

"李蓉阿姨呢?"

"她离婚了，我真想不通。"

"我早料到了，只要叔叔愿意，她肯定会回到你身边的。"

"哪会那么容易!"

"我想，是因为叔叔面前有两个人阻挡着李阿姨吧?"

"笑话! 你是说张丽和杨芳?"

"不是就算了。张丽阿姨呢? 难道她也回家了?"

"她呀，那个家不回也罢!"

"什么意思?"

"他老公坐牢去了……"

"啊?! 真的是山中方七日，世上已千年哪!"宋阳沮丧地坐了下来。这一夜，宋阳几乎通宵都在写作，不知是因为那些阿姨们，还是因为考上了大学。

五十三

李蓉到校门卫那儿取来报纸，翻了翻，忽然发现一篇散文——《妈妈在哪里》，作者竟然是宋阳! 她心里一阵激动，赶紧坐下来阅读。读着读着，她的心被揪紧了，眼睛也模糊了:

爸爸，你离开我整整十五年了; 妈妈，你离开我整整十年了。而我今年刚满十七岁，我是一个孤儿。你们走的时候连招呼也没打一声，就去了另一个世界。爸爸走时，我还未经人事; 妈妈走时，我已经晓得自己的心被深深地刺痛了。妈妈，你对我说过的最后一句话，我至今记在心里:"还不快跑，不要命了!"在危险面前，妈妈，你是看重我的。可是我为这句话，竟在心里恨了你许多年，以至忘了你生育我的大恩……你还托人带过话，谁把我养大，我就得报谁的恩……可是妈妈，这一切还没有开头，你就匆匆走了。

妈妈，我成了孤儿，却并非孤儿，天幸一位叔叔收养了我。他以最大的能力挣钱为我医治伤病，而他自己没法吃好，没法穿好，只是默默地奉献; 他教我学文化，送我上初中，读高中，上大学……为了我，他承包了学校的菜地，承包了学校的清洁卫生，还和黑毛狮子一起拖拉预制板，甚至偷偷卖血……叔叔为我付出了一切，待我胜过亲爸，我却没有叫过他一声爸爸。他为了我而舍弃了婚姻，因为家里没有妈妈，所以我一直不敢叫他爸爸。直到现在我才明白，叔叔没有妻子该是多么的不幸，我没有妈妈该是多么的不幸！

叔叔是多么优秀能干的爸爸，却无法给我一个妈妈。

没有妈妈，我渴望得到妈妈。为此，我感到未来的路上布满了荆棘，我彷徨无主，我不寒而栗。我天天在祷告，天天在思念，我的妈妈在哪里？

好多次，我把班主任李蓉老师当作了亲爱的妈妈。李老师真好，甚至比妈妈还要好，她为我做的事，连妈妈也未曾做过。当我遭受车祸时，所有医药费几乎全部出自李老师的手；当我走进中学时，是李老师不离左右地教了我三年；当我生病住院时，李老师日夜守护……可李老师是老师，不是妈妈呀！李老师已经对我那么好了，我还要得寸进尺，居然要她做我的妈妈。我这样做不是太自私，不是玷污了她的感情吗？她是我们班上所有同学的妈妈，怎么能做我一人的妈妈呢？妈妈，尽管如此，我实在忍不住还想叫她一声妈妈……

好多次，我把食堂的张丽阿姨也当作了妈妈。张阿姨比我大不了多少，可她对我做出的一切都充满了母爱。她给我讲乡村的故事，唱山里的歌儿；教我做布鞋袜底，挑花绣朵；为我洗澡梳头，盖被穿衣……她做的事都是妈妈做的事，她却不能做我的妈妈。因为她有妈妈，她的妈妈为她找好了对象，她得回家孝敬老迈的妈妈。我只能在心里悄悄地叫她一声妈妈……

为有个妈妈，我差点儿走火入魔，这就是我在杨芳阿姨那儿闹出的笑话。第一次给我照相的人就是杨阿姨，那时她是个花季少女，那时我叫她大姐姐。杨阿姨直爽通透，是个能量极大的记者。为了叔叔的医疗费用，她说叔叔的著作出版了，送来一万元的稿费；可我问过内行，一本并不畅销的小册子，绝不会有这么高的稿费。于是，我在她那儿明白了蜡烛的意义——为了照亮别人，不在乎损耗自己。面对如此磊落的女性，我不敢叫她妈妈……

亲爱的妈妈，至今我依旧没有妈妈；妈妈告诉我，我的妈妈在哪里？

李蓉不知读了多少遍，读得热泪如潮。她把报纸装进包包，立即去找杨芳。杨芳正在办公室收拾东西，弄得尘埃飞扬；看到李蓉来了，随口哈哈大笑。李蓉敏感地觉察到杨芳的笑中含有愤怒，便小心地站在门口。杨芳不待她问，说："你晓得了？我还没辞职，单位就开除了我！"

"为什么？"

"就晓得问为什么，我又不是学生！坐下，听我慢慢道来！"

杨芳拖出两个凳子，和李蓉分别坐下。然后，杨芳大大咧咧地讲起来。原来是因为她拉赞助印刷《月亮镇民歌精选》的事被人发现了，单位查了她的账目。为了出这本书，她找了几家企业，集资三万元，买书号用了一万，印刷用了一万，剩下的一万当稿费给了周远翔。单位认定她盗用报社名义拉赞助办个人的事，属欺诈兼贪污行为。杨芳说："数罪并罚，不开除不足以平民愤，就开除我了！"

　　"啊！阳阳说对了？"

　　"哦，你也读了阳阳的文章？写得好！实在是好！"

　　"瞧你，名誉受损，人格受辱，你还快活！"

　　"为解惆怅强作乐呀！可惜你连这个都不懂，大学是怎么读的？"

　　"唉，我早已心如死灰了，还作什么乐？"

　　"李蓉，想干什么就干什么，想说什么就说什么，何必遮遮掩掩？多累呀！一天到晚难得见你笑一次，你不烦，我都烦了！还是阳阳说得对，蜡烛的意义在于照亮，不在于损耗。你就是太在乎后者了，所以患得患失。"

　　"生就的模子造成的船，我已经没救了。说说你以后的事吧！"

　　"不搞什么文化工作室了，干脆办个杨芳工作室。"

　　"你计划把远翔调到文化工作室的事只有吹了？"

　　"如果他愿意来，条件依旧。不过，也可以兼职嘛。"

　　"那好，我也来兼个职。"

　　"你不是因为这个来找我的吧？"

　　李蓉不作声了，本想和杨芳讨论一下阳阳的文章，已经没必要了，只好长话短说："阳阳多可怜哪，我们总要有所反应吧？"

　　"这样吧！你给她写封信，给我捎一句话就行了！"杨芳略微思考了一下，"就说杨芳阿姨转告——光明在前，决不放弃！"

　　几天后，宋阳收到了李蓉的信。她感到非常惊讶，打开一看，就沉浸到信中不能自拔了。同李蓉读她的文章一样，她一口气读了好几遍：

　　亲爱的宋阳——我的好女儿：

　　　　看了你的文章，我再也没有犹豫，一定要做你的妈妈。我现在答应你，还不晚吧？请接受妈妈的拥抱。如果你还在对我生气的话，再想想也行。

　　　　阳阳，其实我从认识你那天起，就在心里深深地烙上了你的影子。你是那么聪明，那么坚强，又是那么漂亮，我还到哪里去找这样的好女儿呢？可是那时的我，竟是那样自私，那样丑恶。良心无时不在谴责我，道义无时不在鞭挞我。每每想起和你叔叔分手的那一幕，我心里就生生地疼。可是懊悔已经晚了，那就让时间永久地折磨我，让历史无情地审判我吧！

自己种下的苦果应该自己收获，应该自己吞咽……

在县一中，我在内心深处已经把你当作了女儿。当你提出叫我妈妈的时候，我是多么激动啊！我想，我失去的就这样轻易回来了吗？可我的理智告诉我，不能答应你！这里有太多的苦衷，有太多的隐情，当时是不能明说的。答应了你，我害怕面对你的叔叔——远翔；答应了你，我害怕师生的议论；答应了你，我更怕你水生叔叔误会，以至引起轩然大波……我害怕失去荣誉、地位、婚姻、家庭，总之我怕失去了现有的一切。我的自私使我变成了懦夫，可我还在骗你，说老师就是老师，不是妈妈；就算是妈妈，也应该是所有学生的妈妈，不是某一个人的妈妈。这是多么的冠冕堂皇啊！又是多么的卑鄙无耻啊！

阳阳知道吗，当我拒绝你之后，我心里是多么难受。不知你注意到没有，从那之后我就对你特别严厉，想用行动负起妈妈的责任……

阳阳，你马上就要去北京了，我真想立即赶到月亮镇，和你好好谈谈。

亲爱的阳阳，我可是天天都想见到你哦。

另转告杨芳阿姨一句话给你：光明在前，决不放弃！

宋阳捧着这封信，喃喃自语："妈妈——这是在梦中吗？李老师不必自责，你是多好的妈妈。我同你一样，多想马上见到你。"

宋阳被李蓉无情的自我解剖所感动，也为自己至今对李蓉心存怨尤而羞愧。所以，她迫切地想见到李蓉。那天，李蓉的车在中心小学的操场上还没停稳，她就如飞地跑了过去。她俩对面而立，心都剧烈地跳动起来。她们就那样站了很久，四目相对，变幻出多少心灵中无声的话语。

宋阳的嘴唇嗫嚅着，憋了好久，小声说："阿姨……"

"叫什么？不好意思？"李蓉的笑容是那么动人，"忘了吗？"

"妈妈！"宋阳扑了过去，抱着李蓉恸哭起来。

"终于叫我妈妈了……"李蓉的泪水也不停地流，"阳阳……我们绕了多大的弯子才走到一起呀！一静下来，往事就像电影一样，我不能忘记啊！"

"妈妈，不必老是沉浸在过去……"宋阳为李蓉擦去眼泪，"将来的路还长。妈妈，就算将来你老了，我也会照顾你的……"

"好，妈妈不再沉浸在过去的日子里了。上车，让妈妈带你出去转转！"

这一天，李蓉没进周远翔家的门，拉着宋阳顺着新修的国道一直开进了更深更远的大山，任意寻找地方玩乐。她们在树林里穿行，模仿鸟叫；她们在小河里嬉戏，打鱼摸虾；她们对着群山，竞赛般唱出各自喜爱的山歌……

五十四

宋阳到北京读书，是月亮镇旷古未有的喜事，越临近上学的日子，前来祝贺的单位越多。由于镇政府带头，镇直的单位差不多先后全来过。然后县一中的领导来了，县教育局的领导来了，在镇上挂点的县领导也来了。那一阵迎来送往，周远翔像在梦中，成串的奉承话往他耳里灌，他什么都说不出来，唯有用一行又一行的泪、一个又一个的笑答复人们。家里终于静下来，父女俩得以坐到一起说说离别的话了。周远翔泪犹未干："阳阳走了，我会不习惯的！"

宋阳笑笑："叔叔倒像个孩子了，这不是为了实现我们的梦想嘛！"

"不过说说呢！要是你在北京安个家，我也可以过去玩玩了。"

"不！我已决定了，毕业后到郝爷爷那儿报到，不管读多少年大学，我都不会改变！叔叔既然舍不得我，我就在叔叔身边工作；我对伤残者的痛苦有了深刻的体验，发誓要把郝爷爷的精妙医术继承下来。郝爷爷说，他的祖传绝技传内不传外，传男不传女，但他遇到了我，就要把这两条规矩一齐破除。就凭这一点，我也应该回到故乡。叔叔，你说对吧？叔叔，我走后你独自一人……家庭、婚姻，是每个完美人生的必需，可你至今还没有……"

"这个你就别操心了，随缘吧。"

"叔叔，告诉你一个好消息，李老师答应做我的妈妈了。"

"我晓得，她写信告诉我了。"

"可是，你愿意接纳她吗……"

"接纳什么？你看看她的信就晓得了。"周远翔找出李蓉的信。宋阳高兴地接过去，读着读着，心渐渐冷了。李蓉的信是这样写的：

远翔：

阳阳叫我妈妈了，这是老天对我此生最大的赏赐，也是老天给我无尽的忏悔姗姗来迟的回报。原以为，老天的惩罚会无休无止的……

当初，离开了你和阳阳，我才明白我抛弃了人类应有的善心，抛弃了每个人都不应推脱的责任，也就抛弃了做人的起码标准。远离了美好，接近丑恶就是必然的了。鬼迷心窍的我，却还要打着实现自我价值的旗号，可见我已经从迷途中滑向了深渊。从结婚的第一个晚上起，我的心已开始流血。苦闷的时候，我只好凝视那支挂在墙上的竹笛，因为笛声中曾寄托过我深刻的情感……

我明白了这一点，却已经晚了。我常常对天长叹，谁能救救我？其实我也晓得，救我的人只能是我自己……我心已冷，仿佛是风雨飘摇中的一片树叶。这种状态也好，应该让老天不断惩罚我的罪恶……

是的，我在你和孩子面前已经没有资格提爱这个字了。远翔，我晓得你永远也不会忘掉我离开你们的情景，永远也不会原谅一个没有同情心没有责任心的不义之徒。我是一个教师，却不明白蜡烛的真正含义。是你的行为启示了我，是阳阳用准确的文字告诉了我：蜡烛的意义不是毁灭，而是照亮……我太看重毁灭而无视照亮了。因为害怕毁灭，才去追求所谓的个人价值；因为怕负责任，所以背叛爱情……结果是，想活命的叛徒往往最先毁灭……

"可怜的李蓉妈妈……我相信她会挺过来的。"

"是的，跨过这一心理危机，她会好起来的。"

"叔叔，今天的月亮很好，我们出去走走吧！"

父女俩走了出去，沿公路一直走到水库边。夜风吹拂，杨柳摇曳。周远翔望着圆月，自言自语："昔我往矣，杨柳依依。今我来思，雨雪霏霏……"

"行道迟迟，载渴载饥。我心伤悲，莫知我哀！"宋阳顺口接了下来。周远翔吃了一惊，想起和李蓉，和张丽多次在这儿约会的情景。水库边，柳林中，是多么令人留恋的地方啊！他们默默地走向大坝，宋阳忽然问："叔叔，杨芳阿姨是个强者，可惜她注定只能做你事业上的知音。那么，张丽阿姨呢？"

"张丽……一个天生的贤妻良母。"

"叔叔，我也喜爱她的性格，你就娶了她吧！"

"她还在犹豫，没有勇气离婚。依旧是那句话，随缘吧！"

父女俩散漫地走着，月亮也散漫地跟着，此刻，都没什么可说了。一条黑狗倏忽而至，又直立而起，往前一扑，前爪便搭在周远翔的肩上，把他吓了一跳。原来是黑毛狮子，它怎么来了呢？

"黑毛狮子！"宋阳叫了一声，黑毛狮子老实地趴下了。随后，父女俩跟着黑毛狮子坐了下来。在皓皓的月光下，他们一家三口头挨头地坐着，只要其中一个人的头动一下，三颗头必然跟着一同转动。这是一组奇特的活的雕塑……

上学那天，周远翔把宋阳送到车站。巧合的是刘根儿也来了，他考的是省医科大学。宋阳故作恶意地问："根子哥，真巧啊！我回家，你也回家；我上学，你也上学；我考了医科大学，你也上了医科大学。怎么回事?"

刘根儿的脸立即红了，在宋阳面前，他总是没有底气。周远翔笑了，笑得刘根儿的脸更加火红。宋阳白了叔叔一眼："有什么好笑的?"

周远翔悄悄地对刘根儿说："精诚所至，金石为开。孩子别怕!"

刘根儿点点头，却犹豫地说："可惜我只能考上省里的医科大学。"

"只要你努力，会赶上她的。"周远翔拍拍刘根儿，"路上小心点。"

刘根儿退后几步，向周远翔深深鞠了一躬。宋阳听到了周远翔的话，脸色蓦地也红了，她假装什么也不知道的样子，朝候车室走去。一进门，就有三个人迎了过来，是杨芳、李蓉和张丽，惊得宋阳倒退了好几步。

杨芳搂着宋阳说："真成大人了，也成美人了。"

"谢谢杨阿姨。"宋阳缓过神来，"没想到又见面了。"

李蓉说："阳阳，去了就来信。"

宋阳连连点头："妈妈，那是一定的。"

张丽眼睛红了，可她的话却刺人："哟，都叫妈妈了，还用我们来吗?"

宋阳大方地笑了："张阿姨，答应我，什么时候也让我叫你妈妈。"

众人一阵大笑，把张丽的脸笑红了。周远翔偷看她一眼，见她像喝了酒似地有了醉意，越发妩媚动人了。张丽把宋阳重重地亲了一口："乖乖，阿姨是有这个心，难道还有这个命吗? 真做你妈妈了，我天天背着你玩!"

又是一阵大笑，刘根儿却在外面喊起来："宋阳快，班车到了!"

宋阳于是跟在刘根儿后面挤上了车，从窗口伸出手来，朝送她的人们连连招手："再见——叔叔! 再见——阿姨们! 你们可要经常给我写信啰!"

三个女人把周远翔簇拥在中心，一条狗围着他们转来转去，这是一道新奇的风景，车站的人们不断地扭头看他们。周远翔突然跑向班车，嘴里不住地在说，双手不住地在摇。其实他说了些什么，宋阳能不能听到，他都没有管。班车两边全是送行的人，车上全是远行的大学生，吵吵嚷嚷，像一笼嗡嗡的蜂子似的。三个女人的泪都流下来了，宋阳在她们的泪光中摇晃。李蓉想起了从前的那个夏天，张水生高喊着让她上车，她却不顾一切地朝镇卫生院奔去，朝周远翔奔去；张丽想起了从前的那个月夜，她躺在柳树林里，绒草丛中，爱人身下，就像躺在云端里；杨芳回头看一眼身边两位姐姐，说："多情应笑我，早生华发……"

周远翔的泪也流下来了，宋阳在他的泪光中摇晃，他看到的却是悠然南山，整洁的平房，篱前秋菊和松柏葱郁的康复医院。鹤发童颜的郝爷爷依旧仙风道骨，以其高超技艺救死扶伤；宋阳推着轮椅，给残疾儿童讲着故事；刘根儿捧着教材，为残疾儿童示范自我康复的动作……

　　班车启动了，喷吐出一阵轻烟，渐渐远去，远去……

　　周远翔自言自语：“未来总是美好的……”

2007 年 7 月 19 日于鸣凤城南

彭善良　著

善良文集

3

WUHAN UNIVERSITY PRESS
武汉大学出版社

《芳草文库》序

刘醒龙

武汉有一批年纪不算太老，但肯定不再年轻的作家，既往作品每出无不风行江汉，后来平淡了些。二〇一五年年初，恰逢一场小聚，其间有老朋友提议给这些在文学创作上颇有成就的作家出版文集，且当场做出关键决策。老朋友提及的作家也是我的朋友，他们的处境很有代表性。

世事流逝到今天，说一点不残酷是不真实的，说太残酷似乎也不科学。值此宁翔雁前羞跟牛后世风，普天之下莫不借口追求日新月异，其实是乡下俗语说的，人人都想一锄头挖出一口井。宁肯臭名远播，哪管丑态百出。忘却不该忘却的，强化不该强化的，是世情中一大不敬。这几年为一位已故作家出版文集，好不容易才成，一来二往之间，见识了足够多的现世生态。似这等才华出众的作家，若非上苍失察，弃之英年，敢不是当今文坛大旗一帜？同理，那些在喧嚣背后悄然尘封的作品，谁能说不是日后人有所诵的典范？天地同根，不是没有高下之分，而是天有天的高度，地有地的厚重。

常住武汉三镇之人，最能体会大江东去、流水落花深意。也是体恤的缘故，又于旷野之间留下高山流水千古知音，以为勉励，兼作念想。朋友提议，饱含诗情，深藏灵性。没有太多商量，三言两语之间，就达成共识，以《芳草》杂志名义，逐年排选，将这批作家的代表性作品编成文集出版。只是由于执业所限，本套书只能以《芳草文库》相称，名头虽小，相信分量不轻。

哲学教会人们认知正确与错误，自然科学是要让人懂得成功与失败。然而，短短人生，包罗万象，其善其美，何止兴衰胜败！文学的存世与流传，其意义正是超然前二者，不以成败对错为目的，也不以卑微尊贵定价值。人非草木，却如同草木，这是文学理由之一，生命不能永恒，却绝对永恒，这是文学理由之二。文学根本理由是，协助芸芸众生在庞杂得无可把握的宇宙间，在神与鬼、灵与欲、虚与实等一切冲突与对立之间，寻找适合每一个体的美妙平衡。

二〇一五年十月十五日

目　录

短篇小说

随　笔

短篇小说

同屋居出

郑家老屋掩映在大山深处，青瓦盖顶，灰砖垒墙，有很大的天井，很宽的飞檐，很翘的四角。它有一个中西合璧的名字：四角头的洋房子。其实它们是清末建筑，也许是清末洋务运动时，房子的建筑风格受到西洋的影响也未可知。大山里现存的四角头的洋房子还不少，一概被山里人称作"土改果实"。这些果实经历风雨，早已被剥蚀和破败了，郑家老屋也是被剥蚀和破败了的。郑家老屋的天井两边各有三间厢房，而一般的天井两边只有两间厢房，可见规模之大。一进大门是厅屋，厅屋的左边摆着石磨，右边埋着石碓。他们离村里的粮食加工厂远，所以石磨石碓对他们很重要。厅屋两边各有一间房子是火房。过了天井是堂屋，堂屋两边的房子叫正屋，也是两间。郑家老屋的住户不姓郑，姓郑的一家在"土改"后就不知被撵到哪里去了。现在这里住着三户"土改"根子的后代，姓王的一户占了靠东边的一溜三间厢房和火房；姓张的一户占了靠西边的一溜三间厢房和火房；姓杨的一户占了北边的堂屋和正屋，烧火就在堂屋里；正面的厅屋和大门是公用的，石磨石碓当然也是公用的。他们日出而作，日落而息，都要通过同一大门，这种居住格局就被山里人叫作"同屋居出"。

下面要讲的一件事就发生在这里。

那年初，早已全家迁走了的张大华忽然杀了回马枪，带着一帮人回到郑家老屋。那帮人在张大华的指挥下打扫灰尘，粉刷墙壁，检查屋漏，没要好多天就整旧如新了。杨弘理每天天不亮出坡，昏天黑地回家，只晓得张大华回来了，却不晓得他在干些什么。这情况是王拐子讲给杨弘理听的。王拐子讲了这些情况之后说："我看没有好事！张大华当初不是讲郑家老屋不'发人'不吉利的吗？怎么还要回来的？"杨弘理说："老张说得并不错，这屋场是不'发人'嘛。"王拐子想了想，没作声了。他想到了自己的老婆，干瘦干瘦的，四十好几了也生不出儿来；想到杨弘理还不错，一对双胞胎儿子都在城里读高中，可他却早早地死了老婆；张大华年近五十，中年得子，儿子还在读小学，并且他们两口子关系很臭，一年到头极少在一口锅里吃饭。要说郑家老屋也实在不吉利，所以王拐子不作声了。不作声不等于他就不管张大华的事，天生秉性，不管别人的事他就不好过。

王拐子整天东游西荡，证明他的腿健壮得很。

这是初春天气，王拐子却穿得很薄，冷得他双臂紧抱。他看见杨弘理背了一大背牛草，额头上黄豆大的汗珠子往外冒，就跑到他跟前笑嘻嘻地说："老杨的身体好，这么冷还在冒汗。你看我，冷得哟!"杨弘理一笑："哪个叫你不把'火龙衣'穿上的?"杨弘理说的"火龙衣"来自于一个民间故事，穷人抱着石头跑来跑去，累得满头大汗，那石头就被称作"火龙衣"。可是王拐子不晓得，却问："老杨冤枉我了，我哪来的什么'火龙衣'呀?"杨弘理哈哈大笑，只好直白地说："不是冷吗? 你就抱个石头到处跑就热了。"王拐子也哈哈大笑："老杨，你这是戏弄我呀!"杨弘理说："戏弄是啥意思? 戏弄是挖苦戏弄，我这是实话，哪是戏弄?"

王拐子说："咦，真没想到，儿子读高中，连老子也有学问了。"说完就哑哑地笑，接着神秘地说："老杨，像你这么苦干的我没见过。不就是为了两个儿子吗? 真能出人头地?"杨弘理"唉"了一声："我这辈子是没指望了，不把想头放在儿子身上，那我还有啥活头?"王拐子也"唉"了一声："我是看穿了的，裤子穿得当瓦盖，还指望这指望那。我爷爷你晓得不? 勤扒苦做了一辈子，怕我爹饿了冻了，东乞西讨也要让他上学，说他自己没想头了，就把想头放在我爹身上，结果呢? 我爹还不是个搓黄泥巴果果的? 爷爷死了，我爹又把想头放在我身上，结果呢? 我也是个搓黄泥巴果果的。到了我手里，又指望谁呢? 现在连个接香火的都没有。往前看看，往后想想，老杨还要把自己蒙在鼓里吗?"

杨弘理听了他的话，心里一震，这话的确有理，可是谁没看到这一层呢? 为啥人们还是这么干呢? 人活着总要有点儿希望嘛。他看看王拐子，不想说话。王拐子说："老杨，现在有几个挣钱的是读过蛮多书的? 你看张大华，读过几句书? 搬到山下就发了。"说到这里王拐子唾沫四溅："你不晓得吧? 张大华回来是搞公司的，自己给自己任命经理了。他在房里拉电线，安磨面机、打米机、豆腐机、面条机、烤馍馍机了! 还有些啥机我竟说不上来。"杨弘理不解，这个孤山野洼里弄这些"机"干啥? 王拐子压低声音神秘地给杨弘理耳语："他今天已经营业了，将烤馍馍和豆腐脑全挑到公路边，卖给过往的司机。我悄悄跟了去，天哪，一个客车停了，几十人抢着买呀! 还说很好很好，在城里根本喝不上这么正宗的豆浆。那女会计收了鼓鼓一包钱哪! 呸! 什么×会计，不就是张大华的小老婆吗? 昨日夜里我听了，那屋里咯呀咯呀响了半夜，在搞猴把戏呢! 老子朝他屋上扔了颗石子，他们才没搞了。你说他们缺德不缺德?"

"老王你讲完了没有? 我还背着牛草呢!"杨弘理头上的汗越来越凶，这半天他竟没有歇下来。王拐子哈哈笑了，没想到世上还有这么憨的人。杨弘理绕过王拐子走了，边走边说："这种是非你别给我讲，我没工夫听。"

王拐子没好气地走了。

有一天，王拐子摸到张大华屋里，看着他们忙磨面忙打米忙打豆腐。一直忙到收家什了，他还塌在椅子上不动。张大华歇下来，递了一根烟给他，问："周围的人都到我这儿来打米磨面，老王你怎么不来打米呢？"王拐子说："用碓舂的好吃些。"张大华冷笑一声："怕是没有钱吧？钱是个狗东西！隔壁邻居，不收你的！"王拐子乐了："那我拿一点儿来试试看。"张大华又是一声冷笑，王拐子忙跑回去端来一碗谷。张大华看了，笑得拍胯打背的，指着王拐子的鼻子直不起腰来："王拐子呀王拐子，这点谷连喂我的机器都不够啊！"王拐子注意到张大华说话和做动作都喜欢无故地夸张，悻悻地放下那碗谷，无法可想，因为他家里只有这碗谷了。

这时，女会计问老板："今日喝什么酒？"声音妖得很。张大华说："来一瓶二锅头吧，我和老王一人一半。"王拐子大喜，脸红红地说："那就多谢张经理了！"他很自然地改变了对张大华的称呼，就和张大华一同喝、吃。

半酣的时候，王拐子说："张经理，做人就要做到你这个样子，要钱有钱，要妇人有妇人！"张大华说："不要瞎讲，她是我的会计。"会计抿了嘴笑，一副害羞的样子，把张大华瞟了一眼。王拐子歪着眼，有点儿不能自持了，指着张大华的嘴，他本是要指张大华的鼻子的，说："经理怕我不晓得，你们天天搞到半夜，搞得我都睡不着！嘻嘻！你认不认？不认我就去给嫂子讲！"会计一跃而起，说他"恶心"就走了。张大华跟到一边对会计说："乡下人懂个屁？你不知他是个鬼不缠，惹了他对我们的名声不好。"说完，回来还是和王拐子喝。王拐子没听到他们说些什么，依旧喷着唾沫说："老子最瞧不起的人就是杨弘理，为了两个儿子他就憋做憋做的，累得脱了人形。你看他憋不憋？那回我和他讲了一老阵话，他背着牛草歇都不晓得歇下来……"张大华语气夸张地说："乡下人嘛，难哪！"

王拐子大醉而归，酒醒之后，就对张大华的评价大变。

那天早上出太阳，中午突然下雨了。王拐子无聊得很，去找杨弘理。没想到杨弘理在雨天还忙活，就在屋檐下等。远远地见杨弘理背着牛草冒雨而回，王拐子就笑。等杨弘理将牛草放进牛栏，王拐子没来由地说："老人真没说错的，山里的雨，隔牛背。"杨弘理问："怎么隔牛背了？"王拐子说："还不信？你看看哪里不在下雨，就你的背心一点没打湿呢！"杨弘理脱口而出："我背上背着草啊！"王拐子一听，笑滚了。杨弘理终于明白上了当，说："狗×的，骂我是牛呢！"

杨弘理转身要走，王拐子不笑了，连忙揪住他说："张经理请我喝酒了。"又说张经理能干、聪明、大方、有气派，会赚钱也会玩女人。他还要和杨弘理打赌，说张经理一定会请杨弘理去喝酒的。杨弘理说他没工夫，王拐子非常惊讶，没想到杨弘理憨到这一步。杨弘理说儿子带信回来要五十元买复习资料，他得上山砍木料到镇上卖。王拐子点着他的鼻子模仿张大华的语气说了句"杨弘理呀杨弘理"，就扬长而去，进了张大华的"公司"。

没有事，他立在一边看，把杨弘理说没工夫的话讲给张大华听，还在"没工夫"后面加了一个"裹"字，这样一加就大有区别了，"裹"字含有鄙视的意思。张大华的脸色就很难看了，沉着脸不理人。

晚上吃饭，王拐子不管张大华的脸色难看不难看，钉在椅子上不走。张大华说："老王，再来一瓶二锅头吧？"王拐子说："二锅头就二锅头！"女会计转身就走，咕哝一句："还有这种人！"张大华把二锅头往王拐子面前一推，自己拿了一瓶"雪碧"喝着，说他有高血压，就不陪了，菜不好，叫王拐子自酌自饮吧。王拐子喝了一杯说："管他个娘，菜不好酒不好，人好就行！"喝到上劲时，张大华发出感慨："王拐子还是你好啊，无牵无挂、无忧无虑。"王拐子说："你才好呢！要吃有吃、要喝有喝、要妇人有妇人……有啥子牵挂了？"

张大华说："不瞒你说，我的儿子在读小学六年级呢！学习又不行。"王拐子一愣："这么说你也和杨弘理一样，指望儿子了？"张大华一哂："跟他一样？跟他一样我喝西北风啊！我的儿子就算学习不行，也照样上初中高中大学。现在嘛，只要有钱，再不行的学生也能读书；没有钱，再行的学生也读不成书！"王拐子却反驳："会弄钱不读书也行！"张大华说："你又胡扯了！现在读书可重要呢！人家不光是让儿子读大学，还要读硕士，读博士，读博士后啊！不读博士没地位呀！"王拐子笑得止不住，问："如今邪门儿，都去学做饭了？勺子、钵子，不学我也会呀！"张大华听了，和上次一样笑得直不起腰来，坐在门外的女会计也笑得按住肚子，说王拐子真是个活宝！张大华点着王拐子的鼻子说："王拐子呀王拐子！"

杨弘理的双胞胎儿子回家了，他们是为了筹集高考的钱。杨弘理无奈，央求王拐子去向张大华求援，张大华说他没有时间同姓杨的"裹"。张大华把"裹"字咬得很重，显然有报复的意味。

王拐子赶紧给杨弘理传了话，杨弘理羞得好长时间没敢见人，只好天天带着两个儿子到山上放树卖木料。两个儿子长得又高又瘦，抬着木材浪去浪来，脚上还穿着草鞋。王拐子远远见了，心里不断地说遭孽呀遭孽。到了跟前，王拐子听到杨弘理在对儿子们讲："儿们哪，会读书的将来就穿皮鞋，不会读的就和我一样穿草鞋，抬木料。"

王拐子听了，心里酸酸的，便有很多话一定要说给杨弘理听。他把杨弘理拦住："老杨，你看你把两个孩子整的，都和你一样神神叨叨的了，你的心还是人心吗？你不晓得有钱才能读书吗？没有钱再好的学生也读不成书呀!"杨弘理莫名其妙，不知他胡说啥，呆呆地看他。王拐子说："你看看，现在是什么年月，你的儿子还穿草鞋!"杨弘理说："他们回家才穿草鞋，在学校里穿的是球鞋。"王拐子好生气，是个气极反笑的样子，愤愤地说："你能供儿子上初中高中，那上大学呢？就算能上大学，你能供他们的勺子钵子吗？不读勺子钵子，就没地位呀，那不是白读吗?"杨弘理目瞪口呆的。王拐子哈哈大笑，仿佛要笑滚到地上去，他点着杨弘理的鼻子说："杨弘理呀杨弘理!"

天越来越热了，张大华还要照顾山下的生意，就两边跑。

张大华下山后，王拐子无聊得坐立不安。张大华在山上时又忙得没有工夫和他交往，他就像掉了魂似的。他有很多看法很多心得要对张大华讲，就憋得心里疼。好一阵没喝张大华的酒了，也不好受。张大华对他没从前热情了，他想不出自己有什么对不起张大华的地方。

一天晚上，王拐子决心歪在张大华屋里不动。他看着不大高兴的张大华无话找话："张经理，你看杨弘理这人文不文土不土，就像一筒柳木，烧也烧不燃，打也打不熄，怎么那样呢?"张大华宽容地笑笑："他嘛，就那么个尺寸，还上天去?"王拐子说："我一见他就发急，他也不比你短一截儿，也不比你少一点儿，怎么就差了这么多呢?"会计听了，忍不住捂了嘴笑。张大华也跟着大笑起来："王拐子呀王拐子! 你有什么资格说他?"王拐子并不笑："他怎么能和我比？我是看穿了这个世界的人，他是迷在里面爬不出来的人。张经理，说个实话，你也是迷在里面的人，可我瞧得起你，横看直看瞧不起他。这咋回事呀?"

张大华对王拐子的话倒有些重视了，想了一会儿才说："怎么不理解？要想搞点儿事，把握住两个字就行，就是'争气'!"王拐子做出心领神会的样子："张经理，你这话说到家了，我愿意听!"张大华接着说："比如我吧，当初和媳妇睡了上十年她还是个瘪肚子，人家怎么说我的？还不是说我完了嘛! 这没有二法，就是要争气! 我迁移做小买卖呀，上武汉给媳妇治不孕之症呀，小买卖做成大买卖呀，吃了多少苦多少难有谁晓得？不争气行吗？世上无难事，只怕有心人! 凭杨弘理就想搞出大学生来？就算考取了大学，他有钱读吗?"张大华说到这里停了一下，又说："人嘛，都要过一生的，不折腾怎么行？比如我，还不是在瞎折腾……"

这时，女会计把好菜端上来，王拐子准备往跟前坐，会计却已经叫来工人们把桌子挤满了，王拐子就被隔在外面。王拐子想，怪不得张大华对我不冷不热的，原来是这个女妖精作怪。他怏怏地回家，想给女会计一点儿颜色看看。

不几天，王拐子借杨弘理的牛耕地，王拐子不会这活儿，还得请杨弘理耕。

王拐子看着杨弘理耕得很细，就说："老杨，耕两块地咧，还这么用心哪！"杨弘理没理他，王拐子就涎着脸笑："老杨，耕这么细也讨不到好，以为我有饭供你吃呀？别人不晓得，你还不晓得？老子家里没人弄饭。"杨弘理说："不吃就不吃嘛，自己弄自己吃还方便些，也习惯些。"

王拐子高兴了，跟着杨弘理的屁股走去走来，洋洋得意地讲新鲜事。他说："那个女会计不是东西，老子在她那儿坐是瞧得起她，她的脸却黑得像包公似的。她下作老子，老子就有她的好看。老子前天晚上把她的裤子偷来扯掉了腰上的扣子，又用一根线连上才悄悄还去，昨天就看到了她的笑话。她果然把那条裤子穿了，我就一直跟着看，不管她有没有好脸色。她端豆浆时一用力，扣子掉了，裤子一溜地下来……嘻！她里面没穿短裤，毛须须的……天哪老杨，你没去看哪！"王拐子自说自笑，就笑滚到田里去了。杨弘理说："老王好缺德，那是什么好玩意儿，看了要背时的；要真是好玩意儿，你怎么不吃了它的！"

田耕了，种下了，王拐子再不找杨弘理，也很少看得到杨弘理了。杨弘理早出晚归地忙什么，王拐子也不关心，他只想张大华快上山来。

直到几个月后的酷暑，张大华才上山。王拐子和从前一样去找张大华闲聊，还没坐下，张大华就大发雷霆，指着王拐子的眼窝子大骂一通，骂得他木头木脑，直到最后才明白是女会计告了状。张大华说："王拐子，你这个喂不熟的野狗，要是再欺负老子的会计，老子叫你直着进来横着出去！"王拐子的脸黑得像猪头，扎到腿间抬不起来。张大华还不解气，指着门外要他滚："糊不上墙的烂泥巴，教都教不会，你一辈子只有吃屎的命！"

王拐子忍气吞声，出门后跑到杨弘理屋里唉声叹气一阵，不住地说："人比人，气死人，狗×的张大华！"杨弘理要睡了，王拐子还在骂，见杨弘理无声无息，就恼火地说："老杨，我们身边有这么一个祸害，你不气吗？"杨弘理闷了片刻说："累都累死了，哪有工夫生气？"又说："我那两个小家伙，也不晓得考了个啥分……"王拐子气不打一处来，指着杨弘理的眼窝子说："杨弘理呀杨弘理！"

王拐子气冲冲地走了。过了几天，他高兴地对杨弘理说："张大华那个王八蛋下山了。"又过了几天，王拐子说："妈的×，我夜里把会计家的窗户砸了，她动不敢动，说也不敢说，笑死人了！"杨弘理说："老王别闹，小心张大华报复。"王拐子说："怕个屁！"又过了几天，王拐子恶狠狠地说："张大华那个王八蛋回来了，你明天早上跟我去看稀奇。"

第二天一早，王拐子拉上杨弘理，说他把那两个狗男女锁到屋里去了！他们便去看，西边果然"闹匪"了。张大华和女会计同处一室，正撞门呢。幸亏外面的工人用火钳把锁扭断了，才放他们出来。王拐子见张大华那个凶样，腿一下子软了。不知为什么，张大华一句话没说就下了山。

下午，镇派出所开来一辆车，停到郑家老屋旁边的公路上。王拐子看稀奇一样地跑过去。张大华正好下车，连忙把王拐子一指，吼叫："就是他!"两个警察就把王拐子逮起来了。王拐子两眼溜溜地几转，想着脱身之计。

杨弘理从林子中往家里扛木料，听到了动静，就来看这边出了什么事。王拐子灵机一动，指着杨弘理叫："不是我，是他!"杨弘理也被逮了起来。

杨弘理莫名其妙。王拐子说："老杨，你认了算了。说去说来，还不是因为你的媳妇死得太早了吗？要不怎么会调戏人家女会计呢？"杨弘理这才恍然大悟，连忙说："不是我不是我，我只想我的儿子上大学的事，没工夫调戏人呢!"张大华冷笑着："会有这样的好事？你儿子要是上了大学，我从你胯里拱过去!"王拐子紧接着说："老杨认了吧，你还跟我讲过，女会计那玩意儿好看，恨不得吃了它，怎么就忘了？认了有什么不好，到局子里有吃有喝的，你还可以休息几天。"王拐子一通乱说，把张大华搞昏了头，以为错怪了王拐子，便说："我倒奇了，王拐子吃我的喝我的，怎么会下我的手呢？原来是你这个背后不服气的老东西呀!"王拐子说："张经理明镜高悬，老杨你就抗拒从严、坦白从宽吧!你想想，媳妇嘛，我又不是没有，不过比别人的差点儿哩，总不至于打饥荒嘛，张经理会相信是我吗？"警察连连点头，把杨弘理弄到派出所关了十五天才放回来。

时间一晃到了秋天，张大华忽然闷闷不乐的。因为他的儿子组织了一帮小学生搞什么"斧头帮"，砸了老师家的门，这事惊动了公安部门，把他儿子抓到沙洋少管所去了。他把自己关在屋里不出来，谁也不想见。

正当他心神恍惚的时候，镇上的领导亲自带队敲锣打鼓，一直闹到杨弘理家里，吃了晚饭才走。王拐子也得意洋洋地陪了一回客。送走客人，杨弘理把两个儿子一抱，叫了声好，就往后倒去，昏死了。

王拐子对两个哀哀哭着的儿子说："儿们哪，你们有个好爹，他妈的张大华还瞧不起你们的爹，还把你们的爹害去坐牢，真他妈不是东西!不要紧，你们先哭着，我去帮你们报复他!"他又跑到张大华的屋里说："镇领导给杨弘理的双胞胎儿子送来了入学通知书，一个考了北大，一个考了清华。"张大华一惊而起："真有这事？"王拐子说："亲眼所见，还假得了？"张大华的脸色在急骤地变化："现在的大学要收几千元的学费，他出得起？"王拐子说："他出个屁!镇长说，这两个儿子了不起，是镇里自古以来没有过的人才，不仅学费由镇里包，就是生活费也由镇里包了!你看看，杨弘理真有个吃屎的运气吧？"

张大华没有回答王拐子的话，身子慢慢软下来，软到地上缩成一团，鼻子里出了两行血，拖也拖不动，叫也叫不应。

后来杨弘理和张大华都进了镇里的医院。经过会诊，杨弘理得的是心脏病，张大华得的是脑出血。只有王拐子脸上苦着，心里却逍遥地想：睡在床上的这两个傻×，还不是因为看不穿这个世界吗？

（发表于《雪莲》2001 年第 4 期）

桃 天

一

一树桃沉甸甸地，把树枝儿压得弯下去，斜逸到水面上。

吴小桃换了个姿势，用手拨开一簇密叶，寻找那些已经熟透的桃。于是她看到了一幅动心的画面：两只小鸟落在一颗红了半边脸的桃上，战战兢兢地，嘴巴灵巧地飞快地啄来啄去；啄一会儿，小鸟之间就相互关照一下。一种蜜一样的东西涌进小桃的心房，便连身子也不动了，害怕惊动小鸟的美餐。四野静悄悄，小鸟越来越胆大，干脆在桃上嬉闹。鲜艳的桃迅速变得丑陋了，被剪刀般的嘴凌迟着，隐隐露出"骨头"。突然，那桃跳了一跳，驮着两只小鸟脱离树枝，坠向水面，咚的一声入水了，小鸟却子弹般射向对岸。

小桃很久不能忘记这一幕，心想，是两只不离不弃的爱情鸟吗？

她的魂儿跟着小鸟跑了，只剩下一个躯壳在树上。脚不知为什么迈了一步，踩在一汪桃油上，一滑，人就舞蹈着落下水了。浪花雪一样白，掀起的波涛朝四周扩散开去。整个过程只在一瞬间，小桃想叫喊已来不及了。她把嘴巴死死闭住，心里在说完了。她想，决不能让一滴水进入身体，那样，死后才不会有难看的形象。而她的爱情也正是在那一天成熟的。

小桃在树上偷窥小鸟时，有个小伙子在桃树下偷窥小桃。就是这样，谙熟水性的小伙子没怎么费力地把她救起来了，将她放在桃树下。小伙子名叫周开发，是小桃的高中同学，就住在小桃的对面山脚下，两户人家中间隔着这个水库，也隔着这棵巨大的桃树和一树正走向成熟的桃子。开发呆着，看一会儿桃树，看一会儿小桃，不觉就看花了眼。一树翠叶和鲜艳的桃全部变作火焰般的桃花，妖冶的，又是妩媚的；灿烂的，又是灵秀的。山口的风无规则地吹来，花儿就妖冶了，风静下来，花儿就妩媚了；一树花如火炬般燃烧，就灿烂，一朵一朵地分开看，就灵秀了。花儿中渐渐浮出一张脸，是小桃。他在心里念叨了一声：小桃！

瞬间，小桃没有了，桃花也没有了，又是一树翠叶和桃。开发自语："不是小桃，是桃夭？"桃夭就是老人们讲过的桃树精，应该叫桃妖，可开发说是桃夭。

小桃醒来，问："我是人，还是鬼？"

开发笑了，说："你是桃夭。"

小桃动了动，也笑了。

小桃让开发把她背回家，睡了一觉，精神好多了，对着镜子整理头发。镜子里的小桃并不像一个落过水的人，脸色泛红。她的脸的后面还有一张脸，是开发的，她的脸就更红了。开发冷不丁从后面将她死死抱住，就像给木桶上了一道铁箍一样，小桃身子一软，趴到他怀里去……

并不是因为有了这一次，他们才有爱情的；他们在学校时就萌芽了特殊的感情，这一次不过是确定了那种感情。可是，他们没能得到父母的支持。开发只有母亲还在，母亲说："你是被桃精迷住了。"小桃的父母都在，反对就更强烈些。母亲吵，父亲骂，不同意女儿和一个不能依靠的穷人结婚。小桃不怕，采取了很绝的手段——绝食。一连绝了三天，父母顶不住了，最后就是投降。

一年之后，开发从监狱给母亲写来第一封信。母亲的眼中流出滚滚的泪水，她不住地叹息。她对着墙壁说："儿子啊，早说她是个桃精，你哪有福分能受得住呢？不听老人言，没有稀饭过得年哪……"

二

桃精的说法在村里有着久远的历史。

一件旧事说，清政府灭亡后，在城里当官的张某带了一个美女回村，没住到三年，美女出走，张某天天傻坐在桃树下不吃不喝，最后上吊在桃树下。传言那个美女是从皇宫里逃出来的妃嫔，又传言是官太太跟心上人张某私奔而来，到底也没人能说得清，便说她是桃精。第二件旧事说，抗日前夕，王家出了个留日的学生，是公费留学的，回国时带回一个日本美女，刚完婚就到省政府上任当了科员。随后抗战爆发，政府节节败退，他便携夫人回了村。战争越来越残酷，鬼子眼看打到家门口了，那个日本美女就突然失踪。科员心痛得很，终于也在一棵桃树间上吊了。第三件旧事已是"文革"时期，也最为惨烈。在大学任讲师的李某，一天深夜突然带着一个少女回老家，说是他的学生，回故乡避难的。可他家有糟糠之妻，父母家教又严，竟不留他们。不久，大学派人来抓，说他们是"现行反革命"，把他家围了个铁桶似的，再没有任何出路了，李老师和他的女学生双双上吊在桃树间。三件旧事都与上吊有关，也都与女人有关，都与桃树有关，不是桃精干的还能是别的什么呢？有了这些传说，村里的人们就不看好这桩婚姻。

事情的败露是从一个铂金钻戒开始的。

那天在月亮地里，开发把小桃搂在怀里，要她把手伸出来，接着就给她戴了个东西——铂金钻戒。起初她还以为是银戒指，等他说出是铂金钻戒时，她倒抽一口凉气。她不晓得这要多少钱，但她晓得铂金比黄金贵，也晓得钻石是个宝，不管值多少钱，反正开发拿不出那么多钱来；就算算上他全家的财产，也没这么多钱。她想问问，又怕开发多心，就忍了。但她心里生了一个疙瘩。有一天，她到镇上去办事，在村口遇到了几个警察。起初没怎么在意，警察却拦住她，问周开发家怎么走，她的脸就黄了。她心里老是轰响着一个念头：难道我爱上了一个贼？她从镇上回家就去找开发，他妈说他到镇上去了。于是，那个念头就更强烈了。

三天后开发回来，小桃急切地要知道他到镇上去干了些什么。开发说没事儿，会了个朋友。小桃就怪怪地笑，说谎也该认个人吧？开发也笑笑，说是个警察朋友，不过谈谈村里的治安情况。小桃就笑得更怪，问他什么时候当上了治保主任。见开发的脸渐渐发黑，小桃干脆问："说实话吧，那个铂金钻戒哪儿来的？"开发心里肯定是发毛了，凶恶地说："男人的事不要女人管！"说完便气呼呼地走了，小桃却突然嘤嘤地哭起来。此后，警察隔三岔五往村里跑，开发也隔三岔五地被叫到镇上去。小桃静静地注视着，盼望他能给她说个清楚，可他根本不露面。有一天她守在桃树下，远远看到了开发，吓了一跳。开发瘦得厉害，脸黄得像两片腊肉，干枯干枯的，一直埋着头，连朝她这边看一眼的表示都没有。她的心揪紧了，没有法子可想，那就只好面对面了。

小桃拦住开发，想都没想便说："别害自己了，去自首吧！"

开发愣了好久，突然满面通红，就像对面夕阳下快要燃烧的丹霞地貌。他不声不响地走到小桃面前，冷不丁一掌掴向她的腮帮子。小桃的身子转了半圈，跌到地上。他吼叫着："再说一遍，男人的事你少管！"又过了些时，警察不来了，开发也很少到镇上去了，波澜似乎平静下来。开发说："我们结婚吧？"小桃沉默了一会儿，说他气色不好，等缓过这一阵再说。开发说事情已经完了，没问题了。可是小桃说："你完了我还没完，我怕。"开发急了，问她还怕什么，小桃说："除非你把铂金钻戒说清楚，不然我总是要怕的。"开发愤愤地走了，没过几天，终是扛不住，又把小桃叫到月亮地里，双膝就跪下了。他决心把一切都告诉她，他把爱情看得高于一切。他一把鼻涕一把泪地诉说，她静静地听。原来，在她落水的前一年，县城金店被盗，就是开发他们干的。开发不是主犯，是望风的，所以只得了很少几样东西，铂金钻戒就是其中之一。此案至今未破，只是怀疑他们，还没拿到证据。开发眼泪鼻涕一条龙地问："小桃，我全讲了，还不行吗?"小桃意义不明地"哦"了一声，便瘫到地上去了。等她清醒过来，已不知开发的去向。望着那轮昏昏的月亮，她仿佛看到了灿烂的桃花，开遍原野；看到了开发劈波斩浪，抢救落水的心上人；看到了自己泥一样软软地瘫在开发怀里……她打个冷噤，因为自己真的爱上了一个贼！那天夜里，她一直在给开发写信。最终却只写了一句话：

自首去吧，亲爱的！我可以等你十年八年！

不久，开发回了一张字条，说他会自首的，不得不自首了。但他说，在自首前要好好想一想。又过了很长时间，开发没有动静。时间越久，小桃就越是失望。直到有一天她完全明白，开发不会自首了，于是便决然地拿着那只铂金钻戒，去了镇派出所。深夜，警察扑进周家，开发正坐在火垄边盯着一长一短的火苗发呆。好像是受神的控制，两个警察往他身边一靠，他就伸出双手，让他们铐上了。没有任何周折，开发就跟着警察走向茫茫的深夜。

三

开发的妈做得苦，睡得早，也睡得很熟，并不晓得儿子已经离她而去。她是被小桃摇醒的，小桃一点儿也没隐瞒，告诉了她事情的经过。小桃还说，她是代表开发去自首的。警察们认同了她的说法，因为开发在警察们面前一点儿也没反抗。小桃说，根据开发的表现，判刑时是会考虑从轻的。

开发的妈听了很久，终于弄明白了，然后连衣服都没穿，就从床上往地上一滚，嚎起来。她边嚎边骂："狗×的开发，你是被妖精害了的呀！我的伢呀，早就给你讲了，你不晓得厉害，惹上了妖精，你还有命在吗……"

小桃晓得"桃精"在村里是古老而恶毒的诅咒，但她不能反驳。把开发的妈拉上床后，她突然就决定不走了，有些哽咽地说："妈，别伤心，从今天起我就是你的儿媳妇了。不管开发去多少年，咱娘儿俩都耐心地等他，好吗?"

开发的妈把她一推："好你娘的个鬼哟！你这个祸害，还不快滚！你要是再在这儿多说一句，我就到村里去唱，是你把我的伢出卖了的，让大家打死你!"小桃听了，泪水一冒就出来了，在脸上哗哗地流。她狼狈地回到家里，父母围着她，难听的话像炮弹一样在轰击。中心意思就一个：叫你别和他在一起，偏偏不听；既然死命地要在一起，就不该害人家呀！这下好了，你把人家送进监狱，自己会有好果子吃吗？村里人不把你打死，也会把你骂死的！

听他们骂着，小桃的泪渐渐干了，就那样静静坐着听他们骂了通宵。父母的嗓子都哑了，想不出还有什么没骂到，才抛开她离去。小桃走进自己的房间，蓦地坚定了自己的主意，她把衣服收拾成一捆，把新被子装进背篓，然后一背背进了开发的家，和自己的父母连招呼也没打一声。

开发的妈坐在门槛上发呆，鼻涕和泪还凝结在脸上。眼看小桃背着东西进来了，惊得她透不过气来。小桃将背篓往檐下一放，说她在这儿住下了，哪儿都不去了，就是撵她也不走。又说："妈，不管你恨也好，怨也好，您以后的生活都让我来管。"开发的妈还是没转过神，嘴里机械地回了一句："你敢！"依旧紧盯住她。小桃将被子搬进屋，铺到开发的床上；又将衣服搬进屋，挂到床头前，那死气沉沉的房间立刻就有了生气。然后，她把开发的旧衣旧被放到木盆里，准备浆洗。开发的妈突然像疯了一般朝木盆上一扑，厉声尖叫："哪来的妖精，别弄脏了开发的东西！开发已经坐牢去了，你还要折腾他吗？"

小桃苦苦地一笑，揩了一把汗，默默地坐到床上。开发的妈又是一阵尖叫："快滚！还不快滚！你不滚我就一把火把这房子烧了！"

"妈——"小桃的声音拉得很长，"那我就陪着这房子一起燃烧。"

"你真不滚？"开发的妈哑着嗓子说，"那好，你不滚我滚！"开发的妈真的冲出了大门，朝野外跑去。她一边跑一边号啕："好狠的妖精啊！害我儿子进了黑屋儿，又来害我！父老乡亲们，她是要逼死我呀！我的命怎么这么苦啊……"

村里人听到了叫声，一传十十传百，很快就有无数的人拥到周家，将小桃堵在屋里。接着，人们嘈杂起来，听不清说些什么，就像蜂子在午时朝王一样，声音越来越响。小桃吓坏了，没想到村民无一例外地站在开发一边，没想到村民对她是如此地仇视。虽然没谁对她动一指甲，她却感到自己已经被人们活剐了，凌迟了，践踏了。有个老人向她走来，她应该叫他爷爷，她就叫了一声爷爷。爷爷伏身看了看，一掌掴在她的脸上。她眼前闪烁起一片金花，随后就是无尽的黑暗。她缩到墙角里，就像一只瑟瑟发抖的甲壳虫……

四

村里人围攻小桃的事传到镇上，派出所的人立即在村里召开大会，批判了村民的歪风邪气，赞扬了小桃的大义灭亲，然后把她领走了。

多日之后，人们在县办的电视专栏节目里看到了小桃。小桃在一把鼻涕一把泪地诉说自己的遭遇，诉说她把开发送进监狱的好心。等她回到村里时，村民们没人再围攻她了，却也再没有人搭理她了。她就像走在荒原上，就像走在冰窖里。她晓得再也不能在村里待下去了，便在某个深夜无声地消失了。

几年后，开发刑满释放回家了，得知当初一起作案的几个兄弟参加了一起大案，有人甚至被判了死刑。开发的母亲说："儿啊，幸亏你坐了几年牢，要是赶上这起案子，你就真完了。"开发说："小桃早就这样做了，可谁理解她？谁能像她那样为我着想？反而被诬为丧门星。"再寻小桃，她已不知去向。

这之后，开发经常来到那株桃树下，静静地呆坐，仿佛在等小桃回来。

随　笔

与映泉同行

——远安古道觅踪日记

公元 1997 年 7 月 15 日，星期二
农历丁丑年六月十一
天气：雷阵雨
宜：祭扫
忌：祈福、会友、出行、赴任

这是夏雨连绵中的一天，时晴时晦，往往还是红火大日头，突然便雷雨大作了。就像这一天农历上所说，宜少忌多。好在大家不是祈福，也不是会友、赴任，甚至连出行也不能算。大家是寻找远安古道去的，倒有祭扫之意，于是就出发了。

不过，出发时大家还是很担心这鬼天气的。

一行四人，张映泉、杨延俊、谭兴国和彭善良，先议论了路线，再寻车。突然遇到交通局车辆管理所的朱副所长，便聊了一会儿。朱副所长名叫朱德友，文学爱好者，见到映泉时就做出一种喜出望外的样子，说什么也要映泉到他家里玩玩，显得恭敬而又谦卑。大家都晓得德友是个笑哈哈的人，难得正经，之所以在映泉面前如此循规蹈矩，无非也想当一当映泉的学生。德友最近写了一篇小文章，发表在省《公路报》，叫《我那小小的石子哟》，他老爱对伙计们讲，想跻身文化圈。但他在映泉面前没好意思提这篇文章，恐怕是觉得分量还不够吧！

映泉说，这回下乡是去寻远安古道，可能要几天。又说每人交三百元，由兴国管伙食，他信得过兴国。还说兴国会节约的，因为给兴国的政策是节约归己。德友听了就好笑，嘲弄延俊小气："要是我的话，不会让老师出血的。"延俊说："那还要等你当局长后再说。"打了一会儿嘴仗，映泉说走，就分手了。

德友眼巴巴地看着大家上车而去，许久还踯躅街头，向西北边望。他多么想同大家一样与映泉同行，也许他还想过，一定要好好干！

这次寻古的路线是按映泉的方案走的，即定林—峡口—南襄。

映泉是在一星期前从武汉打电话回来邀约大家去寻找远安古道的。映泉之所以在这样一个大热天回故乡，寻古道，定是写作太累的缘故。他回来后告诉大家的情况也正是如此，今年十月，他有《神示苍生》三部曲问世，由长江文艺出版社出版，另有随笔三部也将由该出版社出版。也就是说，他在年内完成了一百五十万字的作品。这个数字是许多名家一生才能完成的，而他……的确让人难以想象。据他说，他用电脑写作，写到高潮期，一天能完成四万多字。他是个写作狂、创作机器，大家不敢奢想也不可能以此为榜样。不敢奢想，是因为大家是他的崇拜者，都甘心做他的"小学生"。无论是他的长篇小说《百年风流》《百年尴尬》《百年混沌》和《桃花湾的娘儿们》，还是他那些蜚声全国的中短篇小说《白云深处》《同船过渡》等，大家都已烂熟于胸，没人傻到要像他那样去创作的地步。真的，能与他同行就不容易了。

一路上谈笑风生，多是听映泉说。有几句顺口溜，令人发笑。他说有个酷爱数字的人作爱情诗，诗中说："你是我的心，你是我的肝，你是我生命的四分之三。"车上有延俊妻，也为映泉讲出的顺口溜笑了。大家上车前见到延俊妻时都很吃惊，映泉说："怪不得杨延俊这两天鬼鬼祟祟而又精神恍惚的。"众人都笑，延俊妻就红了脸。

车出街口将上沮水大桥了，映泉忽然要车停下，说有人在路边向他招手。打开门，却无人。他说分明是看到了的，并说出那人的名字。到了安陆映泉老家停下，他家里人出来告诉他，要到队里某人家奔丧，说某人在秧田里，雷把他打死了，可他两边的人却完好无损。映泉一听，脸色苍白了，有些惶悚的模样。他说在县城街口向他招手的正是此人，大家便不作声了。阴阳之间，真的只有一纸之隔吗？

车子在苟家垭林业站拐个弯，把延俊妻送回家，大家又到分水药店买了必备药品，这才走上正途。临近中午，车到望家，延俊带领大家进了一家馆子，吃的是泥鳅火锅。大家是自费，本着节约的精神，没点第二个菜。泥鳅吃光了，只叫拿青菜来下。一般来说，青菜是店家奉送的。饭后结账花了四十五元，大家大呼上当，责怪兴国为什么不和老板讲价。兴国说老板肯定是延俊的关系户，不然延俊也不会把我们带进这家馆子。老板是女的，延俊不想惹火烧身，也随大家共同说了一阵吃亏，才乘车到定林。

到了定林，大家弃车步行，在定林寺附近开始寻找数千年前的古道。同治五年(1866 年)《远安县志》卷七有拔贡王学峒所作《过定林寺》的诗：

欲问香台路，红尘处处遮。小桥通竹径，流水见桃花。

树荫钟声袅，天边雁影斜。禅关幽且静，谁与品山茶？

大家顺着一条简易公路走了几步，并没有看到王拔贡描述的那些情境。映泉说："是不是要问一下路？"延俊说："问什么？方向不错就行了。"善良说："走这条路有违初衷，恐怕永远也找不到古道。"兴国说："大家从这条小路插下去，也许就找到了。"莫衷一是，大家又商量了一会儿，还是没有定见，一边听闲话的两个农妇笑了起来。那种笑不是因为大家有多么风趣多么幽默才有的，倒像是民间故事中的农民笑秀才。当然，最终还是那两个妇女告诉了大家正确的路。

古道在树林中间，是一长溜青石条砌就的阶梯，有一度多宽，远远延伸而去，在起伏的山坡间时隐时现。踏上古道的瞬间，大家反而没有话说了，似乎也没有浮想联翩，大脑是一片空白，也许还有些失望。数千年前的滚滚狼烟在哪儿？"六百里加紧"传递唐报的驿马在哪儿？运送盐粮络绎不绝的马帮又在哪儿……

映泉也没作声，不知他心里想些什么，他不会同大家一样心里竟是一片空白的。走了一段，映泉说照一张相，延俊就给他照了一张。延俊适时地显示着他的能耐，让映泉朝前走，走到离镜头二十多米处又照了一张。虽然还没见到照片，但延俊也能想见映泉走在苍苍古道上的情调是会叫人向往的。延俊兴致一起，给善良和兴国也分别照了。映泉说："节约胶卷。"大家随即大笑，大家晓得延俊是备了不少胶卷的。

走走停停，有好景致就照一张。定林的那两个妇女说过，从这儿到南襄只有十几里路，时间还早。映泉坐在石阶上，大家尾随在他的后面坐下，听路边哗哗流水入醉，望天穹白云苍狗遐思，仿佛古往今来的情景渐渐浮现到了眼前。映泉沉默了许久，指着石阶说："现在我明白了，这条古道就是入川的唯一通道。当年，关云长常走的路当然也是这条路了。至于他在回马古道被擒，则另当别论。其时，他被东吴兵力团团包围，这条古道无疑设了重兵。他走回马道，实际上是落荒而逃。所以说，回马道只是荒僻小道，眼前的路才是国家级的大路。"接着映泉分析，从民间传说看，回马坡一线，除开有关羽被擒一说外，再无其他说法；而眼前这条古道上关于关羽的传说则比比皆是。他遥指深谷说，那里叫撞儿沟，传说关羽入蜀，在此地路遇义子关平，故而得名。又遥指背后山顶说，山那边有一条小河，名打水溪，实际上是"打湿旗"的谐音，传说关羽领军入蜀，军旗在那儿落入水中；过打水溪，到了黄柏河，就是晒旗村，军旗打湿了，当然要晒；晒旗村有个庙儿岗，应是"瞄儿岗"的谐音，关羽一边晒军旗，一边遥望远离他的儿子，父子情深哪；离庙儿岗数里之遥，有条小河叫深山溪，老人们说是"升帅旗"，帅旗晒干了，走到这里才升起来……这些传说情节相连，断非生造，肯定是由这条古道串起来的。而回马坡至定林相距五十多里，崇山峻岭，相互间的沟通是非常困难的。即使有荒僻小道，也断难行军打仗。所以说，眼前这古道才是当年的官道，大道，正道。

映泉接着又开玩笑起来，说他坐的这块石头不知道关羽坐过好多次了。善良说："我完全同意你的看法，关羽坐过的石头不可能被别人坐了，只能被你坐。"延俊说："话倒没错，只是有些酸。"善良说他的话是肺腑之言，没有半点儿虚假的。映泉也不买账了，说拍马屁不要拍过了头。延俊说他不明白，有些人怎么一见名人就变了味。

起而又行，到了半山腰的一户人家，屋边有巨木，是古银杏，上有国家钉的标牌：070号。大家夸张地惊叹着，惊醒了午睡的农民。那农民搬椅泡茶很热情，询问之后，才晓得银杏已有千年长寿。大家横竖照了多张相片，延俊持着相机，时而登高，时面俯卧，时而左，时而右，用多种角度照，引得农民好生奇怪。映泉说："杨延俊算是出尽了风头，故弄玄虚，唬老百姓。"延俊越发作怪躺到地上，也不怕弄脏了衣服，极尽所能地拍照。离开人家时，大家没有忘记问老板，到南襄还有多远。老板说："还有十多里吧。"大家一惊，走了一个多小时，等于没走，便疑心先前那妇女没对大家说实话。

这时，太阳出来了，烈日炎炎，使人汗如雨下。大家很快像晒蔫了的茄子耷拉下头，古道两边的庄稼却蓬蓬勃勃的。延俊到庄稼地里钻来钻去，想寻条黄瓜解渴，映泉说："别破坏群众纪律。"苞谷林里的棒子像牛角，善良说："何不扒几个烧了吃？"映泉说："这个主意不错。"延俊说："别破坏群众纪律。"映泉说："每个苞谷一毛钱，插到叶子上。"只说了说，谁也没有真动手。再走下去，古道渐渐没有了，两边的田高于路，大概是被暴发的山洪冲了，古道便成了一条水槽。

又走了里许，古道完全消失，连水槽也没有了，大家走上乡间简易公路。路边有个小铺子，兴国问有没有冰棒，别人说有，他就去买了四根。映泉说他不吃，兴国欣喜地说："你不吃给我。"映泉说："以后你们要吃就只买三根。"兴国说："那不行，钱是每人平摊，有人吃有人不吃，这账不好算。"又说："如果你不吃可以找人代。"善良和延俊听了，便哧哧笑。大家一边走一边吃冰棒，善良和延俊各人一根还没吃完，兴国就已经把两根吃完了，还意犹未尽。吃完了冰棒，太阳就没有了，乌云忽然四合，低压欲雨。

大家加快脚步，雨还是没能躲过。映泉说："男子汉不怕雨，怕雷。"大家觉得他说得有些莫名其妙，俗话是说"男子怕风，女子怕雨"。再看映泉的表情时，每有雷来，其脸色竟然多有惶悚。难道这么一个大作家还怕雷？映泉想起今晨出发时家里人出门奔丧的事，他说他在城关街口看见那人向他招手，其实他在车内，车外的人是无法透过有色玻璃看到他的，这就说明招手的人已经不是人。他又说，三个人都在秧田里，只打死了一人，并且这个人还在其他人的中间，这就怪了。他问大家，看到一个死人向他招手，难道上苍在暗示什么？那又是暗示什么呢？

这个也许就是映泉怕雷的缘故。这时大家跑起来，映泉边跑边说笑话："一个大作家被雷打死了，传出去多难听呢？他到底是恶贯满盈呢还是忤逆不孝？"他这样一说，大家跑得更快了。其实大家平时也是很怕雷的，映泉道出了人们内心深处的恐惧。终于跑到谷底，看到了一户人家，大家挤到人家的屋檐下躲起来。也许是因为下雨，也许是因为峡谷逼仄，那人家的屋里很潮湿阴森。老板搬椅子出来，椅子上面生了很多霉，叫人不敢坐。雨越来越大，屋檐下已经无法躲了，老板要大家进屋，映泉没进，大家也就没进，是嫌屋里太阴暗，还是有别的原因？看着纷纷的雨，大家问些关于古道的事。老板说自从望家通了到宜昌的公路，这里就荒了，从前这条路上是热闹非凡、骡马成行的。

片刻，大雨变成丝丝细雨，大家便又上路。未走多远，看到路边陡岩中有凹处，凹处有新坟，旌幡飘扬，花圈森然，在细雨中默立，给深山峡谷平添了许多阴气和杀气。新坟显然是近两天出现的，要不旌幡、花圈之类的东西会被风雨吹打得不成样子的。大家吃了一惊，不明白这坟为什么建在岩上，一颗土也没有，难道丧家在岩里凿了墓穴？延俊说这里肯定是好地，善良说阴宅的原则之一就是要土厚。映泉说："对，古话说入土为安。"又说："刚才躲雨我为什么不进人家的屋？因为那是一栋背时屋。"问："何以背时？"他说："门向逼仄，紧抵高崖；堂屋阴暗，没有后门，气不能通；并且还是一个刚死过人的人家。"善良大惊："怎么我们不晓得呢？"映泉说他一走到门口就看见了门上的对联：上联是"西地驾杳归金母，瑶池旧有青鸾舞"，下联是"南国光沉仰婺星，肃幕今看白鹤翔"，横联是"音容宛在"。他说从对联上看，死者是个女人。

大家再次加快了脚步，好像后面的阴气阵阵涌来了。

过第一道小河，这河的名字就是撞儿沟，关羽入蜀遇儿的地方。映泉说，同治五年(1866年)《远安县志》卷八，有当时的庠生杨汝梅写下的诗《撞儿沟》：

路似羊肠转，人如蚁足穿。长沟十余里，流水去悠然。

　　白驹过隙，名存实亡，杨庠生当初看到的景致安在？现在都被一些不像样的简易公路代替了。小河的水昏黄浩荡，显是雨季涨了水的缘故。大家脱了鞋袜入水，水没齐膝盖，很有冲击力。善良在前头过了，回头看映泉，歪歪扭扭的，像是不胜其力，他光而亮的头和瘦削的面孔让人为他担心。这时，善良招呼延俊："不要只顾自己，好生招呼张老师！"延俊一边说"好酸"，一边赶过去拉起映泉的手说："张老儿，我看不惯某些人指手画脚。"自此，大家便叫映泉"张老"。映泉说："你们是得照顾我，除了我，彭善良年纪次之，也算得一个亚老儿，你们不照顾我，未必还要彭亚老照顾我吗？"

　　雨紧一阵慢一阵，粗一阵细一阵，大家走一阵停一阵，或躲进岩屋，或走进老农的家，有时没处去，也只有挨淋了。一阵猛走，下午四时许赶到一个姓杨的人家。那屋里泥地凹凸不平却十分干净，也很亮堂，便坐下和老板闲聊。老板家有四女，全部外出打工去了，两老在家便显得孤单。杨家是殷实之家，据老板本人讲，从前他常做工作同志的住家老板。映泉讲起县花鼓剧团，杨老板便说他晓得，还说出剧团中的许多名演员来。延俊也和老板讲得火热，因为他们都姓杨。这样大家就亲近了。

　　天越来越晚，大家转着心思想在杨家借宿一夜。杨家也有好客之风，便邀请大家住下。大家心里一松，不再走了，何不尽兴玩玩。映泉说"打牌吧"，都答应打牌，延俊就把扑克拿出来，摆了桌子，也摆开战场，很愉快。打了两盘，映泉说："雨小了，还是走吧。"大家收了摊子，也没谁留恋这地方，径自扬长而去。倒是杨老板热心，还有不舍之意，把大家送了数里，还站在岗上目送了老远。映泉说："在物欲横流、人情淡漠的今天，只有在乡下才有可能遇到这样纯朴这样热心的人，仅凭这一点，大家就不枉走这一遭。你们说是不是？"大家异口同声地说："张老，我们完全同意你的看法！"

　　从这里开始，大家就一道接一道地过河。不仅古道不见踪影，连简易公路也被山洪冲刷得乱石嶙峋。过河脱鞋太麻烦，善良首先受不了，连鞋带袜，裤脚也不卷，便蹚水而行。其他人却依旧不厌其烦，脱鞋、下水，上岸、擦脚。他们很珍视各自的皮凉鞋，善良心里很不受用，总想他们的皮鞋也下水。

　　善良说："张老，这多耽误时间多烦人哪！你们看我！"映泉说："不得上你的当，我这是什么皮鞋？是意大利的，五百多块一双。"善良说："这呀？"是不相信的口气。映泉说："别看不洋气，这是朴素美，最新潮流。"边说边把鞋在地上跌了又跌。又过一道河，善良远远走到前面，看他们在消闲地擦脚，便正颜说："张老师，天快黑了，这样不行吧？一双鞋不就是五百块吗？"映泉看了看天，说"不脱就不脱"，就也穿着皮鞋下水。说动了映泉，善良又说延俊："你看先生都穿鞋下水了你还舍不得。"延俊说："我的凉鞋是真皮的。"善良说："我的也是真皮的。"延俊问值多少钱，善良说值八张钱，延俊就哈哈大笑，说："你的值八张钱，我的就要值十六张钱了!"善良说："就算你的值十六张钱，也不抵先生的三分之一。"还说："你不要自己下水了不服气。"说着就到了河边，映泉和善良一同说延俊，延俊这才把手一拍，连人带鞋下了水。映泉说"好人听人劝"，又说"我们都上了彭善良的当"。

唯独兴国过河时依旧脱鞋，始终没有和大家同步，大家便不等他，把他甩得很远。兴国忽然在河对岸叫起来，大家回头一看，他正和一个农村小伙子讲话，指指戳戳的，大家就晓得他为过河的事也不胜其烦，想弃河而走山路。善良说："反正九十九拜都拜了，还有一拜就拜不下去了吗？还是走河路。"映泉说："走山路就看不成张飞卖肉的横梁洞了。"兴国无奈，只得远远跟着。此时大雨又来了，大家一阵猛跑，进了一户人家。一问，老板也姓杨；再一打听，这地方名叫青龙，是洋坪镇管辖的地方，先前那个姓杨的人家则是望家乡管的，那里叫沙坪村。

坐了一会儿，雨没有小下来的意思，映泉旁敲侧击地说："打扰老板了。"老板说："出门人嘛，谁又不出门？"映泉说："现今像你这样热心的人已经不多，真是难能可贵呀!"说着又把沙坪那个姓杨的老板表扬了一番，感慨山里人的纯朴。这个姓杨的老板听了，连忙说："今天不早了，你们就在我家住下吧。"大家高兴，就一起赞美了他。映泉说："老板是好老板，我们也是好行客，不会让老板白招待大家的。"大家一齐点头，杨老板越发显得热情，大家便住下了。住下后就打牌，善良和兴国坐对家，延俊和映泉坐对家。

映泉见老板忙去了，便说："下乡找住处，最好的策略是拉拢老板，拉拢的最好办法是夸他的孩子长得好。你只要说这孩子一副精灵像，老板听了准要笑的。"大家听了连连点头，难怪刚才映泉要夸山里人纯朴，原来既是真话，又因为老板身边没有孩子。一局牌打完了，映泉把延俊训了一顿，说这样的牌应该如何如何打，那样的牌又应该如何如何打；延俊听着，目瞪口呆，在装傻。

不一会儿来了一个年轻人坐下，看大家打牌，手里还拿了一本杂志。映泉问："爱看小说？"年轻人说："没事看看，小说嘛。"映泉听了，便不再和他讲话。年轻人看了一会儿，忽然对映泉的出牌发表意见。映泉说："看牌不多言，多言打不成。"年轻人便红了脸把头扭到兴国这边来。兴国问："你也是这个家里的？"

他说不是，这两老儿是他的幺爹幺妈。兴国问："他们家没孩子吗？"他说有两个女儿，都到广州去了。兴国心里动了一下，想到沙坪那个姓杨的老板的女儿也是出门了的，大概很多家的女儿都出门了吧！怪不得一路上极少见到女孩子的。年轻人问兴国是哪里人，兴国说是洋坪的。他说他晓得。年轻人又问延俊是哪里人，延俊说是苟家垭的。他又说他晓得，苟家垭人都姓苟，为了好听，便说自己姓敬。延俊说："他们本来就姓敬，祖先姓敬，因儿子分家，连姓也分了，一分为二，一个姓苟，一个姓文。所以，苟家垭一带姓文的也很多。"年轻人听了，断然否定了延俊的说法："不是的，就是姓苟，姓敬是为了好听才姓敬的。"这人不可理喻，大家不再理他。可他不知趣，不时地指点说要出这张牌要出那张牌。这时他幺妈正好走过，便训他说："人家个个是人精，你晓得什么？"年轻人才不作声了。

　　吃饭时桌上有八个菜，也许是饿了，也许是乡下的菜好吃，大家吃得很有滋味。那个年轻人坐在一边看大家吃，也没有谁让他上桌子，他也没离开。吃了饭接着又打牌，半夜十二点大家洗澡时，那年轻人才走。大家问老板："这个年轻人在干什么？"老板说："不务正业，三十来岁了，连个媳妇子也没有，父母很早就亡了，没得家教，出门背一身债，回家田也种不好。"听老板这样一说，大家对他倒有了一分同情。

　　睡觉是善良同兴国一床、延俊同映泉一床。兴国说："这间房是老板的大姑娘的。"善良问："你怎么晓得？"他说是老板讲了的。善良说："你今天不要做梦。"两人就哧哧地笑。睡下时感到有什么不对头，盖上被子太热，不盖被子太冷，许久也不能睡着，听着屋外不歇的雨声，勉强睡着了，还醒过多次。听到隔壁打鼾，心里直羡慕。

公元 1997 年 7 月 16 日，星期三

农历丁丑年六月十二

天气：晴间多云

宜：祭祈、出行、视察、纳财

忌：表彰、求医、动土、上梁

　　一早醒来，兴国说他通宵未眠，善良问他："是不是因为想人家大姑娘了？"他说："床上有疙蚤。"善良恍然大悟，说："怪不得身上不舒服的，可能不是疙蚤，是鸡蚰子吧？如果是疙蚤，哪还有命在？"兴国又问映泉睡得可好，映泉说睡

得好。兴国说："老板对你们好些，你们睡的是小女儿的房。"映泉抬起胳膊搔痒，一看满是红点子。兴国说："张老师好福气，鸡蚰子咬了一身，还睡得那么好。"映泉说："男子汉嘛！"延俊忙看自己的身子，身上竟光滑如玉，一点伤也没有，便很得意地笑。映泉说："杨延俊，你看你一身死皮，连鸡蚰子咬了也没一点儿印子。"大家便大笑一场。

笑罢，映泉说还有四包方便面，赶紧用老板的开水泡，吃了好上路。泡了面，大家走出房间，来到河边一看，都大吃一惊，一夜的雨，河里大变，水已涨得快上高堤了。这时，老板的那个侄子也在看水，他说这么大的水有好多年没见了，他们村里的人也不敢过。不过他说他敢过，比这还深些他也敢。兴国说："昨天要是你们听我的话，也不会被水隔了，说不定已经到南襄了，你们怕我讨到好了嘛。"昨天的事不用计较了，善良说："往回走，只过一道河就可以上山，往下走则还有无数道河。一道河尚且难过，何况无数道河？"延俊也同意往回走。映泉却记挂着张飞洞，没有表态。那个年轻人说："张飞洞下去还要过五道河，洞离路面有十几丈高。"延俊问他："这么高，张飞如何向路人卖肉呢？"年轻人内行地说："张飞把肉用绳子吊下来，买肉的人取了肉，再把钱吊上去。"他说得大家哈哈大笑，笑得他很得意。看水时映泉朝水里扔了两包"红塔山"香烟，一边扔一边骂某人拍马屁拍到马腿上去了，送的全是假货。他那样扔烟，别人就有些要扑到水里去抢上来的欲望。又看了一会儿水，大家便去吃方便面。

吃了方便面，大家把老板的拖鞋还了，去穿各自的鞋。一拿，鞋还是湿淋淋的，仿佛有十几斤重，像一坨铁。伸进脚，水滋滋的，难受极了。映泉说："可惜了这意大利名牌。"延俊说："有人把大家坑了，心里也平衡了。"善良不作声，兴国偷偷地笑，唯有兴国的鞋是干爽的。映泉看了一眼兴国说："好阴啰！"映泉拖着沉重的鞋又说："谭兴国，结账就付五十块钱吧。"兴国交钱的时候，和女老板推让了好一会儿，女老板才收下。女老板有些不好意思，说她没有好好招待大家，受之有愧。这时，男老板到坡里打早工回来，见大家要走的样子，忙说："不能走，等水退了再说。这么多国家干部要是出了事，我可不敢负责。"大家一想也对，就坐下来等。既然不能过河，还是把鞋摆到场子上晒了再说。

这时太阳正好从东边山上冒出来。河是不能过了，四个人便又打牌。一边打一边说笑，一边听映泉数落延俊应该怎样出牌。延俊搞了很多鬼，女老板在一旁说："这个小家伙坏些。"就引起了兴国的注意，兴国说："怪不得你们今天赢了的。"男老板也在一边看，一直看到天快中午了，才催女老板去做饭，男老板也跟去帮忙。厨房那边飞来阵阵肉香，延俊说："好像是腊髈。"映泉说："好多年没吃到正宗腊肉了，那味真好。"就在这时，兴国出了一把好牌，映泉把自己光秃秃的头一拍，无话可说；延俊把牌一摊，说："都是腊髈惹的祸！"

饭菜上来了，却没有腊髈，原来是几块腊香肠发出的味道。男老板说："菜没得个好菜，你们吃吧。"女老板说："本来是要把腊蹄子烘了的，你们先说要走，到弄饭时就来不及了。"显然是谎话，她看了几个小时的牌，就算十个腊髈也烘好了。吃了饭，都在想，是不是还要给钱，兴国曾经说那五十元钱太给多了。映泉从包里拿出两包未能扔掉的烟说："老板，多谢你的招待，这种'红塔山'给你待客还是不错的。"老板的双眼都亮了，很感动的样子。映泉说："现在假货多，说不定这也是假货。"他的话使大家一惊，假货怎么可以送人呢？都直直地看他。他顺势一转："我说是假货，可这几个小兄弟都说不是的。"他一边说一边就看着大家。善良说："这肯定不是假货，只不过不太正宗罢了，现在联营的厂家多，这就是联营的那种。"不管假不假，老板还是收下了。

大家又去看了水，发现水降了几寸，便别了老板上路。老板要送大家过河，被大家婉拒了。四个人走着回头路，映泉说："彭善良，你说那烟是联营的，这话接得很对，我那样说，你这样接，正好把事情摆平了。我不说那是假货吧，对不起老板；说是假货吧，又怕老板心里不高兴，所以需要有人接那么一下。"善良说："我是什么人哪！"又说："先生的表扬使我受到了莫大鼓舞。"延俊说："你看你看！"

到了河边，全把长裤脱了，露出里面的内裤来，每人都在显现男子汉的风采。大家把包高高举起，彼此紧紧抓着，四个人便连成一气朝深水中走。走到深处水已经没齐腰，湍急的水流冲得大家一歪一歪的。映泉口中"嗨嗨"地吼，以鼓士气。忽然他惊叫一声，大家都停下来，看他的脸有些变色，水流直往他胸口扑去。他在大家的上游，显然承受了最大水量，而他本来是应该在下游受到大家保护的。停了几秒钟，他又喝一声"走"！便"嗨嗨嗨"艰难地越过了急流。上岸后，延俊心有余悸地说："当时差一点儿把我吓死了！那真是危险哪！"他紧挨着映泉，当然对那时的情况感受更深些。大家穿好衣服，回望急流，发现一个人影一闪，在河那边往下走了。原来是那个男老板。大家相视良久，心里有同样的感慨，他待人是真诚的，山里汉子还真是纯朴。

大家朝山上张望，寻找古道，有个人走过来，说是顺山上的简易公路走就行。大家说不，要顺古道走。那人说早先的道冲的冲了，毁的毁了，就是有，也在刺窟窿里。大家问到南襄还有多远，那人说还有十多里。大家奇了，山里人说的十多里到底是个什么概念？昨天上古道时就说只有十多里，走了五六个小时，再慢也该走完了吧？怎么还是十多里？又问到峡口有多远，那人说一般远，也是十多里路。大家听了，茫然地走进了莽莽苍苍的大山脉。简易公路在林间弯来弯去，盘旋而上。大家走到半山腰，寻个树荫歇了，很想问路人还有多远。行路人的共同特点，大概就是爱问路还有多远了。走累了，映泉要大家各讲一个荤故事好鼓舞士气。

于是大家就讲了很多，每讲完一个故事，自然会大笑一阵。再往前走，前面来了一个老人和一个小姑娘，背着雨伞，行色匆匆。老人约六十多岁，问山下的河能不能过；大家说能过，但他们不能过，因为他们老的老了，小的小了。大家问他到南襄和峡口还有多远，他说到南襄二十里，到峡口二十五里。这就是说，大家竟然离目标越走越远了。映泉说："这是我们在山里遇到的第一个晓得计量单位的人。"越走越远毕竟令人不快，大家的感觉就不好，仿佛前途渺茫似的。延俊和兴国顿感累了热了，把长裤脱下来，只一条内裤，图个凉爽罢了。映泉指着山顶说："上了那个山垭就好了。"大家狠狠地爬，过了山顶，那边却有更加高耸的山峰。映泉说了一句"他妈的"，忽然像发现了新大陆般高兴，湾里原来有人家，有田畴，有小桥流水。真是一个世外桃源！

环境使人长了精神，大家一鼓劲儿又上了一道坡，看到一大片茶园墨绿墨绿的，令人叫绝。大家歇下包，迎着风看远方。忽然听到后面有人声，原来是个十来岁的女孩带了个幼儿走进茶园，是来采茶的。那幼儿很可爱，映泉拿起相机对准了他，说："我给你照一张相。"小儿竟然厉声说："不照。"映泉把相机收起来，问小儿多大了，小儿说三岁了。说着，小儿的小手就像鸡啄米一样在茶树上抓着。大家看得发呆，便对他的年龄产生了怀疑，问他叫什么名字，他不答，朝下面跑去。又问那女孩："他是你弟弟？真是三岁吗？"女孩说："是，只有三岁。"兴国问女孩叫什么名字，女孩迟疑着不答，三岁小儿就远远地叫开了："她叫小凤伢子！"女孩听了，一边笑一边骂："狗×的平伢子，打死你！"

离了茶园，开始走下坡路，人就骤然感到轻松了。映泉忽然说他有个重要发现，一路上也就是说整个农村，缺了最重要的一个东西，什么东西？女人！是的，大家都有同感，少女都出门打工去了，山里少了女人就少了生气，就像古话说的那样，路断人稀了。延俊说："女人都走了，延续后代就会成问题，将来大山里会荒无人烟的。"善良说："不会，终有一天她们会回来，社会也有自身的平衡原则。"映泉忽然一挥手，夸张地说："我完全同意彭善良的见解，真能在外面出人头地或是安家的毕竟太少太少。"延俊说："一个张老，一个亚老，就数你们互相吹捧。"兴国发现了一条小溪，忙走过去洗手。一路上老见他洗手，想是有洁癖吧！

从十二点出发，一直走了七个小时，太阳西沉时才走到峡口镇的对岸。问镇上人，才晓得从定林寺到峡口约五十里开外。大家七歪八扭地歇在屋荫下，遥望对岸峡口镇，感觉到了一丝城镇的风情。但人依旧很少，尤其是少女。映泉说："少女的出走甚至已经波及了城镇，可见这不是一件小事。"大家想，他又会为此写一本书了。

这时，后面来了几个人，其中就有一个美少女。等他们过后，延俊笑说："我看到兴国吞了一口涎水。"映泉说："你们这些话背后说说尚可，在生人面前不可这样放肆。"接着大家过桥进镇，兴国说他小时候到过峡门口，峡门口离镇约三里多路，顺着他的指头，峡门口隐隐在望，沮水洋洋洒洒地从峡里流出来，很有些气魄。峡口镇也因峡门口而得名。望着峡门口，兴国讲了很多话，说他之所以小时候常到峡门口来玩是因为他母亲的关系，他母亲自小离家，在峡门口做别人的养女，成人后出嫁。母亲的亲生父母连母亲自己也不晓得，母亲的养母便是兴国的外祖母了。母亲走后，外祖母孤单，因而又收养一女招婿，而其婿不良，竟然使外祖母受折磨而故，至今兴国还不知外祖母坟场在何方。说到这里，兴国不禁黯然。想到兴国近两年迭遭家变，妻离子去，大家也为他一叹。

进了峡口镇的街道，映泉叫兴国先去找歇处。东一问西一问，兴国打听到有个叫"大国酒家"的地方最好，大家就一同去找大国酒家。这个店名很有气魄，想必服务也是不错的。到了大国酒家，原来是个个体户，没见着一个客人，只有一个略胖的半老徐娘。大家觉得这里肯定不怎么样，却还是随女老板到三楼安置下来。

接着洗澡洗衣服，一路上延俊担负着他和映泉两人的行李，用一根木棍子挑着，脖子都磨肿了，水浇上去就啦啦地痛。兴国脱衣洗澡，脖子晒得红红的，映泉和善良的脖子也是红红的。映泉发现延俊的脖子是一片的黑，就说："别人都晒红了，就是杨延俊的没变色，我早就说他是一张死皮，没说错吧?"

晚饭点了一个泥鳅火锅，一盘酸菜，一个肚片。没有用酒，女老板好像不大高兴，大家吃得却很香。饭吃好，桌上什么也没剩下，吃完后大家便出门问文化站的去处。延俊是文化馆馆长，他说曾招待过这里的站长，找文化站能了解这里的很多情况。可是进文化站一问，站长不在，到什么总公司作客去了。大家扫兴而归，站在街上看了一会儿，兴国说没什么好看的女人。大家太累，便回到大国酒家去睡。

睡前，善良在本子上写点日记，延俊问写什么，善良说要把张老的教诲记下来，可记忆力不行，好多都忘了。善良说："张老，你往后讲话时要把重要的东西强调一遍。"延俊说："这也太酸了吧。"映泉说："你一个死脑筋，莫把我的话搞反了。"接着，映泉背诵起袁枚的笔记小说来："五台山某禅师，收一沙弥，年甫三岁。五台山最高，师徒在山顶修行，从不一下山。后十余年，禅师同弟子下山。沙弥见牛马鸡犬，皆不识也。师因指而告之曰：'此牛也，可以耕田；此马也，可以骑；此鸡犬也，可以报晓，可以守门。'沙弥唯唯。少顷，一少年女子走过，沙弥惊问：'此又是何物？'师虑其动心，正色告之曰：'此名老虎，人近之者，必遭咬死，尸骨无存。'沙弥唯唯。晚间上山，师问：'汝今日在山下所见之物，可有心上思想他的否？'曰：'一切物都不想，只想那吃人的老虎，心上总觉舍他不得。'"

大家还在听，映泉倒先哈哈笑了。这一晚，人太辛苦，没打牌，就睡下了，兴国高兴得直叫："真好，这儿真好！"映泉说："没有昨天好。"延俊说："昨天不好，今天更不好！这儿西晒，像火烤的。"兴国坚持说："反正我认为比昨天好。"他那儿当然好，没有西晒，门还通风。再不好也累了，还是睡了去……

公元 1997 年 7 月 17 日，星期四
农历丁丑年六月十三
天气：晴
宜：祭祈、沐浴、扫舍
忌：出行、求医、动土、上梁

早起，大家议定到峡门口去看峡，便早早地寻到一个早点处吃早饭。馆子里是先吃后付账，大家要的东西太多，还剩了五分之二，兴国结账却是统付，五元五角钱。出门后善良说浪费了，兴国说："都是延俊要的，不注意节约。"延俊说："吃不完的可以退，你没退吗？"都把责任推到人家身上去了。边说边走，转过一条街，来到十字街头，看到一个中年汉子画壁画，画的是峡口镇形势图。大家昨天找文化站站长时，他家人说他这一阵忙着画图，想必此人就是了。映泉悄悄问延俊："这人是那个站长吗？"延俊茫然，不能确定他是不是站长。映泉说："你是个男子汉，不要这么女里女气的，问问不就晓得了？"延俊没有动，映泉就上去了，有些愤然。映泉问那人："请问你是文化站站长吗？"那人头也没回，好像很高傲，直戳戳地说："我不认得什么站长，我是个小老百姓。"延俊顿然变色，对那人的话有些恼，更怕映泉狗血淋头地骂他一顿。但是映泉没有，转身和大家一同走了。大家发现延俊很无光彩，因为他接待过人家，而人家并不买账。

到了峡门口，地形较为特殊，整个峡口镇是同远安城一样的河谷平地，而峡门口却是异峰突起，两山夹峙。山虽然不高，却极险峻，显示出一种大气魄。岩质呈黑色，好像涌流的铁水忽然凝结在那儿，把沙石都包容在里面了。大家自然

会想起那是地壳运动之初的杰作，火山爆发，熔岩如洪，泛滥成灾，涌流到哪里，哪里就成了一片火海，哪里的土石就和它熔化在一起，但地表使熔岩的温度骤降，熔岩便凝结了，凝结的还有被熔化和未被熔化的沙石。大家看到的岩中包容了无数卵石，就是这种情况。映泉说："这是花岗岩，最坚硬的一种岩石。"当地的船老大给予证实，说国家地质队来人考察过，请石匠钻了一条小槽，搞了压力试验。船老大待船走到岩边，就近指给大家看，那小槽仅深寸余，长尺余，而石匠却整整钻了数日，可见其坚硬。

上船的码头处不能算像样的码头，没有做过任何修缮，三条木船加一条铁船就那样天然地停在那儿，随波摇晃。大家喊叫几声，出来一个中年妇女，干瘦平板，却有精神。她说铁船可乘二十多人，木船能坐五六人。铁船是镇里的，四个人游要出三十元钱，木船是他们自己的，出二十元钱就行了。本来还要和她讲讲价的，可映泉不讲，说二十元就二十。大家上了木船，不仅是因为木船小而便宜，主要是它轻便而原始，大家玩的就是这个味儿。那女人说："你们是内行，省委书记来也是坐的小木船。"大家对她的话未置一词，官本位无处不在，早叫人厌烦透了。

船行了，船老大在船尾撑船，延俊抱着相机坐在船头，接着是映泉、善良和兴国。延俊的任务就是随时把映泉的形象照下来，所以延俊和映泉相对而坐。大家问："有没有导游小姐?"船老大疑惑："什么导游小姐?"大家解释了一通，他"哦"了一声说没有，他就算一个导游小姐。他说来了客人都是一路撑船一路讲。于是大家问他答，有说有笑。他说此去上流十五里是通城河，有名的风景区，如果走旱路则有三十多里。映泉便诵起同治五年（1866年）《远安县志》卷七记载的庠生杨夏林所作《通城河舟行出峡口》的诗来：

> 万山深峡里，石蟹挽舟行。水曲篙遥下，崖悬树倒生。
> 急滩鸣日夜，窄径变阴晴。瞥尔平川入，开蓬见月明。

映泉雀然，问船老大，弄得船大动："老板，今天上通城河吗?"船老大说不能，洪水未退，水高浪急，不能上滩。大家默然。船上行数百米，船老大指着半山腰一石洞说："那叫张家洞，里面有石墙，大得很，是躲兵匪用的。"善良说："那是先生的家门，应该一游才是。"映泉问："什么时代修的寨子?"船老大不能答，善良猜测说："也许是明清之际吧。那时候李自成、张献忠在这一代杀人如麻，老百姓自然要找躲兵的去处。"

山洞四周皆绝壁，脚下又临水，的确是躲难的好地方。又问："为何叫张家洞，连洞也是私人的吗？"船老大说："当初躲兵，以家族为单位，这里是张氏家族的人躲兵的地方，所以叫张家洞；再上去几里路就是简家洞，是简氏家族躲兵的地方，比张家洞还大还要气派些。"接着，他指着张家洞的对岸山崖说："这里缺了一块岩石，你们看，据说就是张家人试炮打下来的。"大家看时，果然半岩间缺了一方巨石，尚有印痕。映泉说："土炮打不下来这块岩石。"船老大说："那是，不过是传说而已。"

大家沉默了片刻，映泉说："古时沮城在南漳境内，这是最老的《远安县志》上讲的。在哪里？让人不能不想到这个峡口镇。峡口镇与南襄城遥遥相对，这条从峡谷中流来的河又叫通城河，更让人不能不想。通城河，通的是哪座城？临沮县城还是南襄古城？"

映泉的话一下子把大家带到尘封的历史中去了。

船傍岩而行，避开了河中心的水头，可依旧行得艰难。船老大说实在是水太大浪太急了。大家预感到行船不会太久，这是船老大为尽早返航打下的埋伏。船又艰难地上行了百余米，大家看到有一块雪白的沙滩，心里跃然，便想到那里一玩。可是船老大的船不能上行反倒下行了。船老大说："你们看那个滩，水急得很，撑不动。"大家回头看船老大，果见他满头是汗、气喘吁吁。映泉沉浸在历史中，也只好不悦地说："那就转去吧！"船自此开了倒车。回到上船处，交了二十元钱，很觉吃亏，便向船家索茶喝。船家倒没计较，给大家搬来了椅子，泡来了茶，还不断前来续水，大家也就没什么好说的了。临近中午，回了大国酒家，刚坐下，一人突然而至，好生面熟。

延俊大叫一声："是站长——峡口文化站站长！"大家都站起来，延俊做出一种派头和他握手，自我介绍："我们见过，那时我在荀家垭文化站。"善良忙补充："他现在是县文化馆馆长。"站长也自我介绍说，他叫刘仁义。刘站长说他昨天回家听说大家找过他，当即就到了大国酒家，可大家已经睡了，就没有惊动，还嘱咐老板告诉大家一声的。可是，那个女老板没有提起过，不知是刘站长说谎，还是女老板忘了。此时延俊情绪高涨，和刘站长讲得格外火热。刘站长要大家跟他去吃中饭，映泉却问这里有没有更好的旅店。刘站长说镇招待所比这里强，大家便跟他一同到了镇招待所。镇招待所果然不错，是平房，有空调，既干净又宽敞。映泉对兴国说："怎么样？这里比那里好得多吧？"兴国说："大国是别人介绍的，我们误信了。"延俊说："你和大国女老板是什么关系？"

各自安置好铺位，兴国突然神秘地说："那个服务小姐好靓哦！"大家就笑了，笑得他脸色变红。大家七嘴八舌地给他出主意，要他把那小姐弄来做个"填房"，要不就在峡口做个女婿也行。兴国说好，然后一起同刘站长过去吃中饭。

一桌七个人，有一个竟是早上被误认为是站长的那人。有一满桌的菜，可见站长对这次接待很郑重。菜都是他老婆自己做的，既比馆子里丰盛，又比馆子里便宜，站长很会当家。开饭了，一人一瓶啤酒包干，提到白酒，大家都不愿喝。映泉对那个画画的人说："大家早上已经相识了。"画画的人姓王，当时就红了脸，木然坐着一动也不动。一瓶啤酒喝完了，站长出了个题目，对姓王的人说："老同学，你要给作家敬酒啊。"姓王的人说："一个小老百姓，没有资格。"善良问："王师傅，你现在在哪个单位？"他说："一个握锄头把子的。"善良心里了然了，他是怀才不遇，或者是恃才傲物，难怪他早上说话那么粗了。

中饭后回到招待所，延俊给兴国出主意，要他找个话题去和服务小姐谈，有了话题什么都好办。兴国自打离婚后，大家都想帮他成个新家。这时兴国已经有了话题，他有个远房亲戚在镇里上班，就以此为由去谈。他找到小姐问："小姐，你认识一个叫李大成的吗？"小姐嫣然一笑，抬头见兴国一脸严肃，嫣然的笑就凝结在脸上了，于是干巴巴地回答："不认识。"兴国说："他是镇办公室的。"她答："我才来，没到过办公室。"兴国又站了一会儿，回来了，一脸的沮丧，把情况对大家作了汇报。

延俊讥诮他："情况就是这么个情况？"映泉说："不可，你直接和她打交道，还不如迂回着和她打交道。比如说黎祖德就有这种能耐，他要是有什么想法，就同周围的人山侃海吹，还吼两嗓子，故意把歌子唱得七歪八扭的，引得人们发笑，当然也就引起了人家的注意和好感。"映泉讲了一大通，无奈兴国在这方面太死板，一时也学不会如此大方或是张狂，只得另打主意，这主意始终也没打出来。

晚上，映泉到门口张望，看见一个中年妇女过来，就同她聊上了。大家偷偷笑他，他并不理会大家的笑，还是和那个中年妇女聊得火热，竟把那个服务小姐也吸引来了。中年妇女似乎对映泉大起好感，说："同志，有什么招待不周的，请多提意见。"映泉说不错，特别是这位漂亮小姐的服务态度好。小姐的脸微微红了，高兴地笑着，连连摇头。中年妇女说："她刚刚高中毕业，姓黄，你们叫她小黄就行，叫小姐人家不习惯。"大家在屋里听了，才晓得映泉是在为兴国打前站。善良小声对兴国说："怎么样？姜还是老的辣吧？"兴国笑，自愧不如，点点头又摇摇头，木然地在屋里呆坐。

晚饭时刘站长又来请大家，是吃玉米粥，峡口地区特有的一种玉米粥。玉米用水浸，粗粗一磨去掉皮，再细磨一遍，用筛子筛掉细面和粳米，留下其中的细米，就着水用文火慢慢熬，熬出的这种粥特别的香而黏。大家一人喝了三大碗，全都满头大汗的，胀得肚儿鼓圆。同时也为站长的盛情不好意思。下了桌，再不好多耽搁，当即辞了出去，感谢的话说了又说，大家争先恐后地表示，要是刘站长到远安去，定会盛情款待。刘站长将大家一直送到街角处才离去，大家于是长长地出了一口气，好像解脱了一般。

回到招待所，依次进屋。映泉说："彭善良，我一看到你就热。"善良说："我已经够苗条的了。"映泉说："讲个别的！看到你的形象，我倒想起今天在街上看到的一景，一个拖板车的累得满头大汗，一看，车上只有一个冬瓜，三四尺长，一抱粗。"他说得大家哄笑起来，善良也在笑，却笑得不自然。然后洗了澡，映泉说想打牌，大家说："不如听你讲讲你的初恋。"于是大家就听他讲初恋，一直讲到下半夜三点多，极其生动，极其煽情。善良说："你怎么不写出来？"他说："不好写，老婆子看了会不安的。"

公元 1997 年 7 月 18 日，星期五
农历丁丑年六月十四
天气：晴转多云
宜：祭祈、沐浴、扫舍
忌：出行、会友、动土、上梁

善良昨夜做了个梦，梦境一直历历在目，不能忘怀，便讲给大家听。他说在梦中到了朋友家，未见其人，却见棺材如云，箭一般飞来，不觉骇然……

映泉评述道："你的朋友可能要晋官进财了，你讲的后面这个结尾倒很有些意思，很有气魄。"善良说："也许是你经常讲到长篇小说一定要有震撼人心的大场面，于是我在梦中就构思出这么一个场面吧！"映泉说："有理，真是这样，你的小说会大有长进了。"久之，不知是谁忽然笑说："晋官进财，简称进棺材。"都笑了。

今天的行程早已讨论过了，到南襄城。从峡口到南襄只有十五里，映泉说不用搭车，大家就跟他步行。十五里对大家来说，还不是难事。延俊买了一条襄樊名烟作纪念，然后一齐上路，沿沮河而下。路旁有条大渠，渠水引自沮河，浩浩荡荡，令行人惬意。微风送爽，大家如散步一样走得悠闲。

未到中午，已经走到南襄城。路边有一座古老石桥，村民说是和氏桥，大家自然想的是楚人卞和。于是在桥边留了影，然后还久久不想离去。卞和献玉的故事大家都耳熟能详，如果这桥真与卞和有关，应该是非常古老的了。南襄吸引人的是古城遗址和古陶井，却没有人提到过这座桥。八年前省考古队来过，也没提

441

过这座桥。

大家虽然都晓得卞和献玉的故事，但是这事儿从映泉口中讲出，大家就既感新奇，也大长了见识。他说以前称楚人为南蛮，又叫荆蛮。之所以有这么个绰号，与楚人的蛮劲儿大有关系。卞和献玉采的是荆山之玉，要献给楚王。那时楚国正处于图强阶段，却还没敢称王。此前熊渠称过一回王，后来怕周厉王报复，又悄悄缩回去了。映泉侃侃而谈，大家聚精会神，不管听得懂或听不懂，都一概点头，怕的是遗漏了随时都会出现的精妙之处。没有插科打诨，连插问也没有。

映泉不是历史学家，却在历史方面举重若轻。他把历史知识挥洒了一阵之后，很快便切入他的问题："卞和采玉的遗址在哪儿？据说在南漳境内。仔细琢磨这个故事，可以捕捉到与我县有关的东西。咸丰八年（1858 年）重刊《远安县志》，教谕刘子垣在《远安为古临沮考》的文章中说：'荆山，《地理志》在南郡临沮县，楚封于荆山，卞和得玉献玉皆楚国事，南漳为罗与庐戎国，不在楚封内。'这位刘教谕将卞和得玉在南漳的结论给否定了。刘教谕讲得对不对，我们且不管。假设南漳真是卞和得玉的地方，我们就要为卞和考虑一个问题，把玉献给楚王，应该往哪里走？很显然，他只能往东南走。"

延俊看到映泉讲得久了，便递给他一支烟。映泉把他的手扒开，说不要污染空气，大家都有烟，谁想抽就自己抽。他不耐烦人家打断他。

还是说卞和。映泉自己摸出一根烟来，按自己的思路往下讲："卞和只能往东南走，可东南是不能越过当阳的。自从熊渠称过一回王后，周王室就日思夜想要灭楚。楚周围的小国感情上倾向周王室，楚人部落只能龟缩于山里。那么，楚文王即位后多年才'都于郢'，这之前呢？无论在哪儿，有一点可以肯定，楚王宫不会离卞和得玉处太远。不然的话，他一个俗人抱着一块大石头，将要走到何年何月？何况他被砍掉左脚后又献过一回玉！一个断腿老人，哪能经得起漫漫行程呢？再说，卞和断了双腿，抱着石头在山上哭，楚文王怎么很快就晓得？须知现在的老百姓想见到一个县委书记都不是那么方便呢！"映泉说到这里，大家便轰然发出笑声。

种种迹象都表明，楚国当初的中心离卞和家不远。善良似乎有些明白了，指着那座和氏桥说："不管它修建于何时，它都是卞和同楚王联系的纽带。这么一座规模不小的石桥，绝不是平民百姓可以修建的。是不是楚王有感于卞和的忠贞，才修建的？如果这个说法成立，那么，南襄城遗址就有可能是楚国的中心丹阳了。"

于是，大家朝南襄城遗址走去。

"古城遗址据说是 1976 年农民平整土地时发现的，宽约三百米，长约五百米。大家对这样一座规模宏伟的古城消弭于无形很感兴趣。省考古队考察时，从地表文物判断，南襄城毁于东汉末年；毁于何因却难测，也许是兵祸，也许是水灾、火灾，毁于瘟疫也是有可能的。总之有个缘故吧。"讲起南襄城，映泉如数家珍。

他说这里有很多谜，接着便指着遗址南边的墓陵岗说："首先是岗之谜。埋葬帝王的地方叫陵，埋葬达官贵人的地方叫墓，一般人下葬的地方叫坟。为何这里的地名既叫墓又叫陵呢？所以我怀疑那个岗的下面有内容。其次是城之谜。建城的目的是要抵御外来的敌人，那么这是一座什么城？何人所建？敌人是谁？再次是井之谜。打一口井没必要用石头之外的东西，可这里的井是一个个陶圈叠扣而成的，还不止一口，且离河水近在咫尺，是什么人要讲这种排场呢……"

大家听了映泉的话，更加兴奋。虽然都晓得南襄城非同寻常，却没人想到过这么多的谜。映泉沉思少顷，延俊连忙补充说："从这里出土的铜剑有 16 把，是战国兵器，收藏在我们文化馆。"映泉说："那时的铜剑肯定比现在的手枪珍贵，更不是土著人的兵器。你们收藏了 16 把铜剑，那么几千年来暴露出来的又有多少？还没发现的又有多少？须知，在现代社会中，一个小地方有那么两三个人拥有枪支就是不得了的大事了。明代时这里是重镇，守兵也不过百把人。还有，这里一代代传说下来的 72 条花街巷在哪里？出现在什么时代？又毁灭在什么时代？何以消失得无影无踪呢？这些都是谜。"

大家走在被毁的城墙上，墙基尚存，高半人，比三级公路的路面还要宽许多，这就更加引人遐思，想那古城是多么的宏大了。现在，城墙上和城墙下都是稻菽青青，将众人的思古之悠情也淡化了许多。映泉说："如果我是省长，一定会派几个专家来，什么事也不干，就在这儿住它三年三十年，无论如何也要把南襄之谜和花街之谜搞清楚。"看他那认真的态度，好像他要想当省长也不是不可能的。

途中，延俊向一少女讨了几条黄瓜吃，兴国说："杨延俊有狠气。"延俊说："我是什么人？"映泉说："你是什么人？死皮赖脸的，人家给你是少惹麻烦。"

听说晚上村支书要请客，当然是看映泉的面子。映泉当年被下放到南襄劳动，同当地百姓友谊深笃。当时，村支书还是小队会计，每天天未亮就在街上叫喊出工，把老百姓哄出了门，然后自己跑回去睡大觉。映泉说："这人其实很坏。"当然，映泉的话锋一转："那时候整得人人不安，他不那么搞也无法。"

吃饭时，映泉讲了一件事，当初劳动，一天他正在田里扯草，忽有一人大叫"张映泉站出来"。映泉老实地站起来，接受他的批判。批他的原来是民兵连长彭某。善良一听，感到彭家愧对映泉，家门不幸，出了这么个恶人。当时映泉的脸就紫了，周围一同扯草的女人不少，男人们都干重体力活去了。女人们小声说："张同志忍耐些，这个家伙不得好死。"彭连长正用手指着映泉骂，女人们又小声说："张同志别怕，那家伙还要烂手死了的。"不久，彭连长修梯田放炮不按规程办事，排哑炮逞英雄，竟炸掉他一只胳膊。伤处一直感染不愈，不到半年他就死了。映泉讲到这里，便感慨天网恢恢，疏而不漏，以及报应不爽。村支书说："那个姓彭的本来就是个无赖，家里穷得没有片瓦，没有寸地，大家劝他不要搞，不晓得他吃了什么药，硬要把你拉出来批斗。"

边讲边喝，边喝边讲，酒渐渐把大家弄得沉醉起来，天也快半夜了，可村干部还不放过，找出多种名目劝酒。那村主任姓郝，听说延俊的老婆也姓郝，就强逼延俊喝了一杯家门酒；又细说下去，村主任矮一辈，叫延俊为姑爹，便喝了一杯敬老酒。村支书说他老婆姓彭，他和善良是郎舅，要喝郎舅酒，又替他夫人敬了姐弟酒，等等。很晚很晚，才一个个下席，被引到村接待室，看录像，打牌，直到入睡……

公元 1997 年 7 月 19 日，星期六
农历丁丑年六月十五
天气：阴
宜、忌：大事不宜

早起乘车到洋坪，一下车，映泉就碰到了他的岳父。岳父的头和他一样光光的，两个电灯泡一样的头在一起晃来晃去，令人哑然失笑。大家到文化站等了一会儿映泉才回。大家准备到街上去吃早点，映泉要找一个猪油饼子店，说洋坪的猪油饼子天下无二。大家就去吃猪油饼子，吃了，大家也没觉得特别好。

洋坪对于大家来说是熟地，没有什么好看的，便找到一家店子住下。映泉却说："别小看洋坪，洋坪人是很爱玩也很会玩的。之前这里赌博抽大烟是全的，后来那些东西都被禁了，他们就玩文化艺术，特别是玩灯。打我记事起，虽然没有领略过洋坪的热闹，但它给我提供的想象空间还不少。那时随剧团下乡，我一遍遍地在洋坪街上转悠。只要到了洋坪我就要转个够，那古旧的老屋，幽暗的房间。我像小偷一样轻轻进去，像怕吵醒了古人，然后就一个人发呆，在精巧的阁楼上做白日梦，看那房屋结构的妙趣，猜测它昔日的风韵。即使调到省作协，每年春节我还是爱往这儿跑……"

是的，映泉的长篇小说《百年风流》就是这么孕育出来的。大家都这么想。

大家还要听他讲，他却忽然说要去丈人家，到了洋坪不到丈人家，夫人不好想。善良说："你不是早上见过丈人了吗？"他说："还没见到丈母娘，再说还要送点儿钱去才行。"他就往外走了。十点左右，映泉回来。大家问他给了多少钱，他说给了五十元。大家说太少了，他说不少，经常在给，一次给点儿是个意思。

这时，文化站的张贤贵告诉映泉一件事，说派出所不久前曾经抓过他丈人的赌，罚款一千元。映泉一听很火，一个老人打打牌，带点儿彩，不过是玩玩，认什么真？大家也说太不像话了。映泉就讲了一件关于他在武汉打牌的事。

他说某派出所一天晚上巡逻到作协的院子里，听见他屋里有麻将声，就敲开门进来了，收了他们的钱，还把他们带走。到了派出所，所长问："你们谁来交代？"映泉说："我。"一席激烈辩论就展开了："为什么赌博？""不是赌博！""那是什么？""不过是玩玩。""我问你，你们打的是什么？""麻将！""带了彩没有？""带了。""那你还狡辩什么？这就是赌博！""不！赌博是以盈利为目的，我们大家都有自己的职业，晚上打打麻将不过是放松放松，消闲消闲。"所长无话可说，却问他叫什么名字，要记录在案。他说："我叫张映泉！"所长一愣，忙跑进里屋问手下人："你们搞什么名堂？怎么把这个人抓来了？他是作家，就是写'桃花湾'的那位，我正在看他写的书。"里面商量了一阵，所长出来叫他们回去，问题以后再说……

映泉讲得兴起，大家也乐意听他天南海北地讲，不觉就到了中午。

中饭是张贤贵招待，一人一瓶啤酒。喝到中途，镇里的宣传委员来闹了一阵，还说晚上找大家喝白酒，喝啤酒不过瘾。幸亏晚上下大雨，大家不让张贤贵去找宣传委员才罢。晚上又是张贤贵来叫大家去吃饭，五菜一汤，没有喝酒，都说吃得好极了，一算账才四十五元钱。大家吃了一惊："这么便宜？"张贤贵说："这里是关系户。"大家就笑了，大家想起几年前他曾经闹出过的桃色新闻。但这是人家的忌讳，不能点破。

晚上打牌，真是糟透，映泉和延俊大胜，善良和兴国大败。每打一盘，善良和兴国便总结一下经验教训。映泉说："杨延俊你看，人家多谦虚。都像这样一面打一面总结经验，水平提高该有多快？再有一阵，说不定就天下无敌了。"

到了半夜，强打精神，都想睡。映泉说："你们看你们到底有什么用？"又说："我们寻古道算告一段落，明天就散伙。这样吧，谭兴国把账算一下，多退少补。原先我说的你管账节约归己的话作废。"兴国说："只怕我吃了亏，一点儿报酬也没有。"

然后就算账，兴国说："每人上交的是三百元，共计一千二百元，行程包括明天共是六日，已经用了五百五十元，还剩六百五十元，情况就这么个情况，你们看着办吧。"大家等待映泉发话。映泉将其中的一张五十元的钱拿到手中说："我要五十元，剩下的六百元你们好分些，细账不用算了，一人两百元。"大家愣着，显然这对他不公平，尽管他是有钱的老板。亲兄弟明算账，他的钱再多也是他的，大家便都不动那钱。映泉一笑："怎么啦？小里小气的！"大家还是没动，他想了想说："是的，大家应该平分。可是我也想了，那样的话讨好的是我，吃亏的是你们。大家一路下乡，受到许多人的接待，可我是吃了一拍屁股就走的，你们却在这里挡着，他们来了，你们还得接待，道理就这么明摆着。"

大家想想，映泉是先生，没有谁让他来承担什么义务。映泉见大家还是不动，就把眼睛扫向延俊，示意他带个头。延俊灵动得很，便把他的那一份钱收起了，大家这才相继收下。大家暗暗好笑，其实是在玩一点儿虚面子，怕映泉笑话了。人哪，总是逃不脱虚伪，即便是面对亲人至交或是良师。

接着，映泉给大家作了以下安排："彭善良有家室，明天到城关后先回去，待到年底我们再见。"又说："彭善良那个长篇小说还可以修改，要想好了反复改，不要灰心，总是有出头之日的。"善良听了，仿佛长亭送别似的，心里一酸，既是酸自己，也是酸先生的谆谆教诲和安慰以及自己迄无建树的悲哀。映泉接着又说："杨延俊和谭兴国明天回单位去料理一下，然后就到我的住处来，晚上我请你们两个吃饭。"

有一种离散的悲凉在大家心头弥漫。映泉说："明天定有好阳光，不会像这几天时晴时晦、雷雨大作的。到了城关，首要的是洗个大澡，再睡个大觉。"

是的，在乡下总是睡不好，这一夜依旧。深夜，有无数的蚊子袭击，大家只得把被单盖上。太热，只能半盖半露。蚊子精，你露出哪里它咬到哪里。延俊突然惊叫了一声，大家吓一跳，忙问什么事。他说他盖被子一直盖到头，只留个鼻子换气，可是蚊子却把他的鼻子叮了。开灯一看，他的鼻子上有个包艳若桃李，大家便大笑不止。笑过，更睡不成了，却又无话可讲，是不是在想，下次相聚在何时？

再寻古道

踏寻古道归来，在城关再次见到了朱德友，他说下次他一定同张老师下乡转转。大家依旧讥笑他，说要等他当局长后再说。过了一年，1998年德友果然当官了，是公路段段长。朱段长果然不食前言，亲自派车把映泉从省里接回来；然后，他又亲自开车，同映泉和善良上了望家冲。兴国和延俊也想去，德友说，他们不够格。

那时，德友刚任段长不久，似乎还不适应作为领导者应有的派头，在映泉面前依旧恭敬而又谦卑，甚至有些俯首听命的样子。车子开到荀家垭，善良让他们等一下，他要回家看看老母。德友说："你还想在张老师面前装个孝子模样啊。"善良走后，德友和映泉便在附近转悠，老半天善良才转来。德友笑着指责他："你有没有搞错，我是陪张老师才来的，现在倒好，你成了主角。"映泉说："朱段长算了，忠孝是应该受到表彰的。"德友便不好意思地笑。映泉又说："朱段长亲自开车，当然也应该表彰。"德友恭敬地说："张老师寻古道，也算是我们交通部门的事，我们理应效劳。"

上路了，映泉说到兄弟们都要像朱段长一样，好好干，他也脸上有光。德友很快接上说："莫提起，我一当段长，编排我的故事就出来了。他们说我头天晚上接到段长委任状，第二天五点就上班，可公路段的院子门还没开。说我只有在外头等，冻得清鼻涕直流。又说好一阵没人叫我段长，我只好逼我的女儿叫一声朱段长。"

映泉始终是微笑着听德友说，表现出对新朋友应有的尊重。映泉说："朱德友不错，爱好文学，这就是一种品位。"德友一听，劲儿又来了，说他写的散文《阳光道班》上了市报，马上又要上省刊。映泉把光头拍得"叭"的一响，说："我想起来了，《长江文艺》正在搞'完善杯散文大奖赛'，有个副社长给我讲过，说应征的文章里有我的老乡朱德友，写得还不错，准备用。朱德友放心，我帮你得到这个奖。"

德友回过头，笑得嘴合不拢，说："彭善良不行，搞了大半辈子连远安也冲不出去，你看我，一篇《阳光道班》，就要搞定我在中国文坛的地位了。"话未落音，映泉和善良都大笑起来。德友又说："我在远安搞不长，对于我来说，远安的水太浅了。"

说说笑笑，很快到了望家冲，下榻处还是上次寻古道吃饭的那家。德友自然很会做人，出手大方，不仅弄得映泉高兴，还让老板和服务员们也高兴。吃了午饭，大家便去野外寻古道。先走了已经废弃的老石板街，那是通往陕西的必由之路，石板磨得光可鉴人，就证明了它的古老。大家一边走一边讲，进了山湾。德友遥指半山腰的一处牛棚，说那里是大地主刘贵山开办的学校的遗址，周边五县的远安、兴山、保康、南漳、宜昌都有人在这儿上学，刘贵山是名震一方的大人物。大家就往山上爬，因为阳光太烈，爬了一半便回头了。晚上回店，洗掉一身臭汗，又坐在凉台上聊了大半夜。

　　第二天，德友的手机响了，单位催他回去，说市里有领导来。德友收起手机，像是自语，却是说给映泉听的："哪个领导有我的张老师重要?"映泉在微笑，心里肯定很受用。话是这么说，大家还是要上车回县城。到了回马坡，映泉说玩一会儿，大家便下车进了回马亭。这里是著名的临沮小道，关羽遇难处。站在突出的岩上，很容易分辨出这就是《三国志》所指的"夹石"，而《三国演义》称它为"决石"。

　　《三国志·吴书》说："权征关羽，璋与朱然断羽走道，到临沮，住夹石。璋部下司马马忠禽羽，并羽子平、都督赵累等。"映泉讲了《三国志》，又背了一首诗：

> 寨上将军去弗留，巍然一柱傍沮流。
> 旌旗云拥青龙嘴，画角风生白虎头。
> 号令如山长不改，邮传似水远能周。
> 此间烽火真堪避，专阃威名控上游。

　　"将军寨、青龙嘴、白虎头，都在远安西北边缘，关公不但常走这条路，而且沿路布满了他的哨卡，以保证邮传畅通无阻。那么，关公败走麦城至临沮后，为什么不走大道而走小路呢?"映泉自问自答，"显然大道那边有更多的埋伏。不过他走小路还是没有逃脱魔掌。"映泉一叹，善良和德友忙跟上他的思维节奏，低下头来作沉思状。

　　映泉说："英雄末路……关羽痛失荆州，败走麦城，经三百里厮杀，到这里天已将晓，心里装满了痛苦，这境况远不是万马军中取颜良之头时可比。这位将军已经五十八岁，身上的箭毒没有痊愈，日夜的拼杀使他身心俱疲，他就这样走上了一条从未走过的不归路。关老爷犹如一只被打慌了的兔子，逼到这死胡同里，无法逃脱。我早就考证过，这里不是入蜀大道，只是羊肠小路，徒步行走很难，骑马更难。处处都是乱石，石与石之间的缝隙足以将马腿别断，在这儿下绊马索的确万无一失……对于蜀汉而言，这块决石意义非凡，因为关羽在这儿被剁了头颅，关羽之死成了蜀汉衰落的开始。决石诞生于世不知有多少万年了，却是一个大陷阱。亿万年来它就一直等着这个故事的发生。"讲到这儿，映泉戛然而止，望着荷当公路发呆，眼中似乎有泪光闪耀。

许久后他长吁一口气，在石桥上踱来踱去，仰望天空，又说："人越来越老，离天也就越来越远了。想当初二十来岁，总觉得自己是一条顶天立地的汉子，总觉得天下没有自己干不了的事，总觉得这世上缺了自己不行。现在再看这天……"

片刻后，再乘车上路，大家久久无言，气氛凝重。映泉笑问："朱段长怎么也不说话了？"德友便像映泉那样叹了一声说："惭愧……"

2001年，映泉顺着远安古道又考察了鸣凤山、鹿苑寺、呼儿山、月亮洞、苟家垭等地，搜集了大量资料，又出资购买了流落民间的咸丰《远安县志》，复印了藏在南漳图书馆的顺治《远安县志》。然后经过一番艰苦的整理，加上自己的独特思考和评述，费半年之功写成专著，名《沮出荆山》。此书颇为人称道，甚至有人说超过了他的小说。其间，德友真的当局长了，气象自然今非昔比，不过对映泉的崇拜依旧。他派车上武汉拉回千余册《沮出荆山》，和朋友们一道在县城宣传此书。一时间争购此书者和争阅此书者甚众，乃至街谈巷议，竟成为一道罕见的远安风景。

为母亲建房

一个连母亲都不爱的人，会爱他身边的人而没有任何功利的念头吗？

——题记

一　母亲没有家

多年前曾经写过一个短篇小说，叫《母亲没有家》，被某刊物的主编"毙"了。大意是说文章如何如何好，"但是"，一个转折——太凝重了，少了空灵。

这个主编是喜欢空灵的，我也喜欢。但我面对母亲时只有凝重和郁闷，怎么也空灵不起来。每每回老家陪她几天，分手时看她倚门远望的样子，我只有以泪洗面的份儿；每每想到母亲的种种难处，我只有哽咽失声的份儿，哪里去找空灵呢？于是，只好将稿子压到箱底，等将来什么时候空灵了再看。

空灵没有等到，反而等到了新的郁闷。母亲在老街暂时居住的房子因为某些原因被拆除，母亲彻底没了家，我只得为母亲建房。

"家"是会意字，由"宀"和"豕"组成，这两个部分指代了当时先民们最重要的不动产和动产。"家"在本质上是一个财产概念。宝盖头就是财产中最重要的不动产之一——房产，而下面的"豕"就是最重要的动产——猪，甚至可以说猪是先民们使用得最早的一般等价物。在欧洲早期，最初作为一般等价物的是"羊"，在中国造出"家"字时，一般等价物则是"猪"。据考古勘测，在新石器时代的大量墓葬中，都普遍地发现了作为财富象征的猪骨架。

从这个意义上说，母亲是没有家的。她没有不动产。老街的那个"破屋"是我用五千元买下的，没有"过户"。原房主说他将来还要回来的，并求我说，不管将来房产涨不涨价，他都要按原价买回。这是什么意思呢？也就是说，无论母亲住多少年，我都能收回那五千元，付出的只是利息。利息多低呀，就算每年按5%算，十年也只要二千五百元啊！屋虽然破点儿，也是一百来个平方米哦！房主解释说，她现在就差这五千元，要去办一件非办不可的事情。

既是如此，何乐而不为？

人们祝贺母亲说："您老终于有屋住了。"母亲说："这算什么屋？一个破屋，还不是我自己的！你们看这屋里的潮气，连被子都是湿的。"

我黯然，心里头哽哽的，想流泪。

母亲孤独地住在这间"破屋"里，没有养猪，没有养鸡，连一只猫都没有。要说动产，只有那四处乱窜的老鼠。所以说，一无不动产，二无动产，母亲是没有家的。母亲没有家，就会被人指脊梁骨，说她的子女不孝！

回过头来说建房，为什么母亲的"破屋"被拆了呢？

因为这里是老街，有老房子，有老生意。青年们撇下父母，到新街建起了大楼，这里更多的是老人，老人也是一道风景。政府要在这儿搞旅游，且以从未有过的雷厉风行干了起来，力争两年内获得省里的"旅游名镇"称号。获得这个称号，省里每年将补贴三百万元……

那么，我们来看看这个老街吧。

老街名叫苟家垭。旧时，老街从南至北长约一里，现存250米左右，是一条以"垭丝"系列产品为主营的商业街。老街两头各有一道石牌坊，俗称"南北城门"，北门有石刻四字为：东成西就，南门也有石刻四字为：南通北达。街面宽一丈许，以人工开凿出来的青石板铺成；街道两边铺面毗邻，铺台子也由巨型石条组合而成，独具特色，连起整条老街。更奇的是那些石条里面大多藏有古生物化石，这种化石的学名叫"震旦角石"，是一种软体的头足类动物化石，这种动物生长于四至五亿年前的奥陶纪，此地是这种化石的主要产地。

政府便对外和对上宣称说，这是一条化石古街，天下独有。

老街的房屋建筑为明清风格，突出了梁、柱、檩的直接结合，呈穿斗式结构。房屋组合小巧灵活，适于起伏不平的地形。其院落重叠，家家必有天井；大户纵深发展，则多达三五个天井不等。户与户紧邻，向南北横向扩展，成为颇具规模的建筑组群。置身其中，其庭院深深，令人生思古之幽情；远远望去，其粉墙黛瓦，又给人以素雅之感受。当然，现在破坏得厉害，也老朽得厉害，南北城门不见了，街道上的石板坑洼不平，污水也会随着雨水四处流淌。

政府认为，化石古街南通宜昌，北达襄樊（今襄阳），东至县城，西望川东，是四通八达的重要商埠。除经销"垭丝"、绸缎、丝织工艺品外，还可经营各种竹、木、草制品和山药、木耳、香菌等土特产。这样一来，政府便要重整街道，拆除老朽房屋，还要恢复部分石板铺子。

到建成时，整条古街，就会人声车声相闻，旗幌店铺相望，旅游一红火，生意就会红火，接下来人民的生活也就红火了。

二　老街传说

还是接着说老街。民谣有云：

> 苟家垭的人有派头，羊半头来狗半头。
> 苟家垭的人不讲狠，一脚能踏"十三省"。
> 苟家垭的人不吹牛，一滴水往两条河里流。
> 老街就是一面坡，三步要过两道河。
> 老街北门放个屁，熏滚南门三土地。
> 老街有个戈汇春，垭丝卖到南京城。

这些民谣流传很久，每一句都有它特有的内容，也就是老街传说。下面让我一条条地来解释。

羊半头来狗半头

从前，垭镇还很荒芜的时候，丝贩子和山货贩子就把那儿踩成了大路。有个姓苟的人家最先在路边搭了草棚，一边开荒，一边安置来往客商，弄点儿铺睡钱和茶水钱。从此，人们便叫它"苟家垭"。

到了宋代，这儿已经是数十户人家的大屋场；明代大迁移的时候，石板街已初具规模；到了清代，就基本上完善了。

又说，当初的苟家垭不叫苟家垭，而叫敬家垭。敬家渐渐发展为最大家族，周围的人很有些嫉妒。一年，有人请来个四川风水先生，谎称敬家要想大富，一定要在南门外建一座财神庙才行，敬家便集资建庙，立了财神。财神的坐骑是白虎，白虎是专吃狗的，而"敬"字含"苟"，"苟""狗"同音，原来财神正是冲着狗去的。果然，敬家此后就一天不如一天了。

先是敬家内讧，大房和二房不仅分了家，而且连姓也分了。大房分得了前半头：苟，得了古街的房产；二房分得了后半头：文，得了乡下的田产；三房依旧姓敬，却搬了家。这样，古街便成了苟家老街，地名也改作苟家垭了。

后来，苟家又出卖房产，老街的北半头(又叫上半头)渐渐为杨家所有，苟家收缩到南半头(又叫下半头)。这就是羊半头和狗半头的来历。

脚踏"十三省"

过去贩丝的人到外地贩丝，总是爱打"垭丝"的牌子骗人，因为"垭丝"质量好，价格高。人们上当上怕了，免不了要盘问丝贩子。其中最具杀伤力的一个问题就是："你晓得脚踏'十三省'是怎么回事儿吗？"如果没到过古街的人，就会莫名其妙，买丝的人也就一眼看穿了他，不会上当。

原来，古街南北城门里边各铺有一块巨大的石板，上街人迈过门槛，第一步必然踏在那石板上。天长日久，石板被磨得又光又滑，照得见人影子，里面竟现出一条雪白的"竹笋"，人们便叫它"石笋"；那根石笋有"十三节"，同古代天下十三省正好相合。有人取其谐音，将十三节石笋说成"十三省"，就成为脚踏"十三省"了。这像猜谜似的，一般人就不晓得了。

古街遍地是石笋，当然，石笋有长短，正好十三节的极少。所以，脚踏"十三省"也就越传越奇了。石笋就是"震旦角石"。在化石古街，现在已有数十家赏玩和经营以化石为主打产品的奇石根雕店铺。

一滴两头流

古街还有一道景致，叫"一滴两头流"。说的是羊半头和狗半头两大家族的交界之处，正好是在山垭的最高点，一滴屋檐水落下来，一定会分成两半，一半朝北，一半朝南。朝北的流往羊半头的街道，一直流到黄柏河(在镇西约六里处)；朝南的流往狗半头的街道，一直流到沮河(在镇东约十五里处)。

水往两边流分明是"南辕北辙"，可人们偏叫它"殊途同归"。原来黄柏河在宜昌汇入长江，沮河在枝江汇入长江，果然是殊途同归了。

三步两道河

化石古街远近闻名，便生出不少有趣的问题。比如你问人家："街上有个'三步两道河'的地方，晓得吗？"有些人虽然天天在这街上行走，但就算打破脑壳也想不明白，怎么会有这样一个地方。提问的人哈哈一笑，因为这事太简单，说白了一钱不值。原来，石条砌成的街道很平整干净，两边的排水沟也修得规规矩矩，像两条小渠道，当地人称"阳沟"。下起雨来，水归入"阳沟"，像两条"河流"。街道只有一丈多宽，三步就会从街这边走到街那边，不就是"三步两道河"吗？

一里三土地

从古街南门口朝南走，一里内就有三个土地庙，被人们称为奇事。第一个庙在南门口，第二个庙在石船边，第三个庙在雷家冲。三个庙既不是按自然村落划分的，也不是按行政区划划分的。据老人讲，这是按家族势力划分的。南门口的土地庙是苟家的，石船边的庙是文家的，雷家冲的庙是雷家的。三个家族各敬各的庙，各烧各的香，有些老死不相往来的意味。

戈汇春商号

戈汇春商号专门经营丝茧和布匹，是古街上的百年老字号，到了清代，它的分号已经发展到武汉、南昌、南京和上海等大城市。

戈家老板于每年春日出门到各分号结账，出门时不带儿子，只带一个小老婆，并且一年一换。他在外头一转一年，生意做了，风景也赏了。有一年，老头子死了，全家人都慌了神，他们不知道外面的分号在哪儿，经营如何。问小老婆们，也直摇头。因为她们只管照顾老头子的生活起居，场面上的事没有她们的份儿。戈家无法，只有从账目上查起，找到某某市某某街某某号，一看，不是什么戈汇春，早换了招牌；一问，别人不理他们，还要把他们送到官府去。

从此，戈汇春一败涂地，再也没有抬起头来。

政府启动老街重建时，正是我儿子新婚之际。儿子只负责做新郎，一切准备工作都由我们老两口操办，没有功劳也有苦劳，心累呀！十月五日举行婚礼，老家来电话，母亲的住房要拆，得让我回去。我说不能脱身，老家问，那母亲的房子怎么办？无奈，我赶紧打电话联系苟家垭村的书记，托他请人把母亲屋上的瓦先下了再说；接着为母亲联系了租房的事，动员母亲搬过去就行了。

我是动口不动手，很快就落实了，还为自己的能耐挺得意的。

十月七日，老家又来电话，母亲的隔壁已经用反铲挖掘机拆墙了，母亲却不搬家。可是，母亲的屋与隔壁同墙，坚持不搬家的母亲随时会有生命危险！

老家对我的迟迟不归大发雷霆。我一惊，呆在屋里。

三 滚滚烟尘漫老街

什么也不顾不管了，虽然临近中午，但我没有吃饭，立即搭车去了垭镇。

走进老街，果然一片乌烟瘴气。有人在铲老墙上的浮土，大概是要粉刷；有人在老朽的屋檐上钉挂檐，又喷上暗红或暗黄的漆，叫"修旧如旧"；有人在屋上下瓦，还有人在挖墙脚。不到一丈宽的街道上，拖拉机突突突地爬行，从老街北头往南头拖垃圾；一辆大型农用车上堆了高高的泥土，将石板街道压垮了，深深地陷在路中央，前前后后的车辆便堵了个实在，喇叭在拼命地叫，有人在骂娘，还有人在笑……

我小心地绕过四处流淌的泥浆，身子紧贴老屋的墙，在裹脚宽的屋檐下小心移动。有个老人对我说："回来看妈的呀，孝顺儿子哦！"这是在真诚地夸我，但在我听来，觉得很好笑，很像是在讽刺。

好不容易走到老街尽头，也就是最北边，看到母亲的住房已经拆了前面的两间，母亲瑟缩在后边的小房子里。那是从两间正屋后拐出来的一间小房，俗称"钥匙头"。母亲的意思是只拆临街的正屋，她则在"钥匙头"里住着。可是，右边的邻居老杨家正干得热火朝天，一辆反铲挖掘机轰隆隆地爬去爬来，伸出魔鬼样的铁爪，往老墙上一搭，便呼啦啦倒下一片。老杨家为了赶活儿，连屋上的瓦片都不要了，倒下一片墙，便塌下一方屋梁，瓦片土块往下直扑，阵阵烟尘随之飞舞起来，像挨了炮弹似的，周围的房屋便湮没在烟尘中。

等尘埃落下，再朝母亲看去，她满头满身便蒙上厚厚的灰尘，连鼻子眼睛都模糊了。土话常用"腌鸭蛋"来形容一个人糊得很脏的形象，这让外地人不好理解，外地人不明白本地人是怎样来腌鸭蛋的。所谓"腌鸭蛋"，是用地灰加盐和成泥，将鸭蛋一滚，藏进坛子，数日后便成了。沈从文对此种情形有过另一种形容，说是"像汤圆落进面粉里"，则很明白。看到"腌鸭蛋"似的老母，我的鼻子就一酸，但我没有前去理会她，而是朝老杨迎去。老杨的热情让我感动，因为以前我对他很有意见，他当然对我也很有意见，现在怎么就热情了呢？

老杨说："伙计，快点儿动手啊！这是我请的反铲挖掘机，它忙得很，只搞今儿一天。过了今儿就不好请了的。要不我跟你讲讲，把我的拆完了就拆你的？快得很，我的不到中午就会完，接着就搞你的，师傅的中饭还是由我供。"

"那好啊！杨哥儿，我听你的。谢谢你哦！"

"谢什么谢呀，隔壁邻居，分什么你我。"

很快就落实了，反铲挖掘机每小时一百五十元，农用车拉一次四十元。我松了一口气，这才走进母亲的"钥匙头"。母亲在烟雾中呛得咳，突然发现了我，有些惊讶，问我怎么这么快就回来了。我没好气地说："赶紧搬家！"

"往哪儿搬？"

"我不是给你租了一间房吗？"

"那里没有水，提水要走几十步；那里没有茅厕，解手要爬几道坎……"

"那就往大哥那儿搬！"我拿出手机，拨通了大哥的电话，大哥立即赶来，还叫了一个拖拉机。我和大哥没有说话，一见面就有一种默契，直接动手将母亲的床铺、衣裳和日用品往拖拉机上扔。母亲被我们的气势镇住了，有些自责地说："我也没想到会有这么大的灰，也没想到这儿会断水断电的……"

老街因为汽车来去，自来水管早被压断了，水厂在街边架了几个临时水龙头，半条街的人都得到街边排队打水；母亲的腿不好，靠街上的好心人帮忙才能吃到水。正屋拆了，屋里没有电，母亲天天用蜡烛。可她怎么还守在这儿不动呢？我再次没好气地说："就是不断水电，这屋也不能住啊！都要拆掉的！"

东西装好了，大哥带着拖拉机突突地走了。本想让母亲坐拖拉机走，大哥说坑坑洼洼，不把人颠成几半才怪。母亲一跛一跛的，用一根竹竿撑着，小声对我说："就怕他们黑公丧脸的。"我不接她的话头，只是说："慢点儿，走几步就找人家歇会儿。"她叮嘱道："把这些东西都搬到后头屋里去，像打仗的，莫把东西弄坏哒。"我说："破铜烂铁，够你操心了，走吧！"想起母亲以前在大哥家的多次离开，又说："他们能让你去住，已经不容易了，千万别再出走了！记住我的话，在他们那儿你要做到'四不'，不听不看不问不说……"

老母亲已经八十六岁了，七年前因为护送邻居家的一个小孩儿，从楼梯上摔下，断了股骨，在医院换了进口的钢管，便落下一走一跛的毛病。她一跛一跛地走了，非常艰难，我的眼睛就湿了……

这一天是 2009 年 10 月 7 日，我在笔记本上写道：老屋拆除，用反铲挖掘机一小时，汽车六趟，加上下瓦小工费用，共付出 1040 元。

四　闹心的还是钱

儿子小两口明天就要离家到上海去，端人家的碗服人家管，就是不自由。没得法，我得赶回去送送，一去经年，心里总是放不下。在垭镇我没有久留，将拆屋费用结了账就赶到大哥家坐了会儿，然后准备下城关。

大哥问："房子拆了怎么办？"我说："只有硬着头皮建新屋了。"

他问："哪来的钱？"我说："存折上有两万多元，政府发放了老街改造的补贴费一万元，另加一些零星收入，这样一算，就差不太多了。"

他说："也不商量一下，原本就不该买这几间破屋。"我望着他有些不解，无法作声。和谁商量呢？谁愿意同我商量呢？提到老母，大家就失语。他又说："老娘若归天了，可以用善习那间屋停丧，再在屋外搭个塑料棚，到隔壁弄饭，就行了。现在有专门给人家办红白喜事的班子，不用自个儿费心的。"大哥说的善习是二哥，二哥是个疯子，老屋卖了，给二哥留了一间侧屋。我笑了笑，越发说不出话来。事情已经这样了，说这些有什么用？过一会儿我心里一动，便说："你们放心，人嘛，总要经些事。我这辈子也算玩了几十年，这回就来干件正事吧。"

我要赶车下城关，大哥破例送了我。大哥说："老娘还在，文伢子每年还上来一次；老娘要是不在了，他们也就不会上来了。"文伢子就是我的儿子，大哥的话多少有些凄凉。我以为他还有话说，可是他没有……

到了城关，第二天天未亮，我们送儿子儿媳到车站。我把儿子拉到一边，说："老家没什么亲人了，除了你婆婆就是你大爹了，大爹说婆婆在，你会上去；婆婆要是不在了，你们也就不会上去了。"儿子听了，愣在那儿。我又说："你大爹性格不好，但人还是好的。你是个男子汉，应该有男儿胸怀，无论他以前对你怎样，对我们怎样，你都不要计较，只要有可能，你都应该上去看望他们的。"儿子似是而非地点了头，很快上了车。车子轰轰地发动了，走了，转弯了。儿子和媳妇突然探出身子，伸起手来，说："妈妈再见，爸爸再见！"

不知为什么，我热泪盈眶，便赶紧转身走到角落里去了。

我知道，我这种状态很不好，得好好调整调整。年近花甲的人了，应该高高兴兴地过，放下苦闷和烦恼，是我面对的重大任务。马上就要到垭镇去建房了，最好是包工包料，自己不操心。可是钱呢？村里的书记兼主任姓朱，自称和我是朋友，这让我有了些"非分之想"，就让他帮忙找个包工头吧。垭镇在建新村，包工头是四川人，姓张，朱书记说张老板对他是很尊敬的。所以我给朱书记打电话，希望他能从中撮合，把建房的事包给张老板，价格嘛，每平方米最好在四百五十元以下。朱书记说没问题，张老板承包的新村建房就是每平方米四百五十元。

有了这话，我的心一下子放下了。多个朋友多条路，古话真没说错的。

我想先把单位的事抓紧处理一下，多腾出一些时间去建房。领导说别急，让我专心去建房，单位有什么事再打电话给我。我好高兴，这领导真不错，心态也就轻松了。正好，我有个短篇小说挂在网上，参加了湖北省委宣传部和省作协的文学大赛，许久没管它了，那就好好上几天网，和读者们做些交流，"忽悠"更多的朋友来支持我。这大赛是元辰老兄告诉我的，他怂恿我参加，说一等奖一万元，二等奖五千元，三等奖也有一千元啊！我就参加了。不是要做房吗？正差钱呢！说不定得个一等奖，二等奖也好啊，三等奖也能买到一车江砂呀！

有个名叫明生的朋友对我说，我那栋房子面积小，一车江砂就够了。不是一般的车，而是"平头柴"，"平头柴"一次能拉十六个立方米。明生在垭镇开小店子，经销建材，其中就有江砂。他很主动地要帮我去拉一车来，只需要一千元钱。江砂是从宜昌或者枝江拉来的，离垭镇一百多公里。明生平时卖江砂是八十元一小拖(手扶拖拉机)，每拖约0.8立方米，十六立方米就能卖两千元左右，他卖给我才一千元，我自然是感激得很。所以说，很希望我的小说能得奖，最好是大奖！

就在我做好梦的时候，村里的朱书记急急地打电话说："快上来，开始放线挖脚了，屋场搞得乱七八糟的，你的地基和人家的地基边界在哪儿？还分得清吗？你自己不上来，人家占了怎么搞？"

朱书记的提醒使我意识到问题可能很严重，于是赶车上了垭镇。先找朱书记，我把他当自家人了。朱书记很忙，一是忙老街改造，二是忙新村建设。他和一个四川人说得正火热，我没法插嘴。朱书记说："这人就是建新村的乙方老板，就叫他张师傅；我已经跟他讲了，关于你建房的事，你们谈谈嘛。"

我就满怀热情地上烟，恭敬地讨教，谦虚地倾听，巴结地笑。他就说图纸啊，钢筋啊，水泥啊，石头啊，等等的，直把我说到头晕。最后他说，五百五一个平方米他都做不了。我的笑于是"扒"在脸上凝结住了，求救般看着朱书记。还算年轻的朱书记很严肃地说："善良老师，我早就跟你讲过，包工包料四百五是怎么也拿不下来的，去年他包新村就是五百五十元，一直找我扯，要加价。善良老师，你要是自己筹备料子，四百五十元倒差不多。"我有些闷得慌，他不是早说过可以四百五全部包下来的吗？隔了几天就变了？

朱书记见我如此，转而说："走，我们到老街去吧！"

我心里有些畏缩，不知在老街面对邻居时又有什么难题在等我呢！

五　邻里相争只为墙

朱书记说，我那隔壁左右可不是一般的人物，一个长期不在老家住的人怎么斗得过他们呢？我想不至于"斗"吧，让着他们点儿不行吗？何况我是个公务员呢！越接近老屋，心里越是打起鼓来，因为我想起了同老杨家的过节。这事就要说到三年前为老母买破屋的情况了。

三年前，大哥突然叫我上去一趟，说老母坚决要搬出去住。我有些烦，这个老人家，怎么老住不安稳呢？这种事儿从前就发生过一次，父亲去世后，母亲在大哥家里住，没住到两年，就坚决要出去，自作主张在熟人那儿租了一间黑屋子。可她不小心把股骨摔折了，天天睡在床上。大哥在那本来就难以转身的黑屋子的角落里支了个行军床，日日夜夜服侍她。总不能一直那样吧，老母自己也反悔了，想回到大哥家里住。大嫂说："原来你是自个儿要出去的，怎么会想到回去呢?"老母就无话可说了。有一天，我对大哥说："原来你在部队当兵，家里那房子是老母拼老命做下的，现在你们把屋卖了，你说她到哪儿去呢? 我为你出个主意，看如何。要么老母依旧到你家里住，要么你把当初卖房的钱拿出来再去买几间屋给她住。你也不会吃亏，老母去世了，房子可以卖，还可以增值的。"

不知为什么大哥没去买房，又让母亲回去住了。

本来指望老母跟着大哥安度晚年的，哪晓得她这么爱折腾呢?

到了大哥家里，大哥愤然向我诉说母亲的种种不是，归纳起来主要是两条。第一，从不把他们当作儿子媳妇，而是外人似的，让他觉得太累。一时认为他们说话声音大了，一时又觉得他们没有好脸色。第二，平白无故，独自大哭。说的是有一天，老母在阳台上洗衣服，突然号啕起来，把大哥大嫂吓了一跳。问为什么，老母答不出。大哥拍起了桌子，大嫂挥起巴掌连连打自己的大腿，都气极了的样子。老母愣了好半天才说："你们两个人是不是要打我? 要打就朝死里打，莫留一口活气儿! 打死了往岩下一掀也就是了，要是打个残而半僵的，那可就害了我也害了你们哪!"后来我问过母亲："平白无故的，为何要大哭呢?"她说："也没为什么，就是觉得孤单，他们那楼房又高，我腿子又疼，一天到晚像坐牢的，想想以后，我怎么办啰! 不知怎么就哭了。唉，都是命啊!"

她决心要搬出去，我说什么好呢? 俗话说，国有大臣，家有长子，我一个不能当家作主的老幺，只好闷头不语。母亲笑着说，她不是对哪个有意见，主要是楼房不方便，腿断了，爬上爬下地受不了。我们都知道，老母历来就是一个看起来软弱，实则坚韧的人。我们都无言以对，没有人能够说得动她。

大哥大嫂都叹了一声，出门去了。母亲连忙对我说："老街北头刘婆婆有几间屋，只卖五千元，你去看看。"我问："你看了吗?"她说："看了，蛮好的。"我说："你一搬出去就害病，谁来天天守着你呢? 你是从他们屋里出去的，他们会管你吗? 我还在上班，也没法天天照顾你呀!"她说："说不定以后我的病都好了呢!"我说："你以前从哥哥家里出去时，他就说过不管你了的，好不容易回来了，又要出去。你想想，若是病了再想进这间屋，恐怕就没这么好的事了哦!"母亲一口咬定："以后要是有自己的屋了，我还回来做甚? 死也死到自己屋里去。"

我也不由得叹了一声，母亲一辈子就是一个搬家的命。跟我到城关住了上十年，就搬了几十个家;后来回老家，又搬了五六个家。老母看出了我的心思，说："睡得安就不翻，住得安就不搬，我又不是不晓得。"

于是我和母亲到刘婆婆家去看房。那房子的一半扑在隔壁的高墙上，却是两间正房;另两间脱离正房，又有所连接，从街上看上去就像一个"钥匙头"，一间是猪栏，一间是厨房。我对此屋表示认可，刘婆婆神秘地说："这屋呢，你要买就一锤定音，不要三心二意的，更不要听外人的。要是有人问，你就说是租借的，千万别说是买的，免得人家嚼舌根子。"

我有些晕，母亲却满口答应了。我看一眼母亲，想到她是迫不及待，也就不好打击她的情绪。母亲哪里知道，这里面埋有隐患呢？我也不知道，但我有预感。好了，走一步算一步吧，车到山前必有路……

母亲看了搬家的日期，到了那一天，我又赶到大哥家。大哥一见我就很生气，说我们瞒着他们买了房子。我沉着脸，说："什么话都别说了，老人家要搬，我也没得法。"大哥说："那好，不说就不说，不说还好些。"

除了母亲，我们都不高兴，家就那样搬了。大哥怕拖拉机把被子搞脏了，亲自用山背笼背了过去，这让我的心稍有安慰。忙了半天，把屋里收好了，在门口坐下歇一会儿，就看到了隔壁的老杨。老杨问："搬家了？"我说："房子是租借的。"他没说什么，还递一根烟给我。原先我还在村里当回乡青年时，就和老杨很好，他当大队会计，我当团支部书记，明生当大队书记。人们都说我们是三架马车，砍得脑壳换得气，穿一条连裆裤。我相信老杨不会妨碍我的，但当我第二次到那屋子里看母亲时，老杨的脸就黑了，我主动和他打招呼，他竟不理我；我递烟给他，他竟扬长而去。这是为什么呢？我百思不得其解。不过很快答案就出来了，有一天我正上班，大哥打电话要我上去，说老母日夜不敢睡，原因是隔壁几口子闲言闲语地，说这房子的一面墙是他们的，我们竟然就买了去，信都不给一个，太欺负人了；想使大屁股坐人，不是那时代了，搞不成的。

就这，母亲日夜不安了。

我上去又有什么办法？我就拼命想啊想，怎样才能解开这疙瘩呢？于是想到了明生——那个卖砂给我的好朋友。既然当年我们三个人还有一段旧情，那就请他出马吧。我没请错人，明生一出马，我们的问题就解决了。老杨对我说："也没什么，就觉得你是尿脬泡打人，虽说打不疼，但气人撒！你晓不晓得，不管谁买屋，写约时都会把街坊邻居请去的。可你倒好，偷偷买了，还瞒人说是租借的。世上有这种买屋的吗？你和隔壁左右还打不打交道的？"

不管他们说什么，我始终是个笑脸，始终是在道歉，始终是在批判自己。

老杨特意问："你这屋是个'偏水'，阁木檩条都搭在我的墙上，这怎么说呢？"我连忙回答说："这墙肯定是你的呀！我看过刘婆婆那个房产证，上面写得分明，这个地基的北边接你的墙，也就是说，这墙是你的，没我的份儿。"这态度一表明，老杨全家人都没什么再说的了。原来，墙的问题才是根本。

这事虽然过去几年了，老杨会不会在地基上有什么新的算计呢？

六　让他三尺又何妨

　　老杨家的房子是"土改"果实，原先的房主是个大地主，名叫杨养吾。杨养吾的房子在老街是规模最大的，前面一个连三间，后面一个连三间，中间一个大天井，天井两边各有两间厢房。"土改"时，老杨家就分得了后面的连三间；前面的连三间和天井边的厢房属集体财产，当初划归区里的财政所使用，后来又做过理发店、裁缝店和药铺什么的。老母那两间"偏水"房就搭在财政所的高墙上。

　　前些年，财政所要卖掉那些房子，引起过一些人的争夺。老杨家和财政所达成了一个默契，不管什么价，都优先卖给老杨家。有些人想得到房子，便从中抬价，老杨家虽然恼火，却也不让价。财政所想，既然老杨家不想出高价，那只好卖给别人了。老杨家冷冷地笑，说"那你们就等着吧"。

　　结果，许多买家前来洽谈时，都因为害怕将来和老杨家不好相处而退缩了。这时，靠北头的邻居大杨家（嘿嘿，也姓杨，和老杨是未出五服的兄弟）想买，又知道老杨家不好说话，便让那个在镇里当派出所所长的女婿出面。派出所所长在镇里是头面人物，走路都是横着走的。他就对老杨说："伯伯，要是我想买这屋行不行呢?"老杨把他看了一眼，哼了一声。老杨的小儿子杨幺伢子插嘴说："行啊! 那怎么不行? 只要你给我留四米宽的出路就行了。"

　　老杨一听，哈哈一乐，对幺伢子很是赞赏。派出所所长碰了一鼻子灰，知道他们没把他这个所长放在眼里，再也不提买房子的事。这样一来结果就简单了，财政所不得不按老杨家的出价，把房子全部卖给了老杨家。

　　我曾经以为杨养吾是老杨家的祖先，可一问，他们在族谱上一点儿关系都没有。这就让人惊讶，一个毫不相干的贫下中农老杨家分得了大富豪老杨家的遗产，这是巧合，还是老天布下的一个异数呢?

　　我和朱书记赶到尘土飞扬的屋场时，老杨正指挥瓦工们施工。好空旷的一块场子! 原先的房子是依地势而建，越往后地基越高，现在已经被挖土机全部铲平，从前至后达三十多米。后面的一个连三间正在砌砖，已经半人高了；再后面还留有做杂屋的场子，有几个小工在那儿砌保坎，护住被劈开的那面高坡；中间的天井被毁了，准备在靠南一侧做厨房，靠北一侧做院坝；前面的连三间是主屋，堆了山样的火砖，还没打灰线，就等着我来定分界线了。我一露面，老杨就兴奋地迎过来，递了一支烟。有了老杨的热情，我紧缩的心就松了下来。其实人家挺好的，我何必要小心眼呢?

朱书记说他很忙，表示让我们早些把分界定下来。我正要说好，靠老杨北头的大杨在那边招手，要我过去一下。大杨的地基也全都挖好了，堆了遍地的砖。大杨是个豁达人，外面关系很广；他父母和我母亲的关系也不错；我们之间更有一层关系，老母平时多仰仗他老婆欣月提水送菜，我很是感激的。记得老母那天离开老屋时，一跛一跛地还特地把欣月叫到跟前交代一番，让她帮忙看住屋场，还说将来瓦工们来了没人烧水泡茶，要请欣月帮个忙。

我连忙跑了过去。大杨小声说，老街的屋大多顺山势而建，前宽后窄，所以他的屋场不能支角，想要我让十厘米地基，就能支角了。十厘米不就三寸吗？我说不是问题，但是中间隔着个老杨，得先要他让呀。他说这个由他自己去说，我就离开了他，朱书记还等着我呢。我往回走时，欣月满面春风地叫我有时间就去玩，我妈说为瓦工烧水泡茶的事她一直记在心里呢！

我急匆匆地埋头走路，一副没见过阵仗的样子。突然有人叫了一声老彭，把我吓了一跳，一看原来是老杨的幺伢子。我要递烟，他先递了。我猜想他应该称大杨为幺爹，就说："你幺爹想要我让十厘米的地基给他，你得先让，他跟你说过吗？"幺伢子哈地一笑，很短促，话也很干脆："小爹说过，可我不同意！"哦，原来是小爹，一种特有的亲昵称呼。"为什么不同意呢？"幺伢子说："我跟小爹讲了，这屋场都是老辈人留下来的，那是有讲究的，后人怎么能够乱动？"

一个小辈，我不会和他多说什么，也不会相信他的话就算数，事实却给了我狠狠一嘴巴。和老杨定地界时，老朱说："希望你们不闹就好。"老杨说："哪里话？我们当初在村里当政时就跟兄弟一样。"然后就指着老地基当门口的一排长石条说："你看，这排干檐石我没有动，就以它为记，你让我三十厘米，不然我的屋不能支角。"我没有说话，心里想到可能是大杨需要地基，老杨同意了，顺便多要了二十厘米吧？老杨看我不说话，连忙说："我要三十厘米是有理由的。"接着就说了一番理由，我的屋靠在他的墙上数十年，现在也该我回报了；按政策说，他的地界应该齐滴檐，只要我让三十厘米，还不到滴檐的一半。

我说："老杨哥莫急，我不是不同意，只是想问一下，大杨也想我让十厘米的，这三十厘米包括不包括大杨的三十厘米呢？"没想到我的话一出口，他就发起了雷霆之怒。由于发怒，他的话有些混乱不清，毫无逻辑可言，大意是有的：见过北京土地，看过南京城隍，十五岁就被毛主席检阅过，你们算老几？自小读书，这镇上有几个上过高中的？要不是"文革"，他可能是镇上第一个大学生。再说，这家里也不是他一个人作主，他幺伢子早就说了，不能让第三者插足……

哦，明白了，现在他家当家的是幺伢子。

明白了，已经当了家的幺伢子不满足杨养吾留下的这庞大的地基。

明白了，老杨家的地不能让任何人动用分毫，但他有理由让任何人为他让路。

我说："老杨哥何必动气呢？你怎么说我怎么听不就行了？别耽搁朱书记的时间，按你的要求快把线定下来吧！我拿定了主意，让三十厘米就让三十厘米，难道会死人哪！"突然又想起一句民间故事里的话：兄弟相争只为墙，让他三尺又何妨！

到了这一步，倒像是我在说："给你多量三十厘米吧，求求你了！"

老杨依旧等了好一会儿才来量地，从后面一条直线量过来，也不知是多量了三十厘米还是四十厘米，总之他怎样支角就怎么量。这事过了好久，大杨的老婆对我说：起码超过了五十厘米，你那地基还够吗？可他一分都不让给我们。"

我叹了一声，说："算了，只要做起来够我老母住就行了。"

七　学生为先生长脸

我不断地用"让他三尺又何妨"来安慰自己，心情终于好多了。老杨得到了他想得到的，神情又活泛起来。他个子矮小，人一活泛便像个跳上跳下的小土豆。他拿来一个皮尺，热心地说："老彭，我首先是为你想好了的，决不会影响你的地基。你不是说过要用三米九的板吗？中对中，三米九，再加两个零点一二米，包墙应该是四米一四，对吧？我们来拉拉。"

于是就用他的皮尺拉了开来。上文说过，老街的屋依山而建，前宽后窄，呈扇形展开，所以，临街一面利用了与南边邻居相交的空地，没有问题。问题在后面，依四米一四量过去，几乎就和邻居的屋檐相交了。

南边的邻居姓氏很怪：干！名叫玉春，连起来就叫干玉春。干玉春的夫君早亡，有一子，读初中；后坐堂招夫，也姓干，不过出五服了。这个姓氏极罕见，居然两个姓干的干到了一起，就更罕见了。

干玉春见我们在量那块空地，就一直守着我们。等我们量好了，她自己又从家里拿出一个皮尺，量起来。老杨说："老彭，这是公用地，先建房的先占，是惯例。"干玉春脸一红，争辩道："正因为是公用地才要公平，一人一半！按你说，老彭全部占了也不是问题啰？"老杨的脸也红了，说："当然也不是问题。"干玉春把皮尺一摔，气冲冲地说："那好，老彭你占光算了！"

我说："不会的，小干，后面我是多占了一些，可前面给你留的空地还多呀。"

干玉春不说了，又把皮尺捡起来量。她一人不好量，我连忙跑过去帮忙，前面量了量后面。量好了她又默默地算了一下，确认我没有说谎，后面只是多占了五厘米。她笑了一下，说："老彭，我们是邻居，要长处的。不管占多占少，要说在明处，你说呢？"我看她缓和了，紧绷的心也就放了下来。但我对她的警惕性并没放松，起初母亲刚搬来时，有人就说过这个女人难对付，所以在拆房时我就巴结过她，比如说屋上的烂材料送给她做柴火，多余的瓦片子送给她检屋查漏时用。还真一直维持了安宁，怕就怕不知什么时候会侵犯了她。

我言不由衷地说："小干，你放心，就算我对任何人不好，也不会对你不好的。"她笑了，我又说："现在是小干，等我将来大干起来，还少得了你帮忙吗？我一直认为，我是个无用的人。虽说读了十几年书，也不过是读到牛屁眼里去了。"她大笑起来，指着我说："什么大干小干的，你是个流氓！"

她骂人是流氓，表明她已消气了，我就不能再和她纠缠了。老杨在那边笑，我连忙朝他跑去。我奉承他说："你的房子快建起了，我的还没动。"他指着后面正在砌墙的瓦工们说："我是不得不抢时间，年前要搬进来住的。你不晓得，屋拆了租人家的房，一月几百块呀！再说，那又不是正装屋。老彭放心，我的正装屋和你一同行砖。要不我来搭个桥，让他们给你做？价格你自己谈。"

我想那也好，便问他们多少钱一个平方米。老杨大而化之地说："包工不包料，八九十块吧，全靠你们自己谈。再说你不在上面，没法子供饭供茶水，价格就得另讲了。"我想，那就是说九十元以上了？我点点头，没作声。

这时，有个狗头车突突地开了进来，还没停稳上面的人就叫我："彭老师，起高楼啊！"我一见，是我的学生，就跑了过去。我曾经在村小做过三年民办教员，教过这个学生，只是想不起他的姓名了。我说："起什么高楼？别凉了人家的牙齿。"他说干玉春的房子原先是他家的，二十世纪九十年代才卖给她。他又指着我那屋场的最后面那间没拆的屋说，那是他家在二十世纪八十年代做的一个猪栏，因为紧连着刘婆婆的屋，就两百元钱卖给了刘婆婆。我边听边想，就想起这个学生姓傅。我记得干玉春的房子原住户姓傅，傅老爷子是个光头，人家都叫他傅癞子。

这个学生就是傅癞子的小儿子，现在也有四十开外的年纪了，但长着一副娃娃脸，远看就像二十多岁的小伙子。他说他今天在给我对门的罗授伢子拉下脚石料，还说将来有什么困难就找他。正说着，那个叫罗授伢子的来了，细声细气地说："傅强伢子，石料拉完了再结账，你给人家拉的多少钱，我就给多少钱，不会亏你的。"我一听，彻底想起来了，这个学生名叫傅中强。

记得当年教书时，傅中强成绩很差，我曾经问过他："为什么叫中强啊？"他说:"老爹最讨厌那些外强中干、狐假虎威的人,所以叫我中强。"我说:"嗯,回答得好,给你一百分。"当天晚上我查了成语词典,才真正明白成语"外强中干"的意思:干,枯竭。形容外表强壮,内里空虚。用来揭露敌人貌似强大、实则虚弱的本质。还记住了它的出处,是春秋战国时期的一个故事。故事说:

秦国和晋国开战,晋惠公要使用郑国赠送的马来驾车。大臣庆郑劝告说:"自古以来,打仗都用本国的好马,因为它土生土长,熟悉道路,听从使唤。用外国的马,不好驾驭,遇到意外,它就会乱踢乱叫。而且这种马外表看起来好像很强壮,实际上外强中干,怎么能作战呢?"但是惠公没有听从劝说。战斗打响后,晋国的马便乱跑一气,很快陷入泥泞。结果晋军被秦军打得大败。

后来我对傅中强说:"牢记你爹的意愿,可不能再像郑国的马那样乱跑乱窜了哦!"傅中强"嗯"了一声,觉得我说的话高深莫测,刹那间脸上就挂了块红布。那时候教学生,是以整治学生为荣的,想起来惭愧呀!

可是傅中强并没记住这些不快,反而表扬我说:"彭老师,我从小学读到初中,还就是在你手里学了点知识。"我心里很快乐,赶紧说:"中强,我下脚时就找你要石料了。"他说:"我看你这老屋场里石头不少啊,只怕用不完吧。"我说:"先在你这儿挂个号,怕又差呢?"傅中强还没来得及答话,后面又一辆狗头车冲了进来,吓得我们连连倒退。那狗头车一停,精瘦的小老头般的司机就跳下了车。

"彭老师,我晓得你在做屋,要不要帮忙啊?"

我一愣,认得他也是我的学生,就是想不起名字来。傅中强介绍说:"他叫范德法,有一回上算术课,他在班上捣乱,算术老师把你请来训了他一顿,忘了吗?"范德法一听,就骂傅中强:"翘死的,你就没得一句好话?"傅中强不管他,继续说:"彭老师怎么训的? 彭老师说:'范德法呀范德法,你犯得法我就教你坐得牢!'"

哦,想起来了,就是这个范德法! 精精瘦瘦的,一副未老先衰的样子,没想到他也开起了狗头车,虽说像是老了,竟还精神得很。他也在给人家送石料,一边爬上车去一边说:"老师,差石料的话就叫我一声,我白送!"

这话一出,傅中强有些吃不住了,望着他将车开了进去,半天没回过神来。又过了一会儿,杨幺伢子来了,和傅中强说着什么。傅中强没理他,却突然对我说:"我给你请一班瓦工来,包工不包料,一个平方六十五块钱! 我看你这地基不会超过五十个平方,两层楼也就百把个平方,六千多块钱就拿下来了。"

我大喜，又不相信，问："六千多块钱能做到什么样子呢？"他问："要不要做地脚梁？"我说："不做，老街上都是几百年的屋，也没听说哪间屋塌了，做个什么地脚梁！"他说："那就更简单了，给你打地平，铺地面砖，粗粉刷，六千块保证你老母亲能入住。"我差点儿晕了过去，天哪，有这么好的事，为了瓦工，我一直是自找苦吃呀！我不放心，又问了招待瓦工的问题——吃呀，睡呀，喝呀。他说吃的问题瓦工自己解决，住的问题也好说，他们每天都从家里赶来，不需要住房，都有摩托车呢！要供应的就是茶水，让隔壁的人帮帮忙。我连忙说："请大杨的老婆欣月帮忙。"他说："那就成了，将来给她二十块钱就行了！"

这一说不仅让我喜得抓耳挠腮，也把一旁的老杨和杨幺伢子听呆了；接着又围来许多人，连连说划得来。还有许多人找傅中强打听瓦工的事，要请他帮忙。傅中强挤出包围圈，嘿嘿笑着，满面红光，说这不是他的本行，他不管，要管也只管彭老师一人的事。"为什么？""他是我先生啊！"

众人一齐把目光射向我，盯得我脸上发麻。我想，终于有学生为我脸上贴金了！原来，有学生真的很好，有为先生长脸的学生真的很好啊！

我本能地挺起了胸脯，扫视一周，和大家挥挥手，说再见了！

八　兔子沿山跑

傅中强说的瓦工班子老板姓张，住在青峰，眼下在山里头的矿区做高楼，忙得很。傅中强说，张老板再忙，只要他一句话，张老板没有不听的，他们是铁哥们。三天后，保证张老板会出山专程来找我。

我有些飘飘欲仙，步履轻盈，赶紧朝民生的店子跑去。有很多事他主动为我帮忙，我也有很多事要向他请教。比如说，老街屋场逼仄，没有空地堆放材料，像江砂、水泥什么的就只能放到民生的店子里了。

我把傅中强请瓦工的事讲了，民生连连称奇，很难相信现在还有这么便宜的班子。说着，就把计算器拿来为我算账。他是做建材生意的，自己又做过屋，账自然算得不错。凭他的经验，一项项经费就列了出来：

建筑面积一百平方米，工钱：7000元；
红砖三万块，每块二角七分：8100元；
水泥十五吨，每吨270元：4050元；
木料五方，每方500元：2500元；

江砂十五方(平头柴一车)：1000元；

瓦六百块，每块一元五角：900元；

仿古门窗十平方米，估价：1500元；

铝合金门窗，估价：1200元；

实木门五个，估价：1000元；

下脚石料，估价：500元；

拆房屋，挖地基：1100元；

粗沙打地平、下脚：1600元；

总运费：2000元。

民生说："大概就是这些了，合计32450元，再加个泡头，像请瓦工们吃三餐饭哪，还有些小东西要买的呀，三万五足够了！"

这一算，更让人喜上眉梢，原来只要这么一点钱哪！还以为要四处借贷呢。民生说："钱够吗？你大哥也得帮几个吧？"我摇头说："他哪有钱哪？他退休早，至今每月还没得两千块，要养活嫂子，要供孙女读书。虽说他姑娘在天津打工，可一年还攒不到一万块，在县城买了一套房子，如今还没还清贷款呢！"

民生一叹，开始对我进行了变本加厉的表扬。那些话让我发麻，就不在这儿说了。不过他话锋一转，又说："这样还好些，房产就是你一个人的了，免得将来争什么遗产。过了几年，这房价不是要翻番吗？"我说："要不是为了老母，哪个来惹这麻烦？人过半百了，自己也老了，谁不想安逸？"其实民生说的我也想过，并不是只像我嘴上说得这么好听。民生听了我的话，说："那也是的。"

从民生那儿出来，回到大哥家里，我就把我的功劳炫耀了一番，说傅中强帮我把瓦工请好了，只要六十五块钱一个平方；说民生帮忙，江砂很快运到，只要一千块；说范德法要为我送石料不要钱；说民生为我算了个账，总造价只要三万多，钱也不用愁了。大哥含笑听完，终于答了一句中听的话："你在这儿朋友多，好办事。不像我们……"

老母亲在一旁说："我算了一下，后天是个好期，可以动工挖墙脚了。"母亲一开口，大哥就心烦："什么好期坏期，你着个什么急？"我对母亲说："你别管，保证你过年有屋住就行了，好不好？"母亲耳背，听不清我们在说些什么，依旧在算她的甲子，什么甲子乙丑海中金，丙寅丁卯炉中火。当她说到什么屋上土的时候，大哥更是烦透了，高声喊叫："屋上土！屋上土！屋上哪来的土呀？"老母说："屋上怎么没得土？瓦片子不就是土做的吗？"

我失声而笑，大哥也就笑了。

都反对老母看期，是因为她并不会看期。老母一字不识，凭她非凡的记忆，请人把六十花甲纳音读了几遍，就背得了；然后道听途说，就以为自己也能看期了。其实我也是想要看期的，命运由天定，传统不能丢。当即把大哥的万年历找出来翻了一遍，果然发现母亲说的那个期"诸事不宜"，倒是大后天的期不错，宜动土。接着，我又自作主张，卜了几个卦，定了大后天的未时。我把我的卦给大哥看了，他不置可否。我小声说："别让妈晓得了，免得她怄气。"大哥烦了："我说个屁，你想什么时候动土就什么时候动土！"

到了那天下午，我把大嫂种菜园子的锄头拿到屋场，看到老杨前面的"正装屋"已经画线了，就请他帮我画一下线。老杨说他有角尺，只要支得住角就行了，这个好办。又说起他当年读高中时用的是水准仪，水准仪一架，比什么都准确。他问我："门向怎么定？"我说："那还定什么？就和你的屋同一条线就好，原来也不过是你这高楼的一个'偏水'嘛。"他说那更好办，顺他的墙线拉一条直线即可。我们就拉，在各个转角处打上木桩，画上灰线。

画线时，隔壁的干玉春又跑了过来，一直守着。然后又把自己的皮尺拿来，从她的墙边量到我画线的地方，还用纸笔记下来。我说："你不是量过吗？"她说："上次没量好，再量一下，记下来，免得以后搅嘴说不清。"老杨说："也是的，那你们一起量，都记下来。干玉春，你量好了吧？我帮老彭画的线没有超过界线吧？"干玉春说："你们两个大男人绑到一起，我一个妇女哪搞得赢啊？"老杨一退，说："两个男人你搞不赢，那让一个男人搞你。"说着就离开了。

我不知道说什么好，只是嘿嘿地赔着笑。干玉春指着相交的那块空地说："等你的屋一做好，我就在口上扎一道墙。"我一哽，那不是把我的后门也扎到里面去了？她说："你总不能占了地，还要我让你后门的出路吧。"我真不知说什么好了，赶紧走开去。把手机拿出来看看，快两点未时整了，也就是我该动土了。于是挥起锄头，在临街的一面墙脚线上挖了起来。我虚张声势地叫喊："动土啰！"别人就笑，老杨在那边说："看看老彭，简直就是一个迷信头子！"

挖了几十下，往街边倒了几筐土，我问内行人："是不是行了？"都说是这个意思呢，我就停下锄头。有人说："其实拆屋的时候就动土了，何以又说动土呢？"我说："那不同，拆屋是破坏，做屋是建设，各是各。"

第二天是中强请的瓦工老板到来的日期，我给中强打了电话，他说："我已经联系好了，明天下午来，细节你们自己谈。"我说："不能缺了你呀，你在场还可以帮我说话呀。"他说："那不存在，都是伙计，张老板不会翻翘的。"到了下午，一直等到五点钟，张老板没有来，我急了，不得不动脚去找中强。我想是不是还要送点礼，便准备给中强带一条烟去，又怕他说我小看他了。转念还是等把张老板落实了再感谢中强吧，可不送礼这事要是搞砸了呢？就这样，我患得患失地为难了好半天，终于还是空手到中强家里去了。中强住在瘫子湾，离老街约三里。跑到他家里一看，门上挂着锁儿，不在家。问隔壁人，说他在给人家拉石头。问在哪儿拉石头，隔壁人说："刚刚你没碰到一个狗头车啊，那就是他撒！"见鬼，见倒是见到了，他不是不认识我，怎么不打招呼呢？我扭头就去追。据说中强自办了一个石场，在五里开外的后山，也不算远。我气吼吼地爬上后山，看到了好几家石场，就是不见中强的影子。没得法，我坐到石头上就给他拨电话。他在电话中说："张老板刚刚来信了，说明天下午来，你一定要等他呀。"

又等了一天，终于见到了张老板。我忙给中强打电话，请他到场好办事些。他又说："不存在，这事儿还是你们自己谈才妥当。"没得法，我只好把张老板他们引到屋场里看，极力说工程小，用不到几天就干完了，不会耽误他的大工程的。其实也是很小，临街只有一间屋，往里走也只有三间，一间堂屋，一间寝室，一个楼梯间，楼梯间的旁边贴一间小厨房。哪晓得越是工程小张老板越不高兴，他说："这么小的地方，砖往哪儿堆？水泥往哪儿放？还有跳板哪，沙子呀，不能悬到空中吧！"又说："正因为太小才麻烦，费不小的工夫砌一个角，还没走到三步又是一个角，我们怎么摆得开！"我的脑袋有些发蒙，问他："嫌地方小了，就少用几把刀撒。"他说："再少也不能少于三把刀呀。"一下子都沉默在那儿了，我想是不是要调整工价呢，便试探着说："这事是傅中强说的，反正好坏你们看在他的面子上都得接下来。既然说地方小不好施工，可不可以加点儿价呢？"

他问："你是什么价？"

我说："中强没跟你们说呀？他说你们只要六十五块钱一个平方，给你加五块，七十怎么样？"他说："六十五是做平房，不是做楼房。不是嫌你地方小，是地方小了搞不成事，和隔壁左右要打架的。"我说："那就再加五块，七十五。"他们为难了好一阵，答应三天后派人来行砖，不过我得先把墙脚下好。我说："一客不犯二主，墙脚也包给你们不行吗？"他说"那是另外的钱"，我说"晓得"，他们就走了。

过了三天，张老板又没来。我给中强打了几十个电话他都没接。正灰心了，中强来了电话，说张老板受伤了，不来了。我赶紧要了张老板的号码，将电话打了过去。张老板说他真的受伤了，在家休养。我不听他那一套，说再给他加五块，八十块钱一个平方行不行？他说真不是价格的问题，还要在家里栽油菜。我火了，问他有几亩地的油菜，我请假带几个人来给他栽了行不行？他笑了，说还要考虑，我就彻底灰心了。条条蛇咬人，是我把这事想太简单了。

没请到瓦工，我只好再回县城，在城里见到了好友谢大哥，一个"不为良相便为良医"的有志向的人。他说他的老家正在青峰，那个张老板曾经是他的病人，按理说应该卖他一个面子。于是操起电话找到张老板，讲了我和他的关系，要他无论如何得帮这个忙。不知说了好久，依旧没有落实下来。谢大哥说："没得郑屠夫，不吃混毛猪，赶明儿我再给你找一家老板。"

几天后，谢大哥并没能找到老板，我只好赶到老街对老杨说了我的苦楚。老杨大度得很："那你就找我的师傅谈谈呀！"给老杨做屋的是向老板，挺踏实的，四十六七岁，红光满面的，话不多，很快就落实了。他说他们给人家做房是每天供一顿午饭，一个平方七十五块。我说我没办法供饭，那就八十吧。他说木工在外，我说行；他说每层楼上水泥板在外，我说行；他说打地脚梁在外，我说行；他说贴地面砖在外，我说行……

眼看十月就快过完了，不行也得行啊。

那天我有着严重的失败感，转了一大圈儿，还是回到了原点。就像俗话说的那样：兔子沿山跑，依样归旧窝。

我也是那天才明白，老杨的工钱只要七十五元一天。

不知什么时候，杨幺伢子对我说："我看你下脚也用我那班人算了。"不管我同不同意，就把那个下脚汉叫到跟前，大包大揽地说："一个工七十块，你要供顿中饭呢！你的家隔得远，就让他们到我的馆子里吃快餐，八九块钱一份儿呢。到时候我们一起结账。老彭，怎么样啊？隔壁邻居，免得说这点儿忙也不帮啊！"

九　贩桶——饭桶

人算不如天算，仅瓦工的工钱一下子就要突破三四千元，我的心在阵阵发痛。墙上损失墙外补，怎样才能补回来呢？向师傅说了，老杨后面的屋一个星期内完工，然后就做前面的正装屋。那时，要和我的屋一同施工。我得把砂浆桶、铁钉子、铁丝、铁锹等的准备好。我连忙用笔记下来，问他："要买多少呀？"他说："桶二十个吧。"我说："你们几个人哪，要这么多桶?"他说："桶不结实，用坏了就要换。"我说："先不要考虑换不换，就买十个吧。"他说："铁钉子一寸五的要三四斤，一寸八的也要三四斤。"我说："那就各买三斤。"他说："八号的铁丝要五六斤。"我说："买五斤。"他说："如果打地脚梁的话……"我没让他说完，就表态不要地脚梁，几间小屋儿，还值得地脚梁啊。人家大杨的屋比我的还大些，就没有地脚梁。

于是我先到民生的店子里去买桶。

民生说："你来对了，前两天进了一批好桶，熟胶的，五元钱一只。"我问还有没有更便宜的，他说："有啊，四元钱一只，用不到三天就会坏；这熟胶桶呢，保证你用出头，坏几只我赔几只。"我说："那好啊！这不就节约了三十元了！"

买了十只桶，两把锨，几斤铁钉子和铁丝，用锨把作扁担，一头是铁丝等物，另一头是桶，一肩挑起来，朝屋场走去。我说自己像个贩桶的，民生笑了："哈！饭桶！"于是我在街上一边走一边装疯地叫喊："喂！贩桶哦！贩桶哦！"所过之处，人们都笑了。挑到屋场，我还在喊"贩桶"。

我喊"贩桶"，引起了众瓦工的注意。其中有个姓赵的师傅看了我好久，对他的同伙说："这个人怎么像个书呆子呀？"不巧他的话让我听到了，我说："书没读几本，只能叫个饭桶。"赵师傅连连说："书呆子可不是我说的，是旁边那个人说的。"我说："我又不怪你，别人说的我也不怪，叫我书呆子还算抬举了我。我早就说过，读了十几年书，真正是读到牛屁眼里去了的，说是饭桶更像些。"

这么一阵装疯卖傻，瓦工们没话说了，其他人笑起来，倒觉得我比往日可爱多了。我心里就一动，老街上的人个个是人精，在他们面前装傻充愣倒还强些。实际上和他们相比，我真的是个傻子，是个愣汉。

我把砂浆桶给向师傅看了，他说这桶真好，熟胶的，从十层高的楼房上摔下来都不会坏。他又跟老杨说："看老彭的桶，你也买几只这样的来。"我得意了，对向师傅说："怎么样？我说只需要上十只桶就够了吧！"向师傅说："还要几十米长的塑料水管子一根，最好搞几个装汽油的铁桶来。"

老街因为建设，水电也遭到了严重破坏。街上安了几个临时水龙头，没有水管子还接不到工地上来。垭镇是高山地带，水源奇缺，每天只供应半天水，加上干旱，有时候只供应一个小时的水，这就需要大铁桶之类的东西存水，以备不时之需。水管子好说，铁桶到哪儿去找？老杨说："不要紧，我这儿有两个铁桶，我们轮换着用，分什么你我？"我心里大受感动，愣在那儿。向师傅说："老杨真是个好邻居。"我不知如何感谢，就把烟掏出来，跑到老杨跟前，说"上烟上烟"。老杨说他早戒了，上烟就上给他的师傅们吧。

我赶紧给那些瓦工们一个挨一个地说："上烟上烟！"

给到赵师傅那儿，他正在砌二楼上的那只角，地方狭窄，我把他逼在那儿连身子也转不过来了。我说"上烟上烟"，他说："你把烟上了就走。"我一愣，还有这般对待上烟人的；又一笑，只有赵师傅这样爽快的人才说得出这样直的话，就说："行，我上了就走。"此后每每给赵师傅上烟时，我总会把这话拿出来炒一遍，说："赵师傅抽烟，我上了就走！"然后大家都笑了。

说我是饭桶，或者书呆子，竟然越说越像。后来的一些事都在证明我的确是

471

个饭桶，只举两个例子：一是关于买火砖的。隔垭镇老街六里开外有个页岩砖厂，老街刚拆屋时是二角七分一块，这几天价格飞涨，等我问价时已经涨到三角了。便去问对门的牙医老邱，老邱得意地说，他买的一直是二角七分。原来刚开始他就到厂里定了五万块砖，一次性地把钱出了。我好恨，只有痛骂自个儿是饭桶了。虽说我只要三万块砖，也要多花近千元钱呀！本来是恨不得一分钱掰成两半花，结果眼睁睁地把钱扔水里了。我真想扇我几耳光，却又怕疼。

二是一件小事，可它伤了我的自尊，刺痛了我的心。向师傅说："马上要行砖了，赶紧把砖运来呀。"我不认得司机，就找北头的大杨。大杨的老婆欣月热心快肠的，推荐了她的堂弟王开德。王开德的爹我认识，还未离开农村时我们在一起种过地，那时还是"学大寨"的时期，开德还没出世。欣月一说，我想起了这个名叫开德的小伙子，前一阵天天看到他在给大杨拉砖，只要见了我就很热心地"善良哥善良哥"地叫。欣月说，开德开的是狗头车，每拉一趟是一千块砖，运费二十元，挺便宜的。于是我就请开德给我拉砖去，越快越好。

开德办事倒是爽利，一小时内就把砖拉来了，还替我垫了砖钱。我和他结账，问给他多少，他说："一千块砖是三百元，运费是三十元，一共是三百三十元。"我说："你给大杨他们拉的不是二十元钱一趟吗？怎么给我拉就成了三十元？"开德一听，咋呼起来，把周围人的注意力都集中过来，连大杨也过来了。开德大声咋呼说："你晓得我和他们是什么关系？欣月和我是一个爷爷的，她跟我亲姐姐一样，我给亲姐姐拉砖还能要运费吗？你问我姐夫，我不要钱，是他硬塞给我的。"

大杨站在一边，竟接不上话，只把我看着，脸有些红。我当然不服，就说："开德老弟别哄人，我问过别人，都是二十元钱一趟。"开德的声音更大了："那你说的是以前，现在你看看还有谁会来拉二十元钱一趟的？就算三十元也不会有人来拉了！这满街的泥浆子，街面塌的塌了，鼓的鼓了，陷进去就不能起来，石板翘起像大刀片，我们是冒着生命危险在干。善良哥，难道你没看到我们每回进街像在整水田呀！"那么多人看着我像挨训似的，我没话说了，给了他三百三十元，赶紧让他开路。王开德，我这辈子都不会请你了！

不是为多给了十元钱，是你伤了我的自尊！

天哪，你这个饭桶，还有自尊哪！

十　节约小钱，累死神仙

决定打地脚梁是受了我学生的影响。他叫向继明，垭镇人的习惯，都叫他向明伢子。向明伢子的屋在我们对街的最北头。由于老街和公路的切割，他的房子完全成了一个直角三角形。更难的是临公路的一面和临街的一面中间有个掉脚坎，落差有四米左右，纵横要打四道大梁才能和老街平齐。我说成本太高了，他说没得法，既然上了就要搞得有排场些。这话让我受了刺激，我可是连地脚梁都懒得打的。于是，我的心动了。

以前，向明伢子曾经搞过地下六合彩，赚了几十万元。后来他想赚更多的钱，却赔了进去。他说，他账上只有七八千元钱，借了十万元放在账上，就上马做屋了。这种毫无顾忌的行为显示出垭镇人特有的气派，是很有感染力的。他又说他对门的大杨，屋快做好了，没打地脚梁，下脚时连砂浆都不用，显然是想趁早卖掉的。大杨在县城有房子，不想在垭镇长住。但我觉得，就算很快就要卖掉，也应该把房子做好点儿，那样才能卖出好价钱哪。

我差点儿又干了一件蠢事。于是，我改变了主意，打地脚梁。

对我影响更大的另一个人是我对门的罗授伢子。罗授伢子的家很穷，用得上"家徒四壁"这个成语来形容。他是个搞房屋建筑的木匠，有一妻二子，靠他一人养活。妻子奇胖，一天到晚和麻将结缘，什么事都不干的；长子十六岁，和他母亲一样，奇胖，智商却低，初中毕业后闲在家里，有时到市场上卖卖鱼，赚几个玩游戏的钱；小儿子才五岁多，上学前班。

他家的屋上马时一分钱都没有，但他一点儿也不慌张，该怎么搞就怎么搞，计划打三道大梁，地脚梁，还有三块线浇。他说他有朋友和亲戚帮忙，先借了钱再说，活人不能让尿憋死了。他还对我说："彭老师，一个男人嘛，总要干几件事，做屋是千百年的好事，要干就干得像个样子！抠屁眼子唆指头子的事搞不得。"平时那个让人极为小瞧的汉子现在令我刮目相看，于是我坚定了打地脚梁的想法。

向师傅说，下周就要开工，打地脚梁就得赶紧去弄钢筋。他算了一下，20毫米粗、9米长的钢筋需要15根，就到垭镇建材公司去买，全镇只有那一家卖钢筋。我问："那儿的钢筋是从哪儿来的？"向师傅说："从县城来的吧，或者是从宜昌来的。"我一想，既然从县城来，县城的钢筋无疑就便宜些，所以我立即去县城。县城的20毫米粗的钢筋有三种价：20元、26元、30元。我想也没想就买了20元的，就算是水货，也比没有强啊！听说垭镇最便宜的就是30元的，这次我就节约了150元。为了节约运费，我找了公路段在垭镇打水泥路的会计小玲，请她用工程车给带上来。一路上，我也就只费了几根烟。

小玲是个肯助人的人，她问我还需要什么帮忙的，我说不晓得。那个司机说："可以帮忙搞一车水泥呀！现在水泥天天涨价，已经300块钱一吨了，而我们公路上的水泥一直是270块钱一吨。"我一听，乐了："好啊！给我弄一车吧！"小玲问："要好多吨呢？"我说："先弄十吨吧。"这事就定下了，约好三天内到货。

那天我很兴奋，把钢筋弄到工地后就操心水泥来了放到什么地方才好。忽然想到屋场后面还有一间老屋——也就是傅中强当初做的猪栏——没拆，全部装的老娘那些破铜烂铁、锅盘碗盏之类，要是把它们收拾整齐了，十吨水泥也就有地方堆了。我立即把大哥叫来，和他一起收了半天，空出不小一块地方。

大哥说："二十吨水泥也有地方码了。"

我说："我跟民生讲过，水泥本来可以码到他的店子里，可是每天还要拖拉机转运，用一吨转一吨，每吨要十五块钱的转运费，这下子可以节约了。"

收拾完老屋，又想到了砖。地脚梁一打好就开始行砖了，我得到砖厂去。能不能在砖价上打个主意呢？听说砖厂老板是郭大凤，以前是认识的，可惜后来没有重视和他的交往。要是想到有今天，当初怎么样也要和他保持联系呀！人算不如天算，当初哪里想得到今天呢？真有些后悔莫及了。郭大凤有个朋友也是我的朋友，叫安祥云。安祥云是从我们文化单位下海的，他们刚好在合伙做一门生意，那就请安祥云帮个忙吧。我赶紧给安祥云打电话，希望郭老板能把砖价压到二角八分以内，这样，三万块砖就可以节约六百元钱。安祥云满口答应，晚上就回话说谈妥了，砖价二角八分，就到县城西侧的安鹿砖厂去拉。

这下把我急坏了，我说："不是安鹿砖厂，应该是垭镇的分水砖厂。"原来，郭大凤在县里一共有三个砖厂，其中两个在县城附近，一个在垭镇附近。安祥云以为我在县城做屋，所以说的是安鹿的砖厂。我说："不是我要做屋，是为我老娘做屋。"安祥云又找到郭大凤，说要买分水的砖。郭大凤说："既然老彭为他老娘做屋，那我们朋友就帮他把这份孝心尽了吧。不过分水的砖特别俏，再说我请了个厂长管理着，是承包了的，顶多压一分的价。"就这样，我到分水砖厂买砖，二角九分一块。也行，能节约三百元钱，那也不错呀。

第二天小雨，我从老街步行六里路，找到了分水砖厂，定了三万块砖。一路上都是某化工厂的基建工地，虽说整得我浑身泥浆，没有看相，却另节约了五元钱的"麻木"钱（拉客的摩托车费用），心里也是痛快的。大哥说："你也是吃得苦。"我说："要想好看，累死好汉；要想排场，就得勤俭啊！"

这时，小玲来了电话，说水泥下午三点左右到，一共拉了十二吨，要我准备接车。在大哥家吃了午饭，歪到沙发上眯了一会儿，不到两点我就到嫘祖像前等车。小雨仍在下着，天冷得很，穿少了，冻得我瑟瑟发抖，还打起了牙磕。车子老不来，无聊的我只好隐到嫘祖像的背后，让她帮我遮些风雨。

嫘祖像是二十世纪八十年代立起来的。垭镇是全省有名的桑蚕基地，所产

"垭丝"闻名海外，为了纪念养蚕缫丝的老祖宗嫘祖，就立起了这尊石像。后来，政府干脆说嫘祖就是垭镇人，宣传了很长一段时间，可极少有人相信。嫘祖是黄帝的正妃，养蚕的始祖，是中华民族人文之母，人们怎么会承认她就是垭镇人呢？

正胡思乱想着，小玲又来了电话，说水泥要到夜里才能到，让我做好接车准备。我一看时间，已经五点多了，赶紧到大哥家去吃晚饭。六点时天已黑定，丢下碗我就往屋场那边赶。老街上的路灯全坏了，一片漆黑，尤其是我们那片工地上，老屋全拆了，没有照明灯，我想，摸黑怎么下水泥呀？不能下也要下。听小玲说，车子是带了下水泥的工人的，五元钱下一吨，包在水泥钱之中，不用我出。我在漆黑的夜里把手机打开，有了一些光芒，便在屋场前后走了好几趟，思考着怎样才能把车子倒到那间没拆的老屋跟前。老屋与屋场有一道一米多高的坎，正好将车屁股喂进去，再搭两块跳板，下水泥的人就不用爬坎了。夜太黑，车子的尾灯应该能把老屋照亮；毕竟是在夜里，什么都不方便，下水泥时我可以帮忙，那样，下水泥的人就不会有什么意见了。这一刻，我觉得我什么都可以干。

可是那天夜里，水泥依旧没有到。我打了无数的电话问小玲，她也说不清了。她是委托公路承包商办的，已经几个小时打不通承包商的电话了。好叫人为难，我走也不是，不走也不是，又怕他半夜三更突然来了呢？夜越来越深，我在街上朝远处张望，过一会儿，有灯亮起来，以为是车灯。那灯转个弯就到了跟前，原来是过路人。我想，莫非是大哥来帮忙的？等人家走到跟前，我咳嗽一声，对方也咳嗽一声，表明互不相识，也互不干扰，就过去了。又过了一会儿，有灯亮起，还是个过路人。这时，雨变成了毛毛雨，几乎感觉不出来，我仰面朝天，感觉挺舒服的。看到屋场里高一堆矮一堆的砖像山一样，却没有一堆是我的，我便摸到里面朝那砖狠狠地撒了一泡尿。撒完了尿，我无事可干，便东站一会儿，西站一会儿。到了半夜，我不得不收兵回营。第二天早上，小玲又打电话来问，我说等了半夜，她说一个大男人哪里这么笨，晚上八点不来就表明不会来了，还傻等什么呢？又说今天他们接上头了，水泥上午一定到。

我想，这还好些。可我到工地一看，那间没拆的老屋掉坎前已经码了山一样高的一堆预制板，老杨家准备给后面的屋上板了。我无话可说，只好去找明生，依旧把水泥下到他店子里去，把他那装水泥的棚子挤得连门都关不上了。明生说："放在我这儿比放到老屋里好，你想想啊，我的水泥不断地在销售，你随要随拉，每次拉的都是新水泥；而你的房子起码要建一个多月，老也用不完，堆在老屋里免不了会受潮，一受潮就硬了，一硬还有什么用呢？"

大哥也说:"水泥堆在那儿,一天要减少一些,时间长了真不好。"

我大悟,好事多磨,幸亏我没有往老屋里堆。这么说我还得感谢老杨了!

接着和明生谈了请狗头车转运砖的事,我说决不能请开德那样的人。明生说他知道,开德是个坑一回不想第二回的角色,要坑就朝死里坑。明生推荐了一个人,名叫向德朋,不仅狗头车开得好,而且很有名望。明生当即打电话对那人讲,三万块砖全包给他,二十元钱运一千块砖,三万块砖也就是需要六百元,可以节约三百元。这样一算,这两天办的事就可节约一千多元,不用说多开心了。

人一开心就大度,什么样的人都能包容了。

十一 二哥来了

老杨屋场后面的保坎做好了,那几个人就转过来给我下脚,七十元钱一天,管午饭,在杨幺伢子的馆子里吃,以后结账。后来我才明白,他们给老杨做坎子是六十元钱一天,管午饭。讲好了的事,我无法反悔,便硬着头皮做。更扰我心的不是下脚,而是打地脚梁——我得去买松木,加工模板。向师傅说不得少于一至二个立方米的松木,每个立方米四百元。又得七八百元钱!向师傅说,模板以后还可以用,做瓦板和瓦条,都是需要的。那我就去找木料,老杨忽然说:"我有模板,就用我的。既然成了邻居,什么你的我的,就不分彼此了。"杨幺伢子也说:"老彭,你是个好人,用我的我没得意见。"老杨说:"水桶和水管子也用我的,只要不搞坏就行。"我说:"搞坏了我赔。"杨幺伢子说:"老彭啊,你的屋还没开工,我就帮了你多少忙哦!"老杨说:"水桶啊,水管啊,模板啊!"

向师傅说:"老彭,你真的摊上了个好邻居。"

我说:"我早就想,这屋要是没有好邻居、好朋友帮忙,我死也做不起来。"

就在这时,二哥来了,蓬头垢面的。二哥的蓬头不是一般的蓬头,一根根长长的头发都放射性张开着,相当于爆炸头,发丝上包裹着层层灰尘,让人误以为他的头发很粗;垢面也不是一般的垢面,其实他天天都洗过,不过是用清冷的水,不用热水和肥皂,油垢就慢慢在他脸上积成了一块又一块的,生漆一样。他就像个吞猴。以前听算命先生说过"吞猴煞",总不知吞猴是什么模样。现在明白了,把二哥一看就晓得什么是吞猴了。他整天都无聊至极,呆立着,傻站着。

二哥是个疯子。二哥很长时间没找过我了,今儿怎么突然出现了呢?他要找我什么麻烦?我心里没有底,身上不由得起了一层鸡皮疙瘩。

这边干玉春说:"你二哥昨天在屋场里守了一夜,我夜里上厕所时看到他像一个黑桩，把我吓了个半死。"那边的王欣月说："你哥在守你妈，不知你妈到哪儿去了。他谁都奈不何，只奈得何你的妈。他找妈干什么呢？""干什么？要钱呗！"我答道。

我没打算理二哥，他倒靠近我，小声问："您在忙啊？"他是我哥，倒称我"您"。我问什么事啊，他说他没吃早饭，找我借几元钱，又说等过了这段时间，公家就会给他发上万元的钱，就可以还我了。我冷笑了一声，摸出几张皱巴巴的钱给他。他去吃了早饭，又找到我，说多了一元，还给我。我无声地把钱装到衣袋里，周围的人都笑了。我问："你还有什么事？怎么老不走啊？"他问："你这儿有什么事需要我做的？"我说："多着呢，可你一件也做不了！"然后他才千恩万谢地离去，走了老远还说我是个好人，救了他的急，会有好报的。

二哥的身影消失了，做墙的赵师傅说："你二哥是个真书呆子，是不是书太读多了？"我说："他读过几本书？不就是农村里流行过的那些老书嘛。"

是的，二哥以前是个人人知晓的书呆子。我们家还在九女河住的时候，他就出名了，一天到晚抱着一本书不放，村里的书都被他看光了。什么《三国演义》《水浒传》《西游记》，什么《说岳全传》《说唐全传》《封神演义》，什么"三言二拍"和《红楼梦》，等等。二哥的学历却极低，只读到小学五年级，因为眼睛得病，辍学了。父亲曾带他到宜昌求过医，确诊是沙眼。

那时节，大哥当兵去了，我便和二哥接触很多。有几件事至今记忆犹新，有一次，我们在菜园里玩，他硬逼我吃生辣椒，结果辣得我号啕大哭。

有一次他带我上杨柳，我爹在那儿教书，二哥随父读书。从九女到杨柳，要爬一座高山，杨柳在山上，九女在山下。那个山坡俗称"灯盏窝子"，也就是说山坡上没有平地，倒有放灯盏的窝子。我们爬上灯盏窝子，走到顶峰的山垭上，朝下一看，九女河在峡谷里面，像一条飞舞的带子。二哥说："快过来，多看看我们的故乡，这一别又是一个多月的时间。"我就跟他一样朝山下看，果然看出许多凄凉，也看出了许多寂寞和孤独。

有一次，深秋季节，天有蒙蒙细雨。他带我到巴岩子口下去洗澡，我们脱了个精光，便往那个锅一样形状的水坑里扑，冷得我们上牙只磕下牙。不知怎么我就滑到"锅"中央去了，乱扑乱打，眼看是不行了，二哥拼了命才把我拉起来。坐在沙滩上，我们赤裸裸的，因为后怕而忘了穿衣，只是呆望着灰蒙蒙的天空。过了好久，二哥仰着头说出一句让我永生难忘的话："苍天哪！"

有一次，二哥步行三十多里，到郝家垭小学找我，通过老师把我从教室里叫出来，郑重地给我一本书。他说："你已经读六年级了，要好好学习，就先把这本书读了。"我拿起一看，是李若水的《大众哲学》。他又说："把这本读完了再读艾思奇的《辩证唯物主义和历史唯物主义》。"收下了他的书,我往屉子里一放,再没看过。说实话,我哪里晓得什么李若水和《大众哲学》呢,哪里又晓得姓艾的那什么主义和这什么主义呢?我把这事跟父亲讲过,父亲说:"这个作孽的!"

有一次暑假结束了,我背着几十斤米到学校去,要走几十里路。走了好几里,二哥如飞地赶来,掏出一卷材料纸给我,上面写满了蚂蚁般的文字,让人莫名其妙。他说这是他的最新成果,关于哲学方面的,题目叫《论能动》。他要我带到学校附近的邮局去,寄给市里报纸……

二哥好读书,其情景让人难以相信。二十世纪六十年代,我们家从九女河搬到垭镇,六十多里路,所有坛坛罐罐、红苕萝卜,还有那副一百多斤重的石磨,都是人挑背驮弄来的。那个冬季,要不是二哥一次又一次地往返于两地,我们的家不知还要搬到猴年马月。二哥背着一百多斤萝卜,拖着一根打杵,拿着一本厚厚的书,一边走一边看,累了就歇到打杵上,依旧看。大哥给他的一双大头皮鞋就是那个冬季报废在那条路上的。一路上不知有多少人在看他这道风景,然后再四处传扬,说有这么一个书呆子,如何如何的。

到了垭镇不久,就是"文革"。人们在街道口扎一个彩门,由两个红卫兵守着,就像收买路钱似地要过路人背诵"语录"。背不上来的就罚他到一边读"八万八",什么时候背会了什么时候走人。二哥上街了,照样要背"语录"。他张口就背:"否定之否定规律是事物最基本的规律。"红卫兵不懂,二哥解释说:"这是马克思语录,怎么啦?你们没听过,难道就不行吗?"

二哥那样嘲弄了红卫兵一番,扬长而去。

人们讲到二哥看书时,无不极尽挖苦、讽刺、嘲弄之能事,却有一个人是欣赏他的,那就是九女河对岸的永树爷爷。永树爷爷佩服二哥的记忆力和理解力,那么厚的书,他怎么能读得烂熟于胸呢。每到冬季,永树爷爷会叫上二哥上山去捡野板栗,或者野桐子。在那无边无涯的树林里,到处都是板栗,有小指头般小的,也有大拇指般大的,捡回家过年过节,可以待客。在那一湾一湾的谷槽里,桐子树也有不少,扒开一层薄薄的冰碴子,将手伸到积叶下,准能摸出一颗又一颗枯了皮的桐子来,卖到榨房里,可以打出一桶又一桶雪白的桐油来。

永树爷爷的心事不在板栗上,也不在桐子上,通常他还没捡到三颗板栗或是桐子,就把口袋往屁股底下一垫,坐下来说:"老二,今天说个斩颜良诛文丑吧!"二哥必然望天哈哈一笑,得意地说:"那就讲斩颜良诛文丑。"一讲就讲到日头下山天地暗,看不见路了。永树爷爷说;"狗✕的回去吃饭去!明儿再来哟!老二,明儿一定要来的哟!"二哥说:"那是自然!"

一个愿听,一个愿讲,天生的一对儿!

我也曾听二哥讲过，至今还记得：关云长斩颜良诛文丑之后，惊呆了曹营的人，连曹操都对他赞不绝口。关云长却说这不算什么，便提起他的二弟张翼德，"于百万军中取上将之头，如探囊取物耳"。二哥的原话就是如此，他是一口气不断句地把这一段讲完的。白沫从他那嘴丫子里喷出，他兴奋至极，也张扬至极。

可是如今呢？二哥委顿不堪，畏缩惊慌，乖舛偏执……

我那会讲故事的二哥呢？

十二　二哥为什么会疯

二哥的疯很有些年代了，是在一九八四年。那年的四月，我的老婆到市工业学校读会计班，我独自带着儿子，早上送幼儿园，白天上班，晚上又到幼儿园去接儿子，挺累的。突然有一天，二哥来了，他说他正被公安局追捕，吓了我一跳。晚上，他指着屋后那条简易公路说："你看，那几个人鬼鬼祟祟（崇崇）的，就是追捕我的人。"我反复看了，却是什么人也没看到。

直到那时，我才明白他疯了。他在我家一连住了三天，干了三件疯事。第一件，我儿子汇报说，二爹把他的步枪电池扔了，并且把装电池的弹簧也扯掉了，步枪成了一支废枪。第二件，我让他单独睡一屋，他把床移到门口，把门板抵了个死紧，我打不开，他在里面也不知该如何打开了，费了老大的劲儿。第三件，他看到一个穿军装的人进了隔壁人家的门，那门上挂了一把锁，他竟然悄悄把人家锁在屋里。那个穿军装的人是客人，家里只有一个女人在，女人的丈夫恰好回家，还闹出了老大的误会。我气极了，立即撵二哥回老家。

后来我回到故乡调查了一下，老街上很多人都晓得这么回事。那是初春的一个日子，二哥在老街上闲逛，老天突然下起了大雪。人们惊呼瑞雪兆丰年，都从屋里涌出来。二哥也许是受了刺激，当即跪在街心，仰面朝天高声呼叫："大爹大妈，叔叔婶婶，哥儿妹子，你们要原谅我呀！我罪恶深重，求你们了！"

从那天起，二哥就不再是原来的二哥了。

二哥的疯不是因为爱情，亲戚朋友倒是给他介绍了不少对象，他都笑而不纳，像扔抹布似地让人家走掉，然后忘得一干二净。

二哥的疯也不是为了钱财，我家世代至穷，祖上没有遗产，对难以温饱的日子早就习惯了。二哥虽然能上工养活自己，也从未遇到过横财。如果能得到十元八元，定是满足得很。

是不是为了功名呢？这个我还真不敢说没有。

回想他的过去，忽然想起他在"文革"初期退出红卫兵组织的一个声明。那时他在垭镇的一个桑场里干活儿，参加了名叫"高山独立支队"的红卫兵组织。过了不久，他就贴出声明要退出。他在声明中写道：

事有起伏，物有兴衰。鹏程万里，志在蓝天，岂独守一树而吊死乎！不才因观念之争，常受组织压迫，度一日胜三秋哉！革命正未有穷期，潜龙冲天岂无时？红卫组织如雨后春笋，生生不息，此处不留爷，自有留爷处。

公元七六年夏，爷去也，是为告！

那时他只有十八岁，正是志向高远的时候。人们知道他是个书呆子，满纸荒唐言，也无人计较。有人当笑话讲给我妈听，妈自然是没听懂，却说："这个死没得用的家伙，气死个人啰！"

他以大鹏为志向，以革命为己任，是真的还是假的呢？联系到当初他学《大众哲学》与《辩证唯物主义和历史唯物主义》，联系到他的大作《论能动》，你就无法否定他对革命的真诚。

要革命就得有地位，可他没有地位。到了二十世纪八十年代初期，老父亲从学校离休回家，原是想安排我去顶职的，可我在一九七七年就到了县文化单位。我顶不成了，就让二哥去。二哥三十多岁，超过了顶职的年龄，不能顶职，只能到伙房里做个帮厨的。大师傅叫他挑水便挑水，叫他洗菜便洗菜，叫他扫地便扫地。没搞到半月，他把扫帚一撂，说："何苦来哉，爷去也！"就回了家。

他回了家就以图书为伴，在老街书店里大多买的是政治哲学类书籍。他似乎很爱听人们叫他书呆子，别人分明是在嘲弄，他却以为是赞赏。在这种错觉中，他读书也没有以前用心了，主要是做样子。他把新书一页页翻开，放到"炕笆子"上面熏，熏得书页发黄了再翻开另一页熏，直到一本书全黄了才拿下来看，一翻一屋烟火气。他对人家说："这是真正的老书，老先生看的书。"

所谓炕笆子应该是我们大山里特有的物件儿，山里树木多，烧的都是柴火，将桶粗的木头一劈四丫，往火垄里一架，火势熊熊，像烧窑的。火垄上空有一根吊锅钩子，将生铁锅吊到钩子上，煮饭烘肉都少不了。吊锅钩子顶端平放着一张篾片编成的炕笆子，可以在上面熏鱼、肉、豆腐之类。二哥在上面熏书，就惹恼了母亲。母亲说："石头石头，遇则有一头，你是一头也不头啊！既然回来了那就出工挣工分去呀！一天到晚老拿一本书看，能饱肚子啊？"

二哥说："那——老幺怎么一天到晚老拿一本书看的啊？"

又说:"那——老大怎么不挣工分去的呀?"

母亲说:"那你就到区上搞工作去,到县上去搞工作去撒!"

二哥就不作声了。请注意,他同时提到了我和大哥,也就是说,他应该像大哥和我一样得到一份工作,他却没有,这是老天的不公!

由此,我想到了多年前的我。高中毕业,回到乡下种地,身边有许多同学被贫下中农推荐上了大学,或者是参加了工宣队、贫宣队,然后有了工作。那些同学多半是有情意的,上大学前或是参加工作前跑到我家里来玩,说他们要上大学了,或是有工作了。他们没忘记我,因为我曾经是他们的班长、学习委员,或者当过他们的排长。那是个什么滋味?我憋闷,怄气,只差吐血了。我恨老天不公!凭什么我就不能参加工作呢?我想,我那时的心态应该就是二哥的这种心态吧。进而想,要是我和二哥一样,一直得不到工作,是不是也会疯了呢?

我和二哥一母同胞,一父所养。我们的血管里流着同一对父母的血,继承着同一对父母的基因,有着非常相似的性格。二哥在此情景中疯了,那么我呢?谁敢保证我就不会疯掉,有一回,老婆对儿子说:"快看,你爸发呆了,多像你二爹呀!"前不久因为建房,我弄得蓬头垢面的,在大街上走,长长的头发,黑白夹杂,我侄女看到了,对侄女婿说:"你看幺爹,和二爹一样了,像个疯子。"侄女婿说:"他是作家,自然与众不同。你看那些艺术家,哪个不像疯子?"

侄女把他们的对话告诉了我,使我深受启发。我以为,世上任何人都有疯掉的可能,只是环境不同、遭遇不同而已。

二哥疯了,他不是那种乱打乱砸,或者胡说八道的疯,听其言,观其行,你甚至觉得他很正常。母亲让他下地,他便说他有病,不知是真的还是装的。他说他在九女山上薅草时喝了沟里的沁水,里面有蚂蟥,蚂蟥在他肚子里已经长大了。他每天用指头抠他的胃部,好像真有蚂蟥似的,一件衣服不到一个月就会在心口处抠出一个大洞。母亲没有办法,请医生看,二哥吃了不少药,除了蛔虫,什么都没驱出来。母亲听说可以用煎熟的鸡蛋把蚂蟥引出来,因为煎熟的鸡蛋有很浓的腥味儿,而蚂蟥是特别喜欢这种味道的。母亲就把鸡蛋煎成一张薄薄的饼,抠出眼部和口鼻部的洞,铺到二哥的脸上。二哥躺在板凳上,就那样一动不动,可是铺在他脸上的鸡蛋皮儿冷了又热,热了又冷,就是不见蚂蟥的动静。

这样闹了几年,没有谁再理他,连母亲也说他装病。大哥更是火气冲天地说:"什么病?懒病!"于是,二哥又有了新的病。

有一天,他忽然说他的脑袋上有"草块爬子"。这是一种生长在潮湿的草地里的小爬虫,小时候经常看到,在墙角边,把一块草拔出来,往往就有成群的草块爬子，它们受了惊扰，会四处爬行，看得人身上痒痒的。二哥每天都郑重其事地烧几壶开水，提到场坝里去洗头，烫得头皮发红，也烫得他大呼小叫。村民说要请医生看，我们说他是装的。人家就说："是的呢！弄得这么苦，你们装给我看看！"后来我们也就无法知道他的病到底是真的还是假的了。

这样又闹了几年，不知什么时候又不了了之，反正再没听说过草块爬子，但是新的病又出来了。最新的一种病是说他身上阴气太重。前些年，我们回家过春节，他就对我儿子说过："好侄儿，你们回来我欢迎，但你们能不能早些走啊？你们在这儿，我身上的阴气就更重了。"现在他成了五保户，住房漏雨，村里给他盖了新瓦，他就爬上屋顶把那些瓦掀了开去。村领导质问他，他说："屋里阴气太重了，掀开是为了晒晒太阳，增加些阳气。"

渐渐地，母亲越来越老，二哥依旧不劳动，并且对母亲的态度越来越凶恶，有时候还动手打母亲。母亲养不活他了，也害怕遭了他的毒手，便离家出走，到县城跟我去过日子。和我们一起住，母亲觉得很不便，便在街上租房住。住了些年，她的老毛病越来越多，害怕死在县城被火葬了，才赶紧回到老家，并且让我在老街买了这几间破屋。母亲一回来，二哥就缠上了，不是要吃的，就是要喝的，要不给钱也行。要是把他弄烦了，他就会大吵大骂，以至大打出手。

这回做新屋，母亲到大哥家去住，二哥找了一个多月，就是找不到，倒是让母亲少了许多惊扰。我想，但愿二哥把母亲忘了吧！

十三　母亲不会忘记二哥

这几天一连付了三笔款，口袋里的钱正式如流水般淌走。第一笔，砖钱 8700 元，比应付的节约了 300 元；第二笔，江砂 1000 元，比应付的节约了 500 元；第三笔，下脚费 1300 元，钟师傅会说话，拍了我的马屁，说我文明、和气，是有知识的人。尽管有一万多元钱离我而去，我却十分高兴。

下脚的时候，钟师傅不知是为何知道我拉了一车便宜水泥的，便说他也准备做屋，将来给他搞几吨便宜水泥。我不知怎样支吾了几句，并未把这事放在心上。后来我把这些账目对明生讲了，他说下脚费太高，我就开始不高兴。不是对明生，是对那些下脚的小工。我以为都是一样的工一样的钱，其实他们在别处便宜多了。并且我还把几个大半天都算作了全天，这就越发让我气愤了。

接下来应该打地脚梁，我得问问母亲，正前门的客厅做多大，紧挨着的寝室做多大。向师傅说："客厅就是前厅，将来老娘百年了，可以租给人家做生意，所以要大些。"我表示同意。向师傅说："老娘的寝室嘛，只要能支一间床铺就行了，进深留个两米多吧！开间有三米六，也有八九个平方米了。"我说："那不行，本来就是为老娘建房，怎么能把她的寝室不当回事？"于是把前厅的进深留了四米五，老娘的寝室留了三米六，比我县城的主卧室还要大。

我在给母亲汇报准备打地脚梁的事时，她倒没计较寝室的大小，只问前厅给她留了放香炉的地方没有。我说那是以后的事，做个台子钉到正面墙上就行了。母亲不知从什么年代开始，就一直烧香敬老爷。大哥最烦这事，往往当面指责母亲。母亲不作声，却依旧烧香不止。我也反对，我知道反对也没有用，只好随她的便。母亲腿脚不便，我还得去为她买香买黄表纸，还得走不近的路到庙里上香或者到坟上烧纸。相反，大哥是绝不干这些的。

有一回，大哥呵斥说："天天敬神，也没见你的腿好起来呀！"

母亲说："要是不敬神，早成瘫子了。"又说："我给人家看了那么多迷信病，怎么别人都好了呢？那天碰到坎下的××，我问他好了没有，他说好多了。"

我忍不住插言："人家是骗你的呀！要是人家带着礼物来感谢你的话，说明你治病有效；要是你问人家好了没有，人家也不能说没得效啊！"

母亲愤怒了，再不理我们了。那日一整天都不理我们，肯定是我把她的自尊伤害了。从那以后，我就再不说什么了。

所以，今天当母亲说到香炉的时候，我便耐心解释，让她放心，我是会把这事儿办好的。之后，母亲望着窗外，像是进入了某种神秘的境界。我不想让她陷得太深，就讲起了二哥，说我几天前见过他。母亲说："这个家伙，怎么不死的呢？活在这世上害人还没害够啊！"

母亲虽然如此骂，但在整个家庭，也只有她才对二哥有些感情。比如快过年了，她必然会多买一块肉给二哥留着，或者准备一些好米给二哥留着。大哥说："你把自己的生活管好行不行啊？人家要你管啊！"母亲说："他到底还是个活物件儿撒，你让他饿死啊？把他一刀杀了去呀！"

大哥一点儿也不让，更生气了："那好，你有能耐管，那就莫怪我们不管你了！"母亲便怄气，不敢把东西交给二哥，而是悄悄托人把东西给二哥带去。

在适当的时候，如果提到二哥，母亲会提醒我们这些无情鞭笞二哥的兄弟们，说当年从九女搬家到垭镇时，还得亏老二背上背下；说他没疯时每年在队里还挣两三千分呢；说那年做屋时到黑槽岩抬材料，到横石沟拉瓦，一板车七八百斤，他一个人在那儿奔，都说他是伤了力的……

可怜天下父母心，都是她的儿，她怎能忘记儿们的好处！何况十指有长短，扯不到一般齐，老娘自然会对生存困苦的那个儿子关注更多些，这也是常情啊！

怪只怪二哥疯了，不仅仅是生存的问题。

有一回，母亲让我给二哥带些旧衣服回来。我把穿过的，还有没穿过的，只要是我不想穿了的衣服收了一大口袋，交给了二哥。母亲见了，比我孝敬她老人家还高兴些，便说："这下穿得到半辈子了的。"可是二哥不领情，把那些衣物分发给村里人，一件也不留。母亲质问他为什么，他说："这些衣服上有老幺的气场，我穿不得，一穿身上就疼，就痒，就难过。"老娘叹了一声，又从我这儿拿走一件八成新的棉衣，悄悄给了二哥，还说这是她在街上买的，别让我们知道了。二哥信以为真，竟然一直穿着，不管春夏秋冬，都穿。

还有一件事说明母亲是护着二哥的。有一年，父亲和二哥打架，当然父亲是进攻者，二哥是防御者，且防中有反攻，就把父亲的鼻子搞出血来了。父亲几天不洗脸，将那血迹老挂在脸上，让人们看，老二是多么的不孝；还到区上找了领导，要处置这个忤逆不孝的东西。母亲替二哥抱不平，说："出甚丑呢？老二是个疯子，这老家伙又不是不晓得。"老父于是天天在屋里骂"妻不贤，子不孝，无法可治"。父亲直到离开人世，依旧不能原谅二哥。

母亲常常对我说："你二哥再坏，他还是不偷不抢呢。"有一回，队里的人看二哥没有菜吃，就给他送来一捆白菜。二哥坚决要给钱，人家假装收了一元，他却要给两元。还威胁说，不收两元钱就不要菜了！有一回，二哥出门给人家打工割麦，人家给他一个工三十元钱，他坚决只收了十元。二哥看了太多古书上忠勇仁义的故事，一直牢记着岳家军饿死不为盗、冻死不扰民的优良传统，就是在他疯了之后，也没有任何越轨之举，所以人们又说他是个文疯子。也正因为这一点，母亲对他不仅没有抛弃，甚至还有些好感。

现在不行了，可能是二哥在饥寒交迫中坚守不住那些伦理道德了吧，也许是疯狂的毒素使他失去了理智吧，他开始偷人家园子里的菜和田里的粮食了。隔壁杨幺伢子说，我二哥在他店子里吃了几十元钱的包子，问二哥要钱，二哥说："没得钱，只当你们做了好事的嘛！"杨幺伢子有些夸大其词，我听他妈讲过这事，说只有三元钱。但不管三元还是三十元，又有什么本质区别呢？

只有到了现在，母亲虽然依旧会接济二哥，但她却坚决不想再见到他了。

十四　最易失去的是尊严

今天是十一月五日，从十月七日拆房以来，将近一月了，真是光阴似箭哪！准备了一个月，房子才正式进入建筑时期。也就是说，今天要打地脚梁。

我很早便来到工地，把各种工具准备齐全，再检查一下工地上的物件儿。模板是昨天从老杨的地脚梁上撬下的，再一块块扛过来，铁丝、铁钉和木楔也放在地脚石两边。向师傅一声令下，瓦工们就开始装模板了。

我在一边看着，不禁有些激动，嗨，我的房子终于动工了！

可是且慢！杨幺伢子突然走了过来，对我说："老彭，这模板不能随便动的。"我的脊背蓦地一凉，听他往下说。他说："模板是姐夫的，虽然我们都同意让你用，可姐夫还没发话呢！"我问："你姐夫和你们不是一家人嘛。"他说："笑话，姐夫是姐夫，我是我！你不跟他讲好，将来他找我们的麻烦呢？"

我气晕了！真的是晕了！杨幺伢子见我脸色不好，转身就走。我看了一眼老杨，老杨干笑笑；又看一眼向师傅，向师傅有些尴尬。不知为什么，我感到阵阵内急，赶紧去了一趟厕所。到了厕所，又没有尿意，便把手机拿出来，给老杨的女婿打电话。他女婿是我某学生的弟弟，虽然我没教过他，却也称得上是他的老师了。并且他父亲在世时，我们的关系也不错。我想打个电话说说不会有问题吧？除非他们在合伙戏弄我，那就没办法了。

我说："小沈哪，你好。"

他说："有什么事？请讲。"

我说："关于打地脚梁用模板的事，你丈人和向师傅早就同意了的，可杨幺伢子要我和你讲，你同意了才能用。所以给你打个电话，你同意吗？"

他说："这个呀，模板也不是我的，是打公路用的。如果你们这个也用，那个也用，搞坏了怎么办？公路还没打完呀！"

我说："公路是你承包的嘛，把模板借用一下，保证不给你弄坏，好吗？"

他说："不弄坏那是哄人的，这儿长了要锯，那儿短了要加，不就损坏了吗？"

我说："那怎么搞呢？马上就要动工，原来说好了的，这么一变，我得现找材料去。你能不能高抬贵手，帮我一下呢？你帮了我，我会忘记你的恩情吗？再说，我和你哥哥经常见面，关系也在这儿。你再考虑一下好不好？"

他"嗯"了半天，说："那你用吧，要保证模板不损坏哟！"

我收起了电话，事情是讲好了，可我一点儿也不高兴。过后我非常后悔，为什么不去找木料，不就七八百元钱的事吗？为什么要低下高贵的头颅，向那些小人求乞？人哪，明晓得活得没有尊严为什么还不走出那个圈子呢？打地脚梁那天，我一直像丢了魂似的。向师傅见我那个气急败坏的样子，也说："其实这模板是我和小沈共同拥有的，我同意就行了。"我第一次没好气地对向师傅说："莫说好听的话了，那你刚才在干什么？为什么不说句公道话？"

为了几块模板，我出卖了尊严。那些叛徒，为了生命，出卖了灵魂。我和他们有什么区别吗？没有！我一直被这个问题弄得透不过气来，一直在痛骂自己，如果鬼子再次打来，我一定是个叛徒，是个为人不齿的狗屎堆！然后我又暗暗发狠，你别猖狂，等你犯到我手里的时候有你好看的。过后又笑了，他会有什么事犯到我手里来呢？这不是白日做梦吗？

到了下午，模板装好了，放水和砂浆打梁。我仍旧麻木着，把老杨的水管子拉过来就用，连借用的话也不提了。四点多钟的时候，水停了，就把老杨的储水桶里的水接过来用，也没打一声招呼。老杨在一旁笑着说："老彭啊，怎么样，我们没为难你吧，什么都给你。"杨幺伢子哈哈大笑："老彭，要不是我们，看你怎么搞！储水铁桶啊，水管子啊，模板啊！你用哪一样我们说过不字？"

我说："那是的，谁叫我们亲如一家呢？"

正说着，铁鼓子里的水也没有了。杨幺伢子说："给村里的朱书记打电话，你是县里来的人，你打电话起作用。"我说："水厂停水了，朱书记有什么法呀？"杨幺伢子说："是他们要我们拆屋的，他不管谁管？"于是我给朱书记打电话，他说他真没法，山上缺水，水厂自己也没法呀，他让我给镇领导打电话。我说："现在正在打地脚梁，停水了怎么行？""明天能打吗？""今天打的和明天打的就不一样了，各是各，那这个梁还有什么用？"朱书记说他给水厂打个电话试试，能不能来水不敢打包票，最后恐怕还是要我自己想办法。

这时，对街的罗授伢子说："彭老师，到后面兽医站去接水，那儿地势低些。"我就拉起水管子朝兽医站飞奔。一接，果然有水，老牛拉尿似的。没想到就那么点儿水，居然把我的地脚梁打好了。和尚终于没被尿憋死啊！

直到此刻，我的情绪才好了许多。

接着，大哥和干玉春吵了一架，不是吵架，是骂架！起因是为下水道。干玉春老不放心，她上面的水不会顺利通过我这边的下水道。特别是她的猪栏里的臭泥浆，要通过我的楼梯间和厨房，我埋了一根粗大的管子，就是为了对付她的臭粪。我说："你的猪粪可以挑去种菜呀。"她说："现在谁还用那个，都用化肥了。"这就是说活该我遭殃了。大哥说："你那厕所里的粪可以让人家挑去种菜嘛，可你还舍不得。"这一下就刺激了她："谁说舍不得了？我恨不得出钱请人挑！是哪个烂舌根子的在外面乱嚼呢！"她一开骂，大哥就发怒了。于是二人不顾体面地在大街上吵起来，拣最不该出口的话骂。我非常惊讶，为什么男女生殖器会那么顺利地通过他们的舌头激烈地抛撒出呢？不管是大哥，还是干玉春，为什么那么喜欢操人家的八辈子祖宗呢？拦也拦不住，污言秽语就充斥了半条老街。

吵了个把小时，干玉春好像有些腰疼的样子，挥挥手对她老公说："把椅子搬过来，我今儿就和他拼了，看能吵到什么时候。"他老公看了看周围的人们，顺从地把椅子搬出来，就放在我们已经打了地脚梁的屋场内。

我一直不作声，显然我不能帮助大哥，两个男人同一个女人吵架，说出去多不好听呢！大哥又坚持了一会儿，愤愤地走了，从此便很少到我们屋场来了。尽管我是那么需要他来帮我，但我也不好意思叫他了。

吵架的对象走了，干玉春也就停下来。结果周围人都说我大哥不对，其实我也知道，明显是大哥不对，怎么要在这么个地方这么个时候同这么一个人吵架呢？过后我对此事的总结是这样的：

干玉春是个漂亮女子，很可爱的，有时她娇憨地一笑，还让人顿生怜惜之感。可是，不能听她说话；尤其是不能看她吵架，吵架时她的眼睛红了，青筋露出来了，眉毛高耸了，连鼻子也歪了，那还让人有好的感觉吗？

我大哥是个干部，曾做过区里第一副书记，后来做到镇人大主席，几十年的老革命啊！而在这之前，他当过二十年兵，当过各种连队的指导员，人们不会想到如今他会在这儿和干玉春吵架的。吵架倒也罢了，为什么和泼妇骂街一样呢？不过我知道这不是偶然的，在家里他经常得意地对我们讲，文的他不怕，武的他也不怕。文就是讲道理，哪怕是和作家教授辩论，他自认为也不会输给谁；武就是泼妇骂街，只要对方讲得出口，他也是不在乎的。看看，这就是一个革命干部的修养，一个革命军人的素质，还以此为乐呢！

我不敢评价他们，但窃以为都是不妥的。这一场吵架，让干玉春失去了一个女人的可爱，也就失去了一个女人的尊严；大哥失去了一个男人的尊严，就更不用说干部和军人的脸面了。人的尊严为什么这么容易失去呢？当然这其中也包括了我，这一阵我就在不断地失去尊严。我真的还没想通。

我以为，他们会为这一次骂架长久而持续地后悔的。

十五　大哥在母亲心里

大哥出生时，母亲只有十七岁，父亲只有十八岁。奶奶曾经揪着父亲的耳朵说："四号子啊四号子，你还是个儿，看你怎么养这个儿！"

父亲排行老四，奶奶因此叫他四号子。奶奶的话没有错，父亲确实没有尽到一个做父亲的责任。爷爷膝下五子一女，便把父亲过继给爷爷的堂兄，两家相距约五六里路。父母理应住在过继的爷爷家，可是父亲天天躲在老家，把妻子和儿子扔在一边。后来，父亲出门去教私塾。过了一段时间，教书的父亲被地下党策动，去鄂西做了游击队员，因为他读过小学六年级，算是个知识分子，所以很快做到副指导员，这就没法回家了。再后来，他从部队退伍，之后又进入"土改"时期了。父亲是以病为由请假回来的，回来就再不去了，险些被开除军籍。不知经过多少道手续，部队上才来人和地方联系，将他安置到大山里教书。

就这样，母亲和大哥相依为命，度过了他们人生中最艰难的时期。

所以说，母亲是最爱大哥，也是最倚重大哥的。她当然没想到大哥会是今天这样的大哥。那一年，当大哥悄悄地随部队由南而北，去了石家庄的时候，母亲不知痛哭了多少个日月。那时候我还只有四五岁，每天玩得像一头泥牯牛似的，回家恨不得不洗就往床上一滚。每当我夜半一觉醒来，总会听到母亲嘤嘤地哭着，不知她在哭什么。母亲一边哭一边低声诉说，问现在在哪儿？上战场了吗？开战火了吗？是死是活？我这才知道，母亲在哭大哥。

一天又一天，不知过了多少天，母亲哭出了病，三天难得两天好。大哥终于来信了，母亲突然停止了哭。从那时起，母亲的身子也好起来，走路做事又恢复了从前的模样。人们说，她赶路就抓得到一把风。也是从那时起，母亲有了倾诉的欲望，只要在路上遇到亲戚或者朋友，总要停下来和人家讲上老半天。讲述内容不外乎父亲和大哥，讲父亲时就满腹怨言，讲大哥时就疼爱有加。她不仅对外人讲大哥，而且经常对我讲。大哥的事迹便深深地印在我的脑子里了。

母亲讲，大哥出生后没人带，不管做什么事都得把他背着。家里有块田在腰墩里，冬季得去挖土，春季得去点种，夏季得去薅草，秋季得去收割。所谓腰墩，就是半山腰里的一块田。说是墩，也不是，上下都是陡岩，就中间一块挂坡田罢了。有一回母亲到那儿去挖土，在田边挖了一个坑，将大哥放到坑里，便自个儿往前挖地去了。突然她听到背后有响动，扭头一看，大哥已经出了坑，飞快地朝山岩下滚动。当母亲将大哥抢到怀里时，她的脑子里还是一片空白。她不知道自己是怎样飞下那一道道高坎的，不知道自己是怎样和死神赛跑的，反正她是抢到大哥的下面，双手贴地，大哥就滚到她怀里了。大哥虽然到了她的怀抱，但冲击力不减，竟然使他们一起又滚了老远，一直滚到林子边被树桩子挡住，才停下来。母亲搂着大哥坐在那儿望天，呆呆的。过了好久，母亲就不断地抽自己的脸。

母亲讲，大哥自小就勤快，大哥比二哥长六岁，二哥小时候就一直靠大哥带着玩。二哥会走路了，可他不走，一直要大哥背着。大哥把二哥背在背上，手指扣着手指，一天下来，晚上吃饭时手指就伸不直，连碗都端不得了。长年地背，使大哥的手指到现在还伸不直，我是看在眼里的。

母亲讲，大哥自小就能干。母亲要种田，家务活没人干，大哥就像女人一样做这做那。五六岁时，大哥就在家做饭；十来岁，他就能冲碓、筛糠、簸米，以至磨魔芋、打豆腐了；十二三岁，他就能在袜底子上绣花，就能在鞋底上飞针走线了。大哥绣出来的花和纳出来的鞋底，连村里好多女子都赞叹不已。所以人们说，母亲将大哥是当作女儿教的。

母亲讲，大哥自小就聪明，读书一直读到县里，放假回乡，就在村里组织文艺活动，演戏给村民看。那时节，九女河与宜昌县的桃坪河交界，桃坪河那边出了一批高中生和初中生，还有留下来的一批民间艺人，他们就组织起比较大型的乡村剧团，还在周边村庄选演员，实行家中种地、农闲从艺的管理方式。在我们远安县九女河村，就只有大哥一人被那个剧团选中了。大哥长得眉清目秀，在家里如女人般，在剧团里也就喜欢演女角。小时候，他喜欢人家赞扬他就像一个能干的女人。不像现在，他特烦和女人打交道。他们剧团无论到我们村或是到别的村演出，母亲都会背着我、带着二哥赶去看。只要大哥一上台，母亲双眼就亮了。坐在她身边的人碰碰她说："快看，你的儿子上台了！演得几好哟，硬是比姑娘伢子演得还好些呀！"母亲则谦虚地说："莫'日绝'人，这是你这么说的！""日绝"人相当于嘲弄人、讽刺人，但又不全是。母亲一边说，一边笑得合不拢嘴。

母亲讲，大哥是个豁达人，对人又好又和气，不管走到哪儿，人家都喜欢他。大哥在望家合作社站柜台时，那个负责的老张硬要认他做干儿子。1958年，全国上下因为大吃社会主义食堂，已经把粮食吃空了。老张就把副食店里的粉条渣子、糖末子扫到一起，自己留一袋，悄悄给一袋大哥。大哥生日那天，老张朝酒缸里兑一壶水，然后打出几斤来，悄悄和大哥对饮，祝大哥生日快乐。

母亲讲，大哥是个孝顺儿子，自小就孝顺。有一次母亲让大哥到亲戚家借粮，只借到几斤苕。大哥饿得连那几斤苕都背不动了，可他一路上一个也不吃，全都背回来交给了她。大哥当兵后不到一年就读上了铁道学院，毕业后就提了干。母亲第一次收到大哥寄回来的钱，就认定大哥是她真正的靠山了。在大山深处，人们都不知道怎样用钱，可母亲知道。母亲说："老幺，走，明天我们一起上宜昌。"那是1963年，我还刚刚读小学三年级，就跟着母亲到宜昌去玩了一趟。从宜昌回到村里，母亲见人就要停好半天，讲她在城市里见到的稀奇古怪的事物。村民们或羡慕或嫉妒，表情各异，但有一点儿是一样的，都说："养了个好儿子呢！"

在我们村里，母亲是第一个走出大山，第一个走进城市的女人。她说，全都是因为有我的大哥！要不是我的大哥，我们至今不还在九女河那老山里待着吗？母亲托人写信说，九女河她再也不想待了，想搬到垭镇去，连房子都看好了。孝顺的大哥立即倾囊而出，给她寄了三百元钱……

可以这么说，母亲是因为有了大哥，才有了底气，硬起了腰杆，才活出了人的尊严。只要大哥在，母亲的生活就充满着希望。大哥退伍回乡后，当上了区委副书记，很快就把母亲的农业户口转成了商品粮户口。

在母亲的讲述中，我一天天成长；在母亲的希望中，我越来越明白，要以大哥为楷模。可是，大哥退休后怎么就变了呢？这个问题一直困扰着我，以我如此浅薄的知识竟没法解开这个结。母亲现在住在大哥家里，吃有吃的，喝有喝的，可她觉得度日如年，天天在问工程的进度，问什么时候才能搬家呢。每当母亲问房子的事时，大哥都会呵斥她一顿，弄得她灰头土脸的。

有一次我悄悄问母亲："大哥这样吼你，你是不是特生气？"

她说："哪还有工夫生气？我心里疼啊！自小到现在，我都是最喜欢他的呀！"

为她的这句话，我的眼睛突然湿了。哦，大哥一直在母亲心里！

十六　大哥的强悍

大哥之所以和干玉春骂架，我想就是想表现他的强悍。回想大哥的以前，他的确给我留下了一个强悍的印象，这要从他小时候说起。

小时候他跟父亲在杨柳读小学，至今杨柳的人还清楚地记得，大哥往往会被父亲拳打脚踢，父亲拿起竹竿就是竹竿，拿起棒子就是棒子，竹竿会被打得"五马分尸"，棒子会被打得拦腰折断。大哥被打得九死一生，然后还会遭受刻薄的谩骂。毫无疑问，这种残酷的打骂不仅没有制伏大哥，反而激起了他的反抗和仇恨。数十年之后，当七十多岁的父亲再和大哥吵嘴时，大哥丝毫不让，并把父亲骂得狗血淋头。父亲只好气哼哼地喘着粗气，在那儿无奈地喊叫着他早已诅咒过千万遍的咒语："妻不贤子不孝，无法可治！"

父亲扬言要和大哥断绝父子关系。后来，父亲躺进医院，奄奄一息之际，终于还是念叨起大哥来。他说："老大要恨我至死吗？"大哥知道了这话，没有作声，只是在父亲病房的隔壁住了一夜，偷偷看了父亲几眼，真的直到父亲离世，大哥也没正面看过父亲一眼，父亲只能带着怨愤走了。

当初，大哥跟父亲只读了一年书就回家了，宁愿不读也不想再让父亲毒打。母亲无奈，只好把大哥转到三爹的学校去读书。

和大哥同过校的人说，大哥从小就像个姑娘，话不多说，一见生人就脸红。可是他们又说，大哥吵架有一手，能够把骂街的泼妇吵得不敢出门。他真是一个奇怪的结合体，很长时间内我都不大相信这种说法。

我对大哥的印象主要是在他当兵之后。1964年他探亲回家，隔壁的三爷爷给的信，让我们全家人去接他，他已经到村委会那儿来了。父亲先出门的，接着是母亲慌慌地出门，再接着是我大哭大闹，因为母亲没有带上我，我赌气不理他们了。他们回来后，都把大哥紧紧围住，当然也没有谁理我。结果还是我自己经不起诱惑，主动跑到大哥面前去了，立即便领到了几颗水果糖。

大哥这次回家，让我领略了他的风采。不能说领略，应该说"听"到了他的风采。他讲他当兵后的种种，让人振奋。我已经十岁多了，对于他的讲述大多都能明白。他说在新兵连，连长是最喜欢他的，新兵训练结束时，不是连长分配他的去处，而是他想到哪儿去就到哪儿去。

连长说："你自己挑吧！"

大哥说："那就让我到汽车连去。"大哥想开车，这是他过去从没接触过的一个行当。于是他就被分到了汽车连，他说："开车很简单，五分钟就会了。"

这话我至今都记得，当时我想，我如果开车的话，一年能不能学会？结果大半辈子过去了，我也没有学会。

大哥在汽车连只待了半年多时间，遇到军内大学招生，因为他是铁道兵，因而报考了石家庄铁道学院。全师仅有五个考生，结果只考上了他一个。大哥特意讲到了数学考试，很有几分神奇，因为他考了满分。全国的铁道兵考生都集中在石家庄市考试，考数学时有一道应用题他做不出，全考场只剩下他一人，还在那儿苦思。有个监考的老师走了过来，用指头点了几下，又嘀咕了几句，大哥恍然大悟，就做完了。考分一下来，他的数学得了满分。那个监考者和大哥没有任何关系，和大哥的首长也没有任何关系，据说仅仅是因为他一眼就看中了大哥。

看看，这是多么神奇！

大哥大学毕业后分到九师，先当见习排长，再当事务长。等他再过几年探亲时就已经由副指导员升为指导员了，那时我也由小学升到中学了。上了中学的我喜爱看书，没什么书看就到校图书室去"偷"，什么《烈火金刚》《平原枪声》《红旗飘飘》之类，装了一脑子，所以我对指导员一职是很看重的。有个故事讲，新四军的某连队在弹尽粮绝的时候，斗志低下，连连长也灰心丧气，而立场坚定者只有那个指导员。在指导员耐心的思想工作中，在指导员的正确领导下，这个连队终于战胜自我，走向了胜利。每每看到大哥，我就会想起那个指导员。

记得教过大哥的三爹曾经自豪地对村民讲："老大二十五六岁就当了连级干部，三十五六岁就会当团级干部，四十五六岁就会当军级干部，不到五十岁就要到中央去了。老天有眼，我们彭家终于出了个人物啊！"

可是大哥当上指导员后就没有提升过,一当就是十多年,官运被闭塞了。我怎么也想不出其中原因,倒是大哥退伍后自己说出了究竟。他说,多年前在四川大巴山修铁路时,团里准备提他当教导员,政治处主任还同他谈过话。大哥一听,火冒三丈,骂起人来:"谁要是让我当营级干部,老子就×他的奶!"这话是公开骂的,很快传到首长耳里,自然就提不成了。

官本位思想严重的我对大哥很是不满,这样的好事打起灯笼都寻不到,为什么会愤然拒绝呢?这让我想起了父亲。父亲在新四军的领导下打了几年游击,没有入党,却当上了副指导员,就因为他有文化。1949年后,他被安排到襄樊军分区当了科长,1952年因病回乡休息,假期是一月,他却再也不想回军分区了。半年后,军分区来人请他回去,他依旧不走。军分区准备开除他的军籍,他才搞慌了,请地方政府证明,说他病魔缠身,又说他家没有劳力,生活困苦,不得不回家照顾家庭。军分区还算仁义,又派人来调查实情,并联系地方政府安排父亲当了小学教员,月薪十八元,并且是用蔬菜、粮食抵扣的。

后来,我们经常在一起议论父亲的愚蠢,仅仅就是为了恋家,就扔掉自己的大好前程。要是父亲至今仍在部队的话,会是什么官职呢?大哥说:"一直干到退休的话,至少也应该是个少将吧!到省军区当个副司令什么的不在话下。"听了这话,我们便一起怨愤:"这个老糊涂,怎么一点儿好事也不做,生怕我们做了高干子女呀!"母亲说:"莫听他扯!什么恋家呀,就为那个野婆娘缠着他哒!"

由父亲说到大哥,我便问大哥为什么要重复父亲的错误呢?就在部队一直干到退休,不也可能弄个少将干干嘛。他说,和平时代没有什么职业军人,除将军级别外,任何人都是会退伍的。当时在部队有个精神,凡正营级干部退伍时,都得退到当地。也就是说,他当了教导员,就很可能会退到拉屎不生蛆的大巴山区。就为这,大哥和父亲殊途同归。到底是"屋檐水滴臼,点点都不错"呀!

大哥回乡当了区里的组织干事。俗话说:"干事不带长,不如小跑堂",但他的工资在区里竟然是最高的,比区委书记还高。他的工资一直到二十世纪九十年代工资改革的时候都居高不下,让他自己都觉得很不好意思,所以在三次加工资的时候,他都慷慨地让给了别人,自己心里也就有了一些高尚的感觉。那些因调资得到过他好处的人后来超过了他,也把他的恩情忘记得差不多了,他便也对当初的行为后悔不已。但他不流露出来,因为他是个男人。

说他强悍,可以举几个例子。有一次,区里的干部在下乡分田到户时遇到了麻烦,田家村有一伙人闹事,田就是分不下来。从书记到干事都去过,没有谁拿得下来。书记便想到了大哥,让他去试试。他去了三天就拿下来了,很快声名鹊起。他是个军人性子,没有别人那么多弯弯绕绕,而是直来直去。大哥和那个闹

492

事的头儿当面谈了几次，谈不拢，那个人还拿大哥的女儿说事，意思是说如果惹恼了他，他会杀人的，大人杀不到，杀个把小伢没有问题。于是大哥说："很好，那我就等着。我干脆挑明了吧，讲道理你讲不过我，就想要流氓啊！那行，我把这身干部皮一剐，也就是个流氓。你不是还有三个儿子两个女儿吗？那就看哪个的刀子快些，看哪个划得来些。"那人气疯了，当时就朝大哥扑过来。大哥在特务连当过多年指导员，学了些擒拿的手段，身子一侧，顺手扣住对方的手腕，朝面前一带，也没用什么力，那个人居然就在他面前跪了下来。

大哥说："不敢，讲什么礼行呢！"又把他拉了起来。

那人无计可施，惶惶地跑回了家。大哥想了想，前脚跟后脚，也走进他的家。他们全家人都吓着了，不知大哥要干什么。大哥说："饿了，想到你这儿弄顿饭吃。"就这样，大哥把他收拾得服服帖帖，他们还成了朋友。

有一次，拆区建乡，让大哥到望家村去当副书记。乡政府的院墙里乱七八糟，到处是农民摆放的断木香菌。乡里安排村里把那些东西收干净，却一直没有动静。后来乡委书记到地区住党校，乡长到县里开会，让大哥主持乡的工作。大哥把乡政府的干部集中起来，大干三天，把那些断木筒子全都移到外面去了。这一下惹恼了香菌的主人们，纷纷到县里告状，县经委还派人来调查过。党委书记住党校回来，表扬了大哥，背后却对大哥说："老彭，这事也就只有你敢！"

有一次，乡政府决定建新房，让大哥负责搞基建。包工头是浙江的，自以为和乡主要领导关系好，就没把大哥放在眼里。大哥学过土木建筑，自然算个内行，好几次说他们砌的墙不合格，他们都不改。大哥不说了，带了几个人，撬的撬，推的推，把他们的墙掀翻了。浙江佬这才知道厉害，赶紧托人说情，给他送了五条大中华香烟，据说还准备了一万元钱。大哥没有要烟，当场把烟还给人家；那钱，人家自然更不敢送了。多年后大哥的女儿说："爸爸真是个傻瓜，不要人家的钱倒也算了，连几条烟都不敢要！"我说："你爸是个清官，这个你要明白。"侄女说："是的撒，要不怎么现在这么穷的！要不我到现在怎么没工作的！要不我们到现在怎么还困在苟家垭那个黑屋儿里的！"

也是的，给自己的女儿弄个工作应该不难吧！都要就业，难道干部的女儿就不就业了？给自己调个好地方，也不算违规吧？到底是他要当清官，还是别的什么原因呢？这个也离不了他的性格，性格决定命运嘛。

十七　自卑的大哥

以前读过刘再复的《性格组合论》，这是一本指导创作的书，核心就是说人物性格的二元组合，我觉得很有道理。大哥就是一个实证，我们很多人都是实证。大哥的强悍实际上与他的自卑是紧密相连的。

　　大哥自小就像个姑娘，见生人面就脸红，却敢于同泼妇面对面吵架，就是性格上典型的二元组合。当然，这里说的二元是人物性格的主要方面，并不排除二元之外还有其他。对于大哥的自卑，我是在他退休后通过他的讲述体会出来的。

　　就在这次做房的过程中，我住在他家，母亲也住在他家。有天晚上，他忽然叹了一声说，这辈子他有过自我总结，没有做什么大事，却也不算失败。接着他就讲了他做过的几件出彩的事，也讲了他觉得窝囊的几件事。我问他："当初乡镇里有那么多人都调到城里去了，你为什么就不想去呢？"

　　他说他想过，就是难以在领导面前开口。他说当时的组织部长是他的老乡，他们关系也很不错的，部长每次下乡到乡里来都不住旅社或客房，反而要和他住在一起。上级和下级同枕共眠，在乡里是很少见的，但他们在床上却没什么可谈的。有一次部长主动问他："老彭，你就愿意老在这地方待着？"大哥说："不在这儿待着怎么办？我能力有限，想到城里去也没人要啊。"部长说："不要紧，老彭，过两年我来想办法。"大哥当时是很激动的，但过了一年，组建了望家乡后，大哥不仅没往城里调，反而调到更为偏僻的老山里去了。部长说："你是老干部了，新建的乡镇缺乏有经验的人，你先在那儿帮我顶几年吧，以后不会亏待你的。"结果没过两年，那个部长调走了，交流到外县当书记去了。大哥说，那么好的机会，可他没敢主动要求过，总是觉得说不出口。我想，根由就是他过于自卑了。

　　大哥只有个独生女儿，初中毕业时没考上高中，正遇到九女磷矿大上马，被招进去当了话务员。又过几年，矿山改制，全体员工买断工龄，女儿失业了。按说，一个乡镇副书记，让女儿找个上班的地方并不难，可他就是不干。不是他不想干，是他觉得太为难了。找谁去？礼物怎么送？礼物送出去起不起作用？要是别人骂他行贿怎么办？都是难处。所以，女儿就一直在家里玩。后来看到实在没指望，就跑到南方打工去了。有一回，嫂子说："叫你搞个事这么难。"他大怒，说："我没得用你来！现在正在抓清正廉洁，你想让我坐牢啊！"

　　就这样，他用他的强悍把家里人压制住了。

　　那年荷花区建立时，区长热衷于给人家搞建筑绘图，收几个小钱，也满足了他绘图的爱好和人们称赞的欲望；区委书记则在家建私房，就把区里的事交给值班副书记——也就是我大哥。大哥兢兢业业，该上班上班，该下班下班。但是，政府这边有事找大哥，大哥说"你去看看区长"，人家问区长在哪儿，大哥说区长在家绘图；党委有事找大哥，大哥说"你去看看书记"，人家问书记在哪儿，大哥说书记在做房。很快区里就出了一首顺口溜：

> 区长在绘图，书记在做屋；有个副书记，他又不做主！

没过多久，区长在赴省城的路上撞了车，以身殉职；书记则因为种种原因，提前退休了。我在想，要是那时候他在区里值班，敢于做主，并且搞点儿成绩出来，他的前程绝不会这样。不善于抓机会，根本原因还是自卑作怪。

大哥在乡里时，工作是不错的，有位书记曾经说过这么一句话可以证实。他说："我们乡啊，应该让老彭当书记，我来当乡长就好了！"后来这位书记调到县里当了副县长，遇到我时还多次提到过我大哥。我对大哥说："如果你想调到城里去，也可以跟某县长讲讲啊。"大哥说："人家升官了，晓得他还认不认我？我才不去碰那一鼻子灰呢！"一点儿自信都没有，就只好倒霉了。

我想，他骨子里原来就是一副弱者心态。提他当营教导员，他之所以大骂，就是弱者心态。本来应该想到自己当了教导员，也就有机会当政委了，可他根本不敢想。和干玉春骂架，自然也是弱者心态，就更不用分析了。

一天又一天，一年又一年，大哥的自卑转化为懒惰，那就什么事都不办，特别是退休以后，真的是万事都休了，什么都不想干了。前不久，他的女儿女婿提议他把自己的房子修整一下，里面斑驳得厉害，灰蒙蒙的墙壁把室内搞得越发黑暗。有女儿女婿的关怀，当时他还激动了一下，没过几天就没那个念头了。我说等他动工的时候，可以到我新做的房子里住一段时间。他说："肯定不搞了，那是多么麻烦的事啊！满屋的家具搬到哪儿去？搬出去了还要搬回来，我也老了，还来搞这些事呀！"看看他一脸苦相，的确是一点儿锐气都没了。

天寒了，母亲觉得冷得慌，大哥把家里仅存的一百多斤木炭拿出来烧。不到半月，木炭快烧完了，母亲催我去买炭，我只好一边忙做屋，一边联系卖家。老家还有个亲戚，是舅老表，他说他的丈人有两百斤炭，不过他没有时间，让我搭班车上去，再用班车带下来。我问多少钱一百斤，老表说原价一百五十元，现在提价了，一百六十元吧。我一想，加上班车钱，差不多也就一百八十元了。我心想这个老表太抠，上辈人只剩下我这个老妈了，他们竟然也不帮个忙！我把此事愤然对全家人讲了，大哥说，根本就不要指望亲戚，他从来就没指望过亲戚。母亲问："那怎么搞呢？怪就只怪我要烤火！"大哥说："现在禁止烧炭，哪还买得到炭？"

我不信是这样的，虽然国家禁止烧炭，但老山上还是有人在烧，不然他们到哪儿去弄零用钱？我去问明生，明生说是有人卖炭，一百五十元钱一百斤，并当场答应请人送两百斤炭来。我高兴地回去对母亲讲了，说三天内保证有炭。三天过去了，明生回信说："人家有炭，却不卖了，说是留到自家办喜事的。"大哥说："我早就讲了，炭不好头，你还不相信。"母亲说："那——是不是再找你舅老表去？贵点儿就贵点儿呢！"我说："讨米也不找那些亲戚了。"

我又出门去打听哪儿有炭，不巧就遇到了那个给我下脚的钟师傅。当时下脚后同钟师傅结账时，钟师傅是讨着好了的，请他帮忙买几百斤炭应该没问题吧。果然，钟师傅答应了，说一百五十元钱一百斤炭，全是栎木的，好炭。我一听大喜，钟师傅有拖拉机，就请他帮忙拉到大哥家的楼下，并且说定了，炭到大哥家里是一百五十元一百斤，不要再变了。我把这事又对母亲讲了，怕她急，大哥却不相信。过了两天，我从屋场里回来吃饭，大哥说："钟师傅已经把炭送来了。"母亲说："是你大哥出的钱，他们硬要出钱。"是啊，大哥硬要出钱就对了。

看到母亲的不安，我想到了向师傅的一句话。做房用的沙堆在街道上挡了人家的道，向师傅让我找山背笼把沙背到屋场内去，我说："到哪儿找去呢？"他说："你大哥应该有吧？"我说："有是有，不晓得他舍不舍得。"向师傅说："又不是你一个人的妈。"我当时就笑了，把大哥的背笼拿来用了，大哥也没说什么。

那天晚上，大哥在自我总结时说："谨慎了一辈子，什么都得不到。到了口边上的话就是不敢说，又怕人家小瞧了自己，又怕人家说我自私，又怕人家说我虚伪，又怕欠人家的情，又怕丢了面子……"

唉，他怕了一辈子！现在什么事都不干了，开口就说自己也老了。这就是我为老母买房和建房都不和他商量的原因，再说他又没有钱，商量了也是白商量。其实他一点儿也不老，人家都说他长得有红有白，比我年轻多了。

十八 门前有块滑石板

原来就和向师傅讲妥了的，他说在建房过程中，东家要供四顿饭，即开工一顿，一层封口上板一顿，二层封口上板一顿和房屋上梁一顿。当时为了讨好他，也是为了表现我的大方，我说收工时还供一顿。向师傅说："那就是你东家的心意了。"我说："好，一言为定，供五顿饭。"

现在，地脚梁已经打好，算开工了，中午我请瓦工们吃了第一顿饭，在杨幺伢子的馆子里。杨幺伢子说："不要太讲究，给你开个一百五十元钱左右的席，酒就喝大瓶子酒，一杯算五角；有人爱喝啤酒，我这儿也有，一瓶三元钱。"一切都按杨幺伢子说的办，结果只有三个人喝了白酒，两个人喝了啤酒。

后来我才想明白，瓦工们说的四顿饭是经过精心计算了的。我那几间屋，主体工程三四天就可做完，供四顿饭正好解决了他们的吃饭问题，而早晚他们均是在自个儿家里吃的。开始向师傅说供饭的话七十五元钱一平方米，不供饭就八十元钱一平方米。看似很便宜，好像他还吃了亏。其实，我还是全部供了饭，而工钱却是照不供饭的价格算的。只有我蠢，嫌四顿饭太少，还要多供一顿。要不，我怎么会说我读书读到牛屁眼里去了呢？

我为什么要想供饭的问题呢？那是因为供第二顿饭的时候没有及时供，我的屋上板时与杨幺伢子家同时做，向师傅说有杨幺伢子供了，我以后找个日子再供吧。正好单位有事，我就给向师傅请了几天假下了城关。向师傅说："你回去吧，这么多天了，也该和老婆会会面了。"我说："不是为了老婆，是为了工作。"他说："不要紧，这儿的事有我呢！"可是过了三四天我从城关上来时，几乎所有的瓦工都黑着脸，赵师傅更是公开讲："东家总要露个面撒，水没得水喝，烟没得烟抽。"我说："我回单位向师傅是同意了的。"向师傅也不高兴，似乎忘了当初的承诺。

后来我想到了是第二顿饭还没有供的原因，就笑说："大家别黑脸了，抽烟抽烟！明天中午我请大家吃饭，消消火气！"这话一出口，他们的脸色果然变了，重又充满了活力。事情还是回到第一顿饭之后，瓦工们吃东家的饭，干劲很大，墙就砌得很快，两天就平楼口了。由于梯板和过桥之类的小件还没买，后面的楼梯间也就没砌。向师傅说："老彭，赶紧请人去拖小件，楼梯间不做，我没法施工了。"又说："我已经同洋坪预制厂联系好了，那儿的产品质量是全县最好的，别处的不要拖。"我立即去找街对面的牙科丘医生，他的小件也没拖，两个人请一台车，可以节约运费。丘医生正在公路边的一间小屋里给人做假牙，他同意我们一起拖，让我找车。我说不熟悉司机，请他找。他答应了，我就走了。到了晚上七点多，丘医生打电话告诉我，东西拖来了，让我帮助下车。

在那黑洞洞的老街里，下了一个多小时的预制件，结果丘医生的东西全部到齐，我的只有三件过桥，急需的楼梯板一件也没拖。我心里的火在往上蹿，便质问丘医生："搞了半天，你根本就没想给我拖呀？"丘医生有些尴尬，说："车小了拖不起，你的东西只好明天再拖了。"我不说话了，说也白说。平时看到丘医生是挺老实的一个人，没想到他会这样。先给他拖也没什么，关键是他的屋还没动工，而我是要急用的呀！更令人不快的是，那个司机正是我避之不及的王开德！

王开德说："善良哥，我明天再给你拖一回。"

我实在抹不开面子，再说明天早上就要用的，就让他去拖。第二天上午九点，他拖了十五级楼梯板和几件过桥，还不到半车。他说洋坪没有货了，这是在广坪拖的。还说，广坪的楼梯板和过桥贵一些。然后拿出提货单，价都在上面，你不得不信他。从工地到广坪约有六里，王开德的运费要50元。我惊讶地看着他，他冷冷地说："一共是1572元。"我给他1600元，要找我28元，他说没有零钱，我也没有，让他去小卖部换，他说："算了，以后再拖货时你少给28元就行了。"那还说什么呢？我能为了这点儿小钱硬要他去换零钱吗？

管他呢，做屋要紧，不跟王开德纠缠了。向师傅很快安排人砌楼梯间，安装楼梯板。向师傅说："我一看就晓得这不是洋坪的，楼梯板就一个三尖角，头上没得砣，很不好安，这种板早过时了，只有广坪才有，可以节约水泥钢筋撒！"这倒罢了，向师傅讲了一件令人极难受的事。他说广坪的预制件质量极差，这两天还有人同他们打官司。新街头上有个姓郭的老板做大众浴池，就在广坪进的预制件，施工时一根过桥拦腰折断，伤了一个人，原来里面只有一根钢筋。表面上看，也是三根，另两根是插在头上的，没有三寸长。

厂家黑心遭遇官司，那是他罪有应得，王开德为何睁着眼睛要到那儿去拖呢？并且那么高的价钱！是故意的还是什么……

我还会请他吗？除非日头从三坪那边出来！三坪在垭镇的西边。

可王开德欠我28元钱哪！不是这点儿小钱的事，我实在不愿让这个小人占一分钱的便宜。又想，越和他扯就越吃亏，不晓得他还会让我倒多少霉；28元就28元，让他赚了抓药吃去！这样一想，心里才舒坦些。

那一天，我的小人之心大发作，还担心厂家做假的预制件被我买到了。

我把这事对母亲讲了，因为憋在心里不好受。母亲说："开德的爹妈原来和我们蛮好的，他怎么就这样子呢？"母亲叹了一声："人人面前都有块滑石板，说不定什么时候不小心就在上头滑一跤，你再不走那块滑石板就行了。"

是的，只有把滑石板搬掉才行。

正在和母亲议论，有人敲门，以为是大哥大嫂回来了，开门一看，原来是老街的郭大婶。她来看看我母亲，说是老长时间没见了，挺想念的。我笑笑，心想这不过是句人情话。母亲则乐得笑眯了眼，说"我也想你们撒"。

郭大婶为什么来，其实主要是为她的腿的毛病，又酸又疼。我看是得了关节炎，母亲则认为是撞到了鬼，于是去给人家"立柱子"，看她遇到了什么鬼。母亲说，只要是医院没法治的病，那就一定是遇到了鬼，千真万确！

十九　母亲非医非巫

在中国，鬼文化由来已久，主要表现的是憎恨和依赖两个侧面或层次。

很小的时候就看到母亲给人家"立柱子"，就是将三根筷子立在水碗里，嘴里一边咕噜，手里一边往筷子上浇水，不知什么时候筷子便自个儿站住了。浇水，是为了把三根筷子连在一起；口中咕噜的时间内就是在寻找筷子的平衡点，筷子平衡了，才能站住。口中咕噜些什么呢？就是将家神野鬼挨个儿念下来，筷子站住的时候，念到了哪个鬼神那就是碰到了哪个鬼神。

等母亲为人家立好了柱子，我便接过筷子和碗，也在那儿立。口中无词，居然也能立住。母亲后来不用碗立柱子了，而是直接将筷子立在桌上，虽然也浇了一些水，却决不把桌子打湿，这叫立干柱子。干柱子显得更加神秘，这个我就干不了了。母亲为郭大婶立好了柱子，说是郭大婶的丈夫找到了她，要她赶紧给她丈夫烧几道黄表纸，上几炷香即可。然后，母亲拿出几帖黄表纸、几炷香递给郭大婶。我在一边暗暗地笑，郭大婶问："笑什么？你妈弄得蛮灵呢！"我不吱声，母亲就让郭大婶快走，说现在这些人都不相信这些。

其实母亲最拿手的是给人们看眼睛，那是很神奇的。每回给人家看眼睛时，母亲总会问："在医院治过没有？"若别人答治过了不见好，她就会看；如果没到医院治，那她就催人家先去医院，医院治不好，她才接手。

有一回，我们还住在乡下，离老街约一里之外，忽然来了一个中年人，手捂双眼，艰难地朝我们家走，母亲就知道有人找她看眼睛来了。母亲问："到医院看过没？"那人说看过了，越来越严重了，连路都看不到了。母亲把那人的眼睑打开一看，鲜红的，红得快往外滴出血来了。看了分把钟，母亲说："你老家屋后有条沟，沟上有座木桥，长年没人管，桥烂了，断了。要是你能把它再修起来就好了。"说到这儿，母亲才问他是哪里人。

那人非常惊讶，他说："我是保康人氏，到垭镇做小工的，老家离这儿一百多里。你怎么晓得我的老家后头有条沟，沟上有座桥呢？的确是有座桥，我走的时候它还好好的呢，才几个月，不会断吧？"母亲说："你打个电话问问就晓得了。"那人说："你先给我治治吧，等会儿我到街上找个电话一打就行了。"母亲说："你现在就去找电话，看是不是断桥了，要真是，就让你家里人用洗碗水在上面浇一遍，然后再修桥。"那人说行，要把钱，母亲不要。母亲说："等你好了再来报个信给我就行了。"那人说："就这样啊？"将信将疑地走了。

过了三四天，那人又来了，眼病痊愈，精神蛮好的，硬塞给母亲五十元钱。还说："太神了，你又没到过我的老家，怎么晓得我家后面有条沟、有座桥的，太神了！我一打电话，家里人就说果然断桥了，做桥的木头朽了，家里人抬石头过桥，就压断了桥，还差点伤了人，没想到还伤了我这个在外打工的人。"母亲本来也有病，精神不好，一听这话，病好了一半，还弄了一顿饭给人家吃了。

这件事在村里传得很广，可以说深入人心。

有一回，队里的晶天大爹眼睛疼得没法睁，也请我母亲看。母亲说："隔你家扑水(即伙房)四五十步的地方有个包，也许是坟包，被什么东西盖住了，犯了它，才疼的。"晶天大爹说："那是的，是个坟包，就在田中间！前儿我们砍的苞谷梗子没地方放，就堆在上头。那你说怎么搞呢?"母亲说："把苞谷梗子抱走，清干净，再用洗碗水在坟包四周浇一遍。"

这事儿是听母亲讲的，我问晶天大爹好了没，她说好了，为感谢母亲，晶天大爹还给我们家送来了半包苕。那时候还在"学大寨"，经常饿肚子。

有一回，当小队长的传寅大爹眼睛疼，找我母亲，母亲说："你堂屋里有个坑，坑里有几块石头吧? 怎么回事? 快些把坑面(填起来)好，浇点儿洗碗水。"传寅大爹说："这才巧啊，今年的苕种得多，收成好，冬天怕烂了，就和老婆子在火垅边上挖了个坑，准备储藏苕的。天哪，你怎么连这个也晓得了?"

母亲说："我哪里晓得? 是从你眼睛里看出来的。"

还有一回，六队的一个姑娘把他的老爹牵到我们家看眼睛，母亲没从他眼睛里看出什么东西，便立柱子问鬼神。答案出来了，母亲说他曾经打死过一只猫。猫是不能打死的，可他打死了，便犯了猫神。老人低着头说是有这么回事，什么原因呢? 猫偷吃了他家的鱼。那鱼是有名的西河鱼，准备晾干了给城里的亲戚送去的。那天晚上他找鱼，哪里还找得到? 结果在猫窝里发现了一堆刺，气得他哇哇乱叫，找来一条口袋，将猫装进去，提到外头摔死了。

母亲说："好惨哪，你也太狠了。"

我一直没有想通，母亲怎么会想到人家打死了猫呢? 农村人一般都把猫当作朋友，是从没听人说把猫打死了的。而这人恰恰就打死了猫！我问过母亲，是怎样把打死猫和人联系起来的。母亲说，她一边立柱子就一边在念，在问，耳边好像就有人在说话，说的话就是那人把猫打死了。后来我又问过在县城街上算命的代先生，我觉得代先生是算命先生中有学问的那一类人，他读过高中。代先生说："你母亲现在还说得这么灵验吗?"我说："不晓得。"代先生说："现在肯定没先前那么灵了。也就是说，你母亲在那几年是通灵的。"

通灵，就是人在某种状态中能和神灵对话。

代先生说的是真是假? 再去问母亲是不是能和神仙对话，她说她也不知道。

母亲不是医生，从来就不给人家开药;也不是巫婆，从来就没跳过神，捉过鬼。但她的作为近于医，也近于巫。非医非巫，奇奇怪怪的，我和大哥经常劝她别这样了。她说："别人找我看，我能不看吗? 给人家看好了，人家少受罪，我也算积了德呀，这样子不好吗? 再说我又不影响你们的前途。"

500

我们只能一声苦笑，再怎样劝也是没用的。

二十　母亲克勤克俭

屋做到二层了，按我的设计要在楼梯间上面现浇一块阳台，向师傅说快去买钢筋。我了解到现在的钢筋质量普遍不好，有人建议我买旧钢筋，就是从老屋上拆下来的那种，并且价钱还便宜些。我赶紧下城关，到旧货摊子上挑，挑好了就按标准尺寸切整齐。这儿挑几根，那儿挑几根，又用自行车拉到丈母娘家，集中起来，第二天小玲找了个车，帮我送到了垭镇。

向师傅连连说好，这钢筋真好。我说便宜了一百多元钱，把手上的皮也整破了。向师傅说还要找人借模板，现浇需要更高档的模板。我是死也不会找杨幺伢子了，向明伢子要打地脚梁，还有好几根大梁，备了不少模板，他答应让我先用。向师傅说不行，现浇板一般要用一个月才能拆，那不是误了人家打梁吗？我一想，也是，便想起道洪来。

道洪是我幼时的朋友，我在村里当民兵连长，他就当副连长，是退伍军人。他见多识广，交友甚众，也会吹牛。我的屋刚打地脚梁时他就陪我吹了半天，他说他有专用模板，打桥梁用的。听说我要现浇，他就说把他的模板送给我。我并没把他的话当回事，笑问怎么报答呢？他说唯一的报答就是别给他送回去了，他没地方堆。现在我就想起了他，是不是胡吹呢？试试吧，给他打了个电话，他说他在家，让我找车子去拖。我真是大喜过望，很快就把模板拖来了。

晚上我同大哥和母亲聊天，得意地说我弄了旧钢筋，还节约了钱。又说道洪支援我了一批模板，不用花钱的。母亲却说："遭孽，遭孽之至啊！"这是母亲的口头禅，她心上不快时就会说"遭孽，遭孽之至啊"。

回想母亲一生，遭孽是不用说的。要化解这些孽难，母亲唯有克勤克俭。年轻时，母亲随父亲嫁到过继后的公公婆婆家，父亲老不落屋，公公长年躲在野婆娘家鬼混（母亲语），婆婆则基本睡在床上，三天难有一天好。这样，屋里屋外的事只有靠母亲一人了。那是干燥的秋季中的某一天，母亲在房屋一侧的地里烧火粪，突然炸起一个火星，落到坎下的竹林里，瞬间就起了大火。竹林连着牛栏，牛栏连着正屋，秋风正在加油往房屋那边吹，母亲便慌了神。

母亲一步飞下高坎，穿出竹林，双手张开就像两把钉耙，在地上拼命地刨。她是要在竹林和牛栏之间刨开一条防火道，无论如何都不能让火势侵入牛栏。要是牛栏着火，正屋就没救了，那她就只有死路一条。附近没有邻居，母亲完全是一种无助的状态，她双手刨得血直流的，指甲不知去向，却一点儿也不知道疼痛。在她的拼死阻挡下，竹林烧光了，竟然一步也没有越过她所开辟出来的防火道。正屋保住了，牛栏也保住了，她却昏倒在防火道上，半夜才苏醒过来。数十年来，每每讲到那一刻，母亲都会浑身发抖，满面涨红，激动不已。

后来的合作社时期，队里每年都要往垭镇送公粮，六七十里路，一次背一百斤。别人家有男人，我们家没有，都是母亲一趟趟地背。我说过，母亲做事麻利，人们说她走路都能抓到一把风，背一百斤粮食不算什么。但是，她虽然背着粮食，自己却没有粮食饱肚，早上吃两个苕，一路走一路放屁，几个屁一放，肚子也就空了。回来的时候也没吃的，过十八道河，每过一道就喝一肚子水。喝进肚里的水变成了汗，不断地流淌，人越来越虚，走几步就往石板上一歪，睡一会儿，攒点儿劲，再往家走。屋里还有半碗酸霉渣，这是能够撑起她回家的唯一信念。年复一年，母亲落下了没法治愈的胃病根子。

除了送公粮，更厉害的是她要和男人一样下地插秧。九女村是水旱两兼之地，别人家的女人一般只种旱田，还是因为我们家没男人，母亲除了种旱田，还要种水田。九女村的水田多为河水田和冷浸田，在乍暖还寒的春季，田里的水直刺筋骨。作为一个妇女，不管你有什么毛病，都得和男人一样下水，那罪受的，外人想都不敢想。所以，母亲一生都和风湿病、妇科病为伴。

尽管母亲做得这样苦，但是家里还是缺衣少食。我从记事时候起直到小学毕业，基本上没有穿过鞋子。小学六年级时我在郝家坪小学读书，有一次，隔壁的三爷爷到公社办事，看到我们学校正在举办运动会。学校没有操场，赛跑便利用正在修建的公路来进行。公路上刚刚铺排了一层拳头大小的碎石头，都是放炮之后直接弄来的，非常锋利。而我就打着赤脚在那些炮石渣上飞奔，而且得了头名。跑后一看，脚板上都是口子，仿佛深不见底的峡谷。看得到血，而那血就是不流出来。三爷爷把此事对母亲讲了，母亲呆了好久，独自哭了一场。

正因为如此，母亲才下决心搬家到垭镇来。

搬到垭镇之后，情况果然大有好转。第一年六月队里预支工钱，我们家就分了五元钱。母亲拿着五元钱，望着我那一双赤脚说："到底比九女好些，你拿三块五去买一双凉鞋吧，凉鞋好，干也穿得，湿也穿得；还有一块五，我去扯几尺鞋面，给你们各人做双鞋。到年底决算钱就多了，那时再做袄子。"我说："你都拿去扯鞋面吧，我打赤脚打惯了。"母亲说："那不行，不管怎么说你也上中学了。"这一幕已经过去了好几十年，每每想及，我都会心里发酸。

母亲的克勤克俭就像一条河流，从她很小的时候一直流到今天。七十岁之后她很少种地了，就开小卖部；后来到城关去，开不成铺子，她就到街上捡渣货。

我说:"我能养活你,不捡垃圾了好吗?"她说一天不做事身上就疼,还说决不给儿女丢面子,这儿人生地不熟,没人知道她是我的妈,她也决不让人家知道她就是我的妈。八十岁之后她老是想到自己的后事,为了不给我们添麻烦,她早已自己动手把寿衣都做好了。很多次她以为大限将至,就让我把那口发灰的木箱子打开,说哪是上衣,哪是裤子,哪是枕头,哪是被子……

唉,我的母亲!勤俭的母亲!我常常自我拷问:我为什么这样无用,就不能让母亲活得好一些,享福一些,安宁一些呢?我不断抽打着自己的良心,为什么人家能把自己的母亲安置得好好的,我就不能呢?

垭 镇 幽 默

上篇　野花烂漫的垭镇

古老的理发店

我的故乡其实名叫苟家垭镇，是我把它简称为垭镇的。因为中国人的核心价值是"官本位"的，所以这个简称并不被人们认同，也就一直没有流行。

虽然引为憾事，却不用管它了。

故乡多山峦，故地名中常以"垭"字为后缀。垭镇在长江北岸，离三峡大坝七十余公里，在历史上著名的卞和玉产地荆山的南麓。从宜昌北上至神农架的二百多公里之间，有南垭、棠垭、苟家垭、庄木垭、大树垭、店子垭等，越往山里走，垭越多。其中的苟家垭背靠大荆山，是进四川、上陕西的咽喉要冲，也是远近闻名的重要商埠。因此，垭镇是这些"垭"中最为重要的一个垭，蜚声中外的湖北桑蚕丝帛就是以苟家垭为中心而产，简称为"垭丝"。

据说垭镇是历代王朝大移民的产物，历经千余年而形成于明清之际。老街长约一里，一个接一个的深宅大院正好铺满整个山垭。每座宅院的大门两侧，均为大青石镶成的铺面，除经销生活必需品外，主要就是雪一样白或金一样黄的"垭丝"了。据那些商家的后代讲，他们的祖先一直将铺面开到了汉口、南昌、南京和上海，甚或有同高鼻凹眼的洋人做过生意的。

无论经济，还是文化，垭镇都有着较大的辐射面。周边县市都知道藏在荆山深处的垭镇，都知道这儿是"垭丝"的源头，是物资交流的重镇。

我们的民间文化抢救工作就从这儿开始。我负责的是民间文学部分。

起初，我们有些瞎子种田的尴尬，不知道该往哪里转，摸了几天情况，没多大收获。路过一个理发店，进去歇会儿，正巧遇到老板在训他的孙子。他有些口吃："你的耳朵在打，打，打——蚊子啊！"

小孙子一点不买账，顶嘴还击："你的眼睛是出，出，出——气的呀！"小孙子并不口吃，却故意学着口吃，气他的爷爷。一屋人都哄笑起来。

"耳朵打蚊子"和"眼睛出气"是垭镇的常用语，指责对方，又不直接说出，却比直接说出更加有力。什么东西才用耳朵打蚊子？当然是猪，或者是牛。眼睛如何能够出气？当然是说他的眼睛既然看不清，只好拿去出气了。谐趣藏在话的背后，即使不懂本地方言的外来人，于"内心静默"之后，也能"理会"到，很有些林语堂说的"酸辣"和"片语解颐"的意味。

理发店的老板是我的老同学，又是老朋友，给个眼神便算打了招呼，我们就落座。这个店堪称古老，初级社时期就有了，属集体企业。当初的理发社主任就是眼前这位老板——我的同学的师傅，在之前属走四方的那种人，都叫他"带刀师傅"。"带刀师傅"就是理发师傅，却容易让人想到"带刀侍卫"，因为他们都带着刀。不过前者是带刀理发，后者则可能杀人。到了改革开放时期，企业改制，理发社卖给私人，我这位口吃的同学便成老板了。

如今的理发店都是现代化的，理烫染一条龙，还美容美体，花样翻新。我的同学却依旧是老一套，只理不染也不烫，仅仅把手推子换成了电推子。因此，他的小店只有一批老人，再加上一些"整体面了也没意义"的中年人。

老同学不大理我们，却急着问一个白胡子老头："到底怎么讲？"

原来，这伙人正在讲垭镇的趣闻，白胡子老头刚刚"考"问过在座的人。他说："你们镇上人晓不晓得镇上有个著名的景色，叫三步两道河？"众人沉默了许久，都不明白，所以老同学就要急着催问："到底怎么讲？"

老头要回家，不再卖关子，说这景色现在没有了，以前有。以前化雪下雨，屋檐水落下来在街道两边的水沟里满满当当地流，便成了两条河。街道正好三步宽，不是三步两道河吗？现在街上的水沟都填了，下起雨来满街跑，你们自然只能看见一街的垃圾。众人一乐。老头又问："你们晓得这条街上的一滴屋檐水落下来为啥子朝两头跑吗？为啥子朝两头跑了又合到一起吗？"

大家当然不知道。他得意地把旱烟袋背到背上，起身了。

"你晓得吗？"有人问。他出了门："我晓得，就是不告诉你们！"

"这个老家伙，硬是个快活，活，活——乐子，没得一点，点，点——心事。"老同学边笑边摇头。老头在门外回答："怎么没，没，没——没得？这辈子一直为两件事发愁。第一是打牌不，不，不——和，第二是烟袋杆子不，不，不——通。"说着，已经去远了。店里的人笑了一饱顿，笑得我的同学面红耳赤。

我很有些迟钝，可我再迟钝也知道这个老头是我正在寻找的人。想追上去，怕唐突了，只好问同学："这个老人是谁?"

原来此人大有来头。他姓李，叫李安农，在垭镇供销社干过，二十世纪六十年代初有干部下放政策，他主动回到老家当了十几年大队干部，直到大队改了村，他才卸任。按他自己的话说，也算个久经考验的"革命家"和"卓越领导人"了。理发店在座的人都知道他的一些笑话，随口就能讲出一串来。

他爱喝酒，年过七十了，还能一天一瓶。有一次到伙计家玩，几个伙计闹他，你一杯我一杯，硬是把他灌醉了。深夜回家，他进门被门槛一绊，便倒在堂屋里睡了，还说："今儿这铺好硬啊!"狗子闻到了酒臭气，过来舔他的脸，他用手一扒，说："老伴儿，你也不让我好好睡会儿，还洗个什么脸!"

老伴儿好不容易把他弄到床上，呼呼啦啦睡去了。过了好久，他要上厕所，摸索着下床，便去开厕所门。门是打开了，就是没法子进去。他恼火地说："怎么搞的，这门槛儿怎么比往日的高些?"老伴儿开灯一看，见他已经把家伙掏出来了，吓得尖叫起来："老不死的，这是衣柜!"

多年前，镇里打击过邪教旷野窄门，后来又打击法轮功。打击到关键时刻，镇里某个干部问他："老李，你是不是练法轮功哦?"

他说："呸! 你才练法轮功! 你们全家都练法轮功，还练旷野窄门!"

这就是幽默! 在我看来，幽默应该是民间文学中最有研究和继承价值的瑰宝。想起刚刚错过的一场龙门阵，我问在场的人，他们在店里都讲了些什么。大家相互瞅瞅，不知是谁起头，便又把垭镇的历史翻了出来。

垭镇本身就是个幽默。

垭镇老街呈南北走向，虽然小巧，却也完整，南北的出口处各有一个石头砌成的城门，其实就是个小洞。北门头上有"东成西就"四个大字，南门头上有"南通北达"四个大字。老街曾有"羊半头"和"狗半头"的说法，意即姓杨的和姓苟的家族各占了半条街，姓杨的家族靠北，姓苟的家族靠南。后来，姓苟的家族败了，姓陈的家族替换，成了"杨半头，陈半头"。姓苟的家族为何败了? 就是一种有趣的说法。姓苟的家族是垭镇最早的开拓者，势力最大，所以这里才叫苟家垭镇。外姓人一直想把他们整垮，就请了个阴阳先生进言，说在南门口建一个财神庙，镇上的人会更加发达。还说，周围四乡的人都愿意出力帮忙。苟家人自然乐见其成，就挑头建了财神庙。自从财神庙建好，苟家就越来越露出败相，最后被姓陈的家族挤了出去。苟家后人没弄懂，到底是怎么回事? 直到高人指点，才明白上了大当。高人说，财神庙建在南门的右侧，便把苟家的地气给压住了。"风水学"有云："左为青龙，右为白虎"；又云："不怕青龙高万丈，只怕白虎抬头望"。老街右侧平地建一座楼房，不等于是白虎抬头了吗？高人还把《封神演义》搬出来说事，书上的财神明明坐的是白虎，而庙里的财神却没有坐骑，就是怕苟家人看出来了。虽然没设坐骑，却不等于财神就没有坐骑，不过是把白虎隐在暗处罢了。最要命的是，狗子天生就是白虎口中之物，苟家自然就逃不脱败落的命运了。

老同学见我们听得认真，来了兴致，插嘴说："苟家垭本来叫敬家垭的，因为敬家两个儿子闹分家，老爷子一气，干脆把姓也分了，老大分的是前半头——苟，老二分的是后半头——文。"由于他口吃，说了半天我们才闹明白。等我们终于弄清了，便哄堂大笑。他急了："不信，你们去问问老李。"

又是李安农，看来他是个无事不通的人。在垭镇，有人说他是"天人"，有人说他是"真人"。道家称存养本性或修真得道的人是"真人"或"天人"，亦泛称"成仙"之人。《庄子·大宗师》说："古之真人，其寝不梦，其觉无忧，其食不甘，其息深深……不知说生，不知恶死；其出不欣，其入不距；翛然而往，翛然而来而已矣。"垭镇人未必知道这些，但意思是明白的，就是说他本真，没有修饰，快活得像个神仙。如果把"天人"和"真人"合起来，就是"天真"的人，以此形容这位老人，倒更确切。不必犹豫，一定得去找他。

晚上睡不着，还在想着那个"天真"的老人，想着"烟袋杆子不通"和"打牌不和"的趣话。他的话引人发笑，是因为话中含有幽默。将生活中最常见的两件小事拿来说明人生的最大不快，形成一种量级上的反差，人们便笑了。他的话引人思考，因为它不是噱头，而有其丰富的内涵，有所隐射。对于一个乡下老人而言，抽烟是他生活所必须，打牌是他唯一之娱乐，这样两件事都不如意，那还有什么乐趣呢？小事原来藏了大道理。

林奶奶的童谣

春天的垭镇，暖洋洋的，山边的桃花和田里的油菜花交相辉映。走进林子，杜鹃花红了，兰草花黄了，还有好多不知名的花在风中摇曳；种种花香袭人面，入心脾。大吼一声，扑腾腾惊起一群雀子，让人感到，在大自然的怀抱中该是多么惬意。树林内外，正是割草打蒿、山歌悠扬的季节。然而，那已经是十多年前的事了。眼前只有雀子的鸣叫和草木在静悄悄地呼吸。那么人呢？改革开放渐次深入，山里的劳力大多跑到沿海打工挣钱去了。天蓝蓝，山青青，水悠悠，真的是干净啊，似乎把我们的灵魂也净化了。

忽然发现炊烟在树梢头飘摇，像长袖善舞的仙女。老韩朝湾子里一指，说那是我们途中必经的林家，林奶奶也是个民间艺术家。我们于是将精神一提，加快了步伐。走出树林就是一片油菜地，金灿灿开得正艳，然后就是一户土墙灰瓦的老房子了。林奶奶扶着摇篮在晃动，一边唱童谣一边哄孩子：

> 板凳歪，菜花开，
> 鸡烧火，儿捡柴，
> 吹大风，儿凉快，
> 下大雨，儿回来！

老韩撩开两腿飞跑，夸张地叫喊："大妈等哈，我这儿有录音机。"

老韩是垭镇文化站站长，和这里的男女老少熟得像一家人。林奶奶见是韩站长，忙停下来进屋去泡茶。孩子刚两岁，父母打工去了，只留下老人在家带孩子。这里的人家几乎都是这样。林奶奶年近七十岁，精神好得很，坎下这片油菜就是她种的。老韩一边喝茶一边介绍："这是县里来的专家，专门来访你的，你接着唱。"她问唱什么，老韩说唱好听的。她沉默了一会儿，也不忸怩，就唱：

> 八角子草，掺肉炒，
> 好吃的婆娘向我讨。
> 来早哒，还没炒，
> 来迟哒，吃完哒。

有点儿意思，我们没有笑却是越想越要笑。歌词里既含有对"婆娘"好吃懒做的厌恶，又显得智慧跟平和；接连让"婆娘"讨着无趣，而"婆娘"却无话可讲，在微讽中含有劝告，让人值得一想。我想，这就是"心灵的光辉与智慧的丰富"交合在一起的幽默吧？老韩总是有些夸张，使劲鼓了一阵掌。林奶奶得到鼓励，一连唱了七八首。其中一首是影射媳妇不能善待老人的：

> 伢儿动，会打铳，
> 打个老鸹子三斤重。
> 爹会剐，妈会弄，
> 烘哒婆婆爷爷咬不动。

一共只四句，前三句垫得很稳，也包得很紧，一派融洽和谐的家庭情景。第四句却把它撕破了，原来是个假象，包袱在"咬不动"三个字上。"咬不动"同前三句形成反差，让人好笑。笑过之后又有些心酸，不得不反思：为什么会咬不动？显然是孙子的妈作怪了——婆媳关系紧张啊！

我们把此类童谣归在"童谣·寄托"的栏目内。寄托了什么呢？寄托着奶奶的心愿，言外之意就是说：孩子，你可不能学你妈的样儿哦。这里没有剑拔弩张的火药味，也没有指天画地的凶恶相，有的只是心平气和的微讽和寄托。

下面一首童谣的风格则大为不同：

老鸹子哇，哇姑爹，
姑爹来哒是稀客。
煮干饭，打鸡蛋，
吃哒滚他妈的蛋！

林奶奶唱着，自己倒先笑起来，我们却为童谣中的情景表述惊讶着。一般地说，家里来客的时候是喜鹊在叫，而老鸹是死人时才叫的，这里竟把老鸹和姑爹连在一起，姑爹成了不祥的人。那么是谁又那么喜爱他呢？既"煮干饭"，又"打鸡蛋"。当然是这个屋里的媳妇，也就是孩子他妈。在旧社会，吃干饭的时候极少，鸡蛋更不会吃，要攒起来到街上换油盐。所以说，如此高规格的招待的确是真喜爱了。"吃哒滚他妈的蛋"，又是谁这么仇视姑爹呢？想来想去只能是奶奶。中国历来有三亲六族之说，三亲就是"姑舅姨"，姑排在第一位。又有俗语说："养个女婿半个儿。"还说："除了郎舅无好亲。"那么，奶奶为何如此仇恨姑爹呢？孩子他妈为何又不能喜爱他呢？原来，表象之下隐藏着不足为外人道的现实，那就是孩子他妈与姑爹有染。长期以来，农村有一种陋习，叫"姨妹子不用算，舅母子有一半"。含义是，男人同姨妹子的关系就算公开越轨，也是受人赞赏的，从前，姐妹同事一夫就是常事；而舅母子与姑爹之间的关系则暧昧多了，会有所遮掩，最多只能半公开。像是一句玩笑，却也是农村中某些现象的真实写照。这样一来，奶奶自然不高兴了，舅母子和姑爹要是真有一腿的话，孙子他爹该是多亏呀。难怪奶奶要教孙子如此的童谣："吃哒滚他妈的蛋"了。

这是老韩的解释。然而疑问来了，为什么不让姨爹"滚他妈的蛋"呢？老韩还是用他的理论解释："前面不是讲了，男人可以同姨妹子公开越轨嘛，姨爹本来就是题中应有之意，人们都认可过了，奶奶还能说什么呢？"

这首童谣的原作者有没有可能是姑妈呢？最痛恨舅妈和姑爹来往的应该是姑

妈呀？老韩说："姑妈虽然有这个心，可她没这种机会，教这样的童谣必须有两个条件，一是恨孩子他妈，二是有工夫接触孩子。也就是说，此人非奶奶莫属了。"事实正是这样，山里有老奶奶带孙子的传统。父母要种地，保姆请不起，爷爷有大男子主义，孩子就只能交给奶奶。奶奶天天和孙子厮混，就会自觉或不自觉地把自己的苦楚倒出来给孙子听，把自己的情感寄托到孙子身上，于是作成歌谣，教给了孙子。一般地说，老人的情感表达是隐蔽而含蓄的，起码不能让孙子过于反感。就是有些直露的表达，矛头所向也不能对准自家人，怕的是老了无所依靠。所以，她在这里只好骂姑爹，而不能骂孩子他妈。

我还是不大信服，反诘老韩："孩子他妈不是更有条件编这种童谣吗？比如说，她和奶奶关系紧张，因而连带厌恶奶奶的女婿——姑爹，至于'煮干饭，打鸡蛋'，都是表面文章，背地里却是要他尽快'滚蛋'的；从童谣中不骂'姨爹'也可看出这一点，因为'姨爹'是她姐夫呀！"

老韩沉默了片刻，说："你不懂三纲五常，小小一媳妇，传统上是地位最低的人，她要是敢这样做的话，如何面对自己的丈夫呢？如何面对族规呢？"我无言以对。老韩继续说，婆媳关系在农村是个老大难问题，上面提到的例子还算平和的，要是矛盾公开化，撕破了脸，就会有下面这样的童谣：

> 老鸹子哇，哇你的妈，
> 你的妈在屋里炒芝麻。
> 炒一颗，炸一颗，
> 炸掉你妈的后脑壳。

那天，林奶奶唱了好久，老韩无一例外地照录不误。太阳西下，林奶奶忽然把衣裳拍几下，拿来专背孩子的花背篓，将孩子装到里面，要到街上接学生去了。原来，她还有个大孙子在读小学二年级，孩子爹妈交代过，每天都得接送。我说现在的孩子太娇了，应该培养他们的自立意识。林奶奶说："那可不行的，早晨怕露水打湿哒，中午怕日头晒焗哒，晚上怕山风吹凉哒。"

林奶奶一边说一边锁门，我们只好同她告别，并再次叮嘱，一定要按时到镇文化站去报到，参加我们的重要会议。她说："政府有会议，哪个敢不去，就怕不如你们的意啰！"她远去了，我们还在笑。离开林家，我们继续前行，爬上一个山垭，忽听对面山上传来娇脆的歌声。老韩说，是林奶奶。林奶奶也许意犹未尽，就自个儿喊起山歌来：

要我与你成好事，
十样的礼物要办成。

　　这是一支对唱的歌儿，按垭镇人的说法，林奶奶硬是唱得幽雅坏了。没想到林奶奶年近七旬，还有这样的好嗓子。刚刚在她家里她都是小声哼唱，到了林子里放开喉咙，效果竟然大不相同。我说可惜，要是有人同她对唱就有趣儿了。老韩说不要紧，虽说他是个破砂罐嗓子，词儿倒记得，便对唱起来：

只要妹妹是真心，
我莫过花费几两银。

　　他们一唱一和，就热闹了，我往面前的土堆上一坐，打开了录音机。

　　　林奶奶：天上的明月要一个，
　　　　　　　月中的梭罗要一根。

　　　老　韩：天上的明月买镜子，
　　　　　　　月中的梭罗扯汗巾。

　　　林奶奶：南海的龙角要一对，
　　　　　　　老龙的背脊要一根。

　　　老　韩：南海的龙角买金簪，
　　　　　　　老龙的背脊扯头绳。

　　　林奶奶：天上的红云要一朵，
　　　　　　　夜蚊子的心肝要半斤，
　　　　　　　客蚂子的胡须要四两，
　　　　　　　鲤鱼的牙齿要半斤。

　　　老　韩：天上的红云买胭脂，
　　　　　　　夜蚊子的心肝称水粉，
　　　　　　　客蚂子的胡须扯花线，

　　　　　鲤鱼的牙齿买花针。

　　林奶奶：南京城里一尊神，
　　　　　　北京城里一书生。

　　老　韩：南京城里你情人，
　　　　　　北京城里我情人。

　　林奶奶：十样礼物你办到，
　　　　　　这个姻缘得能成。
　　　　　　不输身来也输身，
　　　　　　输一个身子道我的行。

　　这是女子为难男子的情歌，女子显得娇横，却又不失雅致；要求近似刁难，表达却显幽默。男子则机智豁达，将女子的难题一一解答。原来女子也并非贪财之人，不过是要考考情人，一旦被征服，也就十分大度。"不输身来也输身，输一个身子道我的行"，这是多么洒脱！可是，女人的贞操呢？

憨　四　坟

　　林奶奶的歌声渐行渐远，以至消失；老韩还站在岩头上脸红脖子粗的，似乎还没过足瘾。他解开领口间的扣子，让风儿钻进去。显然，他被歌中的情景迷惑了。我一笑，要是林奶奶还年轻，他可能就会神魂颠倒了。
　　老韩的脸于是更红，他沉默了片刻，突然一指我坐下的土堆，说那是个坟头。我吓得跳起来，对死人大不敬，该不会脑壳疼吧？老韩哧哧地笑，笑出一种报复的快慰，然后说，这坟叫憨四坟，死者名叫憨四。我和老韩挤到一起，问他憨四坟有什么来头，说不定就是一篇好故事。老韩便讲憨四。
　　死者和老韩同姓，排行老四，本叫韩四。因为他性情憨厚，人们便唤作憨四。憨四个头不高，却特别粗壮，每顿能吃六大法碗（相当于旧时装菜用的菜碗）米饭。会吃也就会做，力大无比。憨四和叔伯三家分住在一个沟的两边，相距都有约一里路，共用一个石磙。石磙用黑管石打成，一头粗，一头细，光溜溜的，有两三百斤重。哪一户要碾场，就喊憨四。憨四连磙带架一同上肩，立马送去。有一次，伯伯在西边喊他把碌碡扛过来，憨四就从东边扛到了西边；刚到，东边的叔叔又喊，把碌子扛过去，急用。憨四扛起就走，还赶了一头黄牛，嫌牛走得慢，干脆拉着牛鼻子跑。跑到了，人没累到，黄牛累了个半死。

憨四一生爱做好事，只要哪儿需要出力气的事，必定就是他出面。这方面的事，村里人能一串串地讲。可是他到老都没找到对象，一直是光棍一条，只有六个侄子。有一年，他的侄子合伙修了一口堰。堰中间有块大石头，六弟兄拼老命都没能掀起来。每次把石头掀到堰口上，总是差最后一口气，只能眼看着石头依旧滚到堰里去。憨四在旁边笑，侄子说："四叔太死相，帮点忙啊。"憨四说："怎么不见你们吃饭的时候找四叔呀!"侄子连忙说："只要把这块石头弄上堤，保证你有六法碗饭。"憨四一听，便下去了："都滚他妈的蛋，让老子一个人来!"只见憨四抱住那块石头大吼一声，就把石头掀上了堰堤，石头又往旁边打了三个滚。石头掀走了，可是憨四站不起来了。他老了，又经常饿肚子，伤了元气，侄子们怕他死到堰里，赶紧抬他回家。憨四从此卧床不起，临死前还问："六碗饭还算不算数的?"

听完后我想笑，却笑不出来。老韩讲完，也只是苦苦地一笑。临死还惦记着六碗饭，可笑亦复可悲，人们又何以笑得起来呢?

老韩的感慨让我想到了 20 世纪 60 年代美国的重要文学流派——黑色幽默。教科书上说，"黑色幽默"作为一种美学形式，属于喜剧范畴，是一种带有悲剧色彩的变态的喜剧。其产生与 60 年代美国的动荡不安相联系。尼克伯克曾举了一个例子，通俗地解释黑色幽默的性质。某个被判绞刑的人，指着绞刑架故作轻松地询问刽子手："你肯定这玩意儿结实吗?"因此黑色幽默又被称为"绞刑架下的幽默"或"大难临头时的幽默"。不难看出，黑色幽默与一般幽默不同的是，它还包含了沉重和苦闷、眼泪和痛苦、忧郁和残酷、无奈和愤怒。

我在想，封闭、保守和宁静的中国山村并没有美国的那种动荡不安，怎么也有黑色幽默呢?比如憨四，那可是一百多年前的人了。实际上，在垭镇，乃至整个中国大地，黑色幽默早已诞生，不过是国人不善总结和上升罢了。幽默一词翻译到中国来也只是一百年内的事。可是，中国的幽默自古就一直存在着。不过不叫幽默，而是叫笑话。后来见到李安农，他讲了一个笑话，我以为那是更为典型的黑色幽默。他讲：

从前有个老头，油干火熄了，睡在床上等死。媳妇问："爹，你是快上路的人了，想吃个什么的，就算再难我们也给你弄来。"老头摇头。儿子问："爹，你是快上路的人了，想喝个什么的，就算再难我们也给你弄来。"老头摇头。孙子问:"爷爷，你是快上路的人了，想玩个什么的，就算再难我们也给你弄来。"老头还是在摇头。他老伴想了想，问:"就要上路了，是不是还想猴一盘儿才能闭眼睛呢?"老头说:"还是你明白些，那你把我扶起来试哈儿看嘞。"

"猴一盘"是方言，意思就是"行房事"。李安农说，这个故事不知讲了几辈人，包袱没有不响的。可是细一思索，也伤感哪! 人之将死，留在世上的唯一牵挂竟然是"猴一盘"! 听起来荒诞，可谁能说老农的心事不是最真实、最深刻同时也是最美好的愿望呢? 然而，"油干火熄了"，他其实是无法实现人生最终愿望的。这，难道不是人类最"黑"的"幽默"吗?

离开憨四坟，我有些居心不良地问:"这么说，憨四应该是你的祖先了?"老韩一点儿也不忌讳，说:"是的，要不我咋这么憨呢?"他这么一说，我倒哑口了。接着，他讲起了自己的历史。他当然有着垭镇人的幽默，讲自己的事也是极尽夸张、搞笑之能事。他说他光临人世之日，正是祖母去世之时。阴阳先生择一吉日将祖母葬于"五龙捧圣"之地。可是阴阳先生年老眼花，把坟的方向歪了半分儿。这一"歪"不要紧，把本应成大气候的老韩搞得终身成不了"气候"。

我说:"你是文化站站长，也够有'气候'的了，还不满哪?"他瞪起眼，说:"要是不'歪'那半分儿呢?"我说:"那我就是你的下属了。"又走，他接着讲自己。

有一年，某农户新做一间茅厕，顺带把鸡笼也放在茅厕里。这农户的妇人来找老韩写一副对联，老韩就为她写了一副。写的是"木笼扒出白银卵，肉城拉下黄金堆"，横联为"不挣不行"。妇人说:"蛮好蛮好!"

细想一下，蛮好笑的。对联具备林语堂所说的"越幽越默越妙"的定义，需要解释的是下联:"肉城"指屁股，那的确像一座肉城;"黄金堆"自然就是大便了。而关键却在横联，"挣"，就是憋气，挣扎，极其形象地把解大便的状态刻画一尽。不过，更像是在形容便秘的情景。虽然低俗，却有想头。

老韩得到我的表扬，精神大振，又讲——某个冬季，老韩和村民到老林里赶仗(打猎)，"轰通"一枪打中一只公獐子。公獐子有麝，蛮值钱的，他们就高兴死了。如何取麝，只是听说，先要抓住睾丸，然后将獐子浑身挤压，一直挤到睾丸那儿。他们就挤呀压呀，最后用小刀将睾丸割下来，以为取到了麝。老韩洋洋得意地回家，认得麝的老人拿起那东西一看，哈哈大笑:"这是哪门子的麝，明不假说就是獐子的一个鸡巴嘛!"老韩讲到这儿，先笑滚到地上去了。

我也笑，不是为老韩的笑话而笑，是为他的笑而笑。其实，真幽默的人不管自己讲得多么好笑，都是不动声色的。所以说，老韩还嫩点儿。

反正都是为人民

在山里晃了几天，我问："下一站到哪儿？"老韩说："为人民。"

老韩是不是还在幽默？他说真的是"为人民"。我大笑。他解释说，下一站找的那个人叫"为人民"，是个医生，姓洪，在村头开了家药铺。

老韩说，有人来看病，都会先感谢他："洪先生，难为你了！"洪先生必然会说："反正都是为人民。"药铺里没有帮手，拿脉、切药、配药就他一人。村民路过和他打招呼："洪先生在抓药呀？"他必然会答："反正都是为人民。"

就为这，人们在背后不叫他洪先生，而叫他"为人民"。

洪先生老说"反正都是为人民"，其间一定有什么缘故，老韩也不知道。到了村药铺，老远就闻到一股药味，听到里面叮叮当当在舂药。进去一看，果然只有一人，一个骨瘦皮黑的老人，用竹竿一样的手抓住一根铜杵，朝铜罐里舂得正上劲，身子也随之频繁俯仰。老韩恭敬地说："先生忙呢！"洪先生说"忙呢"，依旧舂药。老韩瞟我一眼，我也瞟一眼老韩，想到洪先生并没说"反正都是为人民"，倒让我忍不住笑了。看来洪先生已经知道其中奥妙，故意忍住不说他的口头禅了。老韩有些不甘，把洪先生的手一捏："先生你歇哈，县里的专家来拜访你，请你帮个忙撒。"洪先生歇下了，盯我一眼，依旧没说"为人民"。

药铺里来来往往看病的人不少，刚坐下的洪先生不得不起身依旧拿脉、切药、配药去了。来往的人无一例外地进门要说"请先生帮个忙"，出门要说"麻烦先生了"。洪先生点点头或摇摇头，嘴巴像是上了锁，眼看那话到了嘴边，就是不说。我有些怀疑那话儿的真实性了，便转而同洪先生闲聊起来。

洪先生的病看得不错，十来岁就到垭镇的弘济德大药房拜杨老先生为师。回到村里人们便叫他洪先生，不叫他的名字。那时能称先生的只有两种人：一种是教书的，一种是看病的。经商的则叫老板，当官的则叫老爷。新社会这么多年，人们还是叫他洪先生，就是"文革"中都没改过口。由此而见，他是受人尊敬的。市场经济也搞了许多年了，凭他的能耐，到镇上开个药铺，肯定能赚大钱，可他为什么还守住这个小小破药铺呢？

"都走了，村里几百号人有个头疼脑热的，谁管呢？"寡言的洪先生这才有了些激动，话也渐多。他说，1949 年后不久，镇上成立卫生所，所长就是他的师傅杨老先生。杨老先生要调他去当助手，村里不放。村里要建卫生室，正好有个坑，他这个萝卜自然拔不得。我说："可惜了，说不定到了镇上，您会成为一代

515

名医的。"洪先生木木地摇头："可惜啥？反正都是为人民。"

那句话他终于在不觉间说出来了，我和老韩再次对视一眼，都没法笑，只是感到了几分沉重，几分沧桑。

听说我们在抢救民间文化，要找他搜集民间故事、歌谣等，洪先生便说："你们找错了人，我只看病，不讲故事，也不唱歌儿。"老韩不失时机地挑逗他："看病也好，抢救也好，反正都是为人民，您何必拒绝呢？"洪先生说："我讲的笑话不好笑，你们还是找老李去吧，他粗鄙着呢！"

洪先生显然是误会了，以为我们只要笑话，排斥严肃；也以为民间文化就是粗鄙，没有高雅。但他的话还是让我吃了一惊，深山老林里居然隐藏着高雅！我们强烈地要求他来个高雅的，他就不作声了。又打发了几个病人，天尚早，洪先生却准备关门了。他说："晓得你们要去找老李，正好我也要到他家出个诊，就陪你们一遭吧。不远，十来里路，就在大河边。"

一路上洪先生的脸色阴沉沉的，不讲话，只有我和老韩有一句无一句地聊。路越走越野了，难行，偏又突地下起雨来。我们早有准备，是带了伞的，洪先生却没有。我和老韩争着为洪先生遮雨，他却不领情，固执地避开伞。他比我们年龄大得多，我们还有什么理由要打伞呢？只好收起来。好在雨不大，不一会儿就停了。洪先生冷冷地说："怎么就停了，我还没凉快呢。"这老头，真的很怪。

前面有户人家，离我们尚有半里多路，就有四条恶狗狂吠着扑了过来。山里人单家独户，劳力又多外出打工，屋里只剩了老人，于是养狗护家。我小时候被狗咬过，落下一个怕狗的毛病。老韩说不要紧，洪先生药铺里有狂犬疫苗。说完，嗦嗦地笑。我不理他，赶紧从地上捡起几块石头。老韩也要防狗，便在草丛里捞起一根黑棒。可他还没举起就劈空扔去，又惊心动魄地尖叫一声。那一声尖叫实在太惊人了，我们抬眼看去，才见那黑棒在空中飘飘荡荡的，忽然弯曲起来，盘作一团，刚落到地上就一阵扭动，钻入草丛不见了。

天哪，原来是一条粗大的黑蛇！

老韩像抽了筋，站也站不稳了。洪先生说："可惜了，黑蛇是大补。"狗们只在奔跑吠叫，不知道我们已经受了一顿惊吓，很快把我们包围起来。我想，肯定是完了，就尽力护住正面，要咬就让狗咬屁股去。就在我们束手无策的时刻，洪先生迎着狗走了一步，压低嗓门一声吼："歇匪！"

说也怪，四条狗全都垂下头来，四散开去，让了路。"歇匪"是一句古老的方言，不仅外人不懂，连我和老韩也很生疏。看到洪先生冷冷的，我们也不好问。后来李安农才告诉我们，"歇匪"大约相当于现在的"可恶""讨厌""犯贱"一类的词语。难道狗们倒晓得洪先生的斥骂，竟然有了愧疚？

经过黑蛇和狗的惊吓，我们不敢大意了，一直心有余悸地走路。终于，云散日出，一条大河出现在眼前。此河在垭镇西边，故名西河。西河流出县界就变了名字，叫黄柏河。那边是宜昌，黄柏河的水是市区的饮用水。整条黄柏河是南北流向，在垭镇界内却是东西流向，所以，西沉的阳光还照耀着西河，粼粼波光在闪烁，在飘摇，在涌动，就好像日头撒落了一河的金子银子。

不一会儿，日头西沉了，却见极远的天边挂起一道彩虹，俯视着河面。我的心里顿时一爽，仿佛进了仙界。呆看好久，我们才过河。河水特别凉，仿佛要钻进骨髓一般。老韩说，这条河是宜昌市上游唯一没被污染过的。

上了岸就是李安农的家，一进老李家，热腾腾的菜就摆上桌来。原来洪先生和他约好了的，老李腰疼，已经等好久了。下乡的我们不用客气，一声请，就一同上桌。大家恭推洪先生坐上座，可他不允。推了好半天，他终于允了，却把椅子退后一尺，还把方向斜对着屋角。老李哈哈一乐，说他酸，我倒有些不解。好为人师的老韩小声对我讲："上有'天地'，下有'君亲师'，老人谦虚，不敢坐正位，害怕得罪神仙；就算坐了正位，也要斜着呢！"

老李说："顺风扯。"我问："顺风扯什么？"老韩小声说："乡下的俗话，顺风扯旗。'旗''吃'同音，是让我们开始吃。"老李给我们倒了酒，又说："三三灌，尽管干。"这个我知道，乘法口诀，三三得九，九就是酒。大家一同干了。接着，老李随手给我们一人拣了半块腌鸡蛋。那蛋是真正的土鸡蛋，已经腌了一个多月，一剖两开，蛋黄鲜红，蛋清雪白，好像一件艺术品。老韩催我快吃，说色香味俱全，肯定是城里人见都没见过的。我们就吃，品着它的味道。

洪先生盯着蛋，忽然说："半蛋似舟，满载白云红日。"

我心里一动，不，应该说是震撼。洪先生果然高雅，出语极文也极大气，遣词炼句极有讲究，而且形象极了，我们怎么都没想到的。这是在向我和老韩挑战吗？难题出来了，怎样才对得上他呢？我不敢再吃，背心里开始发热；老韩只当没有听见，大呼小叫地给他们敬酒，想转移话题。

老李冷笑一声，说："这个老东西，又要出老子的丑，好歹还不是要对一个嘛！"他一边起身一边说："等老子撒泡尿哒就来。"老李解了我们的围，我们就等他能有好联对上来。但我明白这一联是极难对的，看来老李真要出丑了。片刻，老李一边系裤腰带一边进门，故作斯文地说："惭愧，洪先生看看这个下联像不像个样子？我对的是——二老如梦，陡起打雷下雨。"

绝妙！老韩总是有些夸张，端起酒一阵猛灌，并把他们的对联复述一遍：

半蛋似舟，满载白云红日；

二老如梦，陡起打雷下雨。

此联的后半部分的确是对得不错的。上面是"白云红日"，下面就"打雷下雨"，并且算得上是"陡起"的变化，至于"打"和"下"对不对得了"白"和"红"，就不必计较了，这里求的是意对。倒是"二老如梦"有点儿不通，应该是"入梦"才行，二老刚刚入梦，陡起便打雷下雨了。可是"入"又对不上"似"，怎么说得上绝妙呢？且看洪先生如何讲。

洪先生扑地一笑，却说："粗鄙！"

老李见我们发愣，沉默了好久，讲出一个笑话来：

从前有户人家办婚事，二老要把房子腾出来给儿子做洞房，只好搬到楼上睡。楼上楼下不隔音，二老想听听儿子媳妇是怎样个"猴法"。听了半夜，没有动静，一想，儿子媳妇可能是怕二老听到了。二老体谅儿女，只好假装打起鼾来。就在这时，只听儿子说："打雷！"接着就"猴"起来。一连几天都是如此，只要楼上鼾声一起，楼下就说打雷。那天，楼下又打起雷来，假装睡着了的老头子把老婆子一推，小声说："他们天天在打雷，我们也该下点儿雨了吧？"

难怪洪先生要说他粗鄙的，原来这下联来自一个荤故事。这么想来，"二老如梦"倒是对的，就是好像睡着了一般。也许是受了老李的刺激，我忽然想到晚上过西河时的情景，不管对不对得上，我也对了个下联："一虹如桥，俯看漂金流银。"我请洪先生指教，洪先生没有指教，仅微微额首。

当晚，洪先生打起手电筒回了他的药铺，老李怎么也留不住。洪先生说："要是夜里有急诊怎么办？"送他过河时，他把我拉到一边，低声说："小兄弟，回去的路上请再到小店去坐坐。"寡言的洪先生能这么说实属不易，我说："那是自然，我们还得登门请您到镇上去呢！"他连连摇头："不是不去，实在是怕那些脏话污了耳朵；反正都是为人民，你到小店去坐坐就可以了。"

也就是说，洪先生一定有什么宝物要让我见识见识？

村里的干部个个富

第二天早上，老李让三个孙子来陪我和老韩吃早饭。老李指着最大的小伙子说："这是我老伴儿的孙子！"我一笑。他指着第二个小伙子说："这是我的孙子！"我又是一笑。他指着第三个说："这是我和老伴儿的孙子！"我们就放声大笑了。后来老韩告诉我，老李讲的都是实情。

老韩说，老李两口儿是个组合家庭。他的老伴儿姓向，原来的丈夫到山上砍柴时摔死了。老李和原来的老婆是"红庚八字"，中华人民共和国成立初期时他们那儿兴离婚，他就离了，和向大妈结了。结婚时，老李已经有个儿子，向大妈带来一个儿子，他们婚后又生了个儿子。原来如此，那老李和向大妈当初，想必也是非常有趣的吧？

老李喜爱喝早酒，还逼着我们喝，说喝了酒到西河去打鱼，有劲儿些。还是小时候打过鱼的，我和老韩都兴奋起来。饭后下河，先用锄头在浅水处刨开一块新鲜场子，大约有五六米方圆，中间深四周高。太阳升高了，透过水波照耀着那块场子，觉得里面富丽堂皇，像是仙界，我们就坐在岸边守。老李说："新刨的场子肯来鱼；鱼和人一样，爱图个新鲜，还以为是人民公园呢！"

西河鱼在省内是一绝，据说当年有领导到三线视察，正是冬季，老李亲自带人下河打过鱼，至今还记得那水差点儿冻死人。领导走了，他们才知道是谁吃了他们弄的鱼，好几个通宵硬是没睡成觉，激动的！后来改革开放，又有领导来了，也是老李亲自打的鱼。领导接见了他，夸他打的鱼不错。他很谦虚地说："日牯子！日牯子！"领导问是什么意思，县干部不敢直译这种方言野语，巧妙地说："'日牯子'就是'很好'的意思。"吃饭的时候，西河鱼上了席，请领导品尝。县干部问怎么样，领导说："日牯子！日牯子！"

老韩说："这个故事我们早听说过，不过版本不同。"我见老李有些尴尬，就补了一句："不过，从老李嘴里讲出来，更添了几分谐趣。"老李的脸色才好了。我又明知故问："'日牯子'该怎么解释？"他说这是一句流氓话。"牯子"就是公牛，"日牯子"就是专门做种的公牛，不能耕田。不能耕田的牛有什么用？所以，农民把不会办事的人和不上档次的东西都斥为"日牯子"。这当然是笑话，可是笑话和领导连到一起就成了政治笑话。老李告诫我们："这话儿只能到此为止，千万不能对领导们讲哦！"老韩说："你还怕什么？老也老了，未必还想求个前程？"

老李说："前程是不求了，可我要保持晚节呀！"

他像在说正经话，越正经就越好笑，我和老韩笑翻了。老李忽然起身爬上一块巨石，手搭凉棚张望什么。我问干啥子，他说高瞻远瞩。我不由得扑哧一笑，问他看到了什么。他说来了两条鱼，一条穿的红衣裳，一条穿的白衣裳。分明是在隐射我和老韩，老韩有胃寒，怕冷，天天穿件红毛衣；我怕热，太阳一出来就只穿一件白衬衣了。老韩还没悟过来，问鱼在哪儿。老李说："他们是过路的，又不会长住，你们哪里看得到？"老韩也明白了，我们便笑，大笑，一直笑滚到沙滩上。老李下了巨石，假装正经地说："真是两条鱼，一条'红翅膀'，一条'白板子'。"也不知为什么，我们笑得更狠了，肚子直抽筋。

"莫笑！"老李蓦地弓起身子，朝前挪了几步，嗖的一声就把网撒出去，铺天盖地一般，正好将新刨的鱼场子罩了个严实，十几条白鱼红鱼一条也没跑。提上来，我和老韩就一条一条地往鱼篮里扔。手里滑唧唧的，嘴里水漫漫的，心里一咚一咚的。有西河鱼吃，满口生津，拦都拦不住。老李往沙滩上一躺，说："格日牯子的，它们一哈儿是不会来了的，让老子睡会儿。"

我没忘记那天他在理发店卖的那个关子，赶紧问："垭镇的一滴屋檐水落下来往两头跑是什么典故？"老韩惊讶得很："我怎么不晓得？"

"屁大个人儿，你就晓得了？"老李就讲，"从前，垭镇老街是依山取势建成的，两边低中间高，正中就是弘济德大药房。大药房门前的水沟成弓形，屋檐水落下来就朝两边分。有人仔细看了的，哪怕只落一滴水，也会朝两头跑，一头朝南跑到沮河，一头朝北跑到西河。所以那儿又叫分水岭。"

我们问："既然是南辕北辙，怎么又会合到一处呢？"老李转了一句文："殊途同归嘛！沮河、西河最后不都是流到长江去了的？"

哦，殊途同归……

其实老李也不乏斯文。他说他曾经读过半年私塾，后来又在夜校认过字，要不也当不成大队干部了。说到大队干部，他来了兴头。那时，春耕秋收都是上级政府统一布置的，他们只要督促就行。别看好像没事干，督促也不容易。他还要干一件别人都不想干的事，就是找上级哭穷。说他们村里怎样穷得叮当响，种子没有，化肥也没有，上级就给村里派发几袋子尿素。尿素分给各个小队，装尿素的袋子便留下，村干部一人一条，拿回家让老婆改成裤子，夏天穿了，还挺凉快的。老百姓却不干了，编成顺口溜骂他们：

> 村里的干部个个富，
> 一人一条料子裤。
> 前头是"日本"，
> 后头是"尿素"。

怎么讲？当初的尿素袋子上都有"日本尿素"四个漆黑大字，改成裤子以后，"日本"二字在前面，"尿素"二字在后面。老李这么一解释，我们又险些笑岔了气。这类顺口溜被称作"时政歌谣"，严肃的有关于"武装斗争"和"政治斗争"的，诙谐幽默的则有批评不正之风的。浮夸风盛行时，曾有一首歌谣流传："往年古怪少，今年古怪多。板凳爬上了墙，灯草打破了锅。"还有一首也蛮流行："嘴里没得味，通知开个会。肚里没得油，下去碰个头。"像老李讲的这首"日本尿素"则极为新奇，堪称独创。而独创性越强，则越能体现一个地域的文化特征。我们把这种具有独创性的故事或者歌谣看作"稀有金属"。

我和老韩连忙记到本子上，老李说，这不算什么，他还有更经典的，也是四句。那年大队杀了一头大肥猪，背脊上的膘比巴掌还宽。公社的领导来了，他们就用巴掌宽的膘招待他，一块肉贴上去，硬是能把整个嘴都盖住。社员见他们的嘴巴吃得油光水滑，就把从前骂地主老财的词儿拿来当歌唱：

> 喝酒像在湮茄芜，
> 吃肉像在揩屁股，
> 添饭像在培坟墓，
> 打屁像在放爆竹。

茄子的秧苗叫茄芜，需要一瓢一瓢地浇水才长得好。这里一连串的比喻用得极妙，讽刺也就特别到位，怎不让人好笑呢？好多年之后，每当我回忆起这首歌谣，便越想越好笑，这正是幽默的特征。在笑中，你还能隐约看到社员们的愤怒与痛恨之色。老李说："那时节，社员连油都吃不上，看到干部们吃独食，怎不怒火攻心，怎不发狠一泄心头之火呢？"

那天告别老李，他将炕干了的西河鱼一分两半，我和老韩一人一份儿。精神物质双丰收，我们自然是满足的。老李照例把我们送到河边，却悄悄拉拉我的衣角。等老韩走到河中心了，老李才说："老弟，你是个人才。"我有些愕然。他又说："连洪先生都看上你了，还不晓得？别忘了到洪先生那儿去一趟，他肯定有好东西送给你。"我问："那会是什么？"他说："我晓得，但不告诉你。"我说："只送我，不送老韩吗？"老李一哂："他呀，有嘴无下巴，不会说话。"

我笑了："还记仇呢！不是用'一条红鱼，一条白鱼'报复了吗？"他也笑了："哪里说得上仇？不过是快活这张嘴嘞！"是的，农民之间的"仇"大概都在嘴上快活掉了，并不伤筋动骨，所以邻里乡亲才得以世代平安相处。

中篇 泥土包裹的瑰宝

在近一年的时间内，我们访遍了垭镇所属的十九个村庄，接触到上百位（成群的或单个的）被称为民间艺术家的人。面对堆积如山的资料，我们从内心里感到"保护非物质文化遗产"的必要性，同时也从内心里感到"抢救非物质文化遗产"无比正确。

在数千首山民歌和上千个故事中，具备幽默特征的约占五分之二强。如此比例令人吃惊，更吃惊的是垭镇民间文学有着广泛的原创性，都与本地人物的经历、命运、个性有关。故事大多透露着对人生哲理的某种领悟。每个人都是一个伦理深渊，他用一生的命运在叙事，他用独特的行动在诉求，所以说，每个人都是一部长篇小说。这也是我下决心要写《垭镇幽默》的根本原因。关于幽默一类的书已经很多了，本文无意在技巧分析和理论阐述上下功夫，而是"就事论事"，就垭镇幽默说垭镇幽默。或深刻，或浅薄；或轻松，或沉重；或放声大笑，或默然会心，好在并不繁复，编成一组"地方幽默小条目"，摘要给予展示。当然，不可能照搬"条目"的干枯内容，顺序排列也不分先后，想写哪儿写哪儿。

雅致的约束

雅致与粗鄙相对，在此讲的是一种流派，代表人物是洪先生。

洪先生在民国三十四年，也就是 1945 年日本投降后就到垭镇弘济德大药房学徒去了，才十来岁。他虽然一字不识，却极聪明，又细致。切药可以切到纸样薄；配药不要戥子，一抓就准；舂药舂得又匀又细，像过了箩筛的。他极得病人称誉，也极得杨老先生的欢心。杨老先生便收他为关门弟子，认、读、写，从基本功教起。在学徒的日子里，洪先生表现出十足的才华，三年下来，就能代替师傅在前台坐诊了。他不仅得到了真传，而且继承了师傅的德行，甚至连杨老先生的不苟言笑也模仿得形神俱备。

更奇妙的是，他还是个白色恐怖中的革命者。

那年他十三岁，师傅派他到财神庙去出诊。他很奇怪，是哪位和尚病重，连这百十步的距离都走不得了？就算需要出诊，也应该是师傅呀！他没敢问，师傅已经备了香火让他带上，还叮嘱他要小心，悄悄的。这就更让他不解了，他神神秘秘地进了庙，上了香，被一个和尚带到偏厢房。厢房里不是病号，而是伤员，一个解放军南下打前阵的侦察兵。只是听说垭镇快变天了，当解放军真正出现在他面前时还是让他大吃一惊。侦察兵是被保安团打伤的，被救到庙里，一直昏迷着。洪先生称赞说："这人真是个英雄。"他迷糊着答话："为人民。"洪先生吓了一跳，又说："我回去和师傅商量，看是不是先弄些枪伤药和退烧药。"和尚点头，伤员又说："为人民。"洪先生赶紧回到药铺，师傅问他情况怎样。洪先生回答："伤员还在犯糊涂，反正就是一个为人民。"等杨老先生弄明了实情，便难得地大笑了一场，还夸徒弟的医案做得不错。原来，那时他就知道"为人民"了。

解放军伤愈走人时将近年关，不知哪儿露了风，驻扎在镇上的保安中队扬言要把杨老先生抓起来。此时已经回家过年的洪先生十分着急，大年初一一放了鞭就出行，到镇上来看师傅。谁知大药房四门紧锁，杨老先生及其家人已不知去向。洪先生心细，发现了大门上那副并非一般的对联，才明白师傅在示警，也暗示出师傅的下落。对联用六味中药组成，他就立在门口反复地读：

附子当归熟地；
核桃芡实茴香。

对联是师傅为他的朋友和弟子们特意留下的。"附子"就是夫子，指老先生自己，"熟地"就是熟悉的地方；"核桃"暗示黑夜逃难，"茴香"就是回老家。人们只知道师傅一直是垭镇的人，竟不知他还有什么老家，但洪先生猜得到，可能就是解放区。通过治疗庙中的伤员，洪先生已经怀疑师傅是共产党的人了。1949年后杨老先生当了镇卫生所所长，证实了这一点。

关于这副对联的故事，一直在镇上流传，影响着垭镇后人，尤其对洪先生的人生有着重大影响，甚或说一副对联改变了他的人生也是对的。洪先生承认，他就是从那时起开始学做对联的。除了中医药，对联是他的最爱。

那天，我遵嘱到洪先生家，他拿出一个手抄本，说那是他热爱对联的成果。打开一看，是一本关于对联的故事。大多是杨老先生讲的，他记下了；还有杨老先生本人在奇特经历中所作的对联，比如那六味中药组成的对联故事，也记下了；还有他自己根据真人真事或传闻整理的。他问我，不知有没有用，让我鉴定一下；有用的话，尽管拿去。对于我，这当然是宝贝。

杨老先生说过，一个医生自然说不上高贵，却也不能自轻自贱，不能粗鄙下流。洪先生一生崇尚"雅致"，是因为他一生崇尚杨老先生。而杨老先生是一个自律性极强的人，他的一生都是以雅致约束着自己的。洪先生年轻时亲见的那个关于中药对联的故事，使他五体投地，永久地铭刻在他心中，并且一直规范着他的言行。那本故事集中的对联，当然以雅为标准，且看"风雨对"：

　　先生在学生家喝醉了酒，就要和学生对对子。先生说"雨"，学生对"风"；先生说"催花雨"，学生对"撒酒疯"；先生说"园中阵阵催花雨"，学生就对"席上回回撒酒疯"。先生难不住学生，只好说："你对得还可以，就是不该揭我的短处。"学生说："先生身上尽是长处，只是不在风前雨后。"

　　骂先生也骂得雅，而且幽默，深得"越幽越默越妙"之妙。洪先生自以为得意的有两个对联故事，只要同他谈得来，再喝一杯酒，他总会缓缓讲来。

　　有一药店生意好，店主人要招司药，老先生就题写了上联挂在门前：
　　白头翁持大戟跨海马与木贼草寇战百合旋复回朝不愧将军阁老。
　　上联贴出十多天，看的人多，对的人少，老先生正准备揭下对联，后面却有人喊："等会儿，让小女子来对。"回头一看，是个美少女。她对的是：
　　红娘子插金簪戴银花比牡丹芍药胜五倍从容出阁宛如云母天仙。

　　这个故事叫《对联聘司药》，以极少的词将二十余味中药连缀起来，不见一点儿斧凿痕迹。这也罢了，难的是上下联的内容，根本不见玩弄文字游戏的毛病，对得丝丝入扣；又尤其是以红娘子对白头翁，影射美少女对老先生，就让人越想越妙，不得不会心一笑了。另一个故事是《放牛娃子对秀才》：

　　村口的路上有寸把厚的灰尘，印着鸡子、狗子的脚印。有个秀才路过，随口就说："鸡伴犬行，遍地梅花竹叶。"
　　秀才一顿，却想不出下句来。路旁放羊的孩子听到了，指着地上的羊粪马屎说："羊跟马走，沿路松子核桃。"

　　听了这个故事，老韩当场一拍大腿，说："一个字，雅！两个字，真雅！"
　　我说，用六个字评价比较合适："形象，幽默，雅致。"
　　见我们交口称赞，洪先生黑瘦的脸上也不觉渐渐转红。洪先生雅，雅得固执。据他讲，李安农曾经想给他的故事集中添个故事，硬是没有搞成。老李讲的也是一个先生和一个学生对对子，先生的上联是："大鱼吃小鱼小鱼吃虾虾吃泥泥干水净"，学生的下联是："师父压师娘师娘压床床压地地动山摇"。老韩听了，又拍起了大腿，说："绝妙！"洪先生摇头，还是那两个字："粗鄙！"

不过，崇尚雅致并非洪先生所独有，起码那些爱听此类故事的人们都是喜爱雅致的。每个人都有一个圈子，每个讲故事的人也会有一个圈子。何况除洪先生之外的故事讲述者也并非只讲粗鄙和俗气的故事，他们时不时也会来一段令人惊艳的文气很重的故事。这类故事，垭镇人不叫雅致，而叫"转文"。然而雅致不是所有能讲故事的人都玩得转的，它需要一定的文化层次和修养，还要有较好的记忆力和讲述技巧。特别是关系到咏诗作对，"诗云子曰"一类，那是一个字也不能错的。例如李安农讲的《癞子做生》就因为主要由一首"七字至一字诗"构成，使得很多能说会道的人讲不出来：

说的是七个朋友给癞子做生，合说一首"七字至一字诗"，既要与癞子有关，又不犯了癞子的忌讳。结果说得癞子哈哈大笑。

头一个说："一盏明灯照九州。"

第二个说："茄子南瓜葫芦。"

第三个说："梳子不上头。"

第四个说："虮虱难留。"

第五个说："光溜溜。"

第六个说："光溜。"

第七个说："球！"

这大概也是崇尚雅致者多，实践雅致者少，而洪先生偏偏就既崇尚又实践雅致的另一原因吧？可是，崇尚雅致的洪先生此生并不雅致，反而有些窝囊。

于是，人们就有了许多疑问。洪先生是不是没有领悟到雅致的真谛，以至被雅致所误？或者是要以雅致为追求，视其他为无物？听人们讲，洪先生每每遇到往高处走或是要出人头地的时候，就会有人压他一头，就欺他是个老好人，欺他不会蛮横无理，而且打着"为人民"的旗号。而有些事情要想办好，怎么说呢？要么背后有人，要么会顶会撞，不是说"能叫的孩子有奶吃"嘛。

一个追求雅致的人怎么可能放下架子，像无赖那样去争蝇头小利呢？最终，洪先生只落了个"反正就是为人民"。

幸耶？悲耶？一声叹息！

诗性的思维

一开始我就发觉林奶奶有一种诗性的思维，随口便答，就是一首有趣味的顺口溜。比如刚见面时，我说："大妈好啊!"她说："好什子哦，腰弓背驼像个康康客，头发散了篾签子别，我们穷人子什子都没得。"

"康康客"是形容老人的，就是咳嗽得厉害的老人，前面的"康康"是象声词，后面的"客"是谐音。篾签子别头发也有出处，民歌中唱："大姐别的金簪子，二姐别的银簪子，三姐没得什子别，别个篾签子。"

又比如，老韩介绍我是县里的专家，她说："好客无好主，客要原谅我；只有一壶三匹罐，就怕止不得渴。"她说的"三匹罐"是一种野生大叶茶，三匹叶子就可泡一罐。垭镇乡下买不起好茶，常以此待客。

起初，我以为只有林奶奶说话是这样的，接触多了，才晓得垭镇人将此视作能说会道的标志，并以此为荣。很多流行的顺口溜就来自垭镇的无名氏之口。三年自然灾害时期，垭镇没有饿死人，全靠一种名叫黄姜的块根植物。于是，人们便用顺口溜来赞美它："黄姜一根藤，养活许多人；手像乌鸦爪，嘴像屁眼子门。"后两句是刻画人们吃黄姜之后的情形的，虽然粗俗，倒也形象。李安农当大队干部时，曾经用一首顺口溜痛斥过好吃懒做的"养路队"：

> 养路队，吃哒睡，公路坏了找大队；
> 站到吃，睡到想，吃的没得找队长；
> 睡到想，坐到吃，吃光了，要救济。

不仅民间爱做顺口溜，就连党政干部也好这一口。比如某位镇领导批评下属的话就很形象："会前工作是棉条，会上表态是钢条，会下嘀咕是刺条，会后是根老油条。"尽管垭镇上下都沉溺于顺口溜的创作之中，但是，像林奶奶那样出口成诗的还是极少，恐怕连李安农也只能望其项背。

林奶奶出生于二十世纪三十年代，初知事时正是各方势力交错拉锯于垭镇的时期。她的父亲就是"汉流老幺"。清中期以来，有个活动于长江流域的民间帮会组织叫哥老会，但在各地又有别名，在川东乃至整个四川叫"袍哥"，在鄂西则叫"汉流"。汉流组织并不严密，祭拜的是关公，却仿照梁山好汉的座次排列，有三十六把金交椅的说法。活动时紧时松，视农时和周边形势而定，一般原则是

"忙时务农、闲时入帮"，"平时务农，战时入帮"。

林奶奶的父亲是"汉流老幺"。老幺并非一人，而是一群，排不上位的都叫老幺，也就是最低一层的汉流会员。当然，老幺们大多也是社会最底层的平民，无权无势，无依无靠。入了"汉流"，也就有了组织，算是一种心灵安慰，也能护驾保身。如果不是非常时期，汉流就没多大作用。林奶奶的母亲早亡，她只能跟着没有土地缠身的父亲颠沛流离，因而汉流就帮了大忙。要不，在那战事紧张的日月，哪会有他们的存身之地？在垭镇一带，各种便衣密探和当地人混在一起，一般人不会轻易开口说话，害怕落入陷阱。但汉流们不怕，因为他们初相见时往往会以"诗"相会，帮会中俗称"口条"，口条就相当于路条。双方认可身份后立即亲如一家，本地人会尽地主之谊，供吃供喝，或赠以路费。林奶奶正长身子和知识的时候，就是在这种环境中度过的。

对于林奶奶说的"口条"，我们很感兴趣。林奶奶就介绍说，见面有口条，喝酒有口条，就连席上筷子落地，也有口条。她举出初会时的口条说：

> 甲：你哥子拖的哪个山上的笆子？
> 乙：青峰山，忠义堂，五湖水，四海香。
> 甲：心同日月义同天，自幼结拜在桃园，
> 　　有错不拿，有过不检，望乞哥子海涵。
> 乙：只有金盆栽花，没有梁山分家；
> 　　不同山，也同堂，不同宗主也同娘。
> 合：虽然不是一娘养，都是梁山一把香。

把这个一听，很容易让人想起《智取威虎山》中的"天王盖地虎"，所谓口条原来就是土匪的黑话，或者说是切口。林奶奶起初对此很惊讶——凭这么几句话就能化险为夷，就能让空荡荡的肚子装满油水，于是也就爱上这种对话形式。她说，有一次汉流们吃酒，其中一个老幺不小心丢了筷子，居然满席皆惊，怒目相向。因为这是很不吉利的事，那个老幺便吓得脸色发黄，连忙拾起来，还得说一段口条，给众人赔不是。这就是拾筷子的口条：

> 滑石跑马落尘埃，愚兄低头捡起来。
> 有财有喜大家得，祸事算我愚不才。

汉流们的口条多数都是固定的，即使是没有文化的老幺们，也尽可以根据情

形照背就是了。也有即兴之作，那就要有文化且有地位的人创作了。即兴之作更让林奶奶喜爱，因而，她至今还保留着即兴创作顺口溜的习惯。她给我们讲述她的身世时，就会有顺口溜随意说出。她说："唉，不知经过多少劫，不知遭过多少孽；赤膊滚过钉盘，赤脚走过刀山哪！"

林奶奶的丈夫是小学教员，几年前死了，她的生活顿时拮据起来。可她每年所领的抚恤金不知为什么被扣了一个月，她为此找到学校领导，在争吵中竟然还能说出一首顺口溜来："别人有年我无年，捉到猪头要现钱。要是十二个月过个年，葬到黄泉心也甜。"中心意思是说人人每年有十二个月，可她一年只有十一个月。

当然，不能因此就说她的诗性思维是植根于汉流，应该说更重要的是山民歌的长期熏陶，那是更高一层的凝练的诗。

幽默与忧郁

李安农是个"没正形"的人，任何时候都忘不了说笑。熟悉他的人都知道他的"没正形"与"文革"有关，与他母亲有关。李安农自幼丧父，靠母亲的血与泪拉扯大。他的父亲死后，母亲还怀有父亲的遗腹子，足月了，发作了，没有接生婆，母亲让李安农（当时不到十岁）烧了一盆热水，放到房屋里，然后就让他走开。李安农不走，母亲说："走吧，你在这儿我怎么给你生弟弟？就是疼死了也生不下来的。"李安农只好走到外面，静悄悄地听。里面传来呻吟声，传来呼叫声，他都没敢动，心里在想一首老歌："儿奔生来娘奔死。"不知过了多久，母亲一边喘一边叫，声音像蚊子："龙儿，进来哟……"

他的小名叫龙儿。父亲曾说："啥龙儿？农民的儿子哪里就能出条龙了？"于是就取名李安农。后来母亲还是"龙儿龙儿"地叫，不知是"龙儿"还是"农儿"。李安农进屋一看，只见一个赤膊小儿躺在湿漉漉的地上，还有一摊血。母亲歪在床上，嘴里也是血，眼睁睁地看着地上的小儿说："龙儿，我把脐带子咬断了，就再也没力气抱他起来，你看看还是不是活的？"

李安农把小儿抱到母亲跟前，母亲看了看，叹了一声："唉，苦啊！龙儿，往后你就成了独龙宝（独子），娘也就没别的指望了。这个家……好也是你，歹也是你……莫怪老娘没给你带个帮手来哦……"还不算懂事的李安农突然感到了母亲的悲凉和无助，猛地跪到地上。母亲两只眼里的泪就哗哗地流，说不出话来。那年难产后还没满一个月，母亲就到镇上给人家当奶妈去了。

从小到大，李安农对母亲是极为依恋，也是极为孝顺的。可是到了"文革"时期，队里要开会批斗他的母亲，罪名是老妖婆甘愿当剥削阶级的奶妈，还和地主老财不干不净。"头头儿"说态度决定一切，只要态度好，就让他继续当干部。李安农的脑袋轰的一声就大了，不知怎么走上了台，不知怎么就噼里啪啦地斗起来。他有些声嘶力竭，歇斯底里。为此，老李在心里悔死了。

我想，那是造反派给他设置的一个伦理陷阱，就看他是站在人民和革命的一边，还是站在地主阶级和反革命一边。对于他个人来说，母亲是他的最爱，但在人民和革命至上的伦理中，母子间的伦理就不算什么了。也就是说，在那一刻，他是组织的，是群体的，而非个人的。除非他自绝于人民自绝于党，可是谁敢哪！于是他背叛了自己的心灵，不由自主地走入人生伦理的宿命。

后来，上级送来"林副主席"的像，贴在大队会议室。有个喜欢"看相"的人私下议论，说他像个"奸臣"。这事儿一下子成了"反革命"事件，在场的人就成了"反革命集团"。他们一网打尽，把李安农也网在里面。一群人被五花大绑，民兵们还带了"枪炮火药"。母亲一把揪住李安农，问是怎么回事。他闷闷地说："这是报应，批斗老娘的报应。"母子相对沉默了好久，母亲终于说了一句也许是她此生中唯一的幽默话："也好啊，只当是当了几年兵的。"那时老李最小的儿子还不到六岁，问他到哪儿去。他就顺着老母的口吻说："当兵。"妻子没什么可说，只是泪水不干。他叹了一声："要是我没得回家的可能，你就再找个人吧！"然后扭头就走，走到河边忽然高声唱起来，他的声音在西河的峡谷里撞来撞去。他是专门唱给他妻子听的：

> 叫你找个挑粪的你怕肮脏，
> 叫你找个打鱼的你怕饥荒，
> 叫你找个当兵的你怕打仗，
> 你说找个种田的你才稳当，
> 哪晓得种田的也让你守了空房……

后来"文革"结束，他就回来了，依旧当干部，不过性情大变。妻子曾经问他怎么像是变了个人，他无端地大笑，说："连生我养我的老娘我都敢批斗，都敢骂，还装啥子正经！"他以自己的大笑同过去告别，似乎就轻松了，也没什么值得看重的了。其实不然，他是母亲的血泪喂养大的，而他恩未报，孝未尽，居然批斗母亲。大错已成，事后想想人生真的很无趣，于是他的人生态度就变了。他总会在某些时候无情地把自己的丑陋抖落出来。在无处不有的诙谐幽默之下，他深深地隐藏着他对母亲的愧疚，他是在不断地鞭打着自己的良心！在他看来，要么做一个木讷的傻子，要么玩世不恭。既然他连人们最不齿的事（对母亲不敬）都做了，哪还有什么可顾忌的呢？所以，他好像是突然打碎了套在身上的最后一根锁链，先前隐藏的在世热情被完全诱发了出来。

他的在世热情就是幽默，开玩笑。但是，在当时的社会中，要想充分释放个人的热情是不现实的；经过铁板搓磨的人，要想完全地开起玩笑也是不可能的。所以他的幽默总是与忧郁相伴，甚至可以说幽默只是忧郁的补充。我们发现，他在说笑话时自己是不笑的。我们以为这是说笑话者的高超之处，故意以自己的不笑引发更多人的笑。其实不然，起码老李不是这样的，他说他笑不起来。他的笑神经非常迟钝，不仅他对自己的笑话不笑，就是遇到人家讲出高明的笑话，他也只是礼貌地露齿而已，有些曾经沧海难为水的意味。

他母亲活到八十高龄才弃世而去。在垭镇，这应该是喜丧，是接受恭贺的一类，他却在棺材前痛哭失声，唱出一段他对人生的深刻不安：

> 人生在世有什么好？
> 不如南山一根草，
> 春上又怕牛来吃，
> 秋后又怕火来烧；
> 牛吃火烧根还在，
> 人死一去不转来。

不要以为他爱幽默就表明他的命运是顺利的，不要以为他"没有正形"就说他的人生是惬意的。谁又知道在他快活的背后隐藏着多么深邃的黑洞呢？他的家人告诉我们："莫看他一天到晚没得一句正经话，那是对外人，其实他在家里是不说话的，甚至常常暗自落泪。可是一来客人，就只有笑声。"乐和悲——事物的两极是相通的吗？或问，电磁棒的两极相互吸引，与此类乎？

老李与人交往，除了讲笑话，并不触及自己的内心，因而我们只有猜测一二。有一点也许是明白的，他深爱着母亲，可他非但不能保护她，反而背叛了她。用曾经的牢狱也无法惩处丑陋的内心，于是他郁郁寡欢，于是他自贱自嘲，更多的则是以内涵丰富的幽默烛照自己，也烛照别人。

粗鄙与沉重

老李或许是要在巨大的忧郁中寻找一时的快乐，所以才沉迷于幽默。一般的笑话难以打动他，与他的人生有关，也与他的智慧有关。他说笑话从来就不分高雅或是粗鄙，但他从来不会去留意一个简单的噱头，更不会去说一句直通通的丑话。他讲的每一个故事、每一支民歌，都是发人深省的。他的幽默更是如此，既令人发笑，又隐含着让人去思考和发掘的内涵。

那天天气很热，我们顺着一条古老的路在老林里转来转去，转到山顶，鸟瞰西河，很让人生发某种豪气。他说这路是古代的官道，这山叫插旗山，当年关云长西进入蜀，为等义子关平，在此歇过一站，将战旗插在山顶。可是，他一等关平不来，再等关平也不来，情绪便十分低落。老李讲这个故事时并不明白关云长所处的背景，不知他是在得意时，还是在失意时。老李为了证明他的话，指着路边的一块石头说，那就是关云长坐等关平的位子，人称卵子石。怎么叫卵子石呢？我们正在惊讶，他就往石头上一坐。他穿了一条很薄的短裤，那块石头就像一个模型，把它屁股前后的各个部件安放得一丝不苟。等他站起来，我和老韩就禁不住哈哈大笑了。石头的表面，仿佛雕刻着两瓣屁股和胯丫里的两个卵蛋，都十分清晰。这就很粗鄙了，那个被后人附会的石头尤其粗鄙。但它不仅仅粗鄙，人们在发笑之余总要想想，一定是关云长的身心都太沉重了，要不，不会留下如此深刻的痕迹；一定是他坐得太久，要不，那么深的痕迹不会磨得如此光滑。那么，有什么困难会使一代英雄如此沉重呢？以至郁郁寡欢长久呆坐呢？今天的人们自然想不明白，正因为想不明白人们才不会轻易放弃它，而是想想透它。而越想，人们就越茫然，就越会感到这里面有什么名堂。

心里突然想起李清照的一句词，是："才下眉头，却上心头。"

按照西方的定义，黑色幽默就是"绞刑架下的幽默"，"大难临头时的幽默"，包含了沉重和苦闷、眼泪和痛苦、忧郁和残酷、无奈和愤怒。那么在垭镇，最让人难忘的故事正是这类黑色幽默。老韩讲的"憨四"的故事，临死前还记挂着侄子们拖欠的那六碗饭；老李讲的"油干火熄的老头"在人生绝望之际，却没忘记要和老伴"猴一盘"；林奶奶唱的"炒一颗炸一颗，炸掉你妈的后脑壳"等，自然都不是逗人一笑的噱头，而是真正的黑色幽默。

幽默是让人轻松的，而黑色幽默却让人沉重。那些选择黑色幽默的垭镇人，等于选择了沉重，尤其是老李。粗鄙只是它的躯壳，沉重才是它的灵魂。

认真检索一下，粗鄙大多与"性"有关。且看这个故事：

从前有个小新郎娶了个大媳妇，新郎问新娘："你是哪个?"新娘说："我是阎王!"夜里，媳妇用脚勾新郎，新郎吓得乱叫："妈呀! 阎王勾我!"
睡在隔壁的公公连忙说："阎王呀，勾就勾我吧，别勾我的儿子哟!"

人们一看就明白，这是旧的婚姻制度对人性的残害。笑过之后，那媳妇，那公公，是不是会成为人们同情的对象呢? 难道仅仅是粗鄙吗?

粗鄙还表现在不平等的人际关系上，典型的就是农民与地主阶级。

说的是爷俩做短工，为财主告牛。儿子扶犁，老子牵牛。每次犁到田头，儿子就喊："爹，转弯。"一连几天，牛学会了耕田，也把"爹转弯"听习惯了。一天，财主亲自驾牛耕田，一出田头，牛就站着不走了，打也不行。他回去问告牛的短工，短工说："耕到头的时候要喊'爹转弯'。"财主好笑又好奇，再到田里驾起了牛，果然喊了'爹转弯'，牛就掉头了……

"告牛"就是训练新牛耕地。老李说这是个真实的故事，告牛的长工叫什么，财主叫什么，老李都记得。对于这个故事，他只是稍加整理，就四处流行了。能流行就标志人们有共鸣，有共鸣就进入了艺术的境界。穷人与富人历来就是一对生死冤家，穷人变着法子把富人们骂一顿，取笑一顿，然后再给富人们做牛做马。并且，自己还得首先叫那牛无数遍"爹"，才能赚得财主去叫一回牛"爹"呀! 原来，这个幽默也是那么的"黑"。

当然，也有农民自己间的调笑、戏弄和微讽。

垭镇幽默的粗鄙与沉重难分难舍地纠结在一起，也让我难分难舍地迷恋了很长时间。或问，它究竟有多少深刻的内涵，究竟提供了什么了不起的启示? 我不敢贸然断定，但我可以说出我内心的感受，那就是它对人性的终极关怀。更进一步说，它的沉重就是垭镇人对人生终极悖论的领悟。

贞操中的风流

有个问题总是在困扰着我，那就是民间文学中大量存在着的以两性关系为主题的歌词和故事，为什么没人批判，反而得以广泛流传? 这是不是"糟粕"，是不是应该摒弃的东西？它是这样火热地存在着，那么他们的贞操观呢？每当我想到这些问题时，林奶奶的面容就会出现在我面前。

在不断地摸底中，我们也摸出了林奶奶的不少隐私。按照现行的观念，打探人家的隐私是不道德的。但是，在我们的工作中，个人隐私却是研究民间文化传承的重要资料。传承人的个性、经历、爱好，都与其传承有关。

林奶奶在青春期间的生活是颠沛流离的，她的婚事并不理想。当然，那时节婚事不理想才是正常的。由于她的美丽和大方，被一个殷实人家看中；她的父亲也正想去掉一个包袱，同时攀上一个靠山。谁知林奶奶嫁到婆家，进洞房一看，男人是个病秧子，且年纪比她小七八岁，还不知人事。不到两年，小男人一命西去，婆家并不嫌弃她，让她留在那儿坐堂招夫。因为婆家只有那么一个儿子，不能让这个家断了香火。也不是坐堂招夫，而是婆家过继来一个远房亲戚，也就是她死去的丈夫的堂兄。可是，过了三五年，他们没有生育。镇上的杨老先生悄悄对她婆家说，是她男人的问题。她公公死得早，婆婆当家。婆婆是个很有主意的人，便悄悄同林奶奶商量，要借种下蛋。林奶奶开始并不同意，也许是贞操的观念让她不敢跨越雷池。但是，毕竟无后为大，总不能孤老终身，不仅夫家绝嗣，自己也无人送终吧！于是同意了。接着她又和婆婆发生了矛盾，婆婆安排她和另一个堂兄同寝，她却不愿意。也就是说，她另有所爱？婆婆问她愿意和谁，她又不敢说。婆婆急了，不说就不说，随她的便。随她的便，她也不敢擅自行动，那是她心头的一个永久的秘密。又过了好多年，她终究还是憋屈了自个儿，同意和堂兄共寝。就这样，三年内生了两个儿子，她为婆家完成了一个历史的使命，自己也有了养老送终的保障。而这时，林奶奶已经三十多岁了。等她把两个孩子拉扯大，再结婚生子，她也就六十多岁了……

我们曾经私下议论，如果说，是汉流帮的特殊环境培育了林奶奶的特有气质，那么，"借种下蛋"的现实是不是完全打破了她固有的贞操观念，唤醒了她沉睡的性意识，从而创造了一个风情万种的林奶奶呢？老李不予回应，洪先生严肃地摇着头告诉我们，林奶奶虽然爱唱情歌，平时也并不回避男女笑谈，然而，她却是个守身如玉的人。自"借种下蛋"以后，她不仅杜绝了堂兄的纠缠，也和丈夫完全分居。也就是说，她再也不和任何人发生两性关系了。洪先生是医生，林奶奶的丈夫多次找过他，问是不是有药可以治这种性冷淡的病。洪先生说，那是心病，世上无药。哦……原来我们完全理解反了。

可我们还是不明白，什么事都干了，还用守身如玉吗？林奶奶这样干，意义何在？真是守身吗？还是对爱——或者是性，死心了呢？说她死心了，为什么对情歌又那么充满激情呢？是因为现实中过于绝望，要到精神中去索取？还是因为她心中本有所爱，却终身不得相聚，而心中所爱又无法消灭，这才沉浸于精神的在世热情？对此，局外人没法弄明白；恐怕，她自己也未必说得清楚。但有一点我们不会看错，林奶奶在情歌中找到了她的快乐。

一更里一炷子香，情哥来之在奴家房门上。
妈在隔壁问：这是什么子响？
哎呀我的娘，北风吹得门镲子响。
二更里二炷子香，情哥来之在奴家踏板上。
妈在隔壁问：这是什么子响？
哎呀我的娘，猫儿来之在踏板上。
三更里三炷子香，情哥来之在奴家牙床上。
妈在隔壁问：这是什么子响？
哎呀我的娘，天冷我在加衣裳。
四更里四炷子香，情哥来之在奴家身上。
妈在隔壁问：这是什么子响？
哎呀我的娘，口干我在吃冰糖。
五更里五炷子香，情哥开门出绣房。
妈在隔壁问：这是什么子响？
哎呀我的娘，对面人家起早床！

这支歌是林奶奶坐在她家门前的银杏树下唱的。时至初夏，山风习习，遍地落英。午后了，小孙子已经熟睡，大孙子还在学校，田野的劳动者正在午休，山里真是安静极了。这支歌需要的正是这种氛围，林奶奶便在缤纷的花瓣中，在银杏树的浓荫下轻舒歌喉。幽雅而缠绵的小调，直白的叙事，幽默的问答，加上花瓣缤纷般的衬词衬句，真把我们听迷了。当然，林奶奶也沉迷于其中，仿佛返老还童的小女子，声音那么娇嫩，妩媚。唱着唱着，她那沟壑纵横的面部竟然像被神奇的手抚摸过一遍似的，渐渐平展起来，饱满起来，红润起来……我们看到了另一个林奶奶，那是一个妩媚与风流的少女。

有些让人难以理喻，是什么力量激活了她的青春激情？只能在音乐和歌词中去寻找，那就是爱，似乎还有性。只要想一想她的人生和她的婚姻，就会明白，爱与性的分离既然给她带来了终身的痛苦，那么虚幻的爱与性的结合就是精神的最佳弥补。也就是说，林奶奶一定有一个心爱的而又无法相聚的男人。

这个男人在哪儿？那当然不是本文需要完成的任务。

我们也曾私下询问过老李和洪先生，封建观念的禁锢无处不在，为什么还会允许情歌的大量流行，甚至允许"滥情"的"黄色民歌"存在呢？按照一般的解答，就是旧社会的恋爱不能自由，婚姻不能自主，因而埋藏在心底的反抗就会顽强地表现出来。封建观念在这里反倒表现出一定的大度，既然禁锢不住，倒不如让其适当发泄发泄也是可以的。堵塞不如疏通，正是这个道理。尤其过去的时代是以男权为中心的，男人虽然在婚姻上同样没有自主权，却在性的方面拥有较大的自由，这大概就是"滥情"的根由？

上面的解释并不能让人满足，至少不能回答林奶奶身心所处的状态。林奶奶不是滥情的人，但她也不是忠贞于封建婚姻的人；她和几个男人相交，却不能使她身心愉悦，更没能唤醒她的情欲，反而让她的性情走入绝境；她在性爱情歌中的激情喷发，可不可以理解为爱与性的统一？如果是，那就是更高的贞洁。

与日俱进的机智人物

那年，全国上下正起劲地宣传"与时俱进"，恰巧我到过上海交大的老校园，看到过一块石碑，上面题有四个大字：与日俱进。这才恍然大悟，与时俱进原来是从这儿来的。老韩说，他在村里蹲点，听一位老支书宣讲过与时俱进的含义。老支书面对上百名党员问："什么叫与时俱进呢？"又自答："与时俱进就是说哈儿趱哈儿！"话音一落，全场轰动，笑声经久不息。

"说哈儿趱哈儿"是一句极土的话，外地人一般不会明白。我曾给外地人解释过这句笑话，"哈儿"相当于"一下"，"趱"就是"移动"，合起来就该是：说一下移动一下。外地人似乎仍不明白，我只能进一步解释：这句话充分表现出垭镇人的一种历史的思维，任何一句话，也可以说任何一种思想，都不是一成不变的，都会随着时间的移动而移动；刚刚说过的话，可能已经不符合眼前的现实，那就要赶紧移动；譬如在树下歇凉，阳光照过来了，你就得随着树荫的移动而移动。那么，这有什么可笑的呢？原来此话还含有一种贬义，指有些人说话不算话，刚定下的事情，转眼就变了，让人无所适从。

那天，听了老韩讲过老支书的笑话之后，心里不觉一动，想到了民间文学中的重要一类，即时政歌谣和时政故事。时政类的民间文学就是与时代共进退的，而幽默又是和这类与时俱进的民间文学联系得最紧的。

反正就是为人民——关于洪先生的幽默，任何人都明白，这事应该发生在1949 年后的中国，绝不会想到古代去。村里的干部个个富——同理，任何人也都知道此类荒唐的事情只会发生在改革开放之前的时代中。这类故事以小见大，就像一个点穴高手，轻轻一按，就能拿住时代的要害。表面上看，流行在农民中的这些幽默似乎是在发泄不满，其实很有内涵，值得久久玩味。

反映民间生活的时政歌谣更多更精彩，试举一例：

> 住在高山巅，抽的南花烟，
> 吃的洋芋果，烤的劈柴火；
> 前头烤得汗直滴，
> 后头冻得屁直急；
> 人吃洋芋狗吃皮，
> 鸡牙子拖在灰窝的；
> 只有出气无进气，
> 还说前途是光明的。

通过表面上的自嘲，我们看到的是背后的东西。农民——中国最大的一个阶层，还处在如此贫穷落后的阶段，要赶超发达国家，实现现代化，真的是任重而道远哪！要说与时代共进退的民间幽默，最集中的体现是在机智人物故事中。什么是机智？机智是一种与人交往的实践智慧，因此，它是一种善的身体行动，具有"品性之优"和"理性之优"两个方面。机智人物故事，是指由一个特定的机智人物作为主人公贯穿起来的、富于幽默滑稽色彩的系列故事。比如维吾尔族机智人物阿凡提的故事就是最具代表性的。

但是，像垭镇人讲述的没有时代局限，不受年龄约束，从古代一直行动到现代的机智人物，则是极为罕见的，说来说去只有一个，这个人物就是古代农民郭老幺，关于他的故事有上百个。垭镇人说不清他到底有好多故事，反正一讲到机智好笑的事好像都与他有关。仅选三个故事，就能看出他到底横跨了多少时代。

之一：三个举人进京赶考，共同请郭老幺做他们的书童。秀才们一路走，一路讲，好像很有学问。首先碰到一个娶媳妇抬花轿的，姓望的问："那叫什么？"姓王的说："抬的花花房。"另两人说"确切"。走了一程，碰到一群抬丧埋人的，姓王的问："那叫什么？"姓汪的说："抬的逍遥杠。"另两人说"恰当"。走过一个村庄，看到了讨米的叫花子，姓汪的问："那叫什么？"姓望的说："沿门逛。"另两人说"妙极"。进了一个县城，妓院的妓女们在门口接客，三个人齐声叫："抬头望！"

这时，郭老幺实在忍不住笑，便说："三个先生王汪望，来时坐的花花房，回去就坐逍遥杠，生的儿子沿门逛，养的姑娘抬头望。"

三个秀才气得无法，问哪个教他的。郭老幺说："不是老爷们一路上说的嘛。还说确切花花房，恰当逍遥杠，妙极了的沿门逛，齐声尖叫抬头望！"

很显然，这应该是封建王朝才有的故事，至少也在清光绪三十年（1904年），甲辰会试，也就是最后一次科举考试之前。那时，做书童的郭老幺已经能为三个人挑行李了，当在十八岁以上。

之二：西河闹过红军，国民党在垭镇设了卡子，安了铡刀，贴了告示：凡上街的人都要讲明原因，说真话的放他走，说假话的坐牢杀头。老百姓都吓得要死，不敢出门。郭老幺听说了，故意要去闯一闯。

那天他从街上过，保丁问他哪儿去，他说找红军。保丁大吃一惊，当时就把他绑了。郭老幺问为什么绑他，保丁说他找红军，自然要坐牢杀头。郭老幺又问："这么说你们相信我说的是真话啰？"保丁说："这样的事，哪个敢日白？"郭老幺还问："那告示上的话还算不算？"保丁说："当然算。"郭老幺的脸一黑，当场指教了他们一顿："白纸黑字地写了，说真话的放他走，你们却要我坐牢。好大的狗胆，竟敢和告示作对。"保丁一想，郭老幺倒是对的，一时便不知道怎么搞了。

1933年，贺龙带领红军到过垭镇，西河闹红军也就是那个时候。按照前一个故事的年代算来，郭老幺此时的年纪至少也在五十岁左右。还有抗日时期、解放战争时期，都有他的故事。1949年后，天下太平，穷人翻了身，也就没他的事了。可巧，到了改革开放之初，郭老幺竟然又出现了。

之三：郭老幺的儿子读了大学，在省城汉口工作，便接老头儿下汉口去玩。郭老幺高高兴兴地去了，可在儿子家里一夜没有睡成，全是那只闹钟闹的。第二天起床，他气得把那个闹钟摔了个五马分尸。仔细一看，吓了一跳，说："怪不得的，里头还有肠子牙齿呀！"离开汉口时儿子送他去赶火车，看到一列火车正好出站，他大吃一惊，说："这家伙睡着跑都这么快，要是站起来还得了啊！"

二十世纪八十年代，郭老幺应该是九十岁出头，儿子大概也不少于六十岁了，就是曾孙、玄孙也有了，哪里还有什么读大学的儿子？可是民间文学不管这些，只管讲起来顺口，只管故事内容和这个人物搭配起来合不合适，只要"与日俱进"，就会不计其余。还有另一层讽刺的意味：连郭老幺那么聪明的人物都跟不上形势了，何况其他人呢！在这里，郭老幺已经成为一个包容性极强的文化符号了。

快活乐子与快活场子

在我们把民间艺术家们集中到垭镇文化站的那些日子里，无有大小之分，无有老少之分，一直是欢笑不断的。他们说，他们都是些快活乐子；又说，文化站成了快活场子；还说，快活乐子有了快活场子，那就活该快活。文化站的集会，不过是民间文学的一次集中展示而已。这种集中还有相互激励的效果，他们不用顾忌，不仅能讲出唱出种种奇情异事，而且也激活了埋在心头的创新精神，碰撞出奇异的火花。那天，唱皮影戏的向师傅一看到老伙计王大奎，就现编现唱：

> 听到站长声声催，来了丫环本姓雷；
> 一对妈子往下垂，生了个伢子叫王大奎。

王大奎是出名的痞子，天生喜欢人家骂他，他也喜欢骂人家，接口便唱：

> 丫环活了五十春，唱一台皮影做人情；
> 请的师傅本姓向，他就是丫环的小外孙。

杜大个子有点好酒，可能是前一天喝醉了，到场是最晚的。他说不好意思，昨天晚上喝多了，到他妹夫家去借芭扇，准备镇上排练节目用。哪知道他拿了扇子出门，径直走到人家的藕塘里去了，浑身糊的是泥巴，急得他爬上岸大喊大叫。妹夫打起电筒一照，只见他泥水淋淋闪闪发光，忙问他怎么搞的。他的妹子却打了一个彻："嘿，哥哥这么快就换了件崭新的皮夹克啊！"

"打了一个彻"，就是大惊小怪的意思。杜大个子一边讲，大家一边笑。杜大个子又说，当时气得他什么话都说不出来，芭扇也不要了，回家洗了几大盆子泥巴水，趁着醉意，进入梦乡，哪知道一睡就过了头呢！

借着这良好的气氛，老韩提出表扬说："林奶奶是到会最早的，大家今后要向她学习。"老李有些不服，就说："谁不晓得小林子性急！"众人一笑，笑他称林奶奶为小林子。老李继续说："还在小林子养第一个孩子时，娘家带信让她去，她二话不说，将床上的孩子往背笼里一放，背起就跑。路过一块园田，冬瓜藤子把她绊倒了；怕摔痛孩子，她就用衣裳将孩子一包，往背笼里一塞，背起又跑。跑到娘家，她赶紧把孩子放到床上。老娘问：'孩子呢？'她说：'在你床上。'老娘到里屋一看，床上没有孩子，只有一个冬瓜。小林子一愣，猜测孩子可能掉到冬瓜田里去了。她赶紧跑到冬瓜田里一看，没有孩子，只有一个枕头。小林子越发急了，飞跑回家。'天哪！我的乖'，孩子在自家床上哭成了一个泪人儿。"

显然这是个现成的笑话，只是被老李更换了主人公的名号。大家的笑声一阵赶一阵，唯有老李不笑，林奶奶也没笑。等大家笑饱了，林奶奶说："我也来说一段大家笑笑，是讲老李——李干部的。过去老李还没当干部以前，有个好习惯，不管到了哪儿，都要顺一件东西回去。比如在山上，就顺一根柴；在地里，就顺一篓子猪草；在人家屋里，就要顺一件衣裳、一双鞋子什么的，挺巴家的。有一次他的亲戚晓得他要来，赶紧把好东西收起来，只有新打的桶箍还挂在墙上，忘了收。果然，老李进屋没看到人，顺手就取下桶箍箍到腰上。正要用布衫子罩住，他的亲戚出来了，问他做啥。老李红着脸说：'亲家，人们说水桶和人的腰一般粗，我一试，是一般粗。要不总说某人的腰有水桶粗呢？'"

讲到这儿，哄堂大笑。林奶奶说："还没完呢。"又讲："老李当了村干部后，这习惯就改了。见了人家的东西不能拿，也挺熬人的。有一天，李干部到亲家那儿去，天黑了，亲家强留他在那儿歇。李干部看到亲家的确是真心要留，于是说：'亲家，你万一要留我歇也可以，请你把客厅里放的那双皮鞋，收到里屋去，我一看见它，心里就疼，晚上睡不着觉。'亲家说：'你的心好嫩生，这双鞋一直放在那儿，我心里从来没疼过。'"

人们一听，笑得更凶了。老李摇摇头，做出一个甘拜下风的样子，站在墙边没了言语。这下倒好了，老韩就势将大家引上正轨。调好了录音机，谁想好了谁讲，谁讲时就把录音机搬到谁的面前。我深深地透了一口气，暗想，我们的抢救保护工作就这样有声有色地开始了！挺神圣的，当时很有些激动。

一讲就不能断气，中饭是快餐，直接送到会场，有人在吃，有人在讲，一点儿也没影响进度。要开晚饭了，大家还不散去。当时河东的陈师傅讲一个行善的故事，正说到妙处，老韩忽地叫了一声："明天讲明天讲，身子要紧，大家沾钢去！"话音一落，大家就笑翻了。陈师傅恨不得钻地洞，直把从县里来的一伙记录服务人员搞得莫名其妙。陈师傅是个聪明人，知道这笑话还会带出更多的笑话，干脆把"沾钢"的典故说了个明白。原来，"沾钢"是在说他的亲爹。他的爹是远近闻名的大木匠，不管修多大的房屋，都是掌墨师，相当于现在的总工程师。陈大木匠有个特点，如果东家的伙食油水少，他就会说："算哒，身子要紧，我要回家沾钢去！"把这话一听，东家就要赶紧杀猪宰羊。

难怪大家要笑的。陈师傅讲明原因，大家反而不笑了，只有县里来的那些人笑起来。吃晚饭时，陈师傅硬是罚老韩多喝了一杯酒。当然，老韩是好酒的，有人罚酒，求之不得。那顿晚餐是我们特意准备的接风酒，按老韩的说法，各位师傅还得按年龄或者德望排个座次，于是大家便在席上你推我搡。最后公推洪先生坐了上位，并以他为中心左老李、右林奶奶依次排开。

排到末尾，还有两个人在推让。一个是石匠老王，一个是漆匠老杨。石匠问："在十八匠中，你是老几？"漆匠答："这还用说，我是老七。"石匠说："那你还推什么？你是七匠，我是十匠，我当然应该把你放在前头！"

还没开席，就又笑倒了不少人。

那次集中搞了一个多星期，为了提高效率，我们分了五个小组，有的用录音机，有的用笔，便完成了这次抢救保护的主要成果。因为农忙，老人们都要回家，才不得不草草散去。我们也只能分成小组，继续跟踪采录。

有组织的快活乐子们终究会曲终人散，这个快活场子也就不存在了。按说，垭镇的快活乐子应该是不会消失的，垭镇的快活场子也是不会散去的。不过那不是在文化站，而是在田间地头，木屋草寮，坎上树下，以及歇脚的路边；迄今为止，垭镇人一代又一代传承、创新，将他们的智慧化作有意味的谈笑，播撒在听众心中，温暖着艰难人生。说到快活乐子和快活场子，老韩写了一篇《锣鼓声声》的纪实文章，是很典型的：

过去，一户人家请几十个人薅草，还得请两个唱锣鼓的高手，在地里打锣鼓。歌手唱得好听，能引起薅草人的笑声，闲话少了，只顾薅草听歌，工效就高了。一天下午，歌手唱："黑了黑了真黑了，手拿扇子把门敲，姐在屋里晓得了。翻穿衣来倒趿鞋，十指尖尖把门开，该死的情哥怎才来。一步高来一步低，步步踏在水坑里，半夜三更只为你。红绫子被窝抖两抖，鸳鸯枕头放两头，问一声情哥睡那头。什么那头不那头，我们二人在一头，玩一个狮子捧绣球。"有个村姑听入了迷，挂着薅锄站着听，直到一田人望着她笑，说："舍哒，这个伢子得相思病哒。"她才满脸通红，赶紧薅草。

另一个歌手接着唱："……送郎送到踏板头，双双捉住情哥的手，叫一声小郎我的情哥哥，你莫把我丢。送郎送到房门上，手提门闩舍不得抽，叫一声小郎我的情哥哥，舍不得你走……"

他们一唱一和，一攻一防，薅草人听得哈哈大笑。其中有个妇女，薅锄板子不知啥时候弄掉了，只握着一个把，还跟着别人往前薅。别人看她拿了个光棍，又是一阵大笑，把那个女人笑得很不好意思。

薅到晚上，人们收工了，两个锣鼓师傅忘了形，还在坡上唱。村民晓得他们唱红了眼，散不了团，就一边走一边笑。

锣鼓歌种类多，而且一个调一个鼓点。特别是到了下午，全是荤歌子。"锣鼓田里无大小"，闺男闺女们通过听锣鼓，不仅听出了许多风流韵事，而且接受了不少性爱教育。还有人从此迷上了锣鼓歌，找到了情哥哥……

然而，这是十分久远的历史了。由于金钱的原因，民间文化传承到今天，已经面临灾难，抢救也就势在必行。我们明白，如果在我们这一代手中让民间文化泯灭于无形，那将是极大的罪恶。

颠覆与坚守

老是爱想起王蒙的小说《球星奇遇记》。倒不是因为它的新奇，也不是其手法的新鲜，而是它的荒诞内容。第一次读到它时就觉得似曾相识，仔细一想，这么大的作家是不会抄袭或者剽窃的，那么，是什么原因让我有如此强烈的感觉呢？哦，想起来了，幸好想起来了！我不是攻击，而是在寻找这篇小说的源头。有人说，这个小说的主题是一个人被卷进不可预知的人生急流后，是不能把握自己的。王蒙的文采在这篇小说里得到了最大限度的发挥，他展示了不亚于钱锺书的记忆力。他把不管是下放时所见的不古人心还是做文化部长时的处处优遇，集中写进了恩特的遭遇中。他写得毫无节制，写得信马由缰。他是过足瘾了，但小说表现出的游戏色彩，使一些深刻的东西淹没在会心的欢笑中。

又有人说，王蒙的《球星奇遇记》是典型的元小说，代表着王蒙在小说创作上的自觉，标志着作者一种理性的、宽容的相对主义文学观的形成。什么是元小说？元小说是有关小说的小说：是关注小说的虚构身份及其创作过程的小说。传统小说往往关心的是人物、事件；而元小说则更关心作者本人是怎样写这部小说的，小说中往往喜欢声明作者是在虚构作品……

照此说来，这部小说应该是王蒙创作中的里程碑了。那么，我想起了什么呢？自然是垭镇幽默中的某类故事。不需要一一列举，就说说其中的《射箭英雄》吧。故事太长，请允许我用我的语言简述一遍：

张三拾到一只受伤的雄鹰，用一根竹签插进它的屁眼。结果放鹰的人来了，要他赔鹰。张三不赔，说他是用箭射下来的。二人一直争到县衙。知县不相信张三这么会射箭，就罚他到棉花地里守夜。偷棉花的小贼听说他能箭中屁眼，便将铜锣盖在屁股上，然后去偷棉。张三惧怕，高呼救命。小贼转身逃跑，只听到屁股上的铜锣嘣嘣直响；跑得越快，响声越急，才明白张三的厉害。其实不是箭中屁眼，是还未成熟的棉桃在敲打铜锣。结果小贼没跑多远就累倒了，被衙役拿获……

县官大喜，将张三送往府衙；知府不信，要张三到山林射杀老虎。张三心想，死也要做个饱死鬼，便在府衙内喝得烂醉。到了山林，张三爬上一棵古树等死。半夜，老虎寻食，闻到他的气味，就朝树上爬。爬到跟前，张三的酒被吓醒了，哇的一声吐了个痛快淋漓。老虎为躲避脏物，只得头朝下，屁股朝上。张三还没糊涂，顺势将长箭插入老虎的屁眼……

知府大喜，将张三送往京城。时逢敌寇入侵，皇帝令其迎敌，若胜，招他为驸马。未到敌营，张三就被吓昏，随从作鸟兽散。张三醒来，已做俘虏。张三说他不是军人，是江湖郎中。敌帅正好痔疮发作，问张三是否会治痔疮。张三说，尤其会。敌帅把张三引到无人处，就把屁眼亮了出来。张三从袖中取出箭，从敌帅的屁眼中插入，敌帅死于非命……

这类故事在垭镇幽默中并不少，比如《梦先生》，某人谎称自己会做梦破案，闹出一系列荒唐事，与《射箭英雄》的手法相似。再回头来看《球星奇遇记》，与《射箭英雄》相比，内容虽然不同，但那些情节的"非逻辑"性何其相似。流浪汉恩特在比赛中大出风头，用鼻梁挡回无敌大黑驴的"射门球"，是不是同张三将箭插入老虎的屁眼一样荒唐？恩特用尻部将大黑驴的第二个球反弹过去，直射对方的球门，与张三为敌帅治痔疮而箭中屁眼是不是异曲而同工？

原来，荒诞小说的根是在我们的民间故事之中啊！这才是我的本意。

在纷繁复杂的社会中，一些人的成名、成功靠的是偶然因素，不合情而合理，这是历史的荒唐，却不是当代的产物，我们的祖先早就把它创作出来了。恩特和张三，都是别人谋利的工具，而他们所得到的巨大荣耀，只不过是大人物为一己私利而衍生的副产品罢了。当然，只要能获得利益，他们也乐而为之。小说和民间幽默都采用夸张手法，揭露了以假乱真的同一种内容，真作假时假亦真，这才是从古至今的社会本质。王蒙的小说以此而颠覆了传统小说的做法，而《射箭英雄》则是在颠覆英雄的历史。而这种颠覆正是在还原生活的本来面目。

颠覆是垭镇幽默的重要主题，它将传统社会扣在底层人民身上的枷锁——进行了颠覆。林奶奶倾情歌唱的"不输身来也输身，输一个身子道我的行"，是对传统婚姻和贞操观的颠覆。她颠覆得那么洒脱，那么飘逸。身子输了便"道行"，没有获得钱财，却获得了身心的愉悦。之所以有那么多的情歌或悲愤或幽默地倾诉着人们的真情，就是说没什么好隐瞒的，因为这是天赋予人的应有之意。

过去有个学生跟先生读书，每年给先生送礼，都是送三分银子。有一年先生出了一个对子，暗示学生长些价码：新竹笋出墙，一节须高一节；
学生明白先生的意思，于是对下句：鲜梅花逊雪，三分只是三分。

这是洪先生搜集整理的对联故事，还有里面的"风雨对"等，都是学生揶揄先生或骂先生的，颠覆的自然是师道尊严。这类颠覆尤其是在"粗鄙"的笑话中，更是多得难以尽数。如此现象与生活中的垭镇人尊师重教的传统很是不同，这就怪了。为什么一面是尊崇，一面是讥讽呢？想不出更多的理由，也许是因为劳苦大众总是得不到受教育的机会，故而心生怨尤？也许是有学问的先生们总是瞧不起没文化的平民，所以平民尊崇归尊崇，讥讽却是少不了的？

是不是可以这样说，一褒一贬，相伴而行；一反一正，唇齿相依，正是事物的两面，也正是社会的一种平衡态？这种颠覆表现在社会的方方面面，也许就是对这种观点的支撑。中国传统社会是以"官本位"为核心价值的，而在民间故事中恰恰以官员为幽默对象的故事最为丰富，垭镇幽默自然也是如此。

在我最初的印象中，垭镇幽默的"颠覆"现象似乎遍地皆是。夫权被颠覆，父权被颠覆，君权被颠覆。请看看那么多的巧媳妇是怎样玩弄男人的就明白了，原来整个男权社会都在被颠覆之列。颠覆的盛行，应该是人们对传统长期不满的倾诉，是对桎梏人们精神枷锁的无情抨击。

那么，是不是所有的传统都被颠覆了呢？当然不是。比如对盗窃、赌博和吸毒的劝导，对孝义、诚信和谦和的提倡等，则是一以贯之的。也就是说，颠覆之外，在坚守上也是有着一致的原则的。颠覆也好，坚守也好，都是很大的题目。下面仅以一首小诗作结，很显然，这是对爱情的坚守：

恋要恋，恋要恋，开口问妹恋几年；
三年五年不消讲，要恋就恋六十年。
恋要恋，恋要恋，情哥咬定一百年；
哪个九十七岁死，奈何桥上等三年。

下篇　老人升天并非狂欢节

镇上死了人

垭镇老街来电话，说黄裁缝睡到半夜，突然死了。他本来挺健康的，不过七十多岁，怎么就死了？死因不明，怀疑是脑出血。电话是文化站老韩打的，他噼里啪啦说了一通，让我有些困惑。老韩接着说，请的支客先生是西河的老李——李安农。黄裁缝和老李交往颇深，黄裁缝曾开玩笑说，将来要是死在老李前头，就请老李来做支客先生。这话儿黄裁缝的子女都知道，就真的上门请他了。

我有些明白了，老韩却震耳欲聋地大叫："你忘了，不是说垭镇要是遇到红白喜事，一定要通报你的吗？你们不是要来录像的吗？"

于是我们马上准备，马上出发。

山里人无论红白之喜，都少不了请支客先生。支客先生一般由德高望重、口才拔尖的长者充任。红白事路上的一应大事、小事、琐事、杂事全由他主持安排、分工并监督，是东家代理人。老李就是垭镇所辖十多个村庄中最为著名的支客先生，也被外乡镇，甚至外县人请去当过支客先生。

在垭镇搜集民间文学之后已有半年，真还有些想念老李的。上次分手时，老李曾经说过，也许下次见面就是他的死期。老李说这话并无悲戚之感，反而有些兴奋。他说，要真是那样，就请我们来看个热闹，他是个豁达人，交往又广，要是死了，还不要来个千儿八百人的，肯定热闹。

没想到这话应在黄裁缝身上。

到了垭镇，老韩也很兴奋。我和老韩没往死者家里跑，而是直接到西河去见老李。见了我们，老李直骂我们迂腐，何必要多跑这三十几里路。我们说磨刀不费砍柴工，因为要录像，得先和他商量商量，也得先了解一些死者的情况。老李说那行，随便吃了点儿饭菜，收拾打扮一番，由我们陪着，一同去老街。一路上，老李便开始讲死者生前的事迹。说黄裁缝的手段如何高，一个老爷子，偏偏长了一双巧如女人的小手，经他绣出来的花儿，闻名四里八乡。老李讲得更多的是黄裁缝的趣事。俗话说，亡者为尊，老李却一点儿也不忌讳。

他说，有一年黄裁缝在王家做活，小气的老板没有给质量好的旱烟他抽，他就不快活。他不好明说，就把旱烟袋用一根线吊到门当中。王老板进门，挨了一烟锅，就问黄师傅："把这个烟袋吊起搞什么的？"黄裁缝说："这么好的烟，我的烟袋杆子都不通，所以就要吊死它。"老板一听，脸涨成像猪血一样的颜色，可他还是不想把好烟拿出来。没有法，黄裁缝想，怎样才能报复到他呢？说报复，机会就来了。天将下雨，老板急着去请瓦匠来检屋漏，黄裁缝说："等我把这件衣裳做完了给你检一下，免得你花些冤枉钱。"老板有些惊奇，一个裁缝怎么会检屋漏呢？黄裁缝说："你不晓得，我做裁缝之前是学瓦匠的，师傅就是有名的彭子杰。"老板还是不信，黄裁缝又说："这不是裁缝比瓦匠轻松些嘛，所以就不做瓦匠做裁缝了。"结果，老板等黄裁缝做好了衣裳，又让他检了屋。过了些时下起大雨来，没想到屋上的漏洞比以前还多些。老板一边骂一边找东西接漏，盆子罐子在屋里都摆满了。后来王老板上门找黄裁缝的麻烦，黄裁缝说："你怎么这么蠢？漏洞就用盆子接呀！"王老板说："不用盆子接我还用簸箕接呀！"黄裁缝说："那就对了，我不是说过我的师傅名叫盆子接嘛。"李老板"呸"了一声，原来是这么个彭子杰呀！

我说："人家死了，不顾及他的尊严也就算了，您也不该作贱他呀。"老李瞪我一眼，不认为这是作贱，反说在抬举他。人死了，还有人念叨，便是天大的福气。是的，垭镇人对待生死的观念是一样的，都当作喜庆之事来办，并且对死亡的重视要胜于对待人在世时的重视。当然，只有正常死亡的老年人，才会吸引众多的村民前来热闹。

老李说，解放前镇上有个姓韩的大财主死了，道士"做斋"就做了七天七夜，由十八孝子披麻戴孝，铭旌收了一百多条，摆了约一里长；一口棺材六百多斤，几十个壮实的小伙子抬；响手（吹打乐手）班子有十几套，村民有几千人，差点儿把垭镇都抬起来了。送丧就像是蚂蚁搬家的，从老街一直送到石桥垭，走了两天，孝家还在半路上搭棚安歇，直到第二天下午才抬到墓地。从老街到石桥垭不过二十多里路，为何要走两天呢？老李说，抬丧送葬的人们从来不会安分的，一边走一边玩一边闹，不把那么多"礼数"做到堂是不会放手的。

老李在讲那场年代遥远的丧事时，显然是激动的，他满面通红，而且唾沫四溅。在他的叙述中，我的眼前展现出似曾相识的画面：漆黑的棺材披上鲜红的棺罩，在人的波涛中起伏，像一只渡槽，时而箭一般朝前飞行，时而阻塞了去路迂回辗转；时而人声鼎沸，一片欢呼，时而你争我夺，吵翻了天。棺材被迫后退了，孝家人便哗啦啦跪下一大片，盖满大半个山坡，还不断地放鞭，撒纸钱。棺材顺利起行了，孝家人赶紧起身，浩浩荡荡在前面开路。

老李说："那叫一个痛快！"

痛快是旁观者，也是参与者的评价；对于孝家来说则是一种哀荣。这种痛快会被人们无限期地叙述，这种哀荣也会被孝家一代又一代地传扬。于是，大家就共同创造出一串关于丧葬的故事，当然已经不是原先的模样了。在那些叙事的流传中，最吸引人也是最让人乐道的还是其中的幽默和诙谐。

这是垭镇人对死亡的态度，延伸开来，就是对人生的态度：乐观、豁达、洒脱。一个人能够出世不容易，当然应该大力庆贺人的诞生；人生一世痛苦多于幸福，当然应该在人生的关节点上欢乐一番；终于走完了人生路，更不容易，那种欢庆必然会胜于在世，使其在鼓乐中升天。所以，垭镇人对于那些"行短路"的人们是不齿的。他们连人生路都不敢走，还有什么可说的呢？

我问："那个韩家大财主的丧事出过什么笑话呢？"

"当然有，那时老李尚未出生，却听他爷爷讲过。他说村里有个瞎子会打丧鼓，是有名的歌师傅，方圆百里他的歌都唱得响。那天，韩家就安排一个人去接他来打鼓唱歌。他们走了半天，终于进了老街，热闹得很。突然，接师傅的人放了一个闷屁。瞎子闻到臭气，以为到了，张口就唱：'我一进门来抬头望，亡者停在高堂上，孝子上前来回礼，帮忙的又把烟来装。'这一唱把接师傅的人搞慌了，连忙说：'还没到呢！'瞎子说：'你莫骗我，老子的眼睛是瞎哒，可我的鼻子还是好的，死人都尸臭了，你怕我没闻到啊？'"

老李边走边讲，时间过得就快，好像并未用多久就到了孝家，其实已经走了大半天。孝家的人围住老李，老李抱抱拳，说"恭喜恭喜"。仿佛就冲这句话，孝子的泪水一涌而出，就跪下去了。我有些惊讶，只听老人们说，人活七十古来稀，七十岁以上的丧事叫喜丧，像老李这样当面道喜的则绝无。

孝家说三天后出丧，因为最近两天的期不好；丧事明天晚上正式开始，眼下正派人通知四里八乡的亲朋好友；从现在起，一切听从支客先生的安排。老李没作声，带了我先到灵堂拜亡人。我尊重老李，请他先拜。他把我往前一推，说搞错了，现在是恭敬亡人的时候。我只好先拜了一拜，并顺手把陪拜的孝子拉起来。老李也拜了，却没把陪拜的孝子拉起来。客人不拉，孝子是不能起身的，只能等到下一位客人下拜后才能把他们拉起来了。可是丧祭明天晚上才开始，这之前一般不会来客，难道孝子会一直跪下去？

我提醒了老李，老李笑嘻嘻的，悄声说："黄裁缝生前对他们不满，那就让他们多跪一会儿。你要是心疼，陪他们跪跪？"说完，再不理我，提了一挂电光鞭，从门口开始燃放，顺老街朝北走去。他一边走一边放，手还不时扬起，那鞭就不时地跃上天空或在地上不断地脆响。这鞭声是一种仪式，告示人们街上死了老人，希望大家按时参加葬仪，就不另行专请了。北边走完了，老李返回，又从门口开始放鞭，朝南面走去。南边的尽头是垭镇小学，只见林奶奶接了孙子正好走到街口。孙子怕鞭，双手将耳朵捂住，不敢再往前一步。

"小林子，这么早你们就放学了？"老李将最后几个鞭朝空中一扔，迎上去问。他显然是在逗乐子，想占个便宜。林奶奶倒接得快，随口说："是放学了，我这不是把你弟弟接回来了嘛。"

老李又问："我成了孙子，那你是我什么？"

林奶奶说："我不是孙子他奶奶嘛。"

老李不服："那也就是我奶奶了。奶奶奶奶，我要吃奶！"

这二老在街头你一句我一句，身边早围了一圈人，乐得人们直跳。

父母与子女之间的在世约定

我一直不能忘记老李一进门就对孝家说出的那两个字：恭喜！就算对生死的态度十分洒脱，怎么也不能当面说恭喜吧！

老李说这不仅仅是洒脱，还说明垭镇人对人生重视的态度。人从出生的时候起就喜事连连，打喜、洗三、做百日、抓周，此后便是五年一小庆，十年一大庆，还要做散生，还有婚典等，当然也有丧事。这里把丧事当作喜事就是一种重视。那么，恭喜什么呢？恭喜孝家能够尽到孝顺的责任了，恭喜孝子终于完成了报答父母养育之恩的义务了，也恭喜孝家放下了一个沉重的大包袱。

老李进一步说，尽孝实际上是很难的一件事。随便数数，就有这样一些难处：

一是力不从心。儿女们都是想尽孝的，但家里穷困，能力不及，总是不能让父母满意；终于挨到这一天，能把父母送上山了，所以要恭喜。

二是子女多，良莠不齐，且又斤斤计较，寸利不让，不是你说孝敬少了，就是他说孝敬多了。本是由尽孝而起，反而陷入孝顺危机，让父母心寒。终于能把父母送走了，矛盾也因此迎刃而解，所以要恭喜。

三是父母多病，久病床前无孝子，容易让子女产生厌烦和怠惰的情绪，他们甚至把病人当作包袱。这一天终于熬出头了，不也是一喜吗？

四是子女身体不好，或因某种原因造成白发人送黑发人的情况发生，让满心期待的父母绝望之至，所以，能有子女送父母上山，实在是一大喜事哦！

仔细一想，的确是这样。如果平时将上面所说的任何一条拿到桌面上来的话，都会被人们指责为忤逆不孝，但是所有人都明白，无论如何这些问题都现实地存在着。要不，感恩之心和爱心就不会被全社会反复地提起了。越是被社会倡导的，就越是在生活中缺乏，就是这个道理。

我突然想起一个警察的故事，便讲给老李听。那位警察因公牺牲，扔下了孤苦伶仃的八十岁的老母。绝望的老母无话可说，上前就给牺牲了的警察——她的儿子两巴掌，还骂："不孝的东西，不是说好了你为我送终的吗？"

老李沉默了好久，讲了他小时候的一件事。那是他母亲病重在床的一个日子，母亲突然想梳头，可她的手无法举起，老李便给母亲梳。梳着梳着，母亲流起泪来，说："龙儿，将来娘老了，怎么办？"老李说："不是有我嘛。"母亲说："你结婚了，还记得老娘？"古话都说接了媳妇忘了娘；又说，娘有儿心，儿无娘心。老李当时很勇敢地说："媳妇要是不孝敬娘，那她就从屋里滚出去！"母亲说："说的比唱的还好听，可你舍得吗？"老李说："那有什么舍不得？娘只有一个，丢了娘我就是无娘的儿了；媳妇多的是，走一个还可以找一个……"

母亲当时就笑了，很幸福地笑。接着，他们之间就产生了那个亘古不变的约定。母亲说："龙儿，我养你小，你就得养我老，好好给我送终。"

养老送终的确是个重大问题，起码在人生保障制度并不完善的社会是很重要的。同时，这也是中国人的传统，是规范了的伦理道德。但在人们的内心深处，往往有背离道德的东西在骚动。却又因为伦理的禁锢，人们不得不遵从，于是便造成这样一个事实：父母成了子女的锁链。挣脱锁链，也就契合了内心里的那点儿肮脏。不过是人人口中所无，而心中所有罢了。

就因为人生在世有沉重的负担，垭镇人便对死亡的态度洒脱起来，其欢乐的限度就超越了其他任何喜事，也就有了喜丧、玩丧、闹丧的种种形式。那这样对待死者不是太不公了吗？人人都会死的，今天抛却包袱的人总有一天会被别人同样抛却，难道就没有一点哀伤？上面所说的那些理由似乎并不能服人。

老李在另一些场合的话启示了我。他曾经在自己母亲的灵前唱过："人生在世有什么好？不如南山一根草。"这就把某些死者放弃人生的根据找到了，人要活得幸福是很难的。既然活得如此窝囊，还不如不要到这人世上来。那到哪儿去？当然是去追求幸福。幸福在哪儿？无人知晓，却早有宗教的一套理论给人们准备好了。比如"上天堂"，比如"早死早托生"。尽管没有人亲见过天堂的幸福，但人们可以用想象来填补；尽管"托生"之说找不到证据，垭镇传统却是确信的。于是，宗教把垭镇人的死亡困惑带走了，留下的是"天堂"和"托生"。就算不进"天堂"，早些"托生"，说不定就好了呢？

更为深刻的原因是，死亡无可逃避。既然如此，与其选择沉重，倒不如选择洒脱以安慰亡灵了。安慰亡灵就是安慰在世的活人。人类的苦难太多了，压力太重了，还不如南山一根草，那就快乐地离开吧。

然而，甩手就走何其难。于是垭镇未亡人与亡人怎么也得进行一场相亲相近相娱的生死别离。这是未亡人同亡人之间的唯一一次亲昵，此后便敬鬼神而远之，当然得非常慎重了。垭镇丧事的过分欢乐与大肆铺张，正是人们生死两难的心理映照。所以说，这一切都是做给活人看的。

垭镇有一句俗谚：人过三十六，棺木停房头。说的就是人们对死亡的看重。老人们在一起，往往会谈到丧事。他们共同的愿望是：什么都别说了，只指望明儿有个好落成。什么好落成？就是有一场热闹的丧事。

丧事的热闹是对沉重在世的某种补偿和慰藉，是对生的引导性暗示。

欢乐的灵堂

黄裁缝的丧事活动来客果然很多，不管男女老少，身份贵贱，还是敌友亲疏，都无一例外地到棺前一拜三叩，低下高贵的头颅。最让人感慨的是镇长也来了，还下跪了。没有人请他，按照本地习俗，红事是请的，白事是自找的，他就自己找上门来了。作为一镇之长，相当于一个小诸侯，也是个土皇帝，但在这一刻他必须放下架子，和平民一模一样，下跪之后自己找个地方坐下来，或者干脆在某个空地方站着。有人上茶，不会有好茶；有人上烟，也不会有好烟，但他得一一接过，体验一番平民的生活。如果他不来，事后会传出有关他的种种言语；如果他来了，事后也会传出有关他的种种言语。不过前者多半是坏话，后者多半是好话，似乎某位镇长的亲民勤政与否，便在那一刻界定了。当然平民也不例外，如果有谁不参与某人的丧事，诟病就会随之而来。

只有在这样的场合，才能体现尊卑亲疏的平等，体现垭镇人的全民性。

这让我突然想到了西方的狂欢节及其诙谐文化。它是不分阶级、阶层和集团的节日。所有人都平等地参与这一节日，并在其中自由地活动。消除了等级的禁锢，融化了人与人之间的分割、隔膜和鸿沟。神圣与粗俗、崇高与卑下、伟大与渺小、明智与愚蠢都接近起来，亲昵而和谐地连为一体。

对于我们来说，狂欢节自然只能在电视上看到，真正能身入其中的是垭镇的丧葬活动。二者在形式上区别甚巨，在精神上却惊人的一致。通过不同的活动，体现着同一愿望，那就是打破生活中的等级森严和僵化板滞，调节、补偿人民对自由生活和民主社会的向往，也是对现实生存的一种反抗。这么说，人类是有着共同心理追求的，不过时空、形式不同而已。

在垭镇，丧葬是所有民俗中最为自由开放的活动。这里只以亡者为大，为尊，受人膜拜；有时候连亡者也是平等的，可以被未亡人戏弄的。

其他民俗活动虽说也是喜庆热闹的，具体内容却大有讲究。

比如说婚礼，新娘的娘家人被尊为"上亲"，那是要坐"上把位"的，公公婆婆则更是同"天地君亲师"摆在一起；亲戚朋友也有区别，上礼多的人自然受到恭敬，东家往往另有安排，上礼少的则有自知之明，吃了饭就走人，表示人到人情到了；假若有官方人士上门贺喜，则蓬荜生辉，连公公婆婆也会围着他转。这就很俗，离不得贵贱，离不得亲疏……

再比如寿礼，寿星自然为尊，来的都是亲戚朋友。寿星如果有父母在，得先向父母礼拜，然后才能接受众人的恭贺。坐位更有讲究，论资排辈是少不得的，长辈另治专席，子孙们只好忝居末位了。这就显得更俗。

如此等等，不一而足。无不体现一个传统世俗的秩序和礼仪。

说到丧事，则是焕然一新。古老的垭镇丧俗以转丧为主，由歌手和响手们领头，孝家的人和来客随后，绕棺边行边唱边打，所有人都可轮换休息。如果孝家人少，则无从轮换，那就得打持久战了。据说，从前甚至有累得休克于棺侧的孝子。垭镇也有跳丧。在古代，这里同巴人相邻，交往甚多，跳丧就是受了巴人的影响。后来，向往轻松和懒散的垭镇人抛弃了转丧和跳丧，只进行坐丧。坐丧得以流行，关键是因为它的简单和自由。灵堂内，在棺材右侧置一大鼓，有两个鼓手为歌手伴奏。歌手和鼓手都不是固定的，谁手痒谁就可以击鼓，谁嘴痒谁就可以歌唱。歌词可以是传统固定的，也可以现编现唱，所以内容五花八门，包罗万象。接唱、换唱、抢唱和盘歌的情景出现得越多，丧事也就越成功。

由此，又让我想到了西方的狂欢节，二者都是全民参与的演艺活动。没有专门的演员，所有人都是演员；没有专门的观众，所有人都是观众，只要愿意，所有人均可卷入其中。灵堂内不时掀起欢闹的浪潮，其实就是狂欢。

实际上，欢乐的情绪是在"开歌路"的时候就定下了基调的。摘抄"开歌路"中的几个段子，你会略见一斑：

日吉时良，天地开张，
开个歌路，金鼓坚强。
开个长的难得唱，
开个短的不得到天亮。
开个不长不短，

好陪亡者上天堂。

歌路开，歌路开，

歌鼓二郎，赶进歌场，

来到孝家一重门，

一对锦鸡子把守铜门，

此乃不是锦鸡子，是一对凤凰；

凤凰凤凰，闪到两旁……

来到孝家二重门，

一对红人把守二门，

此乃不是红人，是一对门神；

门神门神，鼓起一对眼睛，

只能管孤魂野鬼，

管不着我们唱歌的郎君……

何处的鼓匠？哪里的歌郎？

走这么远的路程，见过哪些景象？

见过一位八十老者，

腰弯弯，背驼驼。

肩挑的是画眉，手提的是阳雀；

阳雀喊的车骷髅，画眉叫的哥骷髅。

车骷髅，哥骷髅，

船儿歪在浪沙洲。

开了歌路我就不管，

请各位客官玩一玩。

　　这就明白了，一场丧事就是要让大家"玩一玩"。怎么玩？各有所好，尽管自己选择，当然离不了歌唱。有唱得庄严的，有唱得悲哀的，有唱得诙谐的，也有唱得幽默的。按照习惯，唱到下半夜，人们累了，有些客人要找地方休息去，灵堂内会冷清起来，歌手便尽量唱些诙谐的，搞活气氛，以留住客人。但这次不同，有我们带来的录像机不断扫射，甚至还有固定机位，客人们便不愿散去，便争相表现自己，想在镜头里多留一些身影。机会难得呀，哪来的这种好事呢？难怪官员们那么喜爱上电视的，平民原来也一样。

　　这场面，就像一台没有组织的赛歌会。有人唱：

你也来，我也来，
十字街上搭闹台。
闹台搭得高又高，
好玩好耍的站拢来。
你一番来我一番，
四十八番下江南。
人人都说江南好，
腰中无钱处处难……

还没唱完，后面就有人抢过去，唱：

扬半头来留半头，
还有半头防后手。
丢了它来摔了它，
摔到河下喂老鸹……

这样一闹，支客先生老李闲不住，往大鼓旁边一坐，人们知道他嘴痒了，就停住争抢，让他接着唱。他唱：

丧鼓打到二三更，
一些婆娘好懒神，
也不出来嚎一声。
丧鼓打到半夜过，
打鼓的肚里没得货，
唱歌的嘴里好焦渴……

把这歌儿一听，孝家的女人就跑过来号啕大哭，当然是假的；帮忙跑堂的忙送上茶水和点心，这是真的。要说诙谐幽默，还要数刹鼓收尾时的歌：

刹鼓刹鼓，刹个虱母(虱子)，
虱母生个蛋，九十九斤半。
若是你不信，

把秤拿来称哈儿看。

三斤毛铁盘一杆枪，
到孝家屋后去赶仗(打猎)，
打了一只兔子七寸长，
大门口拖不进，挤倒几封墙；
后门口也拖不进，挤倒房梁；
勉强从阴窿眼里拖上高堂，打鼓闹丧。

……三十的早晨，初一的黑哒，
一点昏昏子月亮，
一个老头来偷我的棉花。
什么人看见的？瞎子看见的。
什么人说的？哑巴说的。
什么人撵的？瘫子撵的。
打起个赤膊，统了一袖筒子；
光起个条瓜，统了一袜窟窿的。
撵到青石板上，留下一路脚迹；
撵到烂泥糊里，跑起一阵烟来……
捉到辫子一揪，拉出来是个和尚；
捉到胡子一揪，拉出来是个婆娘；
我呼她几嘴巴，还是个姑娘……
她去了，我来了，不知死了是活了……

如果说"开歌路"是定调的话，那么"刹鼓"就是做总结，它同"开歌路"遥相
呼应，以幽默开始，也以幽默收尾，陪伴亡灵的工作由此结束，然后就是出丧
了。那天在黄裁缝家，老李在灵堂里唱了一番，就约我一起坐到厢房里。他觉得
现在的丧事过于简单，不过瘾了。我求他讲讲从前的丧事，当然要特别一点的。
他想了想，说他很小的时候遇到最多的是"玩丧"和"闹丧"，与现在大同小异，
倒是"骂丧"只遇到过一次。何谓骂丧？当然是孝家的仇人前来捣乱。这种人往
往出其不意，边唱边往外走，等孝家人明白时，唱歌人已不知去向，孝家只好忍
气吞声了。当然也有想把事闹大的，就不会搞突然袭击了。说着，老李小声哼
起来：

一进堂屋就唱起，
堂屋里停了个狗✕的。
狗✕的死了狗✕的埋，
狗✕的得了副好棺材。
还要狗✕的端灵牌，
还有些狗✕的哭乖乖。
请些道士念他妈的斋，
好吃好喝的不如老子们掰！
老子唱的背锤记，
不挨家伙我不自在，
要打架——稻场里来！

这样的歌一唱，接下来肯定就是一场头破血流的武斗。老李说他遇到过那么一次，那时他很小，吓得大气不敢出，却又一直赖在当场不想离去。结果很明了，寻衅者引起公愤，落荒而逃，但他们的目的也就达到了。不知为什么，老李对往事的回顾激活了我心底的阴霾，竟也想黄裁缝的丧事能发生这么一场打闹才过瘾。当然只是想想，却怎么也没料到，这场丧事真的大闹了一场，惊动了公安部门，以至让一些人锒铛入狱……

与亡灵同乐

请黄裁缝出门的时间是事先定好了的，早上六点整，按传统说法就是卯时中。歌手的声音在此刻突然高得吓人，腔调都直了，完全是在喊："鼓槌一丢，千年不收；鼓槌一撂，千年不要，送给放牛伢子当柴烧！"

鼓槌嗖嗖两声被扔到大门外，人们就知道要出丧了。

随着一阵嘈杂，由孝子背身紧靠棺头，反手将棺底搂起，棺材四周便挤满了人，有的在使力，有的在吆喝，几步抬出大门，停到事先安放在稻场里的板凳上。接着由几位老者将两根送丧杠捆绑到棺材两侧，抬起掂了几下，觉得牢靠了，然后大家去吃早饭，喝早酒。早上赶来送灵的人很多，那席上的座位必得抢，搞慢了有可能饿肚子。所以，饭堂里显得格外热闹。只把个亡人独自弄到外面，风也随他的便，雨也随他的便；怪孤寂，也怪可怜的。

饭吃饱了，酒喝足了，支客先生前前后后地招呼，棺材四周再次挤满人，大家将它抬了起来。顺利穿过老街，来到公路上。那是省级干道，二级路面，向南直达宜昌，向北直达襄樊，送丧的队伍便在宽敞的路上撒起欢来。所有的人都在亢奋，都有抬一杠子的欲望，都蜂拥而上。杉木杠子上了肩，棺材随之上下不停地晃动，在"噢噢"的吼声中前行。抬丧的人们不顾一切地骚动着，只有孝家人有些担心。棺材里的亡人被那样不停地晃动，有可能移位、扭曲，甚至翻起身子来。那是不吉利的。风水先生说过，墓穴是用罗盘定了方位的，不能有一线之差；棺材里的亡人如果移位，就等于偏离了穴位的方向，当然会影响到后代的发迹与否。但是，送丧又是要欢乐和热闹的，不如此不足以满人心。这本身就是个两难的问题，所以说，这种热闹还是有限度的。

玩乐走向极端，就是对亡人的不敬，对孝家的不友好，就会引起公愤，人们有可能将作怪的人揪出来赶走，或者痛砭一顿。热闹又是对亡人的友好和亲昵，过分冷清了，就是对孝家的不屑，对亡人的鄙视，有可能引起孝家的不满。度在哪儿呢？在人们心里，没有具体规定。比如说，推搡进退均可，可是不能让棺材掉头。老李说："那不是让亡人回家了？"所以，不管会不会发生这种情况，都要事先组织人把棺材控制住，保证它沿着正确的方向奋勇前进。这是因为有些人很阴，有些人对孝家有仇，有些人嫉妒丧事的顺利。

又比如说，棺材可以中途停歇在板凳上，却是绝不能落地的。老李说："如果落地，孝家的事业不就半途而废了？"所以，古人对此情况采取了一种权宜之计：在哪儿落地就在哪儿下葬。当然，那就不能讲究穴位的好坏了。

那天，老李见黄裁缝的丧事一路顺利，便口沫四溅地给我讲着垭镇丧事的种种忌讳。眼看就要离开公路上山了，棺材突然在人们的涌动之下停止了向前，有人在前面用力阻挡，许多双脚蹬住路边的石坎，身子朝后剧烈倾斜；后面的人则拼命往前推，嘴里还在大声招呼："快来人！快来人！"于是更多的人涌了上去，像午时的"蜂子朝王"似的。人们乐于看到这种情形，有帮助往前推的，也有帮助往后拉的，有些人则趁机抓住抬丧的杠子，吊起来，随之晃荡……

孝家人一看不对头，就跪了一路，跪了半坡；支客先生老李带着人不停地朝抬棺材的人们扔纸钱，丢谷米；响手们启动种种乐器，吹的吹，打的打，倒像是要煽动人们闹得更凶些似的。这种情形，我以前见过，然而那不是送葬，而是闹事。录像的人很兴奋，跑上跑下，录个不停。孝家有人不安地叫喊老李，让他管管，总不能一直这样僵持、玩闹下去。老李冷冷地一哼，说："这算什么？那年在三坪送葬，搞得那么凶都没出事的。"

老李说的三坪，距垭镇老街不过三四里路，是三块高山平地相连而成，故名三坪。那时，他年轻，还是大队干部，听说三坪的赵木匠去世，就带上本队一伙人，浩浩荡荡上了山；在路上就商量好，一定要显显他们的威风。不过他们心善，不想搞得孝家不高兴，决定出丧时抬后头。出丧路险，要翻一座山头，岩是竖起来的岩，还有荆棘树杈拦路。似乎是一种暗示，人从生下来就得在艰险的路上前行，死了依旧要走完人生最后一段艰险的路。棺材前头四人，后头四人，合起来就是八大金刚，老李领头，牢牢占据着后头的四个位置。爬山时，重力全部压在后头，虽说是深秋，老李身上顿时就有白果大的汗珠往外直冒。孝家事先有所准备，将棺材上的备用绳打开，几十人便握住绳索，攀上陡崖，使力往上拖。开始还算顺利，老李和他的小伙子们一边抬一边唱和：

> 要抬轿，放鞭炮，不能哭，只能笑；
> 低着头，不说话，向前望，怕晕轿。
> 左边靠，右边不靠；右边靠，左边不靠。
> 前头之字拐，让我慢慢儿摆；
> 垫底，抽起；过河，脱脚；
> 过桥，莫摇；过墩，小心；
> 下坡，莫拖；上坡急，着点力；
> 出了汗，我们来换。
> 喊起号子一路行，大家一条心。

这是一首新娘出嫁的抬轿歌，老李把它拿到这儿唱，人们就好笑。这么一闹，大家反而轻松起来，没用多久就靠近了那座山头。这时，前面的四个人突然一发力，蹬住岩头，整个棺材就"死他妈的不动"了。"死他妈的不动"是老李的原话，他至今还很愤然。老李让同伴换出来，揪住荆棘爬上山顶，他先是大声呵斥了孝家人，要他们多用人拖棺材上的那两根绳索；然后，用刀砍了根木棍，悄悄伸到前头抬丧人的腿空里，在膝弯子里轻轻一磕，有两个人的腿不觉间一闪，跪了下去；另两个绷不住，棺材往前一挪，便顺利地上了山顶。老李赶紧让后头换人，新换上的小伙子心里有气，力气也蓄足了，不等招呼，就用力往前推。这时正好是下坡，人借坡势，坡助人威，前头还没来得及换人，棺材就像镖箭一样嗖嗖地下行了。坡是个慢坡，行百多米就是墓穴，本来事先砍了丧路的，但经不住这一阵猛冲，棺材便斜着杀进一片栗子树林。栗子树是前一年刚嫁接的，一律半人高，栗子树就像鞭子一样朝抬丧人的裤裆里抽打……

栗子树只能抽打最前面的两个人，那两个人的下身都打肿了，听说回家睡了半个月。老李说："要不是他们的婆娘护理得精心，能不能够好，那还在二上。""二上"，就是两可之间。老李好像有些内疚，又自解自宽地说："谁叫他们使坏的？上那山头时我们后头的人要是差一口气，就有掉下悬崖的危险。这叫什么？现世报！老天也真狠，卵母胎子要是破了，那还有什么活头！"

我正听得惊心，老李的目光突然定了，定在公路中间的棺材上。他撇下我，朝那边飞跑，是怕出事了。他是支客先生，总还是希望顺利才好。

亡灵的尊严

真的有些过分了，那天，垭镇人集体做出一件意外之事，也是一件蠢事。

送丧的队伍滞留在公路上欢闹，阻挡了无数的车辆，后来有人说，南边阻了一百多辆，北边阻了三百多辆。有高大威猛的矿车，花花绿绿的班车，豪华贵重的轿车，还有皮卡、农用车、拖拉机等。这些车上的司机一齐按响喇叭，表达他们的愤怒，倒像在给亡灵致哀。他们大多知道这里的风俗，没有谁敢站出来阻拦，反正过不去，就一边鸣叫一边当观众。突然，警报声凄厉地响起来，一辆警车疾驰而至。警车遇到这么多阻塞的车辆，便绕着弯子往前闯，终于挤到棺材跟前来了。所有的送丧人都像挨了雷击，立在那儿不动，发木发呆，棺材险些掉了下来。老李机灵，赶紧派人将两条板凳塞到棺材下，棺材才稳稳地停下来。可是送葬队伍停了，警车不停。它擦着人身缓慢滑行，警报声更加凄厉。

这时，有人蓦地火了，高叫："亡人比天大，皇上也下马！"

在警车上的人听来，这无疑是在煽动闹事；在垭镇人自己看来，却是在维护死者的尊严，维护地方风俗的尊严，便立即将警车围住了。世世代代的垭镇人胡闹惯了，通过那些流传在垭镇的民间故事就可看出，他们的骨子里有着颠覆的基因。除了孝义之外，他们几乎颠覆过所有的传统，他们甚至颠覆自己的人格和尊严。曾有外人说过，垭镇人是半农半商，吊儿郎当；无皮无脸，只会骚谝；胆子大，吃人家的东西不问价。下面这个故事就是鄙薄垭镇人的，外地人讲，垭镇人也讲，还比外地人讲得好些，一点儿也不顾忌，这就是无皮无脸了。

垭镇有个开山祖宗，名叫灰狗子，工于心计。他在外打工，经常挨饿，看到人家烘猪头肉，他就赶紧舀一瓢凉水过去，往锅里一倒，说："我搭伙烘点汤。"人家气呼呼地不同意，灰狗子也气呼呼地说："不要我烘算哒，我的水倒在伙皮(水面上)，把它舀起来就是！"就把锅里漂着的油花汤都刮走了。

　　有一回，灰狗子背着被子出门，遇到一个外乡人，二人搭伙进县城。走到半路歇息，外乡人把烟袋拿出来抽烟。一袋烟抽好了，灰狗子说："把烟给我吃一袋。"外乡人说："我等烟袋冷了，再吃一袋的。"灰狗子生气了，也不说话。到了栈房，灰狗子主动说："我们合伙租老板的垫被，盖被就用我的。"外乡人很高兴，因为这样可以节约一笔钱。到了半夜，灰狗子要屙尿，说怕冷，要把被窝披起。外乡人没法子，只有让他披走了。灰狗子披起被窝，好半天不进来。外乡人实在冻得受不住，问他屙好了没有。灰狗子说："等会儿还要屙的。"

　　有一天灰狗子在城里闲逛，见水果摊上有梨子，拿起就啃，然后问多少钱。摊主有些不满，便说二百钱一个。二百钱实际上可以买一担梨子，明明是摊主在欺骗人，可灰狗子不输志，大声说："不贵，再拿一个。"摊主吓了一跳，忙问客官是哪里人。灰狗子说是苟家垭人。摊主"哦"了一声，说"怪不得的"。

　　从此，便有一句话流传开："苟家垭人胆子大，吃东西不问价。"

　　垭镇人就是这样的无皮无脸，胆大妄为，既不把自己当回事，当然也就没把别人当回事。那辆警车只是把警报器开着不停，垭镇人就更加翻了天。有人屁股一歪，两腿一撩，坐到警车的挡风玻璃前；有人两眼贴着车窗朝里看，还说光线暗；有人甚至搬起石头，准备砸车……老李连忙上去拦住，斥责说："也不想想，这一石头下去还了得？以为是在家里打你的爹呢！"

　　车上下来一个人，没穿警服，也许是便衣警察，有几分临危不惧，指着那个搬石头的人，仿佛是在下命令："砸呀！当我的面砸下去！"老李说："他不是砸你的。"便衣警察问："那他砸谁？"老李朝上指指："他是要去砸天。"这话一出口，人们便笑了，便衣警察也笑了，气氛一下子缓和了。这是乡村的一句俗话，是笑话那些气焰嚣张却又力不从心的人：怎么样，办不到你就搬起石头砸天去呀！

　　老李笑话了那个搬石头的人，同时也笑话了那个下车的便衣警察。本来是想深究的便衣警察不想犯了众怒，便接受了老李的这种开玩笑的方式。他转身准备上车，老李却不让了。老李说："你还欠人家的账，就这样走了？"便衣警察问："欠什么？"老李说："欠亡人三个响头。"还说："欠亡人的账是不好的，亡灵也许会跟你一辈子。"便衣警察愣了，进退两难。老李又说："万一要走我也留不住，可我们还欠你的账，也不要了？"便衣警察又问："欠什么？"老李说："欠你一顿揍哦！"人们又轰地笑开了。

558

连番的笑再次惹恼了便衣警察，他把纽扣一解，胸膛就露了出来，问："你们想干什么？都说苟家垭的人胆子大，倒要见识见识！"他这么一叫喊，有几个醉酒佬就轰地围上来，不仅解了纽扣，还把衣裳一摔，直直地戳在那儿。便衣警察退后一步，站个马步，右手握拳，左掌前推，摆好了架势，嘴里还说："法制社会，容不得你们胡作非为！你们胆大，还能大过法律吗？"老李笑了："这个同志还会打把式呀！那我跟你说，这儿的人本来胆子就大，现在胆子就更大了。"

便衣警察不明白他的意思，接着，老李就油腔滑调地说开了："你也不看看，这可是三兄弟，三个醉酒佬！胆子有多大呢？不讲你不晓得。有一天，老大喝醉了分不清东南西北，一咕噜滚到野坝坡，从林子里爬回家的。人家问老大在干啥，老大说：'我喝醉哒，连路都怕我！我是从林子里钻回来的。'又一天，老二喝醉了，从桥上摔到河里，像个落汤鸡。人家问他在干啥，他说：'老子醉了酒，连桥都怕我！我是从河里回来的。'还有一天，老三醉了酒，一直睡到第三天才醒，还吐了一地。他一醒就说：'老子醉酒，连屁眼子都怕我！'人家问：'那从哪儿屙屎呀？'老三说：'我从嘴里屙呀！'"

众人大笑，便衣警察有些丈二和尚摸不着头脑，却还充好汉硬挺挺地戳在那儿。接下来，天性豁达幽默的垭镇人出乎意料地表现出一种非常的残忍，不知谁吆喝一声，人们冲上去揪的揪，扯的扯，竟把便衣警察的便衣剐了个干净，又往他身上缠了长长的孝布，最后扑倒在棺材前，硬生生地按住他的头，像春碓一样，行孝子的三拜九叩大礼。在这样的情景下，我无法确定我该干些什么。一面是生活在底层的故乡人，难得一见地狂热，这是怎么了？一面是气派非凡的警察人员，怎么就被玩了呢？

我想，都是因为地域风俗惹的祸。他们两方显然是需要沟通的，没有沟通应该是出现这种场面的根由吧？这时，警车的门又开了，走出一个面色沉重的中年人，他默默地来到棺材前，跪了下去。老李看到这一幕，脸上的肌肉微微一颤。有人依旧想上前对中年人动手动脚，却被老李凶狠的目光拦住了。那个挣扎的便衣警察发现了下跪的中年人，就愤怒地吼叫："他是我们的首长！"老李把拥挤的人群赶开，说："管他手掌脚掌，磕了头你们就走人，我们就送葬，两不耽搁。"

"首长"磕了头，还有几分笑意。老李又说："到底是手掌，灵活多了。"

在老李的调停下，人们终于放行了那辆警车。可是事情过了一星期，公安部门却来到垭镇带走了好几个人，其中有老李。老李到局子里写了几天交代，被拘留了一段时间；垭镇闹丧破坏交通的"恶性案件"还上了报纸……

我又想到了狂欢节。狂欢节的主要活动仪式就是对国王的加冕与脱冕，加冕仪式是慎重的，对国王极尽尊崇；脱冕仪式也不马虎，把国王从宝座上拉下来，讥笑、唾骂、殴打，以至放逐……而垭镇的丧事与权势者的相遇虽然是个偶然事件，却把平民与权势的关系做了最原始的表现，还原了事物存在的真相和本质。这是一种与日常生活完全不同甚至相反的感受。无论是垭镇丧事还是西方狂欢节，都透露出原始文化深刻地隐藏于人类意识深层的信息，通过不同的场所，展现出原始人类共有的世界观。它是与现实世界相对照的彼岸极乐世界，是全民的乌托邦，是人与人、人与自然浑然为一的化外桃源。

然而，它又是现世社会所不容的。所以西方社会专门为狂欢腾出一段时间，在政策上肯定下来，让人们胡闹一阵，谓之狂欢节。垭镇丧事的自由欢乐与现世社会秩序轻微地碰撞了一下，便败下阵来。因为我们这儿没有对狂欢一类活动的法律保证。垭镇人当不会忘怀这一致命打击，从而也像抓走那几个"肇事者"一样，把这种欢乐随之"抓进监狱"。

简言之，西方人是非常狡猾的，所以疏通；我们呢？为什么要堵塞……

其实西方的疏通不是什么新鲜玩意儿，我们的祖先早就玩得烂熟了。大禹治水就是疏通，中医的经络治疗就是疏通……而与狂欢节相似的云梦大会则是中国古代由楚人创造的一种文化，也是一种疏通，是对人性的疏通。云梦是楚王的游猎区，司马相如的《子虚赋》就有对云梦的描述。云梦大会则是由楚国政府划定一段时间，召集天下楚人共聚共乐，不分贵族官绅还是山野小民，在一起歌舞，在一起野炊，在一起亲昵，乃至无限制地做爱。而这一切，正是受到王法保障的。不敢说楚的强大取决于云梦大会，但至少与此有关。相对于中原的古老和礼教的森严，楚人起码还有过某种程度的自由和快乐吧！后来天下一统，云梦大会是没有了，也没听说过有什么东西替代的。倒是在垭镇（当然不止垭镇）的丧葬活动中能够看到云梦大会的遗迹。既然这种遗迹也不相容于现世，我们便只好把它记录下来。

老李说："你有一种念头，就有一种鬼缠住你；你有千万种念头，就有千万种鬼纠缠住你。"有了种种欲望的现代垭镇人，将为种种念头所累，老李担心子孙们将远离幽默、远离欢乐了。

闹丧事件之后，垭镇在公安部门的指导下专门针对丧事定了制度，不准闹丧，不准玩丧，不准骂丧，不准影响交通……他们说，这样一来，就好比给洪水设置了一道绿坝，为猛兽架起了一道栅栏，一劳永逸，好处多多……

路的记忆二则

母亲：公社在哪儿，公路就到哪儿

我十岁那年的暑假，大哥由军校毕业，做了见习排长。那时还很孝顺的大哥给母亲寄了一百元钱。母亲把钱塞在老家的某个墙缝里，说："你哥做官了，有钱了。"

我习惯于没钱的日子，对钱的意义没有深刻认识，对母亲的话便表现得木然。

母亲说："我们到城关玩几天吧。半辈子了，还不晓得城关是个什么像。"

我说："城关在哪儿，怎么去？"

母亲说："不是说你哥有钱了吗，还怎么去？到大公路上坐车呀！"

我说："大公路在哪儿，又怎么去？"

母亲说："公路在郝家坪，你忘了，给你讲过好多回，听老师的话，好好读书，等你到五年级了，就到郝家坪去寄学。"

哦，郝家坪！我一直向往的地方，那儿有完全小学。我们村里最高只能读到四年级。我问："为什么郝家坪有公路，我们这儿就没得？"

母亲说："傻瓜，郝家坪是公社。公社在哪儿，公路就到哪儿。"

那时的山很绿，绿得流油；那时的天很蓝，蓝得晃眼；那时的水很干净，能看到鱼儿载沉载浮，让我想起窈窕淑女和鱼儿有某种关联。那时时常有雨，能把山和天空洗得更干净的那种雨，河里却成了麻浑水。我们出门的时候就在雨后的一天，想到要走三十里路才到郝家坪，便有种前途茫然的感觉。幸好邻居家的太子跟着我们，让我有了一些底气。太子是一条狗，也是我的好友。太子跑前跑后，让没有尽头的、沉闷的路多了一些活泼和趣味，也让我觉得前途美好起来。

三十里路中间要过三十八道河，原来那路是缠住九女河绕去绕来的。还要经过一条大河。大河涨水了，有不少男子汉在齐腰深的水里捞鱼，一律是赤膊条条。新涨的水有些凉，他们身上冻出了一层鸡皮疙瘩，还让他们缩起肩，不胜其寒的样子，只有两腿相交间的须毛昂扬地竖着，遮盖了本该露在外面的东西。

我说："他们胯丫里是什么？"

母亲说："他们怕冷，各人包了一匹棕啰。"

汉子把我背过了河，望着让我眼晕的大水，我很担心大水里歪去歪来的母亲被水冲走了。母亲是自己过的河，衣服几乎湿了个透。我依旧望着水，为太子担心了。太子在河边跑来跑去，汪汪汪地轻吠，突然纵身一跳，进入激流，只有鼻子在水面上晃动，斜斜地游过来了。我为太子而兴奋，而骄傲。太子比我能干多了。

啊！终于到了郝家坪。我看到了公路，太子也看到了公路。

公路宽得没有谱，也好得没有谱，这让我犯愁。太子大概也没看到过这样的路，兴奋极了，在路上跳跃，纵横奔窜。母亲说这就是公社的路，公社的路就叫公路。

我说："像条河。"

母亲说："傻瓜，像个什么河？"

我说："像大河，刚刚过的那条大河。"

母亲想了想，觉得是有点儿像。母亲便讲那路，第一层是用砣子大的石头铺的，用大碾滚碾几遍；第二层用小些的石头铺，再用大碾滚碾几遍；第三层铺碎石子，得拌些土，还是要用大碾滚碾几遍，最后铺些细沙就好了。哦，母亲原来在这儿修过路。

我想，这路好实在呀！

在郝家坪的亲戚家住了一夜，第二天母亲说去赶车。有个拉木材的车，师傅叫我母亲为姑婆婆，可以把我们送到城关去。要坐车了，我心里特别不安。看到那车像一座房子，是能跑的房子，总害怕它在半路上跑散架了。坐上滚热的司机台，汗像撒豆子般滚落。太子在车下张望，试着跳了几下，没法子上来，有些无奈。母亲咄了一声，太子怏怏地离开，师傅哐的一声把车门关了，脚一踩，车子哼哼起来，整个司机台震颤着启动了。

太子呢？我探头朝外面看，太子左奔右突，也拿这座能跑的房子没法。车子越跑越快，太子也越跑越快，一直翻过郝家坪山垭，顺着下坡冲去。太子再怎么跑也是追不上了。我看到太子无助地狂吠了几声，停了下来。

车子去了老远，我还在为太子操心。太子多孤单哪，怎么回家呢？能记住路吗？母亲说狗子记得七天的路，这才两天哪！那它在半路上会不会遭人欺负呢？车子轰隆隆地跑，我一边期待着城关，一边担心着太子。有几分欣喜，有几分惆怅……

邻居大哥：矿洞子在哪儿，公路就到哪儿

一直想读大学，结果回村学了"大寨"；接着就想当兵，结果在大队当了民兵，还是民兵连长。民兵连有两支好枪，是小型冲锋枪，上二十发子弹，一扣扳机就连续出去了的那种。一支是大队支书背，另一支就是我背。背着枪到处跑，挺荣耀的。

那年冬让我带队到盐池修公路，是我们区最偏僻的地方。我是个不愿出门的人，当然心情不爽。我说："那山旮旯里还修什么路！"

邻居大哥说："矿洞子在哪儿，公路就到哪儿，你不晓得啊？"

我当然晓得，盐池开矿了，车子就进去了。不过先时是些简易路，现在是让我们去修标准的三级路。报酬按标工算，一个标工九分钱。记得半年修下来，我还挣了十七多元钱。十七元呀，相当于现在的一千七百多元吧！生活很苦，每顿一钵子饭，加一勺子老黄菜，寡得人只有出气无进气。这时候得想办法了，改善伙食。

什么叫一伙的，就是在一个伙食团吃饭的人。现在才搞明白一伙的人是不会轻易忘记的。有天晚上有个伙计叫我，到大河里去打鱼。那么累，我懒得动，但我是带队的连长，不能冷落了伙计，只好勉力同行。五六个人，从天佛庙水库大坝下头下水，有人打手电筒，有人舂石头，有人撒网。在河里忙了好几个小时，回到驻地时已经半夜鸡叫了。

天干冷，都冻得不行了，说话打牙磕，拉尿时半天找不到雀儿。有个伙计的尿倒是拉出来了，却全部拉在裤裆里。我们跑进厨房生起了火，把公家的油倒了半盆子到锅里，就炕鱼。炕好了便加上一盆水，放了盐，估计煮熟了，一哄而上，你一碗我一勺，吃得一干二净。你莫说，一锅鱼吃完了，人也还阳了。第二天上工都劲鼓鼓的。晚上我把那几个伙计们找到一起，说："今儿早点儿下河，争取多搞几斤鱼！"

在我的印象中，在那个冬季的工地上，我们是靠那几斤鱼才度过来的。

每隔半个月要回家拿米，交通工具就是马车。矿车是有的，女人们能上，男人们上得少。那时有几句民谣，是这么说的：

姑娘把手招，矿车就停到；

姑娘把屁股摆，快些来坐司机台；

姑娘妈妈儿俏，司机老早就会笑……

还有蛮多，有些侮辱了女同胞，就不说了。

马车是给工地送物资来的，隔几天就会有。给马车老板带几把马草，就算是车费了。你几把，他几把，车上便堆了不少的马草。我们躺在马草上，随着车子摇摇晃晃地走，眼睛望着蓝天，当然也可以把眼睛闭起来养神。壁立的悬崖和悬崖上的树木从眼前掠过，我们不会觉得新奇。还有不断变幻的云彩，也从眼前掠过。掠过就掠过，我们心里都波澜不惊，处于某种虚无的状态。那是一种美好的状态，也可以算做是气功态吧。有时候晃着晃着就睡着了，一直晃到家门口，车老板说到了。揉揉眼，我们便下车，招呼都不用打，下次肯定还得搭他的车。只要有马草，他不会拒绝的。

扯马草其实是个累活儿，刚上初中时我们就经常干这事儿。那不是为了搭马车，而是为了零花钱。炎热的七月，我们在苞谷林子里或水沟边，将青草连根拔起，扎成一把一把的，背到马车站去，卖给那个有两颗大门牙的马车老板。看我们汗泡雨淋的，老板没一点儿同情心，必是把我们的草打散了重新扎一遍，往往是九把扎成三把，十把扎成五把。找几个分子钱给我们，还说我们讨了大好。

我们对他没有好印象，只把那两颗大门牙牢记住了。但我在作文时写到过他，还把他写成慈祥敦厚的老大爷，对我们是多么多么地关照。不过讲实话，镇上的人们一直对他评价很高，要不他也不会赶一辈子马车呀！一个人在某一行业能坚守一辈子，不就是一种美德吗？毛主席都说，不要"见异思迁"。当然，那个冬季修公路时的马车老板已经不是"大门牙"了，可能是他的儿子或者女婿吧。

公路修完了，通车那天，我们把一个大碾滚换上特长的木架子，披了红，成百的人在鞭炮声中拉起石滚在公路上跑，一直跑了十多里才停下来，算作热烈庆贺之一种。

俱往矣！如果还要写路的话，我想下一次应该写：新农村在哪儿，公路就到哪儿。

秋　日　三　祭

小　引

绵绵秋雨细如愁，忽然梦见当初在文化馆里的种种人物，有冯发亮、安祥云、马洪戈、赵泽波之辈；还有从冥界归来的陈家驹、李祖德和李荣焕老先生。醒来，已记不清谈了些什么，干了些什么，倒是想起一句古代对联来：

莫放清秋佳日过，最难风雨故人来。

于是又想到三位老先生离世之时，我们这些同事大多没有参加告别仪式，也没听说有什么纪念活动，缘由竟是没人通知。这就怪了，我们的政府办公室呢？一查，只通知到二级单位，零散人员便没渠道获得信息。不禁一叹。

李祖德和李荣焕老先生故于多年之前，仿佛是文化荒漠上的几棵枯草，不着痕迹地去了。可是到了今天，文化已经进入国家的"软实力"范畴了，陈家驹老先生的离世却尤为冷清，可见文化的边缘化不是一下子就能改过来的。多年前我们曾经私下议论，文化人要自救、自尊、自爱，可否主动发起对老一辈文化人从艺三十年或者五十年之类的庆祝活动。然而时间一长，涉及金钱问题、影响问题，于是精神疲了，意识也疲了，便不复有人提起。陈老先生的离去，可以说是对我们的当头棒喝。原来要做到自救、自尊、自爱也是很困难的。

曾想，倘若他们的前半生不是处在那种极"左"的思潮中，倘若他们不是在文化单位，也许他们就是名人了，也许就是进入领导序列的官员了。那么，谁还在这儿说三道四呢？可是，他们干了一生，什么也不是。

边缘化是文化人的悲哀，也是文化人的幸运。是他们现实的生存位置，也是他们历史的生存位置。东方朔、李白们为不能进入国家权力中心而悲哀，但是，如果他们进入权力中心了，还有流芳百世的他们吗？人们为孤独彷徨的鲁迅而悲哀，可是没有孤独和彷徨，还有今天的鲁迅吗？当然，把历史伟人们拿到这儿来做铺垫是有些大而不当了，不过是想把某种说法推向极端而已。三位老先生，小人物也，心头毕竟放不下，便生出秋日三祭的念头：

一祭陈家驹老先生——野渡无人舟自横。

二祭李祖德老先生——小城无处不飞花。

三祭李荣焕老先生——插了梅花便过年。

秋祭之一：野渡无人舟自横
——祭陈家驹老先生

第一次见到陈家驹老先生时，他还不老，约五十岁；我也算年轻，二十岁出头。县里举办业余文艺会演，他是文化馆副馆长，到我们村里去搞辅导。我是村里的团支书，也是宣传队长，所以他就找到了我。

我们那一代人，没有机会高考，读大学都是贫下中农推荐去的。至今我也不知道为什么，贫下中农推这个，推那个，同学们一个个进都市了，我这么优秀就是不推我。我急呀！我怄呀！灰心呀！落寞呀！和他见面之时也正是我惆怅之日。陈老先生说："心急吃不到热豆腐，人还是老实点儿好。说不定什么时候，就轮到你了呢？"我把他一看，精瘦精瘦的，仿佛一阵风就可以把他吹到半空中飘呀飘，也就觉得他的话没有分量。姑妄言之，故妄听之而已。

哪知道这次对话是言者有心，而听者无意。后来才明白他是在考察我，准备把我招到文化馆。怎么会有这种好事呢？原来是这样，我们生产队处于荷当路和宜远路的交会处，每天有一趟班车从下边开上来，也有一趟班车从上边开下去，都要经过我们的仓库。仓库的墙上辟有一个宣传栏，好大一片，贴得花花绿绿的，过往的人都看得到，很是打眼。写些顺口溜、打油诗之类，算是无产阶级占领农村阵地的重要成果，那就是我干的。至今还记得一段：

> 基干民兵沈朝鼎，
> 力大无穷干革命。
> 肩挑三百六十斤，
> 大步如飞赛流星。

据说陈老先生不仅看了，而且用笔记了下来。那时我还在《宜昌报》上发了一首诗，写植桑养蚕的，也还记得几句：

十个植桑姑,

十间养蚕屋,

十副担子颤悠悠,

十双大脚盖满路。

多少次明月探窗问:

姑娘苦不苦……

姑娘笑开颜,

话语冲口出:

祖国要垭丝,

不是辛苦是幸福!

据说陈老先生也将此诗剪贴在文化馆的文档中,细心保管着。

新调来的曹光明馆长认为,馆里应该充实创作辅导力量,陈老先生就推荐了我。可是,曹、陈二位馆长到区里征求意见,区里很干脆就把他们顶了回去,说:"该同志表现不好,不适宜在县一级单位工作;要是给你们惹了麻烦,你们可别后悔。"曹、陈二位一商量,给了区里一策略,说:"不怕麻烦,县里有县委的正确领导,也有觉悟很高的广大群众,我们不怕他会翻起什么大浪来的。"又说:"如果他是废品,那我们就是收废品的公司。"区里的人惊讶地看了他们半天,最后说:"他不是废品,实在是我们村里的骨干。"陈老先生说:"那就更没什么说的了,你们想想,是村里的工作重要,还是县里的工作重要呢?"

转眼间此事已经过去三十余年,而物是人非,陈老先生已经作古,叫人好不心酸。在下于无可奈何之际,写一纪念文章,只能算是一片心意了。

陈老先生一生都在基层,早先当过剧团副团长,接着是文化馆副馆长,后又当过创作组副组长。就一副股级,且从来与"正"字无缘,却一直没见他发过怨言,摔过脸子,撂过挑子。副团长就副团长,副馆长就副馆长,副组长就副组长,仿佛他天生就是该干那些琐碎事的。

他当副团长是在二十世纪五十年代和六十年代相交之际,团长是上边派来的,只管政治方向,业务上怎么干,当然是副团长的事。陈副团长于是抓创作、抓排练、抓演出、抓柴米油盐和吃喝拉撒。听说剧团早先曾经在省里得过奖,并且专门为中央首长演出过。这些当然就与他无关了,因为他只是个副团长。

七十年代末我进文化馆,是他的直接下属,因为他已经是副馆长了。他不苟言笑,也不严厉;既没有朋党至交,也没见谁和他红过脸斗过嘴,一直就那样平平淡淡不温不火的。一年四季除了下乡,你永远都可以看到他不声不响地坐在办公室里，不停地写——为业余作者修改稿子，为中心工作创作节目，为某个季度或年度撰写总结报告。他就那样一动不动，只有在把东西写废了时才把纸揉成一团，扭过身子丢到字纸篓里去。他还有一大特点，夏天那么热，只要是他一人在办公室，是决不开电扇的。到了严冬，任何时候走进他的办公室都会让人感到温暖如春，他早就把炭火烧好了。这一切都静悄悄的，有些春雨润物细无声的意味。他偶尔也有激动的时候，那是1979年，宜昌地区举办业余文艺会演，他和我共同创作了一个曲艺节目，叫《女流送工》，是写女职工放木排的情景。我们边排练边修改，他忽然想出两句词，就激动得大叫："水大冲不破堤，火大烧不破锅！你们看是不是气派些？"我说："那是当然。"他的脸就红了，红得有些可爱。那年会演，我们在地区拿了多个大奖。这一点在县志上有记载，也从没听他吹过。

文化馆党支部有着严格的学习制度，每次都是馆长兼支书曹光明同志主持。因为党员少，每次学习所有职工都参加。有一次曹馆长到地区开会，就轮到陈老先生主持了。陈老先生把大家早早地叫拢来，然后对我说："馆里就你一个党员在家，你就主持会议吧。"我吃了一惊，陈老先生竟然连党员都不是。后来听说他曾多次写过申请，不知为什么就是得不到批准。那是我第一次在文化馆主持会议，心里陡然升起一派豪情。可有人竟然说他工作忙，不想参加。我愤然说："不参加就不参加，我们开会！"陈老先生小声说："还是等等吧！我这就去找他谈谈。"他如此宽以待人的态度让我终生难忘。

八十年代，陈老先生调离了文化馆，大家都以为这下好了，他要升官了。然而，他调到了局创作组，不过一副组长而已，管两个人。一个是当今著名作家映泉（那时还没出名），另一个是后起之秀黎祖德。从此我们少了交往，也不知道他在创作组怎么样。再后来，映泉出名了，组织上觉得不能再对不起这位大作家，就把副组长的职位给了映泉，陈副组长则抽到县志办忙活了几年，直到退休。回忆陈老先生的过去，忽然想起韦应物的《滁州西涧》，谨录于后：

独怜幽草涧边生，
上有黄鹂深树鸣。
春潮带雨晚来急，
野渡无人舟自横。

陈家驹老大人去了，享年八十又二，可谓高寿。在下未备薄酒，未呈供品，仅以诚意半纸，鉴我微衷。伏惟尚飨。

秋祭之二：小城远处不飞花

——祭李祖德老先生

不敢说和李祖德老先生是至交，但我们绝对是过从甚密的朋友。我曾写过一篇文章：《老李是个寓言》。大略写他虽然算老革命了，却童心不泯。下乡考古，路遇村民，他会悄悄地将自动伞的机关按了，发出呼的声响，吓人家一跳，然后是张狂地乐；在考古现场，他会将一个闪闪发光的钢卷尺高高举起，让民工们看，说那是精密的测量仪器，然后又是张狂地乐；在街上闲逛，走到银行营业所前，他会突然高声朗读那块门牌："中国人民很行，远安人民又行，城关管业所！"然后还是张狂地乐。在他心中，人生在世，其乐无穷！

有一年寒冬腊月，飞花扯絮般的大雪不住地下。我和他一同在街上走，忽然发现一对年轻男女手挽着手浪漫前行。那可是二十世纪七十年代末哟！我们都惊呆了。我很想跑过去看个究竟，刚动步，李老先生却蓦地大叫一声："流氓！"我为这一声叫而难堪，指责他不该说人家流氓。他嗞嗞地笑了，用的是气声。这种笑需要很强的气流才能冲动声带，说明他中气很足。他边笑边解释："是说你流氓啊！"然后，我也笑了。我常常想，要是能经常和他在一起，岂不快哉！

李老先生考古是半路出道，业务算不得精通，却对此十分负责。为了把远安的考古闹出点儿响声，可以说他尽了全力。他经常为报纸写新闻，说"远安发现了一座楚墓"，或者"远安又发现了一座楚墓"。然后拿着报纸找地区考古队，让他们来鉴定，最终目的是要上级拨款搞发掘。当然也有搞错的时候，把汉墓或是唐墓当成了楚墓。不过他的心是好的，墓是越古老越好，越能引起上级重视。他也不忘给县里的领导汇报，就算是在路上碰到领导，也会揪住人家讲半天，说这个多么重要，那个多么重要，希望县里下个文件，把它保护起来也好。有一次，文化局长在大会上表扬说："搞事业就要像老李，善于争取领导！"

远安的文物有两摊子，一是历史文物，二是革命文物。两摊子都要抓，一个人确实忙不过来，这就显示出他的另一特长，不仅善于争取领导，也善于争取群众。他把城关的几个笔杆子全都动员起来，帮他搞宣传。据我记得的文章就有他同文化名人刘友华合作的，同一中教师卢鸿赓老先生合作的。当然最多的合作者还是我，计有《少年英雄吴永德》《革命先烈李时选、陈海涛》《红军歌谣选》《关羽失足回马坡》，等等。这些文章从中央到地方都检视了一遍，无一废品，这就是他和我关系不错，我也和他关系不错的主要原因。我得感谢他为我提供一显身手的机会，更要感谢他给我带来的无穷快乐。记得每次他向报刊发稿时都要说："把你的名字放前面吧！"我说："不行，应该你在前面。"推去推来，像在宴席上谦让上座似的。最后他想了个主意，轮流坐庄，一人领一回头。他就嗞嗞地笑，我也笑。

不知是哪一年，他从县里开会回来，悄悄告诉我，他当政协委员了。我说："祝贺你！是不是要请客呀？是你请还是我请?"他就郑重地说："同事之间，别那么俗。"我问："那是多大的官儿?"他又郑重地说："不晓得，反正局长们要开的会我也得开，局长们要看的文件我也得看。"我说："老李，你太谦虚了吧!"他依旧郑重地说："有什么问题就给我反映，我来做个提案。"我说没有，其实是我不明白提案的含义。他就说我没得文化，然后是嗞嗞地笑，我也笑。

李老先生一直很忙，当了政协委员就更忙。在我的印象中，无论我起床多么早，都能看到他忙碌的身影；无论我睡多么晚，都能看到他窗前雪亮的灯光。有时候他会在半夜三更摸到我屋里来，讲一些已经讲过无数遍的事情。当然是有关革命文物和历史文物的事，他是从不说身边是非的。我问："老李，你到底一天睡几个小时呀?"他说："事情太多了，担子也重了，哪里能睡太多的小时?"我瞪他一眼，就都笑了。那种时刻，我们都很快乐。

李老先生有个自我取乐也取乐他人的保留节目，就是英语朗诵表演。任何场合，只要有人说"老李来一段"，他就开始了："哈喽！威阿卡也里斯皮婆儿斯所就儿斯，汪得兵⋯⋯"下面他不说了，忘记了。每次都是这一段，意思是：喂！我们是中国人民志愿军，美帝国主义缴枪不杀！他朗诵完了解释完了，就笑，嗞嗞地笑，大家便都笑了。有时你会听到，他独自关在屋里也会"哈喽"一阵，就更好笑了。

我和李老先生在一起并不都是快乐，比如说他的鼾声就让我不满。那年下乡到花林，我和他睡一屋，那鼾声有时如雷一样震动屋瓦，摄人心魄；有时如江河一样一泻千里，泛滥四野；有时像抽水机，抽抽抽，抽不起来，感觉他像要憋过去了，却突然电闪雷鸣，鼾声便四散开来了⋯⋯我说："我的天，您老可不可以歇会儿啊?"他翻个身，叹一口气，让鼾声重又工作起来。

这一切都如在昨日，可他已经离去十多年了。让人不得不心酸，不得不眼涩。记得他离世前两天的那个夜晚，还摸黑到我的家里，和我谈革命文物，谈历史文物。当然也谈到了某人的升迁，某人的退休。他说他也马上要办退休了，不禁怅然一叹。我说他会长寿的，无忧无虑，快快活活，没理由不长寿。他就点头说是的，他的老妈八十多岁时还健康得很。我们讲到半夜，本想还说些什么，他却歪在我的沙发上睡着了。我叫醒了他，把他送出家门，又送出街口，才分了手。又哪里能够料到，说过这话只有两天，他就走了！

人生无常，谁也料不到自己明天会怎么样，这就是李老先生猝然离去带给我的哲学思考。李老先生虽然走了，但他长活于我的心中。他的音容笑貌，他的赤子童心，他对事业的热忱，他的善于争取领导和群众，当然还有他的笑声和鼾声，我都是不会忘记的。他对生活的态度，也是堪为我等楷模的。

秋风冉冉，雨打残荷。在下以一篇游戏文字，权当墓前纸钱，实在对不起了，也见笑了。再拜顿首，伏惟尚飨。

秋祭之三：插了梅花便过年
——祭李荣焕老先生

李荣焕老先生离世时我正在武汉，是文联退休的李主席告诉我的。李主席说，老李住院期间他去看过；没过多久，老李就离开了人世。我的心里于是生出一种隐隐的痛，也生出一些内疚。他曾说过，到了那一天，让我送他一程，然而却没有。

我和李老先生是老乡，老家在西河那边的老山里。不是一个村，隔了几座山，所以在1979年以前，他不认得我，我也不认得他。

李老先生到文化馆时已过不惑之年，是平反昭雪的结果。二十世纪五十年代，他在《远安报》当编辑，时遇那一场天翻地覆的大运动，并不知自己为什么也成了"右派"。他亲眼看到公安人员荷枪实弹地押着"右派"走向农场，他却留下来被赶回故乡——西河的某一座老山上。他在乡里种田，还学会了木工活儿。直到这次平反，当年的档案才和他见面。档案里只说他有"右派"言论，却没有实证。据内部消息，他本来是不够"右派"标准的，但上面下了指标，不把他弄进去就完不成任务，只好委屈他了。人在屋里坐，祸从天上来。李老先生经常如此总结他的人生，这话就深深地刻在了我的心里。人哪，竟然活在人家的指标中，活在人家的一念中啊！

李老先生是和洋坪的杨先勤先生一同被平反的，他俩的关系一直很铁，直到他调到县党史办公室，和我们交往少了，却和杨先生来往密切。他们原先并不熟，那次平反才认识，是一种难友关系。人们说，战友、难友、学友之间的关系是永恒的，真诚的，大概就是他们这样了。尤其是难友，同是天涯沦落人，相逢何必曾相识。古人也是这么认为的。他们同进同出，同食同饮，同悲同喜，成为文化馆某个阶段的一道让人不能忘记的风景。后来杨先生调到洋坪去了，李老先生落了单，很长时间都不习惯，大家也为那道风景的缺失感到很不习惯。

　　毕竟几十年蜗居深山，毕竟几十年远离文化，所以李老先生对城里生活有着诸多的不适应。又是改革开放之初，观念的嬗变有如电闪雷鸣，世态万象呈天女散花之状，人们如蝼蚁般忙碌着，各奔前程，谁也顾不上谁。令人惊讶的是，他很快就和大家合了群。人们发现他，一切都从头学起，从头干起，居然干得很好。于是大家重新认识了他，开始议论他，说他毕竟是干过编辑的，所学虽然生疏了，功底却在。他的钢笔字干净利落，他的文笔畅达凝练，他干事的风格稳重周到，他得到了大家的认可，就和大家合群了。尤其可贵的是他有一份平和公正之心，有人在背后嘀咕，说某某险恶可憎，居心不良。他则说："我看不是，人家早起晚睡，一门心思用在事业上，不过是想奔个好前景，这有什么不好？"

　　我们在一起处了多年，李老先生很快当了副馆长，分管图书。虽然他成了领导，但我们依旧住在同一栋楼里，办公也在同一栋楼。下了班，人们喜欢往他屋里凑，还说他当了官，大家的心反而连在了一起。凑在他屋里干什么？吃饭，喝酒，聊天。有一次我买了一条黑鱼，鱼的样子挺可怕的，像一条蛇。他说他不怕，让他来弄。果然他就做了一锅色香味都让人馋的黑鱼大汤，让馆里的年轻人大饱了口福，全都说好吃，也好喝。还有一次，他请大家吃鸡肉宴，竟然摆了一桌，全是鸡身上的东西：火锅一个，用鸡身子伴土豆和酸辣椒；鸡大腿一碗，当然还有鸡脚；鸡肝一碗，用青椒炒的；鸡内金一碗，用青椒爆炒；最让人惊奇的是还有一碗细细长长的肉丝，脆嫩香甜，不知道是什么东西。他说是鸡肠子做的。他还说，在他的故乡吃鸡，鸡肠子是最费工夫也是最被看重的一碗菜，而在城里，鸡肠子没出菜场就已经被扔了；还有被乡下人称为"凤凰头"的鸡脑袋，也被扔了……

　　尽管后来，鸡肠子还是被我们扔了，鸡脑袋还是被我们扔了，但大家讲到吃鸡时，依旧会说老李做的鸡肠子最为可口。

　　据说李老先生和年轻人友好相处曾遭到过某些人的棒喝，说他不管是人是鬼，都往自己屋里引，将来是没有好结果的。他不还嘴，不申辩，依旧和年轻人搅成一根绳，自然让某些人失望了，却让大家高兴了。大家喜爱他，主要在于他的宽容大度，总是能看到人家的优点。有人向他诉说某人的坏处，他会从中调解，诱导人家要看到别人的好处；有人遇到问题想不通，他也会诱导人家换个角度思考问题，事情就大不相同了。听了他的话，总让人有醍醐灌顶之感。于是他成了一个小中心，成了年轻人的良师益友，成了我们的好大哥。

　　二十世纪八十年代的某一天，李老先生奉命调到县党史办去了。我们为他高兴，不仅是因为那里更适合年事渐高的他，更证明他是个有能力的人。在党史办熟悉了一段时间，他很快成为那里的重要写手。我记得，党史办出了一本党史故事书籍，就是他和王大珍主任共同主编的。很荣幸，在下也是他们的特邀撰稿人。我们虽然不在一个单位，却因为文字上的联系，我经常到他府上去坐一坐，小酌几杯也是常有的事。我们边喝边谈，为相互间能结为知音而欣慰。

不知是哪一年，李老先生受了一次重伤。那次他在某人的邀约下办什么事，在066基地附近被汽车撞了，颅内出血。我们都去看了他，以为他很难闯过这一关，谁知他竟然奇迹般地活过来了。我们都说他是做好事做多了的缘故，大难不死，必有后福。果然，之后他在党史办担起了更重的担子，退休时党史办领导还舍不得他。有一次，我到县委大院办事，时间尚早，便绕个弯子进了他的屋。

进屋前我就想，他此刻正在干什么呢？什么都想到了，就是没想到他在屋里养鸟。一只有着色彩的鸟儿，小鸡似的，在他胳膊间跳上跳下。他说那是一只野鸡，母的，俗称诱子。就是将它养大后，当作诱饵放到山上，公野鸡就会成群追逐它，这样捕捉公野鸡就很容易了。他说他原先在老家就会干这个，现在没事了，再捡起这件事来，一是应老乡的请求，二是散散心。我说："您本可以继续写些东西的，不该如此荒废光阴。"他说："山中除夕无他事，插了梅花便过年。至于写作呀，奋斗呀，那都是你们年轻人的事了。"再说，他也够忙的，除了精心养鸟，他还要养孙子。孙子在城关读书，全是他一手安排照应的。

他对生活的态度豁达而平和，却也让人感到了几份苍凉与凄楚。也许豁达与平和才是他本身的感受，而苍凉和凄楚则是我作为旁观者的忧心吧！那次和他告别时，他叫我常到他那儿去喝点儿小酒，我答应了，却一直没有去。但我心里在祝福他，好人一生平安，让幸福一直伴随他吧。

然而，我万万没有想到他会离开得这么突然，大概只有七十多岁吧？当我听说他离开人世时，站在大街上不知愣了多久。未能参加他的葬礼，更是我心头的痛。时间已经过去了七八年，我始终记得他的音容笑貌。

今天，我的心灵匍匐于您的灵前，一纸短文照天烧，让您的在天之灵一乐罢了。

百拜顿首，伏惟尚飨！

导航人生的先生们

想当作家，源于学生时代。这得感谢那些教过我的先生们。真的，他们是值得我永久感谢和怀念的人。

一九五三年夏历十月初一，本人出生于湖北省远安县九女村四组。我的老家和宜昌县隔沟相望，所以，儿时的朋友远安的有，宜昌的也有。我的儿时是经常被人称道的。一至三年级我跟着父亲就读于邻村的青牛寺小学，星期天回到九女村，总会有一群孩子跟在后面，让我领读课本上的文章。我读一句，大家读一句，绝对比课堂纪律好多了。邻居家长说："这伢子像个小先生。"

青牛寺小学只有一、二、三年级，本村的九女小学也只有一、二、三年级。四年级我到哪儿去读呢？父亲想了个法子，让我跟九女小学的范老师混一年再说。范老师是宜昌师范学校毕业的正规老师，人又年轻，他把我弄去问了一些什么，就收下了我。这样，我成了这个小学中唯一的一个四年级学生。白天，我跟着大家一齐进教室，出教室；看范老师给一、二、三年级讲课，当然没有我的份儿。只有到了晚饭后，范老师才拿出课本，给我讲一下四年级要学的内容。顺便说两点：第一，青牛寺小学和九女小学都只有一个老师，一个老师教三个年级，谓之复式班；第二，我一直跟着范老师睡觉，为的是他要给我上课。

应该记住范老师，要不是他，我有辍学的危险；范老师也应该感谢他自己，要不是他收留我，他将会失去一个品学兼优的好学生，哈哈！

这是我对自己的评语：一个好学生。可是，我这位好学生却有个极难启齿的毛病，那就是尿床。尿床在那时的我看来，是极难堪的事，从来就睡席子甚至草窝的穷孩子，突然跟着老师睡那么干净那么软和那么漂亮的床铺，已经够不安的了；再加上在那么好的床铺上撒一泡尿，哪还有立身之地呢？有一次父亲到区里集中学习，把我寄放到庙儿岗小学的某位老师那儿，我半夜尿了床，他把我叫起来晾了好久，至今我都能回忆起当时有种上刑场的感觉。第二夜，他就安排我同寄读生挤到一起去了。说也怪，和穷学生挤到一起，我反而不尿床了。

但是，范老师从来没有因为我尿床而惩罚过我。

总不能一直让范老师那样带着我，在他那儿读了一年，我又面临辍学的危险。范老师说，让我到宜昌县樟村坪去读小学。那儿师资力量强，又是那个区里的重点小学，自然是好。显然范老师是看重我的，他极力怂恿我父亲同意他的安排。于是，我去了樟村坪小学。我属于跨县入学，需要经过严格考试。没想到我考试的成绩很好，便插进五(一)班就读，并很快当了学习组长。

我明白，这是因为范老师教得好，我才考得好。所以我要再说一遍，不能忘了范老师。他是我真正的启蒙之师，他的名字叫范世祥。

为我以后读中学方便，父亲决定我回到本县郝家坪小学读六年级。他为我办了转学证，带上我五年级的作业本去报名，记得当时的班主任是徐家训老师。徐老师给人以严厉的印象，他看了我的作业本，说了一些鼓励的话。很快，我就受到了老师们的重视。算术课的张老师一上课就把我的作业本拿到班上传阅，并且说："看看人家的作业，再看看你们的作业，羞不羞啊！往后，你们就照着彭善良的作业做！他是什么格式，你们就是什么格式，别老来问我了！"

回想学生时代，这应该是我受到的最为强烈的表扬了，永世不忘！

张老师如此地表扬我，就等于是在表扬宜昌县的樟村坪小学。是那儿的老师们严格的要求和规范化的训练成就了我，我当然不会忘记。我读五年级时，班主任是我的同族兄长，名叫彭善清。他对我有颇多关照，不仅对我的学习，而且对我的课余生活也很关注。我具有短跑和乒乓球的天赋就是他发现的。

在郝家坪小学，我的德智体得到了全面发展，这和那个教算术的张老师有直接关系。有一天放学后，我们几个寄读生在打篮球。张老师正在楼上观望，见我用三大步上篮，就大叫："彭善良，再来一次！"我再来了一次三步上篮，他摇头了，说："没得那个三大步好看！"他又说："彭善良，会打乒乓球吗？"我说"会"，他就打开乒乓球室的门，和我打了起来。此后，只要他有时间，必然要和我大战一场。乒乓球室是很宝贵的，只有老师才能打开。张老师和我打球，我的那些同学们就只有眼巴巴看热闹的份儿了。张老师身高臂长，老是把球朝两角打去，掂得我来回奔跑。就因为他，我不仅练了乒乓球，而且也把短跑成绩提高了一截。那年，我代表郝家坪小学参加全区小学运动会，得了短跑第二名，还比赛了乒乓球。这样，彭善良这个名字就更多地出现在张老师的口中了。

其实，我应该叫彭善梁，而不是彭善良。不知是从哪位老师起，他随意把我的名字写成彭善良，于是乎就都叫我彭善良，而不是彭善梁了。我不在乎是良还是梁，但当初家长在起这个名字时是很在乎的。算命先生说我五行缺木，没有木怎能支撑人生的大厦呢？而"梁"字中含个木，多稳当啊！这才起名彭善梁。

在这个学校，给我帮助最大的还是严厉的徐老师。他本人爱好写作，主要是诗歌散文之类，这就毫无疑问地影响了我。也许从那时起，我就暗暗下了决心，要像徐老师那样好好写作，像他那样，把自己的文章印到报纸上去。

记得徐老师讲课很有激情，他爱把他教出的高才生拿来和我们相比，以鼓舞我们的士气。他爱讲他的学生在中学是如何了得，有的当学生会部长了，有的当班长了，有的成科代表了，等等，让人有天花乱坠的感觉，也让人有不可企及的感觉。但我们从此有了追赶的目标，要像那些学长们一样，争取做一个能让徐老师在师弟们面前夸耀的人物。

有什么证明，我在这个小学得到了全面发展呢？有的。我是全校少先队的大队长，是最高年级——六年级班级的班长，可见老师们对我的信任了。后来我走上工作岗位后，郝家坪小学的吴校长还专程来看过我。再后来，我也老了，在县文联编刊物《沮漳文学》，徐老师便成了我的业余作者。徐老师感慨地说："彭善良，当初是我改你的文章，现在是你改我的文章了。"

我无言。我想说："你以前是我的老师，现在是我的老师，将来必定还是我的老师。"但是，我没说。我想说："一日为师，终身为父。"但是，我没说。那些话好像应该是成功者的话，而我，一事无成，愧对父老，有何可言！

我的中学时代是在苟家垭，也就是远安三中度过的。整整五年。那应该是个黄金时代，却也是一个混乱的时代。学制是混乱的，初中读了两年半，高中读了两年半。初中时为了把秋季招生变作春季招生，延长了半年；高中要恢复秋季招生，又延长了半年。教程也是混乱的，课本全是各省自编，薄薄的一本，被称为压缩饼干。秩序更是混乱的，半天上课，半天接受贫下中农再教育。有人说，那时的高中生，就是小学生。其实不然，因为我们碰到了几个好老师。

先说说时老师。

时老师，湖南常德人，名叫时湘麟，毕业于湖南师范学院数学系本科。那天，听说有外省的大学生分到了我校，一群学生蜂拥到路口去看。那是一条长长的阶梯，有一百多级，用本地的茅石砌成。时老师穿着列宁式短大衣，轻快地在石级上走着；走到半中腰，双手插进口袋，回首望去，可能是在观察高耸入云的鹰儿砦；然后，蹭蹭蹭快步上了操场。那一道大学生光临敝校的风景，被同学们讲了很久很久。时老师很快被分到我们班，很快同我们打成一片。我想了一下，时老师为什么会那么快就博得同学们的欢心呢？第一是他讲课不死板，善于把他的丰富学识应用到枯燥的数学课程之中。讲杠杆原理时，他说："给我一个支点，我可以撬起地球！"当时我们就惊呆了。这种话都敢说，我们惊的是那种气魄。时老师接着说："这话不是我说的，是个欧洲人说的，他名叫阿基米德，距今两千多年了。"我们再一次惊呆了，惊的是那怪怪的名字和那遥远的地方。我们还从他嘴里知道了伽利略在比萨斜塔上抛两个铁球的故事，牛顿在伍尔斯索普的果园里看到苹果落地而发现万有引力的故事，几何之父欧几里得的故事，等等。第二是他没有架子，甚至有些"媚俗"的行为。他一下课就和同学们攀肩搭背，像哥们儿；叫同学的名字只叫两个字，决不叫三个字；爱组织球赛，充当裁判，还把他的国家三级裁判证书拿给我们看。于是，同学们对他羡慕得要死，也崇拜得要死。对于我，他还有更多一面的吸引。他经常写诗，他说他在大学里是诗社的成员，每个周末都有诗会。这对我走上社会之后的写作有着重大影响。我喜爱他，就喜爱他所教的课程，并且成为班上两个数学成绩最好的学生之一。高二时，时老师被聘为远安县中学生乒乓球队的领队，到地区去比赛，离校达两个多月。他所担任的初二和高二的数学教学任务并没有请老师，而是交给了我和向明珍同学。向明珍教初二的数学，我教高二的数学。至今我还在向人炫耀，高中时我教过本班数学。想起那两个月的教学，我天天沉浸在数学的备课当中。尤其是我国第一颗地球卫星轨道方程的解答，虽然苦了我一个多星期，却让我快乐了一辈子。

再说蒙老师。

蒙老师，广西人，名叫蒙万恬，毕业于华中师范学院中文系本科。教化学的张老师说他："就叫蒙恬得了。"蒙恬是古代名将，秦始皇以蒙恬为帅，北击匈奴。在黄河之滨，他毫不费力地把称霸北方1000多年的匈奴骑兵赶出了河套地区。司马迁有记载，匈奴人撤退七百余里，士不敢弯弓而抱怨。蒙老师抿住嘴巴一笑，说："莫辱没我的祖先。"有一次，老师们和区里的篮球代表队比赛，张老师是后卫，蒙老师是前锋，打得有些别扭。蒙老师说："我切入时你就应该传球呀！那是一瞬间的事，给浪费了。"张老师说："你也不晓得浪费了多少个一瞬间。"蒙老师沉默了一会儿，抿住嘴巴一笑："那算我白说了。"蒙老师身材瘦高，背微屈，像个大虾。同学们说他满腹经纶，根据是问他任何有关文学方面的问题，他都是侃侃道来，绝无语无伦次。他不仅有学问，还有着极好的修养，从不对学生发火。我们读高中时，他才从深山里的望家中学调来，和时老师一起轮流给我们当班主任。对犯了错误的同学，他不搞剑拔弩张，而是缓缓地说："同学，都读高中了，一切都是明白的了。去吧，你自己会想明白的。"搞得我们一点儿压力都没有。有一天，王于和上课睡觉，蒙老师轻轻敲击桌面，小声说："王于和同学，你终于睡熟了。"同学们哄然大笑，王于和睁开双眼，红红的，知道大家在笑他，却不知为何笑他。蒙老师看似循规蹈矩，却是一个爱打破常规的人。高二的一次期中考试，他只要我们作一篇作文，没有题目，让我们想写什么就写什么。我写了一个农民大伯因抗旱而英勇献身的故事，他给我打了一百分；还写上这样的评语：不仅故事感人，而且对语言的驾驭也得心应手，希望你百尺竿头云云。王于和看了，很不服气。他说："这个评语太过头，不利于你今后的发展。"王于和不明白蒙老师很擅长赏识教育，只要你有一点优点，他是会极力推崇的，当然当时我也不明白这一点。后来，蒙老师调动了，到县花鼓剧团做创作员，与著名作家映泉是同事。映泉讲了一件事，让我对蒙老师有了更深层的认识。有一年单位组织批斗映泉，领导点名要蒙老师发言，那就不得不发。蒙老师和映泉是好朋友，偏偏有人要陷他于不义。无奈之际，蒙老师只好半夜三更先把批判稿给映泉看了，以表心迹。在我认识的人中，大家对蒙老师都是一片赞扬之声，就因为他为人诚恳。

蒙老师和时老师是很要好的朋友，他俩经常在一起喝酒，喝得天昏地暗。有一次他们斗酒，一人喝了一斤多。结果，时老师是扶着墙壁走回去的，蒙老师则无事一般。后来才知道，蒙老师喝一口酒，吃一口蜂糖。时老师听说蜂糖是解酒的，便说："老蒙，我上当了。"蒙老师抿着嘴巴笑了笑："蜂糖就放在桌上，怎么说你也该尝尝啊。"蒙老师和时老师经常在一起讲各自的大学生活，让我们觉得大学就是天堂，我们就对他们这些从大学里出来的人羡慕得要死，崇拜得要死；被大学校园诱惑得要死，对大学校园向往得要死。蒙老师和时老师也对我们充满了期待，希望我们能够像他们一样读上大学。高中将毕业的时候，县花鼓剧团到我们学校招收学员，其中有我一个。在临走的前一天晚上，时老师把我叫到操场边说了半夜，大致意思是让我把高中读完，现在大学已经恢复了招生，到农村锻炼一年半载就可以考大学，这个机会不能放弃。那一夜我没有睡，一直思考着是到剧团还是上大学的问题。最终我听了老师的话，放弃了剧团的工作。

虽然后来我没有直接上大学，但我一点儿也不后悔。相反，我为我的人生有着时老师和蒙老师这样的引路人而自豪。

还有一个老师不得不说，他虽然没有直接教过我，我却愿意以做他的学生为荣。他就是段家树老师。

段家树，湖北宜都人，精通古汉语，对古典文学也有着很深的造诣。蒙老师说："段家树口若悬河，能把稻草说成金条，也能把金条说成稻草；善于煽情，想让你笑就能使你笑，想让你哭就能使你哭。"这是我第一次听到蒙老师如此尖刻地评价别人，却也明白他敢于尖刻，全因为他们是至交。我在蒙老师那儿就看到过段老师送给他的《文汇报》剪贴，都是关于鲁迅的文章。我知道蒙老师对鲁迅的研究很深，他屋里一多半的书籍是关于鲁迅的。

在校时，我很少与段老师打交道，只知道他一直在老山里劳动改造。对于他的认识主要来自民间传说。人们传言，说他对自己的人生有两种设计：一是从军，目标是将军；二是从文，目标是教授。有人说，他往那儿一站，就是个将军；他往讲台上一走，就是个教授。有一年过年，他在深山里的工地住处写了一副对联，大意是说不怕千锤百击，不怕烈火焚烧。为此，学校把他叫回来批斗，要我们学生发言。老师们指导我们找到了那副对联的典故，出自于谦的《石灰吟》："千锤万凿出深山，烈火焚烧若等闲。粉骨碎身浑不怕，要留清白在人间。"我们就质问他："要留什么清白？你又有什么清白？"他听了，只是笑，并不回答。他的那种从容，那种谅解的态度，给我留下了极深的印象。记得段老师那次返回深山，是我和王于和两个人送的。一路上他给我们讲了许多许多，也让我们明白了许多许多。有个村支书说得好："老段是知识分子，是国家的宝贝，下放到我们这儿改造，我们不能亏待了他；一旦国家需要，我们得好好地还给国家。"

在段老师那儿，我学到了什么呢？说不明白，却又有很多很多。

一九八五年秋，我带薪就读于武汉大学中文系，补偿了我对大学的无限向往。我得深刻地感谢时湘麟老师，要不是他到我们那的文化局当局长，哪有我上大学的份呢？在武汉大学短短的两年，是我人生最为关键的两年。

在那儿，让我入了古代汉语之门，入了古典文学之门，也入了当代文学和写作之门。忘不了那么多博学的老师释疑解惑，忘不了武大校园的花开花落，忘不了年轻学子们的风华正茂……最难忘的是丁忱老师和郑传寅老师。

丁忱，武汉人，博士学历，师从著名经学大师黄焯，毕业于武汉大学。丁忱博士是研究经学的，偏偏被拉来给我们讲写作，这本不是他的专业，却让我收益最丰。一个人只要有学问，不管让他教什么，都能做到最好。上第一节课时，他说我们不是经过正规科考而来，毕业后也算大学生，这叫皇恩浩荡，是赐同进士出身。有人插言："为如夫人洗脚。"他说："那就免了。"这是丁忱式的幽默，可他更多的是严谨。比如，他给我写过一封信，让我吃惊，抬头是"善良大弟如晤"。后来才明白，这是他对学生的尊称。给女学生写信，则以"学妹"冠之，我看到过。他对我的喜爱，是因为一篇作文，题目是《我想……》。这篇作文想写什么就写什么，因人而异，有极大的发挥空间。他给我打了最高分：96 分。因为这个分数，我在同学中间也就声名鹊起了。我明白，他是喜爱我的，他曾经把我请到他家吃饭，我们喝了二两酒，还照了不少照片。适逢他家的君子兰第一次开放，于是每张照片都以君子兰为背景。他是极爱君子兰的，因为君子兰包含着某种寓意。我还第一次在他家吃到了冰疙瘩一般的橙子，后来想想好笑。一九八五年，冰箱是极少见的，他可能也是第一次使用。要不，也不会把橙子冰冻起来的。一咬一口冰，为难死了我。他却说："好吃，有味儿，别有一番味道啊！"

我和丁老师的交往渐深，他就把他珍藏的博士日记拿给我看。显然不是那种原始日记，而是经过整理了的。内容是某日见先生，先生教了什么，讲了什么，如何为人，以及先生的家史等。丁老师的先生黄焯是武汉大学的"五老十新"之一，属一根支柱。先生的先生则是黄侃，国学大师，曾师从章太炎，又与章太炎齐名，时称"章黄之学"。黄焯先生是黄侃先生的侄子，又是黄侃先生的得意弟子，有"黄门侍郎"之称。丁老师给我看这些讲这些，原来是有深意的。他希望我好好写作，争取以黄氏之学为经，以黄门诸弟子为纬，写出一部小说来。不用说，我是受宠若惊了。可惜，时至今日，我也没这个能力完成老师的重托。不过，我并没忘记，且不时跃跃欲试。试问此生我能完成这个任务吗？

毕业之前，丁老师专门找到我，让我插班读本科，将来再读他的研究生。我拒绝了，理由是我的外语不过关。其实非也，实为性格弱点所累，患得患失，舍不得妻儿老小，也舍不得单位的那份薄薪。落得个至今还在自怨自艾。

郑传寅，湖北阳新人，硕士学历，毕业于武汉大学，时任该校中文系党委副书记，给我们讲现代汉语。他是一个成果颇丰的学者，光他主编的书籍就有十多种。临离武大时，他还把他刚刚主编出版的《民俗词典》送了我一本。与郑老师的交往是通过学友肖本池实现的，肖与我爱好相同，自然过从甚密。我和肖一同到郑老师家，郑老师就把我们引到他的书房，讲他正在研究的西方"文化周波学"。他侃侃道来，让我有眼前豁然一亮的感觉。我和肖共同写了一部中篇小说，叫《潮涨潮落》，以江南水乡为背景。在郑老师的指导下，曾三易其稿。郑老师还热情地帮助推荐到北京《青年文学》，终因质量问题而搁浅。郑老师说，不要气馁，不要放弃。还说我们的基础已经不错，就此罢手是很可惜的。至今回想其谆谆告诫，不觉惘然。在下虽然不曾罢手，又哪里谈得上"成果""建树"呢？

一九九五年，我的第一本书《母亲的世界》出版，给丁、郑二位老师各寄了一本。本来是不值一提的事，没想到二位老师立即给我回了热情洋溢的信。丁忱老师的兴奋溢于言表，说我的作品"高山流水""清澈晶莹"，还说他当初就料到我定能成功，云云。对他的信，我一边读一边流汗，实在是脸红至极。我知道那是鼓励，并非欣慰。他对我的期待仅仅如此吗？当然不是。

时间一晃，已是二十余年。揽镜自照，更是华发满头。只知道人已老，万事休；却不知为何走到今天这种地步。思想平生，到底意难平啊！

行文至此，我只能对老师们深鞠一躬，说："对不起了……"